KB114863

야행, 그들의 밤

야행, 그들의 밤 2

초판 1쇄 찍은 날 | 2016년 11월 23일
초판 1쇄 펴낸 날 | 2016년 12월 01일

지은이 | 다인 김민경
펴낸이 | 서경석

편 집 책 임 | 조윤희
편 집 | 이은주
최고은
디 자 인 | 신현아

펴 낸 곳 | 도서출판 청어람
등록번호 | 제387—1999—000006호
등록일자 | 1999. 5. 31
어람번호 | 제11—0044호

주소 | 경기도 부천시 원미구 부일로 483번길 40 서경B/D 3F (우) 14640
전화 | 032—656—4452 팩스 | 032—656—4453
http://www.chungeoram.com
E—mail | chungeorambook@daum.net

ISBN 979—11—04—91022—7 04810
ISBN 979—11—04—91020—3 (SET)

야행, 그들의 밤 2

다인 김민경 장편소설

도서출판 청어람

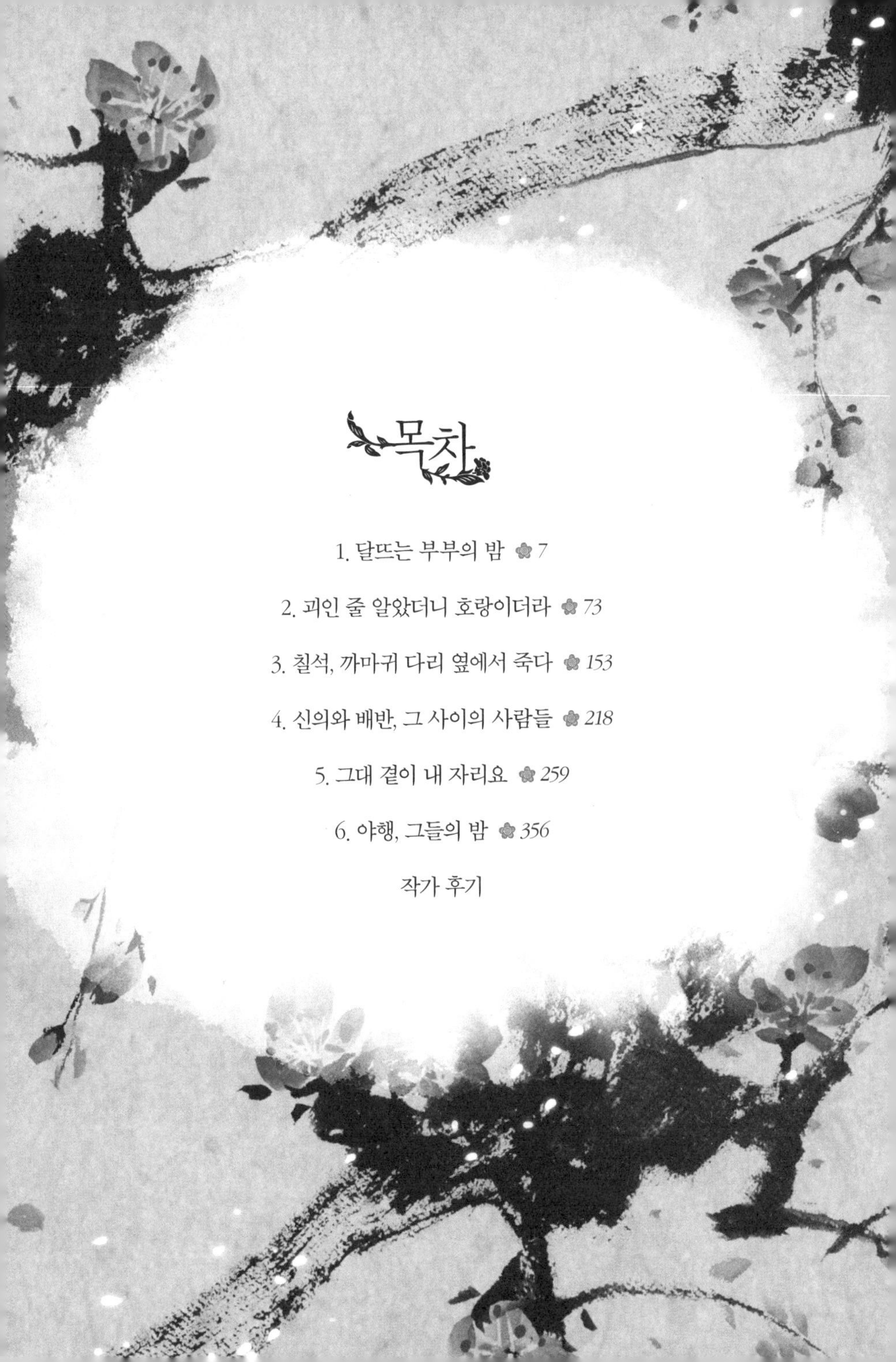

목차

1. 달뜨는 부부의 밤

가혜 앞에선 타고난 인내력도 무색해지는 인후는 더 참지 못하고 아내를 꽉 그러안았다. 신기하게도 그녀의 몸이 제게 닿는 것 자체가 그는 미치도록 좋았다. 평범한 맞닿음만으로도 다른 여인들에게선 전혀 느껴본 적 없던 욕정이 해일처럼 일어나 이성을 잠식하곤 했다. 그녀의 하얀 목덜미에 입을 맞출 때마다 입술을 통해 전해지는 살결의 부드러움은 옷을 벗기고 싶은 마음을 부추겼고, 실오라기 하나 걸치지 않은 채로 맞이할 그녀를 상상하면 하체에도 힘이 바짝 들어갔다. 결국, 인후는 그러한 자신의 사정을 대놓고 밝혔다.

"합방합시다. 내 며칠 더 참아보려 하였는데 못 하겠소."

자제력이 이미 오래전에 바닥났음을 시인하는 그의 솔직하다 못해 직설적인 구애에 당황한 가혜는 그를 올려다보았다가 곧바로 후회했다. 저를 바라보는 진한 눈빛과 아찔한 미소가 눈을 현혹해 대는 탓에 잠시 반응이 늦어진 틈을 타 그가 입술을 덮쳤기 때문이었다. 고개를 돌려 피하는 것도 큼직한 손에 가로막혔고, 입을 다물어 막으려 해도 그가 이미 들어와 있으니 아무런 소용이 없었다.

이런 와중에 약간의 반항을 감지한 인후가 태세를 변환해 부드럽게 혀를 놀리자 가혜도 더 견뎌내지 못하고 작게 비음을 흘렸다. 그것이 성적 욕구를 폭발시키는 기제로 작용하니, 그는 입술을 떼고 여전히 제 품에 고이 안겨 있는 아내를 내려다보았다.

상기된 두 볼과 부끄러운 감정으로 잘게 떨리는 눈동자, 앞으로 어떠한 일이 벌어질지 짐작하고 긴장한 몸도 그에겐 하나같이 다 사랑스러웠다. 이대로는 도저히 몸속에 쌓인 열기를 다 빼낼 수 없다고 판단한 그는 아내를 번쩍 안아 들었다.

짧은 비명을 내지른 가혜가 정신을 붙잡았을 땐 이미 보료에 눕혀진 상태였다. 그녀는 제 목에 얼굴을 파묻은 서방의 부드러운 입술이 살갗에 새기는 자극을 감지하고 그의 옷자락을 꽉 붙잡았다. 가벼운 마찰도 놓치지 않는 예민한 감각에 힘겨운 가혜는 간신히 입을 열어 목소리를 냈다.

"서방님……. 곧 저녁상이 올 것인데."

방 안으로 노을이 침입하고 있었으니 곧 상단 사람들이 음식을 차려 들고 올 것이었다. 그러나 육신의 허기 따위는 지금껏 분출하지 못한 성적 욕망 앞에서 힘을 잃었고, 허락지 않으면 그만일 상단 사람들의 방문도 고려 대상이 되지 않았다. 아내의 마음과 육체를 다 가져야만 정신적 허기짐이 완전하게 지워질 것 같은 기분에 사로잡힌 인후는 가혜의 저고리와 속저고리를 한꺼번에 젖혔다.

목부터 어깨, 쇄골에서 가슴까지 유려한 선으로 이루어진 그녀의 몸은 그의 눈을 멀게 했다. 특히 치마끈 위로 드러난 가슴은 보이는 부분이 반도 채 되지 않았지만, 마음을 사로잡기에는 부족함이 없었다. 제법 부풀어 있는 윗 언덕만 보아도 쥐었을 때 한 손에 꽉 차는 느낌이 들 것만 같았고 부드러운 피부결은 아찔한 감촉을 선사해 줄 터였다. 그것을 얼른 느끼고 싶어진 인후는 치마끈을 푸는 속도를 높였으나, 그가 치마끈을 전부 다 풀기 직전에 가혜의 손이 그를 막았다.

"오늘은 소첩의 몸이 좋질 않습니다."

몸의 상태가 썩 좋지 않다는 말까지 하니 그가 걱정 어린 눈길로 안색을 살펴왔다. 저를 바라보는 그의 시선은 참기 힘든 욕망이 남기는 고통과 건강에 대한 우려로 뒤범벅되어 매우 슬퍼 보였다. 그런 서방의 눈빛에 가혜의 표정도 미안한 감정을 숨기지 못했다. 자신의 다리는 다 나았지만, 그의 몸은 아직 완벽하게 회복되지 않았고 큰일을 겪은 뒤라 오늘만큼은 자중하고 싶었다. 그러나 그런 뜻을 솔직하게 밝히면 그나마 나아진 서방의 기분마저 망칠 수도 있어서 가혜는 에둘러 제 몸이 좋지 않다고 표현했고, 결국 인후는 아내의 건강을 위해 포기해야만 했다. 그는 그녀의 품에 얼굴을 묻고 여전히 기세 좋게 날뛰는 충동을 애써 억눌렀다. 이미 한껏 성이 난 몸을 정신력으로 다스리는 동안 아마도 이 상황을 알면 고소하게 여길 월령을 떠올린 인후는 속이 매우 쓰라렸다. 제 아내에게 검술을 가르쳐 주었다며 충동질만 하지 않았어도 이렇게 멈추는 것이 괴롭지는 않았을 터였다. 그 점을 상기한 인후는 벌어진 아내의 저고리 사이로 드러난, 가슴의 위쪽 부분을 힘껏 빨았다. 갑작스러운 기습에 대비하지 못한 가혜가 작은 신음을 흘리고, 인후는 몇 군데에 그런 짓을 더 하고 나서야 얼굴을 떼고 그녀를 내려다보았다.

"부인의 몸이 나아질 때까지 내 참겠소만, 그자와는 두 번 다시 만나지 않겠다고 약조해 주시오."

그자가 누구인지 능히 짐작한 가혜는 유화와 만나다 보면 그녀의 호위인 월령과도 마주칠 수밖에 없다는 사실을 조심스럽게 밝혔다. 그 말도 일리가 있고 유화와의 인연을 끊으라고는 차마 할 수 없는지라 인후는 단둘이 만나지만 않는 것으로 타협을 보았다. 그래놓고도 성에 안 차는 탓에 유화를 보고 싶으면 차라리 집으로 불러들이라 해 놓고 그는 원하는 것 하나를 더 추가했다.

귓가에 대고 작게 속삭이는 소리에 가혜의 볼은 노을빛으로 물들었다. 그는 입을 벌려주길 청했는데, 그 의도가 너무나도 여실해서 난감할 지경이었다. 가혜가 부끄러움에 주저하며 머뭇거리자 인후는 그것도 안 해주면 못 비키겠다는 투정 아닌 투정을 부렸다. 제대로 초야를 치를 기회를 벌써 몇 번이나 포기당하다 보니 그녀가 저를 받아줄 마음이 있는지조차 헷갈리고 있었다. 그러니 입맞춤이라도 확실하게 허락해 달라는 말에 가혜는 눈을 꼭 감고 긴장감에 달싹이는 입술을 간신히 벌렸다. 이쯤이면 되지 않았을까 싶을 만큼 입을 열고 그가 들어오길 기다리는 시간이 마치 억겁처럼 느껴졌다.

작은 움직임에도 움찔거리는 가혜의 반응에 인후는 살며시 미소를 배어 물었다. 오늘 밤에도 아내를 안지 못하는 건 아쉽지만, 아기 새처럼 입을 벌리고 저를 기다리며 애태우는 그녀의 표정이 마냥 사랑스러웠다. 그 모습을 조금만 더 눈에 담고 싶어서 당장에라도 덮치고 싶은 걸 최대한 버텨보았지만 작게 벌어진, 붉은 입술의 틈에 매혹당한 인후는 결국 고개를 숙여 아내와의 거리를 좁혔다.

평소에 하던 방식과는 다르게, 입술 사이를 핥고 지나가는 감촉이 가혜의 애간장을 녹였다. 이제 그만 들어와 주었으면 좋겠는데 들어

올 듯 말 듯 한 그의 움직임은 그녀의 가슴을 졸이다 못해 달게 만들었다. 결국, 가혜는 얼른 와달라는 뜻으로 입술을 조금 더 벌리고 그의 몸을 껴안아 당겼다.

저를 원하는 아내의 몸짓을 느낀 인후는 더 참지 못하고 그녀의 입술 사이를 깊고 부드럽게 파고들었다. 기다렸다는 듯 반갑게 맞이해주는 가혜와 저돌적인 그의 입맞춤은 그 밤이 깊도록 지속되었다.

목간 앞에서 인후를 자극했던 월령은 끌려가는 가혜가 걱정되어 따라가려다가 유화에게 제지당했다.

"어찌 감히 아씨를 입에 올려 나리를 자극한단 말이더냐. 이미 혼인하신 분이고, 설령 아니라 하여도 그대에게 가당키나 하더냐!"

유화는 월령을 호되게 꾸짖었다. 가혜의 일이라면 눈이 멀어버리는 눈앞의 사내는 이룰 수 없는 사랑에 점점 죽어가고 있었다. 영혼부터 잠식하는 그것은 열병보다 더 지독해서 좀처럼 낫질 않았고, 그 누구보다 진중하던 사람을 이토록 처참하게 망가뜨렸다. 마치 망자의 눈처럼 어둠만 그득해지고 있는 월령의 눈을 매일 곁에서 마주해야 하는 유화의 마음도 편치만은 않았다. 그러나 그녀는 가혜의 마음이 누구에게로 향하고 있는지 알았고, 인후도 그 마음을 받을 준비가 되어 있음을 모르지 않았다. 그렇기에 더욱 눈앞에 있는 사내의 가슴에 비수를 꽂아야만 했다.

"대체 언제까지 날 실망시킬 셈이더냐!"

울컥 치밀어 오르는 감정에 유화의 음성이 격해졌다. 부단주가 되는 교육을 받은 뒤로 감정을 감춰오기만 하던 그녀가 수년 만에 드러내는 진솔한 반응이었다. 그에 멍하니 열린 창밖만 바라보고 서 있던 월령도 처음으로 그녀에게 시선을 주었다. 화를 내야만 반응하는 그의 행동이 매우 속상해서 유화는 눈을 감고 쓰라린 감정을 삼켰다.

"그만 접자. 그대도, 나도……."

유화는 수년간 그에게 의지하며 품어온 마음을 맥없이 꺼내서 지는 해와 함께 떠나보냈다. 그에게 자신은 그저 지켜주어야 할 주인일 뿐, 단 한 번도 그 위치가 변한 적은 없었다. 가혜가 혼인을 한 지금까지도 쉬이 변하질 않으니 그의 굳건한 마음을 제게 돌려놓을 방도 따위는 보이지 않았다.

몸을 돌려 떠나가는 유화의 뒷모습을 잠시 지켜보던 월령은 제 꼴이 참으로 한심해서 비소를 지었다. 수년간 한 여인만 바라보고 산 세월이 아프게 남아 있다 하여도 제가 얻지 못한 걸 다 가진 사내를 긁어대는 꼴은 참으로 유치하고 처참했다. 그나마 조금 남아 있던 자존심을 세우겠다고 또 가혜를 곤란하게 만들었으니 얼마나 어리석은가. 연정이란 마음을 그리도 아프게 도려냈건만 아직도 부족한 건지, 짓밟고 잘라내고 태워보아도 질긴 감정은 바다의 귀퉁이를 잘라낸 것처럼 흔적 없이 다시 채워지곤 했다.

'다 부질없는 짓이다.'

꺼져 버린 불빛처럼 회색빛 연기만 남은 월령의 시선이 가혜가 있을 방에 닿았다가 바닥으로 떨어졌다. 가혜가 그 안에 있지만, 자신에겐 그 문을 열고 들어갈 자격이 없다는 걸 모르지 않았다.

*

다음 날 집으로 돌아갈 채비를 마친 가혜는 대문 앞까지 마중 나온 사람들 사이에서 월령을 찾아보려 하였으나, 그는 나타나지 않았다. 결국, 그녀는 유화에게 전날 구해준 일의 감사함을 대신 전해달라 당부하고 가마에 올랐다.

가혜와 작별 인사를 한 유화는 말에 올라탄 인후와 현욱에게 어제 있었던 사건의 뒤처리에 대해 간단하게 보고했다. 선유봉으로 시신을 회수하러 사람을 보냈는데, 오늘 새벽에 돌아온 자들이 고하기를 남아 있는 주검이 없다고 한 것이다. 전부 감쪽같이 사라졌다는 얘기에 인후가 타고 있는 말의 고삐를 잡던 달수가 작은 눈을 부릅떴다.

"그럼 봉우는, 봉우는 어찌 된 겁니까요?"

친하진 않아도 같은 주인을 모셨던 그였다. 시신이라도 찾고 싶어 물었으나 유화는 고개를 저었다. 그도 함께 사라진 것이다. 그 말에 인후는 표정을 굳혔고, 현욱은 아랫입술을 잘근 깨물었다. 천재지변이 자주 일어나는 탓에 기근으로 아사하는 자들도 많았고 직업상 죽음과 매우 가깝게 살다 보니 정붙이지 않은 자의 죽음에는 좀 초탈한 편이었다. 그건 온전한 정신을 유지하기 위해서라도 필수 불가결한 일이지만, 함께 싸우다 죽은 자의 시신마저 수습해 주지 못한 건 마음에 걸렸다.

"시신을 가져간 자들의 흔적은 없다 하오?"

현욱은 어제 습격한 자들의 몸에서도 별다른 흔적이 없었음을 상기했지만, 한 가닥 희망을 품고 물었다. 그의 물음에 유화는 다른 증거를 아직 찾지 못했고, 강물에 떠내려간 화살만 대거 수거하였음을 밝혔다.

"그것부터 다시 조사하겠지만, 나리들께옵선 짚이는 자가 없으십니까?"

"나는 없소."

현욱은 짧게 대답하며 인후에게 시선을 주었다. 그의 눈길을 받은 인후는 고개를 저어 제게로 향한 물음을 털어냈다.

"좀 더 생각해 보고 짐작 가는 자가 있으면 차후에 연통하지."

인후는 자그마한 단서도 내어주지 않았다. 이럴 때일수록 말 한마디 한마디 조심해야 했다. 그의 눈앞에 있는 두 명 다 밀명지와 엮여 있었고 그 사실이 자신과 집안에 어떤 영향을 끼칠지 모르기 때문이었다. 그런 인후의 마음을 인지한 유화는 홍 단주가 시킨 대로 그를 슬쩍 떠보았다.

"이번 일로 한배를 탔으니 도울 일이 있으면 상단에서 성심껏 돕겠습니다. 아씨와 조선을 위해 힘이 필요하실 때가 있다면 찾아주십시오."

함께할 의지가 있음을 드러내는 그녀를 인후는 지그시 바라보았다. 조선을 위한다는 말은 쉬이 믿기 어려워도 가혜를 위해 돕겠다는 건 그럴싸해 보였다. 게다가 상단을 습격했던 날에 월령이 저를 찾아온 걸 보면 그녀도 이미 그날의 습격자가 자신인 걸 알고 있을 터였다. 그래도 손을 내미는 저의가 궁금해서 인후는 현욱이 그 부분을 알아차리지 못하도록 돌려 물었다.

"돕겠다 하니 고맙네만, 내 홍려 상단과 쌓인 은원이 한두 가지가 아니라서 말일세. 기껏 정보를 넘겨주었더니 날 팔아 아버지를 몰아세우기도 하고 말이지."

"그거야 병판 대감의 계책이 아니었습니까. 덕분에 크게 혼쭐이 났으니 너무 노여워 마십시오. 과거의 은원은 같은 적을 앞에 두고 묻어둘 수도 있는 것 아니겠습니까."

혼쭐이 났다는 건 권식의 계책에 혼났다는 의미이기도 하지만 상단을 습격당한 일을 뜻하기도 했다. 그래도 상대할 적이 같다면 힘을 합치고 싶다는 말에 인후는 잠시 갈등하다가 우선 상단에서 이번 일을 조사하는 것으로 여지를 남겨두었다.

"그럼 상단에서 사건의 배후를 비밀리에 조사해 주게. 이번 일은 의금부에도 알릴 생각이 없으니 탁영, 자네도 내 뜻에 따라주게나."

부친에게 이번 사건에 대해 밝히고 싶지 않은 인후는 두 사람에게 그 점을 주의시켰다. 가뜩이나 저번의 납거도 저를 노린 자들의 소행인지라 부친이 이번 일까지 들으면 얼마나 깊이 파고들지 우려되었다. 하지만 입을 다무는 데 합의했다고 해서 다 해결되는 건 아니었다.

"춘부장께 따로 고하지 않을 순 있으나, 사람을 잃었는데 과연 언제까지 비밀이 유지되겠는가?"

현욱은 앞서 두 사람이 주고받은 대화 속에 담긴 속사정을 완벽히 이해하진 못했으나 인후의 요청에 따른 문제점만큼은 정확히 짚었다. 며칠은 숨길 수 있을지 몰라도 봉우를 찾는 자가 생기고, 그가 보이지 않는 걸 알면 권식에게도 얘기가 들어갈 터였다.

"그리 오래 숨기지 못하리란 걸 알고 있네. 이조차도 임시방편일 뿐이니, 들킬 듯하면 내 직접 말씀드리지. 얼마 전에 있었던 일로 나와 나의 내자가 사대부들의 입에 오르내리는 걸 자네도 알지 않나. 또 심려 끼쳐 드리고 싶지 않아 그러네."

인후가 그렇게까지 말하자 현욱도 별수 없이 동의해야만 했다. 세 명의 호위와 달수에게도 간단히 상황을 설명하고 입단속을 시킨 인후는 드디어 집을 향해 출발했다.

단 하루 떠나 있었을 뿐인데 참으로 그리운 집이 시야에 들어오자 종일 심각하던 인후의 표정이 조금은 나아졌다. 그건 다른 이들도 마찬가지였고, 익숙한 솟을대문을 지나 대문간에 발을 디딘 가혜도 얼른 내당으로 들어가 쉬고 싶었다. 그러나 마중 나온 도리 아범의 재촉에 그녀는 아주 잠깐의 숨을 고를 틈도 없이 서방과 함께 외별당으로 가야만 했다.

"대감마님, 도련님과 아씨가 문안 인사 들었습니다."

"들라 해라."

반가운 기색은 하나도 없는, 어딘지 매우 엄격하게 느껴지는 권식의 목소리에 가혜와 인후는 서로 시선을 교환했다. 전날 집에 돌아오지 않은 건 상단에서 사람을 보내 알렸으니 부친의 기분이 상할 만큼 문제가 될 건 없었다.

"우선 들어가 봅시다."

인후는 섬돌 위에 신을 벗어두고 마루 위로 올라섰다. 그의 뒤를 따라 가혜도 신을 벗고 올라서는데, 마루 위에서 권식을 호위 중이던 무열이 문을 여는 도리 아범 몰래 그녀에게 무언가 신호를 보냈다. 매우 수상쩍은 행동을 하는 그에게 가혜는 의문 어린 시선을 보냈으나, 그가 무슨 말을 하려는 건지 제대로 알아차리기도 전에 안에서 부르는 소리가 들렸다.

"어찌 아니 들어오느냐."

"예, 아버님."

가혜는 무열에게서 시선을 떼고 황급히 방으로 들어갔다. 그리고 멈춰 서 있는 서방의 옆에서 그녀도 얼어붙었다. 시아버지의 서안 위에 너무나도 익숙한 묵색의 검이 놓여 있었다.

권식은 양묘의 검을 본 아들의 표정을 세세히 살폈다. 경직된 미간

근육이 슬슬 찌푸려지는 걸로 보아 이 상황이 매우 언짢은 듯 보였다. 그도 그럴 것이 자리를 비운 사이에 숨겨둔 검을 찾아내서 떡하니 꺼내놨으니 싫을 만도 했다. 다만 며느리까지 창백한 낯빛으로 검에 시선을 고정하고 있는 건 의외였다. 검의 주인이 누구인지 아는 이들이나 보일 법한 반응이었기 때문이었다.

"아가, 이 검을 아느냐?"

"아, 아닙니다. 잘 모릅니다."

갑작스러운 질문에 놀란 가혜는 당황한 감정이 드러나 있던 표정을 급히 수습했다. 알 수 없는 무열의 신호와 산속에서 잃어버린 검이 시아버지에게 있다는 점, 그리고 대뜸 아는 검인지 묻는 저의를 아직 파악하진 못했지만, 그녀는 금방 평정심을 되찾았다. 평소보다는 좀 무뚝뚝하긴 했어도 여전히 아가라 부르는 목소리는 부드럽고 다정했다. 그걸 보면 적어도 제가 양묘인 걸 알고 물은 건 아닐 것이었다. 그런 가혜의 판단대로 권식은 며느리의 건강 걱정을 눈앞에 있는 검에 대한 의문을 푸는 것보다 더 우선시했다.

"낯빛이 파리한데, 어디 불편한 곳이라도 있느냐."

아프지 않았으면 좋겠다는 마음이 표정에 드러나는 그를 보니 가혜는 자신의 정체가 드러난 게 아님을 확신할 수 있었다. 덕분에 좀 전보다 평온을 찾은 그녀는 괜찮다고 답하며 서안 위의 검에 관해 물었다. 그걸 얻게 된 경위를 알아보고자 한 질문이었으나, 갑자기 시아버지의 표정이 냉담해지니 등골이 오싹해졌다. 온화하던 사람 얼굴이 저리 순식간에 변하는 걸 보는 건 처음이었다. 다만, 살벌해진 그의 눈초리는 자신이 아닌 옆에 서 있는 서방에게로 향하고 있었다.

"하나뿐인 아들이란 놈이 아비를 속이고 이리 물 먹이니 좋더냐."

꾹꾹 눌러 담은 권식의 분노와 조소를 인후는 무표정으로 받아들였다. 예전처럼 못난 짓을 하며 넘어가기에는 사안이 심각하고 증거는 확실했다. 거기다 더해 진짜 양묘인 아내의 정체가 발각되지 않도록 하려면 이곳에서 확실히 매듭을 지을 필요가 있었다.

인후는 당당하게 부친의 앞으로 가 자리를 잡고 앉았다. 수많은 죄인을 심문하면서 익힌, 작은 행동이나 말투 같은 것도 놓치지 않고 간파하는 아버지의 예리한 판단력을 뚫으려면 그만한 배짱은 필수였다. 의심이 들 만한 일말의 여지라도 남기면 두고두고 생각하다가 기회가 있을 때 깊이 파고드는 게 부친의 수사 방식임을 그는 누구보다 잘 알고 있었다. 그런 아버지의 수사망을 피해야 하는 인후는 가혜가 곁으로 다가와 앉아도 시선은 오로지 부친에게만 고정한 채 검을 습득한 경위를 설명했다. 며칠 전에 술을 좀 마시고 산책하러 밤에 나갔다가 양묘와 맞닥뜨렸는데, 몸이 제대로 회복되지 않아 놓쳤고 검은 전리품으로 챙긴 듯하단 이야기였다. 인후가 급히 지어낸 이야기는 제법 그럴싸했지만, 그 말이 설령 사실이라 하여도 권식이 꾸짖을 부분은 충분히 남아 있었다.

"네가 양묘와 마주쳤고 검까지 빼앗았으면 즉시 내게 고했어야 옳았다. 금부도사란 놈이 이 아비에게 중한 단서를 숨기려 들다니, 그것이 잘한 짓이더냐!"

권식은 인후를 엄하게 질책했다. 그마저도 애지중지 어여삐 여기는 며느리가 혹여나 저로 인해 놀랄까 저어해서 최대한 성질머리를 죽이고 죽였기에 이 정도지, 아니었더라면 지금쯤 아들을 이 잡듯이 잡았을 것이었다. 물론 다년간의 한량 연기로 뻔뻔함의 극치를 쉬이 구사할 줄 알게 된 인후는 역정을 내는 아버지 앞에서도 눈 하나 깜빡하지 않았다.

"소자가 부러 그리하였겠습니까. 그날은 오랜만에 술을 마셔서 취기가 빨리 돈 탓에 기억도 온전하지 않습니다. 집에 돌아와 침면하고 일어나 보니 그것이 꿈인지 생시인지도 가늠이 되질 않는데, 어찌 아버지께 고합니까. 그나마 오늘 이 검을 보니 단편적인 기억이 떠올라 해명하였을 뿐입니다."

취기가 올라 기억이 없다고 딱 잡아뗀 인후는 부친이 다시 공박하기 전에 먼저 선수를 쳤다.

"지금 생각해 보니 소자가 그때 병풍 뒤의 벽장에 넣어둔 것 같은데, 설마 그곳을 열어보신 겁니까?"

병풍 뒤의 벽장은 인후가 흑산을 봉인해 둔 장소라 청소를 하는 노비들도 그곳만큼은 건드리지 않았다. 그러니 그들에 의해 발견되었을 리는 없었고, 유일하게 가능성이 있는 건 부친뿐이었다. 장성한 아들의 유일한 비밀 공간을 몰래 열었다는 사실이 분위기에 반전을 가져오고, 이제 공격권은 인후에게로 넘어갔다. 칼자루를 쥐게 된 그는 부친이 제 거짓말을 곱씹으며 생각하는 걸 막기 위해 한 번 더 반격을 가했다.

"뱃놀이를 가겠다는 말에 그리 기뻐하시더니 소자가 자리를 비운 사이에 방이라도 뒤져 보신 겁니까?"

뱃놀이를 다녀오자마자 이런 일이 생기니 연관 지어 생각할 수밖에 없었다. 물론 방을 수색하는 일이야 인후가 자리를 비울 때 언제든지 할 수 있었지만, 권식의 속셈에 그것이 전혀 계산되어 있지 않았다고도 할 수 없었다. 손자도 하루빨리 보고 인후가 방을 비우는 시간도 넉넉히 둘 겸 겸사겸사 좋다고 판단한 뱃놀이였으니 더욱 그러했다.

그 점에 대해선 권식도 순순히 인정했다.

“그래, 뱃놀이를 보내놓고 네 뒷조사를 좀 하였다. 체계적으로 훈련받은 자들의 표적이 되질 않나, 무예를 익히는 일은 포기한 줄 알았더니 몸 상태는 꾸준히 훈련한 듯 보인다지? 그러하니 어디 벽장뿐이더냐, 사랑채를 전부 다 뒤져 보았지.”

뒷조사했다고 밝히는 부친의 태도에 인후는 눈매를 좁혔다. 자신의 친부는 종종 생각했던 것보다 더 고단수를 꺼내기도 하는 사람인지라 잘 파악하고 대응해야만 잡아먹히는 일을 방지할 수 있었다.

“하여 뭣 좀 건지셨십니까?”

“당연한 것 아니더냐.”

권식은 조소 속에 자신감을 담았다. 그 웃음은 인후를 무척 찜찜하게 하였는데 제 이중생활에 대한 흔적을 집 안에 남겨놓진 않았지만, 부친의 확신 어린 눈빛은 매우 껄끄러웠다. 인후가 아버지의 생각을 가늠하려 하는 사이, 권식도 아들을 보며 내심 감탄하고 있었다.

‘이놈, 머리가 썩진 않았구나.’

양묘의 검이 방에서 발견된 순간부터 이미 죄인이나 마찬가지였으나, 인후는 불리한 상황에서 말 한마디로 분위기를 바꾸고 저를 압박하기까지 했다. 본디 이런 창황한 일을 겪으면 사람들은 대부분 횡설수설하면서 주장을 번복하거나, 화를 내거나 그도 아니면 이실직고하기 마련이었다. 그런데 인후는 세 가지 반응에서 모두 벗어나 있었다. 주장이 일정했고, 화를 내기보다는 침착하게 따져 물었고, 제 죄를 인정하지도 않았다. 그 점으로 미루어보아 능력치는 그대로인데 낙마 사고로 성격만 바뀌었거나, 혹은 거짓으로 한량 행세를 했을지도 모른다는 생각이 들었다.

사람의 심리를 이용하는 데 도가 튼 권식은 아들의 반응을 분석하며 정답에 가까운 결론을 도출했다. 적당히 단서를 취한 그는 인후의 마음에 심어놓은 불편함을 지워주지 않고 며느리만 남긴 채 방 밖으로 내보내려 했다.

"며늘아기에게 들을 이야기가 있으니 너는 그만 나가보아라."

할 말도 아니고 들을 말이란 소리에 가혜와 인후는 괜히 불안해졌다. 곁에 있으면 중간에서 말을 거들거나 피할 방도라도 찾을 기회가 있을 텐데, 아예 찢어놓아 버리니 그마저도 불가능해졌다. 그렇다고 나가지 않겠다며 고집부리는 것도 이상한 터라 결국 인후는 자리에서 일어날 수밖에 없었다.

그가 나가고 문이 닫히자 권식은 제 앞에 얌전히 앉아 있는 며느리에게 시선을 주었다. 그에게 며느리는 복덩어리였다. 시집오자마자 얼마 지나지 않아서 아들의 마음을 사로잡아 준 덕에 인후의 기방 출입은 뜸해졌고 술에 취해 저지른 사건의 뒷수습을 하느라 고생하는 일도 없어졌다. 그런 긍정적인 변화를 여실히 느끼고 있는 권식은 한없이 부드러울 것만 같은 제 말투를 조금 엄하게 들리도록 조절했다.

"아가, 내게 비밀로 하는 일이 있더냐."

비밀로 하는 것이 너무 많은 가혜는 순간 당황하여 두 눈만 깜박였다. 그러나 콩깍지가 씌힌 권식의 눈에는 그 모습이 매우 천진난만하게 보여서 그는 정답에 대한 단서를 조금 더 귀띔해 주었다.

"네가 여인의 품행에 어울리지 않은 걸 저어하여 내게 말하지 않은 것이 있다고 들었다."

귀여운 막내딸에게 수수께끼를 내는 아버지처럼 그는 질문과 단서를 주었고, 가혜는 그것들을 조합하여 최대한 빠르게 답을 추리했다.

그러다 문득 문 앞에서 보았던 무열이 제게 무언가를 알리려 했다는 점을 떠올린 그녀는 조심스럽게 답을 내놓았다.

"아버님께서 원하시는 답이 무엇인지는 잘 모르겠으나, 실은 한 가지 말씀드리지 못한 것이 있습니다."

"말해보아라."

"대학에서 말하기를, 부윤옥(富潤屋)하고 덕윤신(德潤身)하니 심광체반(心廣體胖)이라 하였습니다."

부는 집을 윤택하게 하고 덕은 몸을 윤택하게 하는 것이니, 마음이 넓어지면 몸이 편안하다는 뜻이었다. 사내들이 과거 공부를 위해 읽는 대학을 줄줄 읊는 며느리의 박학다식함에 권식은 헤벌쭉 찢어지려는 입을 간신히 억눌렀다. 근엄함을 가까스로 유지했으나 눈이 초롱초롱해지는 건 어찌할 수 없었다. 시아버지의 호감도를 적절히 상승시킨 가혜는 본론을 꺼냈다.

"마음이 넓어지면 몸이 편해진다는 건, 반대로 생각하면 몸이 건강할 때야 비로소 마음도 넓어진다는 것이 아니겠습니까."

"그 말이 옳구나."

"하여……. 어린 시절에 남몰래 검술을 배워서 신체를 단련하였습니다. 미리 말씀드렸어야 했는데, 바늘을 잡아야 하는 여인이 검을 든 것이 아버님께 누가 될까 싶어 고하지 못하였습니다."

말은 그리했으나 가혜는 본인이 검술을 할 줄 안다는 걸 부끄럽게 여기거나 올바르지 못하다고 생각한 적은 없었다. 도리어 여인도 이 험한 세상에서 언제 짓밟힐지 모르니 스스로를 지킬 힘은 지녀야 한다고 생각했다. 하지만 그건 가혜의 생각일 뿐, 대부분의 사람은 그리 생각하지 않았다. 저 높은 구중궁궐에서도 여성의 일과 남성의 일이 갈려 있는데, 하물며 일개 양반 여인이 법도를 따르지 않고 사내들처럼 검을 휘두른다는 건 흉이 될 수 있었다.

가혜가 어떤 부분을 염려하여 고하지 못했는지 충분히 이해하는 권식은 이전부터 궁금했던 점을 하나 더 물었다.

"사돈께서 검술 스승을 붙여주셨더냐."

남녀유별에 대해 좀 깨어 있는 편인 권식이 보기에도 영달은 과할 만큼 여식에게 많은 공부를 시켰다. 그렇기에 가혜가 평소에도 책을 가까이하고 대학에 나오는 내용도 줄줄이 읊을 줄 아는 것이었다. 하나 글공부가 아닌 검술 지도는 정말 의외라서 물어보는 말에 가혜는 입 안쪽의 볼살을 살짝 깨물며 잠시 고민하다가 곧 답을 올렸다.

"친정아버님께선 여식이 검을 다룰 줄 안다는 걸 모르십니다. 무예 수련을 해도 좋을지 여쭈어보았을 때 반대하셨고, 우연히 스승님과 인연이 닿아 배울 기회가 생겼을 땐 차마 말씀드리지 못하였습니다. 부모를 속였으니 그 또한 불효라, 면목이 없습니다."

아버지는 모른다고 해두어야 훗날 자신이 어찌 되어도 그의 무고를 입증하고 피해갈 방도가 생길지도 몰랐다. 그러니 이게 최선이라 끊임없이 속으로 외며 죄지은 사람처럼 고개를 푹 숙이는 가혜에게 권식은 나름 다정하게 훈계했다.

"우리 집안은 대대로 문과 무를 모두 갈고 닦아왔으니, 네가 검을 다룰 줄 안다는 걸 흠으로 여기진 않는다. 하지만 사돈께서는 여식의 비밀을 아시면 섭섭하실 테지. 다음부터는 그런 불효는 지양해야 할 것이다."

"예, 아버님. 송구하옵니다."

송구하다, 그 말밖에 가혜가 할 수 있는 건 없었다. 이토록 다정히 허물을 감싸주는 시아버지에게 그녀는 이 세상 그 누구보다 못할 짓을 하고 있는 양묘이기 때문이었다.

가혜와 인후가 위험한 뱃놀이에서 무사히 집으로 돌아온 그날 밤에, 경녕군주는 불도 켜놓지 않은 어두운 방 안에서 손으로 이마를 받친 채 앉아 있었다. 인후를 처리하기 위해 보낸 자객만 수십 명이었다. 그런데 번번이 실패하고 나니 그 여파가 이젠 저를 향해 몰려오는 중이었다. 부하들을 대거 잃었고 꼬리가 길면 밟힌다고, 자칫하다가는 도리어 그에게 자신의 정체까지 드러날 수 있었다. 일이 이리되니 뒷맛이 떫긴 해도 우선은 이대로 삼키고 한동안 숨죽이고 있는 수밖에 없었다. 청나라에서 사신이 오기 전에 방해물이 될 수 있는 자들은 깨끗하게 정리하고 싶었지만, 최인후라는 벽이 너무 두껍고 커서 달려들어 봤자 계속 본인만 피를 볼 뿐이었다. 그러니 지금은 차라리 밀명지가 수면 위로 드러나도 의심받지 않도록 행실에 조심을 기하고, 임금과의 사이도 더 두텁게 하는 것이 나았다.

'청나라에서 아바마마의 복위를 거론하면 내 세력도 강해질 것이다. 그날이 올 때까진 의심받는 일은 피해야 해.'

소현세자의 죽음에 가장 큰 피해를 본 건 그의 일가족이었다. 아버지와 어머니를 비슷한 시기에 잃은 불우한 삼남 삼녀는 뿔뿔이 흩어졌고, 세 아들이 모두 이른 나이에 죽었으며 남은 딸들만 눈치를 보며 살아가고 있었다. 그건 화목하던 한 가족의 비극이었고, 경녕군주의 속에 응어리 진, 차마 세상을 향해 당당히 밝힐 수 없는 아픔이었다.

그녀는 눈을 감고 기억도 나지 않는 부모님의 얼굴을 그려보았다. 하지만 가장 오래된 기억을 떠올려도 그곳에 부모님의 모습은 존재하지 않았다. 부모라는 존재 자체에 대한 그리움인지 혹은 결핍인지 이제는 스스로도 혼란스러워서 그녀는 회상을 포기하고 서안 위에 올려놓은 밀명지로 손을 뻗어 피로 얼룩진 겉면을 매만졌다. 아무리 못해도 올해 말, 혹은 내년 초에는 빼앗겼던 자리를 되찾을 수 있을 것이다.

*

어디서 날아왔는지, 까마귀 한 마리가 홍화루 지붕에 앉아 깍깍대고 우는 소리에 눈을 뜬 소향은 근처에 놓인 술병을 들어 흡사 물을 마시는 것처럼 들이켰다. 어젯밤에 과음이 심했는지 어질어질한 머리를 보료에 박고 가냘픈 숨만 색색 쉬던 그녀는 갑자기 악을 써대며 주먹으로 보료를 팡팡 내리쳤다.

"뱃놀이! 뱃놀이라고?"

그녀와는 사이가 좋지 않은 기생, 주희가 즐거워하며 물어다 준 소문에 의하면 가혜와 인후, 유화와 현욱이 함께 뱃놀이를 하면서 행복한 시간을 보냈다는 것이었다. 특히 인후는 예전의 무뢰한 같은 모습은 간데없고 아내에게 지극하니 보기 좋다는 소문이 다른 이들을 통해서도 종종 들려와서 소향은 그런 이야기를 들을 때마다 미칠 지경이었다.

"내 거였는데! 내 서방이 될 사람이었다고!"

버럭버럭 소리를 질러 화를 낸 소향의 눈동자에는 독기가 가득했다. 서로 이용하던 사이임은 어느새 망각해 버리고, 그녀는 본인을 버림받은 가련한 여인처럼 여기며 가혜를 철천지원수로 삼았다. 이를 바득바득 갈며 어떻게 해서든 제 남자를 구해와야 한다고 생각하던 그녀는 가혜에게 흠이 될 만한 것들을 떠올리려 애썼다. 하지만 병판 대감 댁 며느님에 대한 소문은 항상 좋은 것뿐이었다.

'그년도 사람인데 흠이 없을 리가 없어. 필시 무언가, 쫓아낼 만한 게 있을 텐데…….'

가혜와 관련된 소문이나 주변 인물을 하나하나 상기하던 소향은 예전에 제가 인후에게 흘렸던 정보를 떠올렸다. 상단에 왔던 가혜가 월령과 대화를 나누던 모습. 그건 곧 또 다른 기억으로 연결되었고, 소향의 눈에는 이채가 어렸다.

"그래, 그때 그 말. 그거면 충분하지."

여우처럼 소리 없이 눈웃음을 치며 웃은 그녀는 경대를 찾아 열었다. 그간 영 가꾸지 않아서 얼굴이 말이 아니었지만, 가혜를 쫓아내버릴 방도를 찾은 소향의 눈동자는 그 어느 때보다 빛나고 있었다.

소향이 경대를 찾던, 해가 뜨기 직전인 이른 새벽에 가혜도 저고리 고름을 풀고 경대에 모습을 비춰보았다. 속저고리 안쪽에 자리한 고운 피부 위에는 전엔 없던 울긋불긋한 반점들이 서너 개 피어 있었다. 전날 아침에 처음 발견한 반점들은 하루가 지난 뒤에도 여전히 남아 있었는데, 몸에 이상이 생긴 징후가 아닐까 싶어서 가혜의 표정은 매우 진지해졌다. 서방이 제 것이라고 도장 찍듯이 자극적으로 애무하다가 만들어놓은 흔적임을 전혀 모르는 가혜는 가슴 위에 크게 난 반점들을 눌러보았다.

'소양감은 없는데. 의원을 들여야 하나…….'

아프거나 간지럽지 않았고, 눈에 보이는 것 외엔 딱히 불편한 점도 없었다. 원인을 알 길이 없어 눈살을 찌푸리며 근심하고 있는 중에 누군가 마루 위로 올라서는 기척이 느껴졌다.

"아씨, 설이입니다."

"들어오너라."

가혜는 반점이 보이지 않도록 저고리를 여미며 그녀의 방문을 수락했다. 방으로 들어선 설이의 손에는 탕약 한 사발이 들려 있었는데, 뱃놀이를 다녀온 며느리의 낯빛이 썩 좋지 않았던 걸 우려한 권식이 약을 지어 보낸 것이었다. 마침 건강을 걱정하고 있던 가혜는 매번 저를 위해주는 시아버지와 정성으로 약을 달여준 설이의 마음을 고맙게 여기며 탕약을 쭉 들이켰다. 얼마나 몸에 좋은 건지 강렬한 쓴맛에 눈이 꽉 감기고, 텅 빈 그릇을 내려놓자 설이가 탕약과 함께 챙겨온 엿 한 조각을 권했다. 냉큼 받아 입에 무니 달달한 맛에 입안이 한결 편해지면서 살 것 같다는 표정을 짓는 가혜를 보며 설이는 생글생글 웃었다.

"앞으로 매일 달여 드릴게요. 의녀 말이 꾸준히 드시면 아기씨도 빨리 오실 거랬어요."

그제야 가혜는 그 약이 쇠약해진 몸을 추스르고 아기를 얻기에 적합하도록 만들어주는 약임을 깨달았다.

'그러고 보니, 어제 서방님도 그런 말씀을 하셨었지.'

가혜는 전날 밤, 내당으로 찾아온 남편과의 대화를 떠올렸다. 그는 매우 진지한 얼굴로 사태의 심각성을 그녀에게 전달했었다.

"내 술에 취해 양묘를 만난 일이 꿈인지 생시인지 구분할 수 없었다고 둘러대긴 했으나, 이건 당장의 위기만 모면한 것일 뿐이오. 일전에 황금으로 그대를 유인했을 때도 아버지는 날 의심하셨소. 아마 오늘 일도 일단 넘어가는 척하시지만, 필시 안심시켜 둔 뒤에 따로 또 조사하실 거요."

인후는 부친의 성정을 누구보다 잘 알고 있었다. 적을 속이려면 내 사람부터 속여야 하고, 그것이 설령 혈육이라 하여도 함부로 입을 놀리는 건 경계하라 교육해 온 장본인이 바로 부친이었다. 인후도 그 말에는 백번 공감하지만, 문제는 부친이 자신과 양묘 사이를 의심하며 수사를 진행하다가 가혜의 정체를 알아차릴 수도 있다는 점이었다.

"그대도 알겠지만, 아버지는 맡은 바 임무에 충실하신 분이오. 양묘가 아무리 백성들에게 칭송을 받아도 그분께는 그저 추포해야 할 죄인일 뿐이니, 나는 그대의 정체가 절대 드러나지 않길 바라오."

그 비밀이 밝혀졌을 때는 집안이 엉망이 될지도 몰랐다. 그럼에도 혹여나 그런 일이 생긴다면 아내가 살길은 하나뿐이었다. 아버지의 유일한 약점이라 할 수 있는 건 오로지 혈육뿐이었으니, 그때를 대비해서라도 인후는 지금부터라도 꾸준히 합방해야 한다고 주장했다. 진지하고 긴 대화의 결론은 결국 합방이었지만, 가혜도 그의 말이 옳다는 건 알고 있었다. 대를 이어주어야 목숨을 구명받을 길이라도 생기는 제 처지가 슬펐지만, 양묘의 삶을 택한 지난날과 마음으로 서방을 받아들인 현재의 운명은 그 사실을 인정해야만 했다.

'문제는…….'

가혜는 고개를 숙여 반점을 감추고 있는 저고리 쪽으로 시선을 주었다. 부끄럽고 민망하지만 스스로 그를 원하고 있음을 모르지 않았다. 갖은 방식으로 회유하는 서방은 온몸을 녹아내리게 할 만큼 달콤했고, 저를 가지고 싶다며 투정을 부리는 모습은 귀여워서 웃음이 피어올랐다. 그토록 노력하는 걸 보면 가슴이 떨리니 마음 같아선 진즉에 그의 품에 안겼을 것이었다.

'시기가 항상 어긋나지만 않았다면.'

예전에는 다리 부상 탓에 정체를 들킬까 두려워 거부했고, 납거 사건 이후에는 회복을 위해 서로 금욕해야만 했다. 이틀 전에도 그러한 연유로 하지 못했고, 어젯밤에는 제 몸에 생긴 반점이 그에게 옮겨가기라도 할까 싶어 기력이 없다는 이유로 훗날을 기약하자며 달랬다. 그러자 서방은 달포가 넘도록 저를 받아주지 않는다고 불퉁해져서 투덜거리며 사랑채로 넘어갔다. 일종의 시위였다.

그 모습이 떠오른 가혜는 설이에게 그의 기상 여부를 물었다. 해가 뜰 때가 되었으니 문안 인사를 가려면 지금쯤 내당에 당도해야 하는데 어찌 된 일인지 소식이 없었다. 온다 간다 말이 없어 궁금해하자 설이가 순박한 얼굴로 대답했다.

"오늘 일찍 외별당에 문안드리고 곧바로 등청하셨습니다."

벌써 등청했다는 소리에 가혜는 기분이 이상해졌다. 어제 일로 심통이 나서 그런 건지 말도 없이 가버린 그에게 섭섭했고, 더불어 의무를 다하지 못한 부인이 되어버린 것도 속상했다. 가뜩이나 그의 행동 하나하나에 감정 기복이 들쭉날쭉한데, 아침부터 이런 일이 터지니 나오는 말투도 조금 딱딱할 수밖에 없었다.

"등청하시는 걸 보았으면서 어찌하여 나를 깨우지 않았느냐."

"그게, 나리께오서 아씨의 단잠을 방해하지 말라 하시어……."

설이는 고개를 숙였다. 가혜를 위한다고 한 일이 그녀에게는 바르지 못한 행동이었음을 지금에서야 느낀 것이다.

저를 위한 그의 배려였다는 점과 풀 죽은 설이의 모습에 가혜는 금방 마음이 누그러졌다. 부모도 없이 홀로 된 설이가 제게 심적으로 의지하는 걸 잘 알기에, 항상 혼을 내기보다는 다독일 수밖에 없었다. 이번에도 가혜는 그녀를 부드럽게 타일렀다.

"다음에 또 이런 일이 생긴다면 그때는 꼭 깨워다오. 서방님은 해가 뜨기도 전에 입직하러 가시는데, 내 어찌 마음 편히 잠을 청하겠느냐."

"예, 아씨. 송구하옵니다."

"되었다. 정성으로 달인 한약도 고맙게 받았으니 이쯤 하마. 외별당에 문안드릴 채비를 하여라."

가혜는 혼자라도 문안 인사를 갈 채비를 했다. 오늘은 시아버지에게 미리 고할 일도 있었다. 스승님의 기일이 하루 뒤로 다가왔으니 오늘 밤에 제사상을 차리려면 외출을 허락받아야만 했다. 피붙이 하나 남겨놓지 않고 떠난, 외로운 스승의 제삿밥만큼은 손수 챙기고 싶다는 며느리의 청을 권식은 고민 끝에 받아들여 주었다. 대신 그는 조건을 걸었다.

"호위 열 명에 무열도 함께 데려가거라. 혼자는 불안하여 내 도저히 못 보내겠으니, 가까이 두고 안전히 다녀온다면 허하마."

스승의 묘가 지난번 납거 사건이 벌어진 산에 있는 데다가 제를 지내는 시각도 자정이 되어가는 늦은 밤이다 보니 며느리 혼자 보내기에는 걱정되는 부분이 한둘이 아니었다. 그런 시아버지의 마음을 잘 알기에 그녀는 그 제안을 감사히 받아들였다. 외출 허락을 받고 나서 권식이 등청하기 전까지 두 사람이 정답게 대화를 나누고 있을 때 밖에서 도리 아범의 목소리가 들려왔다.

"대감마님, 양택이 왔습니다."

양택은 가혜의 납거 사건 당시에 화살을 맞아 팔을 다쳤던 호위였다. 의원이 절대 안정을 취해야 한다고 당부해서 그간 혜민서에 머물며 치료에 매진하다가 이제야 돌아온 것이었다. 여전히 오른팔을 제대로 쓰지 못하는 그는 간신히 절을 올리고 권식의 앞에 무릎을 꿇고 앉았다. 호위가 제대로 싸워보지도 못했으니 입이 열 개라도 할 말이 없어서 고개를 조아리고 주인의 불호령이 떨어지길 기다렸지만 그를 압박하는 건 호통 소리가 아닌 긴 침묵이었다.

권식은 임무를 제대로 완수하지 못한 노비를 어찌할지 고민했다. 무열이야 그간의 공이 있어 적당히 혼을 내고 말았지만, 양택은 그럭저럭 쓸 만한 실력을 지닌 노비였을 뿐이었다. 게다가 하필이면 오른팔을 다쳤으니 더는 검을 들기 어려울지도 몰랐다. 가만히 침묵만 지키던 권식은 양택을 안타까이 여기는 가혜의 시선을 보고 나서야 입을 열었다.

"팔은 좀 어떠하더냐."

"그것이, 대감마님의 은혜로 꾸준히 치료를 받아 많이 좋아졌습니다. 곧 다시 검을 들 수 있을 것입니다."

의원이 좀 더 지켜보자 하였지만, 양택은 희망적인 답을 올렸다. 그렇게라도 하지 않으면 요즘 같은 험한 세상에 쓸모없는 노비는 그냥 버려지기 때문이었다. 가을 추수를 앞두고 할 일이 많은 요즘 같은 시기에 오랜 기간 일에서 배제해 주고 치료하게 둔 것만으로도 감읍할 일이었다. 살기 위해 거짓을 고하는 그를 권식은 더 추궁하지 않았다. 대신 은공을 확실히 했다.

"주인을 지켜야 할 네가 도리어 목숨을 구명받았으니 그 은혜는 결코 잊어선 아니 될 것이다. 알겠느냐."

"예. 소인, 아씨의 하해와 같은 은혜를 뼛속 깊이 새기겠사옵니다."

"그래. 이번 사건은 금부에서 정리하였으니, 너는 입을 무겁게 하고 치료에 전념하여라."

"예. 대감마님."

양택은 권식과 가혜에게 재차 감사의 인사를 올리고 자리에서 물러났다. 그가 물러난 뒤에야 권식은 가혜를 조용히 꾸짖었다. 본인의 목숨을 걸고 다른 이들을 살려준 점이 그의 관점에서는 못마땅했다.

"그간, 네 건강이 염려되고 받은 충격이 클 듯싶어 특별히 말은 하지 않았다만, 앞으로 또 그런 무모한 결정을 내리는 일은 없도록 하여라."

큰 사건을 겪고도 의연했던 며느리의 모습은 매우 흡족했지만, 천것들을 살려주겠다고 납거를 받아들인 것은 권식이 보기엔 옳지 못한 결정이었다. 비록 납거된 시간이 하루가 채 되지 않았다고 하더라도 양반들 사이에선 가혜의 몸이 더럽혀졌을지도 모른다는 불미스러운 이야기가 은연중에 오갔기 때문이었다. 가혜의 미색만 보아도 그들이 수군거리는 소리는 제법 그럴싸했으나, 권식은 며느리를 의심하며 내칠 생각은 절대 하지 않았다. 그 누구보다 가혜의 성정을 믿기 때문이었다. 그녀라면, 제 며느리의 고고한 성정이라면 그런 일을 겪었을 때 스스로 자결하고도 남을 것이란 확신이 있었다.

"내 너를 믿으나 앞으론 네가 최씨 집안의 종부임을 항시 기억하여야 한다.”

“예, 아버님.”

좋지 못한 소문은 좋은 소문보다 더 빠르게 퍼지는 법이라서 권식은 그걸 막고자 최선을 다하고 있었고, 그런 시아버지의 노력을 알기에 가혜는 고분고분 그리하겠다고 대답할 수밖에 없었다.

등청하는 권식을 배웅한 뒤에 가혜는 스승의 제사 때 쓸 음식과 부친에게 드릴 반찬을 간소하게 챙겨 들고 가마에 올랐다. 무열의 출발 신호와 함께 가마가 움직이기 시작하고, 가혜는 작은 창문을 열어 조금씩 멀어지는 대문을 바라보았다. 내일이면 돌아올 곳이지만 오늘 아침에 얼굴조차 보지 못한 서방에게 서찰 하나 남겨놓고 떠나는 마음이 편치만은 않았다.

‘다녀온 뒤에 아기 갖는 걸 진지하게 얘기해 봐야지.’

그에게 좀 더 믿음을 주고 이른 시일 내에 몸도 최대한 빨리 추슬러서 그 너른 품에 안겨 잠들고 싶었다. 그를 닮은 아들을 낳고 저를 닮은 딸도 낳아서 시아버지가 기뻐할 모습을 상상하면 이보다 더 행복할 수가 없었다. 하늘이 엮어준, 다정하고 듬직한 서방과의 미래를 계획하는 내내 쉬지 않고 움직이던 가마가 멈춘 건 정오가 훌쩍 지난 뒤였다.

“아씨, 도착했습니다.”

설이의 목소리와 함께 가마가 땅에 닿고 문이 열렸다. 가마에서 내린 가혜는 익숙한 마당에 서 있는 아버지를 볼 수 있었다.

“아버지!”

몇 달 만에 부친을 만난 그녀는 해맑게 웃으며 매우 반가워했다. 하지만 아버지는 무반응에 가까울 만큼 덤덤한 태도를 고수했다. 그는 딸을 방에 들인 뒤에도 한참 동안 침묵을 지키다가 사돈의 건강과 사위의 안부를 묻고는 다시 입을 다물었다. 그러다 마침내 긴 정적을 깨고 나온 말은 어딘가 못마땅한 투로 가득했다.

"저번에도 친정행을 하던 중에 그런 일을 겪었으면서 얼마나 지났다고 또 이리 발길을 하느냐. 사돈 뵙기가 민망하구나."

하나뿐인 여식을 보고 싶은 마음이야 그 누구에게 비교해도 못지 않지만, 이전에 있었던 일이 마음에 많이 걸렸다. 자칫하면 망측한 소문이 나기 딱 좋은 사건이었기 때문이었다. 그럼에도 감싸준 사돈이 고마워서 영달은 차마 딸을 반가이 맞아줄 수가 없었다.

"저번에 이르기를 서방과 함께 오라 하였는데, 어찌 이번에도 혼자 더냐."

"그것이, 서방님은 맡은 임무가 많으셔서 이번엔 함께하지 못하였습니다."

가혜는 부친의 심기를 거스르지 않기 위해 그리 설명했으나 영달의 표정은 썩 밝아지지 않았다. 딸의 표정에서 구김살을 발견하기 어려웠고 많은 사랑을 받으며 산다는 소문도 익히 들었지만, 혼인한 뒤로 계절이 바뀌어가는데 태기가 없다는 건 그의 가장 큰 근심거리였다.

"다음에는 사위와 함께 손주를 보아야겠으니, 그 전에는 걸음하지 말아라."

최씨 집안의 대를 잇기 전에는 친정에도 오지 말란 소리였다. 냉정한 부친의 결단에 가혜의 표정이 얼어붙었다.

"아버지……."

"놀랄 것도 없다. 네가 조혼을 한 것도 아니거늘, 정화수 떠놓고 비는 정성도 들이지 않으면서 무슨 낯으로 이 아비를 보려 하느냐."

영달은 아예 보기도 싫다는 듯 딸에게서 고개를 돌려 버렸다. 예전보다 더 차가워진 부친의 마음을 가혜는 선뜻 이해하지 못했지만, 영달은 그리할 수밖에 없었다. 딸이 양묘이고 사위는 금부도사일 때부터 정해진 일이었다. 딸의 혼삿날에 꿀까지 마련하여 눈에 바르도록 했었던 것도 그 연장선에 있었다. 조금 극단적이긴 하지만 가혜의 정체가 드러나 목숨이 위태로울 때, 딸을 구해줄 수 있는 유일한 방법이 최씨 집안의 대를 이어주는 일임을 그는 일찌감치 간파했다. 양묘를 잡으려는 권식의 의지가 아무리 강해도 며느리를 사지로 몰아넣고 하나뿐인 친손주의 인생을 망치려 들 리는 없었다. 또한, 망나니란 소문이 자자한 인후가 이중생활을 하고 있음을 알자마자 사위로 삼은 것도 가혜가 양묘라는 점이 크게 작용했기 때문이었다. 그라면 제 딸의 허물을 감싸고 보살펴 줄 것 같았지만, 그러려면 가혜가 서방의 마음을 얻고 대를 잇는다는 전제 조건도 충족되어야 했다.

"행실은 항상 바르게 하고, 좋은 소문만 이 아비의 귀에 닿게 하여라."

행실을 바르게 하라는 건 위험하기 그지없는 양묘의 일은 이제 그만두라는 의미였으나, 그 속뜻을 가혜가 이해했는지는 알 수 없었다. 딸이 걱정할까 봐 드러내진 않았어도 오랫동안 여식의 행보를 조용히 지지해 왔던 영달이었다. 하지만 언제 들켜도 이상하지 않을 상황에서 그만큼 남을 위해 노력했으면 이제 본인을 위한 삶도 살길 바라는 게 아버지의 솔직한 심정이었다.

해가 지고 퇴청한 권식의 남여 옆에서 걷던 인후는 대문 앞에서 노란 불빛 두어 개가 흔들리는 걸 발견했다. 퇴청 소식을 들은 노비들이 마중 나왔을 테니 당연하지만, 좀 더 가까이 다가가자 몸종들 사이에서 지초롱을 든 여종과 전모로 얼굴을 반쯤 가린 소향이가 보였다. 그녀의 존재 자체가 껄끄러운 몸종들이 슬금슬금 눈치를 보고, 인후의 미간에도 깊은 주름이 패였다.

"네 예가 어딘 줄 알고 오느냐. 당장 돌아가거라."

인후는 집까지 찾아온 그녀가 마뜩잖았다. 한창 못난 짓을 할 때는 그녀를 집으로 불러들여 부친의 속을 썩였었지만, 먼저 찾지도 않았는데 혼인을 한 사내의 집에 기생이 함부로 거동하는 건 예의에 어긋나는 행동이었다. 그러다 부인이 이 일을 전해 듣기라도 하면 바가지 긁히기에 딱 좋았는데, 그 점을 잘 아는 소향은 권식에게 예를 갖춘 뒤에 인후를 보며 찾아온 용건을 밝혔다.

"소인이 대감마님과 나리께 꼭 알려야 할, 중한 일이 있어 이리 실례를 무릅쓰고 찾아왔습니다."

소향은 권식까지 거론하며 매우 중한 일임을 강조했다. 그 일이 무엇인지는 몰라도 껄끄럽게 느껴진 인후는 돌려보내려 하였으나, 그를 제지한 건 권식이었다.

"중한 일이라 하니 들어나 보지."

"아버지!"

인후는 무슨 생각인지 알 수 없는 부친의 옆모습을 보며 남몰래 아랫입술을 꾹 깨물었다. 아내가 외출했다지만 소향이를 집 안으로 들이는 게 찝찝할뿐더러, 그녀는 저에 대해 너무 많은 걸 알고 있었다. 혹여 밀명지를 거론하기라도 하면 정말 곤란해질 터였다. 하지만 이미 권식이 허락한 상황에서 인후에겐 거부할 권리가 없었고, 세 사람은 곧 외별당으로 들었다.

보료 위에 자리한 권식은 제 맞은편에 앉은 소향에게 단도직입적으로 찾아온 이유를 물었다. 그에 소향은 제 우측 사선으로 멀찍이 떨어져 앉은 인후에게 한번 시선을 주고 그의 눈빛이 썩 곱지 않다는 걸 느끼면서 찬찬히 입을 열었다.

"예전에 대감마님께옵서 금부 나졸들을 이끌고 홍려 상단에 오신 적이 있었는데, 그날을 기억하시는지요?"

"양묘 때문에 상단을 포위했던 날을 말하는 것이더냐."

권식의 입에서 양묘란 단어가 나오자 인후는 얼굴에서 표정을 지웠다. 그렇게 최대한 감정을 숨겼으나 불안한 마음은 어쩔 수가 없었다. 그런 인후를 다시 살핀 소향은 이런 얘기를 하는 제 마음이 매우 괴롭고, 고민과 고뇌가 많았음을 미리 밝힌 뒤에 용건을 꺼냈다.

"그날 소인은 모종의 일 때문에 홍 단주의 옆방에 숨어 있었는데, 금부가 철수하고 나서 믿기 어려운 얘기를 들었습니다."

"그게 무엇이냐."

권식은 소향의 얘기에 흥미를 보였다. 그날 밤, 자신이 돌아간 직후에 홍 단주가 꺼낼 만한 얘기는 아마도 양묘에 관한 것일 터였다. 그날 사건의 중심은 양묘였고, 일반적인 상황이라면 화제도 같을 수밖에 없었다. 만에 하나 그도 아니라면 임금에게 넘기기로 한 정보에 대한 것일지도 몰랐다. 어느 쪽이든 그에겐 필요한 내용이라 관심을 보이는 권식과 달리 인후의 눈빛은 점차 살벌해져 갔다.

'그간의 정을 보아 살려두었더니.'

자객들이 아닌 이상 함부로 살생을 하고 싶지 않았고 나름 그녀를 가엾이 여겨 믿고 내버려 두었으나, 그 선택이 가혜를 위험하게 만들자 조금은 후회스러워졌다. 그럼에도 부친 탓에 적극적으로 대응하지 못하는 사이, 결국 소향은 그날 들은 얘기를 꺼냈다.

“그때, 비영단의 두령인 사월령이란 자가 말하기를 더 위험해지기 전에 아씨와 함께 떠나겠다고 했습니다.”

방 안에는 잠시간 정적이 찾아왔다. 특히 소향의 말이 무슨 뜻인지 단박에 이해하기가 어려운 권식은 충분히 생각하고 판단할 만한 시간이 필요했다. 좋기로 소문난 머리를 아무리 굴려도 당시 상황과 어울리는 건 아씨가 아니라 양묘였다. 하지만 그는 추리를 이어가기가 어려웠다. 섬뜩할 정도로 매서운 기운이 사색을 방해했고, 그 원인을 찾은 권식은 눈동자만 돌려 근처에 앉아 있는 아들을 보았다. 주먹을 꽉 쥐면서 분노를 참아내는 인후의 살벌한 반응은 권식으로 하여금 침음을 삼키게 만들 정도였다.

‘이거야 원.’

손주 좀 보겠다고 탕약까지 타 먹인 보람이 없어지는 소리가 들렸다. 이십여 년간 홀로 아들을 키운 권식도 그런 반응은 지금껏 본 적 없을 정도로 인후의 감정은 들끓고 있었다. 그 기세에 놀란 소향은 말을 잇지 못하고 시선을 바닥에 고정한 채 작게 몸을 떨었다. 사내라면 응당 애처롭게 여길 만한 모습이었으나, 인후의 눈에는 그런 것 따윈 보이지 않는 듯했다. 결국, 권식이 나서서 그를 제지하는 수밖에 없었다.

“그만하여라. 내 물을 것이 있으니.”

“아버지!”

인후는 발끈해 목소리를 높였다. 그간 월령과 가혜의 사이를 우려해 왔기에 소향의 말이 사실이란 걸 충분히 짐작할 수 있었고, 도피에 대한 얘기까지 오갔다는 사실에 화가 치밀었다. 하지만 솟구치는 질투와 분노보다 더 중한 건 아내의 안위였다. 혹여나 그녀가 양묘라는 의심을 사지 않도록 이쯤에서 대화를 중단시켜야만 했다.

"어찌 저 말도 안 되는 소리를 더 들으려 하십니까? 소자의 아내를 모독하는 발언입니다."

"그러니 더 들어보아야 하지 않겠느냐. 감히 거짓으로 내 며늘아기를 해하려 든다면 무사치 못할 것을 본인도 알 터, 그만한 각오와 확신도 없이 입을 놀리진 않았겠지."

권식은 일단 더 들어보고 사실인지 판단하고자 했다. 그냥 넘어갈 수는 없는 문제이기 때문이었다. 인후의 얼굴이 일그러졌지만, 권식은 뜻을 굽히지 않고 매우 이성적이고 침착한 태도로 소향의 반응을 살폈다. 마지막 남은 자존심처럼 허리를 꼿꼿이 펴고 앉아서 버티던 그녀는 억울한 감정과 오기가 섞인 눈빛으로 응수했다.

"감히 어느 안전이라고 거짓을 고하겠습니까. 소인도 나리와 아씨의 금슬이 좋다는 건 익히 들어 알고 있고, 바른대로 고한다 한들 미움만 살 뿐임을 모르지 않습니다. 그럼에도 나리를 연모하기에, 훗날 배반당하고 아파하실까 저어되어 오랜 시간 고민 끝에 찾아온 것입니다."

소향은 아무런 욕심도 없는 표정을 짓고 마냥 해탈한 사람처럼 걱정하는 티만 내비쳤다. 그 태도가 인후는 무척 가증스러웠다.

"헛소리로 기만하려 들지 말거라. 네 속셈을 모를 줄 아느냐. 증명할 수 없는 말로 나와 부인 사이를 이간질하고 갈라놓으려 하는 것이 아니더냐."

인후는 소향의 흑심을 간파하고 질책했다. 이쯤 하면 발끈하여 당장 부인을 내치니 마니 할 줄 알았던 소향은 쉬이 넘어오지 않는 인후의 굳건한 믿음에 아랫입술을 살짝 깨물었다. 기분 나쁘긴 하지만 이쯤에서 물러날 생각은 없었다. 그랬다면 아예 찾아오지도 않았을 것이었다. 그녀는 마음을 가다듬고 제 진심을 호소했다.

"소인이 이간질하여 얻는 것이 무엇이겠습니까. 혼자서 애정을 품은들 첩실조차 될 수 없다는 걸 깨닫고 분에 넘치는 욕심 따위는 접었습니다. 앞으로도 나리께 바라는 건 없을 것입니다."

무엇도 요구하지 않겠다고 말한 소향은 인후의 눈동자가 살짝 흔들리는 걸 보았다. 그건 제게 아주 작은 연민이라도 남아 있다는 뜻이었다. 그 틈을 비집고 들어가야 한다는 걸 잘 아는 그녀는 시선을 내리고 슬픔을 삼키듯 작게 입을 열었다.

"오늘 이후로 더는 찾아뵙지 않겠습니다. 그저 나리께서 상처받지 않길 바라는 이년의 마음만 알아주시면 감읍할 따름입니다."

그리 말하는 소향의 눈가에는 어느새 눈물이 아롱져 있었다. 그녀는 저고리 고름으로 눈가에 맺힌 눈물을 훔쳐 냈다. 그 모습에 인후는 더 꾸짖지 못하고 고개를 돌려 버렸고, 아들의 연애사를 면전에서 들은 권식은 혀를 차며 뜨뜻미지근한 분위기를 단칼에 잘라 버렸다.

"그래서 네가 엿들은 그 대화 속의 아씨가 어찌 내 며느리라고 확신하느냐. 증거가 있더냐."

대화를 엿들었을 뿐이니 증거가 있을 리 없었다. 다만 소향은 당시 상황을 세세히 설명해 주었다.

"홍 단주가 그자를 엄히 꾸짖으며 대감마님을 거론하였습니다. 대감께서 며느리를 빼앗기면 가만있지 않을 것이라 하여 무산되었을 뿐, 청나라로 도망하려 한 건 진실입니다."

그 말에 인후의 눈동자에 다시 날이 섰지만, 이번에는 권식이 한발 빨랐다.

"그 대화를 듣고도 살아 있다는 건 기적이군."

"그것이…… 사월령에게 들켰었습니다만, 소인과 나리의 사이를 알기에 살려주었습니다."

소향은 당시 인후가 밀명지를 찾는다는 정보를 넘겼던 건 숨기고 다른 부분만 들려주었다. 그것만으로도 꽤 그럴싸한 이야기라 권식은 쉬이 납득했다.

'이이제이(以夷制夷)란 말인가.'

소향의 말이 사실이라면, 그녀를 이용해 가혜와 인후의 사이를 자연히 멀어지게 만들기 위해서라도 죽이지 않을 이유는 충분했다. 상황을 이해한 권식이 고개를 작게 끄덕이자 소향은 일어날 채비를 했다. 알려줄 건 다 알려주었으니 이젠 물러날 때였다. 공손히 절을 올린 소향이 떠나고 둘만 남자, 인후는 부친이 제 아내를 의심하지 않도록 의견을 피력했다.

"더 생각할 것도 없이 거짓말입니다. 소자의 내자가 얼마나 현숙한지는 아버지도 아시지 않습니까."

그는 끝까지 가혜를 감싸주었다. 그 누구보다 속이 쓰리고 고통스러울 인후가 성숙한 태도로 아내를 믿고 지지해 주자 권식도 내심 기뻐하며 아들을 안심시켰다.

"알고 있다. 한쪽의 말만 듣고 당장 판단할 생각은 없으니 그만 물러가서 쉬어라. 다음에 다시 얘기하자."

권식은 인후를 사랑채로 돌려보내고 홀로 생각에 잠겼다. 소향의 말대로라면 가혜가 외간 남자와 사통했다는 것이고, 사실이라면 그 사내뿐만 아니라 며느리까지도 사형당할 수 있었다. 그 정도 사리 분

별은 능히 하고도 남을 며늘아기가 외도를 했다고는 믿기 어려웠다. 언제나 그렇듯이 일말의 가능성은 염두에 두고 있지만, 마음속에선 제 며느리가 그럴 리 없다고 끊임없이 외쳐 대고 있었다.

'편견에 사로잡힌 편협한 마음은 수사에 도움이 되질 않는다. 애착은 버리고 처음부터 다시 생각해 보자.'

가슴은 뜨거워도 머리만큼은 항상 차갑게 하는 걸 중시 여기는 권식은 의문이 들었던 부분부터 차근차근 짚어갔다. 그날, 왜 갑자기 며느리에 관한 이야기가 오갔는지 따져 보던 권식은 소향의 말에서 한 군데 더 이상한 부분을 떠올렸다.

"아까 '더 위험해지기 전에'라고 했던가. 그날 상황을 보면 내가 위협이 된다는 뜻인데……."

소향의 말이 사실이라면, 그 대화 속에서 위협을 느끼는 자는 사월령이나 가혜 중 한 사람이었다. 그날은 둘의 관계를 짐작하고 찾아간 것도 아니었고, 오로지 양묘를 추포하기 위함이었으니 제가 위험 요소로 작용했다는 건 사월령이 양묘일 때에만 아귀가 맞았다. 그렇게 치면 홍 단주가 임금에게 중요한 정보를 넘길 만큼 양묘를 감싸주는 행태도 이해가 되었다. 부하가 양묘라는 게 드러나면 본인도 처벌을 면키 어려울 테니, 비이성적으로 보일 만큼 철저하게 양묘를 돕는 것이리라.

'이제 사월령이란 자의 용모파기만 얻으면 양묘의 정체도 확실히 알 수 있겠구나.'

평균적인 사내 키에 몸은 여리여리하고 상투를 틀지 않아 긴 머리카락을 지녔다면 그가 양묘일 터였다. 다만, 권식은 그 추측에서 딱 한 가지가 마음에 걸렸다.

"양묘는 계집 같은 몸을 지녔는데, 비영단의 두령이나 되는 자가 과연……."

어린 사내라 생각할 만큼 골격 자체가 가느다란 인물이 과연 두령일까 싶었다. 그러다 불쑥 제 며느리가 검을 매우 잘 다룬다는 생각이 들자 권식은 눈을 질끈 감았다. 찌푸려지는 미간을 손가락으로 꾹꾹 눌러 피면서 그는 불길한 생각을 떨쳐 버리고자 했다.

'그럴 리가 없지. 내 며느리가 양묘일 리가…….'

권식은 장침에 팔꿈치를 올리고 앉은 채 손으로 이마를 감쌌다. 사월령에 대해 조사를 더 해보면 알 일이지만, 문득 드는 불길한 감정이 등골까지 빳빳하게 만드는 듯했다. 신음에 가까운, 앓는 소리를 내던 그는 부디 소향이가 한 말이 거짓이길 바랐다. 만약 그 말이 사실이라면 며느리가 사통했을 가능성도 무시할 수 없었고, 양묘의 용의 선상에도 오르기 때문이었다.

외별당을 나온 인후는 사랑채로 들어가지 못하고 마당을 맴돌았다. 부친이 있는 외별당과 주인 없는 내당의 검은 지붕을 반복해 쳐다보는 그를 달수는 매우 불안한 시선으로 살폈다.

'그 소향이 년이 부러 우리 아씨 안 계실 때 와서 또 나리를 홀리려던 게 분명한데. 홀라당 넘어가신 건 아니시겠지?'

달수는 가뜩이나 작은 눈을 게슴츠레하게 뜨고 정신 사납게 서성이는 인후를 보았다. 소향이가 외별당에 들어갔을 때부터 노비들 사이에서는 작은 소요가 일었는데, 주인아씨가 아니 계신 날에 뻐꾸기가 찾아왔다고, 남의 둥지를 노리고 날아와 알을 낳고 가는 것이 아니냐며 별별 소리가 다 나왔다.

'나리가 저리 불안해하시는 걸 보면 새까만 알 하나 낳긴 했구먼.'

자신의 주인마님을 음해할 만한 알을 하나 턱하니 낳아놓고 간 느낌이었다. 탐탁지 않은 느낌에 입맛이 쓸 때, 인후가 그에게 말을 가져오라 일렀다. 장인어른을 찾아뵈어야겠으니 서둘러 준비하란 소리였다.

"지금 말씀이십니까?"

달수는 놀라 눈을 크게 떴다. 지금 시각이 초경(19~21시)이니 여인은 통행에 무리가 없지만 사내는 왕래에 제약이 있었다. 거기다 조금 있으면 통행이 완전히 금지되는 이경(21~23시)이 되었다. 인후야 끗발 좋은 병판 대감의 외아들인 데다가 잘생긴 얼굴이 널리 알려져 있고, 악명으로도 워낙 유명한 터라 순라군들도 그를 억지로 잡아들이진 않겠지만 어쨌거나 법은 법이었다. 그러나 당장 아내를 보고 싶은 인후에게 시간 따위는 중한 것이 아니었다.

"어서!"

"예에!"

인후의 날 선 재촉에 달수는 서둘러 마구간으로 달려갔다. 말안장을 얹고 거기에 등불을 엮어 길을 밝히도록 한 뒤에 대문 앞으로 끌고 나오자 기다리던 인후가 훌쩍 올라탔다.

"내일 정오가 넘어서야 올 터이니 아버님께는 네가 알아서 고하여라."

"엇, 나리!"

달수는 손을 휘적이며 그를 말리려 하였지만, 인후는 말의 배를 박찼다. 당장 아내를 만나 월령과 청나라행을 기획한 적이 없다는 소리를 들어야만 속에 붙은 불이 꺼질 듯했다.

모든 통행이 금지된 이경이 되자, 멀리서 인정을 알리는 종소리가 들려왔다. 정확히 스물여덟 번 울리는 종소리를 들으며 가혜는 설이와 호위무사들만 데리고 산을 올랐다. 본래 집에서 제를 지내야 하지만 아버지 몰래 스승의 제사를 치르는 건 불가능하다 보니 늦은 밤에 묘소를 찾았다.

호위 넷이 등불을 들고 주위를 밝히고, 다른 사람들은 혹시 모를 습격이나 짐승들의 등장을 경계했다. 덕분에 안심하고 길을 찾을 수 있게 된 가혜는 산 중턱의 양지바른 곳에 있는 스승의 묘소에 무사히 도착했다. 그러나 스승의 묘를 눈앞에 두고도 그녀는 더 다가가지 못하고 멈춰 섰다. 달빛만 비치는 묘 앞에 서서 조용히 묵념하고 있는 한 사내 때문이었다.

'월령?'

스승을 잃은 직후에 그는 청나라로 갔고, 지금까지 매해 제사를 챙겨온 건 가혜뿐이었다. 그래서 그녀는 이곳에 그가 올 줄은 짐작조차 하지 못했다. 하도 당혹스러워 반응이 더뎌진 사이, 월령의 손에 들린 검을 본 호위들은 재빠르게 무기를 뽑아 들었다. 묵념을 방해하는 쇳소리에 월령은 천천히 눈을 떴고, 가혜는 호위들의 경계심을 풀어주었다.

"아는 자일세. 모두 검을 거두게나."

가혜의 해명에 쭈뼛쭈뼛하던 호위들은 무열을 필두로 모두가 검을 거뒀다. 그 모습을 지켜보며 아무 말 없이 서 있던 월령은 가혜와 눈이 마주치자 조금 뜸을 들이다가 천천히 말을 걸었다.

"예까지 오실 줄은 몰랐습니다."

그도 가혜와 마찬가지로 이곳에서의 만남은 생각지도 못하고 있었다. 시집을 갔으니 늦은 시각에 외출하여 스승의 묘소를 찾는다는 건 거의 불가능한 일이기 때문이었다. 거기다 호위를 열 명이나 대동했으니 필시 시아버지의 허락을 받고 온 것이라, 그는 그 부분이 제일 의외였다. 어찌 된 일인지 묻고 싶은 마음을 눌러놓고 월령은 그녀가 제를 지낼 수 있도록 자리를 비켜주었다. 그는 먼저 내려가겠다며 미련 없이 몸을 돌렸다.

그 모습에 잠시 갈등하던 가혜는 급히 그를 불러 세웠다. 고운 음성에 그의 걸음이 멈추고, 가혜는 저번에 못다 한 말을 그에게 전했다.

"일전에 구해준 일, 고마워. 덕분에 살았어."

벌써 두 번이나 그에게 목숨을 구명받았는데, 선유봉에서도 고맙다는 말 한마디 못 했던 것이 내내 마음에 걸렸었다. 그런 그녀의 감사 인사에 제 심장이 다시 반응하기 시작하는 걸 느낀 월령은 굳은 얼굴로 딱딱하게 대꾸했다.

"아씨를 위해서가 아니라 부단주를 구하러 갔다가 우연찮게 도왔을 뿐입니다."

그는 딱 그 말만 내뱉고 산을 내려가려 했으나, 이번에도 가혜가 그를 붙잡았다.

"내가 갈 테니 마저 제를 지내도록 해. 몇 년 만에 찾아온 제자가 이대로 가버리면 내가 스승님을 뵐 면목이 없잖아."

스승에게 자신은 홍 단주에 의해 맡겨진 제자고, 월령은 그가 직접 택해 가르친 정식 계승자였다. 그런 사제 간이 몇 년 만에 상봉했으니 그들의 해후를 방해하고 싶지 않았다. 그러나 그 문제는 의견의 마찰을 빚었고, 결국 두 사람은 다른 이들이 보는 앞에서 함께 제를 지내는 것으로 타협을 보았다.

가혜가 가져온 음식들로 제사상이 차려지고, 간소한 제사가 시작되었다. 그 시각에 인후는 산 아래서 말을 멈췄다. 짐작대로 처가에서 가까운 등산로 근처에 아내가 타고 간 가마가 있었다. 가마 근처에 숨어 있다가 그를 발견한 가마꾼들이 조심스레 몰려나와 인사를 올리자, 인후는 아내가 어디로 갔고 언제쯤 내려온다고 했는지를 캐물었다. 가마꾼들은 저들이 듣고 기억하는 내용을 전부 알려주었다.

"이 방향으로 올라가셨는데, 위치가 중턱 즈음이라고 몸종에게 하시는 말씀을 들었습니다."

"저희에게는 못해도 사경삼점 쯤엔 내려오신다고 하셨습죠."

사경삼점(약 새벽 2시)이면 앞으로 한 시진(2시간)은 넘게 남아 있었다. 그 긴 시간을 잠자코 앉아서 기다릴 수 없는 인후는 말의 안장에 걸어둔 등불을 내려 들고 껌껌한 산을 올랐다. 제대로 된 위치도 모르고 길이 엇갈릴 수도 있지만, 말을 타고 오는 내내 맞은 바람에 가슴 속의 불이 들불처럼 번져서 지금 당장 아내를 보지 않고는 견딜 수가 없는 상태였다.

제를 지낸 월령은 묘에 난 잡초들을 손수 뽑고 있는 가혜에게서 시선을 떼지 못하다가 제가 서 있는 넓은 공터를 휘둘러보았다. 지금은 스승의 묘지로 쓰이지만, 그전에는 가혜와 함께 검술을 수련하던 곳이었다. 또한, 지독하던 훈련의 고통과 몇 안 되는 유년 시절의 추억이 양립하는 장소이기도 했다.

'이곳에서였지…….'

그녀와 함께 훈련하며 마음을 키운 곳에서 월령은 제 연정의 끝을 보았다. 호위들이 제게 의문 어린 시선을 주는 것도 그런 결심을 더욱 공고히 하게 만들었다. 시아버지의 애정과 서방의 사랑 속에서 조금씩 자신의 행복을 찾아가고 있는 그녀에게 저는 이제 독이었다. 다가가려 하면 할수록 그녀를 아프게 하다가 끝내 생명까지 잃게 만들 수도 있었다.

월령은 묘소 정리에 집중하고 있는 가혜를 보다가 말없이 몸을 돌렸다. 산을 내려가는 내내 마음이 편하진 않았지만, 그에게는 선택의 여지가 없었다. 유화와 홍 단주의 말대로 제 존재는 이제 그녀에게 아무런 도움이 되지 않았다. 그러니 이쯤에서 끊어내자 마음을 다잡고 산길을 내려가던 그는 불빛 하나가 깜박이며 점점 위로 올라오는 걸 발견했다. 빠른 속도로 거리를 좁히는 그것이 사람이 든 등불임을 안 월령은 급히 나무 뒤로 몸을 숨겼다.

기척을 지우자마자 좀 전에 그가 서 있던 곳에 도달한 불빛이 갑자기 우뚝 멈췄다. 저를 감지한 것이라면 보통내기는 아니란 생각에 월령은 몸을 긴장시켰고, 곧 불이 꺼졌다. 어둠 속에서 느껴지는 건 정확히 제 방향으로 달려드는 미세한 기척뿐이었다.

까앙–

검과 검이 부딪치는 소리가 요란하게 울리고, 두 사내는 빠르게 공수를 나눴다. 어느 쪽으로도 밀리지 않는 팽팽한 접전 끝에 들려온 음성은 매우 귀에 익었다.

"또 네놈인가."

가시가 박힌 나지막한 목소리에 월령은 작은 한숨을 내쉬었다. 가장 달갑지 않은 만남이었다. 그건 인후 역시 마찬가지였다. 그간 용납할 수 없는 월령의 행태를 경고만으로 끝낸 건 오로지 가혜를 위해서였다. 아내의 명예가 더럽혀지는 걸 원치 않았고, 그녀가 월령을 어찌 생각하는지 알기에 지금껏 참아왔으나 이제는 한계치에 다다랐다.

"네놈의 그 되지도 않는 욕심 때문에 그녀가 위험해진다는 건 왜 모르나!"

며느리를 끔찍이 아끼는 부친이 그녀의 사통을 믿지 않는다 하더라도 의심할 여지를 준 건 사실이었다. 그건 치명적인 문제였고, 월령도 자신의 존재가 그녀에게 좋지 못하다는 걸 인정하고 받아들였기에 지금은 있는 힘껏 거리를 두고자 노력하는 중이었다.

"오해하지 마십시오. 스승님의 기일에 술 한잔 올리러 왔을 뿐이니."

월령은 어딘가 김빠진 사람처럼 대꾸했다. 그 태도 변화가 괴이하게 느껴진 인후는 그를 압박하던 검에 실린 힘을 살짝 뺐다.

"부인을 만나러 온 것이 아니란 소리냐."

"아씨께서 오실 줄 알았더라면 걸음하지 않았을 것이오."

불과 며칠 전만 해도 속을 긁어대던 월령이 더는 그런 태도를 취하지 않자 인후는 검을 물렸다. 기분이 조금 찝찝하긴 했지만, 이렇게 체념한 모습을 보이는데 믿지 않을 수도 없었다. 인후가 공격 의사를 거두자 월령도 검을 제자리로 돌려놓고 형체만 흐릿하게 보이는 그에게 시선을 주었다. 한 가지, 마지막으로 확인하고 싶은 것이 있었다.

"저번에 나보다 아씨를 잘 안다고 하지 않으셨소? 그럼 이제 아씨를 얼마나 아시오?"

두리뭉실한 질문이었으나 인후는 그 질문이 내포하고 있는 뜻을 바로 알아차렸다. 선유봉에서 가혜가 검술을 할 줄 안다는 점이 제게 노출되었고 그 부분에 대해 정확히 얘기해 준 적은 없으니 궁금할 만도 했다. 그에 인후는 솔직하게 대답해 주었다.

"양묘란 것까지 전부."

두 사내 사이에 잠시간 침묵이 흘렀다. 가혜의 위험한 비밀을 알면서도 그녀를 버리지 않는 인후의 태도에서, 월령은 두 사람이 제 생각보다 훨씬 더 서로를 아끼고 의지하고 있음을 인정해야만 했다.

"금부도사가 잘도 그런 말을 하십니다."

"양묘이기 전에 내 부인이니까."

즉각 튀어나오는 인후의 답변에 월령은 짙은 패배감을 맛봐야만 했다. 어쩐지 저를 그리 못마땅하게 여기던 영달이 딸을 팔아버리듯 그에게 시집보낸 이유를 조금은 알 것만 같았다. 영달은 사위가 딸의 든든한 버팀목이 되어주리라 예상했을 터였다. 그 사실이 참으로 지독할 만큼 아프고 부럽게 느껴져서 월령의 얼굴에는 감출 수 없는 고통이 떠올랐다.

"다 알면서도 받아들인다 하니 더는 아씨를 요구하지 않겠습니다. 하나 그분이 곤경에 처했을 때 당신이 외면한다면, 내 어떻게서든 그녀와 함께 청나라로 갈 것입니다."

빼앗기기 싫다면 곁에서 꼭 지켜주라는 당부이자 협박의 말이었다. 그건 매우 당연한 소리였지만 괜히 여지가 남은 듯하여 인후의 눈살이 찌푸려졌다. 여차하면 제 부인을 데리고 도망하겠다고 말하는 소리가 듣기 좋을 리 없었다. 그건 당연한 이치였다. 그럼에도 인후는 아예 관심을 끊으라고는 하지 못했다. 가혜의 운명이 언제든지 위태로워질 수 있다는 걸 잘 알고 있기 때문이었다.

달빛과 등불에 의존하여 한창 잡초 뽑기에 매진하던 가혜는 병장기가 부딪치는 소리를 듣고 손을 멈췄다. 사위가 조용해서 더 잘 들리는 소리에 호위들도 일제히 경계를 강화하고, 주위를 두리번거리던 가혜는 그제야 한 사람이 없어졌음을 알아차렸다.

"월령은?"

그녀의 질문에 아무도 답하지 않았지만, 몇 명의 시선은 쇳소리가 나는 곳으로 향했다. 먼저 산에서 내려가려던 월령이 누군가에게 공격받았다는 걸 충분히 짐작할 수 있는 대목이었다. 이 어두운 산속에서 그나마 빠르게 달려가 도움을 줄 수 있는 건 이곳 지리에 익숙한 자신뿐인지라, 가혜는 무열에게서 검을 건네받고 그대로 달려 나갔다. 놀란 그녀의 호위들이 등불을 든 채 뒤를 따랐지만, 가혜의 속도를 따라잡기에는 무리가 있었다.

어느 정도 내려간 가혜는 있는 힘껏 월령을 불렀다. 더는 쇳소리가 들리지 않으니 그가 있는 방향을 가늠하기도 어려웠다.

"어디 있는 거야, 월령! 대답해!"

좀 더 산 아래로 향하면서 그를 불렀으나 돌아오는 답변은 없었다. 그의 실력을 알고 있으니 쉽게 당했을 리 없다 생각하지만, 한편으로는 가슴이 철렁 내려앉았다. 왜 대답이 없는지 오만 가지 생각이 다 들 때, 그녀에게 말을 거는 목소리가 있었다.

"참으로 애절하게도 부르는구려."

까칠한 그 음성에 가혜는 급히 몸을 돌렸다가 입술을 덮치는 움직임에 놀라 검마저 놓쳐 버렸다.

"으읍! 서방님!"

가혜는 고개를 돌려 벗어나려 했으나 그를 부를 잠깐의 여지만 얻었을 뿐이었다. 어떻게든 빠져나가 보겠다고 뒷걸음질을 쳐 보아도 나무에 가로막혔고, 바동거릴수록 허리를 당겨 안는 그의 팔과 턱을 잡아 올린 손가락 탓에 옴짝달싹할 수가 없었다. 눅진하게 덮쳐 오는 그의 입맞춤은 어둠이 오랫동안 몸을 숨겨주길 기원할 만큼 그녀를 깊이 매료시켰다. 그러나 그와 반대로 가혜의 머릿속은 혼란의 끝을 달렸다. 집에 있을 줄 알았던 서방이 어떻게 여기까지 와 있고, 먼저 내려갔을 월령은 대체 어찌 된 건지, 답답하기만 한 가혜는 그를 밀어내려 했다. 이제 그만하고 대화 좀 하자는 신호였으나 그는 끝까지 놓아주지 않다가 호위들의 기척이 가까워진 뒤에야 껴안던 손에 힘을 풀었다.

“호위를 붙여두면 무얼 하오. 이리 혼자 다니는데. 내가 아니라 다른 사내가 덮쳤으면 어쩔 뻔했소.”

인후는 스스로 말해놓고도 기분이 나빠졌다. 정말 월령이 나쁜 마음을 먹었으면 좀 전에 그녀의 입술을 훔치고 맛본 건 제가 아니라 그였을지도 몰랐다. 물론 실제로 일어나지도 않은 일이었지만 불타오르는 질투심에 홀로 사로잡혀 표정을 굳히는 그를 보면서 가혜도 지지 않고 맞받아쳤다.

“그랬다면 몸 성히 서 있지는 못했겠지요. 무기를 들고 있었는데 뒤에서 갑자기 접근하시면 어찌합니까.”

주위가 어두우니 순간적으로 목소리를 듣고 누구인지 파악하지 못했더라면 저도 모르게 공격했을지도 모를 일이었다. 제 손으로 서방을 다치게 하는 것만큼 끔찍한 일이 또 있겠나 싶어 타박하는 사이, 다가온 호위들로 인해 두 사람은 잠시 말다툼을 멈춰야 했다.

주인 나리를 발견한 이들이 얼른 다가와 예를 갖추었으나 인후는 아씨를 제대로 모시지 못했다는 이유로 그들을 질책하며 꼴도 보기 싫다는 듯 멀찌감치 물려 버렸다. 방해꾼들을 치운 그는 좀 전에 하다 만 일을 이어가려 했다. 월령의 이름을 불러대던 요망한 입술이 이제 저만 애타게 찾고 부르도록 만들 생각이었다. 그러나 그 낌새를 눈치챈 가혜가 입이 막히기 전에 그를 급히 제지했다.

"이럴 때가 아닙니다. 혹시 올라오시면서 월령을 못 보셨습니까?"

분명 금속성이 울리는 걸 들었다며 그가 다치진 않았을까 걱정하는 그녀의 음성에 인후는 쓴 입맛을 다시며 간단히 상황을 설명해 주었다.

"그와 내가 검을 맞대면서 생긴 소리니 그 점은 염려치 않아도 되오."

습격자가 있는 것도 아니고 무탈하게 돌려보냈으니 걱정 말라는 뜻으로 말했으나, 가혜의 표정은 여전히 어두웠다. 그녀는 저로 인해 두 남자가 서로를 공격하는 상황이 썩 달갑지 않았다. 가뜩이나 선유봉에서 신세까지 진 마당에 그가 기어코 월령을 공격했다는 사실도 괴로웠다. 그래서 더 마음이 불편해진 가혜는 저를 품에 안으려는 서방을 슬쩍 피하며 이만 하산하자고 말했다. 에둘러 거부 의사를 표시했으나, 그건 지금껏 억눌러 왔던 인후의 감정에 부채질하는 행동이나 마찬가지였다. 그는 제 옆을 지나치려는 아내의 팔을 붙잡아 세웠다.

"그대를 보고자 예까지 달려온 나요. 그 마음을 봐서라도 좀 안길 수는 없소?"

섭섭함이 그대로 드러나는 말투에도 가혜는 이제 와 오붓한 척하기가 어려웠다. 무엇보다 호위들을 따라잡지 못하고 홀로 뒤처져 내려오던 설이가 겁에 질려 저를 찾는 목소리를 들으니 이번 일은 나중에 단둘이 있을 때 조용히 해결하는 것이 좋을 성싶었다.

"보는 눈과 듣는 귀가 많지 않습니까. 호위들을 더 기다리게 하는 것도 민망합니다."

그건 맞는 말이었지만, 인후는 아내의 말투 속에서 다른 감정을 느꼈다. 곧게 뻗어 있던 그의 눈썹이 슬쩍 안쪽으로 기울어졌다.

"그건 핑계일 뿐이고 내게 화가 났잖소. 월령을 공격했다고."

역시 그는 예리하게 정곡을 파고들었다. 그러나 그와 말다툼을 하고 싶지 않은 가혜는 화제를 월령에서 호위들로 바꿨다.

"소첩은 저들을 기다리게 하기 민망하다 하였을 뿐인데, 어찌 이리 화를 내십니까."

그래서 애정 표현을 거부했을 뿐, 월령과는 상관없다는 그녀의 말은 인후를 더 자극했다. 빤히 보이는데 몇 마디 말로 회피하려 하니 그의 심중에 있던 작은 의심이 태산처럼 몸집을 키운 것이다. 결국, 그 일은 특단의 조치로 이어졌다.

"무열!"

"옛!"

멀리서 대기 중이던 무열이 그의 부름을 받고 달려오자 인후는 호위들을 당장 하산시킬 것을 명했다. 전부 다 데리고 내려가라는 명령에 무열은 곤혹스러운 표정으로 가혜를 보았다. 이토록 화가 난 도련님의 모습은 그도 본 적이 없었기에 혹여 그녀에게 무슨 일이 생기진 않을까 걱정이 된 것이다. 하지만 분노한 주인 나리 앞에서 그가 해줄 수 있는 건 아무것도 없었다.

인후의 다그침을 받은 무열은 두 사람 곁에 등불 하나만 내려놓고 설이와 호위들을 챙겨 하산했다. 그들이 모두 다 떠나고 난 뒤의 산속은 적막하기 그지없었다. 인후는 저를 외면하는 아내를 지그시 바라보았고, 가혜는 그에게 시선조차 주지 않았다. 그녀가 전방에 있는 나무들 사이를 가득 메운 어둠만 응시하고 있을 때, 좀 전과는 매우 이질적일 만큼 차분한 그의 음성이 귀에 닿았다.

"이제 우리 둘뿐이니 내게 와서 안기시오."

당장 다가오라는 강압적인 말투에 가혜는 그에게 시선을 주었다가 고개를 돌려 버렸다. 싫다는 뜻이 가득한 그녀의 몸짓에 인후는 아내의 팔을 잡아 확 끌어당겨 안았다. 강한 그의 힘에 가혜는 거부할 찰나의 틈도 얻지 못했고, 나오려던 비명조차 그의 입술에 막혀 버린 뒤에는 속수무책이었다. 가볍게 당겨 안던 좀 전과는 달리 그의 팔에 몸이 바스러질 것만 같았고, 항상 허리 정도에서 머물던 손은 이제 제멋대로 몸을 타고 내려갔다. 적당히 쥐기 좋을 만큼 굴곡진 엉덩이는 가뜩이나 위태롭던 그의 이성을 그대로 무너뜨렸고, 그는 한 번도 제대로 된 허락을 받지 못했던 그녀의 다리 사이까지 공략했다.

여러 겹 껴입은 치마마저도 은밀한 곳에 닿은 감촉을 막아주지는 못한 탓에 가혜는 결국 짧은 신음을 터뜨렸다. 그곳만 집중적으로 매만지는 손을 막으려 애써보아도 그는 멈추지 않았고, 몸은 뜻대로 통제되지 않았다. 서방을 밀어내던 손도 의미 없는 반항임을 깨닫고 맥없이 움직임을 멈췄다. 그야말로 불가항력이었다. 그가 스스로 놔주기 전엔 벗어날 수가 없었다. 위아래로 끊임없이 이어지는 자극은 다리의 힘마저 앗아갔고, 정신마저 아찔해진 그녀가 쓰러지려 하자 인후는 아래쪽을 공략하던 손을 잠시 뺐다가 앞쪽에서 다시 깊이 밀어 넣었다. 가혜의 몸이 바르르 떨리고, 그녀가 흘리는 신음을 들으면서도 인후는 손을 놀리는 걸 중단하지 않았다. 뒤늦게 아내가 반항하지 않는 걸 알아차린 그는 입술을 놓아주었다. 생기를 잃고 물기에 축축이 젖은 눈동자를 보면서도 그녀를 탐하려는 마음은 줄어들지 않았다. 저를 향한 아내의 눈빛에 두려움마저 어린 게 괴롭긴 해도 가슴속에서 타오르는, 천년만년 꺼지지 않을 듯한 불길을 잡으려면 그녀를 가지는 수밖에 없을 것만 같았다.

그는 간신히 버티고 서 있는 가혜의 옷고름을 풀었다. 저고리에 이어 속저고리의 앞섶도 벌어지자 가혜는 눈을 질끈 감고 고개를 돌렸다. 체념한 듯한 태도에도 인후는 그녀의 두 팔을 잡고 고스란히 드러난 아내의 몸에 얼굴을 묻으려다가 흠집 하나 없던 자리에 생긴 불그스름한 자국들을 발견했다. 일전에 그녀를 취하려다 만들어 버린 제 욕심의 흔적들이었다. 무엇에 홀린 듯 한참 그것을 바라보던 차에 가혜의 쇄골 위로 빗방울이 툭 떨어지고, 인후는 아내를 떨게 하는 그 차가운 물기를 핥아 없애주었다. 그건 신기하게도 타는 듯하던 그의 갈증을 가라앉혔다.

어깨를 타고 내려온 빗방울이 가슴 골짜기로 숨으려던 것도 받아먹고 나서 인후는 아내를 억압하던 손을 풀고 그녀의 저고리를 여며주었다. 그러다 바라본 아내의 눈가에 눈물이 아롱아롱 맺혀 있는 걸 본 인후는 그 위로 입을 맞추고 작게 속삭였다.

"미안하오, 부인. 미안하오."

불안함에 조급히 굴다가 그녀를 괴롭게 한 걸 그는 진심으로 후회했다. 월령과 청나라로 도망치려 했다는 소향의 말에도 내자를 두둔했던 자신이건만, 그새 또 몸을 취해 마음을 확인코자 한 스스로가 참으로 못난 듯했다.

"울지 마시오. 내가 잘못했소."

용서를 청하는 그의 부드러운 목소리에 두려움과 긴장감으로 뭉쳐 있던 심장이 녹아내리자 가혜는 두 손에 얼굴을 파묻고 흐느껴 울었다. 도와줄 사람이 아무도 없는 산속에서 이대로 당할까 봐 놀랐던 마음과 서방의 애정을 잃기 싫어서라도 참아야 한다는 생각 속에서 얼마나 갈등했는지 모른다. 그러한 고통이 쌓여 만들어진 설움은 그 어떤 사건보다 그녀의 심리에 극렬한 자국을 남겼고, 인후는 처음 보는 아내의 눈물에 더 쩔쩔맸다.

"부인."

어쩔 줄 몰라 하던 그는 조심스럽게 아내를 껴안으며 그녀의 등을 천천히 쓸어주었다. 그 손길에 이제야 진짜 제 서방을 되찾은 것처럼 느껴져서 가혜는 그의 가슴에 가만히 안겨 울었다. 놀랐던 마음이 진정되자 그녀는 곧 이전처럼 차분한 모습으로 돌아갔고, 인후는 검과 함께 등불을 들고 다른 한 손은 아내에게 내밀었다.

"그만 내려갑시다."

부슬부슬 내리던 빗방울이 점점 더 두꺼워지고 있으니 이만 하산해야 했다. 기분이 좀 나아진 가혜는 그가 내민 손을 잡았고, 손을 타고 전해지는 서로의 온기를 느끼며 두 사람은 별다른 말 없이 내리막길을 택해 걸었다.

빗방울과 바람에 위태위태한 등불이 희미하게 길을 밝히고, 앞장서는 서방의 뒷모습은 가혜의 시선을 자꾸 끌어당겼다. 저를 덮치려던 그가 중도에 멈춘 이유가 괜히 궁금해서 더욱 신경이 쓰이는 걸지도 몰랐다.

아마도 몸에 난 붉은 반점의 모양새가 혐오스러웠던 건 아닐까 싶었지만, 그랬다고 하기에는 몸에 닿던 그의 입술은 애정으로 가득 차 있었다. 이런저런 생각이 머릿속을 메웠을 때 젖은 돌에 닿은 그녀의 신발이 균형을 잃고 미끄러졌다.

비명을 지르기도 전에 알아차린 서방이 재빨리 잡아주어 돌에 부딪치거나 넘어지는 불상사는 막았지만, 발목을 살짝 접질렸는지 통증이 올라왔다. 딴생각을 하느라 젖은 돌을 발견하지 못해 생긴 일이었다.

"괜찮소?"

걱정 어린 물음에 가혜는 입술을 깨물고 고개를 끄덕였다. 하지만 쉬이 입을 열어 말하지 못하는 그녀의 모습에 인후는 몸을 낮춰 벗겨진 당혜를 직접 신겨주면서 발목을 슬쩍 잡아보았다. 손을 대자 고통을 삼키는 소리가 들려오고, 인후는 몸을 돌려 등을 내주었다.

"내게 업히시오."

"예?"

체통을 지켜야 하는 양반에겐 절대 있을 수 없는 일에 가혜는 깜짝 놀랐으나 인후는 개의치 않았다. 이대로 산을 내려가기엔 무리가 있었고, 아내가 더 다치는 것보다는 체통을 잃는 것이 나았다.

"보는 사람도 없는데 뭐 어떻소. 안고 가기엔 앞이 잘 보이지 않을 테니 업히시오."

그는 아내가 쉽게 업힐 수 있도록 몸을 더 낮춰주며 재촉했다. 쭈뼛대며 주저하던 가혜는 더 내리는 빗방울에 별수 없이 그의 등에 몸을 맡겼다. 가혜의 손으로 옮겨간 등불은 흔들리며 앞을 비추고 인후는 그녀의 다리가 되어 걸었다. 서방의 목에 팔을 걸고 그의 어깨에 얼굴을 묻자 예의 그 청명한 향이 느껴졌다. 그를 처음 봤을 때부터 기분을 좋게 만들어주던 체취에 가혜의 입가에도 미소가 어리고, 그녀는 손가락으로 비를 피할 장소의 방향을 가르쳐 주며 그에게 말을 걸었다.

"서방님."

목덜미를 타고 느껴지는 그녀의 숨결에 인후는 움찔하며 잠시 걸음을 멈췄다. 그가 그러거나 말거나 가혜는 아까부터 궁금하던 점을 물었다.

"아까 소첩의 몸에 난 반점을 보고 많이 놀라셨습니까?"

"아니, 놀랐다기보단 조금 속상했소."

인후는 다시 발길을 떼며 그녀의 질문에 답했다. 제 것이라는 흔적을 남기겠다고 고운 피부에 만든 자국들을 보고 있자니 자신의 욕심에 그녀가 멍들어가는 느낌을 받은 것이다. 그런 인후의 마음을 알 길 없는 가혜는 속상했다는 부분이 제 건강에 대한 염려라 여겼다.

"심려치 마십시오. 약을 먹으면 금방 나을 것입니다."

"약?"

인후는 그 말이 무슨 뜻인지 바로 이해하지 못했다. 한참 그 뜻을 곱씹으며 걷던 그는 소양감이 없다는 가혜의 말에 그녀가 그걸 질병으로 착각하고 있음을 깨닫고 저도 모르게 웃어버렸다. 몸이 앞으로 숙여질 정도로 파안대소하는 서방의 모습에 가혜는 어리둥절한 표정을 지었다. 영문을 모르는 그녀는 이게 웃을 일인가 싶어, 산속에 우두커니 있는 불 꺼진 작은 초가집에 당도할 때까지 그에게 따가운 시선을 주었다. 그걸 알면서도 웃음을 참지 못해 끅끅거리는 그가 얄미워서 눈꼬리가 뾰족하게 올라간 가혜는 퉁명스러운 말씨를 내뱉었다.

"내자가 병이 났다는데 뭐가 그리 웃기십니까?"

"그게 말이오."

인후는 등에 업힌 가혜를 좀 더 추어올린 뒤에 고개를 돌려 그녀와 눈을 마주했다. 제게만 가끔 보여주는 그녀의 뿌루퉁한 표정에 인후의 입가에는 자연히 미소가 지어졌다.

“내가 만들어놓은 걸 병이라 착각하는 그대의 모습이 매우 귀여워서 말이오.”

상단에서 묵을 당시에 입으로 건드려서 만든 흔적임을 알려주자 가혜는 볼이 붉게 달아올랐다. 민망해진 그녀는 혼자 걸어갈 테니 내려달라 했지만, 인후는 기어코 초가 안까지 업고 들어갔다.

사람 손을 탄 지 며칠 되어 보이는 빈 초가는 본래 홍려 상단에서 지은 것으로, 이 산을 거점으로 삼고 훈련하던 몇몇 비영단원들이나 산을 넘어 물건을 팔러 다녔던 상단 사람들이 쉬어가는 곳이었다. 초가 안에 있는 두 개의 방은 모두 비어 있었지만, 그중에 깨끗한 곳을 골라 들어간 인후는 등잔을 찾아 불을 옮겨 붙이고 아내의 다친 발부터 살펴보았다.

조심스럽게 버선을 벗기자 살짝 부은 발목이 드러났다. 심하진 않았지만 움직이지 않도록 고정을 해둘 요량으로 그는 입고 있던 구군복 자락을 찢어내려 했다.

“서방님!”

다급히 그를 말린 가혜는 아직 참사를 당하지 않은 군복을 보고 안도의 숨을 내쉬었다. 그 군복이 얼마짜리인데 귀한 옷감을 발목 감는 용도로 쓸 수는 없었다. 그녀는 찢을 만한 천을 찾기 위해 주섬주섬 치마를 들쳤고, 인후는 그 모양새를 바라보며 얌전히 기다렸다. 덕분에 슬쩍슬쩍 보이는 아내의 속바지에 입술도 꾸욱 다물고 새어 나오려는 미소를 감춰야만 했다.

어디서 음흉한 시선이 날아오는 걸 느낀 가혜는 그의 표정을 한번 쳐다보고 눈을 가늘게 떴다. 좀 전에 저를 울려놓고 또 눈을 빛내는 걸 보니 배알이 아파서 그녀는 반쯤 돌아앉아 치마를 찢어냈다. 아쉬운 마음에 입맛만 다시는 서방에게 찢은 천을 건네자 그가 발목을 감아 고정해 주었다.

그렇게 급한 일을 해결하고 나니 남은 건 긴 침묵뿐이었다. 한방에 둘만 있는 일이 처음도 아니고, 굵어지는 빗방울이 멈출 때까지는 하산하기도 어려우니 이곳에 머물러야 하는데 괜한 어색함이 주위를 감돌았다. 가혜는 방에 있는 물건들만 하릴없이 살폈고, 인후는 전립을 벗다가 시야에 들어온 그녀에게서 눈을 떼지 못했다. 조금 흘러내린 머리카락을 타고 뚝뚝 떨어지는 물방울과 그 물기에 젖어 몸에 달라붙은 저고리는 사내의 가슴에 불을 질렀고, 하얀 얼굴에 복사꽃 같은 두 뺨의 조화는 차마 눈길을 뗄 수 없도록 만들었다. 그래서 더 빤히 바라보고만 있는 서방에게 시선을 쓱 주었다가 급히 고개를 돌린 가혜는 발목을 점령하고 있던 통증이 좀 가시자 뼛속까지 파고드는 오한에 몸을 떨었다. 그녀의 떨림을 즉각 감지한 인후는 그제야 헛기침을 하며 자리를 털고 일어났다.

"땔감을 좀 찾아보리다."

아내가 고뿔에 걸릴까 저어한 그는 말리려는 가혜를 보지 못하고 급히 방을 나섰다. 초가를 샅샅이 뒤졌으나 아쉽게도 장작으로 남은 것이라고는 별 볼 일 없는 나뭇가지들뿐이었고, 등불을 가져다가 불을 붙여보았지만 오래가긴 어려울 성싶었다. 그래도 조금이나마 도움이 되길 바라며 불을 때고 방으로 돌아온 인후는 장 안에 들어 있던 이불도 가지고 나가 탁탁 털어다가 아내에게 가져다 주었다.

"젖은 옷은 벗고 이걸로 몸이라도 감싸고 있으시오. 그리 계속 있다가는 고뿔에 걸릴 테니."

그의 말에 가혜는 저고리 고름만 만지작거렸다. 그녀가 머뭇거리자 인후는 제가 나가길 기다린다 생각하고 아차 싶어 얼른 몸을 돌려 방 밖으로 나갔다. 단단히 닫은 문에 기대어 서는 그의 기척이 느껴지고, 저고리를 벗던 가혜는 창문을 덜컹이는 바람 소리에 문 쪽을 바라보았다. 그도 옷이 젖어 추울 텐데 그 바람을 다 맞아가며 여전히 그 자리에 있었다. 안심하고 벗을 수 있도록 문 앞을 지켜주는 그의 모습에 가혜는 입술을 꾹 깨물었다가 다시 젖은 저고리를 입었다.

"서방님. 좀, 도와주시겠습니까?"

옷을 벗었을 텐데 들어가도 될까, 잠시 주저하며 고민하는 그를 가혜는 기꺼이 방 안으로 불러들였다. 무슨 문제가 생겼나 싶어 안으로 들어간 인후는 제가 나갈 때와 여전히 동일한 차림새인 아내를 보고 눈빛에 의문을 품었다. 뭐가 문제인지를 묻는 그의 눈길에 가혜는 고개를 푹 숙이고 애꿎은 치마만 매만졌다. 차마 입을 떼어 말하지 못하는 그녀를 보고 무언가 심상찮은 기색을 느낀 인후는 얼른 아내에게 다가가 안색을 살폈다.

"왜 그러시오. 어디가 불편하오?"

"그것이……."

아까보다 더 짙게 볼을 물들이는 홍조와 어쩔 줄을 모르는 그녀의 표정에 인후는 손을 들어 아내의 이마를 짚었다. 미열이 조금 있는 느낌도 들었다.

심각한 표정으로 제 이마를 짚어주는 서방의 행동에 가혜는 침음을 삼켰다. 아까는 원치 않아도 알아서 덮쳐 오더니 이젠 그런 쪽으론 별다른 관심이 없는 모양이었다. 이마를 짚던 손이 떨어지고, 그는 산을 내려가 의원에게 보일지, 아니면 비가 그칠 때까지 기다릴지 심각하게 고민하는 듯했다. 그런 서방의 얼굴을 빤히 보고만 있던 가혜는 더 참지 못하고 바닥을 짚어 몸을 앞으로 기울이면서 그에게 입을 맞췄다.

눈을 꾹 감은 그녀와 놀라서 얼어붙은 그의 눈동자가 상반된 감정을 교차시키고, 숨도 쉬지 못한 채 한참을 있던 가혜는 천천히 그에게서 떨어졌다. 바닥만 맴돌던 눈길을 올려 힐끔 보니 완전히 멍해진 서방은 아무런 반응도 하지 않았다. 기껏 용기를 내어 먼저 다가갔건만 지금 이 순간, 바보 같아진 그의 태도에 가혜는 뿔이 날 지경이었다.

정말 예상치 못한 아내의 행동에 인후는 상황 판단이 잘 되질 않았다. 가슴이 뻐근할 만큼 기분이 좋았지만, 이게 어떤 신호인 건지 아니면 그냥 가볍게 선물처럼 해준 건지 가늠할 수가 없었다. 이미 사고가 정지해 버린 머리를 간신히 삐걱대며 굴리고 있는데 어딘가 토라진, 불만스러운 아내의 표정을 본 순간 그는 씨익 올라가는 입꼬리를 주체하지 못했다.

"부인."

능글능글하게 웃으며 나직하게 부르는 그의 음성에는 많은 감정이 담겨 있었다. 즐거워하면서도 놀리는 느낌 또한 다분한 것이 보통 얄미운 게 아니었다. 그에 더 토라진 가혜는 허리를 껴안는 그의 손을 내버려 두면서도 몸을 옆으로 돌려 앉았다.

그런 모습마저 사랑스럽게 보이는 인후는 웃으며 아내의 귓불을 부드럽게 깨물었다.

"내 오늘 밤엔 처음부터 끝까지 다 알려주겠소."

귓가를 간질이는 서방의 음성에 가혜는 몸이 떨리는 걸 느꼈다. 그 떨림은 가슴속 깊은 곳에서 시작되는 울림이기도 했다. 아무래도 처음인지라 조금은 딱딱하게 굳은 채로 앉아서, 그녀는 귀에서부터 턱을 따라 내려가는 그의 뜨거운 입술에 집중했다. 한 번 한 번 닿을 때마다 그 속에 담긴 애정이 마치 제가 그의 소중한 보물이 된 것처럼 느껴져서 그렇게 좋을 수가 없었다.

가혜는 그와 마주 보고 앉았다. 그의 시선이 제 입술에 머무니, 아마도 맛을 볼지 말지 고민하는 듯했다. 그것이 그녀의 몸을 달게 했다. 그의 입술을 가지고 싶었고, 넓은 품에 안겨 좀 전과 같은 기분을 충분히 만끽하길 원했다. 그러니 이리 오라고 살짝 입술을 벌렸으나 그는 가벼운 입맞춤만 남기고 목을 타고 내려갔다. 언제 풀렸는지도 모를 저고리가 앞섶을 벌리며 그에게 길을 내어주고, 저고리 안쪽으로 들어온 손이 둥근 어깨를 한 번 매만지며 자연스럽게 옷을 밀어냈다. 따뜻한 그의 체온이 빗물에 얼어 있던 몸을 녹여주는 중에 가혜는 제 몸을 가리고 있던 옷이 조금씩, 천천히 벗겨지고 있다는 걸 알았다. 그 느낌이 매우 생소했지만, 그녀는 이전처럼 그를 제지하거나 옷을 추스르려 애쓰지 않았다. 그런 것보단 몸으로 느껴지는 그의 입술과 손길이 더 중요했다.

마침내 치마끈이 풀리면서 가혜는 제 목에 얼굴을 묻은 그가 조심스럽게 뒤로 눕히는 감각에 그대로 몸을 맡겼다. 펼쳐져 있는 이불 위로 누운, 무장이 해제된 그녀의 몸 위로 그의 손과 입술은 닿지 못할 곳이 없었다.

풍만한 가슴을 눌러 가리고 있던 속치마들의 매듭이 풀어지고, 치맛자락을 잡은 인후는 남몰래 호흡을 가다듬었다. 심장이 거세게 뛰는 것이 좀처럼 진정되지 않았다. 마른침을 삼킨 그가 바짝 긴장한 상태로 조금씩 조금씩 치맛자락을 당겨 내리자 잘 부푼 가슴이 그 귀한 자태를 내보였다.

조선 팔도에 아름다운 산과 봉우리가 많다 하여도 그중에 으뜸은 단연코 지금 제 눈 앞에 펼쳐진 산일 것이었다. 뽀얀 빛깔에 둥그스름한 산세는 수려하고 그야말로 절경이었다. 한시라도 눈을 뗄 수가 없어서 넋이 나갈 듯한데, 그 시선이 부끄러웠는지 가냘픈 두 팔이 일부를 가렸다. 그러나 그것이 그를 더 자극했다. 팔에 눌린 모양을 보니 얼마나 말랑말랑할지가 여실히 느껴져서 만지고 싶은 욕구가 터져 버렸다. 인후는 아내의 팔을 잡아 살짝 벌리고 다시금 나타난 분홍빛 봉우리를 입에 담았다. 입안을 가득 채우는 말캉한 감촉에 그는 참지 못하고 신음을 흘렸다. 입 한 번 대었을 뿐인데 벌써부터 이러니 그야말로 미칠 것만 같았다.

그의 신음을 들은 가혜는 눈을 질끈 감았다. 그가 제 가슴을 물고 있는 게 시야에 들어와서 차마 눈을 뜰 수가 없었다. 하지만 시각적인 자극을 차단한 만큼 촉각은 더 생생하게 느껴졌다. 그의 입속에서 제 가슴이 어떠한 일을 당하는지, 그가 얼마나 맛있게 음미하고 있는지 전해지니 자연히 입술이 벌어지고 소리가 새어 나왔다.

너무나 자연스럽게 흘러나온 소리를 자각할 새도 없이 그가 큼직한 손으로 다른 쪽 가슴을 움켜쥐었다. 딱딱한 끝을 부러 더 자극하는 손을 잡아 막아보아도 서방은 충분히 만족할 만큼 만지고 맛본 뒤에야 놓아주었다. 그러나 그것이 끝이 아니었다.

인후는 치맛자락을 좀 더 끌어 내리면서 드러나는 그녀의 몸을 따라 입을 맞춰 나갔다. 그러다가 제 손을 잡으려는 그녀의 몸짓에서 어딘가 불안함을 느낀 그는 더 아래로 내려가는 걸 멈추고 위로 올라와 눈높이를 맞추며 말을 걸었다.

"무섭소?"

그의 질문에 가혜는 고개를 저었다. 무서운 건 아니었다. 그저 처음이라 긴장도 되고 기대도 되어 어찌할 바 모르는 상태였을 뿐이었다. 그러자 웃으며 다가온 그가 이마를 맞대고 앞으로 어찌할 건지를 알려주었다.

치마 속에 손을 넣고 다리를 만져 보고 싶다는 속삭임에 딱히 거부하지 않자, 그의 손이 정말로 치마 안으로 들어오는 게 느껴졌다. 저도 모르게 무릎을 세운 가혜는 발목부터 천천히 매만지는 손길에 조금씩 긴장을 풀었다. 다정한 손은 종아리를 지나 무릎에 도달했고, 그가 입을 맞춰오자 가혜는 입술 사이를 벌려 그가 진입하기 좋게 해주었다. 그사이 그의 손은 다리를 타고 미끄러지듯 내려가 허벅지를 쓰다듬었다.

바깥부터 시작해서 안쪽까지 손에 닿는 허벅지의 촉감을 즐기며 그는 아내가 제 손에 익숙해질 때까지 기다려 주었다. 혀를 통해 느껴지는 그녀의 움직임이 좀 더 적극적으로 변하고, 보들보들한 다리 안쪽의 살결에 본인의 인내심마저 한계에 달했을 즈음 그는 엄지로 덤불 안쪽에 숨겨진, 물오른 샘을 살짝 건드렸다. 그 잠깐의 접촉에 그녀의 몸이 움찔하는 게 전해지고, 그는 비음을 흘려 괜찮다고 달래면서 좀 더 과감하게 그녀의 은밀한 곳을 만져 보았다. 기분이 좋을 만큼 촉촉하게 젖은 땅속에는 진주 알이 숨어 있었다. 누구도 가져 본 적 없는 보석을 찾아냈을 때의 그 희열이란, 온몸을 휘감아대는 짜릿함에 그의 손이 조급함을 드러냈다. 보석은 건드리면 건드릴수록 미끈미끈해졌고, 그 감촉이 좋은 인후는 얼른 그걸 맛보고 싶어졌다. 더 참지 못한 그는 엉켜 있던 혀를 거두고 볼이 붉어져 있는 아내에게 적당히 둘러댔다.

"내 갈증이 하도 심하여 물 좀 마시러 잠시 다녀올 터이니 너무 놀라지 마오."

그게 무슨 뜻인지 몰라 눈을 깜박이는 아내에게 가볍게 입을 맞춘 인후는 서둘러 아래로 내려갔다. 그녀가 무언가 반응하기도 전에 다리 사이에 있던 손이 치마를 들추며 자리를 내어주자, 그는 수년간 사막을 떠돌다 우물을 발견한 사람처럼 얼굴부터 들이밀었다. 이어지는 그의 행동에 가혜의 입에서 참지 못한 신음이 터진 건 당연한 일이었다.

그녀는 벌어진 다리를 오므리지도 못한 채로 허리를 틀었다. 혼인 첫날밤에 눈가를 핥던 그 감촉이 아래에서 느껴지고 있었다. 너무나 자극적인 탓에 도망치고 싶은데, 그의 두 손이 다리를 잡고 벌린 상태라 옴짝달싹 못 하는 가혜는 얇은 치맛자락을 꽉 잡고 신음만 터뜨렸다.

아내가 버티지 못하고 흘리는 소리를 즐겁게 들으면서 인후는 입을 딱 붙이고 샘물을 마음껏 핥아 먹었다. 그 곳을 독차지한 기분이란 하늘을 나는 듯하고, 타는 듯한 갈증도 점점 해소되었다. 그렇게 급한 불을 끄고 나니 그제야 맛이 느껴졌다. 공 굴리듯 혀를 굴리면 처음엔 귀한 굴 맛이 나다가 후엔 달콤한 과일 맛이 났다. 그 맛을 음미하던 인후는 아마도 그녀의 몸이 신선들만 먹는다는 선과로 이루어진 걸지도 모르겠다는 생각을 했다. 그렇지 않다면 이렇게 사람의 혼을 쏙 빼놓을 만큼 맛있을 리가 없었다. 흘러나오는 과즙을 열심히 빨아 먹던 그는 입을 떼고 아내에게 투정을 부렸다.

"부인, 조금만 더 주오. 이건 너무 감질나지 않소."

본인이 폭식 중인 탓이지만, 오랜 마찰에 이미 녹녹해져 버린 가혜는 목소리를 내어 그 사실을 그에게 인지시키지 못했다. 자극을 견디는 데 힘을 다 쓴 느낌이었다. 긴 시간 몸을 적시듯 스며들었던 녹진한 감각에 눈빛마저 몽롱해져 있는 그녀를 발견한 인후는 제가 과했음을 깨닫고 멋쩍게 웃으며 얼른 옷을 벗었다.

딱 한 번 본 적 있는 서방의 잘난 몸이 시야에 들어오자 가혜의 퍽 퍼져 있던 눈동자가 초점을 되찾았다. 보기 좋은 근육의 모양새에 창밖의 풀벌레마저 숨을 죽이고, 그녀는 제 몸 위를 덮는 그를 저도 모르게 껴안았다. 큼직한 몸은 품에 안는 느낌이 매우 좋았다. 손에 닿는 피부의 감촉과 근육의 굴곡도 상상했던 것과 같았고, 팔로 바닥을 짚어 누르는 무게마저 적당하니 안정감마저 들었다. 그때 그녀는 무언가 뭉툭하고 단단한 것이 아래를 휘젓는 느낌을 받았다. 진입할 시기를 가늠하듯 위아래로 살살 이동하다가 간혹 양옆으로 변칙적인 움직임을 구사하는 탓에 그녀의 긴 속눈썹이 파르르 떨리고, 그걸 지켜보던 인후는 아내와 함께 물장구를 치고 싶은 마음을 더 억누르지 못하고 제 몸의 일부를 그녀의 샘 속에 깊이 담갔다.

복숭아 향기가 나는 물가에 사내 하나가 간신히 들어갈 수 있는 좁은 동굴이 있으니 그것이 낙원으로 들어가는 입구라, 처음으로 제게 허락된 공간에 호기심과 설레는 마음을 품고 안쪽 깊숙한 곳까지 들어간 인후는 신선들이 산다는 동천(洞天)을 발견하고 탄성을 흘렸다. 적당히 젖은 비옥한 땅이 시름을 잊게 하고, 들어갔다 나갔다 노니는 동안 눈앞의 장면이 달라지니 힘든 줄도 몰랐다.

무릉도원을 찾아낸 서방이 이끄는 대로 낙원으로 가는 길에 올랐던 가혜는 그가 힘껏 노를 저어 배를 앞으로 보낼 때마다 달뜬 신음을 흘렸다. 동굴 벽에 찰싹찰싹 물 부딪치는 소리는 선명하고 달려드는 건 또 어찌 그리 맹렬한지, 강한 물살에 가슴마저 일렁일 정도였다. 그렇게 얼마나 오랫동안 거친 물살에 몸을 맡기고 뱃놀이를 하였는지 의식마저 혼미해졌다.

"아아, 서방님……."

그를 부르는 순간 가혜는 발끝까지 흐르는 전율에 말을 다하지 못했다. 낙원이 보였다. 깊은 탄성이 터지고 고개는 자연히 들어 올려져 더 많은 걸 시야에 담는데 그는 더 구경시켜 줄 요량인지 노 젓는 일을 멈추지 않았다. 처음 가본 낙원은 동굴을 통해 나갔다가 들어올 때마다 새로워지니, 시간 가는 줄도 몰랐고 더 있고 싶어진 가혜는 저도 모르게 그를 꽉 껴안았다. 그 탓에 움직이기 불편해진 그가 속도를 좀 늦췄지만. 그것도 잠시뿐이고 그는 다시 힘차게 움직였다.

해가 뜨기 직전까지 격렬하게 놀던 두 사람은 희열의 물보라에 흠뻑 젖은 몸을 하고 낙원의 끝까지 가보고 나서야 뱃놀이를 끝냈다. 동굴에서 빠져나온 인후는 지친 몸을 뉘이며 한동안 말없이 제 가슴에 안긴 아내의 등을 쓰다듬고 입을 맞췄다. 그 와중에 또 선과 맛이 떠오르고 동천에 들어가 놀고 싶은 생각이 들자 심호흡으로 욕망을 억누르려 애썼다. 저는 괜찮지만, 아내는 몸에 무리가 갈 수 있었다. 그러니 조금만, 하늘이 다시 어두워질 때까지만 참자고 달래는 동안 그는 문득 무서운 생각이 들었다. 이제 하루도 빠짐없이 그녀와 함께 낙원으로 가고 싶어질 것 같은데 아내가 그런 제 욕망을 받아줄 수 있을까. 문득 홀로 끙끙 앓으며 뜬눈으로 밤을 지새우는 날이 많아질 것 같은 예감이 들었지만, 그건 기우였다. 한 번 경험하고 나니 상상 이상으로 즐겁고 만족스러운 탓에 가혜도 그와 비슷한 생각을 하고 있었기 때문이었다.

저 멀리 통행금지를 끝내는 파루 소리가 들려왔지만, 새벽녘에 격한 운동으로 지쳐 버린 두 사람은 그날 오후 해가 중천에 떠서야 산을 내려갔다. 내려가는 내내 이런저런 얘기를 하다 보니 어느새 그녀가 마음을 바꾸고 초야를 치르기로 한 이유까지 거론되었다.

"그럼, 내가 그때 포기하길 잘했군."

싱글벙글 웃으면서 손을 내밀어 잡아주는 그의 모습에 가혜의 입가에도 미소가 떠나질 않았다. 그를 받아들이기로 한 건 찬바람을 맞고 서 있던 그의 뒷모습을 보다가 즉흥적으로 일어난 감정 탓도 있었지만, 부부 사이에 육체적인 교류도 매우 중요함을 깨달았기 때문이었다. 저를 간절히 갈구하던 그가 욕망을 참지 못하고 저지른 행동에 용서를 구하고, 그의 품에 안겨 울면서 가혜는 이런 식으로 계속 합방이 미뤄지다가는 그에게 결국 상처만 줄 뿐임을 알아버렸다.

'이젠 부부니까.'

자신이 양묘인 걸 알면서도 아내로 인정하고 받아준 그에게 모든 애정을 다 주고 싶었다. 그렇게 혼란스럽고 변덕스럽던 감정의 격변기를 지나 비로소 자신의 마음을 제대로 직시하게 되면서 서로 아낌없이 애정을 나눈 부부는 한층 더 빛났고, 간밤에 가슴 졸였던 호위들과 설이는 그 변화에 깜짝 놀랐다. 폭풍우 치는 밤처럼 거칠던 두 사람의 분위기가 봄날 솔바람같이 향긋하니, 그야말로 부부 싸움은 허무할 정도로 오래가지 못한다는 걸 몸소 증명하고 있었다.

화기애애한 그들의 모습에 놀란 건 영달도 마찬가지였다. 사위에게 오랜만에 문안 인사를 받은 그는 보기 좋은 여식의 표정에 전날의 불편한 마음도 눈 녹듯이 사라져 버렸다. 그런 장인과 사위는 한참 차를 나눠 마시면서 편안한 시간을 보냈다. 인후도 오래전에 그에게 이미 본모습을 들킨 터라 말을 나누기가 한결 수월했다. 그는 장인이 좋아하는 시를 지어 올리며 말벗이 되어주었고, 건강은 괜찮은지 살피기도 했다. 어느덧 사위에게 푹 빠져서 보내기 섭섭해하는 장인의 손을 꼭 잡고 인후는 훗날을 기약하며 처가를 떠났다. 마음 같아서는 며칠 더 머물고 싶지만, 집에 돌아가서 할 일이 있었다.

'아버지가 소향의 말에 흔들리진 않으셨겠지?'

가뜩이나 아내가 양묘인 걸 들킬까 봐 조심하는 중인데, 외도를 거론하던 말에 부친이 흔들리는 것만큼 위험한 일도 없었다. 가혜의 뒷조사를 하다 보면 정체를 들킬 가능성도 다분해지기 때문이었다. 거기다 더해 새벽녘에 월령이 했던 말도 은근히 인후의 신경을 잡아끌었다. 정체가 드러나 위험해지면 청나라로 데리고 가버리겠다던 그 말에 반박하지 못하는 자신의 상황이 미치도록 싫었다. 정체를 들킬 경우 아마 십중팔구는 사형을 면치 못할 터라 그때가 되면 가혜가 살길은 청나라밖에 없었다.

말을 타고 가는 내내 아내를 살릴 방도를 고민하던 인후는 고개를 돌려 뒤따라오는 가마를 보았다. 그 모습에 몇 달 전, 갓 혼례를 올리고 이 길로 신행하던 기억이 떠올랐다. 당시에도 가마를 보며 많은 생각이 교차했었지만, 그때와 지금은 아내를 대하는 마음가짐 자체가 달라져 있었다.

인후가 가혜를 지키기 위해 마음을 다잡던 시각에, 권식은 의금부의 집무실에 앉아 고민에 잠겨 있었다. 전날 저녁에 소향이 했던 말을 토대로 그는 몇 가지 단서를 잡았고, 지금 며느리의 뒷조사를 해야 하는지 말아야 하는지 고민하는 중이었다. 며느리가 외도를 했거나 혹은 양묘일지도 모른다는 결과는 그로서도 원치 않았기 때문에 이번 뒷조사를 통해서 그것이 사실로 밝혀질 때 생길 파장이 두려웠다. 아침나절 내내 홀로 묵묵히 고민한 이유도 그것이었다. 그렇게 그는 한참 시간이 지난 뒤에야 입은 열었다.

"밖에 뉘 있느냐."

"예!"

밖에서 대기 중이던 나장이 들어오자 권식은 도리 아범을 불러오라 일렀다. 이번 일은 판의금부사가 아닌, 한 집안의 웃어른으로서 먼저 해결을 보고 싶었다. 도리 아범이 당도하자 권식은 퇴청 시간에 맞춰 소향이를 따로 부르라 지시했다. 명을 받은 그가 물러나고, 권식은 손가락으로 의자 손잡이를 천천히 두드렸다.

'며늘아기를 조사하는 건 좀 더 확실히 알아보고 나서 해도 늦지 않겠지.'

우선은 양묘일 가능성이 가장 큰 사월령부터 파헤쳐 보고, 그 이후에 고민하는 게 좋을 듯싶었다.

2. 괴인 줄 알았더니 호랑이더라

해가 뉘엿뉘엿 저물 무렵에 퇴청한 권식은 아들 내외의 문안 인사를 받았다. 전날 허락도 없이 뛰쳐나간 아들은 그의 우려와는 달리 기분이 매우 좋아 보였다. 물론 대놓고 감정을 드러내는 건 아니었지만, 아내를 바라볼 때의 눈빛이 한없이 부드럽고 다정한 건 확실했다.

'이건 또 무슨 조화란 말인가.'

어제 아내의 외도에 대해서 들은 놈이 맞나 싶을 정도였다. 소향의 말이 거짓이라 하더라도 찜찜한 마음은 들 수 있을 텐데, 인후의 낯빛에서는 의심의 흔적이 조금도 보이지 않았다.

"기분이 좋아 보이는구나."

"크흠. 예."

인후는 작게 헛기침을 한 뒤 표정을 가다듬으며 짧게 답했다. 권식은 그 뒤로 더 긴 대답이 따라붙을 줄 알았지만, 그것으로 끝이었다. 그나마 볼이 익는 걸 차마 숨기지 못하는 며느리의 모습과 그걸 또 사랑스럽게 보고 있는 아들의 표정에서 외도에 대한 오해가 풀렸다는 것을 미루어 짐작할 수 있었다.

"그래, 사돈은 뵈었고?"

권식은 오래도록 보지 못한 영달의 안부를 물었다. 가까이 머물며 오랜 벗처럼 술이나 한 잔씩 기울이면 좋을 텐데, 그러지 못하니 이리 앉아서 안부만 물을 수밖에 없었다. 거리가 먼 것이 아쉬운 권식의 마음도 모르고 인후는 매우 짧게 답변을 올렸다.

"무탈하십니다."

"흐음. 오래 있지 못하고 돌아와서 며늘아기가 섭섭하겠구나."

"아닙니다, 아버님."

아버지를 홀로 두고 헤어질 때마다 눈물을 삼켜야 하는 딸의 마음을 이해해 주는 말에 가혜는 이보다 더 행복할 수는 없다고 느꼈다. 듬직한 서방을 얻은 것도 복이었지만, 제 시아버지만 한 사람도 또 없을 터였다. 몇 마디 더 나누며 오붓하게 저녁 시간을 보내는 중에 밖에서 도리 아범의 목소리가 들려왔다.

"대감마님, 소향이 찾아왔습니다."

소향이 왔다는 말에 인후는 놀란 눈으로 아버지를 보았고, 가혜는 제 귀를 의심했다. 자신이 아는 그 소향이가 맞는지 확인하는 건 그리 오래 걸리지 않았다. 권식이 두 사람을 내보낸 것이다.

"내 물을 것이 있어 불렀으니, 그만 나가들 보아라."

그의 말에 인후가 발끈했지만, 달리 막을 방도가 없었다. 순식간에 분위기가 엉망이 되고, 가혜는 남편을 달래 밖으로 나왔다. 그녀의 짐작대로 마루 위에 서 있는 건 곱게 단장한 소향이었다. 그간 마음고생을 하였는지 살이 조금 빠지긴 하였지만, 여전히 어여쁜 자태가 괜히 거슬리는 것이 썩 달가운 인물은 아니었다.

전과 달리 즉각 고개를 숙여 예를 갖추는 소향의 모습에 가혜는 꺼림칙함을 느끼면서도 말없이 그 인사를 받고 서방과 함께 사랑채로 넘어갔다. 우선 이 사태가 어쩌다 일어난 건지 알아야만 했다.

인후와 가혜가 사랑채로 간 뒤에 권식은 마주 앉은 소향에게 단도직입적으로 물었다.

"네가 사월령이란 자에 대해 잘 알더냐."

"물론입니다, 대감."

소향은 거침없이 대답했다. 권식이 저를 찾은 이유가 며느리의 외도 때문이라 짐작한 그녀는 부정한 두 사람의 사이를 어떻게든 증명하고 싶었다. 그러려면 어떤 대답이든 확신이 찬 음성으로 전달하는 것이 좋았다.

"나리를 위하여 하문하시는 것이라면, 이년은 전부 솔직히 답할 것입니다."

소향의 말에 권식은 고개를 끄덕였다. 그리고 나온 질문은 소향이 짐작조차 못 했던 것이었다.

가혜는 사랑채 마당을 이리저리 서성이는 서방을 눈으로 따랐다. 사태가 심상치 않았다. 전날 있었던 일을 전부 전해 듣고 나서야 그녀는 그가 왜 그렇게 늦은 시각에 저를 찾아 스승의 묘소까지 왔는지 알 수 있었다. 월령을 걱정한다는 이유로 쉬이 흥분하면서 막무가내로 제 사랑을 갈구하던 것도 충분히 이해가 되었다. 그래도 다행히 오해를 풀고 더 관계가 진전되는 효과를 보았지만, 문제는 따로 있었다.

'아버님은 비상하신 분이니 어쩌면…….'

가혜는 담벼락 너머로 보이는 외별당의 지붕에 시선을 주었다. 그녀가 지금껏 보아온 시아버지는 다정한 만큼 무서운 사람이기도 했다. 뛰어난 추리력과 직감력, 거기에 권력과 추진력까지 갖췄으니 홍 단주가 말한 대로 가장 위험한 사람은 그일지도 몰랐다.

소향은 생각지도 못한 권식의 질문에 눈매를 좁히다가 천천히 입을 열었다.

"사월령의 외모가 어떠하냔 말씀이십니까?"

"그래. 어찌 생겼더냐."

재차 외모를 묻는 말에 소향은 제가 본 대로 솔직히 고했다. 키는 육 척쯤 되는 장신에 어깨를 조금 넘는 긴 머리는 잘라 묶었고, 얼굴은 훤하다. 눈빛이 매서워서 사내들 중에 따르는 이가 많고 실력 또한 으뜸인지라 부단주, 유화의 호위도 도맡고 있다고 설명했다. 그런 소향의 말에 권식은 얼굴을 찌푸렸다. 원하던 대답이 아니었다. 그는 한참 고민하다가 소향에게 다시 물었다.

"그럼 체격이 내 아들만 하겠구나."

"예, 그러합니다."

이것이 가혜의 외도와 무슨 상관이 있는지 알 수 없는 소향은 직접 물어보려 했으나, 권식은 그녀가 말할 순간을 주지 않았다.

"하면, 네가 보기에 둘 중에 누구의 외모가 더 뛰어나더냐."

"예?"

무슨 생각인지 알 수 없어 되물었다가, 소향은 곧 제 눈엔 인후가 더 낫다고 대답했다. 이미 그에게 마음을 주었다고 권식도 알고 있으니 그게 옳은 대답이라 여겼고, 그렇게 해야 훗날 인후의 첩실로라도 들어갈 여지가 생길 터였다. 하지만 그런 소향의 생각을 비웃듯이 권식은 호방하게 웃음을 터뜨렸다.

"네가 보기에도 내 아들놈이 더 잘났다면 안심해도 되겠구나. 우리 며늘아기가 제법 보는 눈이 있으니 서방보다 못한 자를 마음에 둘 리가 없지."

그의 괴팍한 추리에 소향은 표정 관리가 전혀 되지 않았다. 이게 무슨 개풀 뜯어 먹는 소리인지, 이런 자가 임금의 총애를 한 몸에 받는다는 병조판서가 맞나 싶었다.

"대감."

"그만 나가보아라. 네 말도 안 되는 소리를 지껄여 또 우리 며늘아기를 욕되게 한다면 내 그땐 너를 금부로 부를 것이니라."

웃음기가 싹 가신 채로 차갑게 내뱉는 그의 엄중한 경고에 소향은 치맛자락을 꽉 움켜쥐고 자리에서 일어날 수밖에 없었다. 일말의 희망을 품고 왔건만, 어쩐지 농락당한 느낌에 기분이 더러웠다.

소향을 내보낸 권식은 표정이 또 한 번 싹 변해 버렸다. 진지해진 그의 눈빛에는 혼돈이 맺혀 있었다.

'사월령이 양묘가 아니라니.'

키가 육 척인 장신에 어깨보다 약간 긴 머리는 양묘의 인상착의와는 전혀 달랐다. 체구도 인후와 비슷하다고 했으니 사내들 중에서도 건장한 편이라, 여리한 몸매의 어린 사내라 추측되던 양묘와는 반대의 외형이었다. 그렇다면 남은 건 한 명뿐이었다. 믿고 싶지 않았고, 생각조차 하고 싶지 않지만 사월령이 용의 선상에서 벗어난 지금, 양묘에 가장 유력한 이는 제 며느리였다.

외별당에서 나온 소향은 도리 아범의 안내를 받아 사랑채와 연결된 문 앞을 지나가다가 다가오는 인후를 발견하고 표정부터 관리했다. 아무 문제도 없었던 듯한 그녀의 표정은 인후의 애간장을 더 갈아냈다. 그녀가 고개를 숙여 인사를 올리는 걸 끝까지 받을 여력도 없는 인후는 곧바로 질문부터 퍼부었다.

"어찌 된 게냐. 아버지가 네게 무얼 하문하신 것이냐."

아내에 대해 어떤 말이 나왔는지 캐묻는 그의 모습에 소향은 좀 전에 권식에게서 받았던 불쾌감이 점점 더 커지는 걸 느꼈다. 어쩜 하나같이 다 가혜만 싸고도는지, 화딱지가 난 소향은 표정을 수습하며 최대한 부드럽게 대꾸했다.

"금부의 일이라 함구하라 하셨으니, 나리께서 물으셔도 답할 수가 없습니다. 직접 여쭤보심이 어떻겠습니까?"

그 말도 과연 틀리지 않는지라, 인후는 소향과 더 씨름하기보다는 아버지에게 직접 묻는 걸 택했다. 그가 외별당으로 들어가자 도리 아범은 다시 외별당 담벼락에 난 일각문으로 소향을 안내하려 했다. 그러나 그녀는 사랑채 마당에 서 있는 가혜를 보고 그쪽으로 걸음을 옮겼다. 도리 아범이 제지하기도 전에 소향은 가혜와 마주 섰다.

"오랜만입니다, 아씨. 그간 강녕하셨는지요."

고개를 숙이지도 않고 말부터 걸어오는 태도가 영 마뜩잖은 가혜는 아무런 대꾸도 하지 않았다. 그런 가혜의 태도에 소향은 그제야 빳빳한 목을 숙였고, 그래도 말이 없자 웃는 얼굴로 응수했다.

"속을 좀 끓인 이년과 달리 얼굴이 더 고와지신 것이 그간 좋은 일이 많으셨나 봅니다."

표정과 반대되는, 뼈 있는 말투에 가혜는 더 참지 못하고 제법 엄한 음성을 냈다.

“내 일전에 그대를 만났을 때 먼저 하문하기 전에 입을 열어 말을 걸지 말라 하지 않았던가?”

가혜의 말에 옛 기억을 떠올린 소향은 입 안쪽의 볼살을 꽉 깨물었다. 그간 잊고 있었다. 눈앞의 여인이 보통은 아니라는 것을. 살벌한 소향의 시선과 굳센 가혜의 눈빛이 얽히고, 오뉴월에 서리가 내리는 듯한 분위기 속에서 먼저 입을 연 쪽은 가혜였다.

“그대의 비아냥거림을 가만 들어줄 생각은 없으니 그만 돌아가게.”

이번 한 번은 예의 없는 태도를 눈감아주겠지만, 그 이상 무례하게 구는 건 용납하지 않겠다는 경고였다. 그래도 한때는 소향이 제 서방을 모시던 기생이고 마음고생을 한 티가 역력한지라 가혜는 그쯤에서 정리하고자 몸을 돌렸다.

사랑채를 향해 돌아서는 가혜의 뒷모습에 소향은 턱이 욱신거릴 만큼 이를 세게 악물었다. 아무리 기생이라 하여도 한양 땅 최고의 미색이라며 양반 사내들이 떠받들어 주고 제게 밀려 소박맞는 본부인도 한둘이 아닌지라 그들이 우스운 소향은 가혜도 그리 만들겠다고 다짐했다.

‘애첩 하나 들어오면 뒷방 신세 되는 건 순식간인 줄도 모르고, 어디 언제까지 그리 목에 힘주고 다닐 수 있을지 똑똑히 봐주겠어.’

예전의 우아함은 간데없고 독기만 풀풀 날리는 소향은 가혜가 사통했다는 증거만 찾아낸다면 인후의 마음도 충분히 돌릴 수 있다고 확신했다. 그리만 되면 다시 이 집안의 주인아씨처럼 행세하며 당한 만큼 실컷 업신여겨 주리라 맹세하면서 그녀는 도리 아범이 안내하는 대문간으로 고개를 돌렸다. 그때, 문간 근처에서 후다닥 자리를 피하는 계집종들이 눈에 들어왔다.

무슨 좋은 구경이 난 것처럼 제가 망신당하는 꼴을 지켜보고 있던 노비들의 태도에 소향의 눈빛이 더 매서워졌다. 과거에 잠시 들어와 며칠 머물 때는 말도 걸지 못하던 것들이 이젠 저를 힐끗거리면서 마치 크게 혼나길 기대하는 시선을 주니 뱃속에 뭉쳐 있던 울화가 목을 타고 치솟아 오르는 듯했다.

'이것들이!'

눈에 힘을 주고 다가가자 중년의 여종들은 아무것도 모르는 척, 저들끼리 속닥이며 소리가 새어 나가지 않도록 주의했다. 그러다 가혜를 찾아 사랑채로 향하는 설이를 발견한 정씨가 얼른 그녀를 불러 탕약 한 사발을 올린 소반을 건네주었다. 설이가 가혜를 따라 친정으로 가는 바람에 낮부터 대신 달인 탕약이었다.

"이거 아씨께서 드실 탕약인데 네가 가져다 올리려무나. 식기 전에 드셔야 약효가 있지."

정씨와 여종들은 바짝 날 선 눈으로 쳐다보고 있는 소향이의 눈치를 힐끗힐끗 보면서 저들끼리 의미심장한 미소를 주고받았다. 그것을 신호로 삼은 한 여종이 목소리를 높였다.

"아기씨가 들어서는 약이라 하니 많이많이 드셔야지. 사대 독자인 집안에 장군 같은 아기씨께서 태어나시면 대감마님이 얼마나 기뻐하시겠어!"

"그런 걱정은 붙들어 매. 우리 나리, 요즘 아씨가 눈에 보이지 않으면 통 잠을 못 이루시잖아. 오죽하면 인정이 치는 시각에 처가까지 달려가서 만나셨겠누."

소향이를 자극하려는 것임을 알아차린 도리 아범이 하지 말라는 눈짓을 주었지만, 여종들은 하나같이 못 본 척하면서 저들끼리 일상적인 대화를 하듯이 굴었다.

“내 깜짝 놀랐다니까. 아씨가 가마에서 내리실 때 손까지 잡아주시는 거 보았어? 어쩜 그리 다정하신지. 얘, 설아. 네가 제일 잘 알잖니. 이번 친정행 때 두 분 사이가 어떠시던?”

각자 한마디씩 거든 세 여인은 설이의 옆구리를 쿡쿡 찌르며 소향의 염장을 지르는데 한몫 보태라는 신호를 보냈다. 하지만 설이는 탕약의 온기가 얼마나 남았는지 확인하는 데 정신이 팔려서 그런 큰 뜻을 헤아리진 못하고 짧게 대꾸했다.

“아씨껜 항상 다정하시죠.”

“또?”

정씨가 바짝 마른 손가락으로 한 번 더 재촉하며 옆구리를 훅 찌르자 설이는 미간을 찡그렸다. 아무리 좋은 얘기여도 웃전과 관련된 걸 함부로 입에 담는 건 지양할 필요가 있었다.

“전 잘 몰라요. 저흰 먼저 하산했었고 날이 밝은 뒤에 두 분이 산에서 내려오셨는데, 그 뒤로 아씨 거동이 불편하시어 딴 건 잘 못 봤어요. 그래도 나리가 부축도 해주시고 하니 보기 좋았지요.”

설이는 다리를 살짝 절던 가혜를 떠올리며 변명하듯이 대답을 회피했다. 하지만 그 말은 되레 상상력을 자극하며 최고의 효과를 불러일으켰다. 얼마나 불타는 밤을 보냈으면 거동까지 힘드실까, 말없이 상상하며 웃는 그녀들과 대조되게 소향의 표정은 더 수습하기 어려울 만큼 일그러졌다. 그 모습에 수십 년간 쌓인 노비 인생의 고단함이 싹 가신 여종들은 드디어 설이를 놓아주었다.

“아씨는 사랑채에 계신다. 가서 이부자리도 잘 살펴 드리고 와라.”

“예에.”

설이는 사랑채로 연결된 쪽문으로 총총걸음을 옮기며 그 앞에 서 있는 소향에게 잠시 시선을 주었다. 그녀의 치마가 워낙 풍성한 탓에 문 앞을 가렸기 때문인데 비켜달란 뜻인 걸 알면서도 소향은 꿈쩍도 하지 않았다. 도리 아범이 다시 문전까지 안내하려 해도 마찬가지였다. 결국, 설이는 불쾌한 감정을 담아 소향을 쳐다보고 그녀의 옆으로 난 좁은 공간을 비집어가며 지나치려 했다. 그때, 설이는 무언가 발에 턱 걸리는 걸 느꼈다. 그 순간 몸이 앞으로 기우뚱하면서 손에 든 소반이 빠져나갔고 탕약을 담았던 사기그릇은 날카로운 소리를 내면서 깨져 버렸다. 그걸 본 설이는 무릎에서 느껴지는 통증도 잊고 벌떡 일어났으나 탕약은 이미 땅에 스며든 뒤였다.

"아씨께 올릴 탕약인데……."

몇 시간을 정성으로 달여서 만든 탕약을 허무하게 잃어버리자 망연자실한 설이는 제게 다리를 걸어 사태를 이 지경으로 만든 원흉을 떠올리고 고개를 홱 돌려 소향을 노려보았다. 저를 내려다보는 그녀의 시선에 가소로움이 담긴 걸 보자 화가 끓어올랐다.

"이거 어쩔 거요! 못 올 곳 왔으면 곱게 갈 길 갈 것이지, 왜 남의 다리는 걸어서 넘어지게 만드오?"

악을 쓴다 싶을 만큼 화를 내는 설이의 모습에 여종들은 물론이고 도리 아범도 깜짝 놀랐다. 순하던 설이의 그런 태도는 처음 보는 것이기 때문이었다. 일전에 가혜 덕에 목숨을 구명받은 뒤로 주인에 대한 마음만큼은 그 누구보다 두둑했기에 아씨의 몸을 좋게 해줄 탕약을 올리지 못한다는 사실은 그녀의 눈을 획 뒤집어 버렸다.

"아씨 계시는 곳에 빤빤한 낯짝 들이미는 것도 유분수지!"

씩씩대는 설이를 도리 아범이 점잖게 말리려 했으나 탕약과 함께 이성도 날아간 설이는 거침이 없었다. 사내들 혼을 쏙 빼놓는 외모 덕에 기방에서 비단옷을 입고 특별 대우를 받는다지만 신분이 천한 건 같으니 화를 못 낼 이유도 없다고 여겼다. 하지만 소향의 생각은 달랐다. 저도 몸종을 거느리고 양반들과 함께 풍류를 즐기기며 남부럽지 않게 사는데 가뜩이나 싫은 가혜의 몸종이 바락바락 대드는 행태가 마치 저를 무시하는 듯하여 참을 수가 없었다. 그 분노를 담아 눈을 홉뜨고 노려보자 설이도 지지 않고 한마디 더 쏘아붙였다.

"우리 주인아씨가 무서우니 이리 치졸한 수나 써대는 거 아니요!"

설이가 가장 거슬리는 곳을 건드리자 소향은 더 참지 못하고 손을 들어 올렸다. 그녀는 이곳에 와서 받은 모든 설움을 풀 듯이 거세게 손을 내려쳤고, 귓전을 울리는 짝- 소리에 좌중이 조용해졌다. 기생이 아씨의 몸종에게 손을 댄, 이 유례없는 일에 모두가 할 말을 잃은 상황에서 쓰라린 통증과 함께 설이의 볼이 붉게 물들었고, 소향의 분노는 하늘을 찔렀다.

"네년이 어찌 감히 나를 모함하고 업신여긴단 말이더냐! 스스로 칠칠치 못하여 엎어져 놓고 죄 없는 내게 뒤집어씌워? 어린것이 나쁜 것만 배웠구나!"

아마도 제 주인마님을 닮아 그런다는 소리가 목구멍까지 치밀어 올랐을 때, 좌중을 압도하는 한 여인의 음성이 들려왔다.

"이 대체 무슨 소란인가."

사랑채로 들어갔다가 밖이 하도 소란스러워서 잠시 나와본 가혜는 깨진 사기그릇과 바닥을 나뒹구는 소반, 한 손으로 뺨을 부여잡은 설이의 모습을 보고 미간을 확 찌푸렸다. 그 어느 때보다 더 엄한 그녀의 분위기에 사태를 키우는 데 한몫했던 여종들은 어찌 줄 몰라 하며 입을 다물었고, 그나마 중립을 지키던 도리 아범이 차분히 그녀에게 사태를 고했다.

"설이가 아씨께 올릴 탕약을 사랑채로 들이려다 넘어져 잠시 시비가 붙었습니다. 소란스러워지기 전에 소인이 정리를 했어야 하온데, 송구하옵니다."

도리 아범은 더 큰 소란을 원치 않았기에 소향의 잘못은 함구하고 제 탓이라며 고개를 숙였다. 그런 도리 아범의 체면도 있으니 웬만하면 물러나 주고 싶지만, 한쪽 뺨만 유독 발갛게 변한 설이가 억울함에 눈물을 그렁그렁 매다는 걸 보니 가혜는 도저히 못 본 체할 수가 없었다.

"자네 말대로라면 저 아이 뺨은 왜 저런가."

"그것은……."

차마 입 밖으로 나오지 않는 대답에 도리 아범마저 입을 다물어 버리자 소향이 옅은 콧방귀를 뀌며 대신 대꾸했다.

"스스로 넘어져 탕약을 쏟고서 소인의 탓으로 돌리기에 심보가 고약하다 싶어 버릇도 고쳐 줄 겸, 손을 좀 대었습니다."

저는 아무런 잘못도 없는 척 설이의 죄를 줄줄이 늘어놓는 소향의 모습에 여종들은 모두 이를 갈았다. 하지만 반박하는 이는 없었다. 풍성한 치마 탓에 설이에게 발을 걸었는지 직접 보지 못했기 때문이었다. 억울한 설이만 입을 몇 번 뻥긋거리다 고개를 푹 숙이고 닭똥 같은 눈물을 후두둑 떨어뜨렸다. 기생에게도 밀리는 것이 제 처지인지라 아무리 주장하여도 뚜렷한 증거 없이는 억울함을 밝힐 수 없다는 걸 알고 있으니 목이 메어 말소리가 나오지 않았다.

서러움이 복받쳐 올라 울고만 있는 설이의 모습에서 그 억울한 속을 능히 짐작한 가혜는 표정을 굳히고 소향에게 시선을 주었다.

"하여 자네가 날 모시는 아이의 얼굴에 손찌검을 했단 말인가."

일반 노비도 아니고 몸종을 때린다는 건 그 주인을 모독하는 행위나 다름없었다. 그에 적절한 해명이 필요함을 느낀 소향이는 다시 한 번 설이가 얼마나 잘못했는지를 강조했다.

"예, 어린것이 주제도 모르고 하도 고약하게 굴기에……."

그녀는 말을 다 끝내지 못했다. 뺨을 치는 소리와 함께 소향의 고개가 옆으로 홱 돌아가고, 주위의 공기가 얼어붙었다. 설이도 너무 놀라서 울다 말고 멍하니 제 주인마님만 쳐다보았다. 그녀의 엄한 눈빛만 봐도 얼마나 화가 났는지 알 수 있었다. 한때 서방이 아끼던 기생에게 손찌검을 하는 건 투기를 부린다는 소문이 돌 수도 있는 일이었지만, 그런 인식을 감수하고서라도 나서준 건 아마도 제 억울함을 그녀는 알기 때문일 터였다.

"어떤가. 자네가 주제도 모르고 하도 고약하게 굴기에 내 손찌검을 해보았네만. 그 성질머리가 고쳐지는 기미가 보이는가?"

소향이 한 말을 똑같이 되갚아준 가혜는 이를 악물고 저를 노려보는 소향의 태도에 일말의 감정도 담지 않은 무뚝뚝한 말투로 응수했다.

"느껴지면 말해보게. 자네는 설이와 달리 한 번으로는 부족할 테니 내 수고스러워도 손을 더 보태줄 터이니."

묘한 기백마저 느껴지는 가혜의 말에 소향은 그제야 시선을 내리깔았다. 몸은 여전히 분노로 떨려왔지만, 제가 다시 태어나지 않는 한 지금으로써는 그녀를 이길 수가 없었다.

소향이 꼬리를 마는 듯하자 가혜는 그녀의 체면을 보아 적당한 선에서 훈계하고 상황을 정리하고자 했다. 하지만 외별당에서 나온 인후가 소란을 듣고 다가오자 소향은 완전히 돌변했다. 그녀는 눈물을 글썽이며 가혜가 외간 남자를 만나는 걸 보았다는 이유로 구박하고 뺨까지 때린 것처럼 한껏 연기를 펼쳤다.

"소인이 없는 사실을 고하기라도 했습니까. 아씨야말로 어찌 나리를 속이십니까."

순식간에 변한 행동과 뜻을 알 수 없는 말이 당혹스러운 가혜는 흡사 요물을 보듯이 소향을 쳐다보았다. 그러다가 제 뒤쪽으로 다가오는 서방의 기척을 느끼고 소향이 이러는 이유를 깨달았다. 또 그와의 사이를 이간질하려는 것이다. 그 새까만 속내가 빤히 보이는데, 당시 월령과 대화를 나누는 모습을 소향에게 들킨 건 사실이라 가혜는 즉각 부정하지 못했다. 그에 소향은 가혜의 뒤쪽으로 다가와 선 인후에게 더욱 애처로운 눈을 하고 핍박받은 가련한 여인 같은 태도를 취했다. 그 꼴을 눈앞에서 본 가혜는 입술을 악물었다. 무어라 반박해야 하나 수십 가지 생각이 뇌리를 스칠 때, 큼직한 손이 그녀를 다독이듯이 다정하게 어깨를 감싸 안았다. 당신을 믿는다는 신호를 보내 아내를 안심시킨 인후는 엄한 음성으로 소향이의 가증스러움을 나무랐다.

"네가 법도를 모르지는 않을 터인데, 어찌 감히 안주인이 있는 공간에서 목소리를 높이고 소란을 피운단 말이냐. 그야말로 나와 부인을 무시하는 처사이니 야속하다 말고 조용히 물러가거라."

"나리!"

소향은 가혜에게 뺨을 맞았을 때보다 더 아픈 표정을 지어 보였다. 하지만 인후는 눈 하나 깜짝하지 않았다.

"이번엔 아버님의 명으로 왔으니 이쯤에서 정리하겠지만, 다음번에는 대문간을 넘는 일도 용납지 않을 것이다."

다시는 오지 못하도록 선을 그어버린 인후는 도리 아범에게 데리고 나가라고 시켰다. 여종들이 속으로 탄성을 지를 만큼 깔끔하고 확실한 정리 정돈이었다. 그런 서방의 태도 덕분에 기분이 좀 풀린 가혜는 설이를 가까이 불러 부은 뺨을 확인해 보았다. 벌겋게 변한 여린 뺨이 못내 속상한지라 눈살을 찌푸리는 가혜를 보면서 설이는 실없이 웃었다. 저를 대신해 화를 내준 아씨 덕에 그 어느 때보다 기분이 좋은 탓이었다. 그 모습에 어이가 없는 건 가혜였다.

"웃음이 나오더냐. 손까지 까졌는데."

"아씨를 뵈니 웃음이 날 만큼 좋아 그렇습니다."

넘어지면서 난 상처는 개의치 않고 솔직하게 속내를 내비치는 말에 가혜는 혀를 찼으나 듣기에 거북하진 않았다. 도리어 그런 모습에 더 마음이 쓰여서 가혜는 멀리 서 있는 정씨를 불러다 설이의 상처에 약을 발라주라고 지시를 내렸다.

"무릎도 성하진 않을 테니 데려다 약을 좀 발라주게."

"예, 아씨."

정씨는 설이를 부축하며 자신들이 묵는 행랑채로 향했고, 그곳으로 가는 동안에도 들뜬 기분을 가라앉히지 못한 설이는 한창 쫑알대며 가혜를 치켜세웠다.

"역시 우리 아씨가 최고지요?"

"아무렴. 고것이 저번부터 아씨가 안 계신다고 이 집에 기웃거릴 땐 어찌나 얄밉던지. 내 고것이 또 내당에 들어오면 혀 물고 죽을까 고민했다니까."

인후가 한창 말씽을 부릴 때, 집 안까지 들어와 안주인 행세를 하며 자신들을 부려먹던 소향을 대판 씹어대면서 정씨는 행랑채의 문을 벌컥 열었다. 방 안에 혼자 있던 박씨가 화들짝 놀라며 서랍장 문을 확 닫는 걸 본 정씨는 뭔가 싫어 그녀를 위아래로 훑어보았다. 그 시선에 괜히 가슴이 졸아붙은 박씨는 짜증을 냈다.

“인기척 좀 내고 다녀. 벌컥벌컥 열어젖히지 말고.”

“뭔데 그려? 몰래 곶감 먹다 들킨 얼굴이네.”

뭔가 구린 냄새가 난다 싶은 정씨는 박씨의 얼굴을 살폈다. 그러나 박씨는 뭔 놈의 곶감이냐며 딴생각을 하다가 갑자기 문이 열려서 놀란 것이라 둘러댔다. 정색하는 반응에 정씨는 입술을 삐죽이다 설이와 함께 방으로 들어가 까진 무릎에 약을 발라주었다. 그러면서 좀 전에 있었던 일을 박씨에게 들려주며 그녀의 기분을 풀어주고자 했는데, 다행스럽게도 그건 제법 효과가 있었다.

세 여인은 신나게 대화를 나눴고, 그 방에 불이 꺼진 건 자정이 훌쩍 넘은 시각이었다. 사위가 조용해진 늦은 밤에, 정씨는 몸을 덮었던 이불을 치우고 슬그머니 자리에서 일어났다. 그녀는 서랍장으로 다가가 박씨가 깨지 않도록 조심하며 천천히 장문을 열었다. 천 쪼가리를 모아둔 서랍 안 깊숙이 손을 넣어 더듬자 작고 딱딱한 무언가가 만져졌다. 대체 그게 무엇인지 아까부터 궁금해서 좀처럼 잠이 오지 않았다. 꺼내서 달빛에 비춰보니 하얀 옥가락지가 고운 자태를 드러냈다. 한눈에 봐도 워낙 귀한 태가 나는지라 입이 떡 벌어진 정씨는 잠든 박씨 쪽으로 눈동자를 돌렸다. 어쩐지, 아까 소향이가 왔어도 나와보질 않더니만 다들 정신없는 새에 아씨의 물건에 손을 댄 모양이었다. 저번에 받은 은비녀는 가을이 약값으로 미리 의원에게 지불했다고 알고 있었기에 박씨 입장에서 값비싼 옥가락지를 얻을 방법은 그것뿐이었다.

'이 여편네가……. 나리가 아씨께 선물한 것을.'

모양이 조금 달랐지만, 안주인의 반지를 자세히 살펴볼 기회가 없었기에 가혜의 하얀 쌍가락지라 생각한 정씨는 그것을 조심스럽게 품에 챙겨 넣었다. 일이 커져서 박씨가 매질을 당하기 전에 제자리에 돌려놓을 요량이었다.

소향과의 껄끄러운 마찰 뒤에 서방과 함께 사랑채로 간 가혜는 그의 방에 머무르면서 눈앞에 다가온 심각한 사안으로 대화를 나눴다. 현재 상황을 토대로 추측해 보면 시아버지는 월령과 자신의 사통했다고 의심할 수도 있었고, 조금 더 깊이 생각해 보았다면 양묘인 걸 알았을지도 모를 일이었다. 전자도 좋지 못했지만, 후자는 더 최악의 일이어서 두 사람 모두 그 경우는 생각조차 하고 싶지 않았다. 그럼에도 인후가 그 주제로 대화를 이어가는 건, 그래야 가혜도 조심하고 대비할 수 있기 때문이었다.

"좀 전에 독대하면서 느낀 바로는 둘 다일 가능성이 가장 크오. 확신보다는 의심하시는 단계 같은데……."

부친의 머릿속에 든 생각을 살피는 건 평소라면 어림도 없는 일이었지만, 혼란한 탓인지 약간의 빈틈이 보였고, 그건 인후로 하여금 최악의 생각을 하도록 만들었다. 아마 앞으로 가혜를 더 세세히 살피면서 정체를 확인하려 들 테고, 그건 아무리 좋게 봐도 위태롭기 그지없는 상황이었다. 마음이 무거운 인후는 서안을 치우고 아내를 품에 안았다. 제 가슴팍에 얼굴을 묻으며 기대오는 그녀의 존재 자체가 그에게는 큰 위안이었다. 이렇게라도 그녀를 느낄 수 있다는 건 아직 희망이 있다는 소리니, 이 순간이 더욱 귀하게 느껴져서 그는 가혜의 이마에 짧게 입을 맞췄다.

"너무 염려 마시오. 정체를 입증할 증거는 다 없앴으니까 시간이 지나면 의심은 자연히 가라앉을 거요. 그 무엇도 그대와 나를 갈라놓을 수는 없소."

절대 헤어지지 않겠다고 다짐하는 그의 음성은 매우 굳건해서 흔들리던 가혜의 마음마저 다잡아줄 정도였다. 덕분에 잠시나마 마음의 위안을 얻은 그녀는 고개를 들었고, 마주치는 눈빛만으로도 애틋함이 전해져서 인후는 아내의 입술에 조심히 입을 맞췄다.

'하늘이 무너져 그대와 내게 시련을 준다 해도 내 저승 끝까지 훑어 방도를 찾을 것이니, 그대는 너무 아파하지 마오.'

어떠한 일이 있어도 아내의 마음이 무너지지 않길, 그는 간절히 바랐다.

*

이른 아침에 서방과 함께 문안 인사를 가는 가혜를 발견한 정씨는 깜짝 놀랐다. 가혜의 손가락에 하얀 옥가락지가 끼워져 있었기 때문이었다. 그걸 본 정씨는 지난밤에 발견했던 박씨의 가락지를 품에서 꺼내보았다. 밝은 곳에서 살펴보니 금으로 된 대나무 장식이 두 개의 가락지를 감싸 연결한 것이 눈에 띄었다.

'확실히 다른 건가 본데, 이걸 어쩐다?'

아씨의 것인지 확인이 불가능하니 차라리 원래 있던 곳에 가져다 놓는 게 더 나을지도 몰랐다. 그때, 문득 도리 아범의 목소리가 들렸다.

"자네 뭐 하나?"

"아이고. 깜짝이야!"

머리끝이 쭈뼛 설 만큼 화들짝 놀라 옆을 보니 언제 와 있었는지 도리 아범이 가재 눈을 뜨고 쳐다보고 있었다. 정씨는 본능적으로 가락지를 숨기고자 슬그머니 주먹을 쥐면서 가리려 했지만, 도리 아범은 그녀 앞으로 손바닥을 쓱 펼쳐 내밀었다. 가락지를 쥔 정씨의 손에 땀이 배어 나오고, 그녀는 울상을 지으며 한 번만 봐달라는 눈빛을 보냈다. 하지만 꼬장꼬장한 도리 아범에겐 어림도 없는 일이었다. 결국, 그의 손바닥 위에 하얀 옥가락지가 안착하고, 그걸 보는 도리 아범의 눈꼬리가 치켜 올라갔다.

"어디서 났나?"

"그, 그것이……."

"똑바로 말하게."

"박씨가 가지고 있던 건데, 아씨의 가락지가 아닌가 해서 방에 돌려놓으려고 쇤네가 들고 나온 겁니다."

이러다 박씨에게 좋지 않은 일이 생길까 봐 걱정하면서 쩔쩔매는 정씨를 앞에 세워놓고 도리 아범은 가락지를 유심히 살폈다. 노비들을 통제하는 수노이자 수십 년간 최씨 집안의 재산을 관리해 온 그도 처음 보는 모양새였다. 눈에 확 띌 만큼 화려한 가락지를 제가 기억 못 할 리가 없는 데다가 인후의 친모가 사망한 뒤로는 여인들의 장신구를 새로 들이지 않았었다. 그나마 최근에 들여온 건 가혜의 패물뿐이었지만, 그조차도 거의 다 팔아서 양민들에게 베푼 덕에 남아 있는 수가 매우 적었다.

"박씨를 초당으로 데려오게."

그의 결정에 정씨는 울상이 되었다. 도리 아범은 살가운 성격은 아니어도 노비들을 잘 챙겨주는 편이었지만 최씨 집안에 해가 되는 일은 매우 소소한 것조차 용납하지 않았다. 그러니 아마도 이번 일은 박씨를 매우 곤란하게 만들 것이 분명했다. 그런 정씨의 우려대로 박씨는 곧 초당 앞마당에 무릎 꿇려졌고 억울하다며 호소했다.

"훔친 게 아닙니다! 저, 저번에 길에서 누가 떨어뜨리고 간 걸 주운 겁니다."

차마 경녕군주에게 정보를 준 대가로 받은 가락지라고는 말하지 못하고 박씨는 길에서 주웠다고 항변했다. 하지만 도리 아범은 그 말을 곧이곧대로 믿지 않았다.

"금장까지 있는 귀한 가락지를 누가 떨어뜨렸단 말인가. 자네가 재물에 손을 대지 않고서야 어찌 이런 패물을 지녀!"

자신이 모르는 사이, 집 안에 있는 어떤 물건을 팔아 바꾼 것이 아닐까 싶은 생각에 도리 아범은 박씨를 추궁했다. 훔친 물건은 은자일 수도 있고 아씨의 노리개이거나 나리의 향낭 혹은 부채 끝에 매다는 선추일 수도 있었다. 도둑으로 몰린 박씨는 얼굴이 하얗게 질렸다. 주인의 물건에 손을 댄 노비는 매질 당하다 죽는 일도 빈번했다. 물론 상대적으로 인정을 많이 베푸는 이 집안에서 죽어 나가진 않겠지만, 앞으로 처우가 매우 나빠질 수는 있었다. 아픈 여식의 치료를 위해서라도 밉보이는 일은 결코 없어야 하건만, 상황은 최악으로 치달았다. 방도는 보이지 않았고, 급기야 도리 아범은 없어진 물건이 있는지 장부와 대조하겠다며 바른 대로 고하라 협박했다. 그 말에 박씨는 그것도 방법이겠다 싶었다. 어차피 제 가락지는 경녕군주의 것이니 장부와 남아 있는 재물만 똑같다면 혐의는 벗을 수 있을 터였다.

"차라리 그렇게 해주십……."

장부 대조를 요청하려던 박씨는 순간 떠오른 옛 기억에 숨이 턱 막혀 말이 나오질 않았다. 불과 몇 달 전에 담벼락을 넘던 양묘가 불현듯 생각난 것이다. 당시 양묘가 재물을 빼돌렸다면, 그 죄를 제가 다 뒤집어쓸 판이었다. 박씨의 낯빛이 하얗게 질리고, 설상가상 도리 아범은 당장 장부를 확인해 진실을 밝히겠다는 결론을 내렸다. 떠나려는 그의 바짓단을 잡은 박씨는 고개가 부러질 듯이 거세게 저으며 억울하게 누명을 쓰지 않도록 사정사정했다.

"아이고, 수노 어른. 장부가 비는 부분이 있다면 제가 한 짓이 아닙니다. 수개월 전에 양묘가 담을 넘는 걸 본 적이 있으니 아마 그네가 한 것이 아니겠습니까."

"양묘?"

"예예, 쇤네가 똑똑히 보았습니다."

주인마님이 잡아야 할 죄인의 이름에 도리 아범이 반응을 보이자 박씨는 당시의 상황을 소상히 고했다. 새벽녘에 뒷문 근처에 있었는데, 그때 주고 쪽 담벼락을 넘는 사람이 양묘더란 얘기였다. 그 말에 도리 아범은 분통을 터뜨렸다.

"그런 걸 보았으면 당장 고했어야지! 그걸 그냥 보고만 있었단 말이냐!"

신출귀몰한 양묘를 잡기 위해 제 주인이 얼마나 고심하는지 알고 있었고, 또 그런 양묘가 겁도 없이 담을 넘어 들어왔다는 점도 그의 혈압을 상승시키는 원인이었다. 하지만 박씨도 당시에 함구한 건 나름대로 이유가 있었다.

"대감마님과 나리께옵서 퇴청하시지 않은 날이라 새벽녘에 의금부로 갈까 고민했지만, 그사이에 도망이라도 가면 무슨 소용이 있겠습니까. 혹여나 괜히 주인마님 일에 끼어들어 망치지는 않을까 싶어, 무서워서 말도 못 했습니다."

힘없는 노비는 양반들 일에 함부로 끼어들었다가 이리저리 치일 가능성이 매우 다분했다. 그것이 두려워 입을 닫아버린 걸 이해 못 할 바는 아닌지라 도리 아범은 얼굴만 일그러뜨렸다. 어쨌든 양묘의 얘기를 들었으니 대감마님께 알려야만 했다. 박씨의 처분은 그 후에 주인이 결정할 일이었다.

문안 인사를 온 아들 내외를 대하는 권식의 속내는 매우 복잡했다. 외도에 대한 의문이야 처가에 다녀온 뒤로 더 살뜰해진 아들의 행동을 통해 무언가 해결이 되었나 보다, 어림짐작은 할 수 있었다. 소향의 말에도 질문을 던지거나 캐내려 하지 않고 딱 잘라 아내를 편들었으니, 제가 모르는 무언가가 부부 사이에는 있을지도 몰랐다. 게다가 서방의 시선만 닿아도 봄꽃처럼 수줍게 볼을 붉히는 며느리는 암만 보아도 사통이란 단어와 어울리지 않았다. 아무래도 소향이 투기를 부려 꾸며낸 거짓말이 아닐까 싶은 생각이 들자, 권식은 저도 모르게 안도의 한숨을 작게 쉬었다. 그 말이 거짓이라면 제 며느리가 양묘라는 것도 과한 추측이 될 수 있었다. 혹여나 정말 양묘일까 봐 마음이 심란하여 밤잠을 통 못 이뤘던 그는 고단한 표정으로 아들 내외를 물렸다.

"내 오늘은 병가를 내고 쉬어야겠으니 그만 건너가거라."

많이 아픈 건지, 의원을 들이는 게 어떤지 등을 묻고 권하다가 잠을 더 청하면 된다는 말로 다 거부해 버리니 가혜와 인후는 조용히 물러날 수밖에 없었다. 그렇게 두 사람이 나가고 홀로 남은 권식은 모자란 잠을 청한 뒤에 정오쯤 도리 아범을 불렀다.

소세를 할 물을 떠오고 그의 의관을 정제해 준 도리 아범은 권식의 낯빛이 제법 평온해진 걸 확인한 후에야 비로소 문제가 되었던 옥가락지를 꺼내 서안 위로 공손히 올렸다. 웬 가락지냐는 의문 어린 시선을 받은 도리 아범은 아침에 있었던 일을 고했다.

양묘가 담을 넘어 들어오는 걸 박씨가 보았다는 얘기에 권식의 눈이 부릅떠졌다. 순간 며느리가 떠올라 눈앞이 아찔해졌다. 뒷골이 빳빳하게 당겨오는 기분에 눈을 질끈 감고 감정을 억누른 그는 한참 뒤에야 간신히 입을 열었다.

"언제, 대체 언제 양묘가 집 안으로 들어왔단 말이더냐."

"그것이……. 소인이 추측해 본 바로는 일전에 대감마님께옵서 도련님과 함께 양묘를 잡고자 하룻밤을 밖에서 보내신 때 같습니다. 그날 해가 뜰 즈음에 보았다 합니다."

부자가 모두 퇴청하지 않아 다음 날 일출시까지 집을 비운 날은 그리 흔치 않았다. 새벽녘에 의금부로 가서 고하는 사이에 도망갈까 두려웠다는 박씨의 말을 떠올려 보면 더 쉽게 짐작할 수 있었다. 그날의 일을 누구보다 생생하게 기억하는 권식은 장침 위에 올려놓은 손을 힘주어 쥐었다. 오므라든 그의 손이 비단 장침을 꽉 움켜쥐고 바들바들 떨렸다.

홍 단주의 제안에 상단을 수색하지 못하고 물러났던 날이었다. 그건 상단에 숨어 있어야 할 양묘가 저와 아들이 퇴청하기 전에 먼저 집에 왔다는 소리였다. 그저 단순하게 복수를 하고자 재물을 털러 온 것이라면 그 대범함에 도리어 탄복했겠지만, 지금은 그럴 수가 없었다. 한 가지 문제가 있었기 때문이었다.

'필시 그날 양묘는 다리를 다쳤었거늘…….'

거동이 불편할 만큼 심하게 다친 몸으로 복수를 하겠다고 올 리는 없었다. 더군다나 저를 잡으려고 혈안이 된 병조판서의 집에, 어둠이 깊은 시각도 아닌 해가 뜨는 이른 새벽녘에 들어온다는 건 말이 되지 않았다.

'귀가한 것이다. 그 시각에. 내 집으로.'

그날 저녁 늦게 아들과 함께 퇴청했을 때, 문 앞에 있던 의원과 안색이 좋지 않던 며느리의 모습까지 생각나자 권식의 얼굴은 처참할 만큼 심하게 구겨졌다. 이 얼마나 끔찍한 일인지, 감당할 수 없는 현실에 건장한 육신마저 잠식당하고, 꽉 잠긴 목구멍은 아무 말도 뱉지 못했으며 심장은 쥐어짜듯이 아팠다. 잘게 떨리는 몸으로 그는 이 믿을 수 없는 사실을 간신히 버텨냈다. 이 일을 어찌할지, 암담함으로 머리를 수차례 얻어맞는 기분이었다. 간신히 숨만 쉬며 버티는 권식의 모습에 무엇이 잘못된 건지 모르는 도리 아범은 그를 위안하고자 오전 내내 알아본 사실을 밝혔다.

"하온데, 대감마님. 장부와 은자를 보관한 함들을 전부 비교하며 살펴보았는데 없어진 은자는 없었사옵니다."

사라진 은자가 없다는 도리 아범의 말은 그야말로 쐐기를 박는 꼴이었다.

그간 얼마나 사랑했던가. 딸이 있다면 이런 기분이 아닐까 짐작해 보기도 했었다. 먼저 하늘로 가버린 부인도 며느리를 보면 매우 흡족해하면서 저를 칭찬하리라, 그리 믿었었다. 눈에 넣어도 아프지 않을 며느리를 준 하늘에 감사했고, 삶이 행복하기 그지없었다. 불과 며칠 전까지만 해도 그랬었는데…….

권식은 제 며느리가 양묘라는 사실을 어찌 받아들여야 할지, 그것이 사실이라는 걸 인지하는 데만 해도 매우 오랜 시간을 소모했다. 솔직히 인정할 수가 없었다. 아니라고, 그럴 리 없다고 할수록 그간 제게 잘해온 며느리의 모습은 점점 머릿속에서 가식적으로 변해갔다.

전부 드러났을 때 제가 인정을 베풀길 바란 건 아니었을까, 시아버지가 저를 잡겠다고 뛰어다니는 모습을 보며 얼마나 비웃었을까. 그러다 마침내 그녀의 존재 자체가 집안에 어떤 악영향을 끼칠지 떠올렸을 때, 권식은 벽에 걸어두었던 양묘의 검을 꺼내 들었다.

보료에 앉아 많은 생각에 잠겨 있던 가혜는 문을 벌컥 열고 들어오는 설이의 표정에 두려움이 어려 있자 어리둥절해했다. 어찌 말도 없이 문을 열었는지 묻기도 전에, 설이의 뒤를 따라 시아버지가 살벌한 기세를 풍기며 들어왔다.

"아버님?"

몇 시진 전만 해도 피곤한 기색만 완연하던 그가 이리 분기를 이기지 못하고 내당까지 온 걸 보자 가혜는 심상치 않은 일이 벌어졌다는 걸 단박에 이해할 수 있었다. 무언가 일이 잘못 돌아가고 있었다. 상처받은 짐승처럼 적의를 그대로 드러내는 그의 눈빛이 가슴을 후벼 파는 듯했고, 손에 들린 묵색의 검은 살갗마저 쭈뼛 서게 만들었다. 항상 넘칠 만큼 애정을 주던 시아버지가 이런 시선을 주는 이유는 딱 하나뿐이었다. 가장 원치 않던 일이 터진 것이다. 즉, 가장 숨기고 싶던 사실을 들켰다는 뜻이었다.

가혜의 낯빛이 하얗게 질리는 걸 보며 고통을 삼키던 권식은 그녀의 발치께로 검을 던졌다. 바닥과 부딪치면서 받은 충격에 날카로운 검신이 빠져나와 은빛 몸체를 드러내고, 가혜의 심장마저 베어버릴 듯한 차가운 음성이 들려왔다.

"네가 그간 나와 네 서방을 기만한 것이 아니라면 자결하여라."

알아서 죽으라는 소리는 얼마나 매섭고 잔인한지, 가혜는 입을 다물고 아프게 퍼지는 감정을 몸속에 가뒀다. 어쩌다가 들켰는지는 몰라도 자결하라는 말이 나올 정도면 제 정체를 확신하고 있다는 뜻이었다. 참으로 창망한 상황에 대응할 방법조차 떠오르지 않았고, 두려운 감정만 불쑥불쑥 일어났다.

"아버님……."

그녀의 목소리 끝이 떨렸다. 하늘이 이 땅의 백성들에게 조금만 더 자비를 베풀었더라면, 양반들이 구휼을 잘했더라면, 제가 여인이 아니었더라면, 기득권에게 목소리라도 낼 수 있는 위치였더라면 그녀는 애초에 검을 익히지 않았을 것이었다. 도둑질이 나쁜 걸 모르지 않으니 양묘가 되지도 않았을 테고, 사랑하는 이들을 위험에 처하게 만들 일도 없었으리라. 그러나 그녀의 부친은 권력에 관심이 없었고, 청빈한 집안에는 이웃과 나눌 음식도 존재하지 않았다. 신분은 양반이라 하여도 양민에게 존댓말을 듣는 것 외에는 큰 차이가 없는 삶이었다. 이런 세상에서 그녀가 할 수 있는 건 많지 않았고, 죽어가는 사람들을 눈앞에 두고 그녀가 할 수 있는 건 양묘가 되는 것뿐이었다. 그렇다고 이 억울함을 어디다가 호소할 것이며, 읍소한다고 해결될 일이겠는가. 임금께 상소 한번 잘못 올렸다가 사약을 받기도 하는 세상임을 모르지 않기에 가혜는 자신의 억울함을 소리 내어 밝히지 않았다. 살벌한 시아버지의 눈빛 속에서 혼란과 배신감이 번잡하게 어린 걸 보니 제 처지를 알아달라곤 차마 할 수가 없었다.

자신이 죽어야 모두가 산다. 잔혹한 이야기였으나 부정할 수 없는 현실이었다. 혼인 전부터 이미 알고 있던 일이기도 했다. 그 점을 우려하여 소박맞고 쫓겨나는 길을 택하고자 하였던 것인데, 이젠 달리 방법이 없었다. 명예를 중시하는 시아버지가 언제 어떻게 정체를 발각당해 집안 망신을 시킬지 모르는 자신을 곱게 놓아줄 리 만무했다.

가혜는 바닥에 나뒹구는 검으로 시선을 주었다. 제가 죽어야 이 집안이 살고, 그래야 아버지도 살 수 있었다.

"마지막 가는 길에…… 서찰이라도 쓸 시간을 주십시오."

가혜의 눈 끝에 눈물이 살짝 어렸다. 삶의 마지막을 운운하는 그녀의 나이는 이제 겨우 스무 살이었다. 갓 혼인을 했고 진정한 사랑을 안 것이 얼마 되지 않았다. 그러니 이렇게 스러질 자신의 삶이 얼마나 아깝겠냐마는 사랑하는 이들을 위해 제 죽음이 필요하다면 기꺼이 내어줄 것이었다.

한 번만 용서해 달라고 울고불고 매달릴 법도 하건만, 또다시 타인을 위하여 순순히 죽음을 받아들이는 며느리의 태도에 권식은 눈을 질끈 감았다. 알고 지낸 시간은 짧았어도 너무 많은 정을 준 게 틀림없었다. 지금 이 순간에 느끼는 제 감정의 흐름이 얼마나 격정적인지만 보아도 알 수 있었다.

당장 뜯어말리며 미안하다고 말하고 싶었지만, 휘몰아치는 배신감과 위기의 풍랑 앞에서 그는 최대한 감정을 삼키고 아무런 말도 하지 못한 채로 몸을 돌렸다. 임금의 총애를 받는 만큼 시기하는 자들은 지천에 널려 있었고, 그들이 가혜의 정체를 알게 되면 기회를 얻은 늑대처럼 제 목줄을 물고 숨통을 끊으려 들 터였다. 그건 필시 인후에게까지 영향을 끼쳐 집안을 풍비박산 낼 게 분명했다.

달리 방법이 없었다. 후환이 될 싹은 재빨리 뽑아놔야 뒤탈이 없는 법이었다. 권력의 중앙에서 밀려나지 않으려면 종종 짐승 같은 짓도 해야만 했다. 하지만 그 점을 상기하며 스스로 마음을 다잡아보려 해도 억장이 무너지는 건 별반 다를 것이 없었다.

'하늘도 무심하시지…….'

차마 며느리를 원망하진 못하고 상황을 이리 만든 하늘만 탓하며 권식은 방을 나서고자 했다. 그런 그의 바짓단을 붙잡은 건 설이였다. 그가 이대로 나가면 제 주인이 자결하리란 건 불 보듯 뻔한 상황에서 그녀는 가만히 있을 수가 없었다.

"대감마님! 우리 아씨가 무슨 잘못을 했다고 이러십니까. 살려주십시오. 제발, 살려주세요."

고개를 수없이 조아리며 살려달라고 청하는 설이를 권식은 잠시 내려다보다가 매몰차게 떼어놓고 나가 버렸다. 그런 그의 뒤를 설이가 쫓았지만, 그건 잘못된 선택이었다. 내당 밖에서 수행 중이던 무열을 불러들인 권식이 그녀의 입을 막고 광에 가두라고 지시한 것이다. 접근하는 이가 없도록 하라는 그의 명령에 무열은 당황하여 즉각 반응하지 못했다. 워낙 창졸간에 일어난 소란인 데다가 그 대상이 하필이면 가혜의 몸종이었다. 분명 아씨에게 무슨 일이 생긴 듯한데 상황을 알지 못하니 태도를 취하기가 어려웠다. 그러나 재촉하는 권식의 준엄한 눈빛에 그는 곧 설이의 입을 막고 창고로 끌고 갈 수밖에 없었다.

무열의 힘 앞에 설이의 몸부림은 무의미한 반항이었다. 아씨를 위해 할 수 있는 게 아무것도 없다는 사실에 서러운 눈물만 입을 막고 있는 무열의 손을 적실 뿐이었다. 펑펑 울어대는 설이가 괜히 애처로운 그는 권식이 듣지 못하도록 작은 목소리로 그녀를 달랬다.

"우선 광으로 가서 내게 상황을 알려주면 어떻게든 손을 써보마.

그러니 지금은 얌전히 굴어라."

그 외엔 달리 방법이 없었다. 도와주겠다는 말을 용케 알아들은 설이는 창고 문이 열릴 때도 훌쩍이기만 할 뿐 좀 전처럼 거세게 반항하지는 않았다. 그걸 본 권식은 무열이 무언가 귀띔을 주었다고 짐작하고 혹시 모를 사태에 대비해 명령을 추가했다.

"광은 네가 직접 지키고 도리 아범이 오기 전까진 자리를 벗어나지 말아야 할 것이다. 알겠느냐."

"예. 대감마님."

일이 꼬였지만 순순히 답할 수밖에 없었다. 권식은 그런 무열에게 잠시 시선을 주고 도리 아범과 함께 외별당으로 돌아갔다. 그가 사라지고 난 뒤에야 비로소 무열은 설이에게 자초지종을 들을 수 있었다.

"그러니까 네 말은 갑자기 대감마님이 내당으로 쳐들어와 아씨께 자결을 지시하였단 말이냐?"

설이는 잔울음을 삼키며 고개를 끄덕였다. 며느리를 누구보다 사랑하던 대감마님이 무슨 연유로 그랬는지는 알 수 없었지만, 대충이나마 사태를 파악한 무열의 표정은 심각해졌다. 아마 가혜가 자결하고 나면 설이도 살해당할 것이었다. 대감마님이 시켜서 아씨가 죽었다는 소문이 나면 매우 곤란해지기 때문이었다. 아씨의 죽음을 비관하여 몸종이 따라갔다고 이야기가 포장될 가능성은 농후했고, 저 또한 위험한 상황인 건 마찬가지였다. 가혜에게 충성을 바친 제게 설이를 지키는 임무를 준 건 계산된 행동일 수도 있었다. 설이가 죽고 나면 감시를 소홀히 한 죄를 물어 매질을 하고 입막음을 할 공산이 컸다.

"이를 어쩐다……."

아씨부터 살려야 하는데 자리를 이탈할 수도 없고, 마땅한 대안이 떠오르지도 않았다. 그런 무열을 재촉한 건 설이였다.

"어쩌긴요. 빨리 나리께 알려야지요!"

그걸 모르지는 않았으나 의금부까지 가기 위해 자리를 이탈했다가 들키기라도 하면 일이 더 꼬일 게 분명했다. 고민하는 그의 눈에 띈 건 주위를 살피며 슬금슬금 다가오는 박씨였다.

"이보게, 박씨! 이리 좀 와보게."

무열의 부름에 화들짝 놀란 박씨는 다시 주위를 경계하며 광 쪽으로 다가왔다. 그녀는 도리 아범에게 처벌이 내려올 때까지 방에서 자숙하고 있으라는 말을 들었지만, 설이가 끌려가는 걸 보고도 가만히 있을 수가 없었다. 적어도 아씨에게 무슨 일이 일어난 건지는 알아야 할 것 같았다. 껄끄러운 마음을 품은 채로 박씨가 거리를 좁히자 무열은 그나마 이 일을 믿고 맡길 수 있는 사람을 찾아냈다.

"자네 지금 당장 양택에게 가서 내 말 좀 전해주게나. 그에게 말을 타고 금부로 가서 나리께 고하기를, 아씨의 신변에 변고가 있으니 빨리 퇴청하셔야 한다고 전해주게."

양택은 지금 이 상황에서 무열이 믿을 만한 유일한 사람이었다. 가혜에게 은혜를 입기도 했으니 그녀를 위해서라면 최선을 다할 것이었다. 하지만 아씨의 신변에 변고가 생겼다는 말에 놀란 박씨는 되레 무열을 재촉하며 상황을 캐물었다.

"대체 우리 아씨께 무슨 일이 생긴 겁니까."

"그것까지 알면 자네도 위험해지네. 빨리 양택에게 가서 내 말을 전하고 자네는 아무것도 모르는 척하게. 그래야 살아. 어서!"

지체할 시간이 없다며 내쫓는 무열의 행동에 그제야 사태의 심각성을 느낀 박씨는 황급히 양택을 찾아 밖으로 나갔다. 팔을 다친 뒤로 외부에서 머무는 양택의 거처는 그리 멀지 않은 곳에 있었다. 그에게 무열의 말을 전한 박씨는 달려 나가는 양택의 뒷모습만 멍하니 보고 있다가 신변에 변고가 생겼다던 가혜를 떠올렸다. 더 개입하면 무열의 말대로 목숨이 위태로워질 수도 있겠지만, 딸의 약값을 하라며 선뜻 비녀를 빼준 아씨를 떠올리면 이리 가만히 있을 수는 없는 일이었다. 박씨는 즉시 내당으로 갔다. 아침나절의 소란 탓인지 모두 내당 근처에는 얼씬도 하지 않았고, 그 덕에 별다른 제재 없이 마루 위로 올라가 가혜의 방문 앞으로 다가간 박씨는 조심히 내부의 사정을 물었다.

"아씨, 괜찮으십니까?"

상황이 어떤지 물었으나 달리 들려오는 소리가 없었다. 안에서 대꾸가 없자 초조해진 박씨는 아랫입술을 꾹 깨물었다. 아침부터 일이 꼬이고 불길한 기분이 계속 드는 것이 좋지 않았다. 어떻게든 가혜의 안부를 확인하고 싶은 박씨는 두어 번 더 되물었으나, 답이 없자 마루 위에서 무릎을 꿇었다.

"모두 제 탓입니다, 아씨."

무엇이 제 잘못인지는 본인도 정확히 몰랐다. 가락지를 들켜서 추궁을 당하다가 양묘의 이야기를 꺼냈으며, 도리 아범이 그 내용을 외별당에 올린 직후에 이렇게 되었을 뿐이었다. 어쩌다가 불똥이 내당으로 튀었는지는 모르지만, 그럼에도 그녀는 잘못을 빌었다.

노비들에게 공포심이 전이되어 조용해진 내당에서 가혜는 방 안에 홀로 앉아 있었다. 서안에는 깨끗한 종이와 먹을 간 벼루가 놓였고, 무릎 위에는 시아버지가 자결하라며 주고 간 검이 있었다. 그 어느 때보다 무겁게 느껴지는 검을 천천히 매만지던 가혜는 간신히 손을 떼고 붓을 들었다. 먹 묻힌 붓을 잡고서도 한참을 있다가 그녀는 종이에 검은 글자를 써 내려갔다.

시아버지에게는 그간 감사했던 이야기를 썼고, 부친에게는 하나뿐인 여식이 이렇게 먼저 가 송구하단 마음을 담았다. 그렇게 두 사람에게 쓰고 나니 마지막으로 남은 건 퇴청 후에 부인을 잃었음을 깨닫게 될 서방에게 적는 편지였다.

하얀 종이 위에 먹을 묻힌 붓을 세워 들고 서방님이라 한 단어 적어놓은 가혜는 더는 쓸 수가 없어서 손을 멈췄다. 그에게 무슨 말을 할 수가 있을까. 제 정체를 알고도 은애하는 마음을 접지 않았던 그에게 유서 한 장 달랑 남겨놓고 떠난다는 것 자체가 너무나도 잔혹한 일이었다.

오늘 밤에 싸늘하게 식은 채 죽어 있는 저를 보게 될 그의 충격은 얼마나 클 것이며, 그런 상처를 남겨주고 편안히 눈을 감을 수도 없는 노릇이었다. 말도 많고 탈도 많았지만, 그 끝은 애정으로 가득하던 시간을 되짚어본 가혜는 심장이 너무 아린 탓에 결국 손으로 입을 막고 숨죽인 채 흐느껴 울었다. 하얀 종이 위에 붓에서 떨어진 검은 먹물이 점점이 찍힐수록 그녀의 눈물에 하얗게 번져 가는 부분도 생겨났다.

그렇게 한참을 울고 있을 때, 마루 위로 인기척이 느껴졌다. 제 안부를 묻는 목소리를 통해 박씨인 건 어렵지 않게 알 수 있었다. 그러나 운 것을 들키고 싶지 않아 아무 말도 하지 않는 사이에 그녀는 믿기지 않는 이야기를 꺼냈다.

"소인이 여식의 치료비에 눈이 멀어 정보를 팔았습니다."

"……그게 무슨 말인가."

드디어 그토록 듣고 싶던 목소리가 흘러나오자 박씨는 안도했다.

목이 잠겨서 탁한 음성이었지만 그나마 말투가 일정하니 다행이라 할 수 있었다.

"아씨, 괜찮으신 겁니까?"

"그런 점은 염려 말고 어찌 된 일인지 고하게. 정보를 팔았다니, 대체 그게 무슨 말인가."

"그것이……."

박씨는 잠시 뜸을 들였다. 정보를 팔게 된 사실을 고하게 되었으니 처벌이 내려지는 건 피할 수가 없었다. 약간 후회가 되긴 했으나 다른 누구도 아닌, 가혜에게 털어놓는다는 점이 그나마 위안이었다. 그간 주인 내외에게 무슨 일이 생길 때마다 혹여나 제 입방정 때문은 아닐까 싶어 양심의 가책을 심하게 느껴왔던 그녀는 이제 벌을 달게 받을 각오가 되어 있었다.

"오래전에 경녕군주께서 나리의 일상이 어떠한지 살펴보고 알려준다면 여식의 약값을 대어주시겠다고 약조한 일이 있었습니다."

"경녕군주께서?"

자신의 서방에게 밀명지에 대한 정보를 제공했던 그녀와 관련된 이야기를 가혜는 소문으로 들은 적이 있었다. 소현세자의 차녀로 어린 시절에 망극한 일을 많이 겪었는데도 현 임금과 사이가 좋고 덕이 많다는 이야기가 대부분이었다. 그런 여인이 어찌하여 제 서방의 사생활에 관심을 가지나 싶은데, 박씨의 뒷이야기는 더 심각했다.

"혼례를 올리신 뒤에는 아씨의 정보도 요구하셨습니다. 대체로 두 분 사이가 어떠하신지, 집안에 일은 없는지, 언제 출타하실지 같은 소소한 것들이 대부분이라 알려주었고 그 증표로 옥가락지를 받았습니다. 그런데……."

박씨는 가락지를 들켰고 도리 아범에게 추궁 받은 이야기도 다 털어놓았다. 가혜는 그제야 시아버지가 저를 양묘라 확신하게 된 경위를 알 수 있었다. 일이 돌아가는 모양새가 참으로 고약하기 그지없었지만, 그나마 다행인 건 그간 자객을 보낸 자들이 누구인지 대충 감이 온다는 것이었다. 물론 그 상대가 왕족이고 제가 양묘인 걸 들켰다는 사실은 변하지 않아도 깊은 심연에 갇힌 듯하던 사건의 실마리는 얻을 수 있었다.

가혜는 여전히 쓰지 못한 서찰을 바라보았다. 죽을 때 죽더라도 이 중요한 사실을 남편에게 알려주어야만 했다. 그녀는 다시 붓을 들고 눈물 자국이 난 종이 위에 글자를 적어 내려갔다. 박씨에 대한 선처도 잊지 않고 적은 뒤에 붓을 내려놓은 그녀는 무릎 위에 올려놓은 검으로 천천히 손을 가져다 댔다.

서방에게 보내는 마음을 유서에 꾹꾹 눌러 담았으나 그 정도로는 여전히 부족하다 느껴지는 탓인지, 시아버지의 눈을 볼 때만 해도 굳건하던 마음이 어느덧 번잡하게 변해서 갈대처럼 이리저리 휘청거렸다. 갈등하던 가혜는 죄를 청하는 박씨에게 마지막 인사를 건넸다.

"솔직히 밝혀주어 고맙네. 자네의 용기 덕에 서방님께서 큰 위기를 면하실 수 있을 것 같으니 그만 돌아가게. 예서 더 있다가는 정말 손을 써주기 어렵네."

"하나, 아씨……."

인후가 올 때까지 조금 더 시간을 끌어보려던 박씨는 단호하게 내치는 가혜의 말에 결국 자리에서 일어날 수밖에 없었다.

*

사람들이 분주하게 움직이는 거대한 대로를 따라 여기저기서 비명이 터졌다. 그 한가운데로 말 한 마리가 쏜살같이 달려 나가고, 말발굽 소리에 맞춰 인후의 전립에 달린 구슬 끈이 거칠게 잘그랑거렸다. 이를 악물고 말을 몰아 집으로 향하는 내내 그는 두려움과 분노가 뒤섞여서 떨리는 마음을 주체할 수가 없었다. 사랑하는 사람이 있는 방문을 여는 것마저 두렵다는 것, 그런 시간이 참으로 견디기 어려웠다.

'부인, 제발!'

부디 아내가 무사하기를. 아직 늦지 않았기를 인후는 간절히 바랐다. 그 찰나가 버거울 만큼 길게 느껴지고, 솟을대문 앞에 다다랐을 때 그는 고삐를 잡아당겼다. 군마의 앞발이 들리면서 불만으로 가득한 투레질 소리가 채 끝나기도 전에 위험할 정도로 다급하게 말 등에서 뛰어내린 그는 앞뒤 잴 것도 없이 내당으로 달려가 아내의 방문을 벌컥 열어젖혔다.

"부인!"

가혜를 본 인후는 심장이 덜컹 내려앉는 감정을 맛보았다. 보료 위, 정좌하고 앉은 그녀의 손에 검집에서 반쯤 뽑혀 나온 검이 들려 있었다. 날카롭게 벼린 검날과 막 자결을 시도하려던 걸 보고 다리에 힘이 풀린 그는 이를 악물고 간신히 몸을 옮겨 아내에게 다가갔다. 놀라 얼어붙어 있는 그녀에게서 검을 빼앗아 멀리 집어 던진 뒤에 그는 치를 떨며 화를 삭여야만 했다. 조금만 늦었더라면, 아주 조금만 늦었더라면 지금쯤 제 아내는 피를 흘리며 죽어가고 있었을지도 모를 일이었다.

너무나도 암담하고 끔찍한 일에 상상만으로도 고통스러운 인후는 아내를 껴안고 안도감이 들 때까지 한참을 그리 있었다. 다행히 많이 늦지 않았다. 살면서 이렇게까지 가슴 졸이며 하늘에 빌던 적이 없었던 인후는 짓물러서 붉어진 아내의 눈가를 조심히 매만졌다. 그녀가 느꼈을 고뇌의 시간이 그곳에 고스란히 담겨 있었다.

"부인……."

단 한마디였으나 낮게 부르는 그의 음성은 마음고생이 얼마나 심했을지, 전부 다 알고 있다는 듯 다정하기 그지없었다. 그에 가혜는 어렵사리 입을 떼었으나 이내 목이 메어 말을 하기가 어려웠다. 제가 살아 있음에 이토록 안도하는 그가 눈앞에 있는데 차마 제가 죽어야 한다는 말이 나오지 않았다.

이러지도 저러지도 못하는 그녀를 인후는 재차 품에 안아 안심시켰다. 그녀가 무슨 생각을 하는지 모르지 않았고, 이럴 때 조금만 방심해도 처참한 일은 언제든지 벌어질 수 있었다. 그걸 방지하기 위해서라도 그는 최대한 빨리 그녀의 마음속에 들어앉은 끔찍한 생각을 끊어내야만 했다.

"그대는 내게 유일한 안식처이니, 그대 없는 세상에서는 나 또한 살고 싶지 않소."

그럴 바엔 차라리 함께하겠다는 소리에 깜짝 놀란 가혜는 그를 올려다보았다. 저 때문에 집안의 대가 끊기고 나라에서 인재를 잃게 만들 수는 없었다. 아내의 눈동자에 갈등의 빛이 서리자 인후는 그때를 놓치지 않고 홀로 살아남아 봤자 얼마나 참혹할지 줄줄이 설명해 주었다. 그건 저주만큼 끔찍한 내용으로 이루어져 있어서 가혜는 얼른 고개를 저어 그의 말을 중단시켰다. 그가 저 때문에 죽는다는 건 생각할수록 가슴 아픈 이야기라, 눈꼬리가 힘없이 내려앉는 그녀의 볼을 인후는 천천히 매만졌다.

"내 목숨이 다하는 날까지 그대를 지켜줄 것이니, 그대도 나를 믿고 포기 마시오."

절대 먼저 포기하는 일이 없도록 다짐에 다짐을 받고 나서야 인후는 아내의 입술을 찾았다. 저를 놀라게 한 벌을 주듯이 처음에는 입술만 물었으나, 이내 좀 더 깊고 진해졌다. 가혜가 힘겨워할 때까지 놓아주지 않은 그는 그녀의 따뜻한 온기와 점점 거칠어지는 숨소리에 집착했다. 그것이 그녀가 아직 살아 있음을 알려주는 듯해서 더 그러는 걸지도 몰랐다.

한참이 지나서야 안도감을 얻은 인후는 가혜를 놓아주었다. 그녀가 자결은 생각지도 않겠다고 다시 다짐해 준 뒤에야 그는 마음을 놓고 일이 어찌 된 건지를 들었다. 그러던 중에 서안 위에 펼쳐져 있던 서찰이 눈에 들어왔고, 무엇인가 싶어 첫 문장을 읽자마자 그는 그것이 유서임을 알았다. 아내가 울면서 그걸 써 내려갔을 때의 모습이 떠올라 인후의 미간이 훅 찌푸려지고, 그 옆에 시아버지와 친정아버지에게 보내는 두 장의 서찰이 더 있음을 본 그는 그걸 낚아채며 자리에서 벌떡 일어났다.

"이 일을 내가 정리하고 올 터이니, 그대는 예서 날 믿고 기다리시오."

"그걸 들고 어딜 가신단 말씀이십니까."

시아버지께 불경스럽게 굴진 않을까, 걱정이 된 가혜가 말리려 했으나 인후는 의지를 꺾지 않았다. 지금 당장 해야 할 일은 제 아내에게 자결을 명한 아버지와 담판을 짓는 것이었다. 그는 방 한구석을 굴러다니는 검을 수습해 성큼성큼 밖으로 나갔다.

참새도 숨죽인 외별당에서 권식은 장침에 팔을 올리고 한 손으로 이마를 짚은 채 눈을 감고 있었다. 고요한 방 안에 들리는 것이라곤 제 숨소리뿐인데, 그마저도 혐오스럽게 느껴져서 괴롭기 그지없었다. 배신감과 함께 자라난 분노가 여전히 몸 안에, 거북할 정도로 그득하게 차 있었다. 그러나 숨을 쉴 때마다 호흡과 함께 그 감정이 잠시 빠져나오면 비어버린 공간에는 슬픔과 연민이 자리를 잡곤 했다. 그것이 매우 고통스러워서 간신히 참아내고 있을 때, 성난 기세와 함께 문이 벌컥 열렸다.

참으로 버르장머리 없는 행동은 찬바람을 몰고 들어왔고, 정수리까지 소름이 이는 감각에 굳게 닫혀 있던 권식의 눈이 스르륵 떠졌다. 묵직하게 내려앉아 있던 그의 눈동자가 천천히 아들에게로 향하고, 부자는 그 어느 때보다 살벌하게 서로를 노려보았다.

마치 두 마리의 호랑이가 영역을 두고 기 싸움을 하듯이 두 사람 사이로 전운이 감도는 와중에 먼저 움직인 쪽은 인후였다. 성큼성큼 방 안으로 들어와 앉은 그는 아내의 정체가 드러나서 충격을 받은 얼굴도 아니었고, 한 번만 용서해 달라며 무릎을 꿇고 비는 것도 아니었다. 뭐하자는 짓거린가 싶어 가만 노려보고 있던 권식은 귀를 의심할 만큼 딱딱한 아들의 음성을 들었다.

"아버지께서 무슨 권리로 제 아내에게 자결을 명하십니까."

무슨 권리냐는 소리에 기가 찬 권식은 이마를 짚고 있던 손을 떼었다.

"네놈은 이 집안의 웃어른이 누구인지 파악이 안 되더냐. 아니면 네 마누라의 정체가 무엇인지 몰라서 이리 후레자식처럼 구는 게냐!"

권식은 진노했다. 필시 제 아들이 맞는데 눈앞에 있는 건 껍데기만 그럴 뿐, 속은 괴물이 하나 들어앉은 듯했다. 그렇게 잡으려고 애쓰던 양묘가 제 며느리라는 사실이 만천하에 드러났을 때 저는 얼마나 큰 웃음거리가 될 것이며, 그것이 집안에 어떤 타격을 입힐지 뻔히 아는 놈이 이러니 더 열불이 뻗쳤다. 그러나 그가 아무리 분통을 터뜨려도 인후는 눈 하나 깜짝하지 않았다.

"그녀가 누구든, 정체가 무엇이든 제 여잡니다."

내 여자를 함부로 대하지 말라는 소리에 권식은 반박하지 못하고 탄식만 흘렸다. 목덜미를 타고 올라오던 피가 혈관을 꽉 막아버린 듯했지만, 좀 전처럼 강하게 혼을 내지 못했다. 지금껏 보지 못했던 이 질적인 아들의 모습이 열이 올라 아프던 머리마저 차갑게 식혀주었기 때문이었다.

"작년 가을에 내 양묘를 잡고자 좌포도청에 덫을 놓았을 때, 도주를 도와준 것이 너였더냐."

일전에도 체격과 실력 탓에 한 번 의심한 적은 있었지만, 권식은 오늘 인후의 태도를 보고 확실하다는 느낌을 받았다. 양묘의 검을 몰래 보관하고 있던 것과 지금도 싸고도는 것이 저보다 먼저 정체를 알았다는 반증이었다.

확신 어린 질문에 인후는 더 고민할 것도 없이 사실을 인정했다. 밀명지에 대해서는 꺼내지 않았으나, 사정이 있어 한량처럼 지낼 수밖에 없었음을 고백했다. 그 탓에 수년간 마음고생을 해왔던 권식은 손에 잡히는 장침을 집어 던질까 싶었다. 사고가 위장이라는 말을 듣길 간절히 바라왔으니 소원이 이루어진 것이기도 하지만, 그럼에도 섭섭한 건 어쩔 수가 없었다.

"이 아비까지 속였어야 했느냐."

불효도 그런 불효가 없었다. 인후도 모르지 않았으나 그는 여전히 당당했다.

"적을 속이려면 아군부터 속이라고 가르치신 건 아버지가 아닙니까. 그 말씀을 진실로 깊이 새겼을 뿐입니다."

말이나 못 하면 밉지나 않을 텐데, 권식은 할 말을 잃게 만드는 아들의 언변에 화를 낼 기운도 빠져나가는 걸 느꼈다.

부친의 입을 봉쇄해 버린 인후는 서안 위에 엉망으로 구겨진 서찰 두 개를 올려놓았다. 인후가 내려놓은 서찰이 며느리가 쓴 유서임을 짐작한 권식은 눈을 감았다. 막상 이리 접하고 나니 기분이 이상했다. 그래서 유서에 손도 대지 못하고 쳐다보고만 있는 부친을 두고 인후는 자리에서 일어났다.

"집안의 대가 제게서 끊기는 것을 보고 싶지 않으시면 이쯤에서 수습해 주십시오. 소자의 일도 곧 끝날 터이니, 그때가 되면 아버지가 원하시는 대로 손주도 안겨 드릴 것이고 속 썩으실 일도 없도록 하겠습니다."

아내를 잃으면 대도 끊어버리겠다는 협박에 다물린 권식의 입에서 침음이 흘러나왔다. 손주는 그의 바람이었고, 강력한 약점이기도 했다. 가뜩이나 손이 귀한 집안에서 대를 끊는다는 건 조상들께 대역죄를 짓는 것이니 이제 며느리가 자결한다고 하면 짐 싸들고 쫓아다니며 말려야 할 판이었다.

'내 전생에 무슨 죄를 그리 지었기에, 이런 놈이 아들로 태어나 골머리를 썩인단 말인가.'

원수도 이런 원수가 따로 없었다. 하지만 이 정도 협박에 그냥 넘어가 줄 만한 일은 아니었다. 어쨌거나 며느리가 양묘라는 사실은 너무나 위험하기 때문이었다. 그는 기회를 한 번 주되, 이 일을 수습할 만한 비책을 직접 찾아오라 지시했다. 만약 방도가 없다면 그때는 제 뜻에 따라 집안의 명예를 지키는 쪽을 선택해야 한다고 선을 그었다. 결국, 방도를 찾아오지 않으면 자결하는 쪽으로 진행할 수밖에 없다는 소리였다. 참으로 잔인한 말이었지만, 인후는 대답 없이 방을 나섰다. 손에 들린, 아내가 제게 쓴 유서 안에 어쩌면 답이 있을 수도 있었다.

그는 제 앞에서 버섯차를 들이키던 한 여인을 떠올렸다. 무언가를 시험하는 듯한 그 모습과 밀명지를 빼앗겼던 날에 창고에서 느꼈던 피비린내가 지녔던 위화감을 그는 아직 기억하고 있었다.

'만약 내가 짐작하는 것이 맞다면, 그렇다면…….'

같은 배를 탔다고 생각했던 사람이 배반했다면 지금 가야 할 곳은 다른 방향이어야 했다. 인후는 외별당과 외부를 연결해 주는 일각문을 나섰다. 그가 지금 향하는 곳은 홍려 상단이었다.

매캐한 연기가 가득한 방 안에서 홍 단주는 앞에 앉은 인후를 빤히 쳐다보았다. 며칠 전에 선유봉에서 습격한 자들을 조사한 걸 알려달라는데 그것이 손을 잡자는 뜻이라면 그도 그만한 성의를 보여야만 했다. 아직도 적의를 가졌다면 정보를 내어주기 어려웠다. 하여 그녀는 그와 은원 관계가 생겼던 몇 달 전의 습격에 대해 거론했다.

"몇 달 전에 상단이 습격을 받아 일손이 부족해진 터라 정보를 수집하는 데 어려움이 있습니다."

알 듯 모를 듯, 돌려서 당시 일을 지적하는 소리에 인후의 눈매가 가늘어졌다.

"돌려 말할 것 없네. 그날의 일은 내가 그리한 것이니."

대놓고 솔직하게 밝히는 그의 말에 홍 단주의 눈썹이 씰룩였다. 그녀의 곁에 가만히 앉아 있던 유화도 그의 직설적인 화법에 문득 드는 놀란 감정을 애써 숨겼다. 그런 두 여인의 반응에 인후는 밀명지와 관련된 일을 모두 털어놓았다. 어쩌다가 그 존재를 알게 되었는지부터 낙마 사고를 꾸며내고 한량으로 행세하며 활동했던 일과 상단을 습격해 얻은 밀명지를 다시 빼앗겼다는 사실도 밝혔다. 그것이 홍 단주가 원하는 나름의 성의였고, 그렇게 해야만 그들과 손을 잡고 도움을 받을 수 있었다.

홍 단주는 한동안 그의 이야기를 곱씹었다. 그동안 이해가 되지 않았던 그의 의문스러운 행동과 사건의 문제점이 보였다. 그녀는 한참 생각하다가 그가 지금 직시해야 할 부분을 알려주었다.

"밀명지는 전하를 시해하려는 자들의 명부가 아닙니다."

"그게 무슨 소리인가."

"밀명지는…… 소현세자 저하의 서거와 관련된 이야기가 담긴 사초입니다."

소현세자의 죽음과 관련된 사초. 그것이 지닌 무게감에 인후는 너무 놀라 아무 말도 하지 못했다. 세자의 죽음 그리고 그의 차녀 경녕군주. 그 관계를 되짚어본 인후는 간담이 서늘해졌다. 어쩌면 양묘의 건보다 더 큰 일에 휘말린 건지도 몰랐다. 그런 그의 생각을 확신시켜 주듯 홍 단주가 어둡게 가라앉은 표정을 띠고 천천히 입을 열었다.

"역모입니다."

역모, 그 말이 지닌 무게는 가히 끔찍한 것이었다. 정확한 인과 관계가 밝혀지지 않았어도 역모죄로 이름이 오르내리다 보면 멸문지화 당하는 건 순식간이건만, 자신이 그런 일에 엮였으니 보통 심각한 게 아니었다. 물론 이전에도 밀명지가 역모와 관련된 건 알고 있었지만, 그때는 명부라 생각했으니 거기에 이름만 기록되어 있지 않으면 아무런 문제가 없었다. 하지만 그게 명부가 아니고 역적들에게 힘을 실어주는 사초라면 말이 달라졌다. 구하려고 힘쓴 것만으로도 충분히 역적으로 몰릴 수 있는 것이다.

방 안을 떠도는 연기가 어깨를 짓누르고, 세 사람이 내뱉는 숨소리마저 조심스러워졌다. 홍 단주는 홍 단주대로, 인후는 인후대로 생각에 잠겨 들었다. 어찌해야 하는가. 피해를 최대한 줄일 방법이 무엇일까. 고민 끝에 그는 답을 내렸다.

'속히 밀명지를 찾아 전하께 올려야 한다.'

역모에 가담하지 않았음을 밝히려면 먼저 선수를 쳐서 밀명지를 임금에게 바치고 신뢰를 얻는 것뿐이었다. 이와 같이 혼란스러운 와중에 그나마 다행인 건 구름에 가려져 있던, 사라진 밀명지의 행방에 대한 해답을 알아냈다는 점이었다. 홍려 상단을 습격하던 날, 밀명지를 가지고 도망치던 자를 도중에 습격할 수 있는 것은 도주로를 알고 있던 경녕군주도 가능한 일이었고 몇 번의 습격도 그녀가 지시했을 가능성이 컸다. 그녀를 너무 믿으려 한 게 문제였다. 임금과의 사이가 매우 돈독하다는 소문이 자자했기에 역모를 일으키려는 속셈임을 간파하지 못했다. 어쨌든 이제라도 알았으니 밀명지를 습득할 방안을 이리저리 따지고 있을 때, 홍 단주가 그의 상념을 깨웠다.

"나리께 청이 하나 있습니다."

갑자기 무슨 부탁인가 싶어 눈을 마주치자 홍 단주는 어두운 표정으로 입을 열었다.

"경녕군주의 역모를 전하께 고하지 말아주십시오."

"그게 무슨 말인가? 고하지 말라니."

생각지도 못한 부탁에 인후가 되묻자 홍 단주는 다시 상황을 찬찬히 설명했다.

"이런 시국에 다른 누구도 아닌, 경녕군주의 배신은 전하께 적잖은 충격을 남길 것입니다. 또한, 역모에 가담한 자들을 잡아내느라 구휼은 뒷전이 될 테지요. 그럼 그 고통을 고스란히 감내해야 할 이들은 힘없는 백성들일 것입니다."

홍 단주는 인후가 많은 관심을 기울이는 민초의 삶을 들먹이며 그를 설득하고자 했다. 한때는 그도 그러한 이유로 밀명지를 없애고 역모를 덮어버릴 생각을 했었으나, 그건 어디까지나 자신이 역모죄에 엮이지 않았을 때의 일이었다.

"군주 쪽에서 먼저 선수를 치면 내가 당할 수도 있는데 덮으란 건가?"

인후는 그 점을 가장 우려했지만, 홍 단주의 생각은 달랐다. 그녀는 경녕군주가 먼저 역모를 입 밖으로 꺼낼 리 없다고 여겼다.

"역모라 하면 응당 임금이 될 만한 자가 그 중심에 있는 법입니다. 소현세자 저하의 셋째 아드님이신 경안군께서는 수년 전에 졸하셨고, 그분의 두 아드님은 너무 어립니다. 하면 밀명지를 얻어 역모를 이끌 만한 자가 누구겠습니까."

왕실에서는 경녕군주가 가장 유력했다. 그녀의 남편인 금창부위, 박태정도 권력에 큰 뜻이 없어 임금이 믿고 있다지만, 역모죄가 거론되기 시작하면 의심을 피할 수 없는 사람이기도 했다. 그래서 경녕군주는 움직임에 신중을 기했고 겉으로 드러나지 않기 위해 애써왔다. 인후를 속여 이용해 먹고, 그녀와 손을 잡은 다른 이들도 서로 엮지 않고 점조직처럼 움직인 것도 같은 맥락이었다. 그럼에도 워낙 중대한 사안이라 고민하는 그에게 홍 단주는 넌지시 정보를 넘겼다.

"밀명지는 금창부위께도 위험한 물건입니다. 조용한 삶을 원하시는 분께 역모는 너무나 버겁지요. 군주께 유일한 약점이 있다면 오래도록 의지하며 지내온 부군이라. 필히 부위께 숨기고자 하실 겁니다."

그 점을 잘 이용하면 밀명지를 손쉽게 얻을 수도 있을 터였다. 어떻게든 최대한 방안을 마련해 주려는 홍 단주의 태도에 인후는 의구심을 품었다.

"내게 불만이 한두 가지가 아닐 터인데 어찌 이리 세밀하게 알려주는가."

"그건, 나리께서 전하께 밀명지를 올릴 때 역모가 있었음을 함구해 주시길 바라기 때문입니다."

그녀는 역모라는 단어가 임금의 귀에 들어갈 때 생길 처참한 현실을 우려하고 두려워했다. 그녀의 조부도 한때는 양반이었으나, 김직재의 무옥에 연루되어 사사당했다. 고문을 이기지 못한 그가 이름 석 자를 언급했을 뿐인데 그녀는 하루아침에 가족을 잃고 천민으로 신분이 추락하였다. 홍려 상단으로 오기 전의 어린 시절은 매일같이 흘러나오는 어머니의 한탄과 무고에 대한 억울함, 분노로 점철되어 있었다. 사정이 이러하다 보니 그녀는 현 임금 대에 또다시 그런 일이 발생하는 걸 원치 않았다. 물론 그가 가혜의 서방이란 점도 정보를 제공하는 데 한몫했다.

"아씨의 부군이시라는 이유도 있습니다. 그분께 도움이 되는 일이라면 뭔들 못 하겠습니까."

즉각 대답하는 홍 단주의 시선이 인후의 곁에 놓인 양묘의 검에 닿았다. 혹여나 가혜에게 무슨 일이 생긴 건 아닐까 싶어 아까부터 계속 거슬렸던 부분이었다. 그녀의 시선에 대답해 달라는 무언의 독촉이 어린 걸 느낀 인후는 가혜를 걱정하는 홍 단주의 마음이 진심임을 눈치채고 곁에 놓인 묵색의 검에 잠시 시선을 주었다가 현 상황을 솔직하게 털어놓았다. 이제 서로의 사정을 얼추 알았고, 한배를 탄 것도 확인되었으니 숨길 필요가 없었다.

홍 단주는 가혜의 정체가 밝혀진 부분을 예상보다 담담히 받아들였다. 언젠가 그럴 줄 알았다는 듯이 듣고 있던 그녀는 가혜를 잃을 수가 없어서 함께하기로 했다는 그의 결심을 듣고는 눈에 이채를 띠며 잔잔한 미소를 지었다. 쉽지 않은 결정이었을 텐데, 과연 영달이 사람 보는 눈은 확실했다. 그리 생각하는 홍 단주에게 인후는 경녕군주의 역모를 고하는 일에 대해서는 좀 더 생각해 볼 것이며, 한 가지 확약해 달라고 했다. 그녀가 수락하자 그는 미련 없이 상단을 떠났고, 조용해진 방 안에서 유화는 단주에게 말을 걸었다.

"어찌하여 밀명지의 소유권을 포기하셨습니까. 전하께오서 단주님을 압박하고 계시질 않습니까."

하루빨리 임금의 손에 밀명지를 쥐어줘야 속이 편할 텐데, 홍 단주는 그러질 않았다.

"그가 나보단 더 제대로 쓰지 않겠느냐. 아내를 위해 저리 동분서주하는데, 나도 그 정도는 감수하여야지."

그렇게 말한 홍 단주는 장죽의 부리를 물고 연기를 깊게 빨아들였다. 후- 내뱉는 뿌연 숨 속에 옅은 회한이 서려서 그녀의 눈빛마저 몽롱해졌다.

"나이 수십에 참으로 부러운 인연이 있음을 느끼는구나. 얼마나 간절히 사랑하면 저리 뜨겁게 타오를까."

대대로 홍려 상단의 단주는 여인이었고, 그녀들은 평생 그 누구와도 혼인 관계를 맺지 않았다. 살면서 많은 걸 얻는 대신에 죽을 때는 아무것도 가져가지 않는 게 그녀들의 삶이었다. 홍 단주는 그 사실을 순순히 인정했고, 단주로서 완벽하게 일을 수행해 왔으나, 오늘만큼은 괜스레 아쉬웠다. 그런 홍 단주의 한탄에 유화는 갑자기 한 사람이 떠올라 깜짝 놀랐다. 그는 오래도록 홀로 의지하며 마음에 품어왔었던 월령이 아니었다. 두려움으로 다가오던 물속에서 저를 이끌어주던 사내의 단단한 팔과 듬직하던 태도가 떠올라 손끝까지 아릿해지니 당혹스러울 정도였다.

'미쳤구나, 선유화!'

단주가 되려면 사내에게 마음을 주어서는 안 되기에 흔들리는 마음을 다잡으면서도 유화는 그와 닿았던 입술이 뜨겁게 느껴지자 저도 모르고 손으로 살며시 쓸었다. 당시의 그 감촉과는 전혀 다른 느낌에 묘한 아쉬움이 차올라 눈빛이 아련해졌다. 그런 유화의 모습을 곁눈질로 살피던 홍 단주의 눈매는 되레 가늘어졌다.

상단에서 홍 단주를 만나고 집으로 돌아온 인후는 즉각 사랑채로 갔다. 병풍을 밀어 거둬내고 벽장을 열자 붕대로 칭칭 감아놓은 검이 눈에 들어왔다. 밀명지를 되찾으려면 흑산을 꺼내는 정도의 각오는 해야 할 테지만, 그 검날 앞에 스러지던 비영단원들을 떠올린 인후는 손에 들고 있던 양묘의 검을 넣어놓고 벽장을 닫았다. 대신 벽면에 걸어두었던 환도 하나를 택해 들고 방을 나선 그는 그 즉시 금창부위의 가택으로 향했다.

대낮이라 활짝 열린 대문을 통해 성큼성큼 들어간 인후는 인적이 드문 대문간을 휘둘러보았다. 이 집 안에 들어선 적도 손에 꼽지만, 부득이 경녕군주를 만나러 올 때는 그녀의 몸종이 열어주는 뒤쪽 문을 통해 몰래 들어온 일이 잦아서 이렇게 정문을 이용한 건 처음이었다. 그래서 조금 생소한 기분으로 서 있는데 나이가 꽤 든 노비 하나가 긴 빗자루를 들고 다가와 허리를 굽혔다.

"어인 일로 오셨습니까, 나리."

말투가 조금 어눌한, 노비의 희끗희끗한 머리를 가만 내려다보던 인후는 금창부위를 찾아왔다고 말했지만 하필이면 부위가 출타한 상태였고, 기다리겠다는 의사를 표하자 노비는 그를 사랑채로 안내하려 했다. 불러 세우는 여인의 목소리만 아니었다면 그는 수월하게 금창부위를 만났을지도 몰랐다.

"그대가 예까진 어인 일인가."

그 어느 때보다 거슬리는 음성에 인후는 표정을 굳히고 내당 쪽으로 몸을 돌려 오랫동안 저를 속여왔던 한 여인을 보았다.

"소관이 오면 무슨 일로 왔다고 생각하십니까?"

어찌 들으면 매우 무례한 대꾸에 경녕군주의 눈썹이 슬며시 찌푸려졌으나, 그녀의 얼굴이 더 일그러지길 바라는 인후는 속을 긁어댔다.

"하도 되는 일이 없고 답답하니 부위께 여쭙고 가르침이나 받아볼까 해서 말입니다. 예를 들어 제 손에 잠시 들어왔다 사라져 버린 서책이 지금은 어디에 있을까부터……."

"그걸 부위께서 어찌 아신단 말인가! 자네는 경거망동 말고 그만 돌아가게!"

경녕군주는 인후의 말을 끊으며 눈을 부릅뜨고 소리쳤다. 격하게 반응하는 그녀의 모습을 처음 본 인후는 피식 비웃음을 지었다.

"경거망동이라……. 소신에게 임무를 맡기실 때 제 부친을 닮아 입이 무겁고 태도가 진중한 것이 적임이라 하셨습니다. 한데, 소신의 부친에 대해 하나만 알고 둘은 모르시나 봅니다."

병조판서 최권식, 그의 성미에 관한 이야기는 매우 예리하고 집요하며 그 태도가 무거워서 쉬이 다가가기 어려운 인물이라 하였다. 하지만 그와 반대로 매우 드물게 화를 낼 때는 또한 불같아서 임금도 말리지 못한다 하니, 이성이 날아가면 눈에 뵈는 것이 없었다. 그 점을 떠올린 경녕군주는 이를 꽉 악물었다. 제 인생의 반쯤 산 새파란 사내가 웃으며 협박하는 모양새가 매우 자연스럽고, 그에 등줄기를 타고 한기가 올라와 견디기 어려운 자신의 나약함도 마음에 들지 않았다. 그녀의 눈이 인후를 안내하려던 노비에게로 향하고, 그 순간 바람을 가르는 소리가 살벌하게 귓전을 훑었다.

따악–

막대기와 검집이 부딪치는 소리가 둔탁하게 터지자마자, 모두가 숨쉬는 것조차 잊어버렸다. 검집에서 빠져나온 인후의 검이 노비의 목언저리에 닿아 있었고, 이런 상황을 예상치 못한 경녕군주와 소란을 듣고 몰려온 노비들은 보고도 믿기지 않는 장면에 두 눈만 껌벅였다. 유일하게 감각이 정상적으로 돌아가는 건 서로 검을 맞댄 두 사람뿐이었다.

"청나라에서 넘어온 자인가."

여유롭게 되묻기까지 하는 말에 노비, 환봉은 작게 감탄을 터뜨렸다. 이제 갓 약관을 넘긴 젊은 나이에 제 공격을 막은 것도 놀라운데, 목에 검을 들이댈 정도라면 그 실력이 쉬이 가늠이 되지 않았다. 청에서도 황실의 호위로 전도유망한 그였으나, 소현세자를 흠모하여 조선까지 따라왔다가 복수의 길로 접어들게 된 환봉은 오랜만에 끓어오르는 무인의 피를 주체하지 못하고 기괴하게 웃었다. 목에 검을 댄 채로 한바탕 웃어대는 모습이 괴인 같은지라 인후의 미간이 찌푸려지고, 환봉은 웃음을 뚝 그쳤다.

"어디 한번 놀아나 보자."

그의 빗자루가 인후의 검을 쳐내고, 그걸 시작으로 빠르게 공수가 이어졌다. 인후가 휘두른 딱딱한 검집이 빗자루를 반으로 부숴 버렸지만, 환봉은 공격을 멈추지 않았다. 두 사람은 그렇게 열댓 번 무기를 섞다가 결론이 나질 않자 서로 거리를 둔 채 상대의 실력을 가늠했다. 부위의 사택에서 피를 보지 않으려는 인후와 달리 환봉은 부러진 빗자루를 버리고 다른 노비가 가져다 준 검을 기세 좋게 뽑아 들었다. 그 모습을 본 인후는 갈등에 빠졌다. 경녕군주의 사노비를 죽이면 임금의 귀에까지 닿아 징계가 내려올 가능성이 높았고, 그렇다고 내버려 두자니 매우 거슬렸다. 그러나 그가 길게 고민할 필요는 없었다. 적절한 순간에 지원군이 도달한 것이다.

"이게 무슨 일인가!"

금창부위, 박태정의 호통에 환봉이 서둘러 검을 숨기고, 인후는 경녕군주가 끼어들기 전에 먼저 그를 맞이했다.

"금부도사, 최인후라 합니다. 부위께 긴히 아뢸 말이 있어 찾아왔습니다."

의금부 소속은 썩 달갑지 않은 박태정은 그를 경계하였으나, 할 말이 있다고 찾아온 손님을 그냥 돌려보내는 것도 옳지 못하기에 인후의 방문을 허락했다.

사랑채로 통하는 쪽문을 지나치면서 인후는 경녕군주와 눈을 마주쳤다. 그녀는 최대한 표정을 관리하려 했지만, 낯빛이 검게 변하는 것은 숨기지 못했다.

박태정의 방에서 그와 마주 앉은 인후는 찾아온 이유를 묻는 그를 순식간에 경악시켰다.

"소신은 부위를 믿습니다만, 안타깝게도 역모에 연루되어 계십니다."

"그 무슨 말인가, 역모라니! 망극한 말 하지 말게!"

가장 싫어하는 단어가 나오자 박태정은 펄쩍펄쩍 뛰며 화를 냈다. 하지만 그런 반응만으로 혐의가 벗겨지는 건 아니었기에 그는 곧 이성을 되찾고 흔들리는 눈빛으로 인후를 바라보았다. 붉고 노란 의금부의 관복이 박태정으로 하여금 나락의 끝으로 밀어 넣는 듯했다.

"어찌하여 그런 괴이한 소문이 떠돈단 말인가. 하늘에 맹세코 한 점 부끄러움 없이 전하를 모신 날세."

그토록 경계하고 경계하며 몸가짐에 조심을 기했건만, 의금부에서 역모로 조사 중이라면 사지가 찢겨 죽는 건 기정사실이었다. 그가 한참 황망해하며 넋을 놓을 때쯤에야 비로소 인후는 그를 달랬다.

"염려 마십시오. 소관이 찾아온 건 역모를 막고 이쯤에서 조용히 사건을 덮기 위함입니다."

"그건 또 무슨 소리인가. 알아듣게 설명해 보게."

그가 반 사정하듯이 애원하자 인후는 이 사건을 아직 의금부에 전하지는 않았다는 점과 이쯤에서 덮는 것이 백성을 위해서도 좋다는 자신의 뜻을 전달했다. 또한, 그렇게 일을 진행하려면 경녕군주가 지닌 책을 제게 넘겨주어야 한다는 것도 거론했다.

그 책이 정확히 무엇인지는 모르나, 제 부인이 무도한 무리들에게 억울하게 이용당하는 건 아닐까 싶어 기함한 박태정은 서둘러 경녕군주를 사랑채로 불러들였다.

“밖에 뉘 있느냐!”

“예!”

“당장 부인께 사랑채로 건너오시라 하여라.”

그의 말이 떨어진 뒤, 한참 뒤에야 경녕군주는 작은 함을 들고 사랑채로 넘어왔다. 그녀의 표정이 살얼음판 같았으나 인후는 개의치 않았다. 중요한 건 그녀가 들고 온 함 속에 ‘진짜 밀명지가 있는가’였다.

박태정이 경녕군주가 들고 온 함을 급히 열자 그 속에 피 묻은 책 하나가 들어 있었다. 그는 매우 불길한 물건을 다루듯이 얼른 인후에게 떠넘겼다.

“밀명지라니, 이것이 맞는가?”

그의 질문에 인후는 우선 서책부터 가볍게 훑어보았다. 과연 홍 단주의 말대로 소현세자의 죽음과 관련된 내용이 적혀 있었으나, 예상치 못한 낯익은 이름도 발견했다.

‘할아버님?’

그 속에서 할아버지의 이름이 나오는 걸 본 인후는 싸한 기운이 뒷골을 따라 퍼지는 듯했다.

‘할아버지가 소현세자 저하의 서거에 가담하셨단 말인가.’

인조가 늦은 밤에 불러들여 세자의 운명에 관해 물었던 세 명의 대신 중 한 명이 인후의 할아버지였다. 그들은 임금이 세자를 불쾌히 여긴다는 걸 알고 은근하게 바람을 넣었고, 세자를 바꾸는 부분에서 뜻을 이뤘다.

그 사실이 인후에게는 매우 충격이었다. 제 할아버지가 그리 정의로운 사람은 아니었음을 알고 있었지만, 그래도 수십 년이 지나 그 치부를 여실히 들여다보게 된 손자의 마음이 유쾌할 리 없었다.

그의 낯빛이 변하자 그 이유가 무엇인지 짐작이라도 한 듯 경녕군주는 때를 놓치지 않고 비아냥거렸다.

"선대에 저지른 죗값이 그리 무거우니 지금껏 당한 것에 대해 너무 억울해하진 말게."

그녀는 부친의 서거에 가담한 자들을 모두 색출해 처결하고 싶었다. 그러나 당사자들이 이미 다 죽고 없는 상황에서 후손에게 목숨으로 대가로 받고자 하는 부분에 인후는 동의할 수 없었다.

"복수심이 드는 건 이해하나, 현재 처지가 어떠한지 아직 자각하지 못하신 듯합니다."

그는 이제 군주를 대함에 있어 거침이 없었다. 조부가 행한 행동이 옳다고 할 수 없지만, 그것이 자신의 인생을 끝내 버릴 만한 이유는 아니었다.

불쾌감을 고스란히 드러내는 인후의 반응에 외려 더 긴장한 건 박태정이었다. 그는 이제 그런 일이 없도록 하겠다며 한 번만 용서해 달라고 사정사정했다.

가족들을 위해 몸을 낮추는 그를 잠시 바라보던 인후는 몇 가지 더 제약을 걸었다. 경녕군주의 태도로 보아 밀명지를 빼앗는 걸로는 안심할 수 없었기 때문이었다.

"군주께서 키운 자객들이 아직 남아 있을 것입니다. 지켜보고 있을 터이니 오늘 내로 해산시키십시오. 또한, 아까 제게 검을 겨눈 그자. 어찌 처리해야 하는지는 부위께서 더 잘 아실 겁니다."

청나라 사람이 그 나이가 되도록 붙어 있다는 말은 충심이 대단하다는 소리였다. 그런 자를 계속 경녕군주 곁에 둔다면 나중에 어떤 화가 되어 돌아올지 모르니, 인후는 애초에 싹을 잘라내기로 했다.

부모를 잃은 뒤로 자신을 돌봐주었던 충신의 목숨을 요구하는 소리에 경녕군주는 잔혹하다며 발끈했으나 인후도 물러서지 않았다.

"애초에 군주께서 뿌리신 씨앗입니다. 부위는 물론이고 어린 아드님들까지 화를 입을 일을 이쯤에서 정리해 주었으니 감사히 여기셔야지, 어찌 잔인하다 하십니까. 그간 제 아내의 목숨까지 위협하던 행동을 생각해 보면 더한 짓도 하고 싶습니다만, 이쯤에서 그만 없던 일로 하겠습니다."

마음 같아서는 백성이든 부위든 상관 않고 다 뒤집어엎고 싶었지만, 이성적으로 생각해 볼 때 이쯤에서 정리하는 것이 여러모로 좋았다.

인후는 자리에서 일어나며 저를 올려다보는 박태정에게 다시 한 번 당부의 말을 남겼다.

"부위의 덕망에 대해서는 오래전부터 들어왔으니 소인은 오로지 부위만 믿고 물러나겠습니다. 부디 조심하시고 항상 경계하십시오."

반평생 믿고 살아왔던 아내를 경계하라는 소리는 가슴을 박박 긁어대는 것이었다. 하지만 박태정은 그리하겠다며, 거듭 사과하고 고마워해야만 했다.

인후가 밀명지를 들고 사랑채를 나서자마자 아내를 책망하는 박태정의 음성이 들려왔다. 아마 그 길고 긴 질책의 끝은 피로 얼룩질 것이었다.

인후의 예상대로 그날 경녕군주는 진노한 남편에게 굴복했다. 그녀는 자객들의 명부를 남편에게 넘겼고, 박태정은 그들을 해산시키기 위해 사랑채를 나서면서 아내에게 더 잔인한 말을 남겨놓았다.

"돌아와서 환봉의 시신을 거두겠소. 부인께서 진심으로 역심을 접었다면 그때까지 그가 살아 있는 일은 없어야 할 것이오……."

허튼짓을 못 하도록 수족을 다 잘라내려는 냉정한 그의 선택에 수십 년의 노력이 물거품이 되게 생긴 경녕군주는 반발심이 생겼지만, 오랜 세월을 남편에게 위안받으며 살아온 그녀가 선택할 수 있는 건 이미 정해져 있었다.

서방이 떠난 사랑채에서 홀로 앉아 있던 그녀는 마침내 가라앉은 음성으로 사람을 불렀다.

"밖에 뉘 있느냐."

"예, 마마."

"환봉을 광으로 불러오너라."

군주의 명을 받고 광으로 가면서 환봉은 영 느낌이 좋지 않다고 생각했다. 군주를 지키는 호위들이 문을 열어주고, 안에 들어서자마자 나무 문이 귀에 거슬리는 소리를 내며 닫혔다.

아스라이 빛이 들어오는 창고 안에는 먼지가 떠돌았고, 높은 대들보에는 두꺼운 밧줄 하나가 매달려 있었다. 사람 머리 하나는 들어갈 만큼 밧줄 끝이 둥그렇게 고리가 만들어져 있는 것을 보고 그는 자신의 죽음을 예감했다.

"마마."

그의 목소리는 생각보다 담담해서 도리어 이질적으로 느껴졌다.

제 목을 조를 밧줄보다는 말없이 서 있는 군주의 뒷모습이 더 크게 다가왔다. 그런 그의 귓가로 경녕군주의 차분한 음성이 들려왔다.

"죽어주게."

가벼운 부탁을 하는 것처럼 그녀는 죽어달라고 말했다. 부당한 일이지만 그는 굳이 입에 올리지 않았다. 그저 그녀의 뒷모습을 보며 옛 기억을 상기할 뿐이었다.

언제 이렇게 장성하셨는지, 제 허리쯤 오던 어린 여자아이가 어느새 자라 강인하던 세자빈의 뒷모습을 많이 닮았다. 꼿꼿한 자세는 소현세자를 떠올리게 했고, 굽힘이 없던 그 성정을 환봉은 매우 흠모했다.

"복수는 포기하셨습니까?"

소현세자와 세자빈 강씨의 복수를 위해 노비 생활까지 마다치 않았던 그였다. 소현세자의 자식들 중에 유일하게 뜻을 함께할 만한 인물이 경녕군주였기에 지금껏 힘을 보태왔고 그의 기대를 경녕군주는 저버리지 않았다.

"그럴 리가 있겠는가."

"하면……."

뒷말을 멈춘 환봉의 시선이 경녕군주의 너머로 보이는 밧줄에 닿았다.

"의미 없는 죽음은 아닐 것입니다."

인생을 다 바쳐 섬기기로 결정했던 주군의 처참한 마지막을 보았던 날, 그의 삶은 오로지 복수에만 초점이 맞춰져 있었다. 그저 하나 안타까운 점이 있다면, 이제 더는 그 복수에 힘을 보탤 수 없다는 것뿐이었다.

세로로 세워두었던 상자가 쓰러지고, 경녕군주는 허공에 붕 뜬 발이 잠잠해질 때까지 그곳에 서 있었다. 한참 그 모양새를 눈에 담던 그녀는 미안하다는 말 한마디 없이 몸을 돌렸다. 굳게 다물린 입과 이전보다 더 차가운 색을 띠는 눈동자만이 그녀가 지금 느끼는 감정을 말할 뿐이었다.

경녕군주의 자택에서 한바탕 폭풍이 이는 동안 권식은 사랑채에 고요히 앉아 아들이 놓고 간 며느리의 유서를 바라보고 있었다. 하늘이 핏빛과도 같은 색깔로 물드는데, 선뜻 손이 가질 않아서 열어볼 수가 없었다. 그러다 마침내 그는 며느리가 의부에게 보내는 서찰부터 뜯어보았다.

종이 위에 한가득, 차분하고 단정한 글자들이 가장 먼저 눈에 들어왔다.

–아버지. 이 어리석은 여식이 당신께 얼마나 큰 상처를 드릴지 감히 짐작조차 되질 않습니다.

눈앞에 닥친 재앙에 그녀 또한 두려웠을 테지만, 죽음을 기정하고 쓴 유서에서는 그러한 감정은 철저히 숨겨져 있었다. 부친이 저로 인해 가슴앓이하는 걸 원치 않았기 때문이었다. 그녀는 그렇게 마지막 순간까지 홀로 남을 아버지를 걱정했고, 키워준 은혜를 이렇게 갚게 된 걸 슬퍼했다.

못난 선택을 하는 딸을 용서치 말라는 서찰 속에는 시아버지가 자결을 명한 이야기도 담겨 있지 않았다. 본인의 죽음이 모두에게 악영향을 끼치지 않길 바란 것이다. 이리 마음을 넓게 써주는 며느리에게 죽으라고 한 권식은 말문이 막혔다. 차라리 원망을 하지. 그랬더라면 이렇게 가슴이 쓰리지도 않았을 것을.

오래도록 머뭇거리다 펼쳐 본, 제게 쓴 서찰도 마찬가지였다.

—이제 더는 예전처럼 마주 앉아 웃으며 대화를 나눌 수는 없겠지요. 그간 누군가의 며느리라는 점이 이토록 행복할 수가 없었습니다. 처음 아버님을 좌포도청에서 뵈었을 때 너무나도 무서웠었습니다. 그래서 서방님과의 혼인도 어떻게든 피하려 했지만, 솔직히 지금 이 순간에도 잘했다고 생각합니다.

죽음을 앞에 두고도 가혜는 그의 며느리가 된 걸 후회하지 않았다. 되레 행복했다는 말에 권식은 그녀가 제 앞에서 기쁘게 웃던 모습을 떠올리며 아랫입술을 꾹 깨물었다. 망나니란 소문이 자자한 아들과 억지로 혼인시켰는데도 제게 원망 한 번 내뱉지 않던 속 깊은 며느리였다. 그런 그녀를 잃을 각오를 했던 권식의 시선이 서찰의 끝에서 오래도록 머물렀다.

—혼인 후에도 양묘로 활동하면서 아버님을 속인 건 사실이니 달리 용서를 바랄 수 없음을 압니다. 하지만 한 가지만은 부디 알아주십시오. 진심으로 아버님을 존경했고, 당신의 며느리라 행복했습니다.

제 며느리라 행복했다는 말에 권식은 한동안 아무런 생각도 떠오르지 않았다. 아들이 조금만 늦게 당도하여 며느리가 이미 목숨을 끊었고, 그 상태로 이 유서들을 보았다면 어땠을까. 적어도 후회하지 않았을 자신은 없었다.

"어찌 이리…… 미련하단 말이더냐, 아가……."

구름이 힘없이 떠내려가듯 권식의 입에서 남몰래 탄식이 흘러나왔다. 좀 더 시간이 흐르고, 권식은 가혜가 제게 띄운 유서를 반복해 읽었다. 그럴수록 그는 방향을 잃고 홀로 날아가는 철새처럼, 어디까지 가고 어디서 내려앉을지 결정하지 못하고 넓은 강 위를 떠돌았다. 상념에 젖어 깊이 고뇌하는 그를 일깨운 건 인후의 목소리였다.

"아버지."

아침나절의 그 패륜적인 행각과는 어울리지 않을 만큼, 훨씬 더 차분해진 아들의 음성에 권식은 방문을 허락했다. 문이 열리고, 인후가 등장하자마자 권식은 그의 손에 들려 있는 궤짝이 매우 중한 것임을 알아차렸다.

"네 손에 들린 그것이 비책이더냐."

이번 일을 수습할 방법을 직접 찾아오라는 말을 듣고도 자신 있게 나갔으니 무언가 하나라도 가져오지 않을까 했다. 역시나, 멀쩡해진 아들은 그의 기대를 저버리지 않았다.

"비책이라면 비책입니다만. 그 전에 며느리를 용서해 주겠다고 약조해 주십시오. 이번 일로 제 아내를 또 타박하거나 힘들게 하지 마시란 겁니다."

이미 가혜의 유서를 보고 분노가 식어버렸으나 그런 아버지의 심리 상태를 모르는 인후는 자신의 내자를 더 괴롭히지 못하도록 확실히 못을 박았다.

권식은 그런 부분에 대해서는 언급하지 않고 가져온 걸 내놓으라 요구했다.

"아마 그것이 네가 찾은 진짜 방도겠지."

눈치 빠른 부친의 공개적인 요구에 인후는 밀명지를 담은 상자를 서안 위에 올려놓았다. 그 속에 든 서책을 살피는 권식의 얼굴을 점점 심각해졌고, 인후는 그런 부친의 표정을 놓치지 않았다. 그는 밀명지에 대해서 몰랐던 게 분명했다. 겉표지에 적힌 이름을 보고도 반응이 없다가 책을 열고 나서 그것이 어떤 내용으로 이루어져 있는지 알았다는 건, 역시나 경녕군주와는 엮여 있지 않다는 소리였다.

분실된 마지막 장은 확인하지 못한 채 고개를 든 권식은 아들을 말없이 쳐다보았다. 이 상황에 대해 해명하라는 눈빛에 인후는 상황을 간략하게 들려주었다.

"그간 소자가 찾아다니던 서책입니다. 그런 일은 없길 바라지만, 혹여 양묘의 일로 아버지께 무슨 일이 생긴다면 그때 이 서책을 이용하십시오. 하나, 위험한 물건이니 집 안에 두는 일은 없도록 하셔야 할 겁니다."

밀명지는 양날의 검과 같아서 집에 보관하다가 혹여 일이 꼬이기라도 하면 주인의 심장을 찌를 것이었다. 그 점에 공감하면서도 권식은 책의 소유를 확실히 했다.

"네가 이걸 내게 넘겼으니, 앞으로 이 서책에 관해서는 관심을 가지지 말아라. 본래 하던 일도 확실히 뒷정리가 된 것이겠지?"

"예. 이제 다시는 그 서책에 관여치 않을 것입니다. 금부도사의 임무에만 충실할 것이니 염려 마십시오."

밀명지를 손에 넣었고, 경녕군주의 일도 얼추 정리가 되었으니 더는 한량처럼 살 필요가 없어졌다. 아내도 이중생활을 청산하게 되었으니 이제 남은 건 부친에게 맡기고 부인과 오붓하게 사는 것뿐이었다.

행복한 미래를 꿈꾸는 아들의 앞날을 권식도 더는 방해할 생각이 없었다. 제게 어떤 힘을 줄지 모를 밀명지가 손에 들어왔고, 무엇보다 며느리에 대한 애정이 미움보다 훨씬 큰 건 부정할 수 없는 사실이었다. 유서를 보는 와중에도 애틋함은 깊어지기만 하니 또 자결하라는 말은 차마 할 수 없음을 본인도 인지하고 있었다.

"내일 함께 문안 들도록 하고, 앞으로는 대를 잇는 일에만 집중하여라."

"그런 건 따로 언급하지 않으셔도 알아서 잘할 겁니다."

인후는 부친의 말에 말대꾸를 하며 일어났다. 오전에 제 아내에게 자결하라 명한 일이 여전히 마음에 앙금처럼 남은 탓이었다. 그런 아들의 행실을 보며 혀를 찬 권식은 방문을 열고 떠나는 아들의 뒤에 대고 말을 덧붙였다.

"며늘아기가 많이 놀랐을 테니 다독여 주는 것도 잊지 말고."

모든 걸 한꺼번에 다 용서해 주지는 못하지만, 저 때문에 상처받았을 며느리의 마음만큼은 아들이 달래주길 바랐다. 애초에 이성을 좀 더 챙기시지 그랬느냐는 눈빛을 남겨놓고 인후가 떠나고, 권식은 홀로 못다 한 말을 뱉었다.

"그래도…… 네가 아프지 않아 다행이다."

창살을 비춘 노을이 방바닥에 주홍빛 무늬를 수놓았다. 그 화려한 색감이 어둠에 덮여 까맣게 변질될 때까지 가혜는 깊은 고민에 잠겨 있었다.

'한심하구나. 아버님이 죽으라면 죽고. 서방님이 살라 하면 살고.'

처음에는 워낙 경황이 없고 그래야 피해를 주지 않는다는 생각에 죽음을 결심했었지만, 가만 생각해 보면 그만큼 수동적인 삶도 없었다.

'내 목숨, 내 인생이 내겐 이것밖에 안 되더냐.'

사람은 더불어 살아야 하니 누군가의 영향을 받는 것이야 당연하지만 제 목숨을 논하고 있는데 정작 자신이 아무것도 않고 이리 앉아있는 것 자체가 그녀에게 긴 회의감을 남겼다. 지금 할 수 있는 것이 무엇일지, 어찌하는 것이 좋을지 고민하던 가혜는 입술을 굳게 다물고 자리에서 일어났다. 시아버지를 찾아갈 생각이었다. 얼마나 성과를 보일지는 모르겠지만, 그의 마음을 돌려놔야 했다. 할 수 있는 한 최선을 다하리라. 그것이 쉽지 않다고 하여도 그녀는 주저앉아서 제 인생이 이리저리 휘둘리는 걸 가만 볼 수는 없었다.

용기를 내서 방을 나서던 가혜는 흠칫 놀랐다. 문 앞에 서방이 서 있는 탓이었다. 그의 기척을 전혀 감지 못한 탓에 두근대며 뛰는 가슴에 손을 얹고 그녀는 놀란 심장을 진정시켰다.

"서방님……."

"어딜 그리 급히 가려 하시오."

부친과 담판을 짓고 바로 내당을 찾은 인후는 불도 켜지 않은 방으로 들어서며 아내와의 거리를 좁혔다. 너무 가까운 거리 탓에 반 보 뒤로 물러선 가혜는 심장이 떨리는 것이 놀라서인지 아니면 그가 다가와서인지 헷갈릴 지경이었다.

열린 문으로 들어온 노을이 봄꽃처럼 발갛게 변하는 가혜의 두 뺨을 비추자, 인후는 거침없이 그녀에게 다가가 볼에 가볍게 입을 맞췄다.

"내 다 정리하고 왔으니 그대는 아무런 염려 말고 이제 나와 행복하게 지내면 되오."

다 정리했다는 말에 가혜는 두 눈을 깜빡이며 그를 올려다보았다. 어찌 된 건지 의문을 품는 눈동자에 인후는 어디까지 말해주어야 그녀의 마음에 짐이 되지 않을까 고심하며 입을 열었다.

"아버지께 더는 한량처럼 살지 않겠다고 약조했소."

"많이 화가 나셨을 터인데. 그것으로 되겠습니까."

가혜는 전부 말해달라고 부탁했다. 남편이 이번 일로 얼마나 많은 희생을 치른 건지, 또 어떤 약속을 해야 했는지 알아야 했다. 그러나 인후는 역모와 관련된, 밀명지의 행방에 대해 알려주고 싶지 않았다. 자칫하다가는 그로 인해 아내 역시 위험해질 수도 있기 때문이었다. 그럼에도 그는 곧 가혜에게 설득당했다.

"그대가 박씨의 사연을 내게 알려주어 밀명지에 대한 단서를 잡았고, 덕분에 내 은밀히 수행하던 일이 정리되었소."

"밀명지를 찾으신 겁니까?"

"그렇소. 하여 그간 있었던 일을 아버지께 사실대로 고했고, 기꺼이 그대의 일을 정리해 주시기로 했소. 그대는 나와 이 집안을 위험하게 했다고 말하지만, 나로 인해 그대가 죽을 고비를 넘긴 것도 몇 번이오. 그대가 양묘가 아니었으면 나는 아내만 몇 번을 잃었겠지. 이제 아버지께서도 그대가 내 내자라 다행이라 여기시니, 너무 자책하지 마오."

평범한 여인이었으면 몇 번이고 살아남지 못했을 것이고, 인후는 여러 번 홀아비가 되었을 터였다. 검술을 익힌 가혜였기에 그런 큰일들을 겪고도 버텼고, 이겨낼 수 있었다. 그건 권식도 인정할 수밖에 없는 부분이었다.

아내를 이해시킨 인후는 아버지의 당부가 떠올라 슬쩍 미소를 지었다가 들키기 전에 신중한 표정을 지었다.

"그러고 보니 내 한 가지, 아버지와 중한 약조를 하긴 하였는데. 그대의 도움이 좀 필요하오."

"그것이 무엇입니까?"

서둘러 묻는 가혜의 눈빛에는 무슨 일이든 열심히 하겠다는 의지가 어려 있었다. 도울 일이 있다는 점에 생기가 돋는 그녀의 모습이 보기 좋아서 인후는 은근하게 눈웃음을 지었다.

"최대한 빨리 손주를 안겨 드리기로 했소."

그의 말에 가혜의 입술이 살짝 벌어졌다. 적잖게 당황한 것이다.

"서방님, 그건."

"때마침 밤이 찾아올 시각이니, 매우 적절하지 않소?"

무에 그리 적절하다는 건지, 가혜는 말도 안 나와서 입만 달싹였다. 시아버지가 그토록 원했던 일이니 약속은 진실이겠지만, 긴박하고 참담한 일을 연신 겪어 감정이 채 추슬러지지도 않았는데 몸이 동할 리가 없었다.

그걸 알면서도 인후는 문을 닫아버리고 그녀를 안아 올렸다. 가냘픈 비명이 들렸으나, 그는 그녀를 보료 위에 눕혀놓고 제 옷부터 벗었다.

그의 하얀 속적삼이 저물어가는 노을 속에서 보랏빛으로 물드는 걸 가혜는 멍하니 바라보았다. 의욕적으로 옷을 벗는 그를 말리지도 못하는 사이, 다 벗은 그가 몸을 굽혀 다가와 눈가에 입을 맞추자 가혜는 그의 품에 안겨 몸을 눕혀야 했다.

"서방님."

"아무 말 안 해도 되오."

다 안다는 음성에 가혜는 얌전히 있었다. 언제 봐도 좋은 미소와 함께 그의 입술이 다가오고, 그녀는 눈을 감았다. 처음엔 가볍게 내려앉는 입술의 온기를 느끼고, 맞물리는 감촉의 탐스러움이 마음을 사로잡았다. 조금씩, 매우 천천히 그와의 입맞춤은 강도를 높여갔다. 그럼에도 그는 끝까지 손을 대지 않았고, 가혜의 몸에 남은 건 우려가 아닌 애정으로 충만한 마음이었다.

단 한 번의 입맞춤이지만, 인후는 자신이 그녀를 얼마나 사랑하는지 여실히 느끼게 해주고 싶었다. 육체를 탐하려는 게 아니라 그저 오늘 그녀가 느꼈을 불안함과 죄책감을 가라앉혀 주기 위함이었다. 당신은 내게 이토록 소중한 사람이라는 걸 알려주고 싶었다.

그 마음이 담뿍 담긴 입맞춤에 가혜는 그의 품 안에서 그 어느 때보다 행복한 시간을 보냈다. 가슴이 기쁨으로 충만해지니 편안함이 찾아들고 그러한 변화는 놀라울 만큼 그녀의 감정을 바꿔놓았다.

잔잔한 미소를 머금고 입술을 뗀 뒤에 가혜는 제 옆에 눕는 그의 품을 스스로 찾아들었다. 넓고 따뜻한 가슴에 볼을 대고 누우니 천천히 등을 쓰다듬으며 다독여 주는 손길이 느껴졌다. 오늘 하루 고생했다는 듯한 그의 손길에, 아침나절에 겪었던 일마저 꿈결 같았다. 그러나 침묵 속에서 시간이 좀 지나자 시아버지의 얼굴이 떠오르며 슬금슬금 걱정이 들었다.

"정말 이대로 괜찮은 것입니까."

"음……. 중단하니 아쉬운 거요? 그대가 마저 하라 하면 나야 밤새도록 할 수 있긴 하오."

정체가 드러난 일을 이대로 묻어두어도 괜찮은 것이냐고 묻는 말인 걸 알면서도 그는 진하게 농을 던졌다. 능글맞은 태도에 가혜가 고개를 들고 슬쩍 눈을 흘기자 인후는 싱글거리며 그녀를 진정시켰다.

"걱정마오. 내일 함께 문안 인사를 오라 하셨으니 가서 터놓고 얘기하면 될 일이오."

냉정한 태도를 취하던 시아버지가 문안 인사를 오라고 했다는 말에 가혜는 조금이나마 안심할 수 있었다. 예전처럼 허심탄회하게 대화를 나누기는 어렵겠지만, 용서를 청할 기회라도 생겼으니 한 줄기 희망이 보였다. 덕분에 마음이 놓이자 졸음이 밀려들고, 가혜는 따뜻하고 넓은 그의 가슴에 기대어 깊이 잠들었다.

다음 날 아침에 권식은 아들 내외의 문안 인사를 받았다. 예전만큼 화기애애한 분위기는 아니었으나 이성을 잃고 분노하지도 않았다. 거기에는 대를 끊어버리겠다는 아들의 협박도 있었지만, 가혜가 살아 있음에 안도감이 드는 마음도 한몫했다.

"내 어제 흥분하여 네게 몹쓸 말을 하였으니, 마음에 깊이 담아두지 말아라."

혹여나 며느리가 그 일로 두고두고 괴로워할까 봐 권식은 제가 어제 너무 과하게 흥분했다는 걸 인정했다. 물론 그로서는 충분히 그럴 만한 일이었으나, 서방의 일로 죽을 고비를 넘겨놓고도 불평 한 번 하지 않는 며느리를 일방적으로 미워할 수도 없는 노릇이었다. 그러한 점을 고려하는 권식의 태도는 긍정적인 대화의 물꼬를 만들었다. 덕분에 가혜도 좀 더 편하고 솔직하게 마음을 털어놓을 수 있었다.

"아버님을 농락하거나 곤란하게 하려던 건 결코 아니었습니다. 상황이 여의치 않아 드러내 놓고 말씀드릴 수가 없었습니다."

"알고 있다. 네 성정을 모르지 않으니."

권식은 그녀를 용서했다. 아마 저도 며느리와 같은 상황이었다면 똑같이 행동했을 것이었다. 모두에게 숨기는 것이 가장 안전하고 현명한 방법이었다. 다만 그는 양묘의 활동이 다시는 없어야 한다는 걸 인지시켰다.

"네가 또 양묘가 되면 나는 주상 전하의 압박을 받을 수밖에 없다. 그러니 더는 이 시아비를 곤란하게 만들지 말아야 할 것이다."

탐관오리들이 부정하게 축적한 재물을 백성에게 되돌려 주지 못하게 된 건 아쉽지만, 가혜는 받아들일 수밖에 없었다. 임금의 총애는 권식의 대쪽 같은 성미와 뛰어난 업무 처리 능력을 인정했기 때문이었다. 그런데 번번이 양묘를 놓치고 일을 제대로 처리하지 못한다는 인식을 주면 총애는 사그라들 것이고, 거기다 더해 정적들의 탄핵을 받으면 귀양까지 갈 수 있었다. 그러니 그의 앞에서 차마 더 하겠다는 말은 할 수 없었다.

"예, 아버님."

그녀가 받아들이자 권식은 남은 과제들을 함께 잘 풀어 나가자며 관계 회복의 의지를 내보였고, 비로소 가혜의 눈가에도 안도감이 어렸다. 그가 용서해 주었으니 더는 마음 졸이며 살지 않아도 되었다. 시아버지에게 들킬까, 부친에게 해가 되지는 않을까, 전전긍긍할 필요가 없어졌다. 그때, 슬쩍 손을 덮는 따스한 온기가 있었다. 그 느낌에 고개를 돌려 옆을 보았다가 자상하게 웃어주는 서방과 눈이 마주친 가혜는 더욱 곱게 웃음 지어주었다.

아침 문안 인사를 무사히 마치고, 가혜와 인후가 나간 뒤에 권식은 서안 서랍을 열어 그 안에 넣어둔 며느리의 유서를 지그시 응시했다. 불태워 없애 버리는 것이 옳지만, 선뜻 그러기가 쉽지 않았다. 그 속에 담긴 며느리의 진심이 제 마음을 돌릴 만큼 기꺼워서 두고두고 읽고 싶었다.

“밖에 도리 아범 있느냐.”

“예, 대감마님.”

밖에서 대기하고 있던 도리 아범이 안으로 들자 권식은 서랍을 닫고 의원을 사랑채로 들이라고 지시를 내렸다. 인후의 건강은 어떠한지 진맥을 하고 후사를 낳을 때 도움이 될 만한 탕약을 지어 먹이기 위함이었다. 양묘의 일을 빨리 매듭짓고 손주나 얻어서 키우고 싶었다. 사랑스러운 손주를 보면 며느리와 틀어졌던 사이도 자연스럽게 나아질 것이었다.

권식의 염원대로 인후는 아침 일찍부터 영문도 모른 채 의원에게 진맥을 당해야 했다. 진맥을 본 후에는 곧바로 입직하여 어제 못 한 업무를 보았고, 어스름이 깔리는 시각에 퇴청하자마자 내당으로 향했다. 보료로 올라 앉은 그는 온종일 보고 싶던 아내를 실컷 눈에 담으면서 제 무릎을 손으로 탁탁 쳤다.

“부인 이리와 앉아보시오.”

“망측하게 어찌…….”

가혜는 민망해하며 말끝을 흐렸으나, 그는 끈질겼다. 결국, 그녀는 서방의 요구 사항을 수용하여 무릎 위에 앉았고, 편한 자세를 찾아 그의 어깨에 머리를 기댔다. 편히 기대오는 그녀의 몸짓이 기분 좋은 인후는 입꼬리를 귀에 걸었고, 가혜도 생각보다 편한 느낌에 한참을 그렇게 앉아 그와 이런저런 얘기를 나눴다.

두 사람의 대화는 일상적인 것에서 더 발전하여 박씨에 대한 것까지 흘러갔다. 그 사안의 중대함에 가혜가 조금 긴장하였으나, 다행히 그는 박씨를 크게 처벌할 마음이 없었다.

"정보를 팔아넘긴 건 괘씸하긴 하지만, 처벌받을 줄 알면서도 고하였으니 심히 문책하진 아니하겠소. 가을이의 치료비도 전부 지원해 주겠으나, 박씨는 일손이 부족한 곳으로 두어 달쯤 보내 징계하는 선에서 마무리합시다."

박씨가 용기를 내 고백해 준 덕에 일이 수월해진 부분도 있으니 그는 적당히 벌을 주는 정도로 사태를 정리했다. 그의 결정에 만족한 가혜가 좋은 판단이라며 한창 칭찬을 입에 올리고 있을 때, 밖에서 설이의 목소리가 들려왔다.

"나리, 탕약을 가져왔습니다."

어제 인후가 밀명지를 권식에게 넘긴 직후 풀려난 설이는 목소리도 많이 안정되어 있었다. 아씨가 오해를 받아 벌어진 일이고 그것이 잘 해결되었음을 무열을 통해 들은 덕분이었다. 또한, 제가 광에 감금되어 있었음을 모르는 가혜를 걱정시키고 싶지 않아서 애써 티를 내지 않으려 하기도 했다.

조금은 어른스러워진 설이의 음성에 인후는 방문을 허락하며 아내의 허리를 조금 더 당겨 안았다. 그의 장난에 당황한 가혜가 품에서 벗어나려 안달하고, 그녀는 문이 열리기 직전에야 간신히 그의 무릎 위에서 내려와 보료 밖으로 자리를 옮길 수 있었다.

어딘지 묘한 주인 내외의 분위기에 설이는 어리둥절하여 눈치를 보다가 두 개의 탕약을 서안 위에 내려놓았다.

"요것이 아씨, 요건 나리 것이옵니다."

가혜는 항상 먹던 탕약이었고, 인후는 아침에 맥을 짚어본 의원이 지어주고 간 것이었다. 필시 의원은 몸에 아무런 이상이 없다 하여 탕약을 먹을 줄 몰랐던 인후는 미간을 살짝 좁혔다.

"웬 게냐. 내 건강에는 문제가 없다 하였는데."

"그것이 대감마님께옵서 특별히 지시하셔서……."

어려운 탕약 이름은 이미 까먹은 지 오래였고, 아는 건 대감마님의 지시라며 달수가 전달을 해주었다는 것뿐이었다. 물론 머릿속에 남아 있는 게 아예 없지는 않았다. 같이 약을 달이던 여종들이 저들끼리 속닥이는 말을 엿듣긴 한 것이다.

"나리께서 힘을 내시는 데 매우 좋은 탕약이라고 하였습니다."

설이는 그 힘이 기력이라 생각했지만, 가혜는 괜히 더워서 볼이 익는 듯했다. 대충 어떤 약인지 짐작한 인후도 헛기침을 한 번 하고 설이를 방에서 물렸다.

"내 알아서 먹을 터이니 그만 물러가서 쉬어라. 달이느라 고생 많았다."

"예, 나리."

칭찬을 받았다는 생각에 기분이 좋아진 설이는 얼른 방에서 물러났고, 인후는 아내에게 그녀의 몫으로 온 탕약을 건네주었다. 가혜가 손을 뻗어 그것을 받으니 그는 제가 굳이 먹지 않아도 됨을 피력하면서 한편으론 아버지와 설이의 정성을 봐서라도 쭉 들이키자고 덧붙였다.

술잔이라도 나누듯이 살짝 잔을 부딪친 인후가 먼저 탕약을 들이켜고, 가혜도 뒤따라 제 몫으로 나온 약을 마셨다. 눈을 질끈 감고 쓴 약을 먹은 뒤에 빈 그릇을 내리자 입 앞으로 엿 한 조각이 불쑥 내밀어 졌다.

"아- 하시오, 부인."

때맞춰 먹여주려고 다 마시길 기다리고 있던 그의 모습에 가혜는 작게 웃으며 입을 살짝 벌렸다. 달달한 엿이 쏙 들어오니 그 어느 때보다 맛나서 두 사람 사이에 웃음꽃이 피었다. 그 부드러운 분위기에 흥이 오른 그는 농을 던지기도 했다.

"내 좀 전에 마신 약이 명약인가 보오. 효력이 어찌나 좋은지 벌써 힘이 솟는 것 같소."

먹은 지 얼마나 되었다고, 매우 과장된 그의 말에 가혜는 입을 다물고 웃음을 참고자 했다. 그러나 조금 새는 건 막지 못했고, 그는 짐짓 엄한 표정을 지었다.

"안 믿기오?"

"어찌 믿을 수가 있겠습니까. 소화도 채 되지 않았을 터인데."

"그럼 내 직접 보여주겠소."

그리 말하며 슬쩍 다가오니 가혜의 미소가 짙어졌다. 원하는 게 무엇인지 눈에 빤히 보이는데, 이리 귀엽게 나오면 받아주지 않을 수가 없었다.

평소와 달리 경직되지도, 싫다고 거부하지도 않는 반응에 놀라워하던 인후는 아내가 마음을 바꾸기 전에 얼른 그녀를 눕혔다. 사랑스러운 눈을 응시하며 그 주위에 입을 맞췄다가 귓불로 입술을 옮긴 그는 나지막하게 속삭였다.

"가뜩이나 힘이 넘치는데 탕약까지 먹었으니, 오늘 밤엔 조금 거칠지도 모르오."

미리 경고하는 그의 말에 가혜는 작게 웃었다. 그러나 그녀는 한 시진 후에 그의 말을 인정할 수밖에 없었다.

밤의 장막이 방 안에 내려앉고, 노란 촛불 하나는 홀로 일렁였다. 주위를 은은하게 비추는 불빛이 바닥에 펼쳐진 옷가지들을 연한 주홍빛으로 물들이니, 그건 마치 서방에 의해 달뜬 숨을 내쉬는 가혜의 뺨만큼 붉었다. 그의 배와 가슴이 몸 위를 스칠 때마다 오르는 체온에 정신이 혼미해지고, 흘러나오는 신음도 더는 막을 수가 없었다. 자연스레 세운 무릎만 풀어 헤친 옷들 사이로 튀어나와 시원함을 맛보았다. 만년설이 쌓인 것처럼 꼭대기만 온도를 낮추던 다리는 어깨 지진이 난 것처럼 힘이 빠져 흔들흔들하니 위태롭기 그지없었다. 그 와중에 무릎 뒤쪽으로 그의 단단한 팔이 끼워지고, 가혜는 제 허벅지 사이가 제대로 벌어지는 걸 느꼈다. 그것만으로도 그의 존재가 더 여실히 느껴지는데, 조금씩 속도를 내는 서방 탓에 가혜는 주위에 널린 옷가지를 꽉 움켜쥐어야만 했다.

"서방님……."

아래를 꽉 채우는 느낌에 입을 열자마자 그가 입술을 포개 막으니 가혜는 신음 대신 비음을 흘렸다. 알맞게 딱 들어맞는 열쇠를 찾은 그녀는 예가 이승인지 천상인지, 제 방인지 그의 방인지도 구분되지 않았다. 그러다 그의 혀가 거둬지면 어느새 귓가로 나직한 음성과 애정 어린 말이 들려왔다.

"사랑하오, 부인."

그렇게 속삭이던 인후는 제 말에 반응하여 시선을 맞춰오는 아내를 내려다보았다. 몸을 잠식하는 쾌락이 버거워서 반도 간신히 뜬 눈으로 저를 보는 그녀는 미치도록 사랑스러웠다. 살짝 벌어진 입술로 참지 못한 신음을 흘리는 것도 좋았고, 제 팔을 잡는 손에 욕망이 담기는 것도 만족스러웠다.

"그러게, 내 힘이 넘친다 하지 않았소. 이젠 인정하시오?"

능글맞게 웃으며 묻는 소리에 가혜는 볼만 붉게 물들였다. 그것이 긍정의 의미인 걸 아는 인후는 더 대답을 기다리지 못하고 다시금 아내의 입술을 취하며 속도를 냈다. 그녀가 목을 껴안아오자 그도 여유가 없어졌다. 저로 인해 녹을 만큼 녹은 아내의 표정은 무엇보다 자극적이었고, 쫀쫀하게 조여오는 동굴은 뚫고 싶은 사내의 욕구를 자극하니 허리부터 엉덩이까지 빳빳하게 힘이 들어갔다.

최대한 버티고 버티던 가혜의 고개가 뒤로 젖혀지고, 적절한 때에 아랫도리에도 시원한 느낌이 들었다. 손가락 끝까지 힘이 다 빠진 그녀는 조금도 움직이지 못했는데, 주인에게 방치된 몸을 챙겨준 건 서방이었다. 뒷수습을 해주고 체온이 떨어질 것을 염려하며 안아주는 그의 품에서 가혜는 나른해진 몸으로 편하게 휴식을 취했다.

애정으로 충만하던 육체적, 정신적 교감을 나눈 뒤에 보료 위에 누운 인후는 속치마를 입는 아내의 뒷모습을 빤히 쳐다보았다. 선이 고운 목과 노란 불빛이 내려앉은 어깨의 자태가 하도 고와서 쉬이 눈길을 떼기 어려웠다. 진정 무릉도원에 선녀가 있다면 그녀와도 같을 것이었다.

좀체 떨어지지 않는 시선을 느끼고, 뒤를 돌아보는 가혜의 눈길에 그는 자연히 상체를 일으켜 앉았다. 극렬한 밤의 증명처럼 살짝 빠져나온 잔머리를 매만지며 정리해 주다가 더 참지 못하고 낭창한 그녀의 허리를 당겨 안았다. 몸에 밀착시켜 놓고 제 쪽으로 얼굴을 돌리게 하면서 다시 입술을 빼앗았다. 달콤한 그녀는 그에겐 미약과도 같은 효과를 보여서 좀 전에 치른 일은 금세 망각할 지경에 이르렀다.

허리를 감고 있던 손 하나가 슬금슬금 올라가 가슴 근처에 매어져 있는 치마끈을 풀려 하고, 가혜는 그 대범한 시도를 급히 제지하며 입술을 떼었다.

"어찌 이러십니까."

"무엇이 말이오."

그는 영문을 모르겠다는 식으로 딱 잡아뗐으나 가혜에게는 통하지 않았다. 그녀는 밤이 깊었고 내일 업무에 지장이 생길 수 있다며 그를 점잖게 달랬다. 그러나 대를 잇는 것 또한 제가 맡은 바 임무라면서 한마디도 지지 않고 대꾸하는 소리에 그녀는 눈을 가늘게 뜨고 그를 흘겨보았다.

그런 아내의 표정에 주춤한 인후는 눈치를 보며 중얼거렸다.

"한 번은 정 없다고들 하지 않소. 적어도 이 정도는 해야……."

그는 손가락 세 개를 펴 보였다가 눈총을 받고 조심히 하나를 접었다. 그 모습에 가혜는 웃음이 나왔다. 평소보다 더 제 눈치를 살피는 그의 반응이 제법 귀여웠다. 그러나 그 뜻을 쉬이 들어줄 수는 없는 노릇이었다. 좀 전에 하도 오랫동안 그와 시간을 보낸 탓에 아직도 아래에 감촉이 남아 있었다.

"그리하였다간 소첩은 골병듭니다."

병까지 들지도 모른다고 협박하니 그제야 인후는 얌전히 자겠다며 포기를 선언했다. 꽤 정성을 들이고 주의를 기울였다고는 하나 이제 겨우 두 번째 관계였고, 그녀의 체력이 저와 같을 리도 없었다. 사정이 이러하니 그는 과부들이 바늘로 허벅지를 찌르는 이유를 백 번 천 번 이해할 수 있었다. 매일 밤 손 뻗으면 닿을 곳에 그녀를 두고 가지지 못하는 건 기력이 왕성한 젊은 사내에게는 큰 고통이었다. 그럼에도 사랑하는 여인을 아프게 하거나 망가뜨리고 싶지 않아서 그는 길고긴 기다림을 달게 감수했다.

새벽이슬이 검은 기왓장에 내려앉고 내당의 불이 꺼진 뒤에도 한참이 흘렀지만, 외별당만큼은 환하게 불을 밝히고 있었다. 권식이 늦도록 잠을 이루지 못하는 탓이었다. 보료 위에 정좌하고 앉은 그는 옅은 한숨을 흘리며 작고한 부친을 떠올렸다.

'꼭 그렇게까지 하셔야 했습니까, 아버지.'

그가 기억하는 아버지는 기회주의자였다. 그런 부친과 권식은 마음속에 품은 신념이 서로 조금씩 달랐다. 그럼에도 아버지를 미워하거나 그의 뜻을 꺾으려 들지 않았던 건 사방이 적인 관리들의 세계에서 부친의 욕망은 가족들을 보호할 힘이기도 했기 때문이었다. 그러나 밀명지를 통해 부친이 한 행동을 알게 된 순간만큼은 한 번쯤 말려볼 걸 그랬다는, 작은 후회가 밀려들었다.

'소현세자 저하는 영민하신 분이었건만.'

나라를 걱정하고 아끼던 세자를 기억하기에 권식은 침음을 흘렸다. 하나 후회한다고 되돌릴 수 있는 일도 아니었고, 이처럼 앉아서 한탄만 하고 있을 수도 없었다. 그에게는 아직 해결해야 할 문제가 하나 더 남아 있었다. 양묘 사건을 종결해야 하는 것이다. 임금이 필히 잡아오라고 어명을 내렸으니 유야무야 그냥 넘어갈 수는 없었다. 하지만 어찌할지 방법이 잘 떠오르지 않아 고뇌하는 권식의 내리깐 눈이 피 묻은 밀명지의 흉한 겉표지를 훑었다.

'이 책이 청나라에 전해지면 지금 보위에 계신 전하의 용상이 위협당할 것이다. 그 점을 빌미로 삼는다면…….'

임금과 협상하여 가혜의 죄를 묻지 않게 만들 수도 있었다. 밀명지는 그만한 힘을 가지고 있는 물건이었고, 권식에겐 그만한 배짱도 있었다. 다만 그러한 협상이 선뜻 내키지 않는 건 며느리의 정체를 임금에게 밝혀야 한다는 부담감 때문이었다. 그 탓에 인후도 곧바로 임금에게 가져다 바치지 않고 자신에게 소유권을 넘긴 것이었다.

'며느리의 정체를 아는 건 나와 인후뿐이니, 끝까지 숨겨서 들키지 않도록 하는 것이 가장 좋겠지.'

불확실한 협상에 기대어 가혜의 정체를 드러낼 바엔 차라리 다른 방법을 찾는 것이 더 나았다. 밀명지를 소모하지 않으면서 임금의 눈밖에 날 일도 없는 형태로. 그리고 권식은 얼마 지나지 않아 적당한 수를 떠올렸다.

노곤한 몸을 일으켜 서방의 등청을 도운 가혜는 아침 해가 완전히 떴을 때쯤 박씨를 내당으로 불러들였다. 그녀도 간밤에 잠을 이루지 못하였는지 눈 밑이 퀭한 것이 썩 좋아 보이지 않았다. 어떤 마음으로 밤을 지새웠을지 능히 짐작한 가혜는 가슴이 아팠지만 그래도 엄히 꾸짖을 부분은 꾸짖었다.

"자네는 내가 가을이의 치료를 돕지 않을 사람처럼 보였는가."

"그런 것이 아닙니다, 아씨."

박씨는 몸을 낮추며 부정했다. 그저 노비의 몸값에 비해 치료비가 너무 많이 드니 면목이 없어서 그랬던 것이었다. 물론 그런 연유로 주인들의 정보를 판 것이 옳다는 건 아니었기에 그녀는 제 생각이 짧았다며 머리를 조아리고 죄를 청했다. 무슨 벌이든 달게 받을 각오가 되어 있었다. 다른 집으로 팔려가지만 않길 속으로 간절히 바라는 박씨에게 가혜는 조금 유해진 목소리로 벌을 내렸다.

"다시 부를 때까지 당분간 좀 힘든 곳에서 일해야 할걸세. 사안이 사안인 만큼 그만한 벌도 없이 이번 일을 묻을 수는 없으니 이해하게."

"예, 아씨, 그리하겠습니다. 선처해 주셔서 감사합니다."

그보다 더 큰 벌을 받을지도 모른다고 생각하고 있던 박씨는 일이 좀 더 힘든 곳으로 간다는 말에 반색했다. 다른 집으로 팔려가지 않는 것만으로도 많이 봐준 것이었다. 그런 와중에 가을이의 치료비를 대준다는 말에 더욱 감읍한 박씨는 가혜가 여러 번 말린 뒤에야 눈물을 거두고 자리에서 물러났다. 그렇게 그녀의 일이 정리되고 나니 요 며칠간 온갖 사건이 폭풍처럼 몰아닥치던 내당에도 드디어 평화가 찾아왔다.

*

열매가 익어가며 단맛이 정점에 다다르는 완연한 가을의 기운이 매캐한 연기로만 가득 차 있던 홍 단주의 처소에도 들른 게 분명했다. 그게 아니라면 붉게 물들어 있는 유화의 두 뺨이 근거리에 앉아 있는 한 사내가 원인이란 것으로밖에 설명이 불가하기 때문이었다.

유화는 이전에는 관심조차 가지지 않았던 현욱의 음성에 충분히 귀를 기울였다. 단정한 말투와 부드러운 음색이 어쩐지 그와 잘 어울렸다. 바닥에 주름 하나 없이 펼쳐진 그의 진회색 도포 자락은 제 옥색 치마와 색감마저 잘 어울리는 듯했고, 어쩐지 마음이 통한 듯해서 그녀는 저도 모르게 미소를 머금었다.

"낭자, 유화 낭자."

홍 단주와 대화 중에 현욱이 그녀를 불렀으나, 유화는 딴생각에 빠져 미처 그의 부름을 듣지 못했다. 그러다가 한 번 더 부르는 소리에 그녀는 급히 정신을 수습하고 차분하게 대답했다.

"예. 나리."

"낭자는 어찌 생각하시오?"

좀 전까지만 해도 그의 말을 놓치지 않고 경청하던 유화는 질문의 요지를 충분히 가늠할 수 있었다.

"안타까운 일이지만, 제대로 남아 있는 시신이 없으니 습격자들에 대한 정보를 더 수집하려면 시간이 필요합니다."

선유봉에서 습격한 자들의 정보를 듣고자 찾아왔던 현욱의 표정이 어두워졌다.

그 모습이 유화는 못내 속상했지만, 그렇다고 진실을 들려줄 수는 없었다. 인후의 말대로라면 그날 자신들을 습격한 건 경녕군주인데, 그녀는 왕실 사람으로 역모에 가담했기 때문이었다. 홍 단주가 비밀을 유지하려고 노력하는 상황에서, 충신인 그에게 사실을 밝히면 그 즉시 임금에게 넘어간다고 해도 과언이 아니었다.

유화까지 나서서 시간이 더 필요하다고 하니 현욱은 별다른 소득 없이 그만 자리에서 일어날 수밖에 없었다. 습격자뿐만 아니라 밀명지에 대한 정보도 건진 것이 없었지만, 이곳에서 닦달한다고 될 일도 아니었다.

"낭자의 의견이 그러하다니, 알겠소. 나 또한 좀 더 찾아보리다."

그날의 피해자 중 한 명의 뜻이니 사건 해결이 좀 늦춰져도 받아들이겠다는 소리였다. 그러나 현욱이 별 뜻 없이 한 말도 그녀에게는 큰 의미로 다가왔다. 그가 제 의견을 존중해 주는 부분이 너무도 다정하게 느껴져서 그녀는 잠시 말을 잃었다.

그녀가 인사조차 망각한 사이에 현욱이 방을 나섰고, 열린 문 사이로 펄럭이며 사라지는 그의 옷자락을 본 유화는 무엇에 홀린 사람처럼 일어났다. 그녀는 홍 단주가 곁에 있다는 사실도 떠올리지 못하고 그 뒤를 쫓았다. 벌써 복도를 지나 섬돌 아래로 내려서는 듬직한 뒷모습이 보이고, 유화는 조금 다급하게 그를 불러 세웠다.

"나리, 나리!"

부르는 소리를 들었는지 그가 몸을 돌리는 모습이 천천히 눈에 박히고, 움직임 하나하나가 그 어떤 그림보다 멋스러운지라 그녀는 할 말을 잃은 채 더 다가가지도 못하고 자리에 서버렸다. 넋이 나가는 와중에 정면에서 본 그의 얼굴은 근자에 여러 번 뇌리를 잠식해 대는 생애 첫 입맞춤을 떠올리게 했다. 물속에서 적극적으로 숨을 나눠주던 그의 모습과 유독 뜨겁던 입술의 감촉이 다시금 생생하니 몸속에 든 장기가 한꺼번에 다 두근대는 느낌이었다.

혹여나 그 소리가 들릴까 싶어 저도 모르게 팔로 배를 가리는 그녀를 현욱은 의문스러운 눈빛으로 바라보았다.

"무슨 일이오, 낭자."

항상 침착함을 유지하던 그녀가 이리 급히 뛰어나오며 저를 부르니 무슨 일이 있는 모양인데, 어째 말이 없었다. 유일한 움직임이라곤 팔로 배를 감싸는 것뿐이니, 그 부위가 아픈 건가 싶기도 했으나 다행스럽게도 그건 아닌지 그녀가 곧 목소리를 냈다.

"그것이, 선유봉의 일은 소녀가 최대한 알아볼 터이니 너무 무리치 마시어요. 맡으신 업무로 휴식을 취할 틈도 없으시지 않습니까."

내금위의 업무도 적지 않은데 다른 일까지 처리하려니 그의 몸이 아무리 튼튼해도 남아날 리 없었다. 그래서 걱정하는 소리에 현욱은 조금 놀라면서도 기분이 좋아 작게 웃음을 흘렸다. 살면서 지금껏 자신의 과한 업무량을 염려해 준 사람은 그녀가 처음이었다. 혈육인 부친도 일에 중독되어 있어서 아들이 바쁜 걸 오히려 다행이라 여기는데, 제가 힘들까 봐 걱정해 주니 고맙기도 하고 기쁘기도 했다. 가슴 속에 감도는 온기에 말없이 웃으니 그녀가 깜짝 놀라며 볼을 붉히는 게 적나라하게 보였다. 그런 유화의 반응이 제법 재미나서 현욱은 놀리듯이 가볍게 물었다.

"그걸 말해주려고 이리 급하게 나온 거요?"

"그것이…… 나리께서 무리하실까 봐, 실망하신 것 같아……."

유화는 스스로 말을 하면서도 무슨 뜻인지 자각하지 못했다. 그만큼 지금 그녀의 상태는 정상적으로 사고할 수 있는 수준이 아니었다.

평소의 똑 부러지던 모습은 간데없고 유독 빈틈을 보이는 유화가 현욱의 눈에는 꽤 귀엽게 보였다. 민망함에 자주 깜박이는 눈하며, 상기된 두 뺨과 오물거리는 작은 입술도 그러했다. 특히 달싹이는 입술은 그로 하여금 일전의 일을 떠올리게 해서 현욱은 흠칫 놀랐다.

"크흠! 그럼, 내 이만 가보겠소."

그는 헛기침과 함께 서둘러 작별을 고했다. 물속에서의 사건은 머릿속에서 지워 버리고 아무 일도 없던 것처럼 행동해야 그녀도 마음이 편하리라 여겼는데, 워낙 강렬했던 기억인지라 문득문득 떠오르니 잊기가 쉽지가 않았다. 그 때문에 답지 않게 당황해 버린 현욱은 얼른 몸을 돌렸다. 걸음을 재촉해 나가는 그의 얼굴에도 어느새 무르익는 가을이 찾아들었다.

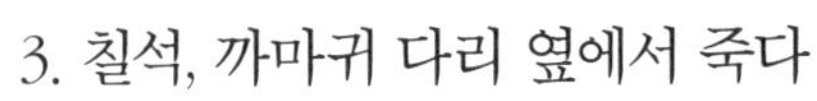

3. 칠석, 까마귀 다리 옆에서 죽다

가혜는 박씨의 일을 반면교사로 삼아, 한동안 집안 내부의 결속을 다지고 사람들의 속사정을 파악하는 데 주력했다. 부당하게 착취를 당하는 이는 없는지, 질병이 있는 건 아닌지, 노비들을 일일이 만나 확인하고 그에 맞는 조치도 했다. 평소에도 그들을 보살피는 일을 소홀히 하진 않았지만, 박씨의 사건으로 큰 대가를 치렀기에 이번에는 더욱 철저히 신경 썼다.

그날도 최씨 가문의 안주인으로서 최선을 다하여 하루를 보내는데, 해 질 녘쯤 퇴청한 서방과 시아버지의 분위기가 제법 심각했다. 의금부에서 무슨 일이 있었는지 묻기도 전에 두 사람이 외별당으로 청했다. 뒤따라 들어간 방에 모두 모여 앉자, 시아버지가 보자기로 싸서 부피가 제법 있는 물건을 건네주었다.

"열어보아라."

그의 말에 가혜는 보자기 매듭을 풀었다. 중한 것을 감추듯이 꽁꽁

싸맨 천 속에는 그녀의 몸에 맞게 제작된 검은 무복과 속저고리, 바지 등이 들어 있었다. 오래전에 태워 없애 버린 양묘의 옷과 똑같았다. 권식은 고칠 곳이 있는지 봐달라 했고, 가혜는 의문을 삼키고 옷을 세세히 살폈다. 검은 가죽으로 된 손가락 장갑마저 있었으니 자신의 옷이라 해도 믿을 정도였다. 다만 한 가지가 마음에 걸렸다.

"너무 새것 같습니다. 장갑도 길들지 않았고요."

뻑뻑한 새 장갑을 끼고 주먹을 쥐어보는 그녀의 손동작이 약간 부자연스러웠다. 인후의 표정이 어두워지고, 가혜는 어찌 이런 걸 만들었는지 물었다. 대충 짐작하고 물었음에도 서방은 여전히 입을 열지 않았고, 그 대신 시아버지가 나섰다.

"금부에서 다시 양묘를 잡을 준비를 할 것이고, 그곳에 네가 나타나 위기를 겪어야만 한다. 금부 나졸들과 검을 섞는 것도 좋겠지."

그렇게 진짜 양묘라는 걸 나졸들에게 인지시킨 뒤에 부상한 척 산으로 도망치고 며칠 후에 시신으로 발견되면 모두 양묘가 부상 때문에 죽었다고 믿을 테니 그렇게 사건을 마무리 짓자는 소리였다. 한때 사건을 맡았던 포도청에서 시신을 확인하려 하겠지만, 권식은 그 전에 금부에서 싹 다 정리해 버릴 계획이었다.

"천안을 속이고 백관을 속이고, 백성을 속여야 할 일이다. 조금 위험하더라도 확실히 해야 하지 않겠느냐."

"아버지!"

인후는 강요하지 말라는 뜻을 담아 부친을 불렀다. 제 아내가 위험해지는 건 절대 보고 싶지 않다는 의미인 것을 알기에 권식은 혀를 차며 입을 다물었다. 금부에서부터 내내 그 문제로 말씨름을 했다.

부자 사이의 분위기가 틀어지자, 가혜는 이제 제가 선택할 일만 남았음을 알았다. 그리고 그건 딱히 고민거리가 아니었다.

"다시 한 번 양묘가 되는 것은 어렵지 않습니다만."

임금의 눈을 속일 거면 일말의 의심도 들지 않도록 하자는 주장에 그녀도 공감했다. 다만 다른 부분이 마음에 걸렸다.

"계획대로 하려면 시신이 한 구 필요하단 것인데, 꼭 망자를 욕보여야 합니까?"

대기근 탓에 조금만 외곽으로 빠져도 버려진 시신들이 널려 있으니 체격이 비슷한 이를 구하는 건 그리 어렵지 않을 것이었다. 권식도 그 점에 착안하여 이 일을 계획했으나 가혜는 망자를 이용한다는 점이 못내 마음에 걸렸다.

개인적인 욕심으로 산 사람도 욕보이는 자들이 널리고 널린 마당에, 이미 죽은 이를 걱정하고 우려하는 며느리의 반응에 권식은 잠시 할 말을 잃었다. 그런 마음을 지녔으니 험한 의적의 길도 묵묵히 걸었던 것일 테지만, 지금은 그런 부분에 감탄할 때가 아니었다.

"망자는 내 전하께 고하여 마땅한 선에서 잘 처리하마. 그냥 두면 짐승들의 먹이나 될 텐데, 차라리 의금부에서 잘 수습하여 장사를 치러주면 망자에게도 좋지 않겠더냐."

양반들은 양묘의 목을 잘라 성문에 내거는 효시를 하자고 하겠지만, 기근으로 가뜩이나 민심이 흉흉하다는 점을 거론하면 임금도 이 사건을 조용히 끝낼 가능성이 높았다. 그리되면 가족들에게 시신을 인계하는 절차를 밟는데, 이번에는 연고자가 나타나지 않을 테니 권식이 따로 장사를 지내줄 생각이었다.

"네 현명하니 이보다 더 확실하게 정리할 방법이 없음을 알 테지. 내 망자가 가는 길에는 지전도 넉넉히 태워줄 터이니 너무 마음 쓰지 말거라."

이번에 망자를 쓰지 않으면 훗날 제 며느리의 목이 성문 앞에 걸릴지도 모를 일이었다. 그 일을 막기 위해서라도 이번 작전은 꼭 필요했고, 가혜도 수긍할 수밖에 없었다.

그녀가 계획에 뛰어들 결심을 하자 인후는 반대의 뜻을 표하는 대신 다른 방식으로 아내의 안위를 지키고자 했다.

"그럼 새 옷도 길들일 겸 종종 나와 검을 섞어봅시다. 내 최대한 돕겠소."

검을 쓰지 않은 지 제법 되었고, 옷도 편하게 길들여 놓아야 전투가 일어났을 때 움직임에 걸리적거리지 않을 터였다. 어쨌거나 위험한 작전임은 틀림없었고, 할 수 있는 한 모든 준비를 완벽히 갖춰야 했다. 다치지 않길 바라며 어떻게든 도와주려는 그의 호의를 가혜는 기쁘게 받아들였다.

"잘 부탁드립니다, 서방님."

부드럽게 청하는 그녀의 음색이 듣기 좋아서, 인후는 좀 전의 불편하던 마음이 조금이나마 가셨다. 어여쁜 아내를 바라보는 그의 눈이 꿀물을 뚝뚝 떨어뜨릴 듯 달콤해지자 권식은 속으로 혀를 찼다.

'저놈 자식이 아비를 살벌하게 노려볼 때는 언제고…….'

본디 성정이 무뚝뚝하던 아들을 기억하기에, 아내 앞에서만 변하는 눈빛의 강도는 기가 찰 지경이었다. 간이고 쓸개고 다 빼줄 만큼 다정하기 그지없는 모습이 싫지만은 않은데 괜히 눈꼴 시렸다. 비싼 탕약을 굳이 안 먹여도 손주 네댓 명은 너끈히 안겨줄 분위기에 권식은 아들 내외를 제 방에서 쫓아내 버리려고 했다. 그때, 인후가 먼저 선수를 쳤다.

"기왕 이렇게 되었으니, 부인과 수련하러 다녀오겠습니다."
"이 밤에? 어디로 간다는 게냐."
숨어서 검술 훈련을 하기에는 산이 적당하겠지만, 인후는 엉뚱한 곳을 거론했다.
"강변에 갈대숲이 많으니 숨어서 훈련하기에는 적절하지 않겠습니까?"
언제부터 갈대숲이 훈련하기에 적절한 곳이 되어버렸는지는 모르겠지만, 권식은 마음대로 하라며 손을 휘휘 내저어 쫓아내 버렸다.

무복이 든 보따리와 두 자루의 검을 말안장에 건 인후는 아내를 번쩍 안아 안장에 앉혔다. 편한 자리를 내어주고 발판도 없이 말 위로 훌쩍 올라탄 그는 저를 돌아보는 그녀의 눈가에 기습적으로 입을 맞췄다.
불시에 당한 가혜가 할 말을 잃고 눈만 깜박이자 그의 입가에 슬그머니 미소가 피었다. 그녀가 제 시야 내에 있다는 것만으로도 기분이 좋았다. 그런 저를 빤히 쳐다보는 아내의 시선을 즐기면서 인후는 손을 뻗어 말의 고삐를 쥐었다.
"자, 슬슬 가봅시다."
얼른 출발하려는 그의 마음을 안다는 듯 말이 걸음을 옮기고, 가혜도 미소를 지으며 고개를 돌려 정면을 쳐다보았다. 말 위에서 느끼는 가을 밤의 공기는 상쾌했고, 허리를 감아 흔들리지 않도록 지지해주는 서방의 팔은 따뜻했다. 말의 목 근처에 걸어둔 두 개의 등불이 어둠을 밝혔고, 거대한 달과 반짝이는 무수한 별은 그들을 강가로 안내했다.

순라꾼들을 피해 도착한 강변에서 바라본 강은 마치 칠월 칠석에 견우와 직녀가 만나는 다리처럼 보였다. 새까만 까마귀 떼 위로 별이 쏟아지면 저러할까, 가혜는 그 아름다움에 한동안 넋을 놓고 그 모습을 눈에 담았다. 지금껏 수십 번, 늦은 밤에 활동해 왔지만 본 적 없던 경관이었다. 아니, 마음에 여유가 없어 보이지 않았던 건지도 모른다. 포근하게 안아주는 그가 있기에 견우와 직녀를 이어주는 다리가 눈앞에 나타난 걸 수도 있었다. 그도 같은 생각이었는지, 가혜는 귓가를 간질이는 다정한 음성을 들었다.

"부인이 내 곁에 있어 그러한가, 한낱 강가마저 아름답소."

속내를 고스란히 드러내는 서방의 말에 가혜는 작게 웃었다. 목에 살짝 닿는 입술의 감촉이 그녀의 기분을 더욱 오르게 하고, 두 사람은 강가를 따라 말을 몰며 한참 사랑을 속삭였다. 방해하는 이 없이 정다운 부부의 시간은 강물보다 빠르게 흐르고, 두 사람은 머지않아 갈대숲에 도달했다. 낮에 보았으면 금빛으로 물들었을 갈대밭은 달빛이 닿는 머리 부분이 은색으로 옅게 빛나고 있었다. 밤이 깊어서 바람의 손길이 그 위를 쓸고 지나가는 흔적은 보기 어려웠지만, 갈대 사이사이로 달빛과 어둠이 적절하게 채워진 모습도 나름의 운치가 있었다.

목적지에 도달하여 말을 근처에 묶어두고 짐을 내린 두 사람은 서슴없이 밭 안으로 들어갔다. 갈대들의 반탄력 탓에 검을 휘두르기도 쉽지 않지만, 단시간에 체력을 키우고 손아귀의 힘을 늘리기에는 적절해 보였다.

'역시 서방님은 내 약점을 기억하고 계셨구나.'

체력과 팔의 힘이 떨어지는 점을 기억하고 이곳으로 데려왔다고 생각한 가혜는 그와 조금 떨어진 곳에 자리를 잡고 저고리 고름을 풀었다. 거추장스러운 치마 대신 무복으로 갈아입기 위함이었다. 주위에 사람의 기척은 오로지 서방뿐이라 마음 놓고 옷을 벗고 있던 가혜는 갑자기 등 뒤에서 들려오는 목소리에 깜짝 놀랐다.

"도움이 필요하면 말씀하시오, 부인."

어느새 다가왔는지 아까보다 근거리에서 들리는 남편의 목소리에 가혜는 벗어 들고 있던 치마로 몸을 가리고 휙 뒤돌아보았다. 키가 큰 탓에 갈대 위로 상체가 반쯤 보이는 서방을 발견한 가혜는 눈매를 좁히고 퉁명스럽게 맞받아쳤다.

"혼자 할 수 있으니 저리 가 계십시오."

"혼자 벗기 불편하지 않소."

"안 불편합니다."

어깨까지 올라오는 갈대들 탓에 불편했지만, 그녀는 굳이 사실대로 말하진 않았다. 그랬다가는 갈대밭에서 역사를 이룰지도 모를 일이었다. 설마 그러려고 여기로 온 건가 싶은 생각이 들었지만, 가혜는 고개를 저어 의심을 털어냈다. 다행스럽게도 그는 정말 훈련이 목적이긴 한 건지 더는 다가오지 않고 망을 보는 데 열중했다.

옷을 다 갈아입은 가혜는 오랜만에 자신의 검을 뽑아 들었다. 익숙한 느낌이 어쩐지 묘한 것이 지금껏 몸을 장악하고 있던 사대부가의 현숙한 안주인은 잠시 떠나고, 그 자리에 밤을 누비는 양묘가 들어온 느낌이었다.

"그럼, 한 수 가르침을 청하겠습니다."

평소보다 조금 더 밝은 그녀의 음성에 인후도 웃으며 검을 들었다.

"봐주지 않을 테니, 힘껏 덤벼보시오."

그 말을 끝으로 두 사람은 진지해졌고, 갈대밭에는 병장기가 부딪치는 소리만 떠돌았다.

까만 갈대는 시야를 어지럽히고, 다리를 노리고 들어오는 검이 보이지 않으니 피하기는 더욱 힘들었다. 오로지 소리와 궤도에 집중해서 방어하고는 있으나 가혜는 곧 한계를 느꼈다. 그 한계를 자각하자마자 날카로운 쇠붙이가 다리 옆을 스치고 지나가는 느낌이 들고, 강바람이 찢어진 바지 사이로 휑휑 들이닥쳤다. 사정을 봐주지 않는 검날에 정신이 번쩍 든 가혜는 다시 자세를 낮추고 무기를 들어 올렸다.

투덜거림 하나 없이 진지하게 훈련에 임하는 그녀의 모습에 인후도 정신을 집중했다. 조금만 신경이 흐트러져도 아내가 다칠 수 있다. 그런 일은 결단코 없어야 하기에 그는 바짝 긴장한 채 그녀의 훈련을 도왔다.

"부인은 소리를 능히 잡아내는데, 종종 손목에 힘이 들어가오. 좀 더 유하게 쳐 내보시오."

귀가 밝고 발소리를 듣는 훈련을 꾸준히 해온 덕에 검이 갈대를 휘젓는 소리도 잡아내는 편이었다. 하지만 그렇게 검로를 파악해도 빠른 공격에 대응하려다 보니 자꾸 손에 힘이 들어갔다. 그 결과 허리띠가 베여 땅에 떨어지고, 풀린 앞섶으로 바람이 들어오니 가혜는 이를 악물었다. 검을 휘두르느라 흘린 땀을 식혀주는 바람은 그리 나쁘지 않았지만, 난생처음 검을 휘두르다가 속저고리까지 드러나는 치욕을 당했으니 오기가 생긴 것이다.

"다시 하시죠."

가혜는 거추장스럽게 펄럭이는 웃옷을 벗어 던졌다. 속저고리만 입고 검 끝을 제게 겨누는 그녀의 도발에 인후는 입술을 잠시 깨물었다. 땀에 젖은 속저고리가 움직일 때마다 몸에 달라붙는 걸 그녀만 모르는 듯했다.

'내 이러다 훈련 중에 덮칠지도 모르겠군. 본디 목적은 그게 아니었는데.'

이전에 그녀가 입던 옷에서 한 번씩 찢어졌던 부분만 노리고 의도적으로 잘라낸 것이었다. 너무 새 옷 같다는 흠이 있으니 헌 옷처럼 보이기에 기우는 것만큼 좋은 방법도 없었다. 그런데 그런 의도와는 달리 아내의 도발적인 모습에 눈이 아찔하고 정신적으로도 타격이 오니 도통 집중하기가 어려웠다. 침음을 삼키며 억지로 마음을 가다듬은 그는 기꺼이 그녀의 도전을 받아들였다.

그간 쓰지 않아서 뭉쳤던 근육이 슬슬 풀리는 것인지 가혜는 이전보다 훨씬 좋아진 움직임으로 서방의 검을 막아냈다. 물론 인후가 사내로서의 본능과 사투를 벌이느라 제 기량을 마음껏 펼치지 못하는 탓도 있었다. 그러다 마침내 그의 입에서 항복이 터져 나왔다.

"항복이오! 부인, 이제 그만합시다."

태어나 처음으로 하는 항복인데도 인후는 마음이 편안해졌다. 중간에 흔들린 저와 달리 끝까지 집중하여 훈련에 임한 아내의 정신력은 높이 살 만했다.

"고생하였소. 오늘은 밤이 깊었으니 그만 정리하고 돌아갑시다."

집중하느라 시간 가는 줄 몰랐던 가혜는 하늘을 올려다보고 달이 꽤 기울어 있자 순순히 고개를 끄덕였다. 금방 옷을 갈아입고 올 터이니 잠시만 기다리라 하며 그녀는 좀 전에 벗어 던졌던 저고리를 찾아 주위를 두리번거렸다. 그때, 뒤에서 껴안는 서방의 몸이 느껴지고, 바짝 긴장하는 귀에 그의 입술이 닿았다.

"내 다시 보니 아직 시간이 좀 남은 거 같소."
"하면 좀 더……."
연습을 더 하자고 말하려는 걸 알아차린 인후는 그녀가 들고 있던 검을 슬그머니 뺏었다.
"오늘 훈련은 끝났으니, 남은 시간에는 다른 걸 합시다."
그의 은근한 말투에 가혜는 설마 싶었다. 충분히 예상되는 그림 때문인지 아니면 고된 훈련 탓인지 두 볼이 상기된 그녀를 번쩍 안아 들고 인후는 거침없이 강가로 향했다. 강변에 내려놓을 것이라 예상했던 가혜와 달리 그는 물속으로 발을 디뎠다. 그가 깊이 들어가면 갈수록 가혜의 눈도 점차 확장되었다.
"서방님, 왜……."
왜 강으로 들어가느냐는 물음에 인후는 되레 의아한 눈빛으로 그녀를 보았다.
"그야 땀을 냈으니 씻고 가는 게 좋지 않겠소. 그대도 꽤 더워 보이고 말이오."
훈련 후 땀을 식히기엔 적절하다는 말까지 덧붙이던 인후는 아내의 의견을 묻지 않았음을 깨닫고 우뚝 걸음을 멈췄다.
"생각해 보니 그대는 데운 물이 좋을 수도 있겠소."
"아니요. 괜찮습니다. 이럴 때가 아니면 언제 강에서 목욕을 해보겠어요."
가혜는 살며시 웃으며 대답했다. 다른 걸 상상하던 제가 우스운 탓에 웃음이 새어 나왔다. 갈대밭에서 속삭이던 그의 말투가 하도 그윽해서 생긴 오해였다.
허리 근처에서 찰랑거리는 물은 땀을 씻어내 주고, 상쾌한 밤의 기운은 달아오른 볼을 식혀주었다. 가혜도 시원한 강에 몸을 담그고 두 손으로 물을 떠서 얼굴을 닦았다. 그 조신한 모습을 가만 보던 인후는 수면을 쓸어 그녀에게 물을 튀겼다.

얇은 속저고리를 덮치는 물의 기운에 가혜는 움찔하며 고개를 돌려 서방을 보았다. 그의 표정에서 장난기를 읽은 그녀는 만만찮은 양의 물을 되돌려 주었다. 하지만 눈 뜨고 당할 그가 아니었다. 재빨리 물을 피한 그는 두 손을 들며 매우 인위적으로 놀라는 소리를 냈다.

"아이쿠!"

그 소리가 얄미워서 가혜의 손이 한 번 더 물살을 갈랐으나 이번에도 그의 몸에 닿지 못했다. 슬슬 오기가 나는 그녀의 표정을 보며 인후는 짓궂게 놀렸다.

"역시 부인은 보통 성격이 아니오. 내 혼롓날에 바로 알지 않았소."

그의 말에 가혜의 눈이 샐쭉해졌다. 그간 그에게 마음을 주면서 잘 보이려고 했고, 그도 제게 잘하다 보니 강한 성격이 튀어나올 일이 별로 없었다. 거기다 어른들 앞에서는 유독 온순한 편이라 시아버지가 있는 집 안에서 큰 소리를 낼 일은 더더욱 없었다. 하지만 본인도 지고 사는 성격은 아님을 잘 알고 있었다.

"그걸 아시면서 건드리는 이유가 무엇입니까?"

"뭐겠소? 마음껏 놀자는 거지."

그는 웃으며 재차 물을 뿌렸고, 가혜도 지지 않고 반격을 가했다. 멀리 도망가는 그의 뒤를 쫓는 가혜의 표정은 매우 밝았다. 그 속에는 약간의 후련함도 담겨 있었다.

혼인하면서 갑작스럽게 떠맡게 된, 거대한 집안의 안주인이라는 책임감이 알게 모르게 그녀를 억압하고 있었다. 품위를 중히 여기는 의부의 교육도 그녀의 밝고 강인한 천성을 가두는 데 한몫했다. 아내에게 관심을 가지고 유심히 살핀 인후는 그걸 간파했고, 이렇게 해서라도 그녀의 숨통을 틔워주고 싶었다. 더구나 앞으로는 양묘로도 활동하지 못할 테니, 제가 그 답답함을 조금이라도 풀어줄 수 있길 바랐다.

인후는 아내와 거리를 두고 도망치다가 물속으로 쑥 들어갔다. 물살에 휩쓸리려는 갓을 꽉 잡고 호흡도 참으며 그녀에게 슬금슬금 다가가면서 저를 놓친 아내가 당황할 걸 떠올렸다. 그의 생각은 그대로 적중했다.

"서방님?"

물이 제 가슴 밑까지 오니 그리 깊지도 않은데, 체격도 있는 사내가 보이지 않으니 당혹스러워서 가혜는 주위를 두리번거렸다. 그때, 바로 앞에서 그가 불쑥 튀어나왔다. 남들이 보면 물속에서 저승사자가 나왔다고 놀라 비명을 지를 만한 일이었으나, 그의 몰골을 본 가혜는 되레 웃음이 터졌다. 물살을 이기지 못한 갓은 구겨지고 뚱한 그의 표정도 우스웠다. 저만 보는 게 다행인지 불행인지, 그녀는 처음으로 시원하게 소리를 내어 웃었다.

그런 아내를 사랑에 빠진 눈길로 바라보던 인후는 낭창한 허리를 껴안고 이마에 가볍게 입을 맞췄다.

"사랑하오, 부인. 그대만을 정애하고 연모하고 은애하오."

굳이 요구하지 않아도 그는 충분할 만큼 마음을 표현해 주었다. 그가 전해주는 따뜻함은 차가운 강물도 막지 못하니, 그를 올려다보는 가혜의 눈빛도 애정으로 가득했다.

"그 마음, 변치 말아주셔요."

"내 한평생 끝까지, 이대로 사랑하리다."

그녀의 속삭임에 답한 인후는 아내의 두 손을 잡고 손등 위에 오래도록 입을 맞췄다. 존중과 존경의 의미를 담아, 오로지 당신만이 나의 반려라는 마음으로. 그런 두 사람을 축복하듯이 달빛은 더 밝게 빛났다.

그로부터 며칠 뒤에 가혜는 여느 때와 같이 서방과 함께 문안 인사를 갔다가 시아버지로부터 양묘의 일을 종결지을 세부 계획을 들었다. 서안 위에 펼쳐진 지도에는 빽빽한 먹색의 줄이 길을 표시하고 있었고, 투박한 시아버지의 손은 그 위를 따라 이리저리 움직이며 퇴로를 알려주었다.

"이 길이 네가 움직일 길이다. 나졸들은 다른 곳에 매복시킬 것이지만, 소리를 듣고 퇴로로 모여든 자들은 직접 뚫고 지나가야 한다. 승부처가 될 곳은……."

권식의 손가락이 산 밑에 초가집이 옹기종기 모여 있는 곳에서 멈췄다.

"이곳이 되어야 한다. 할 수 있겠느냐?"

"예, 아버님."

"부인……."

인후는 자신 있게 대답하는 아내를 걱정 어린 눈길로 바라보았다. 이번 계획은 확실한 효과를 가져다 주는 만큼 위험하기도 했다. 우려하는 그의 마음을 충분히 짐작한 가혜는 자신 있다며 그를 안심시켰다. 무뎌진 감각을 깨우기 위해 산과 들로 훈련을 받으러 다녔으니 이제 그 효과를 입증할 때였고, 시험의 시간은 금세 다가왔다.

멀리서 인정을 알리는 종소리가 들리고, 어둠 속에 몸을 숨긴 수십의 나졸들은 각자의 위치에서 호흡마저 조심하며 사방을 예의 주시하고 있었다. 어느 초가집 지붕 위에 납작 엎드려 있던 젊은 나졸도 양묘가 나타나길 기다렸다. 첩보대로라면 얼마 남지 않았다. 처음으로 동원 명령을 받은 그는 창대를 쥔 손에 땀이 나자 바지에 쓱쓱 문질러 닦다가 말을 타고 제 앞쪽 길을 지나가는 금부도사를 발견했다.

'히야. 왜 다모들이 보고 죽는다고 하는지 알겠네.'

공작 깃을 늘어뜨린 전립 아래로 날렵한 얼굴선이 보이고, 듬직한 어깨와 곧게 편 허리는 말과 어우러져 더욱 늠름하게 보였다. 숨죽인 채 그를 지켜보던 나졸은 인후가 멀리 간 뒤에야 옆에 있던 동료에게 넌지시 말을 걸었다.

"저분이 그 유명한 도사 나리 맞소?"

신참의 호기심 가득한 목소리에 곁에 있던 나졸은 조금 떨떠름해하며 작게 고개를 끄덕였다.

"맞지."

"한데 소문과 다릅니다. 내 아까 가까이에서 뵈었는데 태도가 점잖고 근엄하신 것이 눈빛마저 매섭던데."

그의 행실을 둘러싼 소문과는 매우 다른 느낌을 받은 신참에게 고참은 저도 잘 모르겠다는 뜻으로 어깨를 으쓱였다.

"요즘 들어 좀 이상해지셔서 다들 말이 많지. 술을 자시는 날이 부쩍 줄어들었고, 근래에는 일 처리도 완벽하다 하시니. 얼마 전에 혼인한 뒤로 변하신 것 같기도 하고."

그렇게 중얼대다가 그는 비로소 지금 인후의 모습이 세월이 지나

잊고 있던 그의 본모습이라는 걸 새삼 깨달았다.

"멋진 분이긴 하셨지. 능력도 좋은 데다 아랫것들 사정도 많이 봐주셨으니까. 나이는 젊어도 따르는 이들이 한둘이 아니었지……."

아련한 기억을 더듬던 그는 금부도사들이 인후를 대할 때의 태도가 좀 더 부드러워졌다는 것과 나졸 중에 그를 따르는 이들이 다시금 속속 생겨나고 있음을 상기했다. 아마 예전의 그에게 깊이 감명받았던 이들이 대부분일 것이었다. 저도 한때는 그들과 같이 그를 맹목적일 만큼 존경했던 걸 떠올린 나졸은 냉큼 눈매를 좁히며 신참 나졸을 쏘아보았다.

"자네는 면회 온 자들 함부로 뜯어먹다가 걸리지나 말어. 웬만한 건 넘어가 주시는데, 없는 자들 건드리는 건 정색하시는 분이시니까."

"얼래, 내가 언제 뜯어먹는 거 봤소? 왜 가재 눈은 뜨고 그러오. 가뜩이나 양묘……."

그는 말을 하다가 멈추고 멍한 눈길로 한곳을 바라보았다.

"뭐여. 그 귀신 본 표정은……."

얼빠진 얼굴이 마음에 들지 않는 고참은 한 소리 하며 그와 같은 방향으로 고개를 돌렸다가 마찬가지로 말을 잃었다. 사선 방향으로 조금 멀리 떨어진 지붕 위에서 검은 옷을 입은 자가 자신들을 쳐다보고 있었다. 하나로 높이 묶은 긴 머리가 바람결에 휘날리고, 등에 멘 장검의 손잡이가 어깨 위로 보였다. 얼굴을 가린 복면과 유연함을 가진 늘씬한 몸은 필시 저들을 여러 번 물 먹인 양묘가 틀림없었다.

"양, 양묘다."

"양묘가 나타났다!"

신참이 소리를 빽액 지르자 대기하고 있던 나졸들이 길거리로 튀어

나왔다. 가혜도 그걸 신호로 삼아 지붕에서 훌쩍 뛰어내렸다. 가볍게 착지한 그녀는 앞을 막는 나졸 하나를 돌려차기로 쓰러뜨리고 빈 골목길을 따라 내달렸다. 복잡하게 펼쳐져 있는 길을 따라 달리는 내내 가혜는 지도에 그려진 길 위로 움직이던 시아버지의 손가락을 떠올렸다. 그 손가락이 방향을 꺾으면 그녀도 같은 쪽으로 몸을 틀었다.

'저 앞의 십자로에서 좌측.'

머릿속의 지도를 짚어보며 달리던 가혜는 눈썹을 슬쩍 찌푸렸다. 가야 할 방향으로 불빛이 제법 밝은 것이 나졸들이 벌써 그 길을 점령한 모양이었다.

'확실히 금부 나졸은 반응 속도가 빨라.'

잘 훈련되어 있어서인지 생각보다 대응하는 속도가 빨랐다. 벌써 퇴로를 차단하는 이들이 생겼으니 이대로 가면 고전을 면치 못할 터였다. 그러나 가혜도 한양의 밤을 누빈 지 수년 차였다. 길 하나 막혔다고 뚫지 못할 리는 없었다. 그녀는 퇴로 옆, 초가집의 낮은 담을 짚고 가뿐하게 뛰어넘었다. 들키지 않도록 뒷마당을 가로질러 다시 담을 하나 더 넘자 양옆으로 불빛이 몰려드는 퇴로가 눈앞에 있었다.

이제부터 시작이었다. 호흡을 가다듬은 가혜는 다시 길을 따라 달리면서 등에 멘 검을 검집째 풀어냈다. 저를 발견한 나졸들의 외침이 심장을 진동시키고, 눈앞은 모여드는 불빛으로 어지러이 빛났다.

그런 불빛을 바라보는 인후의 마음도 심란하기 그지없었다. 그간 훈련을 해오면서 누구보다 아내의 실력을 확실히 보았고 그녀의 자신감을 이해하며 믿을 수 있었다. 하지만 그럼에도 사랑하는 여인이 실낱같은 상처라도 입을까 봐 가슴 졸여야만 했다.

'긴 밤이 되겠구나.'

아내와 함께할 때는 짧기만 하던 밤이 오늘따라 유독 길게 느껴졌다. 그렇다고 마냥 두 손 놓고 해가 뜨길 기다릴 수만도 없었다. 나졸들이 한쪽으로 몰려가지 않도록 최대한 그들을 분산시켜야 했다. 그것이 아내를 조금이나마 돕는 일이었다.

나졸들의 창과 검을 쳐 내는 가혜의 이마에 땀이 송골송골 맺히고, 병장기 부딪치는 소리는 고요한 밤을 깨웠다. 그 소리가 점점 가까워지는 걸 권식은 말 위에 앉아 듣고 있었다. 그런 그의 뒤로 동지사가 말을 몰아 다가왔다.

"대감. 계획대로 되는 듯한데, 나졸들을 더 지원해야 하지 않겠습니까."

여세를 몰아 덮치자는 소리였다. 권식이 가혜에게 알려준 퇴로에서 그리 멀지 않은 곳에 대기 중이던 그들은 병장기 소리에 애가 타는 듯 길게 목을 빼고 발을 떼었다 붙였다 하곤 했다. 양묘를 잡으면 자급을 올려준다는 어명까지 있었으니, 혹여나 공로를 빼앗길까 불안한 것이다. 그런 동지사의 간장이 다 녹아 없어질 때까지 권식은 말없이 하늘만 쳐다보고 있다가 뒤늦게 그의 이동을 허락했다.

"나졸의 반을 데리고 가서 추포하도록 하게. 전하께옵서 생포를 명하셨음을 기억하고."

"예, 대감. 하오면 대감께오선……."

동지사는 권식의 움직임을 파악하여 무엇이 더 이득일지 따지고자 했다. 그런 그의 속내를 간파한 권식은 혀를 차고 싶은 걸 참아가며 억지로 입을 열었다.

"나는 예서 상황을 주시하고 있다가 여차하면, 사살하겠네."

사살하겠다는 말에 동지사는 권식의 곁에 선 나졸이 들고 있는 활을 보았다. 그의 활 솜씨라면 충분히 양묘를 맞히고도 남았다. 물론 그리되면 제 공로는 많이 줄어들 것이니 그 전에 양묘를 제압하여 추포해야만 했다.

"그럼. 나졸 열 명만 데려가겠습니다."

동지사는 근처에 있던 나졸들 열을 불러 모아 한창 전투가 진행되고 있는 곳으로 향했다. 그런 동지사의 뒷모습을 권식은 가만 바라보았다.

'시간이…… 이제 더는 지체할 수가 없겠구나.'

이쯤 되면 나졸들이 몰려가는 걸 인후도 막기 어려운 지경에 처했을 터였다. 권식은 침음을 삼키며 산 밑의 다른 집들보다는 조금 더 높은 어느 초가집의 지붕에 시선을 고정했다. 이제 모든 건 며느리의 손에 달렸다.

동지사와 나졸들이 달려오는 걸 본 가혜는 이를 악물었다. 어려운 싸움이 되리라 각오하고 있었지만, 만만찮은 체력 소모에 호흡도 점점 거칠어졌고 움직임은 둔해졌다. 이대로 가다간 꼼짝없이 추포될 상황에 그녀는 빠르게 빈틈을 찾았다. 그러다 곧 담벼락 쪽에 붙은 나졸의 수가 둘뿐이라는 걸 확인하고, 과감하게 그곳을 공략했다. 갑자기 집중된 공격에 당황한 나졸 중 하나가 무기를 놓치자 가혜는 그의 어깨를 디딤판 삼아 짚고 가볍게 몸을 띄워 담을 넘었다.

"북쪽으로 양묘가 도망간다! 놓치지 마라!"

말 위에 탄 덕에 시야가 넓은 동지사가 그녀의 움직임을 보고 도주로를 알려주고, 그의 지시에 따라 나졸들도 다급히 움직였다.

가혜는 추격해 오는 동지사와 나졸들의 시선을 최대한 피해가며 움직였다. 매복 지점에서 이탈한 나졸들이 병장기 소리를 듣고 한곳으로 몰려들었던 덕에 그녀의 퇴로를 제외한 길들은 도리어 한산했다. 위기가 변해 다시 기회가 된 것이었다.

몇 개의 거리를 지나 산 밑의 집에 도착한 가혜는 지붕 위로 올라갔다. 곡예하듯이 매끄러운 그녀의 몸짓은 탄성이 나오기에 부족함이 없었고, 그 모습을 발견한 나졸들은 손가락을 쭉 뻗어 그녀의 위치를 주위에 알렸다.

"저쪽이다. 지붕 위!"

외침을 들은 자들의 시선이 가혜가 있는 지붕 위로 향하고, 권식도 곁에 있던 나졸에게서 활을 건네받아 시위를 메겼다. 화살은 팽팽하게 당겨진 줄에 꼬리를 얹고, 살벌한 살촉은 가혜가 향하고 있는 방향에서 어느 한 지점을 겨눴다.

산 밑의 집 중 가장 높은 지붕을 향해 달려가는 며느리의 움직임에 권식의 눈이 가늘어지고, 그는 호흡을 참았다. 정신을 어지럽히던 소리마저 차단된 느낌이 들었을 때 활시위가 크게 출렁이며 화살이 쏘아졌다. 그리고 모두가 지켜보는 앞에서 그 활에 맞은 양묘는 지붕에서 굴러떨어졌다.

"……."

한양에는 침묵이 찾아왔다. 모두가 그 광경을 보았고 입이 벌어졌으나 목이 굳어 소리를 내지 못했다. 수년간 백성의 편에 서서 그들의 아픔을 이해하고 돕고자 애써왔던 영웅의 추락은 자급에 눈이 멀어 있던 나졸들에게 순간 거대한 충격으로 다가왔다. 은인과도 같아서 백성들이 은도(恩盜)라 칭송하던 의적에게 무슨 짓을 한 것인가. 쌀이 떨어질 때마다 제 자식들의 입에 풀칠이라도 하게 도와준 것은 누구였던가. 짐승도 은혜를 안다는데, 그 사실을 잊고 사람의 탈을 쓴 채 무기를 들었던 그들은 자괴감에 입을 다물었다. 적의 죽음을 기뻐하지도 못하고, 은인의 죽음을 슬퍼하지도 못하고, 그들은 거대한 돌덩이를 삼킨 듯이 무거운 가슴 탓에 하염없이 땅만 바라보아야 했다. 오로지 힘없는 이웃을 위해, 고통받는 백성을 위해 스스로를 희생해왔던 양묘는 그렇게 죽었다.

간신히 정신을 차린 나졸들이 양묘의 시신을 수습하고자 일대를 살폈으나 주검은 보이지 않았다. 땅바닥에 점점이 이어진 핏자국만이 그가 부상을 입고 산속으로 들어갔음을 알려줄 뿐이었다. 산 입구에서 더 많은 양의 피를 발견한 나졸들의 보고에 권식은 모든 인력을 산 밑으로 집결시켰다.

“부상이 커서 그리 멀리 가지 못했을 것이다. 오늘 밤에는 필히 죄인을 추포하라.”

“예.”

권식의 굵직한 명령과는 달리 나졸들의 대답은 어딘가 매우 미적지근했다. 좀 전의 그 기세는 다 어디로 갔는지, 하나같이 속이 안 좋아 보이고 움직이는 속도도 굼벵이 뺨치는 듯했다. 그 모습을 보는 권식의 속도 그리 편하지만은 않았다.

‘나졸들에게마저 이리 영향을 끼치는데, 일반 백성들에게는 얼마나 큰 의미를 지닐지……. 이마저도 나라를 이끄는 자들의 능력이 부족한 탓이구나.’

현 세태를 우려하며 혀를 차는 권식의 표정에 동지사의 미간 주름이 깊게 파였다. 나졸들이 군기 빠진 듯이 구니 관리를 제대로 못하였다고 질책하는 것처럼 느껴졌기 때문이었다.

“당장 안 움직이나!”

동지사의 불호령에 나졸들은 흠칫 놀라 엉덩이에 불붙은 것처럼 급히 산을 올랐다. 그들이 산을 샅샅이 수색하는 동안, 가혜는 어두운 방 안에 앉아 밖의 동태를 살폈다.

한차례 소란이 휩쓸고 지나간 뒤에 풀벌레 소리가 들릴 만큼 조용하니, 계획대로 다들 산 쪽으로 몰려간 듯싶었다.

"이제 한시름 놓아도 되겠습니다."

가혜는 작게 말하며 몸을 뒤로 기댔다. 넓고 단단한 서방의 품은 그 자체만으로도 그녀에게는 좋은 휴식처였다. 그의 체온은 훌륭한 진정제 효과를 보였고, 강한 힘으로 안아주는 팔은 듬직하기 그지없었다. 그 팔을 매만지던 가혜는 걱정 어린 눈길로 남편을 올려다보았다.

"팔은 괜찮으십니까?"

지붕에서 굴러떨어지던 걸 받아준 팔이니 충격이 보통이 아니었을 텐데 그는 괜찮다고 속삭이며 귓가에 입을 맞춰주었다.

"그대야말로 정말 다치지 않은 거요?"

"예, 물론입니다."

가혜는 고개를 끄덕이며 그를 안심시켰다.

여러 명과 한꺼번에 검을 섞어야 하다 보니 때때로 위기가 오긴 했었으나, 그녀는 지금껏 쌓아온 일대 다수의 대결을 통해 무사히 포위망을 벗어날 수 있었다. 하지만 진짜 위기는 쫓아오는 나졸들을 피해 지붕 위로 올라가 달릴 때였다. 바람을 가르는 소리와 함께 날아오는 화살은 막지 못하면 그대로 몸을 관통할 듯했다. 그 와중에 나졸들의 눈도 속여야만 하는 상황이었다. 이 최악의 상황을 미리 알고 있던 그녀는 최대한 침착하게 검의 넓적한 면으로 화살을 막아냈다. 그와 동시에 몸을 뒤로 빼서 화살에 맞아 추락하는 듯 보이도록 연출했다. 그러나 그건 정말 위험한 방식이었다. 예민한 감각과 목숨을 걸고 해 온 실전, 고된 훈련의 성과가 아니었다면 진짜 죽었을지도 모를 일이었다. 물론 지붕에서 굴러떨어질 때도 남편이 받아내 주지 않았다면 팔 하나는 부러졌을 확률이 높았다.

미리 빌려놓은 초가의 방 안에서 뒹구는 검과 토막 난 화살을 보던 가혜는 문득 그의 입술이 가지고 싶어졌다. 허리를 조금 더 틀고 손을 올려 서방의 볼을 매만지자 그런 작은 몸짓만으로도 무엇을 원하는지 간파한 그가 고개를 숙이고 살며시 다가왔다.

그날 밤, 나졸들은 산에서 별다른 걸 찾지 못했다. 양묘의 흔적이라고 할 수 있는 건 산으로 이어진 몇 방울의 핏자국뿐이었고, 그마저도 산속에서는 발견하기 어려웠다. 달빛조차 제대로 들어오지 않는데, 횃불 몇 개만으로 시야를 확보하기란 쉽지 않았다.

"대감, 포도청에 지원 요청을 하는 것이 어떻겠습니까."

동지사의 말에 권식은 눈동자를 돌려 그를 곁눈질했다. 질책의 의미가 가득한 시선에 움찔하는 동지사를 권식은 짧게 타박했다.

"내 부하들 먹일 고기도 부족한데, 다 잡은 사냥감을 나누자는 겐가."

포도청이 합류하였다가 혹여나 부상한 양묘를 발견하면 공로를 나눠 가져야 한다는 상관의 깊은 뜻을 뒤늦게 깨달은 동지사는 고개를 숙이며 실언을 했음을 인정했다. 남들보다 더 공을 세워 보상받지는 못할망정 고생해서 얻은 공로를 나누는 건 그도 원치 않았다.

공로에 욕심내는 부하의 마음을 이해 못 하는 바는 아닌지라, 권식은 그런 동지사의 어깨를 두어 번 두드려 주었다.

"이 산을 더 오르는 건 위험할 테니 차라리 철수했다가 날이 밝으면 다시 수색하세."

"하오나, 대감. 그러다 양묘가 빠져나가기라도 하면."

동지사는 양묘를 놓칠 수 있다며 철수를 말리려 들었다. 하지만 권식은 이쯤에서 나졸들을 물려야만 했다. 그래야 적당한 시신을 찾아 양묘로 꾸밀 시간을 벌 수 있었다.

"초조해하지 말게. 내 활에 정통으로 맞고 피도 많이 흘렸으니 살아남긴 힘들 게야. 자네도 보지 않았나, 내 활은 빗나가지 않았네."

확신하는 권식의 말에 동지사는 입만 벙긋하다가 다물었다. 양묘가 활을 맞을 당시에 제법 거리가 있었고 밤이었던지라 활을 정통으로 맞았는지는 알 수 없었다. 그저 명사수인 권식이 활을 쐈고 양묘가 지붕에서 굴러떨어졌다는 것과 길거리에서 혈흔이 발견되었다는 사실이 상황을 증명할 뿐이었다.

'아무렴, 빗나가진 않았겠지.'

동지사는 활쏘기 실력을 자부하는 상관에게 빗나갔을 가능성 따위는 거론하고 싶지 않았다. 덕분에 권식의 의견은 수월하게 받아들여졌고, 그들은 곧 산에서 철수했다.

동이 튼 뒤에 나졸들이 다시 산을 올랐지만, 양묘는 발견되지 않았다. 대신 수풀에 묻어서 굳어버린 피들이 보통 상처가 아님을 짐작하게 했고, 그로부터 며칠 뒤에 시신이 발견되었다. 그 시신의 진위를 따지기 위해 대소 신료들은 해가 뜨기 전부터 창덕궁의 인정전으로 모였다. 조회에 참석한 그들은 임금 앞에서 한껏 상기된 얼굴로 가타부

타 말을 쏟아내었다.

"전하, 어찌 그 시신이 양묘라 확신할 수 있겠사옵니까. 검시 결과 아사자에 가까울 만큼 마른 상태라 하온데, 소신은 그 점이 석연치 않사옵니다."

붉은 관복을 입은 신료가 권식을 힐끗 쳐다보며 임금에게 고하자, 그를 따르는 무리가 동의를 표하며 거들었다. 그 꼴이 보기 싫은 예조판서는 얼른 입을 열어 반박했다.

"전하, 양묘는 본래 사내치고는 몸이 얇고 마른 편이라 하였사옵니다. 또한 입고 있는 옷이 양묘의 옷이며, 병조판서의 화살이 시신의 몸에 박혀 있었고, 양묘의 마지막 행적이 끊긴 산에서 발견되지 않았사옵니까. 여러모로 보아 양묘가 확실하옵니다."

예조판서의 주장에 임금, 이연은 얌전히 서 있는 권식을 내려다보았다. 본인이 양묘를 잡았다고 주장할 만도 한데 가만히 입을 다물고 있는 것이 의문스러웠다.

"병판은 무슨 생각을 그리 깊이 하오."

임금의 하문에 모든 관료의 눈이 권식에게로 향했다. 관심이 집중되자 그는 잠시 뜸을 들이다가 곧 답을 올렸다.

"소신은 양묘의 죽음이 백성들에게 어떤 영향을 끼칠지, 그것이 염려되어 고민하고 있었사옵니다."

한 차원 높은 고민거리에 양묘다 아니다 논하던 대소 신료들은 겸연쩍어 입을 다물었다. 조용해진 인정전에서 대화를 나누는 건 오로지 임금과 병조판서뿐이었다.

"백성들이 많이 동요하고 있소?"

"어심을 어지럽히고 싶지 않사옵니다만, 그러하옵니다. 이 모든 것이 소신이 불충하기 때문이니 벌하여 주시옵소서, 전하."

권식은 무릎을 꿇고 바닥에 머리를 대며 부복했다. 진지하게 죄를 청하는 그의 행동에 모두 당혹스러워 하는 마당에 임금만은 그 이유를 알았다. 오래전에 양묘를 생포해 오라고 밀명을 내렸던 걸 거역했기 때문이었다.

'홍 단주를 억압할 패였는데, 아쉽기는 하구나.'

이연의 시선이 부복한 권식과 신료들의 주위를 슬쩍 지나쳤다. 좋은 패를 잃었지만, 죄인을 죽였다고 벌을 내릴 수는 없었다. 양묘를 잡아달라며 아우성치던 관료들에게 이제 더는 시달리지 않는 것만으로도 만족할 만한 성과였다. 아쉬움을 내려놓은 이연은 형식에 맞게 권식을 달랬다.

"하늘도 병판을 불충하다 못할 것이오. 그건 과인이 잘 알고 있으니, 양묘를 잡은 공을 인정하여 병판에게는 명검을 하사하고 동지사와 도사들에게는 비단 세 필과 명마 한 필씩을 하사하겠소. 금부 나졸들에게도 어식을 내려 치하할 것이오."

"성은이 망극하옵니다."

권식은 감사를 표하며 재차 머리를 숙였다. 급히 구한 시신이 아사한 자들밖에 없는지라 조금은 어렵게 임금을 속였지만, 대신 며느리를 살리고 고생한 부하들의 공로를 인정받았으니 만족할 만한 성과였다.

민심이 들끓을 걸 걱정한 이연은 구휼미를 더 풀었고, 양묘와 관련된 부분은 신속히 정리하라 명하며 조회를 마쳤다. 사실상 양묘의 죽음을 인정한 것이었다. 임금의 뜻이 그러하니 대소 신료들도 그 부분에 대해 더는 갑론을박하지 않았다.

권식이 궐에서 사건을 정리하던 시각에, 박씨는 여전히 어두운 방에 앉아 있었다. 그녀는 벽에 머리를 기대고 문에 붙인 창호지가 보랏빛으로 물드는 걸 하염없이 바라보았다. 부러 더 멍하니 앉아 있는 그녀의 의식을 파고든 건 잠에서 깬 가을이었다.

"어머니……."

병색이 완연한 음성에 박씨의 고개가 딸에게로 향했다. 이제 열다섯, 한창 꽃이 필 나이에 시들어가는 딸은 되레 걱정 어린 눈길을 모친에게 주고 있었다.

요즘 들어 고민이 많아 보이는 어머니에게 무슨 생각을 그리 깊게 하느냐고 묻기가 두려운 가을이는 괜히 아버지 얘기를 꺼냈다.

"아버지는요?"

"일하러 갔지. 아씨가 편한 곳으로 옮겨주셔서 오늘부터는 아버지가 종종 집에 들를 게다."

가혜의 배려였다. 박씨가 일이 많은 곳으로 옮겨가는 바람에 가을이를 보살필 사람이 없을 걸 우려하여 자리를 옮겨준 것이다. 세세한 부분까지 살뜰히 살펴주는 아씨의 마음 씀씀이에 가을이의 쩍쩍 갈라진 입술이 살며시 호선을 그렸다.

"참으로 감사하신 분이에요. 약값도 대주시는데……. 제가 얼른 털고 일어날게요."

몸이 점차 좋아지니 곧 일어날 수 있을 거라 말한 그녀는 어머니를 향해 손을 뻗었다. 잘 먹지 못해 마른 손을 어머니가 잡아주자 가을이는 기운 내라고 말하듯이 손가락에 힘을 주며 생긋 웃어 보였다. 그런 딸의 응원이 고마워서 박씨도 잔잔하게 미소 지었다.

'그래. 아씨께서 용서도 해주시고 일도 잘 해결된 마당에, 내 무에 그리 두렵겠니.'

박씨는 곧 찾아올 불청객을 떠올리며 마음을 다잡았다. 그리고 얼마 뒤에 저를 부르는 여인의 목소리가 문밖에서 희미하게 들렸다. 크게 심호흡을 한 박씨는 딸을 안심시키고 경녕군주가 증표로 주었던 가락지를 챙겨 밖으로 나섰다.

문밖에는 경녕군주의 몸종이 주위를 살피며 서 있었다. 박씨는 그녀의 손을 잡아 손바닥 위에 가락지를 턱하니 내려놓았다.

"가져가시오."

"자네……."

"내 외거노비로 살게 되었으니 더는 정보를 주기 어렵게 되었소. 약값도 필요 없으니 이제 그만 찾아오시오."

박씨는 딱딱하게 굳은 말투로 그간 이어온 불편한 관계를 단칼에 끊어내었다. 이쯤에서 발을 빼려는 수작임을 능히 짐작한 몸종이 그러고도 무사할 줄 아느냐고 협박을 해댔지만, 박씨는 눈 하나 깜짝하지 않았다.

"아무리 노비 목숨이 버러지보다 못하다지만, 나도 병판 대감 댁 사람이요. 우리 대감마님 성정은 잘 아실 터이니, 어디 한번 건드려 보쇼."

제게 일이 생기면 아랫사람들에게 제법 신경 쓰는 주인이 그냥 넘어가겠느냐는 소리였다. 물론 제 죄를 알면 그럴 가능성이 매우 다분하지만, 박씨는 한껏 콧대를 세우고 자신감을 드러냈다. 그녀의 태도에 경녕군주의 몸종은 표정을 풀고 사근사근 달래보았으나 박씨의 뜻은 견고했다.

"우리 나리와 아씨가 내게 얼마나 잘해주시는데 나도 양심이 있지, 더는 그분들께 죄를 짓지 못하겠소. 내 마음은 바뀌지 않으니 그만 돌아가쇼!"

당장 나가라는 소리에 몸종은 이만 바득바득 갈며 물러날 수밖에 없었다. 돌아가는 그녀의 뒷모습을 바라보던 박씨는 숨을 깊게 들이마신 뒤 푹 내쉬었다. 또 주인들을 해하려 들까 두려워서 최대한 말을 아꼈지만, 기분만큼은 매우 좋았다. 늦었다고 생각했어도 용기를 내 끝을 보고 나니, 말간 해가 떠오르는 새벽녘의 공기도 그 어느 때보다 개운하게 느껴졌다.

첩자 노릇을 포기한 박씨의 얘기는 곧바로 경녕군주의 귀에 들어갔다. 과거에 최씨 집안에서 이용할 만한 인물로 박씨를 추천하였던 몸종은 제게 불똥이 튈까 싶어 스스로 알아본 부분도 얼른 고했다.

"그 아씨가 가을이의 약값을 대주었다 합니다. 그것이 박씨의 변심으로 이어진 것 같습니다."

세세히 알아보려 노력한 티를 낸 몸종은 당장 박씨를 죽이라는 명령이 떨어질 줄 알았다. 그러나 그녀의 예상과 달리 경녕군주는 조용히 앉아 진득한 눈길로 벽에 걸린 검을 바라볼 뿐이었다. 그것은 얼마 전에 죽은 환봉의 짐을 정리하다가 거둔 것이었다.

경녕군주의 사색을 방해하지 않고자 기다리던 몸종은 흘러가는 시간을 더 버티지 못하고 재차 입을 열었다.

"박씨를 어찌 하올까요?"

그녀의 물음에 경녕군주의 시선이 검에서 떨어져 몸종의 조아린 머리 위로 내려앉았다. 그것을 또 한참 바라보던 그녀는 무미건조한 목소리로 대답했다.

"내버려 두어라."

"예? 하오나!"

그녀는 의견을 피력하려다가 군주의 날 선 눈빛에 슬그머니 꼬리를 말고 명을 받들었다.

몸종이 나간 뒤에 홀로 남은 경녕군주는 다시 검을 바라보며 깊은 생각에 잠겼다. 지금은 하늘이 최씨 집안을 돕고 있지만, 시간은 제 편인 걸 그녀는 알고 있었다. 청나라로 보냈던 밀명지 한 장, 그것이 가져올 파란을 기다리며 잠시 몸을 낮추기로 했다. 다만, 한 가지 거슬리는 게 있었다.

'이가 가혜라 하였던가. 뭐하는 계집이기에 사사건건 방해인지…….'

굳건하던 인후의 마음을 뒤흔들어 놓고, 박씨조차 변심하게 만들었다. 심지어 그녀가 시집온 뒤로 최씨 집안의 명성은 더 높아졌는데, 종종 쌀을 풀어 백성의 주린 배를 달랜 일이 민심에 크게 한몫했다. 그건 좋지 않은 현상이었다. 현 임금에게 충성을 맹세한 병조판서에게 민심이 기울어 버리면 훗날 역모를 일으킬 때 제게 나쁜 영향을 끼칠 터였다. 그때를 대비해서라도 미리 손을 써둘 필요성을 절감하는 경녕군주의 눈매가 한껏 날카로워졌다.

새로운 태양이 뜨고, 달라진 하루가 시작되었다. 특히 양묘가 죽었다는 방이 붙자 한양에는 큰 소요가 일었다. 상심한 이들은 이제 누구에게 의지하며 마음 붙이고 사느냐고 한탄했고, 과격한 이들은 난동을 부리기도 했다. 최씨 집안의 노비들마저 그 일을 입에 담으며 주인 몰래 안타깝게 여기니, 부엌으로 가다가 그러한 말들을 우연히 들은 가혜의 마음도 영 편치만은 않았다. 양묘라는 존재가 백성의 삶에 남긴 것이 제 생각보다 더 많았음을 새롭게 상기하면서 대문간으로 이동한 그녀는 그 너머에 있는 길가를 바라보았다. 지나다니는 사람들의 표정이 자못 심각했다. 아마도 제가 거기에 한몫했을 테니 차마 더 보지 못하고 고개를 돌리던 그녀는 남몰래 미간을 찌푸렸다. 대로 쪽에서 저를 지켜보는 시선이 느껴지고 있었다. 그녀는 상대의 정체를 확인할 요량으로 주위를 휘둘러보다가 검은 무복을 입고 삿갓을 쓴 사내가 제게 수신호를 보내는 걸 발견했다. 상단에서 보낸 사람이었다. 신변에 위협은 없었는지, 양묘의 일은 깨끗하게 해결된 건지 확인하고자 홍 단주가 보낸 사람이었다. 가혜는 문제없다는 뜻으로 고개를 끄덕이던 중에 멀리서 말을 타고 다가오는 한 사내를 발견했다. 선유봉 사건 뒤로 더 바빠졌는지 만나기 어렵던 현욱이었다. 그가 이리 이른 시간에 걸음을 한 건 매우 이례적인 일이라 가혜는 잠시 기다렸다가 그를 맞이했다.

"예까지 어인 일이십니까, 나리."

그녀가 친히 문 앞까지 나오며 묻자 현욱은 얼른 말에서 내렸다.

"유랑을 좀 보러 왔습니다만, 부인께서는 어찌 나와 계십니까."

"잠시 밖을 둘러보던 중이었지요. 한데, 괜한 걸음을 하셔서 어찌합니까. 서방님께선 금부에 계실 것입니다."

집에 없다는 소리에 현욱은 너털웃음을 터뜨렸다. 이래서 습관이 무서웠다. 지난 이 년간 그를 만나려면 집이나 기방으로 가야 했으니, 아무 생각 없이 왔다가 헛걸음을 해버렸다.

"이 친구가 혼인하더니 너무 달라진 것 아닙니까."

돌려 말하긴 했으나 칭찬인 걸 빤히 아는 가혜는 수줍은 미소를 지었고, 현욱은 인후를 만나면 해주려던 축하의 인사를 그녀에게도 건넸다. 양묘의 일이 잘 해결되어 임금이 기뻐했고, 이번 일로 권식과 금부의 위상이 더 높아졌으니 축하할 만한 일이었다.

순수한 마음으로 축하해 주는 소리에 가혜는 표정이 애매해졌다. 아무래도 그녀는 양묘가 죽은 일을 마냥 기뻐할 수만은 없기 때문이었다. 그래서 그간 어심이 많이 불편하셨느냐 묻자 아무래도 그렇다고 말하려던 그가 말끝을 흐렸다.

"혹여 양묘가 누구인지 알고 계셨습니까?"

어딘가 찜찜했던 현욱은 조심스럽게 물었다. 유화와 개인적으로 친분이 돈독하니 양묘가 누구인지 알고 있을지도 몰랐다. 그리 추측하며 묻는 말에 가혜는 얼른 표정을 바꿨다. 다 된 밥에 재를 뿌릴 수는 없는 노릇이었다.

"그럴 리가 있겠습니까."

아니라는 말에 현욱은 작게 고개를 끄덕였다. 다시 생각해 보니 홍단주와 유화는 친분이 있다는 이유만으로 중요한 기밀을 발설할 성향의 인사(人士)들도 아니었고, 금부도사와 혼약을 맺은 그녀에게 말해줄 리도 없었다. 그러다 문득 유화를 떠올리던 현욱은 어쩌면 그녀가 이번 일로 상심하고 있을지도 모른다는 생각에 낯빛이 어두워졌다.

"혹, 부인께서는 유화 낭자가 무엇에 관심이 많은지 아십니까."

"관심 갖는 것이요?"

"예. 뭐, 선물로 받으면 좋아할 것이라거나…… 크흠."

말해놓고도 민망해하는 그를 빤히 올려다보던 가혜는 싱긋 웃었다. 그의 볼이 붉은 것이 알 것도 같았다. 그런 반응을 보고자 뱃놀이에 두 사람을 청했던 그녀였으니 반갑기도 했다.

“마음이 담겼다면 길거리에 핀 꽃송이도 귀하지 않겠습니까. 받고 나니 진심 어린 애정만큼 기쁜 것이 없습니다.”

서방이 준 가락지를 만지작거리며 그가 준 애정을 떠올리는 가혜의 목소리는 꿈결처럼 부드러웠다. 사랑에 빠진 기색이 완연한 그녀의 조언에 현우도 고민에서 좀 벗어날 수 있었다. 자상한 그의 미소가 가을볕처럼 따뜻하게 번지고, 그에게 날아든 연심을 가혜는 한없이 축복했다.

현욱이 만나고자 했었던 인후는 귀한 손님이 찾아왔다는 나졸의 얘기를 듣고 급히 집무실을 나섰다. 보기만 해도 위압감을 주는 금부의 거대한 대문 앞에 영달이 서 있었다.

“장인어른.”

인후는 얼른 다가가 그의 앞에 섰다. 못 본 사이 많이 수척해진 장인의 얼굴에는 까만 감정들이 짙게 드리워져 있었다. 마치 병에 걸린 사람처럼 보이는 그의 안색에 인후의 표정도 덩달아 굳었다.

“무슨 일 있으십니까.”

“아니, 아닐세. 근방에 왔다가 잠시 얼굴이나 볼까 하여 왔네.”

영달은 미미하게나마 미소를 지으려 애썼다. 그는 양묘의 시신이 발견되었다는 소식을 듣고 부랴부랴 의금부로 달려왔다. 혹여나 그 시신이 제 딸일까 우려하다가 저를 반갑게 맞이하는 사위의 얼굴을 보고 나서야 졸였던 마음을 놓을 수 있었다.

“소문을 들었네. 사돈께서 양묘를 잡는 데 큰 공을 세우셨다고?”

“아……. 예, 그러합니다.”

인후는 어딘지 좀 민망한 기분이 들었지만 그러하다고 대답했다.

그런 사위의 반응을 남몰래 살펴보던 영달은 대놓고 그를 떠보았다.

"자네, 내게 할 말이 있지 않은가?"

"그게 무슨……."

반사적으로 대답하던 인후는 말끝을 흐렸다. 그의 직감이 무언가를 말하고 있었다. 지금껏 겪어본 장인은 의미 없이 허투루 말을 하는 사람이 아니었다. 이렇게 은근히 돌려 물을 때는 더욱 그러했다. 내면에 숨겨져 있는 의도가 무엇인지 살피던 인후는 설마 싶어 조심스럽게 운을 뗐다.

"부인은 잘 지내고 있습니다. 혹, 장인어른께서는 따님의 안위가 염려되어 찾아오셨습니까?"

정확히 속내를 짚어내는 사위의 영민함에 영달은 감탄하며 더 숨기지 않고 고개를 끄덕였다. 이번 소식을 듣고 딸의 안위가 걱정되어 찾아왔다는 건, 가혜가 양묘인 걸 알고 있었음을 실토하는 것과 마찬가지였다.

"내 자네에게는 미안하게 되었네."

영달은 여식의 정체가 드러났을 때 그가 든든한 아군이 되어주길 바라며 의도적으로 혼인시킨 걸 사과했다. 딸을 위한 결정이었다지만, 사위에게는 큰 부담이 될 일이었다. 그런 그의 사과를 인후는 정중히 거부했다.

"어찌 그런 말씀을 하십니까. 장인어른께서 혼인을 허락지 않으셨다면, 지금 누리고 있는 이 행복도 없었을 것입니다. 제겐 은인이시니 이리 미안해하지 않으셔도 됩니다."

다정한 말투와 진심 어린 눈빛에 행복한 감정이 담뿍 묻어 있어서 영달은 안심하며 기뻐할 수 있었다. 그는 사위에게 고마운 마음을 표하며 이만 돌아가고자 했으나 인후가 차라도 하고 가길 청했다. 근무 중인 걸 알기에 거부하는 그의 뜻을 꺾은 건 상관의 전언을 가져온 나졸이었다. 권식이 모셔오라 했다는 소리에 영달은 곁에 선 사위에게 힐끗 시선을 주었다. 그 눈빛이 묻는 바를 단번에 알아차린 그가 부친도 알고 있다고 대답하니, 영달은 무거운 호흡을 내뱉고 나졸을 따라 의금부 안으로 들어갔다.

잠시 뒤 긴 탁자 위에 먹음직스러운 다과가 놓이고, 영달은 사돈의 인사를 받았다.

"내 사돈과 가까이서 자주 왕래하며 벗처럼 지냈으면 하는 바람이 있었는데, 세월이 유수와 같아서 벌써 만난 지 근 반년이 되었구려. 그간 강녕하시었소?"

"예. 사돈께서 보내주신 아이들 덕에 불편함 없이 지내니 감사할 따름입니다."

몸종 둘을 보내 살림을 도와준 일에 대해 얘기한 뒤로 잠시 대화가 끊겼다. 영달은 앞에 놓인 차로 목을 축였고, 권식은 의자 손잡이만 잡았다 놓았다 할 뿐이었다. 그러다 두 사람이 거의 동시에 첫마디를 내뱉었을 때, 영달이 먼저 말을 양보했다.

"말씀하시지요."

"크흠. 내 사돈께 실례가 되지 않는다면 며늘아기의 친부모에 대해 알고 싶소."

이미 양녀로 들였으니 신분이 문제가 되진 않겠지만, 그간 겪은 일이 워낙 황망하여 이제라도 확인하려는 것임을 짐작한 영달은 순순히 가혜의 친부모에 대해 들려주었다.

"그 아이의 할아버지는 호조판서를 지낸 이강무고, 부친은 시강원의 필선, 이정준입니다."

"이정준이라면……."

권식도 들은 적 있는 이름이었다. 젊은 나이에 세자를 가르치는 시강원에 들어가 필선의 자리까지 오른 인물로, 단정하고 강직하기로 유명했다. 명문가의 자제인데도 겸손하고 태도에 흠잡을 곳이 하나 없어서 효종은 물론이고 현 임금마저 그를 매우 아꼈었다. 특히 강직한 인물을 좋아하는 이연은 세자 시절부터 이정준을 곁에 두고 바른말을 듣는 걸 좋아했는데, 그토록 앞날이 훤하던 그는 오래지 않아 스스로 목숨을 끊었다. 그의 죽음은 황해도 감찰사를 지냈던 김홍욱과 관련되어 있었다.

영달도 그 사건을 정확히 기억했다.

"당시 선왕께서 천재지변이 자주 일어나는 일로 황해감사 김홍욱에게 구언을 듣고자 하시니, 그가 강의 옥사에 대해 고하였습니다."

강의 옥사는 소현세자의 아내인 세자빈 강씨가 시아버지를 독살하려 했다는 혐의를 받고 사사당한 일이었다. 당시 그녀의 죽음이 억울하다는 여론이 대부분이었으나, 인조는 며느리에게 끝내 사약을 내렸다. 그녀가 죽고 소현세자의 동생이 왕위에 올랐으니, 그가 현 임금의 부친인 효종이었다.

수년 뒤에 김홍욱은 천재지변이 일어나는 것은 그녀와 그 어린 자식들의 죽음이 안타깝기 때문이 아니겠냐며 그들의 억울함을 풀어달라고 효종에게 상소를 올렸다. 그건 임금을 진노케 했고, 궐에 큰 파란을 일으켰기에 권식도 당시의 일을 생생히 떠올릴 수 있었다.

"나 또한 그 자리에 있었으니 알고 있소. 임진년에 선왕께서 말씀하시길, 비록 여러 세대가 지난 뒤에라도 역적 강씨에 대하여 아뢰는 자가 있으면 역당으로 논죄하여 궐정에서 국문하라 하시었소."

세자빈 강씨와 소현세자의 억울함을 호소하는 건 역모죄가 성사된다는 얘기였다. 소현세자의 셋째 아들이 살아 있는 상태에서의 복위는 효종의 자리를 위태롭게 만드는 일이었다.

"그때 김홍욱도 역모죄로 친국 중에 장살당하였지."

당시 김홍욱은 임금에게 문책당하다가 곤장을 맞고 죽었는데, 그는 죽기 직전에 '언론을 가지고 살인해 망하지 않은 나라가 있었는가?'라는 말을 남겼다. 임금이 귀를 닫고 신료들의 입을 막아서 망국의 길을 걷지 않은 나라가 없었다는 소리였다. 그가 남긴 마지막 말은 관료들에게 큰 충격을 주었다. 특히 김홍욱의 제자였던 이정준은 몇 날 며칠 식음을 전폐했었다.

영달은 당시 이정준이 겪은 고통을 모르지 않았다.

"그가 한탄하기를, 말을 하면 역모요, 말하지 않으면 나라에 죄를 짓는다 하였습니다. 이도 저도 택하지 못하다가 임금께 진언하는 상소를 올리고 이 또한 역모라며 스스로 목숨을 끊었지요."

남은 가족들이라도 역모죄로부터 보호하기 위한 방법이었다. 확실히 그의 선택은 극단적인 만큼 큰 효과를 보였다. 그의 진언과 죽음에 대한 소식을 전해 듣고 충격을 받은 효종은 김홍욱을 죽인 걸 후회하며 그의 신분을 회복시켜 주었다. 문제는 이정준을 잃고 남은 가족들이었다.

"그의 죽음을 받아들이기 힘들었던 부인이 가슴앓이하다 병이 깊어져 숨을 거두었는데, 이정준은 형제가 없는지라 먼 친척인 제가 홀로 남은 여아를 거두게 된 것입니다."

관료로서 해야 할 도리를 다하기 위해 아버지와 지아비의 역할을 포기한 걸 탓할 수는 없었다. 그것이 그에게는 매우 중한 일일 수도 있으므로, 나라를 위한 선택은 존중받을 만한 것이었다. 그러나 남은 가족들이 견뎌야 하는 절망과 고통의 크기가 참으로 컸다.

권식은 그러한 결과를 도출한, 소현세자의 죽음에 대해 짧은 침음으로 답하며 눈을 감았다. 권력자들의 욕심이 너무 많은 이들을 지옥으로 몰아넣었고, 가해자 중 하나가 바로 자신의 아버지라는 점이 그를 괴롭게 했다. 제 부친의 욕망이 며느리가 조실부모한 이유에 조금이나마 영향을 끼쳤다고 생각하니 미안한 마음마저 들었다. 더욱 잘 해주어야겠다고 생각하면서 착잡함을 가누지 못하는 그에게 영달은 가혜의 일을 사과했다.

"여식이 제 나름대로 백성을 위한다고 하던 일이 대감께 독이 될 줄 알면서도 자제분과 혼인을 시켰습니다. 참으로 송구하니, 이리 대감과 대화를 나누는 것조차 부끄럽고 민망합니다."

권식의 입장에서 가혜가 양묘라는 사실은 임금이 내린 사약과도 같은 것일 터였다. 쉽게 인정하고 받아들일 일이 아니었지만, 이미 오래전에 며느리에게 감화되었던 그는 본인의 마음을 직시할 수밖에 없었다.

"원망하지 않았다면 거짓말일 것이오. 하나 그간 며늘아기 덕에 기뻤던 걸 생각하면 이런 선택 외엔 할 수 있는 것이 없더구려. 내 사돈께 미안한 말이지만, 일전에 며느리에게 독한 소리를 하여 상처를 준 적도 있소."

권식은 가혜에게 자결을 지시했음을 거론했다. 그 뒤로 며느리를 용서하고 서로 대화하며 지난 일은 털어버리자고 했지만, 힘겹게 딸을 키웠을 영달에게 그 일만큼은 사과하고 싶었다.

말하지 않았으면 몰랐을 일을 스스로 밝혀 말하는 권식의 태도에 영달은 깊이 탄복했다. 아무리 사돈이지만 일개 서생인 제게 직책이 높은 그가 용서를 구한다는 건 쉬운 일이 아니었다.

"어찌 그 마음을 헤아리지 못하겠습니까. 이제 일이 이렇게 마무리 되었으니 대감의 마음에 평안함이 찾아오기를 바랄 뿐입니다."

그렇게 말하는 중에 영달은 자신도 평온함을 찾았음을 깨달으며 그 뒤로도 오랫동안 권식과 두런두런 대화를 나눴다. 서로 추구하는 방향은 조금 달라도 두 사람은 오랜 벗처럼 마음이 잘 맞았기에 기분 좋은 시간을 보낼 수 있었다.

영달이 권식과 만나는 동안 인후는 곧장 집으로 갔다가 묘한 장면을 보았다. 설이는 대문간에 얌전히 서 있고, 가혜와 현욱은 문 앞에서 화기애애하게 대화를 나누는 걸 발견한 것이다. 아내의 눈빛이 사랑스럽게 빛나고, 그녀의 고운 미소를 눈에 담는 현욱은 미세하게 볼을 붉히고 있었다. 그 사실을 인지한 순간, 인후는 심장이 덜컹 내려앉았다.

저보다 더 목석 같은 현욱이 유달리 제 아내에게는 다정함을 알고 있었고, 한때 그의 마음속에 그녀가 있는 건 아닐까 생각한 적도 있었다.

'참담한 일은 일어나지 않겠지만…….'

인후는 예전처럼 질투에 사로잡히지 않았다. 아내의 애정을 담뿍 먹으며 살고 있으니 그녀를 빼앗길까 두렵거나 하진 않았다. 다만 현욱이 걱정스러웠다. 친우의 아내를 사랑하는 일이 얼마나 가슴 아플지 짐작 못 할 바도 아니기 때문이었다. 그것이 저어되어 안색이 잠시

어두워졌던 인후는 애써 그런 감정을 흐트러뜨리고 두 사람에게 다가갔다.

“무슨 대화를 그리 재미나게 하시오.”

갑작스러운 그의 등장에 가혜는 어쩐 일로 왔는지 궁금해했고, 현욱은 당황한 티를 냈다. 유화에게 줄 선물을 고르는 일로 매우 고심 중이었음을 들켰을까 봐 조마조마했다.

“별거 아닐세. 안 그래도 자네를 만나고자 왔었는데…….”

“그런가.”

인후는 솔직하게 털어놓지 않는 현욱에게 내심 섭섭했지만, 우선 아내에게 용건부터 밝혔다.

“장인어른께서 금부에 와 계시오. 근처에 오셨다가 잠시 들르셨다는데, 내가 아무리 청하여도 예까진 걸음하지 않으실 것 같아 그대에게 알려주러 왔소.”

“아버지가요? 잠시만, 금방 채비하여 나오겠습니다.”

가혜는 부친과 만날 기회를 놓칠까 봐 마음이 급해졌으나 내당으로 돌아가기 전에 현욱에게 인사하는 건 빼먹지 않았다.

“약소하나마 제 도움이 필요하시다면 성심껏 돕겠습니다, 나리.”

“말씀만으로도 감사합니다.”

어쩐지 든든한 아군을 얻은 느낌에 현욱도 미소로 답했고, 인후의 눈썹은 살짝 꿈질거렸다. 그는 쓰개치마를 가지러 설이와 함께 내당으로 향하는 아내의 뒷모습을 보며 현욱에게 투덜거렸다.

“자네는 내게 계속 비밀로 할 생각인가?”

얼른 이실직고하라는 눈빛에 현욱은 시선을 회피하다가 유화에게 선물을 하려고 가혜의 의견을 물어보았다는 사실을 밝혔다. 조금 민망했지만, 가혜와의 사이를 또 오해받고 싶지 않았고 그리 큰 비밀도 아니었기 때문이었다.

선유봉의 일로 뜻하지 않게 신세를 져서 그런 것이라고 덧붙이는 소리도 인후의 놀라움을 덮기엔 부족했다. 그의 마음에 제 아내가 아닌, 유화가 자리를 잡고 있다는 사실도 전혀 예상치 못한 일이었고, 여인에게 줄 선물을 고심하는 그의 모습을 볼 줄은 더더욱 몰랐다. 어쩐지 너무 기쁘고 홀로 마음 쓴 게 좀 허탈하기도 한 탓에 인후는 너털웃음을 터뜨렸다.

"마음 있는 여인에게 선물을 주는 것이 무에 그리 부끄럽다고 내게 다 숨기나."

기껏 선유봉의 일을 이유로 들었건만, 그 부분은 싹 다 빼고 호감이 있다고 확실시하는 친우의 말에 현욱은 반박하지도 못하고 끙끙 앓는 소리만 냈다. 그런 현욱을 두고 인후는 싱글벙글 웃으며 한 소리 더 거들었다.

"그러지 말고 비녀를 주는 건 어떠한가."

혼인을 한 여인들만 쓰는 비녀를 선물하라는 건 그 의도가 빤히 보이는 소리였다. 아예 청혼하라고 부추기며 싱글벙글하는 그가 얄미워서 현욱은 눈썹을 찡그렸다.

"자네 정말……. 내 이래서 자네에게는 말하지 않으려 한 걸세."

"하하하하. 춘부장께서 자네의 혼사가 늦어 얼마나 속을 태우시는지 알기에 하는 소리일세."

인후는 현욱을 놀리며 혼인을 종용하였지만, 그 속내는 그리 순수하게 기뻐할 수만은 없었다. 친우가 관심을 가지는 여인이 사농공상 중 가장 천하다는 상인인 데다가 하필 홍 단주의 뒤를 이을 후계라는 점이 문제였다. 대대로 홍려 상단의 단주들은 혼인하지 않고 평생을 살아가기 때문이었다. 또한, 홍 단주가 유화를 포기할 리도 없었고 그 점을 현욱도 알고 있을 터였다. 그렇기에 인후는 더욱 부정적인 언사를 입에 담지 않았다. 친우가 잘 헤쳐 나가리라는 믿음으로 응원할 뿐이었다.

양묘를 잡은 공을 세운 걸 축하하는 현욱과 헤어지고 나서 인후는 가혜와 함께 금부로 향했다. 나란히 서서 걷는 동안 그는 장인어른이 그녀의 정체를 알고 있었다는 걸 밝혔다. 다 알면서도 수년간 묵인해 주고 있었던 부친의 마음에 그녀의 눈매에는 복잡한 감정이 어렸다.

"조심에 조심을 기했는데, 어찌……."

"그런다고 모를 분이 아니시오. 내가 임무 탓에 한량 생활을 해온 것도 단번에 알아채시고 그대와 나를 맺어주신 분이니."

"아버지가 서방님에 대해서도 알고 계셨단 말입니까?"

가혜는 놀라움을 감추지 못했다. 아버지는 사위의 사정까지 알고 있었다니, 과거를 곱씹던 그녀는 혼인날에 부친이 꿀을 내밀며 저를 믿느냐 물었던 것을 떠올렸다. 왜 그때는 믿는다고 말하지 못하였는지, 도망가지 않을 것이라며 짜증 어린 말을 내뱉었던 일이 아프게 가슴을 할퀴어댔다. 어쩌면 아버지는 그때 이미 여식이 양묘인 걸 알고 이번처럼 정체를 들켰을 때를 대비해 금부와 사돈의 연을 맺은 걸지도 모른다는 생각이 들었다. 그런 가혜의 추측은 금부에서 그를 만난 뒤로 확실해졌다.

권식의 집무실에서 부녀는 아무런 방해도 없이 단둘이, 그간 속에만 담아놓고 못다 했던 말을 나눴다. 특히 가혜는 제 행보로 인해 부친이 겪어왔을 마음고생을 가장 슬퍼했다.

"어찌 꾸짖지 않으십니까. 오랜 기간, 속앓이하셨을 테니 이만한 불효가 또 어디 있단 말입니까."

눈물을 글썽이는 딸을 보는 영달의 가슴도 금세 어릿해졌다. 위험한 일을 하는 딸을 꾸짖고 그만두게 하는 것도 부모가 자식을 사랑하는 방식이겠지만, 그러지 않은 건 선량한 마음을 지닌 딸이 자랑스러웠기 때문이었다.

"네가 위험하겠다 싶을 때는 그리하려고 숱하게 마음먹었었지. 하나 아무리 생각해도 옳다, 옳지 않다 하기에는 어려운 일이 아니더냐. 그저 네 선택을 묵묵히 지지해 주는 것도 아비가 여식을 은애하는 방법이라 여겼을 뿐이다."

그것이 본인마저 위험하게 만드는 길이라 하여도 할 수 있는 만큼은 딸이 스스로 선택한 길을 응원해 주고 싶었다. 물론 그런 과정에서 여식이 훗날 받을 피해를 최대한 없애주는 것이 그가 부모로서 결심한 자신의 몫이었다.

"억지로 혼인시키고 후손을 낳도록 유도했던 것은 그래도 네가 처형당하는 일은 없도록 하고 싶었던 아비의 이기심이라 생각해다오."

"아버지……."

부친이 어떤 마음으로 지금껏 저를 지켜봐 왔는지를 깨달은 가혜는 결국 고개를 떨궜다. 탁자 위로 떨어지는 눈물방울을 영달은 말없이 지켜보았다. 어린 여아를 맡을 때만 하여도 이러한 기쁨을 얻을지는 생각지도 못하였는데, 벌써 다 자라 부모의 마음을 이해해 주니 뿌듯하기가 한량없고, 훗날 저세상에서 사촌을 만나도 부끄럽진 않겠다 싶었다.

*

사방이 탁 트인 누마루에 올라온 바람이 알싸한 흙냄새를 품고 그곳에 앉아 있는 경녕군주와 유화의 주위를 맴돌았다. 검고 반투명한 너울을 써서 얼굴을 전부 가린 유화는 제 시선마저 흐릿하게 만들어주는 너울이 참으로 고마웠다. 그렇지 않았다면 이곳에 맨정신으로 찾아와 찻잔을 나누기까지 많이 힘겨웠을 것이었다.

'내 가족들을 그리 만든 원수일 수도 있어.'

경녕군주가 밀명지를 가지고 역모를 꾀했음을 인후에게 전해 들은 뒤, 며칠을 이리저리 따져 보던 그녀는 자신의 가족을 해한 인물로 그녀보다 더 유력한 자는 없음을 깨달았다. 그때 집안이 풍비박산 난 것도 밀명지를 얻고자 했던 자들의 소행이기 때문이었다. 그러나 그녀가 범인이라는 확실한 증거를 찾는다고 해도 무엇을 할 수 있을까. 분노와 슬픔의 대상은 항상 친부였으니, 이미 오래전에 접어버린 복수심을 끄집어내는 것도 껄끄러웠다. 그 사실을 인지해서인지, 아니면 지난 구 년간 훈련받은 효과가 있는 건지, 그녀는 개인적인 감정을 억누르고 경녕군주에게 재차 말을 걸었다.

"역모로 사사당할 일을 수습하여 드렸으니. 대가는 지급하셔야 하지 않겠습니까."

갑자기 찾아와 대가를 내놓으라는 그녀를 경녕군주는 매서운 눈빛으로 쳐다보았다. 얼마 전에 밀명지의 소재를 알아낸 인후가 역모 사실을 밝히는 걸 막아주었으니 그에 대한 대가를 내놓으란 소리였다. 그건 경녕군주 입장에선 참으로 기가 찬 일이었다.

"내 언제 도움을 청하였다고 감히 대가를 운운하더냐."

"하오면 일을 돌려놓을까요?"

손바닥 뒤집듯이 쉽게, 매우 덤덤히 말하는 태도가 거슬려서 경녕군주는 이를 바드득 갈았다. 마음 같아서는 앞에 놓인 찻잔을 그녀의 얼굴에 집어 던지고 싶었지만, 지금 아쉬운 쪽은 제 쪽이었다.

"남산 끝자락에 묻었다고 들었다. 정확한 위치까지는 보고받지 못했으니 더는 묻지 말아라."

드디어 그녀의 입에서 원하던 정보가 나왔다. 선유봉에서 죽은 자들의 시신을 어떻게 처리했는지 드러나는 순간이었다. 당시 비영단에서는 당한 이가 없었고 배후까지 다 알고 있으니 굳이 예까지 찾아와 경녕군주를 협박할 필요는 없었지만, 유화는 오로지 현욱을 위해 제 원수일지도 모르는 이와 직접 협상을 단행했다. 그가 원하는 건 최대한 해주고 싶었기 때문이었다.

시신을 묻은 세세한 위치까지 보고받았을 리 없다는 걸 아는 유화는 더 묻지 않고 자리에서 일어났다. 하지만 그녀의 발길은 쉬이 떨어지지 않았다. 이때가 아니면 또 언제 경녕군주에게 물을 수 있을까. 군주의 시선이 의아함을 품고 저를 올려다볼 때까지 멈춰 서 있던 유화는 최대한 목소리의 떨림을 억눌렀다.

"예빈시 직장이었던 선민영의 일가족까지 몰살해 가며 밀명지를 가져가시더니, 또 놓치신 걸 보면 밀명지나 왕위는 군주와 인연이 아니라고 여기심이 좋겠습니다."

"뭐라?"

비아냥인가 싶어 콧잔등마저 팍 찌푸리던 경녕군주는 대답하지 않고 잠시 유화를 올려다보았다. 그러다 마침내 그녀가 한 말은 유화가 생각했던 것과는 조금 다른 것이었다.

"그런 말도 안 되는 망언으로 또 내게서 무얼 얻으려 하는지는 모르겠으나, 뜻대로 해줄 생각은 없으니 잠자코 돌아가거라."

긍정도 부정도 하질 않고 선을 그어버리는 그녀의 태도에 유화는 부모님의 죽음에 대한 단서를 얻기 어려웠다. 선민영의 여식인 걸 숨기면서 에둘러 정보를 캐내려 했으나, 여기서 더 깊이 파고들다간 눈치 빠른 경녕군주가 제 정체를 알아차릴 게 분명했다. 별수 없이 예를 갖추고 물러나는 유화의 뒷모습을 경녕군주의 날 선 시선이 좇았다.

천한 상인 따위가 감히 저를 협박하는 꼬락서니가 영 마뜩잖았다. 역모라는 약점이 잡힌 상황이라 유화의 도발에도 크게 혼을 내기 어려웠던 것이지만, 그녀는 그런 점보다는 자신의 부친이 왕위를 무사히 잇지 못했음을 한탄했다. 한낱 군주가 아닌 공주였다면, 일개 상인과 마주 앉아 차를 마시고 이런 모욕을 당하는 일 따위는 일어나지 않았을 것이었다. 언젠가 이 치욕을 갚아줄 날이 오길 바랐으나 그녀의 고초는 거기서 끝나지 않았다. 그날 날을 잡은 건지, 소향이가 만남을 청하는 서찰을 보냈으나 군주는 그걸 짝짝 찢어버렸다.

상단으로 돌아온 유화에게 남산 끝자락에 시신이 묻혀 있단 얘기를 들은 홍 단주는 열어놓은 창문으로 들어오는 바람이 제법 눅눅하다는 걸 느끼며 물고 있던 장죽을 입술에서 떼어냈다.

"가까운 시일 내에 몇 이끌고 가서 찾아오너라."

"예."

군말 없이 알겠다고 답하는 유화를 곁눈질한 홍 단주는 혀를 살짝 찼다. 지금 이 순간에도 머릿속을 부유하는 게 많은지 대답에 영 성의가 없었다. 요즘 들어 유화가 종종 멍한 기색을 띠는 일이 잦아진 이유를 홍 단주도 모르지 않았다. 어느 한 사내가 불어넣은 춘풍에 흔들리는 여인의 마음은 막는다고 막아지는 것이 아니었다. 그러나 유화의 연정은 상단에 제법 많은 피해를 끼칠지도 몰랐다. 그것을 우려한 홍 단주는 현욱과 이어지는 일이 없도록 그녀의 마음을 초장에 잘라 버리고자 월령을 입에 담았다.

"네 어찌 요즘 월령을 곁에서 떼어놓고 다니더냐."

"그건……."

유화는 뒷말을 흐리다가 그가 부하들을 양성하는 일에 더 매진하고 싶다 하여 수락했다고 답했다. 일전에 인후에게 상단이 뚫렸을 때 비영단이 입은 피해를 미처 다 복구하지 못한 상황이라 그리한 건 사실이지만, 사실 현욱이 의식되어 떼어놓은 것도 있었다. 월령은 제법 빼어난 외향 때문에 삿갓을 눌러쓰고 다니지 않으면 존재감이 드러나다 보니 매번 저와 붙어 있는 그를 보면 현욱이 오해할까 두려웠다. 물론 한때는 월령을 마음에 품은 적도 있었지만, 지금은 아니었다. 그런 유화의 심경 변화를 모를 리가 없는 홍 단주는 그의 필요성을 지적했다.

"올해는 가을장마가 올 듯한데 월령 없이 어찌 버티려고 그러느냐. 비가 쏟아지기 전에 불러들여라."

"예……."

대답하는 유화의 눈빛이 살짝 떨렸다. 하늘에서 내리는 물은 그녀에게 있어 공포 그 자체였다. 특히나 심리적으로 의지할 만한 월령이 없을 때는 비가 그칠 때까지 홀로 방구석에 쭈그리고 앉아 귀를 꽉 막고 떨면서 버텨야만 했다. 그래도 올해는 비가 많이 오지 않아서 견딜

만하였는데, 이제 곧 그러한 공포와 힘겨운 사투를 벌일 생각을 하니 벌써부터 진이 빠지는 기분이었다. 그때 그녀에게 생기를 불어넣어 줄 만한 손님이 찾아왔다. 현욱이 온 것이다. 며칠 전에 다녀가 놓고 다시 찾아온 그를 홍 단주는 방 안으로 들였다.

도포에 갓을 쓴, 평상복 차림의 그가 들어서자 유화는 눈앞에 햇살이 환하게 내리쬐는 듯한 착시 현상을 경험했다. 어쩐지 너무나 신비로워서 빤히 쳐다보는 유화에게 현욱이 슬쩍 시선을 주니, 그의 관심을 돌릴 요량으로 홍 단주가 먼저 목소리를 냈다.

"선유봉에서 사라진 시신들이 어디 묻혔는지 알아냈습니다."

"그게 참말이오?"

"예. 남산 자락이라는데 며칠 뒤에 수색을 시작할 예정입니다."

"며칠 뒤라니. 그게 무슨 소리요. 정보가 들어왔는데 적들이 선수치기 전에 최대한 빨리 확인해야 하지 않소."

당장 시작해도 모자랄 판에 며칠 뒤를 기약하는 말을 현욱은 좀처럼 이해할 수 없었다. 홍 단주도 그의 말에 달리 반박하지 못했다. 일손이 부족한 것도 아니었고, 사람을 풀면 그렇게 어려운 일도 아니었다. 다만 이 일은 유화가 도맡아 정리하기로 했는데 오늘은 바람결에 습기가 있어 며칠 미루고자 한 것뿐이었다. 비가 오기라도 할까 봐 저어하는 홍 단주의 마음을 알면서도 유화는 하겠다고 나섰다. 그에게 실망을 준 채로 보내고 싶지 않아서 내린 결단에 홍 단주는 장죽 부리를 깨물었고, 그녀가 직접 갈 줄은 몰랐던 현욱은 조금 놀라워하다가 동행할 의사를 표했다.

결정이 내려지자 일은 일사천리로 진행되었다. 약 서른 명쯤 되는 상단 사람들은 곡괭이와 거적, 삽 등으로 짐을 꾸려 수레에 나눠 싣고 유화와 현욱을 따라 남산 끝자락으로 향했다. 그들의 행렬이 산 밑에 도착한 것은 점심때를 훌쩍 지나서였다. 유화의 진두지휘 아래 두세 명씩 무리를 지어 움직이고, 최근에 땅이 파헤쳐진 곳이 있으면 신호를 보내기로 했다. 특히 유화는 부하들의 안전을 위해 해가 지기 전에 꼭 수색을 멈출 것을 지시해 두었다.

"어두워진다 싶으면 근방의 주막에서 묵고 내일 진시(7~9시)에 다시 이곳에서 모여 수색을 시작할 테니, 과욕 말고 조심하여라."

"예, 부단주."

해가 떨어지기 전까지 얼마 남지 않았기에 다들 빠릿빠릿하게 움직였다. 현욱과 유화도 한 조가 되어 앞장서서 산을 올랐다. 경사도가 완만한 곳은 다른 사람들이 수색하도록 두고 유화는 가장 거친 곳만 찾아다녔다.

그 뒤를 쫓는 내내 현욱은 그녀가 매우 신기했다. 풍성한 치마에 고급 당혜를 신고 자칫 미끄러울 수 있는 산을 씩씩하게 오르는 모습이 보통 여인과는 많이 달랐기 때문이었다. 이미 호흡도 거칠고 이마에는 송골송골 땀방울이 맺혔는데 그녀는 힘겨워하면서도 걸음을 늦추지 않았다.

"낭자, 힘들지 않소?"

뒤따라 오르면서도 힘든 기색 하나 없이 평온한 현욱의 음성에 유화는 괜한 괴리감을 느끼면서 숨이 턱 밑까지 차오른 채로 간신히 대답했다.

"힘듭니다. 어찌 아니 그렇겠습니까."

"하면 이런 곳은 다른 이들에게 맡기고 좀 편한 길로 가면 좋지 않겠소?"

데려온 자들이 수십이고 그렇게 한다고 해서 문제 삼을 이도 없었다. 유화도 문득문득 그러고 싶은 마음이 들긴 했지만, 그녀는 거친 산길을 마다치 않았다. 대신 저와 함께 움직여야 하는 그에게 적절히 그 이유를 설명했다.

"소녀가 편함을 찾으며 어려운 일을 미루면 그만큼 다른 이들이 힘들어지지 않겠습니까. 높은 곳에 있을수록 낮은 곳의 사람들을 돌아보고, 주어진 고난을 떠넘기지 않아야 하는 법이라고 배웠습니다."

"홍 단주가 그리 알려주었소?"

현욱은 감탄하며 물었다. 그러나 유화는 전혀 다른 사람의 이름을 입에 담았다.

"아씨께서 하신 말씀입니다. 그분은 오래전부터 그리 실천해 오셨고, 소녀도 본받으려 이리 애쓰는 중입니다."

그녀가 말하는 아씨가 가혜인 건 어렵지 않게 짐작할 수 있었다. 친우의 아내가 고운 자태만큼이나 성품이 빼어남에 이미 여러 번 감탄했던 현욱은 조금 속도를 내 유화를 앞질렀다. 앞에 서서 그녀의 얼굴을 돌아볼 수 있게 된 그는 의문 어린 눈빛으로 저를 올려다보는 유화를 향해 넓은 도포 소매를 내밀었다.

"내 그대를 응원하고 싶은데, 도울 수 있는 건 이 정도뿐이오. 그래도 잡고 오르면 한결 수월할 거요."

조금이라도 힘을 보태고 싶은 현욱의 배려에 유화는 머뭇거리다가 조심스럽게 그의 소매를 잡았다. 힘겨운 등산에 발갛게 변한 볼이 어째 더 뜨거워지는 듯했지만, 그녀의 표정은 이전보다 한층 밝았다.

산을 이리저리 헤집고 다니던 현욱과 유화는 시간이 제법 흐르고 나서야 멈춰 서서 흐르는 땀을 잠시 식혔다. 찾았다고 신호를 보내는 이들은 없는데 해가 지려는지 주위에 어둠이 내려앉고 있으니 아쉽지만 이쯤에서 수색을 접고 내일을 기약하는 것이 좋을 성싶었다. 그만 하산하자는 그의 말에 유화는 하늘을 올려다보았다. 나뭇잎 사이로 먹구름이 잔뜩 낀, 우중충한 색이 하늘을 가득 메운 것이 보였다. 생각보다 더 심각한 하늘빛에 그녀의 표정도 덩달아 어두워졌다.

"예, 오늘은 이만 내려가는 것이 좋겠습니다."

"그럼 조금 돌아가더라도 완만한 길로 갑시다. 속도 내기에도 그편이 더 좋을 것이오."

내려가는 길이 더 위험한 법이니 안전한 쪽을 택하자는 그의 의견에 유화도 동의하고, 두 사람은 최대한 경사가 무난한 길로 방향을 잡고 곧장 하산길에 접어들었다. 그러나 얼마 가지 않아 좋지 않은 일이 벌어졌다. 빗방울이 내리기 시작한 것이다. 몸 위로 툭툭 떨어지는 차가운 물의 존재에 유화는 흔들리는 눈으로 앞서가는 현욱을 보았다. 비를 두려워하는 제 모습이 그에게 어떻게 비칠지 두려웠다. 만일 그가 기겁하며 저를 이 산에 버리고 간다면, 비를 피할 곳도 마땅치 않은 이곳에서 과연 버틸 수나 있을까. 그녀는 현욱의 마음에 들기 위해 비가 올 수 있다는 걸 알면서도 무리해서 산행을 감행한 것을 후회했다.

'최대한 아무 생각 말고 내려가자.'

물방울이 머리에 닿아 뇌리를 파고드는 기분이 들 때마다 문득문득 그날의 참사가 생각났지만, 그녀는 잊으려 애쓰며 급히 그의 뒤를 쫓았다. 조금이라도 더 빨리 산에서 내려가야만 했다. 그러나 야속한 하늘은 보란 듯이 비를 쏟아냈다. 후두둑 떨어지는 빗방울이 옷을 적셔 체온을 앗아가고, 침범하는 추위와 함께 그녀는 과거 한 시점의 참담하던 감정을 떠올렸다.

쓰러진 가족들의 몸에서 피가 흘러나와 주위의 물웅덩이를 붉게 물들이고, 그 위로 빗방울이 떨어지면서 수많은 파문을 만들어내던 장면. 어린 저는 그 옆에 무기력하게 주저앉아 있었다. 눈도 제대로 뜰 수 없고 쏟아지는 세찬 빗줄기는 차갑고 아팠다.

"낭자?"

묵직한 목소리는 유화의 숨통을 옥죄던 잔인한 회상을 흐릿하게 만들었다. 파르라니 떨리는 그녀의 눈동자에 저를 걱정하는 빛이 가득한 현욱의 얼굴이 담기고, 그녀는 그대로 그의 품으로 파고들었다.

갑작스러운 포옹에 놀란 현욱은 그대로 숨을 멈췄다. 제 가슴팍에 얼굴을 묻고 허리를 꽉 끌어안는 그녀의 행동은 예상치 못한 일이라 더욱 몸을 굳게 했다. 이를 어찌하면 좋을지, 그는 저를 껴안는 그녀의 가냘픈 어깨에 손도 대지 못하고 곤란함으로 가득한 어투로 그녀를 불렀다. 이런 경우는 살면서 또 처음이니 시선을 어디에다 둬야 할지도 몰라서 그는 이리저리 고개만 돌리다가 조심히 그녀를 살폈다. 제 앞섶에 묻혀 있는 얼굴은 잘 보이지 않았지만 움츠러든 어깨와 바들바들 떠는 몸이 어딘가 이상했다.

"낭자, 왜 그러시오? 추워서 그러오? 우선 이것 좀 놓고, 놓고 얘기합시다."

지난번처럼 목숨이 경각에 달린 것도 아닌데, 이렇게 몸이 닿아 있는 것은 올바르지 못했다. 그는 볼의 열기가 귀까지 감싸는 걸 느끼며 남녀유별을 이유로 들어 그녀를 떼어놓으려 했으나, 그것이 되레 유화를 자극했다. 그녀는 고개를 저으면서 더 품을 파고들었다.

"버리지 말아주십시오, 나리. 제발 버리지 말아주세요."

"버리다니. 그게 무슨 소리요. 내가 왜 낭자를 버리겠소."

현욱은 절대 그런 일 없다고 안심에 안심을 시켰다. 지금 하늘에서 천둥이 치는 건지 아니면 제 가슴이 요동을 치는 건지 구별이 안 되는 상태였다. 이대로 그녀를 더 두면 제 생명이 위험할지도 몰랐다.

그 노력이 먹혔는지 그리 오래 지나지 않아 유화의 손이 풀렸다. 그러나 그녀는 안정된 게 아니었고, 덜덜 떨리는 손으로 도포 소매를 꽉 잡고 나서야 그 자리에서 간신히 버티는 정도였다. 떨어져서 본 유화의 상태는 예상보다 더 좋지 않았다. 하얗게 질린 얼굴에 눈빛은 매우 불안했고 서 있는 것조차 버거운 듯 보였다. 맹수 앞에 선 토끼도 이토록 공포에 젖지는 않을 터인데, 그녀는 극심한 두려움과 슬픔에 집어삼켜져 있었다.

"낭자, 몸이 아픈 거면 지금 당장 하산하여 의원에게 가야 하오. 걸을 수 있겠소?"

현욱의 질문에 유화는 힘겹게 고개를 저었다. 내리는 비가 온몸을 짓눌러서 한 발짝도 옮기기 어려웠다.

"비가, 비가 내리면 움직일, 수가……."

울음기가 섞인 유화의 말을 통해 현욱은 무언가를 유추해 보려 했지만 쉽지 않았다. 좀 전까지만 해도 씩씩하던 여인에게 대체 무슨 일이 벌어진 건지 알 수 없어서 눈썹을 찌푸리자 유화의 표정은 더욱 슬퍼졌다.

그녀는 현욱이 저를 싫어하게 되었다고 생각했다. 혹은 귀찮거나 짜증이 난 걸지도 몰랐다. 하지만 그 사실에 가슴 아파하기도 전에 그날의 환각이 다시 머리로 스며들었다.

"흐윽!"

유화는 입술을 깨문 채로 머리를 부여잡고 자리에 주저앉았다. 이런 와중에 빗줄기는 점점 더 거세지고 현욱은 더욱 당황했다. 쏟아지는 비가 문제인 것 같은데, 그것이 이런 증상을 동반하는 건 처음 보았다.

"낭자, 우선 비를 좀 피합시다. 지나온 길에 큰 바위들을 보았으니, 그 근처라도 가는 것이 어떻겠소?"

현욱은 자리를 옮기고자 했으나 유화는 본인의 의지로 무언가를 할 수 있는 상태가 아니었다. 대답을 기대하기 어렵다고 판단한 현욱은 별수 없이 그녀를 안아 들었다. 손을 대어 미안하다는 말을 몇 번이나 하면서 그는 왔던 길을 다시 되짚어 올랐다. 조금이나마 비를 피할 만한 곳을 찾은 건 유화의 공포가 좀 더 심해졌을 때였다.

거대한 바위틈 사이로 겨우 비집고 들어가자 들이치는 빗물의 양이 좀 적어졌다. 그러나 유화는 나아질 기미가 보이지 않았고, 그녀는 온기를 찾아 그의 품으로 파고들었다. 사람의 체온이 필요했다. 빗물에 싸늘하게 식어가는 몸이 아니라, 살아 있는 사람의 뜨거운 체온이 간절했다. 그래서 자꾸 안겨오는 그녀를 현욱은 더 이상 거부하지 않았다. 여인과의 접촉이, 심지어 그게 유화라는 사실이 당혹스러운 건 여전하지만, 그녀가 무얼 필요로 하는지는 알 것 같았다. 그는 한기가 올라오는 땅에 그녀를 두지 못하고 제 다리 위에 앉힌 채로 천천히 등을 토닥이며 달래주었다.

"괜찮소. 이제 괜찮을 거요."

그의 큼직한 손이 얼어 있던 그녀의 두 손을 덮고 따뜻하게 녹여주었다. 빗물에 젖어 차갑게 식은 몸을 녹여줄 수 있는 온기. 그건 유화에게 있어 살아 있다는 증거였다. 그러나 젖은 옷과 빗소리에 노출된 시간이 길어질수록 이전의 끔찍하던 기억에 점점 매몰되었다.

아버지가 처참하게 살해당하고, 그 장면을 목격한 노비들이 소리 지르며 도망 다니는 상황에서 습격자들은 무자비한 학살을 자행했다. 그 소란에 놀라 달려 나간 어머니도 단칼에 죽임을 당했고, 어머니의 품에 안겨 있던 어린 동생도 잠시 울음을 터뜨린 게 마지막이었다. 마루 밑으로 굴러 들어간 연지 통을 꺼내러 그 속으로 기어 들어가지 않았더라면 저도 똑같은 일을 당했을 것이었다. 유화는 제 입을 두 손으로 꽁꽁 틀어막고 그 속에서 숨을 죽였다. 모든 일이 끝난 뒤에 나간 마당은 그야말로 참혹했다.

빗속에서 더 적나라하게 느껴지던 그 잔인함, 숨어 있던 저를 질책하듯 때려대는 빗물, 죽은 가족들의 얼굴빛을 더 차갑게 만드는 한기까지. 그 모든 것들이 견딜 수 없을 만큼 그녀를 힘겹게 했다.

"어머니……."

입술을 악물고 버티던 유화가 작게 흘린 말에 현욱은 그녀가 모친의 품이 그리워서 이러나 싶었다. 그러나 곧 그녀의 일가족이 어찌 살해당했는지 떠올린 그는 밀명지를 찾던 중에 확인하였던 내용을 상기했다. 그리고 마침내 그날 비가 왔음을 기억해 냈다. 봄인데도 꽤 많은 양의 비가 내렸다던 그날, 그것이 그녀가 이토록 비를 두려워하게 된 이유라는 걸 현욱은 능히 짐작해 냈다. 참으로 가련한 여인이었다. 부모를 잃은 지 근 십여 년인데 비가 내릴 때마다 이렇게 공포에 질려 가족의 죽음을 떠올리면서 힘겨워했을 그녀를 생각하니 안쓰럽기 그지없었다. 결국, 눈물을 보이고 마는 유화를 그는 잠시 머뭇거리다가 꽈악 안아주었다.

"괜찮소. 두려워 마시오. 내가 그대 곁에 있을 테니."

힘껏 끌어안아 주는 팔에서 지켜주겠다는 마음이 느껴지고, 차분하게 다독이는 목소리는 흔들리던 의식을 붙잡아주었다. 그 덕에 과거로 가 있던 유화의 감각이 현실로 돌아왔다. 몸의 떨림이 좀 사그라든 유화는 그의 목에 묻고 있던 얼굴을 간신히 떼었다. 움직이는 걸 느꼈는지 그가 시선을 마주쳐 오고, 걱정하는 기색이 여실한 눈빛에 용기를 얻은 유화는 목소리를 짜냈다.

"나리……."

"어떻소? 좀 나아졌소?"

유화는 빗물에 짓눌린 심장이 여전히 아팠지만, 그래도 그의 눈길이 저를 혐오하는 건 아니어서 아까보다는 더 수월하게 입을 열어 소리를 냈다.

"참을 만, 합니다. 송구합니다, 나리……."

"송구할 게 무어요. 힘들면 기대도 좋소."

이미 닿은 몸이니 현욱은 더 내외하지 않고 마음껏 빌려주었다. 게다가 거기서 그치지 않고 그녀가 요구하지 않아도 될 만큼 충분히 정성을 다해 안심시키려 노력했다. 어깨를 꽉 감싸 안아주기도 했고, 피가 잘 통하지 않는 손은 주물러도 주었다. 사심 하나 없이 오로지 나아지길 바라며 하는 행동이었지만, 덕분에 유화는 빠르게 안정되었다. 다른 여인을 생각하면서 의무감으로 품을 내어주던 월령과는 달랐다. 마주치는 그의 눈동자에는 오로지 저만 들어 있었다. 그 사실이 너무나도 좋아서인지 열 살 이후로 항상 공포의 대상이었던 이 빗속에서도 왠지 모를 안도감과 기쁨이 살며시 찾아들었고, 몸을 잠식하던 떨림도 점차 사그라들었다. 그렇게 조금씩 유화의 마음에도 평안함이 깃들었다.

밤중 하산은 위험한지라 해가 뜬 뒤에야 산을 내려가게 된 유화는 바로 앞에서 길을 잡는 현욱의 넓은 등을 보며 시선을 떼지 못했다. 비는 여전히 무서웠지만, 그래도 어쩐지 용기를 얻은 기분이었다. 밤사이 내내 귓가에 닿던, 그의 음성은 그간 먹은 그 어떠한 명약보다 강한 힘을 가지고 있었다. 그 사실을 상기하던 유화의 입가에 작은 미소가 어렸다.

현욱과 함께 무사히 귀환한 유화는 다시 수색에 박차를 가했고 그날 이후 며칠간의 수색 끝에 시신 몇 구를 찾아낼 수 있었다. 선유봉에서 죽은 봉우의 시신도 그곳에 있었다.

그렇게 선유봉에서의 사건이 얼추 마무리되었을 때, 청나라에서는 격동의 바람이 불고 있었다. 경녕군주가 보낸 밀명지의 일부가 일으킨 바람이었다. 소현세자를 기억하는 자들은 종이에 적힌 내용을 통해 그가 얼마나 참혹하게 죽었는지 알고 더욱 분노하였는데, 젊은 역관도 곁에서 적절히 바람을 넣었다. 그는 청태종, 홍타이지가 소현세자를 얼마나 신임하였는지 피력했고, 조선의 임금이 소현세자의 핏줄이어야 함을 주장했다. 그의 의견은 제법 일리가 있어서 몇몇 대신들의 호응을 얻었다. 그렇게 며칠에 걸친 설득과 회유 끝에 새벽녘에 열린 청나라의 조회 시간에는 그 문제로 시끌시끌했다.

황제가 높은 단상 위의 금으로 된 옥좌에 앉아 있고, 대소 신료들은 그의 앞에 서서 조선을 침략할 좋은 명분이 생겼음을 거론했다. 그러나 삼십대의 젊은 황제는 신중했다.

“현재 조선이 천재지변으로 약해져 있다고는 하나, 그들은 항상 위기에 강해져 왔음을 잊지 마시오. 일국의 임금을 우리 뜻대로 바꾸는 일은 쉽지 않고, 전쟁을 일으켜 굴복시킨다 하여도 이득과 손실을 정확히 따져 보는 게 중하오."

청나라는 항상 거대한 힘을 자랑했지만, 한 나라의 임금을 마음대로 갈아치우는 게 얼마나 큰 반발을 불러일으킬지 그는 잘 알고 있었다. 경녕군주도 그걸 모르지 않았지만, 청나라 황제가 지지해 주는 것만으로도 도움이 되리라 생각했기에 무리하여 역관을 보낸 것이었다. 하지만 청의 젊은 황제는 경녕군주가 생각했던 것보다 훨씬 더 신중한 인물이었다.

"그대들도 알다시피 조선과의 관계는 우리에게 매우 중하오. 그들과 친밀하게 지내지 않으면 우리 또한 안심하고 지내기 어렵소."

황제의 말에 대신들 사이에서 잠시 소요가 일었다. 이곳에도 황실을 지지하는 자들과 그 힘을 어떻게든 깎아내리려는 자들이 섞여 있는 탓이었다. 그 사실을 우려하던 대신 하나가 황제의 뜻을 지지하며 나섰다.

"하면, 폐하께옵서 용단을 내려주시는 대로 따르겠사옵니다."

그의 도움에 황제는 대신들에게 잠시 시선을 주었다가 모두가 만족할 만한 답변을 내렸다.

*

비가 온 뒤라 하늘은 더 화창하고, 따사로운 가을볕은 궁궐의 돌바닥을 반짝반짝 빛나게 했다. 시원한 바람이 관복 자락을 건드리는 것도 내버려 두고, 현욱은 급히 의약을 담당하는 전의감으로 향했다. 한약재 냄새가 은은하게 퍼지는 전의감에는 파란 관복을 입은 자들과 내의녀들이 바쁘게 움직이고 있었다. 붉은 관복의 노인은 그들에게 무언가 지시를 내렸고, 그를 발견한 현욱은 지체 없이 다가가 말을 걸었다.

"어의 영감."

"자넨……."

현욱을 알아본 어의의 눈에 옅은 긴장감이 어렸다. 임금을 보필하는 그가 급히 저를 찾으니, 무언가 심상치 않은 일이 벌어진 건 아닐까 짐작한 것이다. 그러면서도 한편으로는 내관이 오지 않고 그가 직접 온 걸 의아해했다.

"종사관이 무슨 일로 나를 찾는가?"

"여쭐 것이 있어서 왔습니다. 혹, 사람이 비를 무서워하는 것이 가능한 일입니까?"

"비?"

생뚱맞게 비를 무서워할 수 있는 건지 묻는 말에 어의 영감은 잠시 말문이 막혔다. 가볍게 대답하기에는 현욱의 표정이 매우 심각했다. 무슨 사건에 관련된 건가 싶어서 진지하게 고민해 보던 그는 고개를 끄덕였다.

"실제로 그런 이야기를 들어보긴 했네. 아, 그래. 홍려 상단의 부단주가 그러한 병을 앓고 있어서 홍 단주가 명의를 찾아 전국을 수소문하곤 했었지. 지금은 포기한 듯하네만."

홍 단주가 백방으로 노력해 보았지만, 치료하지 못했다는 소리였다. 현욱은 치료가 불가능한 병인지, 평생 고통받아야 하느냐고 묻다가 말을 삼켰다. 그런 그의 얼굴에 짙은 그림자가 드리워지는 건 어쩔 수가 없었다. 어의도 오래전에 보았던 유화를 떠올리며 안쓰러운 표정을 지었다.

"육체에 문제가 생긴 것이 아니라, 무언가 큰 아픔을 겪어 만들어진 심병이니 달리 약도 없다네."

심병이라면 스스로 이겨내야 했다. 상심한 마음을 숨기지 못하는 현욱을 찬찬히 살피던 어의는 뒤에 몇 마디 말을 덧붙여 주었다.

"무슨 일로 그러는지는 모르겠으나, 마음이란 것은 어떻게 작용하느냐에 따라 강력한 힘을 발휘하기도 하네. 사람을 병들게도 하고, 치료해 주기도 하지. 그러니 유일한 약이라 할 수 있는 건 또 다른 마음뿐이지 않겠는가."

또 다른 마음이란 말을 곱씹던 현욱은 제 품 속에서 차츰 진정되어 가던 그녀를 떠올렸다. 무언가 알 것도 같았다.

한결 표정이 밝아지는 그를 본 어의는 사람 좋은 미소를 지었다. 무한한 가능성을 지닌 젊은이가 희망으로 반짝이는 건 언제 보아도 기분 좋은 일이었다.

"어떤 걸 무서워한다는 건 그와 관련되어 좋지 못한 기억을 가진 것이니, 비가 오는 날에 좋은 기억을 심어주는 것도 도움이 될 걸세."

그의 조언에 현욱은 고개를 숙여 감사의 마음을 전하는 걸 잊지 않았다. 그렇게 어의 영감에게서 답을 얻은 그는 급히 궐 밖으로 향했다. 당장 좋은 기억을 심어주긴 힘들겠지만, 그래도 그녀를 고통의 웅덩이에서 구해줄 희망이 있다는 사실만으로도 그는 힘이 났다.

외출하기 위해 상단 밖으로 나서던 유화는 멀리서 걸어오고 있는 현욱을 한눈에 알아보았다. 듬직한 풍채에 내금위의 화려한 관복을 입은 사내는 그리 많지 않았으니 당연한 일일 수도 있지만, 그녀가 보기에 그는 유독 빛이 나서 눈에 잘 띄기도 했다. 아마도 그가 상단에

볼일이 있어 오고 있는 것이 아닐까 어림짐작한 유화는 다시 대문 안으로 들어가 마당에서 뜸을 들이며 시간을 끌었다. 그와 말 한마디라도 더 섞을 기회를 놓치고 싶지 않았다.

그녀의 예상은 적중했다. 대문 앞에 있던 문지기들이 그에게 인사를 하는 소리가 들리고, 유화는 때맞춰 아무것도 모르는 척하며 문으로 걸음을 옮겼다. 내부로 들어가려다 눈이 딱 마주친 그는 매우 당황하더니 헛기침과 함께 이성을 되찾고 친밀하게 말을 걸어왔다.

"출타하시오?"

"예, 아씨를 뵈러 잠시."

가혜를 만나러 간다고 말하던 유화는 현욱의 손에 들린, 푸른 비단으로 싼 납작한 꾸러미를 발견했다. 그녀의 시선을 느낀 현욱은 잠시 머뭇거리다가 그것을 그녀에게 쓱 내밀었다.

아무런 설명 없이 대뜸 내민 물체를 유화는 의아해하며 받아 들었다.

"이것이 무엇입니까?"

"그냥, 별것 아니오. 오던 길에 남바위를 파는 것이 보여서……."

괜히 줄어드는 그의 목소리를 들으며 보따리를 푼 유화는 남색 비단으로 겉을 싸고 안감으로 검은 털을 부착한 모자를 보고 작게 미소를 머금었다. 보기만 해도 매우 따뜻해 보이는 남바위는 방한모로 사용되었는데, 얼마 전에 산속에서 추위에 떨던 것 때문에 그걸 사다 준 게 아닐까 싶었다. 아니나 다를까, 그도 그 부분을 거론했다.

"날을 잘못 잡아 그대가 고생하지 않았소."

"소녀보다는 나리께서 고초를 겪으셨지요."

"고초라니, 당치도 않소."

현욱은 얼른 부정했다가 밤새 껴안고 있던 것이 떠올라 헛기침을 했다. 그에 유화는 모자에만 시선을 주며 붉어진 볼을 숨겼고, 그는 못 본 척 고개를 돌렸다. 무언가 매우 간질간질한, 그런 분위기 속에서 다시 말을 건 건 현욱이었다.

"봉우의 장례 때문에 출타하는 것이라면 같이 갑시다. 안 그래도 한번 들르려 하였소."

선유봉에서 잃어버렸던 봉우의 시신을 드디어 찾았고, 그의 장례에는 현욱과 유화도 참석하고자 했다. 신분을 떠나서 그날 위기를 겪었던 이들에게 그의 죽음은 슬픈 일이었다. 그 때문에 봉우의 집에서 진행된 장례는 다른 노비들과는 조금 달랐다. 권식이 노비 문서를 없애준 덕에 그의 식솔들은 양민이 되었고, 가혜와 인후는 물론이고 현욱과 유화도 그곳에 참여하여 그의 넋을 기렸다.

시기가 시기인 만큼 조용히, 하지만 부족함 없이 장례를 끝내고 네 사람은 사랑채 누마루에 모여 앉았다. 그곳에서 현욱은 봉우를 해한 자들을 찾아야 한다고 주장했으나 밀명지와 관련된 일을 덮고자 하는 인후가 부친에게 사안을 넘겼음을 밝혔다. 권식의 일 처리라면 믿을 만하기에 현욱도 사건에서 손을 떼는 걸 받아들였고, 그 문제는 일단락되었다.

무거운 주제 탓에 분위기가 영 좋지 않은 채로 시간만 흐르자 보다 못한 유화가 나서서 화제를 돌렸다. 이럴 때는 본디 가혜가 나서는 편이지만 그녀는 지금 봉우의 일로 다른 데 마음 쓸 여력이 없었다. 그래서 유화는 세 사람이 모두 관심을 가질 수 있도록 검과 관련된 이야기를 꺼냈다. 청에서 물건을 실은 배가 곧 도착하는데 그 배에 서양에서 구한 검이 몇 자루 있다는 걸 밝히자 현욱과 인후의 주의를 돌리는 데엔 효과가 있었다. 하지만 가혜의 관심까지 끌기엔 조금 부족했고, 눈치 빠른 인후가 거들었다.

"희귀한 서책도 있다면 몇 부 필사할 수 있겠소? 장인어른께서 좋아하실 듯한데……."

책을 좋아하는 영달에겐 그만한 효도도 없을 것이라 가혜도 긍정적인 반응을 보였고, 유화는 그녀를 위해 얼마든지 필사하여 주겠다고 대답했다. 그렇게 만장일치로 귀한 물건도 보고 바람도 쐴 겸 나루터에 가기로 약조한 뒤에, 유화는 문득 인후가 제게 말을 높였음을 깨달았다. 현욱과 달리 항상 하대하던 그가 어인 일인가 싶었지만, 기분 좋은 변화라 굳이 그 이유를 캐묻진 않았다. 짐작하건대 아내의 영향도 있을 것이고 상단과의 관계도 달라졌기 때문일 터였다.

유화의 추측은 대부분 맞았지만, 인후에게 있어 가장 큰 연유는 사실 현욱이었다. 그가 연모하는 여인에게 격식을 차려 대하는 건 그를 존중하는 일이기도 했다. 어쨌거나 덕분에 분위기는 한결 나아졌고, 네 사람은 그리 머지않아 만나기로 한 약속을 지켰다.

*

늦은 밤, 정박한 배들이 강물 위에 검은 그림자를 드리우고, 나루터에는 옅은 물비린내가 떠다녔다. 삼남 지방에서 오는 이들로 북적거리던 동작나루도 해가 지자 좀 잔잔해졌는데, 아직 일을 끝내지 못한 자들이 이곳저곳에서 불을 밝히니 빛무리가 은은한 것이 그마저도 절경이었다.

그곳을 바라볼 수 있는 반대편 강가에 서서 가혜는 빛과 어둠의 경계선에 놓인 나루터를 구경했다. 흐르는 강물이 내는 소리도 좋았고, 가을밤의 정취를 담은 바람조차 좋았다. 그렇게 내륙과는 조금 다른 분위기를 한창 즐기고 있을 때, 누군가 곁에 서더니 손을 뻗어 살며시 허리를 감쌌다. 그 손의 주인이 누구인지 아는 가혜는 얼른 뒤를 돌아보았다. 저 멀리, 모닥불을 피워둔 곳에 유화와 현욱이 등을 보인 채 나란히 앉아 있었다. 그 두 사람이 이쪽을 보지 않고 있음을 알고 안심하는 가혜를 인후가 짓궂게 놀렸다.

"허리에 손 좀 댄 걸 가지고 무얼 그리 염려하시오. 사이 좋은 부부가 애정 좀 과시하겠다는데."

"밖이 아닙니까. 남들 보기에 좋지 않은 일입니다."

가혜는 점잖게 서방을 타일렀다. 하지만 애정 행각을 제지하는 말을 그가 들을 리가 없었다. 손이 닿을 만큼 가까운 곳에 두고 그냥 보고만 있을 수는 없다면서 허리를 더 당겨 안은 그는 꿈꾸듯이 그윽한 음성으로 미래를 이야기했다.

"아기를 낳거든 성별과 관계없이 그대를 닮았으면 좋겠소."

은근히 기분 좋은 이야기에 가혜는 그가 원하는 대로, 넓은 서방의 품에 등을 기대고 작게 웃으며 그 이유를 물었다.

"그건 또 어찌 그러합니까?"

"그대를 닮은 아이들이 나를 보고 아버지라 부르며 졸졸 따르면 얼마나 예쁘겠소. 보고만 있어도 흐뭇하지 않겠소?"

상상만으로도 만족스럽다는 어투에 가혜가 웃자 인후는 손가락으로 아내의 턱을 살짝 받쳐 들고 가볍게 그녀의 입술을 훔쳤다. 그러나 그 짧은 접촉이 도화선이 되어버리니, 그는 아무도 보지 못하게 육지를 등지고 서서 조금 더 오래도록 아내에게 입을 맞췄다. 그렇게 부부가 서로 애정을 확인하고 있을 때, 현욱은 오로지 유화에게만 관심을 쏟고 있었다. 그는 그녀의 말을 경청하다가 비에 대한 공포를 이겨내고자 노력하려 한다는 소리에 저도 돕고 싶다는 의지를 피력했다.

"비가 내릴 때 좋은 추억을 쌓는 것도 방법이라 하던데, 그런 부분에서는 내 썩 도움이 되질 않겠지만 필요할 땐 주저 말고 연통하시오."

그는 자신이 할 수 있는 최대한의 호의를 보였고, 유화는 언제나처럼 진지한 그의 눈빛에서 진심을 보았다. 어쩐지 감격스러운 탓에 그녀는 수줍은 마음을 감추지 못하고 볼을 붉게 물들였다. 이제 비가 오는 날을 손꼽아 기다리게 될지도 몰랐다.

유화와 현욱의 대화가 끝날 때까지, 길고 긴 입맞춤을 받던 가혜는 입술을 떼고 가쁜 호흡을 억눌러 가며 서방의 가슴에 머리를 기댔다. 가히 기분 좋은 밤이었다. 그는 여전히 귀에 대고 사랑을 속삭여 주었고, 그녀는 충분히 벅차올랐다. 더할 나위 없이 행복한 밤에 그는 홍려 상단의 배에서 구매한 단검 하나를 아내에게 내밀었다.

"아까 유화가 보여준 검 중에서 그대에게 가장 적당한 것으로 골라 보았소."

상어 가죽으로 칼집을 만든 단검은 양쪽으로 날이 잘 서 있었고, 그 길이가 제법 길었다. 특히 손잡이 부분과 날 사이에 타원형의 길쭉한 쇠테가 있는 것이 매우 특이했다.

쇠테는 검끼리 부딪치면서 적의 검이 날을 타고 미끄러졌을 때 손이 베이지 않도록 보호해 주는 역할을 하지만, 다리나 허리에 착용하는 단검들은 대부분 그런 쇠테를 두르지 않았다. 둥근 쇠테가 몸을 짓누르면 불편하기 때문이었다.

"이건 쇠테가 검날 쪽으로만 튀어나와 있어서 다리에 착용해도 크게 불편하지 않을 것이니, 그대가 몸에 지니시오."

"예? 어찌……."

이제 검과는 동떨어진 삶을 살아야 한다고 생각했던 가혜는 눈을 동그랗게 뜨고 그를 올려다보았다. 순간 그의 눈동자에 짙은 애정이 어렸지만, 그는 욕망을 참아내며 불안하여 그렇다고 대답했다. 경녕군주의 수족들을 다 잘라내었어도 그녀가 두 눈 시퍼렇게 뜨고 존재하는 한 안심하기는 어려웠다. 그나마 다행히 가혜가 검을 다룰 줄 아니, 호신용으로 하나 지니는 것도 좋을 성싶었다.

"이 길이의 단검이 익숙지 않다면 내 기꺼이 훈련 상대가 되어주겠소."

또 늦은 밤에 훈련하러 다닐 생각으로 그의 표정이 묘하게 음흉해졌다. 훈련을 핑계로 이리저리 같이 밤 나들이를 다니려는 속셈이 분명했지만, 가혜는 검을 지니고 다니라는 그의 생각과 판단만큼은 정확하다고 보았다. 확실히 위험은 언제 어디서 다가올지 모를 일인데 장검을 직접 들고 다니기에는 무리가 있었다. 그러니 차라리 치마 안에 단검을 착용하는 게 좋은 대안이 될 수 있었다. 이목을 끌지도 않을 테고 위급할 때 쓰기에도 적절했다. 마침 검도 딱 무릎까지 닿는 길이였다. 최대한 쓸 일이 없길 바라지만, 언젠가 검을 뽑아야 할 날이 올지도 모를 일이었다. 그러한 그녀의 우려는 그리 머지않아 현실이 되었다.

4. 신의와 배반, 그 사이의 사람들

청명한 가을 하늘 아래 입궐한 경녕군주는 임금과 후원에 있는 정자에서 함께 다과를 나눴다. 사촌지간인 두 사람은 나이 차도 한 살밖에 나지 않았고, 이연은 어린 나이에 온갖 파란을 겪은 사촌 누이를 안타까이 여겨 그녀의 모든 편의를 봐주려고 애쓰곤 했다.

"요즘 몸은 좀 어떠시오."

건강 상태를 묻는 임금에게 그녀는 부정적인 답을 올렸다. 걱정으로 표정이 어두워진 이연이 어의를 부르고자 하자 경녕군주는 사족을 덧붙였다.

"전하의 옥체가 미령하시니, 마음 졸이느라 한시라도 편할 날이 있겠사옵니까."

정사를 돌보느라 항상 과중한 업무에 시달리면서도 휴식을 잘 취하지 않는 걸 에둘러 타박하는 그녀의 말에 이연은 기분 좋게 웃었다. 어머니만큼이나 저를 걱정해 주는 몇 안 되는 인물 중에 하나라 생각하며 그는 경녕군주와의 담소를 즐겼다. 그렇게 이런저런 이야기가 오가던 중에 어심을 어지럽히는 국정 현안들에 관한 내용이 나오자 이연은 그녀가 들어도 크게 문제가 되지 않을, 가벼운 내용으로 몇 개 들려주었다. 그중에는 인후에 대한 것도 있었다.

"금부도사 최인후의 상피를 청하는 상소문이 요즘 부쩍 쏟아지고 있어서 말이오."

상피란 친족이 같은 곳에서 일하는 걸 피한다는 법칙이었다. 지금껏 인후가 하도 말썽을 부려서 그를 원하는 곳이 없고 권식도 힘을 쓴 덕에 권세가들은 그의 의금부 근무에 암묵적으로 동의하고 있었다. 하지만 입바른 소리를 하는 이들은 올바르지 못하다고 종종 상소를 올렸고, 최근에는 경녕군주의 뒷공작으로 더 그런 상소가 빗발치고 있었다. 그녀는 인후를 상피시켜 지방관으로 보내 버리고자 했다. 멀리 보내면 제 복수에 훼방을 놓지 못할 테니 꼭 필요한 일인지라 그녀는 조심스럽게 상피를 해야 한다는 주장에 힘을 보탰다.

"다른 신료들이 불만을 가지는 건 당연한 일이옵니다. 그가 요즘 많이 달라졌다는 소문도 도니 차라리 상피시켜 다른 곳에서 능력을 검증받도록 하는 것이 좋지 않겠사옵니까."

"흐음……."

그녀의 합당한 의견에도 이연은 달리 반응을 보이지 않았다. 그도 인후의 상피에 대해 그간 많은 고민을 해왔으나 차일피일 실행을 미뤘다. 그 얘기를 꺼내면 권식이 차라리 자신을 변방의 감찰사로 보내 달라고 청하기 때문이었다. 당색에 휘둘리지 않고 왕권을 지지해 주는 그를 멀리 보내는 건 이연으로서도 큰 손해라 고민하지 않을 수가 없었다. 그런 제 마음을 이용하는 그가 좀 괘씸하긴 했지만, 그러는 이유를 아예 모르는 건 아니었다.

상피를 위해 한양 내의 다른 관아로 보내려 하면 다들 꺼리며 지방관으로 보내라고 상소를 올려대는데, 문제는 인후의 지방관 제수를 권식이 원치 않는다는 점이었다. 현재 종오품인 인후가 좀 더 위의 품계인 사품이 되려면 어차피 지방관을 한 번 해야 하지만, 그렇게 되면 그는 한동안 부인과 떨어져 살아야만 했다. 지방관들은 관아에서 첩실을 두고 생활하고 부인은 한양의 본가에서 시부모를 모시고 집안을 일구었는데, 가혜가 낳은 적장자가 없는 최씨 집안이 부부의 별거 생활을 반길 리가 없었다. 자칫했다간 사대 독자 집안의 대가 끊길 수도 있는 일이라 권식이 기를 쓰고 반대하는 통에 이연 또한 이러지도 저러지도 못하고 있었다.

“좀 더 생각해 보아야겠소.”

“예. 전하께옵서는 성군이시니 어느 쪽이든 옳은 결정을 내리실 것이옵니다.”

경녕군주는 적당히 압박을 주고 자리에서 일어났다. 이만하면 임금도 곧 결정을 내릴 게 분명했다. 그녀의 예상은 빗나가지 않았고, 한동안 고민하던 이연은 곧 권식을 입궐시켰다.

붉은 관복을 잘 차려입고 마주 앉은 신하에게 임금은 직접 차를 한 잔 따라주었다.

“병판, 내 경을 부를 이유를 알 것이오.”

“소신이 짐작하는 것은 상피뿐이옵니다.”

그것이 아니면 후원으로 불러 이리 다정하게 차를 따라줄 리가 없었다. 역시나 임금은 고개를 끄덕이며 그를 떠보았다. 또 변방으로 가겠다고 할 것이냐 묻는 소리에 권식은 의외의 답을 올렸다.

"금부도사 최인후가 그간 어심을 어지럽힌 걸 어찌 모르겠사옵니다. 망극하고 또 망극하나, 이제 낙마 후유증에서도 벗어났으니 다른 곳에 가서도 한 사람의 몫을 능히 해낼 만합니다. 하니 뜻대로 하시옵소서, 전하."

일이 간단하게 풀릴 기미에 이연은 반색하며 참말이냐 되물었고, 권식은 그러하다고 답했다. 인후가 머리를 다치지 않았다는 걸 안 순간부터 그도 상피의 필요성은 느끼고 있었다. 다만 상피를 이유로 들어 집안을 절단 내려는 자들의 속셈을 모르지 않기에 그는 최소한의 안전장치를 마련해 두었다. 며느리를 들인 지 반년도 채 되지 않았으니 아들의 지방관 생활만큼은 피해달라 하였다.

이연은 그의 청을 받아들였다. 아직 대를 잇지 못한 사대 독자 집안이고 인후가 정신을 차렸으니 다른 관아로 가도 괜찮겠다는 점에서 적절한 명분을 찾을 수 있었다.

"경의 말을 들어보니 과연 옳소. 과인이 곧 교지를 내릴 것이오."

"성은이 망극하옵니다. 전하."

권식은 크게 절을 하고 물러났다.

그로부터 약 한 달 후에, 임금은 교지를 내렸다. 인후의 소속을 의금부에서 사헌부의 정오품, 지평으로 바꾼다는 내용이었다. 그 사실은 경녕군주의 귀에도 들어갔고, 인후를 지방으로 보내 눈앞에서 치워 버리려 했던 그녀의 계획에는 차질이 빚어졌다. 그건 찬바람이 불기 전, 그녀가 큰 결심을 해야 한다는 것과 같았다.

*

이제 의금부가 아닌 사헌부로 등청해야 하는 서방의 입직 준비를 돕기 위해 가혜는 새벽부터 그의 방에 들었다.

근무지가 바뀐 서방에게 생긴 가장 큰 변화는 관복이었는데, 푸른 비단으로 만든 새 관복은 소매가 넓었고, 배와 등에는 하얀 새 한 마리를 큼직하게 수놓았다. 허리춤에는 흑각대를 둘러 관복의 기품을 한껏 끌어올렸는데, 그렇게 옷을 갖춰 입고 머리에는 검은 사모를 쓰니, 차분하고 단정한 모양새가 가히 일품이었다. 그 덕에 호강하는 것은 눈이었고 아침마다 찾을 수 있는 그녀의 소소한 기쁨도 바로 거기에 있었다.

청색 관복을 입은 서방을 보면서 가혜는 마음까지 정화되는 기분을 충분히 만끽했다. 그러다 저를 빤히 바라보는 시선에 자연히 고개를 드는 중차대한 실수를 저질렀다. 순식간에 입술을 빼앗긴 것이다. 그러나 가혜는 제대로 된 반항도 못 하고 얼마 지나지 않아 그에게 빠져들었다. 흐르는 시간이 아깝다는 듯 두 사람은 서로를 탐하고 또는 때때로 점령당하느라 정신이 없었다. 헤어 나올 수 없는 늪에 빠진 것처럼 해가 뜨는 것도 알지 못하고 서로에게만 집중했다. 그렇게 점점 뜨거워지는 숨결과 농밀해지는 움직임 속에서 인후는 그녀가 매어준 흑각대를 풀어버렸다. 그 움직임을 알아차린 가혜가 놀라 황급히 입술을 떼고 그를 말렸다.

"기껏 다 입혀 드렸더니 어찌 벗으시려 하십니까."

"옷이란 게 원래 입고 벗고 하는 것 아니요. 내 지금은 벗어야 할 때요."

그는 아무런 문제도 되지 않는다는 듯 허리춤도 풀려 했다. 갓 해가 떴는데 이른 아침부터 한바탕할 기세에 가혜는 우선 등청하고 밤에 보자 말했으나 그는 고개를 저으며 지금 당장 해야 하는 합당한 연유를 대었다.

"이리 성난 물건을 달고 거추장스러워서 어찌 걸어 다니오. 아니 될 말씀이오. 남들이 볼까 무섭소."

품이 넉넉한 관복 자락이 가려주고 있지만 달고 다니기 거추장스럽다는 말에 가혜는 말문이 막혔다. 그 틈에 치맛자락이 들춰지고, 그가 다리 사이를 조물거렸다. 물이 적당히 차 있다며 좋아하는 그의 음성을 들은 가혜는 아랫입술을 꽉 깨물고 소리가 새는 걸 막아냈다. 몸은 이미 오래전에 동했으나 이성은 아직 남아 있었다. 그녀는 간신히 머리를 짜내 다시 옷을 입을 시간이 없다는 핑계를 댔지만 그는 싱긋 웃으며 완벽한 대답을 남겼다.

"그럼 나는 벗지 말고 그대만 벗읍시다."

그 말이 끝남과 거의 동시에 가혜의 저고리 앞섶이 풀리고, 그의 검은 관복 바지도 바닥으로 떨어졌다. 풍성한 치마가 좀 거추장스럽긴 했지만, 그가 그녀를 탐하는 일에 문제가 되진 않았다. 소피를 볼 때 편하도록 바짓가랑이 사이에 열리는 부분이 있었고, 그는 그곳을 잘 활용했다.

가만히 서 있던 가혜는 그의 물건이 다리 사이로 쭉 밀고 들어오자 민망함에 눈 밑까지 붉어졌다. 그가 거추장스럽다고 할 만했다. 그렇게 안쪽 골 사이에 댄 채로 살살 움직이며 아내의 눈이나 이마 같은 곳에 계속 입을 맞춰주었다. 그것만으로도 가혜는 몸이 달고, 그걸 알아차렸는지 그가 무릎 뒤쪽으로 팔을 걸어 한쪽 다리를 들게 했다. 선 채로 다리가 벌어진 가혜는 놀라 비명까지 삼켰다가 그가 진입하기 직전에야 간신히 목소리를 냈다.

"이리 서서 하신단 말씀이십니까?"

"못 할 것 뭐 있겠소."

그 말을 증명하듯이 그가 밀고 들어오고 가혜는 입을 틀어막았다. 아침부터 이게 웬 날벼락인지, 누워서 할 때와는 또 다른 기분에 사로잡힌 그녀는 이런 방식으로 접촉하는 것마저 좋다는 사실에 충격을 받았다. 그의 눈에도 열띤 기색이 어리고 가혜는 누가 들을까 두려워 입을 막은 손에 더 힘을 주었다. 그러나 시간이 지날수록 쾌감은 강렬해지고 벌어진 손가락 사이론 신음이 새어 나왔다. 다른 팔로 그의 목을 감싸 버티고는 있었지만, 몸도 녹아 다리에 힘이 풀리자 안 되겠는지 그가 안에 넣은 상태로 움직임을 멈췄다.

"부인, 내 아직 갈 길이 멀었으니 예서 무너지면 아니 되오."

끝내려면 아직 한참이 더 남은 인후는 아내의 다른 쪽 다리에도 손을 넣어 그녀를 번쩍 들어 올렸다. 신체의 일부가 맞물려져 있는 상태로 허공에 떠오르게 된 가혜는 외마디 비명을 터뜨렸다. 그에게 완전히 안긴 상태였다. 그의 목에 팔을 걸고 추락하지 않도록 버텼으나 문제는 그게 아니었다. 그 상태 그대로 그가 격렬하게 허리를 움직이기 시작한 것이다. 부딪치는 힘에 튕겨 올랐다가 내려앉을 때마다 방아 찧는 소리가 찰지게 방 안을 울리고, 그럴 때마다 가혜는 신음을 터뜨렸다. 이건 도저히 참을 수가 없었다.

인후는 쉬지 않고 허리를 놀리는 와중에도 아내의 입술을 훔쳤다. 이따금 반동을 버티지 못한 그녀가 실수로 입술을 깨물었지만, 그마저도 어여뻤다. 깨진 독에 물을 붓는 것처럼 그는 끝없이 아내를 탐했다. 그런 서방 탓에 가혜는 숨소리마저 거칠어졌다. 체력이 어찌나 좋은지 그는 단 한시도 쉬질 않았다. 그녀가 등청 같은 건 아무래도 좋다고 생각할 지경에 이르른 뒤에도 한참이 지나서야 부부는 오늘 아침 일과 중 가장 중한 것을 끝냈다.

"괜찮소, 부인?"

아내를 잘 내려놓은 인후는 그녀의 상태를 살폈다. 쾌락의 여운이 아직도 남은 탓에 말을 잇지 못하는 걸 보고 웃은 인후는 그녀의 볼에 입을 맞췄다.

"극락왕생 않고 잘 버텨주어 고맙소."

혼이 반쯤 빠져나간 상태인 걸 농으로 승화하는 서방을 가혜는 차마 흘겨보지도 못했다. 어찌 이리 매번 할 때마다 극락을 보게 하는지 티끌만큼도 미워할 수가 없었다. 안 했으면 후회했을 정도로 만족스러운 아침을 보내고 인후가 관복을 얼추 추렸을 때, 밖에서 달수의 목소리가 들려왔다.

"아따, 나리, 옷을 지어 입으십니까? 대감마님은 먼저 등청하셨다 합니다요."

도리 아범에게 한 소리 듣고 온 달수는 관복을 두 번 입으면 날 새겠다며 툴툴댔다. 그 소리에 인후는 제가 벗긴 아내의 저고리를 정성껏 입혀주고 잠시 쉬라 하며 홀로 방을 나섰다.

드디어 나타난 인후에게 신을 신겨주고 고개를 든 달수는 눈을 커다랗게 뜨며 저도 모르게 속마음을 입 밖으로 꺼냈다.

"워매, 붕어가 형제 하자고 달려들겄네."

중얼거림에 가까운 소리였지만 귀가 밝은 인후는 그를 쏘아보았다. 입술이 조금 알알하긴 해도 붕어를 떠올릴 정도는 아닐 텐데, 주인 무서운 줄 모르는 몸종은 종종 탁월한 상상력으로 심기를 건드렸다. 심지어 두둥실 떠오르는 햇살을 받고 간덩어리가 무럭무럭 자랐는지 입 밖으로 나오는 소리가 가관이었다.

"나리, 누가 나리 입술이 왜 그러냐 물어보면 돌에 찧었다고 할깝쇼? 아니면…… 으우!"

인후는 달수의 톡 튀어나온 입을 꽉 꼬집었다. 방자한 입을 힘껏 혼내주자 달수는 두 팔을 파닥이며 비명 아닌 비명을 질러댔다.

"으으읍! 우으!"

"어허, 말은 똑바로 해야지. 존경하는 나리, 놓아주십시오, 그리 말하면 내 놓아주마."

그는 만족스럽게 웃으면서 잔인한 소리를 내뱉었다. 입을 함부로 놀린 벌을 받고 있음을 아는 달수는 두 눈을 부릅뜨며 너무 잔혹한 것 아니냐는 눈빛을 주었지만, 인후는 아랑곳하지 않고 제 입술과 비슷하게 만들고 나서야 놓아주었다.

인후가 등청한 뒤 사랑채에서 홀로 몸을 추스른 가혜는 곧 아침 일과를 시작했다. 시아버지 배웅을 못 한 것이 못내 마음에 걸렸지만, 서방과 함께 시간을 보내는 동안에는 그런 걸 따질 여력이 없었다. 다음에는 조심하자 생각하면서 정오 즈음에 내당으로 들어가 홀로 시간을 보내던 가혜는 공기를 찢어발기는 비명 소리를 들었다.

평화로운 시간이 깨진 건, 복면한 사내 둘이 내별당의 뒤쪽 담벼락을 넘는 순간부터였다. 인적이 드문 곳을 이용해 집 안으로 침투한 두 사람은 서로 신호를 보내고 각자 사랑채와 외별당으로 나눠 들어갔다. 주인들이 자리를 비워 경계가 허술한 틈을 타 방을 터는 일은 매우 간단했다. 권식의 방을 맡은 날렵한 체구의 박포는 죽은 환봉과 마찬가지로 노비처럼 지내면서 경녕군주에게 충심을 다하고 있는 자객이었다. 다만 소현세자를 따라 청에서 건너온 환봉과 달리 그는 본디 노비라 박태정도 그의 정체를 의심해 본 적이 없다는 게 차이점이었다. 그 덕에 동료들이 뿔뿔이 흩어질 때도 그와 몇 명은 군주의 곁에 남을 수 있었다. 어쨌거나 그가 오늘 경녕군주에게 받은 지시는 총 두 가지였다.

"밀명지를 찾고 그 외에도 약점이 될 만한 것이 있으면 전부 가져오너라."

박포는 책장부터 살피면서 밀명지를 찾아보았지만, 딱히 눈에 띄지 않자 다른 곳을 뒤적거렸다. 서책이 없으면 권식을 억압할 물건이라도 습득할 요량이었다. 그러나 뇌물도 받지 않는 그에게 비밀 장부 같은 부조리한 것이 있을 리가 없었다.

마땅한 수확이 없어 조바심이 날 즈음, 박포는 서안 서랍을 열었다. 책 두 권이 반듯하게 들어 있는 걸 무심코 꺼내던 그의 앞으로 잘 접은 서찰이 툭 하고 떨어졌다. 뭔가 중요한 건가 싶어 손을 뻗는 그 순간에 밖에서 비명이 들렸다.

박포가 들은, 자지러질 듯한 여인의 비명 소리는 사랑채 쪽에서 터진 것이었다. 넓은 마당에 주저앉은 여종은 얼굴이 하얗게 질린 상태였고, 그녀의 손가락은 마루 위를 가리켰다. 그 끝에 인후의 방에서 나오던 복면인이 있었다.

"꺄아아악!"

여종은 당장 죽을 것처럼 자지러졌다. 그녀의 목소리는 호각처럼 집 안 곳곳에 있던 호위들을 불러 모았다. 달려오는 자들의 기세는 흉흉했고, 발각된 사내는 더 생각할 겨를도 없이 사랑채와 연결된 회랑을 이용해 내당으로 넘어갔다.

뒤쫓아 오는 자들을 피해 내당 마루에 발을 디딘 그는 가혜의 부름을 기다리며 대기하고 있던 설이와 눈이 마주쳤다. 숨을 들이켜며 기함하는 설이를 본 사내의 눈에 번뜩이는 빛이 스치고, 방문이 열렸다.

"어인 소란……."

여종의 비명을 듣고 직접 밖으로 나온 가혜는 복면인과 눈이 마주치자 말을 하다 말고 입을 다물었다. 좋지 못한 의도를 가지고 온 게 분명한 사내를 앞에 두고 그녀는 주위를 슬쩍 훑어보았다.

검을 빼 든 호위들이 주위를 봉쇄했고, 침입자가 도망칠 길은 요원해 보였다. 그것이 문제였다. 사내의 눈에 잔인한 의지가 언뜻 비치고, 그가 어떠한 결심을 한 걸 눈치챈 가혜는 설이의 앞으로 나섰다.

"방으로 들어가서 피해 있거라."

"예, 아씨."

설이의 작은 목소리를 들은 사내는 검을 뽑았다. 지금 그에게는 인질이 필요했다. 검 끝을 두 여인에게 겨눈 그는 좀처럼 거리를 좁히지 못하는 호위들에게 위협을 가했다.

"움직이지 마! 죽는 꼴 보고 싶지 않으면."

말하지 않아도 호위들은 더 접근하지 못하고 기회만 노리는 중이었다. 이런 상황에서 가혜만이 다른 부분에 신경을 썼다.

"이자 외에도 침입자가 더 있을 수 있으니 몇 명은 패를 지어 다른 곳도 살펴보아라."

이질적일 만큼 차분하게 상황을 판단하는 음성에 사내의 얼굴이 와작 구겨졌다. 제가 들킨 것도 문제인데 외별당으로 간 박포마저 들키면 그야말로 손쓸 도리가 없어질 수도 있었다.

"누구 마음대로!"

그는 분노를 표출하며 가혜를 공격했다. 호위 몇이 명령을 받고 움직이는 걸 막기 위함이었다. 날 선 검이 그녀의 목을 향해 휘둘러지고, 모두들 놀라 눈을 크게 떴다. 아씨가 위험했다. 그런 그들의 판단을 비웃듯이 치마가 풀럭이면서 그것이 제자리로 돌아가기도 전에 그녀의 손에는 검이 쥐어졌다.

까앙―

명확하게 들리는 금속성과 함께 사내의 눈이 부릅떠졌다. 공격이 막혔다. 그 사실을 깨닫자마자 가혜의 검이 부드럽게 진로를 변환했다. 검날을 타고 쭉 미끄러져 올라오는 쇠붙이는 정확히 그의 목을 노리고 있었다. 베일지도 모른다는 느낌에 그는 식겁하며 뒤로 물러섰다. 당황해서 말조차 나오지 않았다. 그녀는 능숙했고 움직임에 과함이 없었다. 공격을 막고 검로를 바꾸는 그 찰나의 시간에 판단을 내려 반격을 가하기도 했다. 상대의 검이 가까이 있음에도 쳐내지 않고 타고 올라와 목을 노리는 건, 웬만한 강심장이 아닌 이상 시도조차 하지 못할 방법이었다. 가혜의 실력을 가늠하던 그는 이를 악물었다. 이 상황이 혼란스러운 저와 달리 그녀는 조금도 흐트러짐이 없었다. 심리적인 부분에서 이미 밀린 것이다.

'죽을 각오로…….'

그는 다시 투지를 불살랐다. 눈앞에 있는 여인은 사내도 능히 제압할 만한 실력자였다. 그런 여인을 대함에 있어 가벼운 마음가짐은 위험했다.

그가 다시 공격할 자세를 갖추자 가혜는 넋을 놓고 저를 보고 있는 호위들의 정신을 일깨웠다.

"뭣들 하는가! 당장 다른 자가 있는지 확인하라지 않아!"

큰 소리를 내는 중에도 가혜는 불쾌하고 불안한 기분이 스멀스멀 올라오는 걸 느꼈다. 다른 침입자가 있는지 확인하라 했을 때 사내가 보인 과민 반응이 그녀의 직감을 건드렸다.

그녀의 일침에 정신을 차린 호위들은 내당에 소수만 남고, 나머지는 두셋씩 짝을 지어 동쪽의 사랑채와 그 옆의 외별당, 북쪽의 내별당과 서쪽의 초당으로 흩어졌다. 그들이 외별당으로 가니 상황이 여의치 않음을 깨달은 사내는 더욱더 가혜를 인질로 삼아야 할 필요성을 느꼈다. 그러나 이미 기울어진 승기였다. 가혜에게 방어할 힘이 있다는 걸 알게 된 호위들이 주저 없이 마루 위로 올라서고, 포위된 사내가 할 수 있는 건 마지막 발악뿐이었다.

침입자 탓에 온 집 안이 쑥대밭이 되었을 때, 박씨는 아무것도 모르는 상태로 일각문을 통해 외별당 마당에 들어섰다. 일전에 주인들의 정보를 함부로 팔아넘긴 죗값으로 외부에서 일하는 시간이 많아진 그녀는 이삼일에 한 번씩 들러서 집 안 청소를 도왔다. 그녀가 맡은 곳은 빼낼 정보도 없는 외별당 뒤쪽의 누각이었는데, 그곳으로 향하는 내내 그녀는 호위들이 심하게 소란스럽다고 느꼈다.

'무슨 일이 있나?'

걸음을 멈추고 사랑채 쪽에서 들려오는 소란에 귀를 기울였으나, 거리가 멀어서인지 정확하게 알아들을 수는 없었다. 그저 심심함을 못 이기고 또 한바탕 대련이라도 하나 싶어 관심을 끄고 누마루로 향하려던 그녀는 손목 근처에서 느껴지는 이질감에 소매를 걷어붙였다.

색색의 실을 꼬아 만든 팔찌가 고된 일로 퉁퉁 부은 팔목에 떡하니 자리하고 있었다.

반평생을 엄마로만 살아왔던 그녀가 처음으로 가져 본 자신만의 장신구였다. 병이 많이 호전된 딸이 살림을 돕겠다며 손바느질을 하고, 자투리 실을 모아 만들어준 팔찌였다. 그런 딸의 마음은 힘든 일을 견디는 원동력이 되어주었다.

'이따가 찬거리라도 좀 얻어가서 먹여야지.'

그녀는 본인 배가 고픈 건 무시하고 딸을 먹일 음식을 조금 얻어갈 생각을 하며 힘차게 누각으로 걸음을 옮겼다. 그러나 그 의지는 곧 꺾일 수밖에 없었다.

가혜의 검이 사내의 목 언저리에 닿고, 사내가 쥐고 있던 검은 마루 위에 꽂혔다. 완벽한 패배였다. 그 결과를 받아들일 수가 없어 거친 숨만 몰아쉬는 그의 눈에 잠시 갈등의 빛이 스몄다. 죽어야 하나, 말아야 하나. 그 찰나의 고민이 운명을 결정지었다. 자결을 못 하도록 호위가 그의 입에 천 쪼가리를 쑤셔 넣는 바람에 혀를 깨무는 쪽은 선택할 수가 없었다.

재갈이 물리고 두 손을 포박당한 사내를 가혜는 매섭게 쳐다보았다. 또 어떤 흉계를 가지고 집 안까지 들어와 자신의 서방님을 해하려는 건지 알아야 했다. 그녀는 호위들에게 그의 몸수색을 지시했다.

"다른 무기나 신분을 증명할 만한 것들이 있는지 샅샅이 수색하게."

"예, 아씨."

두 호위가 팔을 단단히 잡아 움직임을 봉쇄하고, 다른 한 명은 사내의 옷을 구석구석 뒤졌다. 그러나 그의 몸에서는 아무것도 나오지 않았다. 호패는 물론이고 여분의 무기나 훔친 물건 같은 것도 없었다. 그의 정체가 더욱 의심스러울 때, 사랑채 쪽으로 갔던 호위 하나가 다급히 그녀를 찾았다.

"아씨, 외별당에 침입한 자가 박씨를 인질로 잡고 아씨와의 대면을 요구하고 있습니다."

"뭐?"

그거야말로 기가 막힌 일이었다. 침입자가 나타나서 호위들은 동분서주 중이고 노비들은 모두 숨어 있는 와중에 외거노비인 박씨가 잡혔다니. 가혜는 서둘러 외별당으로 가기 위해 섬돌 위로 내려섰다. 그러다 붙잡힌 사내도 동행시켰다. 아마 그가 필요할 것이었다. 포박당한 사내가 억지로 마루에서 끌어 내려지는 걸 보면서 가혜는 말없이 외별당 쪽으로 향했다. 외별당 뒤쪽 마당에는 호위들이 둥그렇게 몰려 있었고, 그 중앙에서 인질극이 벌어진 상태였다.

소란을 틈타 도망치려던 박포는 호위들에게 들키자 근처에 있던 박씨를 인질로 삼았다. 그의 검이 그녀의 목에 아슬아슬하게 닿아 있었고, 그걸 보는 호위들은 선뜻 나서지를 못했다. 한낱 노비의 목숨이라 하나, 주인을 함께 모신 세월만 수십 년이었다. 그런 그녀를 더 위험하게 만들고 싶지 않았다.

함부로 행동할 수 없는 호위들이 주저하는 사이, 가혜가 나타나자 포위망에 작은 구멍이 뚫렸다. 그 틈으로 가혜를 본 박씨는 떨리는 목소리로 그녀를 불렀다.

"아, 아씨……."

할 말이 많았다. 일이 이렇게 되어 죄송하기도 했고, 두렵기도 했으며 희망이 생겼고, 알려주고 싶은 것도 있었다. 그러나 검이 목 근처에 닿아 차가운 기운을 뿜어대자 목구멍이 턱 하고 막혔다. 두려움이 그녀의 심장을 옥죄고, 근거리에서 들리는 범인의 목소리는 뇌를 왕왕 울려댔다.

"듣자 하니, 아씨께서 천것들의 목숨을 귀히 여겨 병판 대감 댁 노비들의 자랑거리라 하였소. 그 소문이 참이라면 이 여종의 목이 잘리는 것도 원치는 않으실 거요."

그는 세간에 퍼진 소문과 박씨의 목숨을 들먹이며 가혜를 심리적으로 압박했다.

박포의 말대로 집안 노비들은 자신들을 아껴주는 아씨를 자랑스럽게 여겼고, 그 노비 무리에는 호위들도 포함되어 있었다. 조금씩 동요하는 호위들의 시선을 느끼며 가혜는 인질범의 요구 사항이 무엇인지부터 파악하고자 했다.

"원하는 것이 무엇인가, 말해보게."

"포로와 도망칠 수 있는 길을 내어주시오."

그의 요구는 단순하면서도 어려웠다. 다 잡은 범인을 놓아주는 일부터가 그러했다. 그러나 가혜는 더 생각할 것도 없이 옆에 있는 자의 검을 앗아 들고 포로를 묶은 줄을 끊었다. 당황하는 호위들에게 단단히 붙잡으라 명해두고, 그녀는 인질범에게 말을 걸었다.

"내 한 가지 묻겠네. 무슨 연유로 이 집에 침입하였나."

주인이 없는 대낮을 노려 사랑채와 외별당에 침입한 건 매우 중요한 사안이었다. 그 의도를 파악하고자 가혜는 침입자를 억압하던 밧줄을 풀어주었고, 그녀가 제안을 받아들일 여지를 보여주자 박포는 고민 끝에 입을 열었다.

"힘든 세상에 벌어먹기 어려워서 은자 몇 냥 털어보겠다고 들어온 것뿐이오."

단순한 은자털이라는 소리에 가혜는 아무런 반응도 보이지 않았다. 그러나 그녀는 박포의 말이 거짓이란 걸 알고 있었다. 양묘로 활동하면서 부정하게 재물을 쌓아온 집안은 다 털어본 그녀였다. 하지만 이 집안만큼은 엄두를 내지 못했는데, 권식이 청렴한 것도 그 이유가 되었지만 무예를 익힌 노비가 제법 많다는 점도 부담으로 작용했다. 게다가 사랑채에 널리고 널린 게 값비싼 부채들인데, 잡힌 사내의 몸에서 단 한 자루도 나오지 않았음을 보면 재물이 목적은 아니었다.

'다른 연유로 온 게 분명한데, 저자가 목적을 달성하였는지 알 수가 없으니…….'

그들이 목적을 이뤘는지, 아니면 실패하였는지는 매우 중요한 문제였다. 이대로 살려 보내야 하는지 고민했으나, 박씨의 축 처진 눈 끝에 간신히 매달려 있는 눈물을 보면서 가혜가 선택할 수 있는 건 하나뿐이었다.

"도주할 길을 열어주어라."

"아씨!"

호위들은 물론이고 박씨마저 당혹스러워 그녀를 불렀다. 이대로 괜찮은지 눈치를 보는 호위들과 달리 박씨는 저로 인해 이런 상황이 벌어진 게 괴로운 듯한 표정을 지었다. 하지만 가혜는 단호했다. 다른 무엇보다 사람의 목숨이 먼저였다.

"이자를 풀어줄 터이니 박씨를 보내게."

가혜는 포로로 잡은 사내를 풀어주라는 신호를 보냈다. 그걸 보는 박씨는 아랫입술을 꽉 깨물었다. 침입자들을 그냥 보내주면 안 된다는 걸 누구보다 그녀가 잘 알고 있었다. 외별당 창문으로 몰래 빠져나오던 사내가 품속에 넣던 서찰을 보았기 때문이었다. 그 서찰이 또 주인마님들을 위기로 몰아넣을지도 몰랐다.

'아씨…….'

이미 여러 번 목숨 빚을 지었는데, 이번에도 신세를 졌다. 단호한 태도로 호위들에게 명을 내리고 저를 구명하려 애쓰면서도 그녀는 주저하거나 후회하는 기색은 조금도 내비치지 않았다. 그 모습이 박씨의 가슴에 큰 아픔을 남겼다. 그간 주인 내외에게 지은 죄가 작지 않았고, 아직까지 제 숨이 붙어 있는 건 아씨의 은혜였다. 그녀 덕분에 죽어가던 딸의 삶에도 희망이 보이기 시작했는데, 저는 또 이렇게 폐만 끼치고 있었다.

그녀는 딸이 끼워준 팔찌를 매만졌다. 죽는 건 무서웠다. 그간 나쁜 짓을 했다고 하늘이 이렇게 가혹한 벌을 내리나 싶기도 했다. 아침나절에 잘 다녀오라고 배웅해 주던 딸아이 얼굴도 생각났고, 제 소식을 들은 가을이가 아파할 모습도 떠올랐다.

죽고 싶지 않았다. 무섭다. 살려달라. 하고 싶은 말이 많고 많았지만, 그중에서 단 하나를 선택해야 할 때 엄마의 마음은 정해져 있었다.

"아씨! 우리 가을이, 잘 부탁드립니다."

그 말뜻을 알아듣고 가혜가 말리려 손을 뻗었을 땐 이미 늦었다. 박씨는 목깃 근처에 있던 검을 잡고 스스로 목을 그었다. 싸하고 아프다는 걸 느끼자마자 그녀의 목에서 붉은 피가 줄줄 흐르기 시작했다. 무사히 풀려날 수 있었던 그녀의 자결 시도는 침입자들도 예상치 못한 일이었다.

"이런!"

박포는 분노를 토하며 박씨를 밀쳐 냈다. 다 된 밥에 코를 빠뜨리는 것도 유분수지, 일이 엉망이 되었다. 더 머뭇거릴 것도 없이 그와 포로였던 자는 반쯤 열린 도주로로 도망쳤고, 그 뒤를 호위들이 쫓았다.

소란스러운 와중에 가혜는 더 잴 것도 없이 얼른 박씨에게 달려가 그녀의 목에서 솟구치는 피를 손으로 막았다. 그러나 역부족이었다.

"대체 왜, 왜 그랬나! 살 수 있었는데 왜 이런……."

가혜는 입술을 깨물었다. 아픈 딸아이를 둔 엄마의 심정을 이해했고, 노비로 태어나 힘들게 살아온 그녀의 선택을 용서했었다. 그런데 그 결과가 이리도 비참하니 원망할 곳은 하늘뿐이었다.

찢어진 목 탓에 삼키지 못한 피를 울컥울컥 흘리면서 박씨는 희미해지는 정신을 붙잡고 가혜에게 알려주려 했다. 침입자가 서찰을 가져갔다고. 그걸 전하려 했으나 목에 피가 들어차 소리를 낼 수 없었고 글자 같은 건 알지도 못하니, 간단한 일조차 자신에겐 너무 어려웠다.

그녀는 죽어가는 눈으로 가혜를 담았다. 울음을 삼키며 고통으로 일그러진 아씨의 얼굴에서 그녀는 그토록 보고 싶은 딸의 모습을 찾을 수 있었다. 바들거리는 손으로 마지막 힘을 쥐어짜며 그녀는 가을이의 눈물 젖은 볼을 쓰다듬었다. 엄마의 죽음에 너무 많이 아파하지 않기를, 씩씩하게 견디고 이겨내기를, 부정한 것에 굴복하지 않았음을 기억해 주기를. 오로지 그것만을 바라면서 딸의 눈물을 훔쳐 주던 그녀의 투박한 손이 힘없이 툭– 떨어졌다.

해가 져서 어둑어둑해질 무렵, 박포는 한쪽 팔이 잘린 동료를 인적이 드문 담벼락 밑에 기대 눕혔다. 수십 년 훈련받아 온 그들이지만 분노한 권식의 노비들을 상대하는 일은 쉽지 않았다. 대낮에 경계가 허술한 틈을 타 침입하고 박씨를 이용해 인질극을 벌이지 않았더라면 둘 다 아무런 성과도 없이 죽을 뻔했다. 그는 가슴에 품고 있는 서찰의 존재를 느끼며 삶과 죽음의 경계선에서 허덕이는 동료 옆에 주저앉았다.

"미안하네."

그 외엔 달리 할 말이 없었다. 무엇 때문에 이런 짓을 제가 하고 있는지, 그는 정확히 알지 못했다. 소현세자를 따르던 환봉처럼 무언가 마음에 품은 의지가 있는 것도 아니었다. 그저 노비로 태어났고, 주인을 모시게 되었으며, 이것이 제게 주어진 운명이라 생각하면서 살아왔을 뿐이었다. 그러나 오늘, 박씨의 죽음은 단순하게 살아왔던 그에게 많은 번뇌를 남겼다.

살길이 있었는데 굳이 죽은 한 여인 때문이었다. 뜻대로 해주지 않으면 죽이겠다고 위협하긴 했지만 살려줄 마음은 있었다. 안주인도 제안을 수락했고, 가만히만 있으면 구출될 수 있었음에도 자결을 택한 마음은 무엇이었을까.

박포는 곁에서 들려오는, 숨이 넘어가는 소리를 들으며 눈을 감았다. 천것의 목숨이 이토록 허망한 것인데, 아니라는 걸 알려주던 젊은 아씨의 얼굴이 뇌리에서 떠나지 않았다. 한 치의 흐트러짐도 없이 결정을 내리고 단호하게 선택한 바를 밀고 나가는 굳은 눈빛을 떠올려보면 어쩐지 여종이 자결을 택한 이유를 알 것 같았다.

자신의 목숨보다 중한 것이 세상에 어디 있겠냐마는, 종종 그보다 더 소중한 것을 발견하면 때때로 생명까지 걸어버리는 이들이 있었다. 박포는 아마 천한 여종의 마음속에도 그러한 기개가 들어 있었으리라 짐작하며 하늘을 올려다보았다. 말간 밤하늘에 반짝이는 별들은 어찌나 순수한지, 그는 차마 더 바라보지 못하고 고개를 숙였다.

박씨의 죽음은 모두에게 큰 충격으로 남았다. 소식을 듣고 퇴청한 권식과 인후도 말을 잇지 못했다. 침입자들의 뒤를 쫓아갔던 호위들이 가져온 것이 팔 한쪽이 전부라는 사실도 그러했다. 아마 그도 쉬이 살아남진 못할 테지만, 많은 부분에서 아쉬움이 큰 사건이었다.

박씨의 시신을 수습하고 나서, 인후는 가혜를 달래며 진정시키는 데 매진했다. 그렇게 노력했음에도 구하지 못했다는 사실이 단단한 그녀의 속을 긁어 깊은 상처를 냈다. 아파하는 아내를 보는 인후 또한 괴로워서 다른 건 생각할 여력이 없었으니, 권식만이 이성적인 판단이 가능한 상태였다.

그는 외별당으로 향하면서 제 방을 침입한 자들에 대해 곱씹었다. 평범한 정적들은 이런 식으로 집을 뒤지는 위험한 짓은 하지 않았다. 그만큼 간절하고 대단한 것이 있다고 확신해야만 할 수 있는 행동이었다. 아마도 밀명지를 노렸을 가능성이 크긴 한데, 그건 인후의 뜻에 따라 집 밖에 숨겨두었으니 빼앗겼을 리가 없었다. 덕분에 침입자들 소식에도 침착함을 유지하고 있던 권식은 문득 떠오른 생각에 뒤통수를 한 대 맞은 듯한 기분을 느꼈다.

'며늘아기의 유서!'

권식은 처음으로 낯빛이 하얗게 질렸다. 그것이 유출된다면 그 파장은 이루 말로 다할 수 없을 것이었다. 권식은 부디 유서만큼은 안 건드렸길 간절히 기원하며 걸음에 속도를 냈다. 방문을 부수듯이 열고 들어간 그는 곧바로 서안에 넣어둔 책을 꺼내 뒤적였으나 있어야 할 서찰은 보이지 않았다. 혹시나 싶어 다시 뒤적여도 마찬가지였다. 탄식 소리가 맥없이 터져 나오고, 망연자실한 그는 자리에 주저앉았다.

"이 일을…… 이 일을 어찌할꼬."

다 자신의 잘못이었다. 진즉에 태워 버렸어야 했는데, 양묘의 일로 마음이 번잡할 때마다 며늘아기의 유서를 보면 혼란스럽던 것들이 정리되기에 차마 소각하지 못하고 숨겨두었던 것이 이런 식으로 거대한 칼날이 되어 그와 식구들을 겨누고 있었다. 권식은 이마를 짚고 깊은 침음을 삼켰다. 이 일을 해결할 만한 방법이 보이지 않았다.

금창부위 댁 뒷담을 몰래 넘은 박포는 바닥에 쪼그려 앉아 있는 작은 인영을 보고 움찔하며 몸을 굳혔다. 환한 달빛을 등불 삼아 나뭇가지를 들고 바닥에 한자를 적고 있는 사내아이는 그를 발견하고 자리에서 일어나 고개를 푹 숙였다.

"다녀오셨습니까, 아버지."

"그래."

인사를 받으면서 박포는 손에 묻은 피를 허리춤에 몰래 닦아댔다. 다 말라 버려서 깨끗이 닦이지도 않을 테지만 아들한테 피 묻은 손을 보여주고 싶진 않았다. 그런 노력에도 불구하고 달빛이 너무 환한 탓에 그의 옷에 묻은 붉은 자국은 선명했고, 코끝을 찌르는 피비린내는 역하게 주위를 떠돌았다. 그 사실이 매우 겸연쩍어서 박포는 괜히 아들을 타박했다.

"지금까지 어찌 안 자고 나와 있느냐. 얼른 들어가서 눈 붙여라."

노비가 무슨 놈의 글공부냐고 습관처럼 말하려던 걸 간신히 뱃속으로 밀어 넣고 곁을 지나치려는 그를 열두엇쯤 된 아들은 빤히 올려다보았다.

"안 다치셨습니까?"

단 한마디, 고심 끝에 나온 아들의 말에 박포의 걸음이 멈칫하며 속도를 내지 못했다. 밖에서 무슨 짓을 하고 피를 뒤집어쓴 채 들어왔는지는 묻지 않고, 아버지의 안위를 염려하는 소리가 가뜩이나 무겁던 그의 머리를 더 숙여지게 했다.

가을이를, 딸을 부탁한다던 박씨의 마지막 모습이 그를 집어삼키고, 아들 앞에 고개조차 떳떳이 들 수 없는 제 모습이 죽는 것보다 슬펐다. 가슴을 찢고 나오려는 울음을 한참 삼키다가 그는 다치지 않았다고 대답하며 아들을 불렀다.

"이리 오너라."

말없이 옆으로 다가온 아들을 처음으로 힘껏 껴안아본 그는 품에 든 서찰을 아직은 덜 자란 손에 쥐어주었다.

"이 아비가 달라고 말을 할 때까지는 네가 지니고 있어라. 누구에게도 들켜서는 아니 되고, 함부로 보여주거나 네가 읽으려 해서도 안 된다. 잘 숨겨놓고 오늘 밤 일은 아무것도 모르는 척, 방에 들어가서 자라."

박포는 피에 반쯤 젖은 서찰을 옷 속에 집어넣는 아들을 잠시 지켜보다가 조금은 홀가분한 마음으로 주인의 방으로 들어갔다.

권식으로부터 유서가 없어졌다는 사실을 전해 들은 인후와 가혜는 한동안 말문을 열지 못했다. 그나마 이 사태를 먼저 접한 만큼 회복도 더 빠른 권식이 짚어보아야 할 곳들을 알려주었다.

"지금이라도 수습해야 한다. 밀명지가 우리 손에 넘어온 걸 아는 자가 벌인 짓이 분명한데, 혹여 짐작 가는 자가 없느냐."

권식의 질문에 인후는 한 사람을 떠올렸다. 홍 단주의 부탁 때문에 아무에게도 밝히지 않았던 인물, 경녕군주의 소행일 가능성이 컸다. 그녀의 이름이 거론되자 권식은 작은 신음을 흘렸고, 가혜의 표정도 어두워졌다. 지금쯤이면 서찰이 넘어갔을 텐데, 수습할 방도가 있는지도 의문이었다. 앞이 캄캄한 상황에서 나선 건 인후였다.

"소자가 금창부위 댁에 다녀오겠습니다. 밀명지는 여전히 우리 손에 있으니, 아예 손쓸 도리가 없는 건 아닐 겁니다."

인후는 밀명지를 이용해 적당한 선에서 타협을 보거나 거래를 할 생각이었다. 그것만이 유일한 방법인 걸 알고 있지만, 가혜는 그를 말리고 싶은 마음이 굴뚝같았다. 박씨가 죽고 일이 이렇게까지 되었으니 더는 피하지 않고 경녕군주와 정면으로 승부를 내고 싶었다. 그러나 서방은 결코 자신을 위험한 일에 밀어 넣지 않으려 할 테고, 그런 그를 설득하는 건 불가능한 일이었다.

다음 날 일찍 인후는 금창부위 댁에 들렀다. 마침 집에 있던 박태정을 만나 무거운 분위기 속에서 차를 한 잔 마실 즈음에 경녕군주가 방으로 들어섰다. 수수하게 차려입은 그녀가 자리에 앉자 인후는 그제야 방문한 목적을 밝혔다.

"어제 대낮부터 소신의 사택에 침입한 자가 있었습니다. 이런 말은 하고 싶지 않았지만, 군주께서 먼저 약조를 깨신 겁니다."

인후의 날 선 시선이 그녀의 얼굴로 향했다. 확신 어린 그의 말투에 그녀는 눈썹만 살짝 찌푸릴 뿐이었다. 어떤 단서라도 얻은 건가 싶어 속으로 수많은 생각이 오가는 그녀와 달리 박태정은 경악하며 부정했다.

"그럴 리가 없네! 자네 말대로 자객들은 전부 해산시켰네. 환봉도 죽었고, 그 일로 부인이 상심하여 몸져누웠다가 다 잊고 털고 일어난 것이 바로 엊그제인데. 무슨 증거로 그리 매도하는가."

엊그제 털고 일어났다는 건 과장이지만, 나름대로 아내를 감시했던 그는 일어날 수 없는 일이라 생각했다. 그러나 인후는 더 설득의 말을 꺼내는 대신 길쭉한 상자 하나를 그의 앞으로 내밀 뿐이었다.

"열어보십시오."

"이게 뭔가."

무심코 상자 뚜껑을 젖힌 박태정은 기함하며 상자를 치웠다. 그 속에는 잘린 팔이 들어 있었다. 인후는 그 팔의 출처가 어제 침입한 자의 것이며, 군주의 노비 중 하나라 답했다.

"손에 박힌 가장 오래된 굳은살은 체계적으로 검술을 익히면서 생긴 것이지만, 최근 것은 농작으로 생긴 겁니다."

"그게 내 집안의 노비라는 증거는 아니지 않나!"

신분을 확인할 수 있는 머리를 가져온 것도 아니고 달랑 팔 한쪽이었다. 그러나 인후의 대답에는 막힘이 없었다.

"소신은 기회를 드리는 겁니다. 부위의 노비 중에 어제 이후로 보이지 않는 자를 찾고, 그자의 손목에 점 두 개가 있는지 같이 지냈던 자들에게 물어보면 대충 답이 나오지 않겠습니까."

인후의 말대로 수사를 진행하면 손쓸 틈도 없이 빼도 박도 못하고 꼬리가 잡힐 수 있었다. 설마 싶은 마음에 박태정은 아내를 쳐다보았지만, 그런 의심의 눈초리에도 경녕군주는 여전히 침착한 태도를 잃지 않았다.

"말도 안 되는 소리로 나를 매도하는 것도 적당히 하게. 남의 손목에 있는 점을 또렷이 기억할 자가 몇이나 있겠는가. 하물며 손목에 점이 없는 자는 또 몇이나 될 것이고? 내 더는 이런 의심을 받을 이유가 없으니 그만 돌아가게."

그녀의 말도 일리가 있었다. 박태정도 고개를 끄덕이며 부인의 편을 들었고, 인후는 낯빛 하나 변하지 않는 그녀를 노려보았다.

"어제 그 일로 소신이 데리고 있던 노비가 죽었습니다. 군주께서도 그를 모른다 하진 않으실 겁니다. 아픈 딸의 약값이 없어서 애간장 태우는 어미의 마음을 이용하셨던 분이 군주시니까 말입니다. 그 딸이 종일 오열하는 걸 보며 소인도 괴롭던데, 군주께서도 사람이면 그 마음을 능히 이해하시겠지요."

어머니를 잃은 딸의 아픔에 대해 거론하는 인후의 말에 경녕군주는 처음으로 표정이 심하게 일그러졌다. 그녀의 손이 치마를 움켜쥐고, 아랫입술을 꽉 깨물어 분노를 삼켰다. 어머니를 잃은 딸의 아픔이라니, 그 누구보다 제가 잘 알고 있었다. 하지만 제 속이 문드러지는 건 아무도 몰랐다.

입술을 악물고 감정을 억누르는 그녀를 인후는 마지막으로 한 번 더 떠보았다.

"참으로 결백하다 하시니, 이만 물러가겠습니다. 군주께서는 소신을 이길 패를 쥐는 날은 앞으로도 없으실 테니 계속 자중하며 사셔야 할 것입니다."

이길 패에 대해 흘렸으면 이쯤에서 그녀가 서찰 얘기로 협박을 가해야 하는데 그녀는 여전히 흔들림이 없었다. 오히려 무슨 소린지 모르겠다는 듯 눈썹을 찌푸리며 올려다볼 뿐이었다.

무언가 일이 이상하게 굴러가고 있다는 생각을 품고 인후가 방을 나서자 박태정은 아내를 진득하게 쳐다보았다.

"내게 말해보시오, 부인. 또 몰래 일을 꾸민 거요?"

"아닙니다."

"아니면 어찌 이런 일이 생기오! 애들 생각을 하시오, 애들 생각을!"

박태정은 어린 자식들을 거론했다. 그런 그의 목소리가 귀에 들어오고, 상자에 담긴 창백한 팔이 눈에 담겼을 때 경녕군주는 순간적으로 치밀어 오르는 구역감에 입을 가렸다.

"우욱. 우욱."

갑자기 구역질을 하는 그녀의 시선이 비단 치마 위에서 이리저리 흔들리고, 박태정도 놀라 아내를 쳐다보았다.

"부인……."

그의 말이 끝나자마자 경녕군주는 다시 구역질을 시작했다. 당황한 박태정이 그녀를 부축하며 다급히 목청을 높였다.

"밖에 누구 있느냐! 당장 가서 내의원과 의녀를 불러오너라! 어서!"

그의 명령에 밖이 소란스러워지고, 박태정은 아내를 보료로 데려다 눕혔다. 그로부터 몇 시진 뒤, 진맥을 마치고 밖으로 나서는 내의원은 경녕군주의 몸종에게 주의해야 할 것들을 당부했다.

"근래에 제대로 잡수시질 못해 기력이 쇠한 상태에서 태기가 있으시니, 향이 강한 것은 피하고 생강과 진피로 차를 우려 종종 올리도록 하여라."

의원의 처방에 몸종은 하나도 놓치지 않고자 속으로 새기고 또 새겼다. 딸을 출산한 지 얼마 지나지 않았는데 또 아기씨가 들어섰으니 거동에도 조심에 조심을 기해야 할 것이었다. 혹여나 그녀가 원하는 대의에 걸림돌이 되는 건 아닐까, 우려하는 몸종의 시선이 박태정의 방 안에서 새어 나오는 불빛 위로 머물렀다.

예상치 못한 소식에 박태정은 싱글벙글하였으나, 경녕군주는 차마 웃을 수가 없었다. 복중에 태아가 있다고 생각하니 복수에만 집중하던 감정이 누그러지고 오만 생각이 다 들었다. 그러나 그녀는 곧 고개를 젓고 일어났다.

"그만 건너가서 쉬겠습니다."

"그러시오, 부인. 의원이 기력이 쇠해 절대 안정을 취하라 하였으니 다른 마음일랑 먹지 말고 건강만 챙기시오."

이제 복수 같은 건 다 잊고 배 속의 아이만 신경 쓰라고 신신당부하는 소리를 들으며 경녕군주는 내당으로 이어진 회랑에 발을 올렸다. 오전에 온 인후가 남기고 간 말도 곱씹어보아야 하는데 피곤하기 그지없었다. 이길 패가 없다던 말만 머릿속을 맴도는 중에 그녀는 사랑채 뒷마당에서 아들이 한자를 쓰고 있는 걸 쳐다보고 있는 박포를 발견했다. 멍한 낯빛을 하고 있던 그는 인기척을 느꼈는지 고개를 들었다가 당황하며 급히 일어나 고개를 조아렸다. 그 모습을 빤히 보던 경녕군주의 눈매가 좁아 들었다.

"네가 나를 배반하진 않았겠지?"

"무, 무슨 말씀이시온지."

당황하여 말까지 더듬은 박포는 아침나절에 다녀간 인후를 떠올리며 가슴을 졸였다. 설마 그가 서찰에 관해 얘기한 건 아닐까 싶었다. 중대한 사실을 숨긴 걸 들키면 저는 죽임을 당할 것이었다.

좇아붙은 그의 왜소한 몸을 오래도록 훑어보던 경녕군주는 박포의 옆에 선 사내아이를 보았다.

"아들이 편히 살길 바라는 건 어느 부모나 마찬가지지. 나도 그렇고, 너도 그렇고."

"……"

"고하여라."

차갑고 차가운 목소리였다. 어제 박포가 본 달빛보다 차가웠다. 떨리는 그의 눈빛이 그녀의 치마 끝단에 머무르고, 그녀의 단호한 음성은 아들 앞에서 언제나 자랑스럽고 싶은 아비의 마음을 후벼 팠다.

"지금 이 자리에서 고하면 살 것이고, 아니면……."

그녀의 시선이 어린 아들에게 옮겨가는 걸 보지 않아도 알 수 있는 박포는 땅바닥에 굴러다니는 돌멩이만 쳐다보았다. 저는 하등 쓸모없는 저 돌멩이보다 못한 게 분명했다.

"믿지 못할 이야기라, 차마 고하지 못하였습니다."

"그게 뭐더냐."

되묻는 경녕군주의 말에 박포는 아랫입술을 꾹 깨물었다.

"병판 대감의 서안 속에서 서찰 하나를 발견하여 펴보았는데, 그 댁 아씨가."

그는 좀처럼 입이 떨어지지 않았다. 서찰을 읽어보았을 때, 그 속에 든 내용으로 인해 얼마나 큰 충격을 받았던지 지금도 정신이 아찔했다. 죽었다고 알려진 양묘가 실은 그 댁 아씨라는 말이 나오질 않았다. 잠깐이지만 인상 깊게 보았던 가혜를 기억하기에, 더구나 약자의 편이던 양묘를 추앙하는 마음은 그에게도 존재하기에 더욱 목소리가 잠겼다. 그러나 대대손손 경녕군주의 노비여야 하는 그는 사실을 고할 수밖에 없었다. 나중에라도 들통이 나면 저는 물론이고 아들의 목숨도 장담할 수 없기 때문이었다.

"그 댁 아씨가 양묘라는 내용이, 적혀 있었습니다."

간신히 쥐어짠 목소리를 끝으로 한동안 그들 주위에는 정적만 이어졌다. 경녕군주의 좋은 머리도 이번 일을 받아들이는 데는 시간이 걸렸다.

'이게 말이 되나. 병판의 며느리가 양묘라니. 양묘는 사내라고 했는데……. 아니, 그보다 이미 죽은 자가 아닌가.'

권식이 쏜 화살에 양묘가 죽었고 시신이 발견되었으며, 그 후로 양묘의 활동도 없었다. 그에 임금이 기뻐하며 금부에 상까지 내린 마당에 박포는 그 모든 것이 권식의 자작극이란 소리를 하고 있었다.

"증거, 증거가 있느냐. 그 서찰을 가져왔느냔 말이다!"

경녕군주는 눈을 부릅뜨고 박포를 닦달했다. 그것이 필요했다. 확실한 증거만 있으면 꺾인 날개를 다시 펼 수 있을지도 모른다. 조선의 무력을 쥐고 있는 권식을 제 편으로 끌어들일 수 있었고, 그게 실패하더라도 밀명지를 되찾을 길은 열린다.

그녀가 요구하는 서찰이 무엇인지 눈치챈 아들이 슬며시 아버지를 바라보고, 아들의 눈빛을 느낀 아버지는 고뇌했다. 떳떳해지고 싶었다. 비록 신분이 천한 노비여도 그 마음마저 천하진 않다고 알려주고 싶었다. 어제 병조판서의 집에서 느꼈던 모든 것을 아들에게도 전해주고 싶었다. 그는 고개를 조금 더 들고 흔들림 없이 또박또박 말을 올렸다.

"상황이 매우 급박하였고, 서찰을 읽던 중에 호위들이 들이닥쳐 미처 챙기지 못하였습니다."

"그래?"

되묻는 말투에는 믿지 않는 기색이 역력했다. 별수 없이 박포는 말을 덧붙였다.

"소인도 읽으면서 믿기지 않는 일이라 증거도 얻지 못한 상태로는 차마 고할 수가 없었습니다. 용서하십시오."

그 주장은 나름대로 일리가 있었다. 그런데도 경녕군주는 여전히 못 미더운 마음이 컸다. 다만 그녀는 박포를 더 추궁하기보다는 증거가 없는 이번 일을 어찌 이용해야 할지 고민했다. 당장 그의 몸을 수색한다고 달라질 건 없다는 걸 잘 알기 때문이었다.

*

몰려드는 먹구름이 보이는, 불안하면서도 고요한 며칠이 지나고 한양에는 이상한 소문이 돌기 시작했다. 양묘가 죽지 않고 살아 있다는 내용이었다. 그 소문은 백성들의 희망과 함께 급속도로 퍼져 나갔다. 한양 어딜 가나 양묘 얘기로 떠들썩했고, 모두 기대에 부풀었다.

"은도가 살아 있다니, 곧 나타나시겠지?"

"아무렴, 어디 그리 쉽게 죽을 위인인가. 난 금부에서 시신을 찾았다고 했을 때도 안 믿었어."

금부에서 양묘에게 부상을 입히고 시신을 발견하기까지 걸린 며칠, 그 기간 동안 아사한 것 같았던 상태 등이 양묘가 살아 있을지도 모른다는 희망의 불씨가 되어 돌아왔다. 그리고 마침내 양묘를 보았다는 자들도 생겨났다.

백성들의 바람만큼 크게 부푼 소문은 어심까지 어지럽혔다. 권식을 시기하는 자들도 기회가 있을 때마다 임금의 귀에다 대고 이상하다 말했고, 그 기간이 길어질수록 가혜도 잠을 청하지 못하는 시기가 늘었다.

새벽녘에 한참을 뒤척이던 가혜는 잠결에도 꽉 안아주는 서방의 팔을 살짝 매만졌다. 그가 곁에 있다는 사실만으로도 행복해야 하는데, 상황이 이러하니 마음이 놓이질 않았다. 이제는 거의 습관처럼 본인도 모르게 한숨을 내쉬었을 때, 그녀의 등 뒤로 온기가 느껴졌다.

"자책하지 마오, 부인."

약간 잠긴 목소리가 목덜미를 간질이며 아픈 곳을 다독였다. 인후 역시 아내가 잠들지 못하는 이유를 잘 알고 있었다.

"그대의 잘못이 아니잖소."

"하오나……."

가혜는 말하다 말고 입을 다물었다. 양묘가 살아 있는 걸 기뻐하는 백성들의 마음은 고맙지만, 그것이 되레 독이 되고 있었다. 처음부터 양묘가 되지 말았어야 했던 건지, 가혜는 베갯잇에 얼굴을 묻고 짙은 회의감을 삼켰다.

집안이 위태로워진 상황 앞에서 그녀가 죄책감을 쉬이 떨치지 못하자 인후는 아내를 돌려 눕혔다. 얼굴을 마주하고 가만히 시선을 교환하면서 그는 다정하게 볼을 쓰다듬어 주었다.

"잘못된 것이 있다면, 그대와 내가 부부의 연을 맺은 것부터 문제요."

금부도사와 의적의 혼인 자체가 옳지 못했다. 상황이 이도록 최악으로 치닫게 된 요인도 분명 거기에 있었다. 하지만 인후는 그 사실을 원망하거나 후회하지 않았다. 과거로 돌아간다 하여도 그녀와 혼인할 것이었다.

"그대를 만나 기뻤고, 그대를 부인으로 맞이하여 행복하오. 내가 곧 죽는다 해도 그 마음은 달라지지 않소."

"서방님……."

"그러니 그대도 나와의 혼인을 후회하지 마시오."

그의 음성은 작은 흔들림도 없이 굳건했다. 선택의 기로에 설 때마다 가장 최선이라 판단한 대로 해왔고, 그 결과가 좋지 못하더라도 받아들일 준비가 되어 있었다. 돌이켜 보면 분명 아쉬운 점도 있지만, 그녀와의 혼인만큼은 절대 후회하지 않았다.

"어떤 일이 닥쳐도 무너지지 말고, 부인답게 당당해지시오. 그대가 죄책감을 가질 일도 없고, 지금까지 해왔던 것처럼 함께 최선을 다하면 결과도 좋지 않겠소."

그의 말을 곱씹던 가혜도 곧 고개를 끄덕였다. 한층 기분이 나아진 그녀를 품에 안고 인후는 경녕군주를 떠올렸다. 그녀가 유서를 가져갔다면 이런 식으로 나올 리가 없었다. 증거가 확실하다면 직접 거래를 하려 들지 소문을 이용할 필요가 존재하지 않았다. 그건 다른 이가 유서를 가져갔어도 마찬가지였다. 정적이라면 임금에게 직접 들이밀고 말지 이렇게 뒷공작을 펼칠 이유가 없었다.

'결론은 확실한 증거를 손에 넣지 못했다는 뜻인데, 그럼 그 유서는 대체 어찌 된 건지…….'

박포가 유서를 숨긴 걸 모르는 인후는 풀리지 않는 의문에 대해 끝없이 고민했다. 그의 고민이 깊어지는 그 밤이 지나고, 갓 해가 뜰 즈음 임금과 신료들이 모여 정치적 현안에 대해 논의하는 자리에서 양묘에 대한 소문이 다시 거론되었다.

젊은 관료는 가만히 서 있는 권식을 힐끗 쳐다보며 임금을 향해 예를 갖추고 궐 밖에서 떠도는 소문에 대해 고해 올렸다.

"전하, 최근에 양묘를 직접 보았다는 자들이 나타나고 있사옵니다. 금부에서 사살한 양묘가 살아 있다니, 그야말로 기이한 일이 아닐 수 없사옵니다. 조속히 영문을 확인하시어 소문을 바로잡으시옵소서."

대놓고 권식을 저격하진 못하고 에둘러 표현했지만, 양묘의 죽음에 대해 재조사를 하란 소리였다. 그러자 반대파가 나서서 권식을 옹호했다.

"백성들이 거짓된 소문에 속아 어리석은 말을 옮기는 것이 아니겠사옵니까. 홍려 상단에서 더는 쌀죽을 풀지 않고 있고, 이미 끝난 사건을 다시 꺼내 조사하기엔 소문이 진실이란 증거가 없사옵니다. 굽어 살펴 주시옵소서. 전하."

치열하게 대립하며 왈가왈부하는 관료들을 내려다보던 이연은 눈살을 찌푸렸다. 모든 것이 못마땅하기 그지없었다. 그런 어심을 파악하지 못한 신료들 간에 언쟁이 심해지자 이연은 짐짓 엄한 표정과 음성으로 그들을 꾸짖었다.

"금부에서 잘 해결하였고, 과인이 그 노고를 살펴 상을 내리고 치하하였는데, 어찌 양묘가 살아 있다는 헛된 소문에 백관이 휘둘리는가. 그대들은 양묘가 살아 있는지를 따지기 전에 백성이 양묘를 원하는 이유를 파악하여야 할 것이다."

임금의 호된 질타에 신료들은 입을 다물고 고개를 숙였다. 그들의 정수리를 내려다보는 이연의 눈빛에는 불쾌감, 패배감 등이 어려 있었다. 그는 백성들이 양묘를 찾는 것이 삶이 고달프기 때문임을 알고 있었다.

"과인의 덕이 부족하여 재앙을 받고 한낱 도적에게 기대를 품으니, 백성의 부모 된 자로서 어찌 가슴 아프지 않을 수가 있겠는가. 그대들은 과인의 지극한 뜻을 받아 편당을 짓지 말고 함께 협력하여 나라를 위해 힘써 일하라."

싸우지 말라는 임금의 말에 반기를 들 인물은 없었다. 모두 한마음 한뜻으로 망극하다 말하며 슬그머니 다른 현안으로 넘어갔다.

"전하, 청나라 사신이 온다는 패문이 왔사온데, 상사(上使)는 청나라 황제의 시위(侍衛)라 하옵니다."

사신의 우두머리가 황제의 호위를 담당하고 있는 인물이란 소리였다. 하필이면 최고의 무위를 지닌 인물이 사신단의 우두머리로 온다 하니 이연은 불편한 생각이 들었다. 일국의 무력을 확인하고 전쟁의 가부를 결정할 때 무관들이 와서 살필 때가 종종 있는데, 그들은 문관들보다 전쟁을 일으키는 데 더 긍정적인 결론을 내리곤 했다. 그러니 무관이 사신단의 우두머리로 온다는 게 찝찝할 수밖에 없었다. 밀명지와 관련된 자들의 계략과 연관된 걸 수도 있기 때문이었다.

'그 서책이 한 번 청나라로 넘어갔었다고도 했었으니…….'

과거에 홍 단주가 월령을 청나라로 보내 밀명지를 찾아왔지만, 다시 잃어버린 지 몇 달째였다. 그사이에 청나라로 밀명지 소식이 들어가지 않았다는 보장이 없었다.

아랫입술 안쪽 살을 질끈 깨문 이연은 우선 급한 일부터 처리했다.

"이조는 원접사와 문례관으로 갈 인물을 차출하라."

국경으로 가서 사신을 맞이할 자들을 고르게 하고 그는 자리에서 일어나며 조회를 마쳤다. 원접사와 문례관을 고르는 일보다 더 시급한 사안이 따로 있었다.

희정당으로 든 이연은 현욱을 불러 그와 독대했다. 청나라 사신과 밀명지를 찾는 일 때문이었다.

"청사가 온다는데 밀명지는 어찌 소식이 없는가."

조급한 마음에 그가 타박하자 현욱은 머리를 숙여 부복하며 벌을 청했다. 단서를 놓친 벌을 받겠다는 현욱도 고개를 돌려 버리는 이연도 말은 그리했으나 서로 모르지 않았다. 능력이 부족한 게 아니라 워낙 은밀하게 진행되다 보니 대놓고 뛰어들어 찾기가 어려운 것이다. 게다가 다른 이들의 도움 없이 혼자 사투를 벌이는 중에 모든 단서가 뚝 끊겼으니 아무리 능력 좋은 현욱이라 해도 달리 방도가 없었다.

"전하, 소신이 어심을 어지럽힐 일임을 알면서도 감히 한 말씀 올려도 되겠사옵니까."

"고하라."

무심함이 뚝뚝 묻어나는 어성을 들으며 현욱은 조심스럽게 자신의 의견을 피력했다.

"단서가 끊긴 직후부터 소신은 수사의 기본을 염두에 두고 조사하고 있사옵니다."

수사의 가장 기본 중의 기본은 이득을 취할 자가 누구인지 살피는 것이었다. 그걸 알면 범인이 드러날 테고, 밀명지를 이용해 청을 움직이면 가장 큰 이득을 취할 이는 소현세자의 핏줄들이었다. 그러나 이연은 더는 듣지 않겠다며 단엄하게 현욱의 말을 끊어냈다. 소현세자의 마지막 아들인 경안군이 졸한 지 육 년째였다. 경안군의 아들이자 소현세자의 친손자가 두 명 더 남았지만, 그 어린 목숨들마저 역모로 엮어 죽이고 싶진 않았다. 이미 그 윗대에서 너무 많은 피를 보았고 억울하다 호소하는 죽음도 일어났기 때문이었다.

이연은 부왕이 승하하기 전에 들었던 유지를 잊지 않았다. 선대의 잘못으로 고통받은 그들을 불쌍히 여기며 함부로 의심하고 벌하지 말라 했던 부왕의 마음을 그는 이해하고 있었다.

"그대는 밀명지가 청나라 사신에게 넘어가는 일이 일어나지 않도록 철저히 막게. 사신단의 상사가 어떤 인물인지도 알아보고."

"예, 전하. 명 받들겠사옵니다."

현욱은 소현세자가 복위되었을 때 가장 큰 이득을 취할 경안군이나 경녕군주는 입에 더 담지도 못하고 희정당에서 물러 나와야만 했다. 하필 이런 때에 청나라 사신이라니, 어려운 때를 맞춰 찾아오는 사신단이 반가울 리 없는 현욱의 눈에 근심이 어렸다.

*

청나라 사신이 온다는 소식에 백성들은 부글부글 끓어올랐다. 올 가을도 흉작이 들어 당장 어린아이 먹일 음식도 없는데 사신들 접대에 또 많은 식량이 소모될 것이 빤하기 때문이었다. 그렇게 점점 더 삶이 각박해지고 즐겁지 않아질수록 백성들은 한 줄기 빛처럼 양묘만 찾아댔다. 그가 탐관오리들에게 경제적, 정치적 타격을 주고 자신들에게는 묽은 죽을 베풀기를 간절히 바랐다. 그런 백성들의 기대에 부응하듯이 여기저기서 늦은 밤에 양묘를 보았다는 자들이 늘었는데, 그와 함께 묘한 소문이 장안에 퍼지기 시작했다.

추수가 일찍 끝난 논가에 앉아 가을바람에 땀을 식히던 노비들 사이에서 한 사내가 먼저 화제를 꺼냈다.

"다들 그 얘기 들었어? 양묘가 사내가 아니래."

"예끼, 이 사람아! 그 무슨 말도 안 되는 소릴 하나."

조금 떨어져 앉아 있던 노인 하나가 반박하자 사내는 억울하다는 표정을 지어 보였다.

"아, 진짜요. 저잣거리만 가도 다들 그 얘기로 소란이란 말이요. 어떤 자가 밤에 소피를 누러 나갔다가 마침 복면을 벗는 양묘를 가까이서 보았는데!"

"보았는데?"

모두 눈을 초롱초롱하게 뜨고 사내가 더 말을 해주길 기다렸다. 그가 들려주는 소문이 이상할 만큼 자세하고 복면을 벗을 때 우연히 보았다는 점에서 신빙성이 떨어지지만, 그런 부분에 주목하는 자들은 없었다.

다들 한껏 귀를 기울이는 걸 확인한 뒤에야 사내는 비밀을 얘기하듯 작은 목소리로 속삭이며 양묘에 대해 알려주었다.

"달빛에 비친 모습이 완전히 선녀가 강림한 것 같더래."

그의 설명에 대부분 말문이 막힌 듯 대꾸하지 못했다. 어린 사내라던 양묘가 아리따운 여인이라는 부분이 너무 충격적인 탓이었다. 그러나 아름다운 여인은 손쉽게 화젯거리가 되었고, 일파만파 퍼져 그 내용을 듣지 못한 자가 없을 지경에 이르렀다.

박포도 그 소문을 접하고 마음이 심란해졌다. 그는 늦은 밤에 말죽을 쑤는 가마솥 앞에 앉아 이글거리는 불꽃만 쳐다보았다. 전부 자신의 잘못이었다. 왜 그 서찰을 보아서, 왜 곧이곧대로 얘기해서 양묘를 위기에 처하게 만들었는지. 스스로가 너무 미운 탓에 그는 눈앞에서 타들어가는 장작처럼 가슴 아파했다.

괴로움에 남몰래 몸부림치던 그는 품에서 피 묻은 종이를 꺼내 들었다. 아들에게 잠시 맡겼다가 되돌려 받은 가혜의 유서였다.

'태워 버리자. 이걸 가지고 있어 봤자 득이 될 것이 없어.'

혹시나 싶은 마음에 지금껏 없애 버리지 못했지만, 이제는 결심을 내릴 때가 되었다. 자신이 가지고 있는 서찰은 너무나 위험했고, 선량한 이들을 죽음으로 내몰 수도 있었다. 적어도 양묘는 죽으리라. 그것만큼은 결단코 원치 않았다.

박포는 모든 비밀이 담긴 서찰을 아궁이로 넣으려 했다. 그 순간, 그의 팔을 잡는 억센 손만 아니었다면 서찰은 그대로 잿덩이가 될 수도 있었다. 깊은 생각에 빠져 다른 이들이 다가오는 걸 느끼지 못했던 그의 눈이 부릅떠지고, 반항하며 소리를 지르려는 입을 거친 손이 턱 막아버렸다. 제압당한 박포의 손에서 서찰이 허망하게 쏙 빠져나가 경녕군주의 손으로 옮겨갔다.

그녀는 피 묻은 가혜의 유서를 펼쳤다. 처음부터 쭉 읽어 내려가는 눈동자에 담긴 감정은 매우 묘했다. 작게 벌어진 입술 사이로 탄식도 흘러나왔는데 그 속에 든 감정이 기쁨인지 슬픔인지 모를 정도였다. 서찰의 끝에 다다라서 고개를 들고 박포를 바라보는 경녕군주의 시선은 쓰라렸다.

"내 부족함 없이 대해주었거늘, 어찌하여 나를 배반한단 말이더냐."

그녀의 말에 반항을 멈춘 박포의 어깨가 축 늘어졌다. 입을 막고 있던 손이 떨어졌으나 그는 아무런 변명도 하지 못했다. 많은 이유가 있지만, 그것이 주인을 배반한 답이 되진 않았다. 그녀가 지원해 주었기에 노비임에도 불구하고 글을 배웠고, 아내를 맞이하여 아들도 얻을 수 있었다. 그 사실은 변함이 없었다.

"송구합니다."

반항도 반발도 하지 않는 그를 바라보는 경녕군주의 눈빛은 매우 착잡했다. 오랜 시간 공들여 키워온 자객들이 전부 뿔뿔이 흩어지고, 환봉은 자결당했으며 이제 곁에 남은 이들이라고는 박포와 그의 팔을 잡고 있는 사내들까지 총 셋뿐이었다. 그리고 오늘, 한 사람을 더 잃게 되었다.

"마지막으로 할 말이 있다면 하여라."

신뢰가 무너졌으니 함께 대의를 도모할 수 없었다. 그가 무슨 마음을 먹고 일을 그르칠지 모르기 때문이었다.

유언을 남겨야 하는 순간이 오자 박포는 말로 형용할 수 없는 감정들이 와글와글 몰려드는 걸 느꼈다. 두렵고 무서웠다. 살고 싶었다. 하지만 도망치는 일도, 잘못했다며 용서를 구하는 것도 여의치 않았다. 피할 수 없는 죽음을 목전에 둔 상태에서 그는 며칠 전에 제 검에 목숨을 잃은 여인을 떠올렸다.

'이런 감정이었나.'

그 짧은 순간에 딸의 앞날을 걱정하던, 그녀의 잘게 떨리는 목소리가 기억났다. 두려웠으리라. 지금 저도 그러하니. 또한, 한편으로는 기뻤을 것이었다. 노비라는 이름의 약자에게 세상이 씌운 굴레와 편견을 집어 던질 수 있는 순간을 맞이했으니. 박포는 처음으로 경녕군주와 눈을 마주치며 떳떳하게 그녀를 바라보았다.

"그간 충성을 다했습니다. 그런 이놈이 마지막으로 한 말씀 올리겠습니다."

거기까지 말하고 그는 잠시 입을 다물었다. 박씨처럼 자식을 위하여 마지막 말을 남길까도 하였으나 그의 결심은 끝내 바뀌지 않았다.

"마님은 소인에게 은혜를 베풀어주셨습니다. 그런데도 왜 일면식조차 없는 그 댁 아씨를 택했느냐 물으신다면, 양묘는 약자를 위해 움직이는 대인이고, 마님은 개인적인 욕망으로 움직이는 소인이기 때문입니다."

오로지 개인적인 욕심을 위하여 약자들을 희생시키는 일은 더는 따르지 않기로 했다. 그날, 병판 댁 아씨가 그렇게 알려주었다. 약자의 삶과 목숨도 가치가 있다고. 박씨도 알려주었다. 약자도 큰 뜻을 품고 의지를 실현할 수 있다고. 박포도 삶의 마지막 순간에 그 가르침을 따랐다.

"마님을 아껴주시는 부위의 마음을 배반치 마시고, 지켜주어야 할 아기씨들을 항상 떠올리십시오. 어머니가 자식에게 해줘야 하는 건 권력을 쥐어주는 것이 아니라, 아낌없이 사랑해 주는 겁니다."

떠나간 가족의 흔적을 쫓기 전에 곁에 있는 가족을 먼저 돌아보기를. 다 잃고 아무것도 남지 않았다며 좌절할 때, 행복이 그리 멀리 있지 않음을 기억하기를. 그것이 박포가 제게 은혜를 베풀어준 주인에게 올리는 마지막 말이었다.

그의 유언이 끝나고, 경녕군주는 아무 말 없이 몸을 돌렸다. 연이어 들려오는 뚜두둑― 목 부러지는 소리에 그녀는 눈을 질끈 감았다. 주먹을 꽉 쥔 탓에 손톱이 손바닥을 파고들어 아릿하고, 그만큼 속에서 무언가 무너져 내렸다.

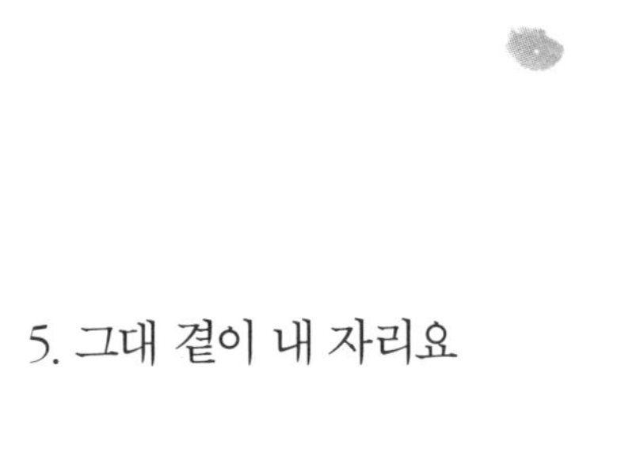

5. 그대 곁이 내 자리요

경복궁 광화문 앞, 양옆으로 관아가 줄지어 서 있는 육조거리는 이른 아침부터 사람들로 붐볐다. 그러나 다들 발길을 재촉하며 움직이는 와중에도 한두 번씩은 청포를 입고 검은 사모를 쓴 젊은 관리에게 시선을 빼앗기곤 했다.

뭇 여성들과 남성들의 시선을 한 몸에 받으며 걸음을 옮기던 인후는 큼직한 솟을삼문 앞에 멈춰 섰다. 대문 위에 걸린 현판에 사헌부(司憲府), 석 자가 멋들어지게 적혀 있었다.

사헌부의 대문을 지나 마당으로 들어선 그는 바삐 오가는 사람들의 인사를 받으며 전각으로 향했다. 하룻밤 새에 또 일감이 밀렸는지, 제 책상 위에는 두루마리들이 수북이 쌓여 있었다. 그 모습이 이제는 너무나 익숙한지라 인후는 눈살 하나 구기지 않고 두루마리 펼쳐 들며 일을 시작했다.

구군복을 입고 검을 드는 대신 청포를 입고 종이를 잡았지만, 이곳

또한 치열한 전쟁터임을 알고 있었고 인후는 그 사실을 매우 즐겁게 여겼다. 그렇게 사헌부에서 일한 지 며칠 되다 보니 처음엔 못마땅해 하던 다른 대관들도 하나둘씩 마음을 열어주었고, 인후도 목석같은 젊은 대관들이 싫지 않았다. 성미가 곧고 빡빡한 인간들인 만큼 정직하니 현욱과 닮아서인지 금세 정이 갔다.

그렇게 빠른 속도로 사헌부에 익숙해진 인후는 책상 위의 산더미 같던 일감도 정오 즈음엔 반으로 줄일 수 있었다. 그러다 우연히 집은 두루마리 속 내용에 그는 처음으로 미간을 찌푸렸다.

'이게 무슨…….'

그 두루마리에는 가장 공정해야 할 사헌부의 수장이며 그의 직속 상관인 대사헌이 비리를 저지르고 있으니 탄핵하자는 내용으로 이루어져 있었다. 빽빽하게 적힌 비리 내용을 진지하게 훑어보고 있는데 대사헌 영감이 찾는다는 소리가 들려왔다.

인후는 읽고 있던 두루마리를 말아 아직 처리하지 않은 것들 사이에 숨겨놓고 자리에서 일어났다. 때마침 대사헌이 저를 찾는 것이 영 느낌이 좋지 않았다.

대사헌, 김시림의 방으로 들어간 인후는 왜소한 몸에 붉은 관복을 입은 그에게 고개를 숙여 인사를 올렸다. 몸집은 작으나 눈매만큼은 아주 매서운 그는 인후에겐 친숙한 인물이었다. 그가 바로 현욱의 친부이기 때문이었다.

"찾아 계셨습니까, 영감."

인후가 먼저 말을 걸었지만, 시림은 대답하지 않았다. 그저 날카로운 눈으로 그를 쭉 훑어볼 뿐이었다.

언제든 찌를 준비가 된, 잘 벼린 칼날 같은 그의 시선을 받으면서 인후는 두루마기 속에 들어 있던 비리에 대한 걸 떠올렸다. 아마도 그것 때문에 저를 부른 게 아닐까 싶었으나 그의 짐작은 제대로 빗나갔다. 시림이 꺼낸 내용은 전혀 예상치 못했던 것이었다.

"자네의 내자가 양묘라던데, 맞는가."

양묘가 맞느냐는 말에 청포를 입은 뒤로 조금은 순해 보이던 인후의 표정이 싸늘하게 식었다. 그와 대사헌의 시선이 부딪치고, 숨을 몇 번 들이쉴 정도로 시간이 흐르고 나서야 인후는 목소리를 냈다.

"대체 어디서 그런 말을 듣고 제게 옮기시는 겁니까."

"나도 좀 전에 전해 들었네. 밖이 온통 그 얘기로 시끄럽다더군."

며칠 전부터 떠돌던, 양묘가 여인이라는 소문에 힘입어 병판의 며느리가 양묘라는 내용도 겨울날의 들불처럼 번지고 있었다. 사람들은 대부분 말도 안 된다고 했지만, 그만큼 자극적인 이야기도 없는지라 소문은 쉽게 확산하는 중이었다. 그 사실까지 알려준 대사헌은 인후에게 대답을 요구했다.

"자, 이제 자네가 내 질문에 답해줄 차례일세. 자네의 내자가 양묘가 맞는가."

그 질문에 대놓고 맞는 말이라고 할 수는 없는 일이었다. 그렇다고 그에게 거짓된 말을 하고 싶지도 않았기에 인후는 차선책을 선택했다.

"양묘라 한들 어찌 믿으실 것이며, 양묘가 아니라 한들 증거도 없는 이야기를 믿으실 겁니까."

무슨 말을 한들 믿지 못할 것이라 대답한 건 현명한 선택이었다. 그 말이 옳기 때문이었다. 냉한 기색만 풍기던 대사헌의 표정이 조금 누그러지고, 그의 말투도 더 나긋나긋해졌다.

"틀린 말은 아니군. 하나, 그 또한 모를 일이지 않겠나. 사람은 간혹 믿고 싶은 것만 믿는 법이니까."

믿고 싶은 것만 믿는다. 그 말 속에 굵직한 뼈가 들어 있음을 느낀 인후는 반 박자 늦게 무슨 소리냐 물었다.

"자네가 온 지 얼마 안 되어 잘 모르겠지만, 이 사헌부에는 내 뒤를 밟는 이들이 존재하네."

그의 말에 인후는 좀 전에 보았던 두루마리를 떠올렸다. 대사헌이 비리를 저지르고 있다는 내용을 상기하던 그의 머릿속으로 은근한 목소리가 들려왔다.

"어디 먼지 한 톨 묻히지 않고 권력을 쥔 자가 있던가. 젊은이들은 노력만 하면 뭐든 가질 수 있다고 생각하지만, 세상을 잘 몰라 하는 소리지."

젊은이들이 가지는 때 묻지 않은 순수함과 열정 어린 노력을 비아냥대는 소리에 인후는 귀를 의심했다. 눈앞에 있는 이가 자신이 십여 년을 알고 지내온, 그 대사헌이 맞나 싶었다. 반듯함을 미덕으로 삼아 온 현욱의 부친이라 하기에도 부끄러울 지경이었다.

대답 없는 인후의 표정이 점점 굳어지고, 김서림은 그가 느끼는 불쾌감을 알면서도 말을 멈추지 않았다.

"병판 대감께서 자네를 이끌어주시겠지만, 그래도 사헌부에 있는 동안은 내 힘이 필요하지 않겠는가. 그러니……."

"그만하십시오, 영감."

인후는 그의 말을 끊었다. 더 듣고 있다간 자신의 귀가 썩을지도 몰랐다. 아버지만큼 존경했던 사람이 어쩌다 이렇게 된 건지, 아니면 원래 시궁창 같은 인물이었는데 제 앞에서는 고고한 척했던 건지. 기분이 더러워서 속이 매스꺼울 정도였다.

"더는 듣고 싶지 않습니다."

"대관이라면 듣기 싫은 말도 듣고 판단해야 하지 않겠는가."

사헌부는 관리들의 비리를 파헤치고 일반 범죄와 풍속에 대해 검찰하며, 인사와 법률 개편에 관하여 임금에게 직언하는 등 그 임무가 매우 막중한 곳이었다. 그런 일을 하는 사헌부의 관리들을 대관이라 하였는데, 누군가를 감찰하고 탄핵하려면 우선 듣고 그것이 흙탕물인지 우물물인지 파악하라는 뜻이었다. 그러나 인후는 그의 생각보다 더 호락호락하지 않았다.

"옳고 그름은 이미 판단하였습니다. 또한, 대관이라면 응당 간언을 두려워해서는 안 되는 법입니다. 그러니 영감."

흔들림 없는 인후의 눈동자가 좁아드는 대사헌의 주름진 눈매를 새겨 넣었다. 사헌부에 소속된 이상 대사헌의 눈 밖에 나서 좋을 것이 없었다. 그러나 일신상의 안위를 위하여 말을 걸러가며 하는 것은 사헌부의 대관으로서 할 짓이 아니었다.

"영감의 관복에 수놓은 해치 흉배는 떼어버리십시오. 그 흉배를 달고 계실 자격조차 없으십니다."

해치(해태)는 선과 악을 구별할 줄 아는 신성한 동물로, 가장 공정해야 하는 대사헌의 관복에만 수놓았다. 그것을 달고 있을 자격이 없다는 건 대사헌의 직책을 포기하라는 말과 같았다.

인후는 더 들을 것도 없다는 듯, 가볍게 예를 갖춘 뒤 방을 벗어났다. 그의 푸른 관복이 보이지 않자 굳게 다물려져 있던 대사헌의 입술이 슬쩍 실룩였다.

"그놈 참 고얀지고."

말하는 본새가 영 되먹지 못하다고 생각하면서도 그의 입술은 호선을 그리고 있었다. 곧이어 터지는 시원시원한 웃음소리는 그의 기분이 얼마나 좋은지 여실히 느끼게 해주었다.

'소문은 믿을 것이 못 된다는 걸 증명하는 인물이 예 있었구나. 참으로 크게 될 놈이로다.'

너무 곧은 심지 탓에 일부 권력자들의 눈에 띄어 짓밟히지만 않는다면 훗날을 기대해도 좋을 듯했다. 물론 그를 짓밟으려면 병조판서를 먼저 눌러야 하니 크게 걱정할 것은 없겠지만, 양묘에 대한 소문이 권식의 목을 조르는 것 같아서 불안한 감은 없잖아 있었다. 잠시 고민하던 그는 밖에 있는 부하를 불러들였다.

"밖에 뉘 있느냐."

"예, 영감."

문 앞을 지키던 젊은 나장이 들어와 고개를 숙이자 서림은 두 가지 지시를 내렸다.

"최인후의 방에 놓아둔 두루마리를 회수하고, 지평 이도정에게 가서 저잣거리에 떠도는 소문에 대해 알아보라 전하여라."

인후가 대관에 어울리는 인물인지 정확히 알기 위해 내용을 꾸며 썼던 두루마리였다. 시험을 통과하였으니 두루마리는 회수하여 소각해야만 했다. 더불어 그는 양묘에 대한 소문이 풍속을 헤친다고 보고 조사를 명했다.

반듯한 돌길 위에 거대한 돌로 축대를 쌓아 올리고, 적색으로 물들인 두툼한 기둥에 두 개의 지붕을 얹은 창덕궁의 인정전. 그곳을 향

해 나아가는 내내 경녕군주는 소슬바람에 말라가는 가슴을 느꼈다.

누군가는 포기하지 말라 하고, 누군가는 주위를 돌아보라 하고, 또 누군가는…….

그녀는 손가락을 움직여 손에 쥐고 있는 종이의 질감을 느끼며 걸음을 멈췄다. 자신처럼 여인으로 태어나 할 수 있는 것이 많지 않았던 누군가가 죽음을 앞에 두고 가족들에게 적은 이야기. 그 마음을 읽으면서 경녕군주가 느낀 건 비참함이었다. 스스로에 대한 비참함이 곁에서 불어오는 작은 바람에도 그녀의 가슴을 마르게 했다.

농부의 한숨에 모래 먼지가 일 만큼, 파삭 말라 버린 논바닥처럼 쩍쩍 갈라지는 마음을 망연자실 쳐다보고만 있을 때, 늙은 내관이 총총걸음으로 다가왔다.

"오랜만에 뵙습니다. 회임하셨다고 들었는데, 우선 경축 드립니다."

우선이라 말하는 내관의 조아린 머리로 경녕군주의 시선이 옮겨갔다. 그녀는 한참 그를 쳐다보다가 인사를 받는 대신 질문을 던졌다.

"청사신이 온다는 패문이 도착하였다지? 전하의 반응은 어떠한가."

"김현욱 종사관을 자주 들이십니다만, 그 외의 변화는 보이지 않습니다."

"김현욱이라……."

그가 임금에게 밀명지와 관련된 명을 받았으리라 추측한 경녕군주는 내관으로부터 몇 가지 정보를 더 얻었다. 그중에 가장 관심이 가는 것은 어의가 희정당에 드는 일이 더 빈번해졌다는 부분이었다. 임금의 건강이 날이 갈수록 나빠지고 있었다.

경녕군주에게 정보를 넘긴 정 내관은 임금이 있는 곳으로 그녀를 안내했다. 그의 걸음이 멈춘 곳은 세자의 거처인 동궁전이었다.

임금의 거동을 알리듯 수많은 궁녀와 내관들이 마당에 줄지어 서 있고, 경녕군주가 그들을 지나쳐 섬돌 위에 올라서자 방 안에서 호탕한 웃음이 터져 나왔다.

"역시 우리 세자로구나! 참으로 현명하다."

임금이 즐거워하는 소리가 들리고, 곧 방 안으로 들어선 경녕군주는 그가 기뻐하는 이유를 알 수 있었다. 이제 겨우 열한 살인 세자의 학문이 날이 갈수록 일취월장하니, 질문을 하면서도 감탄스러운 것이다.

이연은 그런 아들을 경녕군주에게도 자랑했다.

"세자가 어찌나 영특한지, 과인이 다 놀랍고 기쁘오."

하나뿐인 아들 앞에서는 그도 어쩔 수 없는 아버지였다. 그렇게 목이 잠길 만큼 자식 칭찬을 늘어놓는 이연의 말에 경녕군주도 화답하듯 맞장구를 쳤다.

"영민하신 세자 저하를 뵈오니, 이보다 더 좋은 태교가 없는 듯하옵니다."

그녀의 말에 이연은 그제야 경녕군주가 임신한 걸 상기했다.

"아, 태기가 있어 몸조리해야 한다고 들었는데, 이리 찬바람을 쐬어도 괜찮소?"

조금 뒤늦은 감이 있지만 걱정해 주는 소리에 경녕군주는 온화한 미소를 안면에 가득 띠웠다. 임금이 어의와 내의녀를 보내주어 그 부분에 감사 인사를 하고 나니, 한동안은 복중의 아이 얘기로 분위기가 다정하게 흘러갔다. 그러다 경녕군주는 기회를 보아 조선을 뒤흔들고 있는 소문에 대해 거론했다.

"하온데 전하, 저잣거리에 도는 소문이 심상치가 않사옵니다. 그 일로 백성들이 삼삼오오 모여 떠드니 현혹되는 이들이 생겨 두렵사옵니다. 지금이라도 조치하심이 옳지 않겠사옵니까?"

그녀가 거론하는 소문이 무엇인지 능히 짐작한 이연의 눈살이 구겨졌고, 어린 세자는 그런 부왕의 용안을 가만히 지켜보았다. 임금의 표정에서는 확실히 그 얘기가 달갑지 않은 티가 났다. 역시나 그는 이 대화의 주제를 조속히 끝내고자 했다.

"다 병판을 음해하려는 자들이 벌인 소행이오. 과인이 조회에서 양묘의 죽음을 확언하였으니 곧 끝날 문제요."

"하오나, 양묘가 병판의 며느리와 닮았다는 소문도 있사옵니다."

"그 무슨 말도 안 되는 소리요!"

이연은 강하게 부정했다. 병판, 최권식을 시기하는 자들이 헛소리를 늘어놓은 것이 분명하다는 게 그의 생각이었다. 불쾌감이 정점을 찍은 이연이 자리를 박차고 일어나자 세자와 경녕군주도 얼른 따라 일어서서 머리를 조아렸다. 그런 경녕군주에게 잠시 시선을 준 이연은 말도 없이 동궁전을 나가 버렸다.

좀 전까지만 해도 좋던 분위기가 단박에 무너지자 세자, 이순은 경녕군주를 어른스럽게 질책했다.

"어찌하여 뜬소문을 입에 담아 어심을 어지럽히시오."

이제 열한 살. 어리면 매우 어리다고 할 수 있을 세자의 묘한 시선을 받은 그녀는 고개를 숙이고 잘못을 고했다. 송구하다며 그에게 사과하고 동궁전을 나오자 성난 임금의 뒤를 따라가던 정 내관이 고개를 돌려 눈을 마주쳐 왔다. 그녀는 그에게 슬쩍 고개를 끄덕여 보였다.

그 뒤로 시간이 좀 더 지난 뒤에, 인적이 드문 궐의 어느 전각 뒤편에서 경녕군주와 정 내관은 다시 만났다. 그녀는 유달리 빽빽하게 느껴지는 손을 움직여 피 묻은 서찰을 그에게 건넸다.

"어심이 불편한 것이 절정에 달했을 때 내어드리게."

무겁고 딱딱한 경녕군주의 음성에 정 내관은 그 서찰이 어떤 피바람을 몰고 올지 어렴풋하게나마 짐작했다.

임금의 부름을 받고 내관의 뒤를 따르는 내내 좋지 않던 권식의 표정은 희정당으로 들어서면서 더 악화되었다. 희정당 내에 있어야 할 내관과 궁녀들이 전부 마당 한쪽으로 내쳐져 있는 탓이었다. 내금위의 호위들만 조금 더 가까이 자리를 잡았으나, 이러한 일은 매우 희귀하다 보니 직면한 일이 보통 사안이 아님을 여실히 짐작케 했다.

희정당 안, 임금의 거처로 들어가는 문 앞에 서자 정 내관이 그의 부소를 알렸다.

"전하, 병조판서 들었사옵니다."

"들라 하여라."

임금의 하명에 내관은 즉시 문을 열면서 권식에게 슬쩍 시선을 주었다. 모쪼록 조심하라는 눈빛이었다. 그가 경녕군주에게서 서찰을 받아 임금에게 넘긴 걸 꿈에도 모르는 권식은 작게 고개를 끄덕이곤 안으로 들어섰다.

임금에게 나아가는 내내 무거운 공기가 그를 짓눌러 등을 굽게 하고, 바닥을 딛는 하얀 버선은 코가 어찌나 뾰족하게 섰는지 걸음을 옮길 때마다 가까워져서 눈이 다 시릴 지경이었다. 이윽고 용안을 마주한 권식은 일찍이 느껴본 적 없던, 노기 어린 임금의 시선을 온몸으로 받아야만 했다.

"전하."

"양묘가 살아 있는가."

이연은 권식의 말을 뚝 끊어버렸다. 지금 중요한 건 '양묘가 살아 있는가'였다. 그리고 그걸 '권식이 인정하느냐'도 중요한 문제였다. 그러나 권식은 입을 다물고 답을 올리지 않았다. 쉽게 답할 내용이 아니었다.

그의 머릿속으로 숱한 생각들이 이리저리 오가고 있음을 아는 이연은 단칼에 그가 고민하는 시간을 잘라 버렸다.

"살아 있는가!"

눈가가 시뻘겋게 달아오른 임금의 노호에 권식은 입술 안쪽 살을 꾹 깨물었다. 답을 할 수밖에 없었다.

"예, 전하. 그러하옵니다."

권식의 입에서 죄를 인정하는 소리가 나왔다. 가장 듣고 싶지 않았던 말이었다. 순간 드는 허탈함에 이연은 짧게 탄식을 흘렸다. 장도리로 머리를 수십 번 얻어맞아도 이보다 더 멍해지지는 않을 것이었다. 극심한 충격에 혼이 빠져나가는 기분을 느끼며 그는 재차 물었다.

"그 양묘가 그대의 며느리고?"

이보다 더 기가 막힐 일은 없을 것이라 여기면서 힘없이 묻는 이연의 목소리에 권식은 차마 아니라고 대답하질 못했다. 임금이 느끼는 감정을 그 누구보다 잘 아는 것이 바로 자신이기 때문이었다. 그런 권식의 답을 기다리던 이연의 눈은 화살촉처럼 날카로워졌다.

"과인이 하문하질 않소!"

"소신의 며느리는……."

권식은 말끝을 흐리며 눈을 질끈 감았다. 죽을 수도 있는 일에 솔직해진다는 건 어려운 것이지만, 더는 회피해서는 안 될 일이기도 했다. 권식은 최대한 마음을 가다듬으며 자신의 죄를 마주했다.

“소신의 며느리는 양묘가 맞사옵니다. 전하, 소신이 며느리를 살리고자 거짓으로 양묘의 죽음을 꾸며내었습니다.”

한번 입을 열고 나니 뒷말이 이어 나오는 건 쉬웠다. 담담하게 죄를 고백하는 그의 태도에 이연은 기가 차다 못해 허탈한 감정까지 맛보았다.

“그대가 지금, 제정신인가.”

정신이 올바르게 박혀 있는지 묻는 음성은 힘이 없었다. 무얼 보고 무얼 믿은 것인지 눈앞이 아찔하니 혼미할 지경이었다.

“남들이 다 그대를 의심하여도 과인은 경을 믿었소. 고금에 다시없을 충신이라.”

거기까지 말한 이연은 잠시 입을 다물었다. 정말 그를 믿었었다. 비리를 저지르지 않을 성미인 걸 알고 있었고, 왕권을 강화하여 나라를 안정시켜야 한다고 주장하는 그가 바로 충신이라 철석같이 믿고 있었다. 하여 그에게 병권을 맡기고 곁에 두며 총애하였건만, 그 결과가 이것이었다.

“병판을 음해하려는 자는 과인이 용서치 않을 것이다. 양묘의 일은 다 끝난 것이니 더는 논하지 말라. 금부의 공을 인정하여 상을 내리겠다.”

이연은 그간 제가 했던 말과 행동들을 되짚어가며 입에 올렸다. 하나하나 다 비수가 되어 권식을 찔러댔지만, 꼿꼿하게 허리를 펴고 앉아 있는 그의 낯빛은 조금도 변하지 않았다. 그것이 임금을 더 분노케 만들었다.

“그대의 충심이란 건 과인을 어리석은 자로 만드는 건가, 병판!”

진노한 임금은 결국 분노를 토해냈다. 믿었던 만큼 배신감은 더 처절하게 그를 괴롭혔고, 눈앞은 아찔했다. 이리 화를 내고, 이리 괴로운 마음을 표출해도 한때 충신이라 믿었던 신료는 무엇이 그리 떳떳한지 머리를 숙이고 죽여달라 청하지 않았다. 그렇게 홀로 열을 내니 기운마저 쫙 빠져나가는 듯했다.

“세자에게, 그대만큼은 믿어도 좋다고 말한 과인의 입이 부끄럽구려.”

이전보다 더 힘이 없는, 병색마저 완연한 혼잣말에 겉으로나마 굳건하던 권식의 표정도 무너져 내렸다.

“전하, 소신도…… 어쩔 도리가 없었사옵니다.”

당시에는 방도가 없었다. 솔직하게 말하면 며느리는 죽을 것이 뻔했고, 거짓으로 꾸며내되 들키지만 않으면 모두가 살 수 있다고 생각했었다. 편법을 선택하면 말로가 최악이 될 수도 있음을 당시에는 믿고 싶지 않았다.

그런 권식의 말을 이연은 비웃었다.

“과인을 속이는 일에 도리가 없었다? 그래, 유서를 보니 알 만도 하오. 그런 며느리를 잃을 바엔 차라리 과인을 속이는 것이 낫다고 보았겠지.”

유서를 언급하는 말에 권식은 비로소 임금의 손에 며느리의 유서가 넘어갔음을 깨달았다. 그것이 어떤 경로로 넘어갔는지는 몰라도 등 뒤에서 식은땀이 흐르기에는 충분했다. 임금이 진실을 물었을 때 계속 거짓으로 일관했다면 지금쯤 살아 있지도 못했을 터였다.

권식은 마지막 변론을 펼치듯 조심히 입을 열었다. 임금의 진노를 가라앉혀야만 했다.

"전하, 소신은 오로지 아들 내외만을 위해 이번 일을 꾸민 것은 아니옵니다."

"증거까지 드러난 마당에 변명할 말이 남아 있소?"

이연은 서안 위에 가혜의 유서를 올려놓았다. 며느리가 쓴 유서임을 한눈에 알아본 권식은 고개를 조아렸다.

"십여 년 전, 시강원의 필선이었던 이정준을 기억하시옵니까."

세자의 교육을 담당하는 시강원의 필선. 그중에서도 이정준을 특별히 귀히 여겼던 이연은 눈살을 찌푸렸다. 지금 이 상황에서 그 이름이 나올 이유가 전혀 없었다.

"그의 이름이 왜 거론되는가."

스스로 입에 담으며 그리워하긴 했어도 그가 이번 일에까지 이용당하길 바라지 않았다. 하지만 이연의 생각과는 전혀 다른 쪽으로 권식은 그의 이름을 입에 올렸다.

"그가 소신과 사돈지간이기 때문입니다."

*

해가 질 즈음 몸이 영 좋지 않아 잠깐 낮잠을 자고 일어난 가혜는 설이를 부르며 찾았으나 어찌 된 일인지 그녀는 감감무소식이었다. 결국, 혼자 경대를 꺼내 머리를 정돈하고 마루로 나가자 텅 빈 마당만이 그녀를 반겼다. 다들 어디 갔는지 사람 그림자조차 보이지 않았다.

"설아."

다시 한 번 불러도 근처에 있어야 할 설이는 나타나지 않았고, 직접 찾아 나선 가혜는 대문간 옆에 모여 있는 사람들을 발견할 수 있었다.

"무슨 일인가."

그녀의 음성에 화들짝 놀란 노비들이 허둥지둥하다가 제각각 허리를 깊이 숙이며 인사를 올렸다. 평소보다 더 깍듯한 태도에 다들 왜 이러나 싶을 때, 설이가 쭈뼛거리며 다가와 고했다.

"아씨, 저 노인장이 아씨를 꼭 만나야 한다고 자꾸."

설이의 말대로 가혜는 낯선 노인을 발견했다. 주위에 있는 노비들보다 행색이 더 추레한 그는 잘 굽혀지지도 않는 무릎을 꿇으며 대뜸 그 자리에서 절을 올렸다.

기력이 없어서 땅에 댄 손마저 달달 떨리는 노인에게 절을 받은 가혜는 황망하여 얼른 그를 일으켜 세우도록 했다.

노비들의 도움을 받아 일어난 노인은 아까부터 꼭 쥐고 있던 작은 나무 상자를 그녀에게 공손히 내밀었다.

"약소한 것이나마 받아주십시오, 아씨."

일면식도 없는 노인이 내미는 상자에 가혜는 의아한 눈길을 주었다.

"대체 무엇이기에, 내게 주겠다 하시오."

"이건 삼입니다, 아씨."

노인은 상자 뚜껑을 열었다. 그 속에는 정말 사람 손가락만 한 산삼 하나가 이끼 위에 고이 자리하고 있었다. 금보다 더 귀하다는 산삼의 자태에 노비들은 모두 놀라 입이 떡 벌어졌고, 가혜는 다시 한 번 노인을 보았다.

"나는 그대와 오늘 처음 본 사이 같은데 어찌 내게 이리 귀한 것을 선뜻 내주시오."

내다 팔기만 해도 몇 년간 먹고 살 걱정은 하지 않을 수 있는 것이 바로 산삼이었다. 그 값어치가 얼마나 대단한지는 노인도 모르지 않았다. 그럼에도 그는 그 삼을 눈앞의 아씨에게 바치고자 했다.

"소인은 일찍이 아들 내외를 잃고 어린 손주를 홀로 돌보았는데, 가진 것이 없어 목숨을 연명하기도 힘들었었습니다. 그러던 차에 홍려상단에서 쌀죽을 베풀어주니 근근이 살아갈 수 있었습지요. 손주는 병사하여 죽고 없지만, 그 아이가 배고프다 울 때 묽은 죽으로나마 달래줄 수 있었던 건 다 아씨의 은덕입니다."

그는 캔 지 얼마 되지 않아 더 은은한 향이 나는 산삼을 가혜에게 재차 내밀었다. 그 귀한 삼을 선뜻 줄 만큼 고마워한다는 건 알겠지만, 가혜는 그의 말 속에서 어딘가 어그러져 서로 이어지지 않는 부분이 있다는 걸 깨달았다.

"그게 어찌하여 내 덕인가."

병판 댁 며느리로서 한 일이 아닌데 찾아와 선물을 주니 괴리감이 느껴졌다. 그런 가혜의 마음을 알 길 없는 노인은 되레 의아한 얼굴로 그녀를 올려다보았다.

"그야, 아씨께옵서 양묘시니까요."

그의 말에 가혜의 얼굴이 경직되고, 모두들 그녀의 눈치를 보았다. 저잣거리의 모든 이들이 그리 말하고 다닌다는 노인의 주장은 가혜에게 큰 충격을 주고도 남았다. 양묘가 살아 있고, 여인이더란 소문이 돌 당시에 일이 이렇게 될 건 충분히 짐작하고 있었다. 그러나 직접 듣는 것과 예상하는 건 큰 차이가 있었고, 그것이 미래도 아닌 현재라는 사실이 그녀를 힘겹게 했다.

극심한 충격에 가누기 어려운 마음을 어떻게든 다잡으려 애쓰는 중에, 대문간으로 수십 명의 포졸이 들이닥쳤다. 육모방망이를 들고 쏟아져 들어온 포졸들은 순식간에 대문간 주위를 둘러쌌고 노비들은 웅성거렸다. 문 앞에 버티고 선, 두 명의 종사관 사이로 좌포도청의 포도대장이 계단을 올라오는 모습이 보이자, 가혜는 이 사태가 벌어진 이유를 알 수 있었다. 역시나, 마주 보고 선 포도대장은 착잡한 얼굴로 지휘봉인 등채를 들고 죄인을 지목하며 가리켰다.

“죄인, 이가 가혜는 오라를 받으라.”

죄인이라 지칭하는 소리에 놀란 노비들이 기함하며 황망해하고, 가혜는 눈을 질끈 감았다. 결국, 올 것이 왔다. 도망치는 건 불가능했다. 상황을 인정하고 받아들이기로 한 그녀는 모든 것을 초월한 듯 차분히 불청객들을 맞이할 뿐이었다.

“포장 영감. 순순히 따를 터이니 가솔들에게 마지막 당부는 하고 가게 해주십시오.”

한 집안을 책임지는 안주인으로서 당부할 얘기들이 있었다. 그녀의 청에 포도대장은 고개를 끄덕였다.

“어명을 받고 온 것이니 이 자리에서 속히 하시오.”

수년간 저를 골탕 먹여왔던 양묘라면 자다가도 이가 갈리지만, 혐의를 입증할 증거도 없는 상태였다. 오로지 거리의 소문과 임금의 명령만 받고 추포하는 것이다 보니, 괜히 뒤가 찜찜해서 그는 융통성이란 걸 발휘했다. 덕분에 가혜는 설이를 비롯해 다른 이들에게 마지막이 될지도 모를 말을 남길 수 있었다.

“내 자네들에게 부탁 하나 함세.”

가혜는 이미 벌어진 사태에 적응하지 못하고 허둥지둥하는 노비들에게 부탁한다는 말로 그들의 이목을 집중시켰다. 그 덕분에 간신히 마음을 추스른 노비들은 그녀가 하는 말을 귀담을 수 있었다.

"내가 자리를 비운 동안 아버님과 서방님이 건강을 해치시는 일은 없도록 자네들이 힘써주게. 알겠는가."

매우 당연한 당부였지만, 그 말 속에 담긴 뜻을 파악하지 못하는 노비들은 없었다. 그녀를 애지중지하는 인후와 권식을 오래도록 지켜보았기에, 주인들이 무슨 짓을 할지 모른다는 걸 능히 짐작할 수 있었다.

두 사람이 무리한 일은 하지 못하도록 꼭 막아달라 부탁한 가혜는 삼을 주러 온 노인에게도 마음만 받겠다고 말하고 순순히 포박에 응했다.

포도대장과 함께 온 여성 포졸, 다모들이 오랏줄로 팔을 묶고 가혜는 그대로 압송되었다. 포졸과 다모들이 삼엄하게 경계하는 상태에서 포도청으로 향하는 그녀의 모습은 사람들의 시선을 사로잡았다.

양반 댁 아씨가 잡혀가는 일은 흔치 않은 구경거리였지만, 사람들의 표정에 어린 감정은 호기심이나 통쾌함과는 조금 다른, 당혹감이었다. 그건 추포의 대상이 부정을 저지르던 세도가가 아니라, 백성들의 편에서 선행을 베풀어왔던 가혜였기 때문이었다.

"병판 대감 댁 아씨라니. 저분이 은도, 아니, 양묘시라며. 그래서 잡아가는 거야?"

"저렇게 좋은 분을. 그러고 보니 저번에 혼인하시면서 천 석이나 되는 쌀을 베푼 것도 아씨잖아."

"덕분에 산 사람들이 몇인데……."

수군대는 이들의 당혹스러움은 점점 날카로운 눈빛이 되어 포도청 사람들을 사정없이 찔러댔다. 권식이 양묘를 죽였다고 했을 때도 이 정도로 날 선 반응은 나오지 않았었다. 당시에도 슬퍼하는 이들은 많았었지만, 크게 반발이 일지는 않은 데는 가혜의 덕이 크게 작용했다.

그녀가 혼인한 후 숱하게 선행을 베풀어왔기 때문이었다. 덕분에 권식과 인후에 대한 평판도 날이 갈수록 좋아져서 어느 정도 상쇄가 되었지만, 이번엔 아니었다.

그녀 덕에 극심한 굶주림에서 한 번이라도 벗어나 본 적 있는 사람들은 분통을 터뜨렸다. 여기저기서 험악한 소리가 터지고, 그 감정은 주위로 옮겨 붙었다.

그들이 쏟아내는 말이 고스란히 들리는 탓에 포도대장은 식은땀을 흘렸다. 지금껏 수많은 죄인을 잡아들인 그였지만, 이런 분위기는 난생처음이었다. 팽팽한 긴장감은 조그마한 돌멩이가 날아오는 순간 터질 것 같은 느낌으로 그의 심장을 조였다.

'이 정도로 민심이 기울어 있다니.'

포도대장은 고개를 돌려 가혜에게 잠시 시선을 주었다. 한낱 여인일 뿐인데, 하늘이 내린 임금보다 더 많은 마음을 얻었다. 이런 반응은 본인도 생각지 못했는지 그녀는 매우 놀란 얼굴이었다. 곧 까만 눈에 눈물이 설핏 맺히고, 그와 반대로 포도대장은 좌절감을 맛보았다. 그녀는 자신이 한 일이 헛된 것이 아니었음을 이 자리에서 느끼고 있었고, 그는 그 반대의 감정을 경험해야만 했다.

'내가 하는 일은 과연 옳은가.'

그 질문에 어떤 식으로도 답을 내리기가 무서운 탓에 그는 억지로 목청을 크게 돋웠다.

"속도를 낸다! 앞을 막거나 죄인을 도우려는 자는 함께 추포해도 좋다."

큰 호령에 맞춰 포졸들의 창날이 백성들에게 향하고, 그 날카로운 창날에 햇빛마저 산산이 부서지자 와글와글 일어나던 분노도 별다른 힘을 쓰지 못하고 수그러들 수밖에 없었다.

결국, 아무런 제지도 받지 않고 좌포도청으로 들어가는 행렬의 끝을 보면서 남은 자들의 마음속에 남은 건 굴욕과 좌절감, 그리고 새롭게 싹을 틔우는 또 다른 분노였다. 그러한 감정들이 모여 민심을 이루고, 역사는 그 마음을 세상을 바꾸는 천심이라 하였다.

인후는 대사헌이 두루마리를 조작해 저를 시험했다는 걸 알았으나, 지금은 그걸 따질 때가 아니었다. 저잣거리에 파다하게 났다는 그 소문이 또 얼마나 아내를 괴롭혔을까 싶어 그는 일이 끝나자마자 곧바로 집으로 향했다. 그러나 집에 도착하기도 전에 좋지 않은 소문이 그의 귀로 날아들었다.

"하늘도 참 무심하시지. 우리 같은 놈들 사정 헤아려 주던 건 아씨뿐이었는데, 포도청에서 잡아갈 줄이야."

"그러게 말이야. 설마 병판 대감 댁을 건드릴 줄은 몰랐네그려."

곁을 지나가던 양민 둘이 한탄하듯 나누는 얘기에 인후는 걸음을 멈추고 고개를 돌려 그들을 보았다. 분명 두 사내는 자신의 아내가 포도청에 잡혀갔다는 말을 하고 있었다.

"이보시오, 그게 무슨 말이오. 포도청에서 잡아가다니."

인후의 묵직한 음성에 뒤를 돌아본 두 사내는 서로 시선을 교환하다가, 두 눈으로 직접 본 상황을 설명해 주었다.

"그것이, 좀 전에 막 포도청에서 사람들이 우르르 몰려와서는 병판 대감 댁 아씨를 압송해 갔습니다."

사내의 말에 인후의 표정이 싸하게 굳었다. 증거도 없이 소문만으로 제 아내를 건드렸을 리가 없었다. 그 서찰이 드러난 게 아닌 이상은 그러했다. 그것도 암담한 일이지만 문제는 양묘 사건을 담당해 오던 의금부가 아닌 좌포도청에서 가혜를 압송했다는 사실이었다. 어쩌면 어명이 있었을지도 모를 상황에 그는 더 생각할 겨를도 없이 몸을 돌려 좌포도청으로 달려갔다.

좌포도청의 솟을삼문은 양민들로 하여금 접근조차 어려운 분위기를 풍기고 있었다. 삼엄하게 경계를 서는 포졸들이 시선이 느껴졌지만, 인후는 개의치 않고 계단을 올라갔다. 다행히 관복을 입고 있는 덕에 별다른 제지는 없었고, 안쪽으로 들어간 그는 곧장 포도대장의 방으로 안내되었다.

거대한 병풍이 한쪽 벽을 가득 메운 그곳은 맨 처음, 아내를 만났던 그 장소였다. 새삼 당시의 기억을 떠올리며 방 안을 둘러보던 인후의 귀에, 가라앉은 포도대장의 목소리가 걸렸다.

"자네는 오지 않는 것이 좋았네."

껄끄러움이 묻어나는 말투에 인후는 잠시 추억을 넣어두고 그와 마주 앉았다.

"영감."

"어명일세."

어명, 그 단어에 인후는 잠시 침묵했다. 역시나 임금이 다 알아버린 것이다. 포도청에 추포령을 내릴 정도였다면 서찰도 임금의 손으로 넘어간 게 확실했다. 그나마 다행이라면 포도대장이 아직까진 호의적인 태도를 취하고 있다는 점이었다. 그는 실제로 가혜의 편의를 최대한 봐주는 중이었다.

"비록 옥사이긴 하나 편히 지낼 수 있도록 해줄 터이니, 자네는 염려 말고 그만 돌아가시게나. 병판 대감을 시기하는 자들이 이번 일로 어심을 어지럽히니 전하께옵서 잠시 행동을 취하신 것뿐일세."

잘 달래려는 말 속에서 인후는 그가 서찰의 존재 여부조차 모르고 있음을 알았다. 증거를 보고 그녀가 진짜 양묘인 걸 알았다면 이처럼 호의적으로 나올 리도 없었다. 이 조선에서 양묘로 인해 가장 많이 여기저기 불려 다니며 시달리고, 그럴 때마다 이를 갈던 인물이 바로 눈앞에 있는 좌포도청의 포도대장이기 때문이었다. 그는 인후의 짐작대로 가혜가 양묘라고 생각하지 않았다.

"자네의 부인은 다른 규수들에게도 모범이 될 만하다, 소문이 났는데 양묘라니. 당치도 않지. 양묘는 잠입과 은신 실력이 타의 추종을 불허하는 사내일세. 사람 한 명 죽이지 않고 그런 일을 한다는 게 어디 쉬운 줄 아는 겐지, 여인의 몸이라면 더더욱 불가능하단 걸 사람들만 모르네."

그는 명종 대왕 시절의 임꺽정도 양묘는 따라가지 못하는데, 다들 겪지 못해 그 실력을 모르고 헛소문을 입에 담는다고 한탄하기까지 했다.

"그간 포도청과 금부의 인력을 총동원했어도 번번이 놓쳤던 걸 자네도 알지 않나."

"예, 그러하지요."

그렇다고 대답하는 인후의 속내는 썩 즐겁지 않았다.

금부까지 거론하는 포도대장의 머릿속에는 한낱 여인에게 자신이 농락당했을 리 없다는 자기방어적인 심리가 깔려 있었다. 그 덕에 호의를 베풀고 있으니 지금은 매우 다행스러운 일이었지만, 만약 증거를 보고 가혜가 양묘인 걸 인정하게 된다면 더 사납게 돌변할 가능성도 다분했다. 그런 사태가 벌어지기 전에 빨리 일을 수습해야 한다는 걸 느끼면서 인후는 그에게 작은 청을 올렸다.

"영감, 소관의 아내가 이번 일로 많이 놀랐을 것입니다. 잠시 대화라도 나누게 해주십시오."

"그건 좀……."

포도대장은 뒷말을 흐렸다. 어명으로 잡아두었는데 대면시켰다가 혹여나 꼬투리가 잡힐까 봐 내키지 않았다. 그 마음을 읽은 인후는 차분히 그를 설득시켰다.

"면회도 금하라는 어명이 있었던 건 아니지 않습니까. 혹여 이번 일로 말이 나온다면, 소관이 아내를 보고 싶은 마음에 파옥이라도 할 듯하여 허락하였다 하십시오."

정말이지 마음 같아서는 지금 당장 옥사를 습격해서라도 아내를 빼내고 싶었다. 그러나 그리했다간 일이 더 커질 것을 알기에 이리 침착함을 가장하며 트적지근한 마음을 억지로 내리누르고 있을 뿐이었다.

한창 금슬이 좋다는 얘기를 들었기에 인후의 마음을 십분 이해하는 포도대장은 결국 면회를 허락했다. 파옥까지 거론하는데 거부하기도 쉽지 않았다.

면회를 허락받은 인후는 방을 나오자마자 포도청의 맨 안쪽에 자리한 옥사로 향했다. 담으로 빙 둘러쳐진 곳에 건물 하나가 우뚝 서 있었는데, 유독 경계가 삼엄한 것이 묻지 않아도 죄인을 가두는 감옥임이 분명했다.

포졸이 열어준 입구로 다가가자 다른 곳에서는 잘 나지 않던 역한 냄새가 훅 끼쳐 오고, 인후는 미간을 찡그린 채 안으로 발을 디뎠다. 고개를 돌리자 문 바로 우측에는 사형을 집행하는 장소가 있어서 을 씨년스러운 분위기를 풍겼고, 그 외의 공간에는 벽을 따라 크기별로 감옥이 세워져 있었다.

이미 그 내부에 죄인 몇몇이 들어가 있었지만, 눈에 띄는 건 좌측 맨 앞의 독방에 소복을 입은 채 앉아 있는 가혜였다.

벽에 난 작은 창문을 하염없이 바라보는 그녀를 발견하자마자 인후는 좀 전까지만 해도 저를 괴롭히던 악취를 더는 느끼지 못했다. 그녀가 이 공간에 존재한다는 사실만으로도 주위가 정화되는 기분이었다.

아내에게 시선을 고정하고 이끌리듯이 다가간 그의 움직임에 마침내 가혜도 제 서방을 발견했다.

"서방님."

그를 부르며 자리에서 일어난 가혜는 문 쪽으로 다가갔다. 포도대장이 편의를 봐주어 넓은 나무판자인 칼이나 족쇄 등을 몸에 착용하지 않아 가능한 일이었다. 그럼에도 걱정으로 가득한 인후의 표정은 좀처럼 나아지질 않았다.

"괜찮소?"

간신히 한마디 물어봐 놓고 또 가슴 아픈 표정을 짓는 그에게 가혜는 도리어 미소를 지어 보였다.

"너무 심려치 마시어요. 마땅한 벌을 받는 것뿐입니다."

아무리 목적이 좋은들 수단과 방법마저 옳았던 건 아니라면서, 지금이라도 벌을 받으니 마음만큼은 편하다 말하는 아내를 보며 인후는 가슴이 먹먹해졌다. 이런 여인의 삶이 어찌 이리 고된지, 안타까운 마음을 애써 숨긴 그는 나무 창살 사이로 손을 뻗어 아내의 볼을 매만지며 다시 한 번 굳게 결심했다.

"이곳에 오래 있게 하진 않을 것이오."

"서방님."

가혜는 혹여나 저로 인해 그가 무리하진 않을까 걱정스러웠다. 그러나 인후는 대답 대신 그녀의 손등을 찾아 오래도록 입을 맞출 뿐이었다.

가혜와 헤어지고 집으로 돌아온 인후는 곧바로 외별당으로 들었다. 말 한마디 없이 고뇌에 휩싸여 있는 부친의 모습이 그의 심장을 압박했지만, 인후는 잠자코 견디며 기다렸다. 마침내 입을 연 권식은 임금과의 독대에 대해 들려주었다. 유서가 이미 임금의 손에 넘어가 있었다는 점과 가혜의 친부에 대한 부분도 포함되어 있었다.

"시강원의 필선, 이정준. 그의 이야기는 너도 들어 알고 있겠지."

"예. 강빈의 옥사에 대해 부당함을 고하다 장살당한 김홍욱을 위하여 상소를 올리고 목숨을 끊어 그 주장에 힘을 실어주었다고 들었습니다."

강직함을 거론할 때는 한 번쯤 귀에 들려오는 이름인지라 인후도 정확히 기억하고 있었다. 권식은 그가 가혜와 어떤 관계인지를 알려주었다.

"그가 본디 며늘아기의 친부다."

"아……."

인후는 작게 탄성을 터뜨렸다. 이영달이 존경할 만한 장인어른으로서의 면모를 충분히 갖추었기에 그간 아내의 친부에 대해서는 딱히 관심을 두지 않았었다. 그러나 이리 알고 나니 느낌이 또 색달랐다. 그런 인후의 반응을 보며 권식은 임금과 이정준의 사이에 대해서도 꺼냈다.

"전하께오서 그를 매우 아끼셨기에 오늘 그 사실을 밝혔다만, 결국은 어명이 떨어지는 걸 막지 못하였다. 하나, 분명 흔들리시긴 하였다."

"예, 포장 영감에게도 증거를 보여주지 않으신 듯했습니다. 어심이 바뀔 가능성이 있다는 반증이 아니겠습니까."

약간의 희망이 보였다. 그때 밖에서 현욱이 찾아왔다는 무열의 목소리가 들려왔다.

늦은 밤에 두 사람을 찾아온 현욱의 표정은 썩 좋지 않았다. 그는 저잣거리의 소문을 믿지 않았지만, 임금이 소문만 듣고 추포령을 내린 부분에 대해서는 많은 충격을 받은 상태였다. 고민 끝에 찾아왔다는 현욱은 어렵사리 입을 열었다.

"소관이 오래전에 전하께 받은 밀명이 하나 있습니다."

"자네! 그만두게! 어찌 이러는가."

인후는 옆에 앉은 현욱의 팔을 잡고 급히 그의 말을 막았다. 밀명이 밀명인 이유가 있었다. 함부로 입 밖에 꺼냈다간 죽음을 면키 어려울지도 몰랐다. 그러나 현욱도 나름대로 각오를 하고 찾아왔다.

"내가 자네와 부인을 위해 해줄 수 있는 것은 이것뿐일세. 그러니 들어주게나."

굳건한 현욱의 눈빛에 인후는 결국 그의 팔을 놓아줄 수밖에 없었다. 제지가 풀리자 현욱은 밀명을 밝혔다. 인후는 어렴풋이 느끼고 있었지만, 역시나 그가 꺼낸 이야기는 밀명지에 관한 것이었다. 그것이 얼마나 위험한 물건이고, 임금이 애타게 찾고 있음을 말할 즈음에 인후와 현욱은 거의 동시에 은밀한 인기척을 느꼈다.

"누구냐!"

현욱의 음성이 크게 터지고, 인후는 품에서 단검을 빼 들었다. 누군가 엿듣고 있었다. 염탐꾼이 도망갈까 우려한 인후는 빠르게 창으로 다가가 문을 벌컥 열어젖혔다. 사람의 그림자가 드리워진 쪽마루 위에 익숙한 인영이 서 있었다. 도망가지도 않고, 묵묵히 서 있는 그를 발견한 인후의 표정이 경직되었다.

"사월령."

그 부름에 답하듯이 월령은 검 손잡이로 새까만 삿갓을 살짝 밀어 올렸다. 들추어진 삿갓 안에 자리한 그의 두 눈은 이전보다 훨씬 더 단단해져 있었다.

"아씨 소식, 들었소."

까끌까끌한 그의 음성은 인후를 불편하게 했다. 가혜가 위기에 처했을 때 구하지 못한다면 그녀와 함께 청나라로 가겠다던 그의 경고가 떠오른 탓이었다. 과거의 기억에 침음을 삼키던 인후는 사월령이냐 묻는 현욱의 목소리에 정신을 차리고, 우선 그에게 안으로 들 것을 청했다.

"상황이 간단치 않으니 안에서 얘기하지."

인후의 제안을 사월령이 받아들자 네 사람은 한 방에 모여 앉았다.

사월령과 친분이 없는 권식은 그를 경계했지만, 현욱은 떨떠름한 표정이었다. 유화의 호위무사라 안면이 없는 건 아니었으나, 임금의 밀명에 대해 입 밖으로 꺼낸 사실을 들킨 것이 찝찝했다. 그런 현욱의 표정을 본 월령은 그를 안심시킬 겸 찾아온 이유를 밝혔다.

"아씨를 구할 방도가 있는지 묻고자 온 거요. 밀명에 대해서 듣게 될 줄은 몰랐지만, 그 방법에는 찬성하오. 밀명지, 그걸 임금께 바치시오."

사월령은 그렇게 말하면서 인후를 쳐다보았다. 그의 눈빛과 말투에서 묘한 느낌을 받은 현욱은 미간을 좁히며 인후에게 시선을 주었다. 무언가 해명을 바라는 현욱의 눈빛에 인후는 어렵사리 입을 열었다.

"그간 자네에게 말하지 못한 것이 있는데. 내 실은……."

인후는 지난 이 년간 거짓으로 한량 생활을 해왔고, 그러면서 밤마다 밀명지를 찾으러 다녔음을 고백했다. 아내는 물론이고 친부까지 속여가며 한 일이었으니 친우에게도 말하지 못한 건 당연했지만, 현욱이 느끼는 배신감은 인후가 상상했던 것 이상이었다.

이를 악문 채 주먹을 꽉 쥐고 분노를 삼키던 현욱은 결국 자리에서 일어나 방을 나가 버렸다. 웃어른인 권식이 있는 것조차 눈에 들어오지 않을 만큼 그의 감정이 격정적으로 변한 상태였다. 난감해진 인후는 한숨을 푹 내쉬고는 서둘러 그의 뒤를 따라나섰다.

마당을 가로질러 가는 내내 현욱의 표정은 그 어느 때보다 일그러져 있었다.

인후가 낙마하여 의식이 없다는 소식을 듣고 느꼈던 그 참담함. 본받고 싶던 친우가 한순간에 한량이 되었을 때 그를 지켜주지 못한 죄책감. 눈빛만 나눠도 마음이 통하던, 하나뿐인 죽마고우를 잃은 소외감. 그 모든 감정이 배신감이 되자 현욱은 숨을 크게 부풀어 쉬다가 곁에 있는 나무를 짚고 서서 입술을 악물었다. 혈압이 올라 머리가 어질했다.

간신히 견뎌내는 현욱의 등 뒤로 인후가 다가왔다.

"이보게, 탁영."

저를 부르는 소리에 나무를 짚고 있던 현욱이 그대로 몸을 돌려 인후의 얼굴을 갈겼다. 볼과 턱뼈가 으스러지지 않았으면 다행일 정도로 퍽– 소리는 매우 인상 깊게 밤하늘을 울렸다.

무려 이 년이었다. 그간 속앓이를 하게 만든 벌이기도 했다. 그 마음을 알기에, 충분히 피할 수 있음에도 인후 또한 대놓고 맞아준 것이었다.

현욱의 주먹에 실린 힘에 고개가 돌아간 인후는 입꼬리 쪽이 찢어지면서 입안에서 비릿한 피 맛이 나자 눈살을 찌푸렸다. 이렇게 심하게 맞아본 건 태어나 처음이었다. 무예에 특화된 육체를 타고나지 않았다면 그냥 골로 갔을지도 몰랐다. 범인이었으면 그냥 죽었을 수도 있다는 생각에 인후는 저도 모르게 불만을 내뱉었다.

"자네, 좀 무식하게 힘이 세다는 생각 안 하나. 이건 뭐, 죽으라고 쳤군."

제 턱뼈가 온전한지 만져 보면서 투덜거리는 인후의 말에 현욱은 콧방귀를 뀌었다.

"맞자마자 멀쩡하게 입을 놀리면서 무슨 엄살을 그리 부리나."

제 주먹도 얼얼한 걸 보면 엄살이 아님을 알 수 있지만, 사내놈들끼리 미안하다, 잘못했다, 용서해 달라는 소리는 하고 싶지도 않았고 듣고 싶지도 않았다.

사실 밀명지의 위험성을 떠올리면 인후의 결정을 이해 못 할 것도 아니었다. 본인도 임금의 밀명이라는 명목하에 비밀로 하고 다녔으니, 이쯤에서 감정을 털어내기로 한 현욱은 지금 직면한 현안에 집중했다.

"그래서, 밀명지는 찾았나."

"찾긴 찾았는데, 아버지한테 넘겼지."

그 중요한 걸 부친에게 넘겼다는 소리에 현욱은 재차 미간을 좁혔다. 한량 생활을 하며 간신히 찾아낸 물건을 넘겼다는 건, 부친에게 무언가 약점을 잡히지 않고서야 불가능한 일이었다.

"자네, 내게 또 숨기는 거 있나."

뭔가 있다는 생각에 캐묻자 인후는 눈매를 좁히며 퉁명스레 대꾸했다.

"없지 않지. 자네도 내게 숨기는 거 있지 않나."

"자네와 자네의 부인을 위해 밀명까지 밝힌 마당에 내가 뭘 숨긴다고 그러나. 전혀 없네."

이미 목숨까지 건 마당에 뭘 더 숨기겠느냐는 그의 말에 인후는 반박하지 못했다. 그의 입을 봉한 현욱은 설마 싶은 생각에 조심히 입을 열었다.

"설마, 부인의 일은 아니지? 그녀가 진짜 양묘라거나……."

"……."

침묵은 긍정이었고, 그건 가혜가 진짜 양묘라는 말과 일맥상통했다. 진실을 알게 된 현욱은 아찔한 정신에 하늘을 올려다보았다. 어쩌다 의적과 금부도사가 부부의 연을 맺었는지, 그조차도 기가 막힌 일이었다. 그래도 그녀는 친우가 사랑하는 여인이고, 한때는 제게도 그것과 비슷한 감정을 느끼게 해주었으며, 지금은 인후만큼이나 마음을 털어놓을 수 있는 소중한 친우였다. 그런 그녀가 처해 있는 현실이 얼마나 가시밭길인지 깨달은 현욱은 한숨을 푹 내쉬며 다시 외별당으로 걸음을 옮겼다.

"들어가세."

어떻게든 그녀를 구해내야만 했다.

인후가 나간 직후, 월령과 단둘이 방에 남은 권식은 딱히 나눌 말도 없어서 그를 하릴없이 쳐다보고만 있었다. 일전에 소향이가 말한 대로 월령 또한 숱한 여인들이 좋아할 만한 사내였다. 묵직하게 다물려 있는 입은 과묵했고, 매서운 눈빛은 사내다운 기세가 제법이었다. 어깨는 떡 벌어졌으나 몸의 선은 날렵한 것이 자객다운 민첩함마저 갖춘 듯했다.

방 안을 떠도는 공기마저 불편해질 만큼 사월령을 빤히 쳐다보던 권식은 정말 뜬금없이 놀라운 말을 꺼냈다.

"듣자 하니, 네가 우리 며늘아기와 보통 사이가 아니었다던데. 사실이더냐."

저와 가혜의 사이에 대해 권식이 아무것도 모를 것이라 생각했던 월령은 일순 심장이 무너지는 듯했다. 표정의 변화는 간신히 막았지만, 등줄기를 타고 싸한 한기가 퍼지는 건 막을 도리가 없었다. 여기서 잘못 대답했다가는 가혜에게 어떤 피해를 줄지 모를 질문이었다.

마음을 추스른 월령은 간신히 입을 열었다.

"소인이 홀로 아씨를 사모하였을 뿐, 사이가 깊은 건 아니었습니다."

그마저도 불쾌해하면 어찌하나, 외간 사내의 마음을 얻고 다닌다고 질책하면 어떻게 하나, 월령은 수만 가지 걱정으로 가슴 졸였다. 그러던 차에 월령은 곧 믿기지 않는 말을 들었다.

"하긴, 그런 아이를 마음에 두지 않으면 어디 멀쩡한 사내놈이겠느냐. 우리 며느리가 좀 완벽해야지."

화를 내긴커녕 흐뭇해하는 그의 모습에 월령은 적잖은 충격을 받았다. 전혀 생각해 본 적 없는 반응이었다. 그러면서 제 며느리의 장점을 줄줄 읊는 소리에 월령은 입을 더 굳게 다물었다.

가혜가 얼마나 사랑받는 며느리인지 알게 되었으니 기쁜데, 또 한

편으로는 패배감이 그를 잡아먹었다. 자신은 모든 면에서 인후를 대체할 수 없었다. 이렇게 사랑해 주는 시아버지를 그녀에게 줄 수도 없었다.

가슴에 돌덩이 두 개는 박아둔 기분이 드는 중에, 문이 열리고 인후와 현욱이 돌아왔다. 입술 한쪽이 찢어져서 얻어맞은 티가 확실한 인후의 얼굴에 권식과 월령의 시선이 박혔다. 졸지에 구경거리가 된 인후는 뚱해지고, 귀한 사대 독자를 때린 현욱은 차마 권식을 쳐다보지 못했다.

현욱의 시선이 방바닥만 어지러이 돌아다닐 때, 권식의 무덤덤한 목소리가 모두의 귀를 혼란스럽게 했다.

"꼴좋구나."

짧지만 묘한 희열이 섞인 음성에 현욱은 고개를 들고 권식을 보았다. 잘못 들은 줄 알았는데, 그는 희미하게 웃고 있었다. 당황하는 현욱과 눈이 마주친 권식은 그를 매우 칭찬해 주기까지 했다.

"잘하였다. 내 저놈에게 속은 걸 알았을 때 한 대 갈겨주고 싶었는데. 속이 다 후련하구나."

그건 진심이었다. 그 마음을 아는 인후는 부친의 말에 아무 반박도 못 하고 끄응, 앓는 소리만 냈다. 현욱은 그런 인후를 힐끗 곁눈질하고 웃음을 억눌러 참으며 권식의 앞으로 가서 앉았다. 덕분에 이전보다는 분위기가 훨씬 더 가벼워졌다. 일련의 감정들을 풀고 나서 다시 모여 앉은 네 사람은 가혜를 구할 방도에 대해 날이 밝아올 때까지 상의했고, 곧 결론을 내렸다.

그렇게 그들이 잠도 청하지 않고 한창 이야기를 나누는 그 밤에, 잠을 이루지 못하는 이는 또 있었다. 내관들이 애원해도 이연은 늦은 시간까지 장침에 팔꿈치를 기대고 비스듬히 앉아 있었다. 익선관을 벗고 이마에 두른 망건을 천천히 매만지는 손이 무겁기 그지없었다.

'이정준의 여식이라…….'

이정준, 그 이름을 되뇌면서 이연은 세자 시절에 글을 배우던 때를 떠올렸다. 요즘처럼 날이 선선하니 기분 좋던 가을이었다. 창덕궁 후원에 있는 폄우사(어리석음을 일깨운다는 이름의 전각)에 앉아서 바닥에 펴 놓은 책을 읽다 말고 그는 이정준에게 질문을 던졌었다.

"자식이 도리를 모르고 함부로 부모를 모욕하는 언사를 입에 담는다면, 어떠한 벌을 내려 징치해야 마땅하오?"

자식과 부모의 관계로 돌려 묻긴 했으나, 천재지변이 임금 탓이라 수군대는 백성들을 향한 말이었다. 백성이 임금을 입에 담으며 못된 소리를 할 때 어찌 벌을 내리면 되느냐 묻는 말에 이정준은 차분히 답을 올렸다.

"자식이 도리를 다하지 못한다고 과하게 징치하면, 그것은 과연 부모의 도리겠습니까. 배우지 못하여 그런 것이니 어린 자식은 교육으로 다스리고, 부모는 제 소임을 다하였는지 돌아보아야 합니다. 자식들의 목소리에 귀를 기울이는 것도 부모의 소임입니다."

그의 말에 이연은 부모에게만 너무 과하다 했다. 인정할 수 없다는 태도에 이정준은 좀 더 설명을 덧붙였다.

"자식이 말을 듣지 않는다고 포기하지 마십시오. 자식이 배은망덕하다고 포기하지도 마십시오. 이 세상에 낳아놓은 책임이 있는 부모가 할 도리가 아닙니다. 어른은 그러한 것들을 참아야 하고, 참을 수 있기에 어른이라 합니다."

어른은, 부모는, 임금은 못난 자식도 포기하지 말고 그들의 목소리에 귀를 기울여야 한다는 얘기였다.

과거의 기억을 끊고 눈을 질끈 감은 이연은 깊은 한숨과 함께 내관을 불러들였다.

감옥의 딱딱한 벽에 기대서 선잠이든 가혜는 밖에서 느껴지는 기척에 눈을 떴다. 그녀의 예민한 감각은 틀리지 않았고, 곧 옥문이 열리면서 종사관이 그녀를 밖으로 불러냈다.

"조용히 나오시오."

"무슨 일입니까."

"모르오. 우선 나오시오."

종사관은 딱딱한 어조로 대답했다. 영문도 모르고 옥사 밖으로 나온 가혜는 숨을 가득 들이마셨다. 상쾌한 공기가 감옥에서 썩어가던 폐부마저 씻어주는 기분이었다. 깨끗한 공기를 마실 수 있다는 것만으로도 사람이 행복해질 수 있음을 느끼면서 종사관의 뒤를 따라간 곳은 목간이었다.

"씻으시오."

"이게 무슨……."

나무통 안에 더운 김이 나는 물이 가득 담겨 있고, 그 주위에는 다모도 여럿이 서 있었다. 왜 갑자기 목욕을 하라는지 문득 이상한 기분이 들어 경계했으나, 종사관은 더 이상의 답은 주지 않고 나가면서 문을 닫아버렸다.

당황한 가혜는 다모들에게서 무슨 단서라도 얻고자 했으나 그녀들도 재촉만 할 뿐, 대답을 안 하기는 마찬가지였다. 결국, 불안한 마음을 품고 소복을 입은 채 목욕에 응해야만 했다.

다모들은 가혜를 깨끗하게 씻기고 새 소복으로 갈아입는 것까지 도와주었다. 그 뒤에 등잔불이 켜져 있는 방으로 자리를 옮기게 된 가혜는 벽에 걸린 옷을 보고 머리가 새하얗게 변하는 걸 느꼈다.

벽에 걸린 옷은 궁녀 복이었다. 궐로 들어가는 것이다.

궁녀로 치장하기 위해 다모들은 가혜의 머리를 풀어 빗질하고 새앙머리를 만든 뒤 붉은 댕기로 묶어주었다. 하얗게 질린 얼굴에는 분을 발랐고, 입술에도 연지를 찍어 바르자 인후가 보면 기함할 만큼 미모가 살아났다. 정작 그녀는 매우 심각한 표정으로 앉아 있음에도 귀태가 나니, 다모들마저 감탄사를 슬쩍 흘리곤 했다.

옷까지 갈아입은 가혜가 완벽하게 궁녀가 되었을 즈음 때맞춰 포도대장의 목소리가 방 안으로 흘러들어 왔다.

"다 되었느냐."

"예, 포장 영감."

다모들은 급히 일어나 방문을 열었다. 안에 앉아 있는 가혜를 본 포도대장의 얼굴에는 약간의 당혹감이 어렸다. 미모가 출중한 건 알았지만, 조금 심했다. 머리를 올렸던 여인이 혼인하지 않은 것처럼 머리를 내리자 그 느낌이 또 새로우니 달빛마저 감화될 만했다.

'다 늙은 나도 이럴진대…….'

그는 옆에 서 있는 젊은 종사관을 곁눈질했다. 역시나 그는 그녀에게서 눈도 못 떼고 있었다. 그걸 보고 기함한 포도대장은 크게 헛기침을 하며 종사관을 노려보았다.

그와 눈이 마주친 뒤에야 제가 혼인한 여인을 넋 놓고 보았음을 깨달은 종사관은 목까지 새빨개져서 얼른 고개를 숙였다.

종사관이 감정을 수습한 것처럼 가혜도 그의 헛기침에 문득 정신이 들었다. 적어도 포도대장은 이 사태에 대해 알고 있을 터였다.

"포장 영감, 이게 어찌 된 일입니까."

"말해주기 어렵소. 얼른 따라 나오시오. 어둠을 틈타 움직여야 하니."

그도 말해주지 않자 가혜의 고운 아미가 찌푸려졌다.

"말해주지 않으면 이 자리에서 한 발짝도 움직이지 않겠습니다."

단호한 음성에는 혀를 깨물고 죽기라도 하겠다는 각오가 비쳤다. 그녀의 굳건한 눈빛에 떫은 입맛을 다신 포도대장은 소매 안에 넣어 둔 나무패를 꺼냈다.

"명소부요. 전하께옵서 부인을 궁인으로 꾸며 궐로 들이라 하셨소."

명소부는 임금이 포도대장을 은밀히 궐로 불러들일 때 쓰는 패였다. 말 그대로 은밀히 들어가야 하니 어두운 밤을 틈타 움직이는 게 제일 좋았다.

포도대장의 손에 들린 명소부를 본 가혜는 임금이 저를 만나고자 궐로 들이려 함을 확신할 수 있었다. 분명 양묘인 걸 알면서도 명한 것이니, 피할 명분도 이유도 없었다. 가혜는 마음을 단단히 먹고 문지방을 넘어 밖으로 나섰다. 궐로 향하는 그녀의 머리 위에 뜬 달이 점점 그 몸을 부풀리며, 곧 터질 듯이 주위를 밝게 비췄다.

포도대장이 받은 명소부와 궁녀의 차림 덕에 궐로 들어가는 일은 수월했다. 풍채가 좋은 포도대장의 뒤에서 고개를 숙이고 있다가 그가 걸음을 옮기면 그대로 따라가면 되었다. 태어나 처음으로 궐이란 곳에 들어와 본 가혜는 눈만 살짝 들어 주위를 살폈다. 널찍널찍한 길 사이로 시선이 닿는 곳마다 전각들이 존재했다. 불이 꺼져 고요함 속에 잠든 곳이 있는가 하면 여전히 불을 밝힌 건물도 있었다. 누군가 남아 당번을 서는지 창호지 사이로 새어 나오는 불빛들이 몽환적인 분위기를 자아내고, 패를 이뤄 순찰하는 겸사복들도 종종 눈에 띄었다.

복잡한 만큼 넓고, 접근이 어려운 만큼 신비로운 궐은 그녀가 지내왔던 세상과는 전혀 다른 곳이었다. 아름답고, 위압적인 공간이었다. 오로지 임금을 위하여 지어진 건물들이 군왕의 위엄을 여실히 증명하는 듯했다. 하루하루 입에 풀칠하기도 버거운 백성들에게 임금님은 상상 속의 존재요, 그가 눈이 두 개든 세 개든 크게 개의치 않았다. 가혜 또한 그보다 조금 나은 정도였을 뿐, 임금의 존재가 대수롭지 않은 건 마찬가지였는데 막상 궐에 들어와 보니 그의 권위가 실감 났다.

가슴을 짓누르는 힘을 느끼면서 향한 곳은 궐의 뒤쪽에 있는 후원이었다. 내관이 든 등불이 어둠을 물리고, 청명한 국화 향이 가득한 그곳에 뒷짐을 진 채, 뒤돌아 서 있는 임금이 있었다. 포도대장은 그런 임금의 등에다 대고 깍듯이 예를 갖췄고, 내관은 그들이 당도했음을 고했다. 그럼에도 뒤를 돌아보지 않는 임금 탓에 결국 내관이 총총걸음으로 그들에게 다가와 임금의 말을 전했다.

"전하께옵서 이가 가혜만 남고 모두 삼십 보 뒤로 물러나라 하시오."

어명이 떨어지자 포도청 사람들은 물론이고 내관과 궁녀들까지 전부 멀찍이 물러섰다. 그렇게 듣는 귀들이 없어지고 나니, 바닥에 놓인 등불만이 임금과 가혜 사이에 남은 전부였다.

고개를 숙이고 있던 가혜는 시야에 닿아 있는, 임금의 신발인 어혜가 돌아서자 곡배하기 위해 이마에 두 손을 겹쳐 대었다. 그러나 나직하게 가라앉은 음성이 그녀의 행동을 막았다.

"예는 되었으니 고개를 들라."

그 말에 가혜는 절하려던 걸 멈추고 조심히 목을 세웠다. 감히 눈을 마주칠 수는 없었으나, 임금의 시선은 충분히 느껴졌다. 가혜를 본 이연은 내심 감탄했다. 그가 보아도 빼어난 미모였다. 그러나 그 아름다움에 잠식되기에는 그간 저를 괴롭혀 왔던 양묘가 그녀라는 사실이 너무나도 크게 다가왔다.

"그대가 양묘라지."

알고 불렀다고 하기에는 모호하게 묻는 말이었다. 마치 소문으로만 들었다는 어감이었으나, 가혜는 거짓을 고하는 우를 범하지 않았다.

"예, 전하."

"그럼 참수되어도 무방하겠군."

인정하자마자 나오는 참수 얘기에 가혜는 입을 다물었다. 사형시켜도 좋겠냐고, 그딴 질문이나 하고자 죄인에게 궁녀의 옷을 입혀 궐까지 오라 했을 리가 없었다. 잠깐의 침묵이 오가고, 끝까지 입을 열지 않는 가혜에게 이연이 먼저 두 손 두 발 들었다.

"그래, 그대에게 살 기회가 전혀 없는 것은 아니다. 과인은 이 자리에서 그대의 유언을 듣고 결정을 내릴까 한다. 과인의 마음을 움직일, 마지막 기회가 될 수 있으니 신중을 기하여 고하도록 하라."

스스로 변론할 기회를 주겠다는 말이었다. 솔직한 말로 이연은 가혜가 그 자리에서 무릎을 꿇고 울면서 살려달라고 애원할 줄 알았다. 임금의 치세가 어지러운 탓이 아니라 일부 탐관오리를 혼내주고 싶었다고, 그러니 부디 하해와 같은 은덕으로 관용을 베풀어달라 사정하리라 생각했다. 그러나 가혜는 무릎을 꿇지도 않았고, 울지도 않았으며, 살려달라 비는 건 더더욱 하지 않았다. 그녀는 여전히 당당하게 서서 차분한 어조로 마지막이 될지도 모를 말을 올릴 뿐이었다.

"주위에 국화 향이 그윽하니, 국화의 지조를 닮기를 바라며 한 말씀 올려보고자 합니다."

후원에 흐드러지게 핀 국화를 이용해 에둘러 표현하긴 하였으나, 결론은 따끔하게 쓴소리를 내뱉어보겠다는 뜻이었다. 주위의 사물을 이용하여 자연스레 군자의 덕을 논하는 가혜의 어법은 이연의 흥미를 돋우기에 충분했다.

'국화의 지조라니, 과연 무지하지는 않구나.'

국화는 지조와 은일의 상징으로 군자의 덕을 지녔다 하여 사군자 중 하나로 불렸는데, '초가을의 매서운 서리가 와도 꽃을 피워내는 지조'가 으뜸이라 하였다. 고난을 뚫고 때가 되면 피어나는 국화처럼 원칙과 신념을 꿋꿋하게 지키라는 국화의 가르침. 그것을 따르겠다는 가혜의 말을 이연은 기쁘게 받아들였다.

"들어보지. 계속하여라."

임금의 허락에 가혜는 고민하며 말을 골랐다. 살려달라 애원해서 살려줄 것 같았으면 진즉에 용서를 구했을 것이었다. 하지만 그녀가 느끼기에 임금이 바라는 건 그런 것이 아니었다. 살면서 다시없을 이 순간을 위해 그녀는 침착하게 입을 열었다.

"하늘이 노하여 하루가 멀다 하고 천재지변이 일어나는 것이 어찌 전하만의 잘못이겠사옵니까."

아니다, 임금의 잘못이다. 이연은 그리 생각했으나 한편으로는 그 말이 참으로 고마웠다. 그러나 듣기 좋은 말은 거기서 끝이었다.

"하나 전하, 벌써 수년간 땅이 말라 흉년이 들고 전염병이 창궐하며, 먹을 것이 없으니 백성들은 도처에서 죽어 나갑니다. 양민 중에 굶주리지 않는 자가 없고, 자식을 잃어보지 않은 자도 없을 것이옵니다."

조선의 현 실정이 그러하였다. 그러니 백성의 삶을 직접 둘러보고 그들을 구해달라는 청이었으나, 그녀의 질책 아닌 질책이 이연도 억울하고 답답하긴 마찬가지였다.

"그래서 과인이 노력하지 않았다는 것이더냐. 구휼미를 풀어 진휼청에서 죽을 장만하게 하고 전염병을 잡기 위해 무던히도 애를 썼느니라. 하늘에 제도 지내보고, 소를 잡는 일도 금하게 하였다. 이보다 무얼 더 어찌한단 말이더냐."

최선을 다했다고, 이보다 더할 수는 없다 토로하는 임금의 병색이 완연한 얼굴을 가헤는 슬픈 눈으로 쳐다보았다. 그가 고생하고 있음을 모르지 않지만, 그럼에도 질책할 수밖에 없었다.

"전하께옵서 한계를 정하시면, 백성은 어떠한 희망을 품고 살아야 합니까. 전하께옵서 하실 일은 아직도 많사옵니다. 구휼미를 푼다 하여도 그것이 전부 백성의 몫으로 가지 않고, 중간에 부정한 방식으로 제 잇속만 챙기는 관리가 난무하며, 양반이란 신분을 이용해 가난한 백성의 집을 앗는 자들도 한둘이 아닙니다."

노력했다고 하지만 아직도 할 일은 많이 남아 있었다. 군주의 나라에서 가장 고달파야 하는 건 임금이며, 그래야 백성이 편안한 법이었다. 가혜는 고개를 조아리고 이것이 마지막이 되리라 생각하며 충언을 올렸다.

"부디 들어주십시오, 전하. 배부른 자들의 말만 듣지 마시옵고, 양반들의 투정에만 솔깃하지 마시옵소서. 괴롭더라도 가장 천한 자들을 눈에 담으시고, 그들의 원통함을 들어주시옵소서. 기민이 준 것에 만족하지 마시옵고, 한 명의 백성도 억울하게 죽는 일이 없도록 하소서. 그리하신다면 전하께옵서 수천, 수만의 백성을 구하실 것이니, 그 망극함에 이 죄인은 죽어도 여한이 없을 것입니다."

그것이 이 땅에 사는 모든 백성이 임금에게 하고 싶은 말이었다. 그들의 마음을 전한 가혜는 일말의 흔들림도 없이 임금의 처결을 기다렸다. 회초리로 수십 대 얻어맞은 기분에 말문이 막혀 있던 이연은 그 어떤 대관들보다 굳건한 여인의 모습에서 한 가지 사실을 깨달았다. 사약을 내리든 참형으로 목을 베든 교수형을 집행하든 그녀의 얼굴빛 하나 변하게 만들 수 없음을.

'하– 과연, 국화의 지조를 닮았구나.'

어쩌면 주위를 감싼 이 국화꽃 향기가 후원의 꽃들이 아니라 그녀에게서 나는 걸지도 몰랐다.

"과인이 졌다. 과연 그 아비에 그 딸이로구나."

뜻하지 않게 임금이 패배를 인정하는 말을 입에 담자 가혜는 황망하여 급히 더 깊게 고개를 숙였다. 그런 가혜를 오래도록 쳐다보고 있다가 이연은 몸을 돌렸다.

"마지막 말을 들었으니, 과인이 결정을 내리기 전까지 옥사로 가서 대기하고 있으라. 그 뜻이 옳건 그르건 도둑질을 한 벌은 받아야 할 것이다."

"예, 전하."

가혜는 그의 결정에 토를 달지 않고 조심히 뒷걸음질 쳐 물러났다. 할 수 있는 건 전부 다 했다. 후회는 없었고, 남은 건 그의 선택뿐이었다.

*

인후는 해가 뜨자마자 의관을 정제하고 궐로 들어 임금에게 급히 뵙기를 청했다. 승낙이 떨어지자 궁녀들이 문을 열어주었고, 그는 나무 궤짝을 싼 작은 꾸러미 하나를 든 채 방 안으로 들어섰다.

간밤에 잠을 이루지 못한 이연의 얼굴에는 피로감이 덕지덕지 묻어 있었다.

"그대가 이 시각에 청대를 원하다니, 필시 내자의 일이겠지?"

묻는 음성마저 고단한 기색이 가득한 탓에 인후는 문득 괴로워졌으나, 그렇다고 후일을 기약하며 물러나진 않았다. 포도청 감옥의 열악한 환경을 직접 보고 나니, 아내가 잠깐이라도 그곳에 더 머무르는 것이 싫었다. 그러나 그런 조급한 마음은 숨기고 인후는 일을 순서대로 진행했다.

"아니옵니다. 전하. 내자의 일이 마음에 걸리지 않는 것은 아니나, 오늘은 그보다 급한 사안으로 뵙고자 하였사옵니다."

"그보다 급한 일이 있다고?"

"예."

인후는 들고 온 꾸러미를 내관에게 넘겨 임금에게 전달한 뒤, 그가 상자를 열기 전에 주위를 물려줄 것을 청했다.

방 안에 있던 자들이 모두 물러나고, 이연은 무심히 궤짝 뚜껑을 열었다가 눈을 부릅떴다. 좀 전까지의 노곤함은 씻은 듯이 사라지니, 피 묻은 서책에 적힌 세 글자만이 두 눈에 박혔다.

"밀, 밀명지……."

떨리는 손으로 서책을 꺼낸 이연은 그 속에 든 내용을 확인했다. 다 읽지 못하고 몇 장만 보았어도 필시 그 문제의 서책이었다.

"이걸, 이걸 어떻게. 어떻게……."

인후를 바라보는 그의 눈빛이 어지러이 흔들리고, 당황하여 혀가 굳으니 말까지 더듬을 지경이었다. 부왕 때부터 찾기 위해 그렇게 공을 들였는데, 이런 식으로 얻게 될 줄은 상상조차 못 했다.

놀라서 더 묻지도 못하는 그의 심정을 어림짐작하며 인후는 차분하게 상황을 설명했다.

"소신, 그간 나라의 근간을 어지럽히는 서책이 있다 하여 수년을 찾아다녔습니다."

인후는 한량 행세를 하고 다니며 밤마다 밀명지를 찾아다닌 일과 아내 덕에 단서를 얻어 간신히 찾아내었음을 고했다.

노비였으나 주인을 위해 충심을 다한 박씨의 이야기를 전했고, 홍단주와 같은 뜻을 지닌 줄도 모르고 홍려 상단을 습격한 이야기도 고했다. 그가 밝히지 않은 건 경녕군주와 관련된 내용뿐이었다.

인후의 속사정을 들으며 오랜 시간 대화를 나누고 나서야 이연은 그가 지난 몇 년간 해온 행적들을 얼추 이해할 수 있었다.

"그래. 이리 마주 앉아 대화하니 확실히 그대가 장원 급제한 날이 기억나는군."

인후의 평판이 바닥을 쳐도 파면하지 않고 놔둔 이유는 권식을 신임하였기 때문이지만, 또 한편으로는 인재였던 그의 모습이 뇌리에 인상 깊게 남은 탓도 있었다.

덕분에 이연은 인재를 발견한 그 당시의 기쁨을 다시 만끽하게 되었으나, 완전히 드러내 놓고 기뻐할 수만은 없었다.

밀명지를 찾아온 인후의 공로는 가혜의 죄를 덮고도 남음이 있었으나, 어젯밤에 가혜를 불러다 말하기를, 도둑질에 대한 벌은 내리겠다고 한 상태였다. 게다가 이런 시점에 떡하니 밀명지를 가져온 것도 의도가 썩 고와 보이지는 않았다.

그런 임금의 마음을 짐작 못 할 인후가 아니기에, 그는 손으로 바닥을 짚고 허리를 숙이며 목소리를 내었다.

"전하, 소신의 죄를 부디 벌하여주시옵소서."

"죄라니. 그 무슨 말인가."

"밀명지를 찾는 일이 매우 중하긴 하여도, 그 과정에서 소신은 불효를 저질렀고, 소신의 집안일로 어심이 어지러운 걸 알면서도 밀명지를 들고 와 이리 고하니 그 또한 불충 아니겠사옵니까."

공을 인정하여 아내를 용서해 달라고는 못할망정 죄를 청하는 그의 말이 이연에게 심적 부담감을 얹었다.

그것이 인후의 노림수이기도 하였으나, 한편으로는 진심으로 벌을 받고 싶기도 했다. 충신을 얻었다며 기쁜 내색을 슬며시 비치는 임금을 이런 식으로 압박하는 건 신료 된 도리가 아니었다.

'미안하오, 부인. 힘들어도 조금만 견뎌주시오.'

인후는 감옥에서 또 홀로 외로이 앉아 창문만 하염없이 보고 있을 아내를 떠올리며 더 깊이 머리를 숙였다.

"하오니 전하, 소신을 하옥하여 주시옵소서."

인후의 간절한 청에 이연은 눈을 질끈 감았다.

대낮에도 어두운 감옥에서 유일하게 햇빛이 들어오는 곳은 벽에 난 작은 창문뿐이었다. 두 개의 굵직한 나무를 세로로 박아 손도 넣기 어려운 창문이었지만, 그나마 그것이 있어서 종종 바람결을 느끼거나 좀 덜 역한 공기를 마실 수 있었다.

전날 밤의 외출에 대한 여운이 아직 가시지 않은 가혜는 창 앞에 서서 임금과의 만남을 떠올렸다. 그 시간을 증명하는 건 아직 풀지 않은 새앙머리뿐이었지만, 그래도 그녀의 머릿속에서는 여전히 생생했다. 직접 임금을 만나고 간언을 드렸다는 사실이 마치 꿈만 같아서 손을 올려 새앙머리를 매만져 보았다. 그러다 문이 열리는 인기척에 몸을 돌린 그녀의 표정이 멍해졌다.

"서방님?"

관복을 벗고 흰 적삼에 고의만 위아래로 갖춰 입은 서방이 옥 안으로 들어서는데, 그가 왜 저와 같은 죄인의 차림으로 이곳에 왔는지 모를 일이었다.

그런 가혜와 달리 인후는 새앙머리를 한 아내를 보고 잠시 움직임을 멈췄다. 모습이 딱 잠자리에 들기 직전의 궁녀 같았다.

설마 궁녀 차림으로 궐에 들어갔던 걸까, 의문이 들었지만, 해소의 시간은 순식간에 뒤로 밀렸다.

'저 모습을 대체 몇 놈이나 본 건지…….'

몇 명이나 그녀의 모습을 눈에 담았을지가 그에겐 더 중차대한 문제였다. 저도 못 본 궁녀 차림의 아내를 어쩌면 임금과 포도대장은 봤을 거란 생각에 인후는 저도 모르게 매우 뚱한 음성을 냈다.

"내 앞으로 이곳에서 머물 거요. 질책하진 마시오. 그대와 함께 있고 싶었을 뿐이니."

분명 달콤해야 할 말인데, 그의 볼이 퉁퉁 부은 게 어딘지 심술이 가득 묻어 있었다. 그래도 자신과 함께 있고자 편안한 집 대신 감옥을 선택했다는 사실에 가혜는 손가락으로 입을 살짝 가리며 작은 탄성을 터뜨렸다.

제게 감탄하는 그 소리가 질투로 응어리진 마음을 풀어주니, 인후는 두 팔을 활짝 벌렸다.

"뭐하오, 감격하였으면 이리 와 안기지 않고."

냉큼 달려오라는 말에 가혜는 작게 웃으며 마음 가는 대로 얼른 달려가 그의 품에 안겼다.

안기자마자 꽉 감싸는 팔이 듬직하니 마음을 편안하게 해주고, 청명한 그의 체향은 아련한 추억을 떠올리게 만들었다.

그 기억을 더듬으며 가혜는 부드럽게 미소 지었다. 역시나 그가 있는 곳이라면 그곳이 설령 감옥이라 해도 좋았다.

"서방님…… 은애합니다."

"나도 은애하오, 부인."

서방과 함께 생활하게 되면서 가혜는 창밖만 바라보며 서 있는 일을 그만두었다. 창문보다 더 좋은 숨구멍이 곁에 있으니 그럴 필요조차 없었다. 그의 품에 안겨서 대화를 나누거나, 어딜 봐도 완벽한 그를 요리조리 구경하고 있노라면 지루할 새도 없이 시간이 흘렀다.

그런 아내의 모든 행동을 사랑스럽게 바라보던 인후는 제 품에 안기는 그녀의 새앙머리가 또다시 눈에 들어오자 미간을 찌푸렸다. 이미 오래전에 몸과 마음을 다하여 사로잡힌 터라 뭔들 안 예쁘겠느냐마는 그래서 더 기분이 개운치 못했다.

"부인."

그는 아내를 불렀다. 조금은 심각한 음성에 가혜가 반응하며 위를 올려다보자 인후는 문득 덮치기 딱 좋은 자세라는 생각이 들었다. 그러나 지금은 그녀의 입술을 막기보단 벌려야 할 때였다.

"새앙머리에 분까지 바르고 그 어여쁜 모습을 뉘에게 보여준 거요. 내 아까부터 강샘이 일어 죽겠소."

대놓고 질투 나 죽겠다고 말하는 인후의 목소리에 가혜는 당황하여 제 머리를 만져 보았다.

궐에 다녀와서 바로 갇히는 바람에 머리 모양을 바꿀 새가 없었다. 그러니 당연히 비녀도 돌려받지 못했고, 그랬기에 모두가 그녀의 행색을 당연하게 여겼다.

투기가 일어 죽을 것 같은 인후만 빼고.

부루퉁한 서방의 표정에 되레 기분이 좋아진 가혜는 다시 그의 품에 안겼다. 넓은 어깨에 머리를 기대어놓고 궐에 들어간 일과 임금과의 대화도 기억나는 대로 들려주었다. 그러다 그녀는 임금이 혼잣말처럼 중얼거리던 이상한 말을 떠올렸다.

"그러고 보니, 그때 전하께옵서 소첩에게 그 아비에 그 딸이라 하셨습니다. 설마 아버지를 아시는 걸까요?"

부친이 생원시에 합격하였다고는 하나 임금이 그를 안다고 하기에는 석연치 않은 구석이 있었다. 그런 가혜의 의문을 풀어줄 답은 인후가 가지고 있었다.

"아마 전하께옵서는 그대의 생부이신 필선, 이정준 어른을 말씀하신 걸 거요."

"아……."

가혜는 너무 오래되어 이제는 생소하기까지 한 친부의 이름에 잠시 말문이 막혔다.

친부에 대해 알고 있는 건 그리 많지 않았다. 이름 석 자와 그가 의로운 일을 위하여 목숨을 걸었다는 것 정도였다. 영달은 그 이상 알려주지 않았고, 가혜도 굳이 묻지 않았다. 알지 않아도 그 자리를 충분히 메워주는 의부가 있었기에 괜찮다 생각하며 애써 잊고 살아왔었다.

"그분 얘기였군요."

가혜는 뒷말을 흐리며 시선을 바닥으로 떨어뜨렸다. 그 말투와 반응에서 어딘가 거리감이 느껴지자 인후는 의아해하며 조심스럽게 그녀의 친부에 관해 물었다.

"혹여 친아버님에 대해 잘 모르오?"

"예. 서방님은 아십니까."

"강직하기로 워낙 유명하셨던 분이기도 하고, 아버지께 듣기도 하였소. 전하께옵서 많이 신임하셨던 분이라 하오."

그의 대답에 가혜는 잠시 고민했다. 더 물어봐도 좋을까, 더 들어도 괜찮을까 생각하다가 크게 한번 숨을 들이쉬고 아는 걸 전부 들려달라 청했다. 그간 덮어두고 외면했던 이야기를 이제는 대면할 때가 되었다.

*

인후마저 감옥에 갇힌 지 이틀째 되던 날 아침, 이연은 새벽녘부터 무리 지어 찾아와 따져 드는 사헌부 관리들 탓에 골머리를 앓는 중이었다.

불편한 심기를 고스란히 드러내며 관자놀이를 꾹꾹 누르는 임금 앞에서 현욱의 부친이자 인후의 상관인 대사헌, 김서림과 몇몇 대관들은 눈 하나 깜짝 않고 옳은 소리만 올려댔다.

"전하, 사헌부의 지평 최인후가 무슨 죄목으로 포도청에 하옥되었는지 밝히심이 옳은 줄로 아뢰옵니다."

"그러하옵니다. 또한, 남녀가 유별함에 있어 옥사라고 예외라 할 수 있겠사옵니까. 부부라 하여도 한곳에 두는 것은 옳지 못하옵니다."

사헌부의 관리들이 굵직한 목소리로 따박따박 따져 드는 이유는 크게 두 가지였다.

하나는 저들에게 인정받은 일손을 일언반구도 없이 가둬 버린 처사가 너무하단 것이었고, 다른 하나는 가둬놓을 때 가둬두더라도 법도에 맞게 나눠 가두란 소리였다.

그들의 주장은 모두 옳았고, 대관들은 임금의 올바르지 못한 결정에 대해 간언할 자격이 있었다. 그래서 이연은 더욱 골치가 아팠다.

"지평 인후가 과인에게 청하기를 옥에 가둬달라 하였고, 내자와 함께 있고 싶다 하니 그리하라 하였을 뿐이오."

"전하! 그의 내자 또한 평소 행실이 바르고 어질어 백성들이 칭송하기를 그만한 여인이 없다 하였는데, 이 같은 일은 누군가 병판을 모함하고자 퍼뜨린 헛소문일지도 모르옵니다. 소문만 듣고 내당의 부녀자를 가두심은 옳지 못하옵니다."

증거도 없이 가둔 건 섣부른 행동이라 주장한 서림은 민심이 얼마나 요동치고 있는지도 들려주었다. 그간 가혜에게 은덕을 받은 이들이 앞장서서 그녀를 변호하고 있었기에 가능한 일이었지만, 혼인 때 베푼 쌀 천 석의 힘도 큰 영향력을 발휘했다. 그것이야말로 영달이 노린 바였다. 임금을 움직일 수 있는 건 오로지 민심, 즉 천심이었으니 양묘로 활동하는 여식이 언젠가 나라님으로부터 벌을 받게 될 때, 영담은 백성만이 어심을 움직일 수 있으리라 생각했다. 그의 노림수는 적중했고, 이연은 침음을 삼켰다.

'보통 여인이 아님을 내 일찍이 알았으나, 이를 어찌한다…….'

천재지변으로 가뜩이나 민심이 흉흉한 이때에 천심마저 그녀 쪽으로 기울었으니, 양묘라는 이유로 처형했다간 더 곤란한 사태가 일어나는 계기가 될 수 있었다.

상황이 이러하니 이연은 입을 무겁게 다물고 고뇌에 빠졌다. 그 틈을 타서 서림이 다시 그를 몰아붙였다.

"전하, 하물며 지평 인후가 옥에 가둬달라 청한 연유가 무엇이겠사옵니까. 내자의 억울함을 알아달라는 것이 아니겠사옵니까."

지아비의 타들어가는 속내도 모르고 가둬달라 한다고 홀딱 넣어버렸느냐는 완곡한 질책에 이연의 눈썹이 꿈틀거렸다. 신념을 지니고 바른말을 하는 자를 믿고 좋아하는 편이었지만, 옳은 소리라고 면전에서 듣는 것이 유쾌한 건 아니었다. 그러한 임금의 감정을 알면서도 서림은 목소리를 내는 데 주저함이 없었다.

"양묘라는 혐의를 입증할 증거조차 나온 것이 없지 않사옵니까."

증거가 가장 중하다는 서림의 말에 이연은 문득 그녀가 쓴 유서를 보여주며 예 있다고 하고 싶은 충동을 느꼈다. 그러나 실제로 그랬다간 일전에 내린 어명에 따라 처형하라며 난리 칠 게 빤한지라, 그런 감정은 애써 꾹 눌러 참았다. 며칠 전에 한 번 가혜를 대면하고 난 뒤로 그녀를 죽일 마음이 영 들지 않았기 때문이었다. 그렇다고 이쯤에서 용서해 주자니 가짜 양묘까지 만들어가며 저를 속인 일이 괘씸했다.

'밀명지를 찾은 공로도 있으니, 며칠만 더 가둬두려 하였더니.'

그 뜻을 이루려면 자신도 그만큼 사헌부 관리들에게 시달려야 할 것만 같았다. 권식마저 근신하며 조용히 있는 이때에 도리어 대관들이 나서서 부당함을 외치며 들들 볶아대는 탓에 억울한 이연의 눈매가 샐쭉 좁아들었다.

"언제부터 그의 일에 이리 열성이었소."

인후를 상피시키고자 사헌부로 보낼 때만 해도 대관의 자리에 어울리지 않는다며 극렬히 반대하던 이들이었다. 그런 자들이 이처럼 떼로 몰려와 그의 편을 들고 있으니 기가 막혀서 한 소리 하자 서림이 대표로 나서서 말을 올렸다.

"그는 소문과 달리 굳건한 신념을 지닌 인재이옵니다. 대관의 소임을 이행하기에 한 점 부족함이 없으니 통촉하여 주시옵소서."

"통촉하여 주시옵소서, 전하."

뒤에 앉아 있던 다른 대관들이 한꺼번에 머리를 숙이며 목청을 높이자 이연은 한숨을 내쉬며 눈을 감았다. 임금의 자리가 참으로 고달프기 그지없었다.

감옥에 가둔 합당한 이유를 대라며 임금을 압박하는 사헌부 사람들과는 달리, 정작 당사자들은 평화로웠다.

해가 몇 번이나 뜨고 지는 건 그들의 관심사 밖이었다. 이렇게 종일 붙어 있다는 것만으로도 두 사람은 충분히 행복했다. 다만 아주 소소한 문제가 드러나는 데는 그리 오래 걸리지 않았다.

가혜는 서방과 마주 앉아 그의 어깨 넓이를 가늠해 보고 사내다운 목선의 굴곡을 구경하다가 유려한 턱과 굳게 다물린 입술을 차례대로 살폈다. 그의 달콤한 입술을 맛본 지가 얼마나 되었는지 대충 계산이 끝났지만, 입술을 지나 더 위로 올라갈 수가 없었다.

어느 순간부터 그의 시선이 너무나 강렬하게 느껴진 탓이었다. 처음에는 속눈썹에만 머물던 것이 입술로 옮겨져 그 위를 한참 서성이다가 조심스럽게 아래로, 목을 타고 좀 더 아래로 내려갔다.

이윽고 그의 눈길이 한곳에 멈추자 가혜는 두근대며 잘게 부풀어 오르는 가슴을 원망했다. 이를 어찌해야 하는지, 혼란스러움에 시선을 무심코 위로 올렸다가 그녀는 숨이 턱 멎는 듯했다. 자신을 뜨겁게 바라보고 있는 그와 눈이 마주쳐 버린 것이다.

어딘지 맹수를 닮은 그의 진득한 눈동자에는 극렬한 열망이 어려 있었다. 이제 한계라는 것이 명확히 드러나는 감정에 무방비 상태로 당한 가혜는 완전히 사로잡혀서 조금도 움직일 수 없었다. 몸을 기울이며 다가오는 그를 막을 힘도 존재하지 않았다. 저고리 앞섶이 벌어지는 것이 느껴지고, 그가 그 안으로 들어왔다. 너무나 부드러우면서도 자극적인 감각이 쇄골부터 시작해서 목과 귓불까지 이어졌다. 터지려는 신음을 참기 위해 입술을 악물어도 역부족이었고, 결국 손까지 동원하여 입을 막아야만 했다. 허리를 강하게 감싸는 그의 팔이 그간 얼마나 참아왔는지 호소하는 듯하고, 그녀는 덩달아 거칠어지는 숨을 남몰래 쉬는 것조차 힘들었다. 가슴이 뻐근할 만큼 억지로 호흡을 다스리던 가혜는 눈을 질끈 감고 그를 불렀다.

"서방님……."

더는 안 된다, 이제 그만 멈춰달라는 소리였다. 감옥 안이라 어둡고 다른 죄수들은 좀 멀리 떨어져 있다지만, 이쯤에서 끝내야만 했다.

인후도 그걸 모르지 않았기에 어렵사리 입술을 뗐고, 가혜는 그 틈을 타 저고리를 정리하며 슬쩍 뒤로 물러나 앉았다. 당분간은 거리를 두는 것이 서로에게 좋을 성싶었다.

갑작스럽게 일어난 이 사태를 수습하면서 간신히 이성을 되찾은 인후는 아내를 더 쳐다보지도 못하고 나무 창살에 몸을 기대며 한숨을 푹 내쉬었다. 고신도 이런 고신이 따로 없었다. 사랑하는 아내와 한 공간에 있으니 좋긴 좋은데, 눈에 담으면 담을수록 가지고 싶어지니 그 욕망을 참는 것 또한 죽을 맛이었다.

그야말로 효과 좋은 벌을 스스로 청해서 받고 있었구나 싶은 와중에 잘그랑거리는 열쇠 소리가 들렸다. 교대 시간도 아닌데 무슨 일인가 싶어 쳐다보고 있자 옥사 대문이 열리고 포졸이 열쇠 꾸러미를 든 채 나타났다. 그는 열쇠 뭉치 중에서 마땅한 것을 찾으며 두 사람이 갇혀 있는 곳으로 다가와 옥문을 열었다.

"두 분 다 나오십쇼. 석방하라는 어명이 있었습니다."

대관들이 며칠에 걸쳐 임금을 설득하며 만들어낸 결과물이었다.

그걸 버텨낸 이연도 질겼지만, 목을 내놓고 간하는 대관들도 대단했다. 하지만 상황을 알 수 없는 인후와 가혜는 생각보다 빠른 임금의 용서에 놀라워하며 함께 옥 밖으로 나섰다.

늦가을의 정취가 가득 담긴 공기를 마시며 인후는 갇혀 있던 감옥을 쳐다보았다. 정확히 며칠이나 흘렀는지는 몰라도 오늘은 정말 견디기 힘들었고, 그만큼 아슬아슬했다. 때맞춰 풀어준 임금의 은덕에 감사해하며 인후는 아내에게 손을 내밀었다.

"고생했소, 부인."

이제 양묘라는 사실이 그녀의 목숨을 죄는 일은 없을 것이었다. 물론 반대파 신료들이 알면 조금 시끄러워질 수는 있겠으나, 감옥에 가둬두는 선에서 임금이 처벌을 종료하였으니 더 큰 벌을 주장하기도 어려울 터였다.

가족들이 해를 입을까 봐 마음 졸이는 일 없이 살 수 있다는 사실에 가혜도 싱긋 웃으며 그가 내민 손을 잡았다. 그 손을 감싸 쥐면서 인후는 아내의 귀에다 대고 속삭였다.

"집에 가면 아까 하다 만 것부터 합시다."

한껏 기대에 부푼 그를 보고 가혜는 작게 쿡쿡대며 웃었다.

"소첩은 집에 가면 우선 씻고 몸을 단정히 한 뒤에."

"그럼 그 뒤에?"

인후는 뒷말을 따라 하며 눈을 반짝반짝 빛냈다. 그 모습을 보고 있자니 어쩐지 묘한 심술이 돋아나서 가혜는 문득 토라진 그의 모습도 보고 싶어져 버렸다.

"아버님부터 찾아뵐 겁니다."

"아……."

인후는 벙하였다. 손에 힘까지 풀려 버린 그를 두고 가혜는 먼저 걸음을 옮겼다.

앞서가는 그녀의 뒷모습을 바라보던 인후는 고개를 절레절레 저어 정신을 차렸다. 웃어른을 찾아뵌다니 정말 옳은 말이긴 한데, 저는 생각지도 못한 대답이라 피식 웃음마저 흘러나왔다.

"같이 갑시다, 부인!"

인후는 기분 좋은 미소를 지으며 가혜의 뒤를 따라 포도청으로 연결된 문을 나섰다. 함께 집으로 향하는 내내 어쩐지 몸과 마음이 다

가벼워져서 두 사람은 즐겁게 웃을 수 있었다.

*

하루 일정을 모두 끝낸 이연은 산책을 하다가 몸이 썩 좋지 않자 희정당으로 돌아와 어의를 불렀다. 근래 들어 건강이 더욱 나빠지고 있었다.

그의 등 위에 올라간 회색의 뜸이 얇은 연기를 피워 올리고, 희정당은 또다시 뜸 냄새로 가득 찼다. 베개를 베고 엎드린 채 지친 머리를 잠시 식히는 동안 이연은 이제 청국 사신만 무난히 돌려보내고 나면 되겠다고 생각했다. 본래 몸이 약하고 항상 할 일은 넘쳐 나지만, 그래도 밀명지를 얻었으니 큰 근심 하나는 덜었다. 그것이 제 손에 있는 한 전쟁이 일어날까 걱정할 이유가 없었으니 천만다행 중에 다행이라 할 만했다.

'그러고 보니 내 그간 국정으로 바빠 세세히 읽어보지도 못하였구나.'

임금의 일정이란 것이 새벽부터 밤늦게까지 빡빡하다 보니 밀명지를 펼쳐 들고 제대로 읽을 여력조차 없었다. 밀명지의 내용은 그도 얼추 짐작하고 있었으나, 자신의 할아버지가 큰아들을 어찌했는지 그 사실을 정확히 아는 것은 두려웠다. 그러나 마주해야 하는 진실이었고, 바로 눈앞에 그 답이 있었으니 읽어보고 흉하다 싶으면 없애 버릴 요량이었다.

뜸이 다 타기를 기다린 이연은 어의를 돌려보내고, 몸이 좋지 않음을 이유로 들어 내관들까지 다 물렸다. 드디어 혼자만의 시간을 가지게 된 그는 밀명지를 숨겨두었던 장의 서랍을 열었다. 그러나 찾던 밀명지는 보이지 않았고, 눈가림용으로 넣어두었던 책들만 그를 반겼다.

"그럴 리가……."

당황한 이연은 서랍을 꺼내 내용물을 전부 쏟고 뒤적이며 찾아보았다.

"없을 리가 없다. 내 필시 여기에 숨겨두었는데."

안색마저 하얗게 질려서 확인이고 또 확인해 보았으나 사라진 밀명지는 보이지 않았고, 다른 서랍들도 사정은 마찬가지였다.

희정당에서 없어진 밀명지가 다시 나타난 건, 푸짐한 술상이 차려진 홍화루의 어느 방에서였다. 상을 가운데 두고 모여 앉아 있던 세 명의 관료는 한참 사담을 나누다가 모종의 시선을 교환한 뒤에 기생들을 모두 방에서 물렸다.

그녀들 중에는 소향이도 있었는데, 근래 들어 홍화루의 최고 기생 자리를 주희에게 빼앗길 만큼 그녀는 정신적으로 메마른 상태였다. 웃음을 파는 기생이란 말이 어울리지 않을 정도로 표정은 굳어 있었고, 손님을 맞이하는 일도 거부하는 경우가 잦았다. 그런 그녀가 오랜만에 술상 앞에 앉은 건, 가혜가 풀려난 일에 대해 얻어들을 것이 있나 싶어서였다. 그러나 그들도 그에 대해서는 아는 것이 없었고, 허탕만 친 채 쫓겨나게 된 소향은 방문을 닫고 나서 멀어져 가는 기생들을 힐끗 쳐다보았다. 그녀들은 다른 손님을 맞이하러 가는 데 급했고, 그들이 시야에서 사라지자 소향은 불 꺼진 옆방으로 조용히 들어갔다. 세 명의 관료가 입을 모아 주위의 방을 비워달라 신신당부했기에 가능한 일이었다. 그들이 중한 얘기를 나눌 것임을 눈치챈 소향은 숨소리조차 죽여가며 옆방과 이어진 미닫이문에 귀를 기울였다. 아니나 다를까, 매우 조심스러운 목소리가 들렸다.

"그래, 밀명지는 가져왔는가."

"예, 대감. 여기 있습니다."

"허허, 내 이걸 다시 보게 되다니."

탄식인지 감격인지 모를 소리가 들리더니 곧 말소리가 뚝 끊겼다. 아무것도 들리지 않자 소향은 미닫이문 틈 사이로 귀를 더 바짝 대고 미간을 찡그리며 소리에 집중했다.

'좀 전에 분명 밀명지라 하였는데.'

인후와 경녕군주가 찾던 바로 그 밀명지가 아닐까 하는 생각에, 그녀는 귀의 감각을 최대한 곤두세우고 방 안의 동태를 파악하려 들었다. 그 자세로 시간이 얼마나 지났는지 목이 뻣뻣하게 굳는 느낌이 들 때쯤에야 비로소 다시 말소리가 들렸다.

"진품일세. 전하의 침소에서 이걸 빼내오다니, 정 내관이 큰일을 해냈구만."

"아버지께선 대감과 함께 대의를 이루는 것이 참으로 기쁘다 하셨습니다. 하여 밀명지를 손에 넣자마자 바로 대감께 가져온 것입니다."

대화 내용으로 보아 적당히 아부를 섞는 음성이 누구의 것인지 능히 짐작한 소향은 그의 양아버지라는 내관이 임금의 방에서 밀명지를 빼돌렸음을 알 수 있었다.

자신의 생각보다 훨씬 더 거대한 일에 말문이 막힌 그녀는 정 내관의 아들이라는 자가 하는 말에 다시 집중했다.

"하온데, 대감. 경녕군주께는 아직 알리지 않았다 하셨습니다."

"그건 또 어째서인가."

"그야, 수렴청정을 할 것도 아닌데 출가외인인 그녀가 새 하늘을 여는 일에 앞장설 필요가 있겠습니까."

"어허, 말조심하시게. 누가 들으면 어찌하려고 그러는가."

호조판서 주덕명이 목소리를 낮추게 하였으나 이미 들어버린 소향은 숨을 들이마셨다가 얼른 손으로 입을 막았다. 그러지 않으면 비명을 지를 것만 같았다.

'역모. 역당들이었어.'

수렴청정이나 새 하늘을 연다는 말. 그들의 비밀을 알아버린 소향의 눈 끝이 찢어질 듯 커지고, 이마에는 차갑게 식어버린 땀방울이 맺혔다. 그런 사정을 모르는 사내들은 저들끼리 주거니 받거니 감언이설을 쏟아냈다.

"하오나 대감, 소신의 생각도 그러합니다. 대감께옵서 그 자리에 서셔야지요."

함께 왔던 또 다른 자가 냉큼 끼어들며 추켜세우자 호조판서 주덕명은 난처한 척, 물러서는 모양새를 보였다.

"그래도 그녀가 이만큼 끌어온 것인데 어찌……."

"어차피 경녕군주의 역할은 청의 군사력과 청 황제를 움직이는 일입니다. 그녀 또한 소현세자의 핏줄이 보위에 오르는 것으로 충분하다 하지 않았습니까. 청의 사신이 곧 당도하니 그녀의 역할은 거기서 끝입니다. 이제 대감이 어린 임금을 보위에 올리고 이끌어주셔야지요."

그들의 대화에서 청나라 황제까지 거론되고, 이후에도 긍정적인 내용이 오가자 소향은 이번 역모가 성공할 가능성이 크다 여겼다. 그 사실을 직시했을 때, 그녀의 눈빛이 달라졌다. 가라앉은 눈동자에는 욕망이 피어오르고, 무수히 짓밟혔던 일들을 떠올리는 얼굴에는 비릿한 표정이 떠올랐다.

'이가 가혜와 유랑 나리, 거기다 경녕군주라니. 좋은 조합이로구나.'

밀명지를 찾을 땐 뭐든지 다 해줄 것처럼 굴더니 이젠 연통을 넣어도 만나주지 않는 경녕군주를 물 먹일 수 있는 좋은 방법이 바로 눈앞에 있었다.

드디어 작당을 끝낸 세 사람은 밖으로 나와 주위에 아무도 없는 걸 확인하고 몸을 움직였다. 그러나 그들은 곧 걸음을 멈춰야만 했다. 등 뒤쪽에서 생각지도 못한 음성이 들린 탓이었다.

"대감, 그 큰 뜻에 소인도 끼워주시지요."

뒤따라 방에서 나왔던 소향은 놀라서 돌아보는 세 사람에게 싱긋 웃어주었다. 그 웃음은 매우 매혹적이었으나, 그녀가 엿들은 게 불쾌한 젊은 관료는 발끈하며 목청을 높였다.

"네 이년! 네년이 죽고 싶어서 환장을 하였더냐! 감히!"

"그만!"

주덕명은 짧고 단호하게 그의 말을 잘라 버렸다. 목소리가 높아져서 좋을 것이 없었다. 이미 엎질러졌으니 수습해야 할 차례였다. 좀 전까지만 해도 사람 좋은 표정으로 허허 웃던 모습은 종적을 감추고, 절제된 야심으로 매섭게 돌변한 그가 차분한 말투로 소향에게 말을 걸었다.

"좀 전에 끼워달라고 하였더냐."

"예, 대감."

당당하게 요청하였으나 노련한 관리의 눈빛에서 이용해 먹기 쉽지 않음을 느낀 소향은 갑작스레 찾아오는 두려움을 드러내지 않기 위해 입안의 속살을 살짝 깨물었다. 그것은 역모에 대한 두려움이 아니라 눈앞의 사내가 주는 공포였다.

그 사실을 감추고자 소향은 좀 더 말을 덧붙였다.

"남들의 눈에 띄지 않게 청의 상사와 징검다리 역할을 해줄 사람이 필요치 않으십니까. 소인이 해드릴 수 있습니다."

역모에 관한 일이니 은밀하게 연결해 줄 사람이 필요하긴 했다. 또한 그런 일을 하기엔 기생만 한 존재도 없었다. 소향은 그 점을 피력하며 제 가치를 증명하려 들었다.

"지금까진 경녕군주께서 청의 사신과 연락을 취하였다지만, 태평관으로 직접 걸음하실 순 없잖습니까. 하나 이년이 청국 사신의 눈에 드는 일이야 매우 당연하지요."

사신들이 오면 연회를 베풀고 그중에 몇몇 기생은 태평관에서 머물기도 했었다. 지금은 주희에게 최고 기생 자리를 빼앗겼다지만, 미색만 놓고 보면 소향이가 제일이니 임금의 의심을 살 리도 없었다. 그녀의 제안에 구미가 당긴 덕명은 마지막으로 한 가지 더 물어보았다.

"그리해서 네가 얻고자 하는 것은 무엇이더냐."

역모에 성공하면 그 공로로 무얼 받고 싶냐는 물음에 소향은 일말의 고민도 없이 바로 대답했다.

"소인의 공로를 인정하여 노비 문서를 불태우고 신분을 상승시켜 주십시오. 그 후에 병판 댁 사람들을 전부 노비로 만들고 그 댁 나리와 아씨를…… 제 노비로 주시면 됩니다."

두 사람을 아예 자신의 노비로 삼아버릴 생각을 하며 소향은 싱긋 웃었다. 그 표정이 어느 때보다 화사하니 독 오른 꽃이 따로 없었다.

*

초상 치른 집 같던 집 안의 침울한 분위기는 오순도순 사이좋은 가혜와 인후가 돌아오면서 싹 사라졌다. 집 안 곳곳 평화롭지 않은 곳이 없었고, 행복하지 않은 사람 또한 없었다.

창을 닫은 누마루에서 아들 내외와 마주 앉은 권식도 기분 좋게 웃었다. 향긋한 차와 창호지에 스며든 아침 햇살, 그리고 무사히 돌아온 아들과 며느리. 행복의 조건은 그것이면 충분했다.

"그래, 오늘은 몸이 좀 어떠하더냐."

감옥에서 돌아온 직후부터 그는 얼굴만 보면 건강이 어떠한지 물었다. 그 질문에 대한 답 또한 항상 같았지만, 가혜는 언제나 미소를 지으며 답했다.

"어제보다 더 좋아졌습니다, 아버님."

"다행이구나. 참으로 다행이야."

그는 제 일처럼 기뻐했다. 그 모습이 또 괜히 애틋하게 다가와서 가혜는 시선을 내렸다.

"심려 끼쳐 죄송한 마음뿐입니다."

"아니다, 아니야, 아가. 네가 이리 무사히 돌아와 준 것만으로도 고맙구나. 사과는 저놈이 해야지."

권식의 눈이 대놓고 인후를 저격했다.

며느리를 구하러 간 아들마저 감옥에 갇혔다는 소식을 전해 듣고 어찌나 암담하던지, 밀명지를 들고 가서 역모라도 입에 담은 줄 알고 놀랐었다. 그런데 실상은 제 발로 걸어 들어간 것이었고, 그 마음을 이해하면서도 말 한마디 전하지 않은 건 매우 야속했다.

무엇을 잘못했는지 아는 인후도 순순히 용서를 구했다.

"소자가 마음이 급하였습니다. 다음엔 꼭 기별을 넣을 터이니 용서

하십시오."

고분고분 잘못을 인정하는 말에 권식의 눈빛이 누그러지고, 가혜도 칭찬하듯 서방에게 미소를 지어주었다.

싱그러운 그녀의 눈웃음은 점잖은 태도를 유지하던 인후를 헤죽헤죽 웃게 만들었다.

덕분에 분위기는 더 부드러워졌고, 다시금 대화를 나누려는 참에 달수의 목소리가 창호지를 뚫고 들어왔다.

"나리, 궐에서 급히 입궐하시라는 전갈이 왔습니다요."

갑자기 임금이 찾는다는 소리에 인후는 물론이고 차를 마시던 가혜와 권식도 움직임을 멈췄다. 일이 다 끝났다고 생각했는데 아니었던 건지, 문득 불안감이 엄습했으나 임금의 명을 무시하고 앉아 있을 수만도 없는 노릇이었다.

"우선 나가보아라."

권식의 지시에 인후가 가볍게 예를 갖추고 일어나 밖으로 나가자 가혜도 서둘러 그의 뒤를 따랐다. 사랑채로 넘어가는 회랑 위에서 가혜는 우려되는 마음을 최대한 숨기며 남편의 의견을 물었다.

"서방님. 전하께옵서 갑자기 무슨 일로 급히 부르시는지, 짐작되는 점이라도 있으십니까."

"딱히, 없소."

바로 전날 가혜와 함께 풀려난 인후는 이틀간 몸을 추스른 뒤에 입직을 서기로 예정되어 있었다. 그러니 일정대로라면 내일부터 사헌부로 나가면 될 일인데 갑자기 임금이 입궐하라 부르니, 인후조차도 그 이유를 짐작하기 어려웠다. 그나마 가능성이 있는 것은 밀명지와 관련된 부분이었다. 임금에게 서책을 바칠 때 역모와 관련된 사안은 비밀로 했었다. 당시 이연도 밀명지를 찾았다는 사실에 집중하느라 역모는 파고들지 않았었는데, 닷새쯤 지나고 나니 그 부분에 생각이 닿았을지도 몰랐다.

역모에 가담한 자들을 색출해 처결하려 들지도 모른다는 생각에 인후의 낯빛에 심각함이 어리고, 가혜는 서둘러 그의 입궐 준비를 도왔다.

관복을 차려입고 궐로 간 인후는 희정당 대신 후원으로 안내받았다. 아름답게 꾸며진 후원의 제일 깊은 곳에 위치한 농산정이 그의 최종 목적지였다. 직사각형으로 된 소박한 독채 건물에는 이미 임금이 거둥하였는지 내금위와 궁녀, 내관들이 멀찍이 떨어져서 서 있었다.

'확실히 듣는 귀를 차단하기에는 이만한 곳이 없구나.'

내관이나 궁녀들이 접근하기 좋은 희정당보다는 후원 구석에 뚝 떨어져 있는 농산정이 소리가 새는 걸 차단하기에는 더 나았다. 어쩐지 이곳으로 부른 이유를 알 것 같은 와중에 내관이 그의 도착을 고했다.

"전하, 지평 최인후가 당도하였사옵니다."

"어서 들라 하라."

허락이 떨어지자 안으로 든 인후는 임금의 앞에 앉아 있는 현욱의 뒷모습과 근심으로 굳어버린 용안을 볼 수 있었다. 심각한 분위기에 대한 의문은 잠시 넣어두고 절을 올리려는데, 이연은 예를 받는 것조차 거부했다.

"예는 되었으니 거두고 앉게."

그가 스스로 되었다 하니, 절차는 생략하고 자리에 앉은 인후는 현욱에게 힐끔 시선을 주었다. 내관마저 가까이 다가오지 못하도록 한 농산정에서 유일하게 자리하고 있는 인물이 그였다. 그런 현욱의 안색도 썩 좋지 않았는데, 그 이유는 곧 임금을 통해서 밝혀졌다.

"밀명지가 없어졌네."

주상이 은밀히 보관하던 물건이 없어졌다. 그것이 무엇을 뜻하는지 단박에 알아차린 인후는 아무런 말도 하지 못했다.

공기조차 무겁게 하는 침묵이 이어지고, 그 조용함이 임금의 어깨를 짓누르고 있음을 아는 현욱은 분위기를 살피며 조심스럽게 인후에게 정황 설명을 덧붙여 주었다.

"어젯밤에 그 사실을 확인하였고, 희정당을 오갈 수 있는 내관들과 궁녀들, 그 외의 모든 이들의 처소를 다 확인하였으나 찾지 못하였소."

공적인 자리에서 함부로 친분을 드러낼 수는 없는지라 현욱은 적당히 격식을 갖춰가며 말했다.

임금이 밀명지를 받은 것이 닷새 전이었고 어젯밤에 사라진 걸 확인하였으니, 닷새 동안 희정당에 접근한 모든 이들이 용의자였다. 그 수가 적지 않다는 것만으로도 최악인데, 문제가 하나 더 있었다.

"이제 곧 청의 사신이 도착할 텐데 그들에게 밀명지가 넘어가면 조선은……."

현욱은 거기까지 말하다가 뒷말을 흐리며 용안을 살폈다. 임금은 눈을 질끈 감은 채 이 상황을 간신히 인내하고 있었다.

병자호란의 상처와 천재지변의 고통이 아직 다 아물지 않은 이 땅에 또 한 번 거대한 시련이 닥친 것이나 마찬가지였다. 최대한 빨리 행방이 묘연한 서책을 찾아야만 했다. 사안의 급함을 확인한 인후는 고개를 숙이며 임금이 원하는 답을 올렸다.

"소신도 성심을 다해 찾아보겠습니다, 전하."

"부디 그리해 주오."

간신히 목소리를 낸 이연은 이마를 짚고 있던 손을 뗐다. 극도의 혼란 속에서도 그의 눈빛에는 예리함이 어려 있었다.

"그럼 이제, 밀명지를 탐내던 자들이 누군지 아는 대로 고해보시오."

밀명지를 탐내던 자들, 역심을 품었을지도 모를 자들. 그들을 거론하란 소리에 인후는 입을 다물었다.

쉽게 나오지 않는 답에 이연은 다시 한 번 그를 재촉했다. 분명 그들 중에 이번 일을 벌인 자가 있을 테고, 지난 몇 년간 밀명지를 추적해 온 인후라면 지금쯤 누가 그 서책을 얻었는지 알지도 몰랐다. 그래서 더욱 재촉하는 임금을 인후는 살며시 눈을 들어 직시했다. 지금 그가 원하는 답을 올린다면 저는 박태정과의 약조를 어기는 것이 될 터였다.

'일전에 부인의 유서를 훔쳐 간 자들이 경녕군주가 보낸 사람이라는 확실한 증거가 없지 않은가.'

그녀가 했을 것이라는 심증만 가지고 입을 놀릴 수는 없었다. 게다가 이 일로 무고한 이들은 또 몇이나 죽을지, 역모가 드러나면 소소한 것도 꼬투리 잡아 고신하다 보니 그 과정에서 억울하게 죽는 이들도 수두룩했다. 그렇다고 임금의 뜻에 반한다면, 죽는 건 자신일지도 몰랐다. 그의 침묵이 길어지자 얼른 대답하라는 현욱 시선이 닿고, 인후는 곧 결정을 내렸다.

"답할 수가 없사옵니다, 전하."

"뭐라?"

생각지도 못한 대답에 이연의 눈썹이 꿈틀거렸다.

"모른다는 것도 아니고 답할 수가 없다?"

"아는데 모른다 하면 그 또한 기만이 아니겠사옵니까."

인후는 노기가 차오르는 임금의 눈동자를 피하지 않고 바라보며 대꾸했다. 그의 불경스러운 태도에 현욱이 기함하며 말리려 들었으나 인후는 거침이 없었다.

"소신, 옥에 들어가 있는 동안 반성하였습니다. 더는 전하께 거짓을 고하는 일이 없도록 하겠다고 결심하였으니, 알지만 답할 수가 없다고 아뢸 뿐이옵니다."

처음부터 끝까지 옳은 소리인데 속을 박박 긁는 것이 대관의 재능이라 한다면, 이 또한 인후를 따라갈 자가 없을 것이었다.

이연은 혈압이 올라 벌게진 눈으로 그를 노려보았다.

"역심을 품은 자들이다. 그들이 누군지 알면서도 답할 수가 없다! 그 말인가!"

"……밀명지를 찾으려 했다는 이유로 역심이라 여기신다면, 그러하옵니다, 전하."

겨우 그 정도 증거로 역심이라 한다면 저도 홍 단주도 다 역심이었다. 억울한 희생자는 결코 만들지 않겠다는 흔들림 없는 인후의 결심에 장침 위로 올라가 있던 어수가 꽉 움켜쥐어졌다. 힘이 과하게 들어간 손이 부들부들 떨렸고, 한참 입술을 깨물며 감정을 다스리던 임금은 간신히 입을 열었다.

"사흘, 사흘 주지."

목에 힘을 주고 분노를 억누르며 말했지만, 그의 눈은 노기로 살벌하게 번득였다.

"그 안에 밀명지를 찾아오지 못한다면 역심을 품은 자가 누구인지 고해야 할 것이야. 그때도 고집을 부릴 시엔 그대가 역심을 품었다 간주하고 국문으로 다스릴 것이다."

사흘. 그 안에 밀명지를 찾아오라는 어명이 떨어지고, 현욱은 끔찍함에 눈을 감았다. 그런 현욱과 달리 인후는 안색 하나 변하지 않고 명을 받잡았다.

"명, 받들겠사옵니다. 전하."

사흘 안에 해결하라는 임금의 명을 받고 인후는 농산정에서 물러 나왔다. 그런 인후의 팔을 거칠게 잡아 세우는 이가 있었으니, 그의 뒤를 쫓아 나온 현욱이었다.

"자네 제정신인가! 무려 역모일세. 당장 고해바치진 못할지언정 어찌 이리도 어심을 어지럽힌단 말인가. 그러다 해를 입으면 어찌하려고!"

"그런 자네야말로 듣는 귀가 많은 걸 좀 보게."

차분한 인후의 타박에 현욱은 아차 싶어 입을 다물었다. 대신 눈빛으로 질책하였는데, 그 시선에 인후는 목소리를 낮추고 설득을 시도했다.

"밀명지를 찾으려 했다는 이유로 역당이라 한다면 나와 홍 단주는 물론이고 유화 낭자도 역당일세."

유화까지 거론되자 현욱은 더 반박하기가 어려웠다. 끙- 소리만 내며 홀로 마음을 삭이는 그의 어깨를 인후는 두어 번 두드려 주고 떠났다. 임금에게 받은 시간은 겨우 사흘. 촉박한 시간에 한숨 쉴 새도 없이 그는 곧바로 경녕군주와 박태정의 노비들부터 찾았다.

밀명지에 대한 정보를 얻으려면 경녕군주를 압박해야 하고, 그러려면 그녀를 옭아맬 만한 증거가 필요했다. 그러나 지금껏 그래왔듯이 수소문은 쉽지 않았고, 정오가 훌쩍 지나서야 인후는 경녕군주의 집에서 심부름 나온 열두엇쯤 된 사내아이로부터 한 가지 단서를 얻을 수 있었다.

"그러니까 네 아버지가……."

"죽었을 겁니다."

죽었다고 답하는 소리가 매우 무감각해 보였으나 아이는 나름대로 복수를 하는 중이었다. 주인의 뒷조사를 하는 것으로 보이는 수상한 사내에게 정보를 발설하고 있었으니. 자신의 행동이 조금이라도 주인에게 해가 되길 기원하면서 박포의 아들은 제 부친 외에도 행방이 묘연한 자가 있음을 밝혔다.

"하루는 아버지가 피범벅이 되어 돌아온 적이 있었는데 그날 같이 갔던 아재는 그 후로 못 봤습니다."

홀로 마음에 담아두었던 얘기는 둑 터지듯이 뿜어져 나왔다. 피를 뒤집어쓰고 돌아온 아버지가 제게 서찰 하나를 맡겼다가 후에 다시 받아갔고, 그날 밤부터 그의 행방도 알 수 없음을 털어놓았다.

소년에게 들은 이야기와 자신이 알고 있는 상황을 끼워 맞춰보던 인후는 답을 얻고 곧바로 박태정의 자택을 방문했다. 아쉽게도 그는 출타한 상황이라 인후는 경녕군주의 방으로 안내되었다.

경녕군주는 몇 달 사이 부쩍 말라 있었다. 회임했다는 소문을 듣긴 했던 인후는 다과상을 거부하고 차분한 음성으로 그녀에게 상황을 설명했다.

"닷새 전에 전하께 밀명지를 바쳤는데, 희정당에서 보관하던 것이 없어졌습니다. 어디로 갔는지 아십니까."

그가 물었으나 경녕군주는 순간 아무 말도 하지 못했다. 닷새 전에 임금의 손으로 넘어갔다면 빼돌린 것도 그즈음일 터였다. 임금이 읽자마자 태워 버리는 불상사를 막기 위해서라도 즉각 실행에 옮기기로 했었다. 그걸 위해 양묘의 정체를 발설하고 인후를 압박하여 밀명지를 바치도록 유도했던 것인데, 성공해 놓고도 제겐 일언반구도 없었다.

'이것들이 설마…….'

설마 저를 쏙 빼놓고 움직이기로 작당한 걸까, 그런 생각에 이가 부득부득 갈렸지만 지금 그 사실을 드러낼 수는 없었다. 인후의 시선을 느낀 그녀는 고개를 돌려 표정을 숨기고 시치미를 뗐다.

"짐작 가는 자가 없으니 그만 돌아가게. 내 그 일에서 손을 떼었으니 물을 이유도, 답해줄 연유도 없네."

선을 그어버리는 그녀의 말에 좀 전까지만 해도 유하던 인후의 눈빛이 슬그머니 매서워졌다. 이렇게 비협조적으로 나온다면 자신도 더는 예를 갖춰줄 필요가 없었다.

"박포라는 자가 죽었다고 들었습니다."

낯익은 이름이 인후의 목을 통해 나오자 경녕군주는 천천히 고개를 돌려 그를 쳐다보았다.

"대체 어디서 무슨 소릴 듣고."

"소관이 직접 조사한 바에 의한 겁니다."

가혜의 유서가 사라졌을 때도 조사하긴 했으나, 당시 경녕군주의 노비들 중에는 부상당한 자가 없었고, 박포도 멀쩡히 살아 있었다. 그래서 더는 혐의점을 찾지 못하였으나, 오늘은 박포의 아들을 만난 덕에 단서를 얻을 수 있었다. 인후는 거기서 멈추지 않고 계속해서 증거를 들이밀었다.

"몇 달 전에 소관의 자택에 괴한 둘이 침입하였사온데, 같은 날에 이 댁 노비 하나가 행방불명되었습니다. 그 후에 얼마 지나지 않아 박포가 죽었고, 그도 침입자와 인상착의가 동일합니다."

"하, 겨우 그 정도 증거로 나를 모함하겠다는 겐가."

불가능했다. 인후도 그 점을 잘 알고 있었고, 그 때문에 그녀가 빠질 만한 덫을 하나 더 팠다.

"소관의 부인이 사랑채에 침입한 자를 붙잡아 얼굴을 보았다고 합니다. 그자의 용모파기라도 그려서 포도청에 보낸다면 실토하실 마음이 좀 드시겠습니까?"

가혜는 침입자의 얼굴을 보지 못했지만, 경녕군주를 압박하는 데는 나름대로 효과가 있었다. 당시 박포가 고하기를 사랑채 쪽에서 먼저 들키는 바람에 저도 위기에 처했었다고 했기 때문이었다.

'그때 얼굴을 들킨 건가.'

낭패감에 입술을 깨문 경녕군주는 결국 인후의 유도신문에 넘어가 태도를 좀 더 호의적으로 바꿨다.

"사라진 밀명지에 대해선 답해주고 싶어도 내 진심으로 모르네."

아마도 정 내관이 그랬을 가능성이 있지만, 그가 자신을 배신한 건지 확실하지 않은 마당에 함부로 발설할 수가 없었다. 그런 경녕군주의 태도에 인후는 잠시 그녀를 쳐다보다가 자리에서 일어났다.

"약조가 결렬되었으니, 군주께서 역심을 품었었음을 전하께 고하고 친국하시라 하겠습니다."

인후의 말투에는 한 점의 망설임도 보이지 않았다. 그 단호함에 놀란 경녕군주가 그를 부르며 말리려 하였지만, 인후는 의지를 꺾지 않았다.

"곧 금부에서 사람을 보낼 터이니, 더 하실 말씀이 있으시다면 그들에게 하십시오."

그가 정말 의금부로 갈 듯이 몸을 돌리자 경녕군주도 더는 뻗대고 앉아 있을 수가 없었다. 이 정도 각오도 없이 일을 벌인 건 아니었지만, 박포와 함께 보냈던 이가 이토록 발목을 잡을 줄은 몰랐다. 그들만 들키지 않았더라면 진즉에 손을 뗐다며 버틸 수도 있었을 것을, 다 물 건너갔다. 박포의 아들로 인해 수세에 몰려 버린 경녕군주는 나가려는 인후를 붙잡을 만한 말을 꺼내야 했다.

"이보게, 희정당의 일은 참으로 몰랐네. 시간을, 사흘만 여유를 주게나. 내 알아볼 터이니."

사흘이면 임금이 준 유예 기간과 동일했다. 그 정도의 시간을 줄 여력이 없는 인후는 이틀로 타협을 보았다.

"모레 정오가 지나기 전에 밀명지를 돌려주십시오. 이번에도 약조를 지키지 않으면 소관도 더는 봐드릴 수 없습니다."

딱 이틀, 그 안에 가져오라고 단단히 일러둔 인후는 미련 없이 자리를 떴다.

그가 나가고 나서 홀로 남은 경녕군주는 치맛자락을 꽉 움켜쥐고 치솟는 모멸감을 다스려야만 했다. 자신이 이토록 비참하게 시간을 달라 사정하게 될 줄은 꿈에도 상상치 못했다. 인후와 가혜가 옥에 갇힐 때만 해도 완벽하게 진행되던 계획에 박포가 소금을 뿌렸고, 대의를 도모하던 자들은 자신의 시야가 닿지 않는 곳에서 음모를 꾸몄다. 그것이 일을 이 지경으로 만들었다.

'대체 누가…….'

희정당에 접근이 가능한 자 중에 밀명지를 빼돌릴 수 있는 인물은 정 내관 외에 궁녀 둘이 더 있었다. 그들 중에 누가 자신의 편이고 아닌지를 구분해야 하는데, 마음을 거꾸로 먹은 자가 시치미 떼면 색출할 수가 없으니 더욱 문제였다.

'설마 호판 주덕명이 전면에 나서기로 하였나? 그 능구렁이 같은 인사가 지금껏 가만히 있더니!'

성공 가능성이 불투명할 땐 한발 빼고 있다가 청국의 사신이 온다는 소식에 앞으로 나선 걸지도 몰랐다. 역모에 참여할 뜻을 비친 관리들 중에 가장 높은 직책을 가진 그가 나서니 자연히 저를 배제한 것이리라.

그가 밀명지를 가지고 있을지도 모른다는 생각이 들었지만, 그마저도 확실하지 않았고, 설령 그가 가지고 있다 하더라도 빼앗아 임금에게 돌려줄 수는 없었다. 현 임금을 용상에서 끌어내리겠다는 뜻은 주덕명이나 자신이나 같기 때문이었다.

결국, 인후를 억압할 방법이 필요했다. 이틀 안에 그의 약점을 잡고 역모를 고하지 못하게 만들어야만 하는 그녀는 잠시 고민하다가 이제 딱 둘밖에 남지 않은 하수인을 불렀다.

*

새까만 하늘 밑에 초가집마저 잠든 시각, 유일하게 빛이 새어 나오는 곳은 영달의 방이었다. 요 며칠 여식 걱정에 잠들지 못하는 일이 많다 보니, 석방 소식을 듣고도 여전히 잠이 오지 않았다.

늦은 밤까지 책을 벗 삼아 시간을 보내던 그는 마루 위로 토도독– 무언가 굴러가는 소리에 고개를 들었다. 바람조차 잠잠한 날에 무슨 연유로 나는 소리인지, 잠시 귀를 기울이자 다시금 예의 그 소리가 났다.

사람 발소리도 아닌 것이 희한하여 그는 결국 자리에서 일어났다. 문을 열고 밖으로 나가 주위를 휘둘러보자, 스산한 기운만 마당 위에 머물다 가는 게 보였다.

'아무것도 없는데, 내 잘못 들었던 건가…….'

몸이 고단한 탓에 잘못 들었나 싶어 방으로 들어가려던 그때, 발밑으로 토도독- 소리가 들렸다. 뭔가 싶어 고개를 숙였으나 어둠이 짙어 보이는 것이 없었고, 다리를 슬쩍 옮겨보니 돌조각 몇 개가 발에 밟혔다.

'돌?'

바람도 불지 않는 밤에 무슨 영문으로 돌이 마루 위를 구르는지, 등 뒤가 서늘한 느낌에 몸을 돌리자마자 영달은 눈을 부릅떴다. 검은 인영이 마루 위에 서 있었고, 풀벌레 울음소리마저 뚝 끊겨 버린 그 밤에 영달은 의식을 잃었다.

밀명지 일로 인후가 집에 들어가기 어렵다는 기별을 넣은 터라, 가혜는 내당에서 혼자 밤을 보내야 했다. 이불은 휑할 만큼 넓고, 늦가을 바람은 차가운 탓에 새벽녘까지 뒤척이던 그녀는 간신히 선잠이 들었다.

꿈결인지 아닌지, 쏟아지는 빗줄기가 돌바닥을 두드렸다. 먹먹하게 막혀 버린 귀는 빗소리도 잡아내지 못하고, 사위가 조용한 상태에서 가혜는 제 앞에 있는 월령을 발견했다.

한쪽 무릎을 꿇은 채 검으로 바닥을 찍어 누르며 간신히 버티고 있는 그는 소리 내어 불러보아도 뒤를 돌아보지 않았다. 그것이 문득 무서워서 그에게 손을 뻗는 순간 그걸 막는 손이 있었다.

'부인, 부인!'

볼을 감싸는 느낌이 들고, 고개를 돌려보니 저를 간절히 불러대는 서방의 얼굴이 보였다. 매우 급박해 보이는 그를 멍하니 쳐다보던 가혜는 무언가 날아오는 소리에 눈을 번쩍 떴다.

그 순간, 창을 뚫고 들어온 화살이 방바닥에 팍 박혔다.

식은땀이 베개를 흥건하게 적시고, 심장은 두근대며 날뛰었다. 꿈인지 생시인지, 정신을 수습할 새도 없이 가혜는 본능적으로 몸을 일으켜 병풍 쪽으로 바짝 붙어 섰다. 휑한 공간에서 불의의 습격에 방어하려면 병풍이라도 이용해야만 했다.

정확히 무슨 일인지 판단하긴 어려웠지만, 어스름한 달빛이 내려앉은 방바닥에 화살 한 대가 꽂혀 있다는 건 보통 일이 아니었다. 수상한 자의 기척을 잡아내지 못한 상태에서 가혜는 화살촉 근처에 무언가 달려 있음을 발견했다.

"서찰?"

이 밤에 대관절 누가 이런 방식으로 보낸 건지 알 수 없었지만, 확인할 필요는 있었다. 그녀는 경계심을 늦추지 않고 조심히 다가가 종이를 뽑아낸 뒤, 등잔에 불을 붙이고 서찰을 빠르게 읽어 내려갔다.

그 속에는 천인공노할 내용이 적혀 있었다.

"아버지……."

목에 힘이 들어가지 않았고, 혈관마저 끊기는 기분이 들었다. 눈앞은 아찔하고 참담함에 기력이 쭉 빠지는 듯했다. 얼마나 충격을 받았는지 머리도 제대로 굴러가지 않는 상황에서 가혜는 옷도 제대로 갖춰 입지 못하고 밖으로 뛰쳐나갔다.

마루 위에 서서 대문간 쪽을 바라보자, 저 멀리 어둠 속에서 자신을 주시하고 있는 자가 보였다. 부친을 살리고 싶으면 조용히, 아무도 모르게 밖으로 나오라는 서찰을 보낸 자가 분명했다. 그는 손짓으로 가까이 다가오라는 신호를 보냈다.

그에 가혜는 급히 신발만 꿰어 신고 마당으로 내려섰다. 그녀가 다가갈수록 그는 뒷걸음질 쳐 도망가고, 가혜가 움직이지 않으면 다시 손짓해 부르기를 반복했다.

'날 감시하며 유인하려는 속셈이구나.'

허튼짓 못 하도록 감시하며 데려가는 곳에 위험이 도사리고 있음을 알면서도 가혜는 따를 수밖에 없었다. 평생 글만 읽은 아버지를 납치하는 건 간단한 일이었고, 정말 납거되었다면 제 행동 하나하나에 부친의 목숨이 걸려 있기 때문이었다.

시아버지와 서방에게 이 사실을 알려 도움을 청하고 싶어도 남편은 오늘 급한 일로 집에 오지 않았고 시아버지가 있는 곳은 내당에서 제일 먼 외별당이었다. 소리를 질러 다른 이들을 깨우거나, 눈앞의 사내를 직접 제압하는 방식도 잠시 머릿속에 들어왔지만 그렇게 되면 부친의 목숨이 경각에 달릴 터였다.

'해가 뜨기 전까지 저 사내와 함께 약조된 장소로 오지 않으면 아버지를 해한다 하였으니…….'

그 약속 장소가 어딘지도 모르고 거기에 아버지가 있으리란 확신도 없었다. 결국, 지금은 그들이 원하는 대로 움직여줘야만 했다. 그것이 비록 스스로를 위험에 처하게 한다 하더라도, 가혜는 갈 수밖에 없었다.

복면을 한 사내는 그녀가 다른 이들에게 도움을 요청하지 못하도록 주의에 또 주의를 기울였다. 그 때문에 빨리 달리지 못했는데, 그렇다고 천천히 걷지도 않았다. 거리가 좁혀졌다간 가혜에게 제압당할 수도 있기 때문이었다.

무리를 지어 다니는 순라군을 피해가며 더디게 움직인 끝에 그가 당도한 곳은 도성 내에 있는 거대한 상수리나무 아래였다. 그 앞에는 또 다른 복면인도 있었는데 검을 빼 든 그는 뜻밖에도 먼저 말소리를 냈다.

"저희 주인께서 아씨를 만나고자 하시는데, 그 전에 손을 묶으셔야 합니다."

가혜의 검술 실력에 대해 경녕군주에게 들었던 두 사내는 조금의 빈틈도 허용치 않았다. 그래도 꽤 정중하게 예를 갖춘 건 그녀가 양묘라는 소문이 영향을 끼쳤기 때문이었다.

가혜는 그 점에 기대어 부친의 안위를 물었다.

"내 아버님은……."

"무탈하시니 염려 마십시오. 저희 주인어른을 뵙고 나면 대면시켜 드릴 겁니다."

그 말에 가혜는 고개를 끄덕였다. 그들의 주인이 저를 만나고자 한다니 만나보면 누가 시킨 일인지 확실히 알 수 있을 터였다.

그녀의 허락에 한 명은 검을 들고 접근하고 다른 이는 밧줄을 들고 다가왔다. 가혜의 목에 검이 닿자 안심한 사내는 그녀의 두 손과 몸을 꽁꽁 묶었다. 유일하게 자유로운 곳은 두 다리였는데, 그 상태로 사내들은 그녀를 근처에 있는 창고로 데려갔다. 불빛이 새어 나오는 창고의 문이 열리고, 가혜는 저와 마찬가지로 몸이 묶인 채 바닥에 쓰러져 있는 부친을 발견했다.

"아버지!"

실로 납거되었다는 사실에 심장이 덜컹 내려앉은 그녀가 부르짖었으나, 굳게 감긴 영달의 눈은 떠질 줄을 몰랐다. 의식을 잃은 부친에게 다가간 가혜는 다리에 힘이 풀려 주저앉았다. 피가 나는 곳은 없는지 떨리는 눈으로 그를 살피는 동안 불안함에 심장이 조여왔다.

"아버지."

"너무 염려 말게. 잠시 의식을 잃은 것뿐이니."

뒤쪽에서 단조로운 여인의 음성이 들리자 가혜는 소리가 난 쪽으로 고개를 휙 돌렸다. 쓰개치마를 벗는 여인의 얼굴이 낯설었으나, 그녀가 누구인지는 알 것 같았다. 경녕군주, 딸의 약값을 대가로 사주받았던 박씨가 그 사실을 실토할 때 거론한 적이 있었다. 그때 제게 자객을 보냈고, 이제는 힘없는 부친까지 이용하는 그녀가 불편한 탓에 가혜의 눈빛에 적개심이 잔잔하게 깔리자 경녕군주는 작게 미소 지었다.

"이가 가혜라, 그리 노려보지 말게나. 내 자네를 만나보고 싶긴 하였으나 방식이 이렇게 된 건 유감이니."

그간 믿기지 않을 만큼 인후가 변화하는 걸 지켜보았고, 적이었던 권식의 마음마저 사로잡았으며 백성들의 추앙을 받는 그녀를 꼭 한 번 보고 싶긴 했었다. 특히 박포의 배신에 그녀가 영향을 끼쳤음을 알았을 때는 더욱더 그러했다.

경녕은 좀 더 온화한 표정을 지어내며 말을 걸었다.

"내 일을 사사건건 방해해 오던 자네가 양묘라는 사실을 알았을 땐 어찌나 놀랐는지 모를걸세."

신기한 눈으로 쳐다보는 그녀의 시선에 가혜는 한쪽 눈썹 끝을 올렸다. 이런 상황에서 태평한 어조로 소감을 말하는 그녀의 태도에는 어폐가 있었다.

"하여 양묘라는 소문을 내고 그것으로도 모자라 이런 짓까지 하시는 겁니까."

"솔직히 말해서 자네 부친까지 이용할 생각은 없었네. 상황이 좀 여의치 않아 급히 손을 쓰려다 보니 이리되었을 뿐."

한패였던 자들이 분열하여 다 된 밥에 잿물을 옴팡 뿌릴 줄은 정말 몰랐었다. 그런 와중에 인후가 던져 주고 간 불도 꺼야 하는 경녕은 우선 달래듯이 가혜를 진정시켰다.

"며칠만 예서 얌전히 있어주게나. 그리하면 일이 끝났을 때 곱게 돌려보내 주지."

물론 며칠이 좀 더 길어질 수도 있고, 곱게 돌려보내 주지 않을 수도 있었다. 지금 반항하면 곤란하기에 최대한 긍정적으로 들리도록 했을 뿐이었다. 그러나 가혜는 일이 끝난다는 말에 더 초점을 두고 자리에서 일어났다.

"또 무슨 계략을 꾸미고 계신 겁니까. 승하하신 소현세자 저하께 부끄럽지도 않으십니까."

순간 아픈 곳을 찔린 경녕군주는 표정이 차가워졌다.

"자네가 무얼 안다고 함부로 말하는 건가."

어린 시절, 억울하게 잃은 부모는 그녀에겐 결핍의 대상이었고, 건드리지 말아야 할 성역의 존재였다. 그러다 보니 말투가 엄하게 변했으나, 가혜는 움츠러들지 않았다.

"적어도 그분이라면, 욕심에 사로잡혀 피를 보기를 가볍게 여기는 여식은 바라지 않으실 겁니다."

"욕심? 본디 내 것을 되찾으려는 것도 욕심인가!"

"그런 명목으로 억울한 희생자를 만든다면 욕심입니다!"

절대 굽히거나 물러서지 않는 가혜의 강인한 눈빛과 의지에 경녕은 입을 다물었다. 참으로 무엄한데 반박할 수가 없었다.

예상치 못한 대치 상황에 경녕군주의 심복 둘이 눈동자만 굴리며 눈치를 보고, 가혜는 조금 더 낮은 목소리로 씹어뱉듯이 말을 꺼냈다.

"제 친부의 죽음을 헛되이 만들지 마십시오."

"친부?"

의아하여 되묻는 경녕군주의 시선이 가혜의 뒤쪽, 영달에게로 향했다. 시끄러운 소리에 의식을 되찾은 건지, 그는 묶인 팔로 바닥을 밀며 일어나려 했다.

그 움직임을 느낀 가혜는 얼른 몸을 돌려 그가 몸을 세우는 걸 도왔다.

"아버지, 괜찮으세요?"

"괜찮다. 괜찮아."

영달은 가혜를 안심시키고 경녕군주를 바라보았다. 뭐에 맞았는지 머리가 여전히 띵하게 울렸지만, 그녀가 누구인지, 무슨 얘기를 하고 있었는지 이해하는 데는 무리가 없었다.

"이 아이의 친부는 필선, 이정준입니다. 그가 남긴 유일한 혈육이지요."

"필선, 이정준……."

경녕은 그를 모르지 않았다. 사사당한 자신의 어머니, 강빈의 억울함을 풀어주기 위해서 목소리를 냈던 김홍욱의 제자로, 그의 말에 힘을 실어주기 위해 목숨마저 끊은 인물이었다. 모두가 몸을 사리며 진실을 외면할 때 정의를 위해 앞장선 그의 결단을 경녕은 고맙게 여기곤 했었다.

'그 이정준의 여식이라고?'

그 사실은 매우 당혹스러운 것이었다. 몇 안 되는 자신의 은인이 유일하게 남긴 혈육, 그런 가혜를 몇 번이나 위기로 몰아넣었다는 사실에 경녕의 눈빛이 흔들렸다. 혼란스러웠다. 그 마음을 다잡기도 전에 영달이 말을 이었다.

"소현세자 저하는 조선을 사랑하신 분이었습니다. 강빈마마도 그러하셨지요. 먼 이국땅에서 조선인 한 명이라도 구하겠다고 온 마음을 기울이셨던 분들입니다."

영달은 인조를 독살하려 한 죄인으로 취급받는 강빈을 마마라 부르기를 주저하지 않았다. 적어도 경녕군주 앞에서는 그렇게 부르고 싶었다. 그가 듣고 기억하는 소현세자와 강빈은 존경받을 만한 자격이 있는 사람들이었다.

"그분들이 생각한 조선은 조선의 백성 그 자체였고, 개인의 안위보다 백성을 위한 길을 기쁘게 여기셨습니다."

잔잔한 영달의 목소리가 마음마저 붙잡고 흔들자 경녕은 입술을 꽉 깨물었다. 복수를 품고 역당의 길을 걸은지 지 어느덧 십여 년. 이런 식의 얘기를 듣는 것도 굳건하던 결심에 이토록 금이 가는 것도 처음이었다. 영달이 벌려놓은 그 틈을 가혜가 비집었다.

"군주께서 가시는 길은 백성을 위한 길입니까."

그럴 리가 없었다. 개인적인 복수와 분노에서 이번 일이 시작된 것이었으니 백성의 안위 따위를 생각했을 리가 없었다. 본디 자신의 것을 되찾으려 한다던 그녀의 말을 통해 역심을 떠올린 가혜는 그 부분 또한 지적했다.

"전하를 폐위하면 더 나은 조선이 열립니까? 어린 임창군께서 왕위에 오르시면 국정을 돌보는 건 누굽니까."

수렴청정을 할 인물이 없어질 테니 관료 중 일부가 권력을 쥐고 어린 임금을 뜻대로 조종할 터였다. 그걸 알지만 경녕은 여기서 멈출 수 없었다.

"내가 여기까지 오기 위해 몇 년을 바쳤는지 아는가. 난 이미 선을 넘었네. 돌아갈 수 없어."

지금 그만두기에는 그간 해온 노력들이 너무 아까웠다. 그러니 지금껏 그러했던 것처럼 앞만 보고 갈 것이라 다짐하는 순간 기분이 썩 좋지 않은 탓에 경녕은 이제 슬슬 부풀고 있는 배에 손을 가져다 댔다. 목표를 눈앞에 두었는데 기쁘기는커녕 불편함이 일었다. 그 감정을 최대한 억누르는 그녀의 기분은 이전보다 훨씬 더 뒤숭숭하니 산란했다.

"조금만, 이제 얼마 안 남았으니 그때까진 이곳에서 조용히 있으시게."

더 대화를 나누기 불편해진 경녕군주는 속히 자리를 피하려 들었다. 그러나 가혜는 곱게 보내줄 수 없었다. 이대로 이곳에 갇힌다면 경녕군주의 계획대로 될 테고, 그건 썩 좋은 결과를 초래하지 않을 터였다.

"순순히 갇혀 있진 않을 겁니다."

당당한 가혜의 말에 경녕의 걸음이 멈췄다. 손과 상체가 묶여 있는 상태에서 인질인 부친까지 있는데 여전히 굽힘이 없는 그녀의 태도에 경녕은 고개를 저었다.

"몸이 묶인 상태에서 자네가 무얼 할 수 있겠나. 내 심복들이 밤낮으로 경계를 설 것이니 헛된 짓은 하지 말게."

이정준의 여식인 걸 알고 나니 해하고 싶은 마음은 사라졌지만, 일을 방해하도록 둘 수는 없었다. 물론 그건 가혜도 마찬가지였다.

"헛된 짓인지 아닌지는 해봐야 아는 것 아니겠습니까."

말이 끝나자마자 가혜의 치마가 펄럭이고, 어느새 뽑힌 단검이 묶여 있던 두 손 사이로 한 바퀴 회전하며 끈을 끊어버렸다. 순식간에 벌어진 일에 모두가 반응할 새도 없이 가혜는 부친의 몸을 묶고 있던 끈도 잘라냈다.

잠을 자다가 허겁지겁 나온 듯한 소복 차림에 방심하고 있었던 경녕은 완전히 역전된 전세에 놀라 뒤로 물러섰다.

"어떻게, 검을……."

"자객의 습격을 여러 번 겪었는데, 이 정도 대비도 안 했겠습니까. 그러니 지금이라도 포기하십시오."

가혜의 경고에도 경녕군주는 고개를 저었고, 두 사내가 무기를 빼들며 앞으로 나섰다. 기어코 끝을 보겠다는 태도에 가혜는 짧은 숨을 내쉬면서 검을 고쳐 잡았다.

"말로 설득해서는 포기 안 하실 듯하니, 그럼 강제로라도 포기시켜 드리겠습니다."

차분하게 빛나는 눈동자가 빠르게 두 사내의 허점을 살폈다. 그리고 그 순간, 그녀의 공격이 시작되었다.

검과 검이 부딪치는 소리가 창고 안을 메우고, 영달은 검을 다루는 딸의 움직임에 눈을 휘둥그레 떴다. 십여 년을 키워왔으나 이런 모습은 처음이었다. 장검을 든 두 명의 사내를 상대하면서도 전혀 밀리지 않았고, 당황한 기색도 없이 정확하게 움직였다.

검을 하나 막으면 또 다른 자의 검이 찔러 들어왔지만, 좁아든 미간만 보아도 고전하는 쪽은 두 사내라는 걸 충분히 알 수 있었다. 그렇게 몇 번의 공수 끝에 가혜의 발등이 한 사내의 목 뒤를 가격하고, 그의 눈이 뒤집히면서 쓰러지자 싸움도 막바지로 치달았다.

마침내 사내의 손에서 빠져나간 검이 힘없이 바닥으로 추락하고, 단검 끝은 땀으로 번들거리는 그의 목에 닿았다. 가쁜 숨을 내쉬는 그와 대비될 만큼 멀쩡한 상태를 유지하고 있는 가혜는 검을 살짝 까딱였다.

"뒤로 돌게."

패배한 사내는 죄책감으로 눈 끝을 축 늘어뜨리고 천천히 뒤로 돌았다. 그가 다 돌기도 전에 가혜의 손이 사내의 목덜미를 쳤다. 의식을 잃은 그가 고꾸라지자 경녕은 소리도 지르지 못하고 입술만 깨물며 숨을 가쁘게 쉬었다. 그런 경녕군주에게 가혜는 쓴소리를 내뱉었다.

"이들도 군주 때문에 이리된 겁니다. 자신을 따르는 사람들조차 아낄 줄을 모르고 백성을 위하는 마음도 없으면서 용상을 노리신다면, 전 어떻게든 그 역모를 저지할 것입니다. 적어도 지금의 임금께서는 가여운 백성을 위해 노력이란 걸 하고 계시니까요."

임금을 만나기 전에는 그를 탓했으나 짧게 대화를 나눈 뒤로는 그에게도 나름의 고충이 있음을 느꼈다. 그래서 더욱 경녕군주의 역심에 공감하기 어려웠다. 그녀의 대의는 대의가 아니었다. 그녀를 매섭게 훑어본 가혜는 아버지를 부축하며 창고 밖으로 향했다. 이 밤에 부친과 함께 창고에 갇힐 뻔한 일을 겪었음에도 할 수 있는 건 이것이 전부였다. 경녕군주를 죽일 수도 없었고, 어디다 고발하기도 어려웠다. 아무도 편들어주지 않을 걸 알기에 조금 분하긴 하였으나, 가혜는 자신의 검술 실력이 경녕의 계획에 큰 차질을 빚어지게 했다는 사실을 위안 삼았다.

실제로 뜻하지 않게 된통 당해 버린 경녕은 이마를 짚고 떨리는 심장을 진정시키기 위해 애써야만 했다. 가혜를 굴복시키지 못했으니 인후를 억압할 패가 없었고, 이제 그가 준 유예 기간은 하루밖에 남지 않았다.

가혜를 감금하는 걸 실패한 뒤로 인후를 억압할 방도가 떠오르지 않자 경녕은 호판, 주덕명을 만나고자 했다. 그러나 그는 거사를 앞두었으니 더 조심해야 한다며 자리를 만들기를 꺼려했고, 밀명지를 얻어내는 일은 요원해졌다.

물 한 모금 제대로 넘기지 못하고 눈을 감은 채 장침에 기대앉아 있던 경녕군주는 문득 태동이 느껴지자 천천히 눈을 떴다. 심란한 어미의 마음을 아는 건지, 그녀는 배를 한 번 만졌다가 어스름이 깔리는 창에 시선을 주었다.

'내일, 저 해가 다시 뜨면 역모죄로 모두 끌려갈 테지.'

밀명지를 넘기는 건 불가능해졌고, 가혜를 감금하려다 실패했으니 인후의 측은지심을 자극하는 일도 어려웠다. 십여 년간 하나만 바라보고 달려왔던 경녕은 막바지에 이르러 결국 자신이 패배했음을 인정해야만 했다.

'내 모든 위협을 무릅썼건만, 남 좋은 일만 하였구나.'

아무것도 모르는 어린 자식들과 남편의 목숨까지 걸고 진행해 온 일이었는데, 이렇게 패배하고 나니 문득 허무해져 버렸다. 그녀는 지친 기색이 완연한 얼굴로 자리에서 일어났다.

'죽을 때 죽더라도 전하는 뵈어야겠지…….'

끌려가 옥 안에서 만나는 건 원치 않았다. 그때는 제대로 된 대화마저 하기 어려울 터였다. 무너져 주저앉아 펑펑 울고 싶은 마음을 간신히 추스르며 그녀는 궐로 향했다.

희정당으로 간 경녕은 후원의 농산정으로 다시 안내받았다. 임금이 요즘 들어 부쩍 농산정에서 지내는 시간이 많아진 탓이었다.

그녀가 섬돌 위에 신발을 벗고 마루 위로 올라섰을 때, 방문이 열리고 나온 건 의외의 인물이었다. 붉은 관복을 입은 호판, 주덕명은 놀라는 기색 하나 없이 정중히 인사를 건넸다.

"회임으로 거동이 불편하실 터인데 댁에서 쉬시지 않고 예까지 오시다니요."

그는 걱정하는 투로 그녀의 건강을 물었다. 그의 태도에는 일말의 거짓됨이 보이지 않으니, 그의 배신을 의심하고 있었던 경녕은 껄끄러운 감정을 숨기며 적당히 대답했다.

"대감이 이리 걱정해 주시는데 나쁠 리가 있겠습니까."

"다행입니다. 아, 얼른 안으로 드시지요."

임금이 기다리고 있음을 상기한 주덕명이 길을 비켜주자, 경녕은 더 긴말 나누지 않고 그의 곁을 지나쳐 방으로 들어갔다.

방 안에는 저만큼이나 표정이 좋지 않은 임금이 앉아 있었다. 주덕명과 단둘이 무슨 대화를 나눴는지는 몰라도 주위를 떠도는 공기는 숨 막힐 듯 묵직했고, 그걸 가득 들이마시면서 경녕은 임금의 앞에 앉았다.

"전하."

달리 예도 갖추지 않고 자리에 앉은 그녀의 무미건조한 부름은 이연의 시선을 끌었다.

"무슨 일이 있소?"

"예, 전하. 있습니다."

그 말을 끝으로 잠시 침묵하던 경녕은 곧 다시 입을 열었다.

"제가, 역모를 꾀했습니다."

그녀의 말에 이연은 심장이 내려앉아서 아무런 말도 하지 못했다. 이게 무슨 상황인지, 이해할 수 없는 일에 그녀의 얼굴만 뚫어지게 쳐다보고 있을 때 경녕이 다시 목소리를 내었다.

"밀명지를 읽으셨다면, 전하께옵서도 아시겠지요. 그렇게 아바마마를 잃고 나니 억울하여 역모를 꾀하였습니다."

"그 무슨. 지금 그대가 과인에게 스스로 역모를 꾀하였다고 고하고 있는 것이오?"

이연은 눈이 시뻘게져서 몸을 앞으로 기울이며 경녕을 뚫어지게 노려보았다.

모두가 그녀를 경계하라 할 때 듣지 않았고, 소현세자의 마지막 아들인 경안군도 지켜주었다. 그가 왕실 사람들과 어울려 무리를 이루는 것도 내버려 두었고, 불안감이 들 때마다 선왕의 말을 떠올리며 애써 마음을 다잡았었다. 그런데 그 결과가 이것이었다.

"선왕께서는 그대들을 함부로 해하지 말라 당부하셨는데, 어찌 그 마음조차 이해 못 하고 역모를 꾸민단 말인가!"

임금의 노호가 귓전을 때리고, 경녕은 입술을 악물고 솟구치는 감정을 참고 참아내다가 씹어뱉듯이 말을 꺼냈다.

"이해라."

단 한마디였으나 붉어진 그녀의 눈가에 달린 눈물과 억지로 웃는 입술이 단번에 그녀의 감정을 이연이 느끼도록 해버렸다. 그가 말을 꺼내지 못하는 걸 보며 경녕은 슬프게 웃었다.

"그러는 전하께옵서는 이해하십니까. 수년간 볼모로 잡혀 있다 간신히 돌아왔건만, 친부의 손에 살해당하고."

"그만."

밀명지 속 진실이 떠오른 이연은 고개를 돌리며 그녀의 말을 자르려 했으나 경녕군주는 거침이 없었다.

"죄 없는 어머니는 시아버지를 독살하려 했다는 누명을 쓰고 죽고."

"그만하라지 않는가!"

"어린 오라비들도 귀양 가 줄줄이 죽어 나갔습니다! 그 와중에 나는! 계집이란 이유로 아무것도 모른 채 호의호식하며 지내야만 했지요. 선왕 전하를 아바마마처럼 따랐고, 전하를 의지했었습니다. 그런데……."

치마를 움켜쥐는 그녀의 손이 부들부들 떨렸다. 아무도 제 속은 모른다. 진실을 알고 짓이겨졌던 그 마음은. 경녕은 숨을 한 번 들이쉰 뒤 목소리를 낮췄다.

"나이를 먹고 머리가 차서 세상사에 눈을 떴을 때, 옥좌를 빼앗긴 내 동생이 숨죽여 지내는 것이 보였습니다. 나는요. 나는 어찌 살아야 했는지 압니까. 내 혈육을 죽인 대가로 권력을 쥔 자들 앞에서 다정히 웃어야만 했습니다. 그래야만 목숨을 부지할 수 있으니까. 그런 내 마음은, 그 심정은…… 전하께옵선 이해해 보려 한 적이나 있으십니까."

비참한 세월, 모두에게 숨기며 참고 참아왔던 눈물 한 방울이 그녀의 저고리 고름 위로 툭 떨어졌다. 다 끝났다. 처음이자 마지막으로 본심을 터뜨려 보았으니 조금은 만족할 수 있었다.

충혈된 천안에 눈물이 고이자 그것을 보이고 싶지 않은 이연은 고개를 돌렸고, 경녕은 시선을 내렸다. 두 사람 다 말이 없었다. 사위는 숨 막힐 듯 고요하고, 붉은 용포는 몸을 옥죘다. 그것이 꽤 고통스러워서 이연은 침음만 흘리다가 간신히 눈동자를 돌려 경녕군주를 시야에 담았다. 그녀는 대체 무슨 생각을 하고 저를 찾아왔을까. 속이 까맣게 타들어가 잿더미가 된 채 어지러이 흩날리는 듯했다.

"왜, 왜 밝힌 거요……. 그리도 억울하여 역심을 품었으면 끝까지 저질러나 보던가. 왜 대뜸 찾아와 과인을 이리 괴롭게 하오!"

그랬더라면 시해되는 순간엔 마음껏 미워하고 원망하며 저주를 퍼부어주었을 텐데, 왜 지금 찾아와 사람을 갈등하게 하는지. 괴로워서 미간을 가득 찌푸리는 그에게 경녕은 간단히 고했다.

"어차피 곧 들킬 테니까요. 지평, 최인후가 밀명지를 가져오지 않으면 전하께 역모에 대해 고하겠다 하는데, 희정당에 있던 것이 어디로 갔는지 모르겠습니다. 하니, 이러나저러나 죽는 것 외에 도리가 있겠습니까."

"그가……."

"이상한 자입니다. 역모를 막으려 그리 노력해 놓고, 부모를 잘못 만난 죄로 죽는 아이는 불쌍하다 하니……."

경녕은 자신의 배를 쓰다듬으며 빛 한 번 보지 못하고 죽을 아이를 떠올렸다. 아련한 그녀의 시선에 마음이 불편해진 이연은 화제를 돌렸다.

"그럼 그대와 함께 역모를 꾸민 역당들은 대체 누구요."

병색이 완연한 가운데도 불타오르는 임금의 눈을 보면서 경녕은 오랫동안 침묵을 지켰다. 누가 자신을 배신했고, 아직까지 의리를 지키는지 알 수 없었다. 순간 주덕명이 생각났으나 좀 전에 만난 그의 표정이 매우 평화로웠던 것이 마음에 걸렸다.

'내가 주상에게 내주하러 온 걸 알면서도 전혀 놀라지 않았어.'

무언가 찜찜하게 걸렸는데, 더 생각할 시간이 주어지지 않았다. 기다리다 못한 이연이 그녀를 독촉한 것이다.

"경녕!"

"호판, 주덕명은 무슨 일로 독대를 청하였습니까."

"지금 그가 역모에 가담했다고 말하려는 거요?"

이연은 바로 눈치채고 되물었으나, 이내 고개를 저었다.

"그는 아니오. 그는 밀명지를 찾고 있던 중에 역도들이 자신에게 접근하였다며, 밀명지를 손에 넣으면 바로 과인에게 바치겠다 하였소."

인후를 미리 겪었던 이연은 그와 비슷한 상황에 처한 주덕명의 말도 철석같이 믿었다. 그에 경녕은 주덕명이 역모에 가담했을 때 한 말을 떠올렸다. 당시 그는 천재지변이 주상 탓이라며 소현세자의 혈육이 임금의 자리에 올라야 한다고 했었다. 그 말이 거짓이었던 건지 아니면 역모가 들통났을 때를 대비해 미리 빠져나갈 구멍을 만들어둔 것인지, 이젠 스스로도 확신할 수 없었다.

"전하께옵서 그리 말씀하시니, 저와 같이 밀명지를 얻으려 했던 자들 중에 누가 역당이고 누가 아닌지 모르겠습니다."

모든 게 혼란스러웠다. 그건 이연도 마찬가지였다. 대신 그는 역당을 이끄는 자라도 확인하고자 했다.

“구심점은 임창군이오, 임성군이오. 아니면 둘 다요.”

소현세자의 직계 손들 중에 역당들이 추대하려는 이가 있을 터였다. 그러나 경녕은 고개를 저었다.

“둘 다 아닙니다.”

“그 말을 과인 보고 믿으란 소리요!”

“실로 진실입니다. 둘 다 어리니, 둘에겐 비밀로 하였습니다.”

경녕은 바로 반박하며 저를 노려보는 시선을 고스란히 받아들였다. 일이 이렇게 된 마당에 부친의 얼마 남지 않은 혈육들마저 끊어낼 수는 없었다.

그녀의 시선에서 흔들림을 발견하기 어렵자, 한참 고민하던 이연은 문득 경녕군주를 처결해야 한다는 걸 떠올렸다.

“마지막으로 할 말이 있소?”

“……전하께옵서도 강빈은 역당이다, 그리 생각하십니까.”

경녕은 제 어머니가 역당이라 생각하는지 물으며 그를 보았으나, 이연은 시선을 피했다. 답할 수 없는 질문이었다. 역당이 아니라 하면 소현세자의 직계 손에게 더 큰 명분을 쥐어주는 것이니 이연으로서는 답하기 어려웠다.

그래서 그는 다른 얘기를 했다.

“곧 청의 사신이 당도할 터이니 그들이 돌아가고 나서 역모에 대한 처결을 명하겠소. 그때까지는 밖으로 나가는 걸 금할 것이며, 왕래하는 이가 있다면 역당으로 알 터이니 문을 걸어 잠그고 낮이건 밤이건 누구와도 만나지 마시오.”

역심을 품었으니 응당 죽여야 하지만, 청의 사신이 코앞에 있는데 소현세자의 피붙이를 역모로 몰아 죽일 수는 없었다. 물론 이연은 그조차도 스스로 만든 핑계임을 모르지 않았다.

'그래도, 그래도 지금은 시기가 좋지 않아. 민심도 들끓는데…….'

부왕이 죽기 전에 당부한 말도 있고, 신료들도 강빈과 그 아들들의 죽음을 안타깝게 여기고 있었다. 그런 와중에 경녕군주가 역심을 품었다고 밝혀봤자 믿어줄 이는 몇 없을 터였다.

대신 그는 청의 사신들이 돌아갈 때까지 경녕군주의 사택에 심복들을 심어놓고 그녀와 일가족을 감시하기로 했다.

그의 처결을 받아들인 경녕은 자리에서 일어났다. 고개를 숙이고 인사를 올리는 그녀를 차마 더 쳐다보지 못하고 고개를 돌린 이연은 짙은 한숨과 함께 조용히, 혼잣말하듯 소리를 냈다.

"선왕의 뜻이 있으니 내 대에서는 복위가 불가하오. 하나, 세자에게 일러는 두겠소."

선왕인 효종의 뜻이 있으니 당장 강빈의 억울함을 풀어줄 수는 없어도 세자가 임금이 되면 신원할 수 있도록 미리 언질을 주겠다는 소리였다. 결국 그 말은 이연이 강빈을 역당으로 생각하지 않는다는 뜻이었다. 뜻하지 못한 그의 호의에 경녕은 순간 목이 멨다. 수십 년, 하지도 않은 독살의 누명을 쓰고 있었던 어머니의 억울함을 풀어낼 길이 생긴 것이다. 감읍하고 또 감읍할 일에 그녀는 두 손을 이마에 대고 크게 절하였다.

"성은이…… 망극하옵니다, 전하."

왕위를 둘러싼, 슬픈 가족사는 그렇게 막을 내렸다.

경녕군주가 농산정에서 물러 나와 자택에 감금될 즈음에, 검은 하늘에는 휘영청 뜬 달만 홀로 시린 빛을 내고 있었다. 그 달빛을 등불

삼아 잠시 집에 들른 인후는 사랑채로 가지 않고 즉각 내당으로 향했다.

"부인, 안에 계시오."

"서방님?"

방 안쪽에서 가혜가 일어나며 부르는 소리가 들리자 인후는 흐뭇한 미소를 지었다. 단 하루 떨어져 있었을 뿐인데 너무 보고 싶어서 달려온 보람이 있었다. 한동안 안지 못했던 그녀를 품을 생각으로 기뻐하며 안으로 들어선 그는 가혜를 보자마자 의구심으로 표정이 굳었다. 숨기려 애쓰고는 있지만, 아내의 얼굴에는 근심이 가득했고 그는 직감적으로 무슨 일이 벌어졌음을 깨달았다.

"어찌 표정이 좋지 않소?"

"그것이……."

가혜는 새벽녘에 있었던 일을 들려주었다. 그녀의 얘기에 인후는 매우 분노했다. 마지막 배려로 유예 기간을 준 걸 그런 식으로 이용하고, 장인을 납거하는 것으로 모자라 아내까지 유인했다는 사실에 피가 거꾸로 솟구쳤다. 그러나 우선 장인의 안위부터 파악하는 게 먼저였다.

"장인어른은 어떠시오. 다치신 곳은 없으시오? 많이 놀라셨을 터인데……."

"강인하신 분이니 염려 마십시오. 우선 별당으로 모셨습니다. 그보다 이 일이 서방님께서 퇴청도 못 하고 계신 것과 관련이 있습니까?"

그가 하는 일에 방해가 될까 싶어 우선 말없이 기다리고는 있었지만, 아버지까지 엮인 일이니 알아야만 했다.

모두가 무사하다는 말을 듣고 나서야 간신히 진정한 인후는 희정당에서 밀명지가 사라져 경녕군주를 압박했음을 털어놓았다.

"내 너무 안일하게 생각하였나 보오. 부위와 아무것도 모르는 어린 아이들이 연좌되어 목숨을 잃을 것이 안타까워서, 내 그녀의 욕망을 알면서도 외면하였소."

인후는 순간 피로에 물든 얼굴을 한 손으로 쓸어내리며 괴로워했다. 그런 서방의 손을 잡아 내린 가혜는 그의 볼을 매만지며 고개를 저었다.

"서방님 탓이 아닙니다. 사람이 사람에게 연민을 품는 것이 어찌 죄라 할 수 있겠습니까."

"부인……."

인후는 저를 향해 곱게 웃어주는 아내를 꽉 껴안았다. 밤사이 위험한 일을 겪었으면서도 저를 먼저 위로해 줄 줄 아는 그녀가 곁에 있어서 참으로 다행이었다.

"고맙소. 고맙소, 부인."

말 한마디에도 고마워하는 그의 음성을 들으며 가혜는 서방의 품에 머리를 기댔다. 그 편안함을 오늘 밤은 마음껏 누릴 수 있길 간절히 바랄 때, 밖에서 달수의 음성이 들려왔다. 또 입궐하란 것이었다. 이 밤에 갓 들어온 사람을 쉬지도 못하게 한다고 구시렁대는 달수의 뒷말에 가혜는 웃으며 남편을 놓아주었다.

아쉬운 건 인후도 마찬가지지만 임금이 부른다니 가야만 했다. 그는 아내의 이마와 볼에 한 번씩 입을 맞추고 당부의 말을 남겼다.

"내 최대한 빨리 일을 해결해 보겠으나, 그때까지는 항상 주의하시오. 시각이 늦었으니 장인어른께는 내일 인사드리겠소."

"예, 서방님이 주신 단검도 지니고 있으니 염려 마셔요."

가혜는 그의 걱정을 덜어주기 위해 더 밝게 대답했다. 그런 아내에게서 떨어지지 않는 손을 놓고 간신히 밖으로 나가려던 인후는 다시 몸을 돌렸다. 부친도 사돈의 납치 사건에 대해 알고 있는지 묻는 그에게 가혜는 고개를 끄덕여 보였다.

"말씀드렸습니다. 집에 당도하니 아버님께서 소첩을 찾으러 나서시려던 터라……. 아버님께서는 추이를 지켜보다 여차하면 움직인다 하셨으니, 홀로 너무 무리하지 마시어요."

새벽녘에 있었던 일을 들은 권식이 필요하면 힘을 보태준다 하니, 그 듬직함에 인후는 속으로 고마운 마음을 품고 나설 수 있었다. 궐문을 닫은 이 늦은 밤에 임금이 불렀으니, 아내와 함께하고 싶은 마음은 잠시 접어두고 속히 떠나야만 했다.

침전에 들어야 할 시각에도 농산정에서 버티고 앉아 있던 이연은 상 위에 놓인 술병을 들어 작은 잔에 가득 따랐다. 찰랑거리는 맑은 술을 입에 털어 넣자 앞에 앉은 인후가 시야에 닿았다. 반듯이 앉아 있는 젊은 신하를 보고 있자니 경녕군주가 떠나기 직전에 했던 말이 떠올랐다.

"그를 가까이 두십시오, 전하. 수완이 좋고 충심으로 간언할 줄도 아는 자입니다."

이연은 빈 술잔에 다시 술을 채우고 맞은편에 앉은 인후의 앞으로 옮겨놓았다.

"들게."

무슨 일로 불렀는지는 말해주지 않고 대뜸 술을 권하자, 인후는 잠시 고민하다가 어주를 마셨다. 쌉싸름한 술이 목을 타고 넘어가고, 비운 잔을 내려놓으니 임금이 또 술잔을 채웠다. 연거푸 술을 마시는 이연을 보고 인후는 조심스럽게 목소리를 냈다.

"과음은 옥체에 좋지 못하옵니다."

"오늘은…… 술을 마시지 않곤 견디기 어렵네."

밀명지만으로도 심란한데, 경녕의 일까지 겹치니 술 없이는 배길 수가 없었다. 이연은 한 잔 더 들이킨 후에야 저녁나절에 있었던 일을 밝혔다.

경녕군주가 먼저 역모를 고할 줄은 생각지도 못한 인후는 표정을 굳힌 채 묵묵히 이야기를 들었다. 모든 내용이 나온 뒤, 두 사람 사이에는 적막함만 감돌았다. 그걸 견디다 못한 이연이 한 잔 더 하려 하자 인후는 술잔에 손을 올려 더 따르지 못하도록 막았다.

"전하, 술은 잠깐의 시름을 달래줄 수 있을지는 몰라도 이 사태를 해결해 주진 않사옵니다."

지금의 임금에겐 술로 시름을 달랠 시간적 여유마저 없었다.

"청국의 사신이 도착하는 날이 며칠 남지 않았사옵니다. 어심을 굳건히 하시옵소서."

인후의 충언에 이연은 술병을 내려놓았다. 이제 겨우 며칠, 그 안에 조선의 명운이 갈릴 터였다. 이연은 일전에 노하여 사흘 안에 밀명지를 찾아오라고 우겼던 걸 철회하며, 힘없는 목소리로 부탁하듯 다시 명을 내렸다.

"밀명지를 찾기 위해서라면 뭐든 허할 터이니, 부디 힘써주게. 이제 정말 며칠 남지 않았네."

"예, 전하."

인후는 깊이 고개를 숙여 그의 명을 받잡고 농산정을 물러 나왔다. 그러나 겨우 며칠간의 조사로는 큰 소득을 얻기 어려웠고, 얼마 뒤에 끔찍한 소식 하나가 경녕군주를 통해 궐로 날아들었다.

하얀 종이를 서안 위에 펼쳐 놓은 경녕은 붓을 들어 먹에 적셨다. 집에 갇힌 채 죽을 날이 정해지기를 기다리면서 그녀는 많은 생각을 했었다. 이번에 사신이 밀명지를 얻는 데 성공한다 해도 청나라로 돌아가 군대를 꾸려서 올 때까진 시간이 필요했고, 그녀는 그 시간을 버틸 여유가 없었다. 이미 역심을 품은 게 드러났으니 그때까지 임금이 살려둘 리가 만무했다.

"남의 희생을 필요로 하는 것은 욕심이라……."

가혜가 했던 말을 곱씹던 경녕은 며칠 새 부쩍 늙어버린 얼굴에 슬픈 미소를 띠웠다. 박포의 말도 며칠을 괴롭히더니, 가혜의 충고 또한 그러했다.

"다 부질없는 짓이로구나."

죽음을 목전에 두고 그간의 일을 돌아보니 아등바등 목숨 걸고 해왔던 것들이 모두 부질없었다. 사랑하는 가족들과 좀 더 시간을 보내며 행복이라도 누려볼 것을. 무얼 위해 손에 피를 묻혔는지, 죽음을 앞에 두니 이젠 그조차도 떠오르지 않았다.

경녕은 한숨을 내쉬며 생각을 정리하고 차분히 글을 써 내려갔다. 그건 어머니의 억울함을 언젠가는 꼭 풀어주겠다고 했던 임금에게 그녀가 해줄 수 있는 마지막 선물이었다.

-내일 밤, 밀명지는 청의 사신에게 넘어갈 것입니다.

애초에 그렇게 계획되어 있었다. 물론 자신이 그 일에서 쏙 빠지면서 계획이 어떻게 틀어졌는지는 정확히 알 수 없었으나, 내일 밤에 접촉하기로 했었던 것만은 확실했다.

암담한 소식을 담은 서찰은 그녀의 집을 감시하던 내금위를 통해 임금에게 전달되었고, 다음 날 인후와 현욱은 그 장소를 급습하였다. 그러나 이미 눈치챘는지 밀명지를 넘기려는 자들은 나타나지 않았고, 달은 점점 기울어만 갔다. 그러다 마침내 조선의 하늘 위에 칼날 같은 겨울 달이 걸렸을 때, 청의 사신이 당도했다.

6. 야행, 그들의 밤

청사의 도착에 한양의 분위기는 뒤숭숭해졌다. 조정에서는 싫어도 잔치 준비를 해야 했고, 백성들은 하나같이 죽상을 지었다. 양반 중 일부는 이날을 반겼지만, 대부분은 조용히 상황을 지켜보았다. 그건 가혜도 마찬가지였는데, 설이는 정오부터 내당 마루 위로 뛰어 올라오며 그녀를 찾았다.

"아씨! 아씨!"

"어인 소란이더냐."

방에서 가혜의 목소리가 들리자 설이는 문을 열고 조심히 안으로 들어갔다. 책을 읽고 있는 주인아씨 앞에 얌전한 척하며 앉은 그녀는 길에서 듣고 온 소식을 전해주었다. 임금과 청국 사신의 행렬이 모화관에서 출발하였다는 이야기였다. 아까 돈의문을 지났을 것이라며 말끝을 흐리고 힐끗힐끗 눈치를 보는 모양새에 가혜는 어쩔 수 없다는 듯이 고개를 저었다.

청나라 사신이 올 때마다 백성들에게 욕을 먹긴 해도 임금과의 삼백여 명의 사신단으로 이루어진 행렬은 그 위용이 제법 대단했다. 그건 나이 어린 이들에게는 이국의 호기심을 채워줄 만한 몇 안 되는 구경거리 중 하나였다.

"소란 피우진 말고 조용히 다녀오너라."

설이의 마음을 이해한 가혜는 잠시 외출을 허락했다. 덕분에 얼굴이 한층 밝아진 설이는 당장 뛰쳐나가고 싶은 마음을 꾹 누르고 머뭇거렸다. 같이 가자는 말이 목구멍까지 올라왔으나 분위기상 차마 꺼내지 못했다. 그 마음을 읽은 가혜는 작게 웃으며 고개를 저었다.

"나는 할 일이 있으니, 가고 싶어 하는 이들이 있으면 함께 다녀오너라. 멀리서 조용히 보고 돌아오도록 해."

"예, 아씨."

꿩 대신 닭이라고 아씨 대신 다른 이들과 함께 갈 생각을 하며 설이는 얼른 자리에서 일어났다. 그녀가 밖으로 나가고 난 뒤, 가혜는 글이 눈에 들어오지 않아 창밖으로 시선을 주었다.

그렇게 막으려고 노력했건만, 결국엔 이런 날이 와버렸다. 경녕군주가 주었던 마지막 기회도 날아가 버렸다. 제대로 허탕을 쳐 버린 뒤, 세월은 유속같이 흘러 청사가 모화관을 지나 창덕궁으로 향하고 있었다. 이미 밀명지가 그들 손에 넘어갔을지도 몰랐다. 그렇다면 인후와 현욱도 임금의 명 없이 함부로 움직일 수는 없었다. 청사는 청국의 황제를 대변하여 온 인물이니 자칫하다간 양국의 관계가 나빠질 빌미를 제공할 수 있기 때문이었다.

더 어려워진 상황에 가혜가 고민하는 그 시각, 이연도 난여(가마)에 올라 창덕궁으로 향하면서 깊은 고뇌에 빠져 있었다.

'모화관에서 상사, 평무의 행동을 보면 이미 밀명지를 얻은 듯도 하고, 아닌 듯도 하니…….'

아침 일찍 당도한 사신 일행을 맞이하러 그는 서쪽에 있는 돈의문 밖으로 나갔다. 그곳에는 모화관이라는 현판이 걸린 건물 하나가 존재했는데, 사방이 탁 트인 그곳에서 청국의 사신단을 이끄는 상사, 평무와 처음으로 대면하게 되었다. 평무는 체격이 매우 우람하여 힘이 좋게 생겼고, 날카로운 눈과 꾹 닫은 입술로 무뚝뚝함을 최대한 드러내는 인물이었다. 그를 맞이하러 국경까지 나갔던 원접사로부터 평무가 어떤 인물인지 대충 들은 이연은 반가운 척, 가면을 쓰고 그를 환영했다.

"어서 오시오, 상사. 먼 길 오느라 고생하시었소."

"이리 환영해 주시니 감사할 따름입니다, 전하."

묵직한 음성을 지닌 그는 적당히 예를 갖추며 고개를 숙여 보였다.

세모꼴의 하얀 모자 위의 붉은 술이 찰랑이며 흔들리고, 단정하게 여민 푸른 목깃과 짙은 남색의 관복은 그의 풍채를 더욱 돋보이게 했다. 목깃과 같은 색의 좁은 소매통 사이로 나온 거대한 주먹은 그가 무인임을 여실히 드러냈으며, 관복에 수놓은 흉배 또한 호랑이를 담았으니 황제를 호위하는 시위가 분명했다.

변발하여 머리를 하나로 길게 땋아 내린 그는 배까지 내려오는 긴 호박 목걸이를 목에 걸고 있었는데, 재물만 밝히던 이전의 사신들과는 분위기가 조금 달랐다.

얼추 상대를 파악한 이연은 가볍게 인사를 건넸다.

"이번에 조선을 찾은 이유가 양국의 사이를 확인하기 위함이라 하였소?"

"예, 서로 화친하였으니 주기적으로 만남을 갖는 것이 좋지 않겠사옵니까."

평무는 그리 말하면서 미미한 웃음을 지었다. 그 웃음이 이연의 마음을 껄끄럽게 만들든 말든 그는 계속 말을 이었다.

"이미 그 사이를 확인한 듯합니다만……."

그건 꽤 의미심장한 말이었다. 지극한 환대에 감격했다는 건지, 밀명지를 얻어 사이가 틀어질 불씨를 쥐었다는 것인지 헷갈렸다. 그러나 임금이 말귀가 어둡다는 티를 낼 수는 없기에 이연은 그저 호의적인 태도를 유지해야만 했다.

"과인 또한 상사를 만나 기쁘오. 조선에 머무는 동안 편히 있으시오."

그것이 대화의 마지막이었다.

이연은 길 양옆으로 엎드려 부복한 백성들의 해진 옷과 차가운 땅에 닿은 손가락들이 붉게 얼어 있는 모습에서 시선을 떼지 못하다가 깊은 한숨을 내쉬었다.

전쟁의 상흔이 아직도 백성을 괴롭히고 있는데 하루걸러 나타나는 천재지변에 그들의 삶은 이미 곪을 대로 곪고 있었다. 구중궁궐, 높은 담벼락 안에서 전해 듣기만 하던 것과 직접 보는 건 느낌부터가 천지 차이인지라, 이연은 하늘만 원망스럽게 쳐다보았다.

'노력하였다는 말이 참으로 부끄러운지고.'

과거의 어느 날, 국화꽃 향기를 풍기던 한 여인에게 부렸던 작은 투정이 떠올랐다. 나도 노력하였다고, 이보다 더 어찌하느냐고 물었던 입이 참으로 부끄러웠다.

창덕궁 인정전에 이르러, 이연은 청나라 황제가 보낸 칙서를 받는 의식을 거행했다. 그로 하여금 가장 모멸감을 느끼게 하는 그 의식을 끝낸 뒤에 태평관에서 하마연을 베풀었다.

하마연은 말에서 내리자마자 즐기는 잔치였다. 장악원의 악공들이 고운 선율을 뽑아내고, 무동들은 춤을 추었다. 그 꼴까지는 보고 싶지 않았던 이연은 하마연을 세자가 주도하게 하고 환궁해 버렸다.

희정당에 홀로 앉아 정무를 돌보는 일에 더 박차를 가하던 이연은 얼마 지나지 않아 정 내관으로부터 달갑지 않은 소식을 들었다.

"뭐라 하였느냐."

살벌한 임금의 눈빛에 그는 얼른 몸을 낮춰 엎드린 채 사신의 말을 전했다.

"무동의 춤이 만족스럽지 못하다며 태평관에 기녀들을 들여달라 하옵니다."

기녀들과 술을 마시며 연회를 즐기겠다는 소리였다. 그 정도의 요청은 항상 있는 일인지라, 이연은 이를 꽉 악물었다가 체념하고 허락하였다. 그러나 정 내관은 물러나지 않고 꿈질거리다가 조심스럽게 재차 요청을 올렸다.

"그것이, 전하. 홍화루의 기녀들을 들여달라 하였습니다. 듣자 하니 홍화루의 기녀들의 미색이."

쿠당탕–

이연의 손에 서안이 뒤집히고, 상소문은 바닥을 굴렀다. 목에 핏대를 세우고 이를 꽉 악문 채 분노를 삼키는 임금 앞에서 정 내관은 더 말을 잇지 못하고 숨을 죽였다.

오늘 하루, 이연은 모화관까지 직접 거동하여 나아가 사신 따위를 맞이해야만 했고, 청국의 황제가 준 종이 쪼가리 하나를 받기 위해 인정전에서 예를 갖춰야만 했다. 그것만으로도 열이 치밀어 올라 숨이 넘어갈 것 같은데, 흉년이 든 시국에 찾아와 술과 고기로 배를 채우며 기녀의 외모까지 따지고 있는 행태가 마음에 들 리 없었다.

"과인의 백성은 먹을 것이 없어 이 긴 겨울밤을 눈물과 시름으로 채우건만……."

씹어뱉듯 나오는 목소리가 슬픔과 분노로 잘게 떨렸다. 장침에 팔꿈치를 올리고 이마를 짚은 채 노기를 삭히던 그는 힘 빠진 음성으로 그리하라, 허락할 수밖에 없었다. 사신이 청 황제에게 어떤 말을 전할지 모르니, 최대한 비위를 맞춰서 전쟁이 터질 빌미를 주지 않는 것이 좋았다.

정 내관이 물러나고, 이연은 아직 찾지 못한 불씨인 밀명지에 생각이 닿았다. 속히 찾아 꺼야 포탄이 터지는 걸 막을 수 있는데, 대체 어찌 해야 할지 답이 나오지 않았다. 그렇게 밤이 깊을 때까지 고뇌하고 또 고뇌하던 그는 상선(내시부 종이품 벼슬)을 불러들였다.

*

노을 지는 하늘 아래, 인후는 하마연이 벌어지는 태평관에 있었다. 임금은 환궁했지만, 세자가 있으니 관인들도 자리를 지켜야만 했다. 개인 술상을 앞에 두고 맞은편에 주르륵 앉은 사신단의 면모를 일일이 살피던 인후는 이번 일행에 무인이 많이 껴 있음을 확인했다.

'상사가 황제의 시위라 그러한가.'

인후는 세자와 담소를 나누며 함께 차를 마시고 있는 평무를 보았다. 그는 육백 명으로 이루어진 황제의 시위 중 한 명인데, 그중에서도 손꼽히는 실력자로 이번 사신단의 우두머리를 맡았다고 했다. 과연 눈에 닿는 외양이 그 능력을 증명하듯 무골 중의 무골이었다. 체격이 힘을 쓰기에 매우 좋아 보였고, 호랑이를 닮은 매서운 눈에 호방한 기운이 넘실대는 듯했다.

상대하기 매우 까다로울 수도 있는 인물인데, 열한 살의 어린 세자는 그와 눈을 마주하며 일국을 이끌어갈 재목으로서 부족함이 없는 모습을 충분히 보여주고 있었다. 그런 세자의 어엿한 태도는 이 처참한 공간에서 그나마 조선 관료들의 숨통을 틔워주는 역할을 했다.

'저분이 왕위를 이으신다면…….'

그 또한 나쁘지 않다는 생각을 하며 인후는 뒷간을 핑계로 자리에서 일어났다. 태평관을 둘러볼 필요가 있었다. 청국 병사들의 배치와 상사, 부사가 머무는 곳을 직접 눈에 담아두기 위함이었다.

불 켜진 태평관은 조선인지 청나라인지 헷갈릴 만큼 청국 사람들이 많이 있었다. 창 따위를 들고 무장한 이들이 건물 이곳저곳을 지키고 서 있다가 인후가 나타나자 눈꼬리를 치켜 올리고 그의 행동 하나하나를 유심히 지켜보았다.

인후는 지난 이 년간 갈고 닦은, 술 취한 연기를 하며 그들의 의심을 피했으나 건물 안까지 들어가기에는 무리가 있었다. 조금만 접근해도 경계하는 병사들의 태도가 먼 길을 온 자들 같지 않게 잘 벼려져 있었다. 정문으로 진입하긴 쉽지 않단 소리였다. 경계를 뚫고 상사의 방 안으로 들어갈 방도를 찾아보아도 마땅한 것이 없었다. 그나마 그 건물 안을 자유롭게 다니는 건 태평관에 배치된 궁녀들뿐이었다.

'관복을 입고 청국의 병사들을 때려눕힐 수도 없는 노릇이니…….'

입구를 지키는 자들을 기절시킨 뒤에 들어갈 수도 있지만, 눈에 잘 띄는 푸른 관복을 입은 채 그런 짓을 저질렀다간 문제를 더 키울 수도 있었다. 결국, 인후는 그쯤에서 조사를 끝내고 하마연이 베풀어지는 장소로 돌아가야만 했다.

여전히 잔치가 진행되는 곳은 좀 전과 분위기가 확 달라져 있었다. 어린 무동들은 사라지고, 홍화루에서 온 기녀들이 그 자리를 차지하고 있었다. 조금은 난잡해져 버린 연회에 어린 세자가 무덤덤한 얼굴로 앉아 있고, 인후는 미간을 확 찌푸렸다. 그런 와중에 상사의 곁에 자리한 소향과 눈이 마주치자 그는 혀를 차고 싶은 걸 간신히 참아냈다. 그녀가 저를 쳐다보는 눈에 담긴 의도가 느껴졌기 때문이었다.

'아버지는 대체 뭘 하고 계신지…….'

인후는 고관대작들 사이에 앉은 부친을 찾아 고개를 돌렸다. 오늘에서야 근신에서 풀려나 모화관까지 임금을 보필하고 온 권식은 어린 세자를 관찰하는 중이었다. 그가 어떤 인물인지, 앞으로 어떤 임금이 될 재목인지 이번 기회에 더 세세히 확인하려는 것이었다. 부친다운 행태에 인후는 고개를 절레절레 젓고 세자가 있는 곳으로 다가갔다. 그를 보는 관료들의 눈이 휘둥그레졌으나, 인후는 걸음을 늦추지 않았다.

마침내 세자의 자리 바로 아래쪽 단에 멈춰 선 그는 고개를 숙이고 예를 갖춘 뒤 잔잔한 음성을 냈다.

"저하, 시각이 늦었으니 그만 환궁하심이 좋을 것으로 사료되옵니다. 주상 전하께옵서 일과를 마치시기 전에 환궁하여 문후하시어야 하지 않겠사옵니까."

이 꼴을 더 보지 말고 환궁하라는 말에 세자의 고개가 인후 쪽으로 돌아갔다. 억지로 앉아 있는 일이 고역이었던 그는 그 말이 매우 반가웠으나 따로 내색하지 않고 평무에게 그만 환궁할 뜻을 비쳤다.

“상사를 만나 시간 가는 줄 몰랐나 보오. 내 이만 환궁할 터이니, 다음에 다시 봅시다.”

“예, 저하. 살펴 가시옵소서.”

청사가 인사를 올리자 세자가 일어났고, 백관도 모두 몸을 일으켜 그를 배웅했다. 인후 또한 고개를 숙이고 있다가 세자의 뒤를 따라 태평관을 나왔다.

밖으로 나온 세자는 가마에 오르기 전에 몸을 돌려 인후를 보았다.

“그대의 이름이 무언가.”

“소관은 사헌부의 지평, 최인후라 하옵니다, 저하.”

이름을 듣고 난 세자는 슬쩍 입꼬리를 올리며 웃었다.

“병판 대감의 자제로군. 자네 소문은 익히 들었네.”

꽤 재미있다는 눈으로 인후를 쓱 살핀 세자, 이순은 가마에 오르면서 대신들이 왜 그를 보고 골 때리는 인물이라 하는지 알 것 같다는 생각을 했다.

육조의 판서들마저 눈치 보며 못하는 짓을 정오품짜리 간관이 해내면서 너희는 대체 뭐하느냐 질타하는 듯하니, 연회장에 있던 대신들은 부끄러움에 얼굴이 제법 붉어졌으리라.

그런 세자의 생각은 적중했고, 대신들은 자리에 앉지도 연회를 즐기지도 못한 채 잠시 소리의 공백기를 생성했다. 그 무거운 분위기 속에서 말을 꺼낸 건 평무였다.

“저하를 모시고 나간 저 문관은 누구요?”

그의 질문을 곁에 있던 서관(통역관)이 조선말로 번역하여 들려주자,

모두가 권식의 눈치를 보았다. 별수 없이 권식이 직접 제 아들임을 밝혀야만 했다.

병판의 외아들이란 소리에 평무는 조금 떫은 입맛을 다셨다.

"검을 좀 다룰 듯 하던데, 오랜만에 내 호승심을 자극하는 자요."

문관의 관복을 입었으나 대충 훑어만 보아도 타고난 무골인지라 무력을 겨루는 걸 좋아하는 평무를 자극하기에 충분했다. 문제는 병판의 외아들이라 함부로 힘을 겨뤘다가 다치기라도 하면 평무로서도 골치 아파진다는 점이었다.

'그래도 곧 내 것으로 만들 수 있겠지.'

평무는 인후를 제 부하로 만들 생각을 하며 옆에 앉은 소향이에게 시선을 주었다. 그녀의 품속에 있는 밀명지, 그 서책이 일을 그렇게 만들어줄 것이었다.

*

하마연에 참석하느라 늦어지는 남편과 시아버지를 기다리며 가혜는 밤이 깊을 때까지 내당의 불을 켜두었다. 그 좋아하는 책도 오늘따라 손에 잡히지 않고, 홀로 앉아 밀명지의 행방을 추측하고 있을 때, 밖에서 설이의 목소리가 들려왔다.

"아씨, 궐에서 내관이 왔습니다."

이 밤중에 뜬금없이 내관이 찾아왔다는 소리에 가혜는 생각을 멈췄다. 어인 일로 찾아왔는지는 모르나, 우선 밖으로 나가봐야만 했다. 책을 덮고 일어난 가혜가 모습을 드러내자, 불안한 얼굴로 서 있던 설이가 얼른 이 상황을 그녀에게 고했다.

"아씨, 갑자기 궐에서 사람이 와서는 대감마님이나 나리도 아니고 아씨를 찾습니다."

"나를?"

"예, 대문간에서 기다리고 있는데……."

가혜가 어명으로 옥에 갇힌 적이 있다 보니 설이의 불안감은 끝 모르게 치솟아 올랐다. 그런 설이를 진정시키고 가혜는 대문간으로 향했다.

설이의 말대로 과연 궐에서 나온 자들이 대문간에 서 있었다. 그중에 녹색 관복을 입은 중후한 느낌의 내관은 낯익은 얼굴이었다.

"상선 영감이 아니십니까."

일전에 후원에서 임금을 보필하던 그를 본 적이 있었다.

"전하께옵서 당의와 다리(가체)를 하사하셨으니, 예를 갖추십시오."

상선의 말을 채 인지하기도 전에, 뒤쪽에 서 있던 젊은 내관 둘이 하사품을 들고 앞으로 나섰다. 널찍한 나무로 된 반 위에 곱게 접은 연노란 당의와 가체로 쓰는 땋은 머리가 올려져 있었다. 어찌 된 영문인지는 모르나 가혜는 우선 북쪽으로 향해 서서 재배를 올렸다. 절을 다 올린 그녀에게 하사품이 전달되고, 상선은 임금의 명을 전달했다.

"내일 해가 뜨는 즉시, 이가 가혜와 지평 최인후, 병판 최권식은 입궐하라는 어명이오."

"성은이 망극하옵니다, 전하."

무슨 바람이 불어 당의에 그 비싸다는 가체까지 하사했는지는 몰라도 감사의 인사를 올리고 어명을 받들어야만 했다. 상선은 그 자리에 있는 모두가 들을 수 있도록 임금이 하사품을 준 이유도 밝혔다.

"일전에 옥에서 고초를 겪게 한 일을 위로하고자 하심이니, 부디 어심을 헤아리길 바라오."

"망극하고 또 망극할 따름입니다."

가혜가 예를 갖춰 답하자 상선은 내일 당의를 입고 입궐하라는 말을 남겨놓고 떠났다.

내관들이 모두 가고 난 뒤, 근처에서 숨죽이고 지켜보던 노비들은 마음껏 즐거워하며 환호성을 질렀다. 가혜가 오해를 풀어 양반 댁 아씨로서의 명예를 되찾고 임금으로부터 귀한 물건까지 하사받았으니 기뻐할 만했다.

그런 노비들을 보니 가혜의 얼굴에도 절로 미소가 떠올랐으나 번잡한 마음만큼은 금할 길이 없었다. 임금이 굳이 입궐을 명하는 이유가 있을 터였다. 아무래도 밀명지와 관련된 일이 아닐까 짐작했지만, 확신할 수 있는 건 아무것도 없었다.

남편이 오면 상의해 볼 생각으로 가혜는 하사품을 들고 내당으로 돌아가 그가 오길 기다렸다. 그러나 그는 밤이 깊도록 오지 않았는데, 그 시각 인후는 태평관의 뒷문 근처에서 머무는 중이었다.

밀집한 민가의 담벼락 사이로 짙은 어둠이 내려앉아 있고, 그곳에 몸을 숨긴 채 기척을 죽인 인후는 태평관에서 흘러나오는 노랫소리가 끊기자 고개를 들었다. 드디어 길고 길었던 하마연이 끝났다.

'연회에 홍화루의 기녀들을 빼놓을 리 없고 소향이가 온 것도 이해는 가지만, 그 눈빛은 대체……'

인후는 상사의 곁에 앉아 저를 보던 소향의 시선과 표정을 떠올렸다. 처음엔 적개심이 어린 눈빛 속에 자신을 봐주길 바라는 마음이 섞여 있다고 생각해서 무시하려 했다. 그러나 지나고 나서 떠올려 보니 그 속에 또 한 겹, 승자의 묘한 자만심이 엿보였다. 그건 마치 혀

위에 돋아난 혓바늘처럼 따갑고 거슬리는 것이었다.

무엇 때문에 그런 표정을 지은 건지 그 이유를 홀로 추측하고 있을 때, 뒷문이 열리고 궁녀 하나가 살그머니 빠져나와 사방을 살피는 모습이 보였다. 좀 전에 패물을 쥐어주며 익혀둔 얼굴인지라 인후는 어둠 속에서 나와 그녀를 불렀다.

"여기네."

목소리를 듣고 인후를 발견한 궁녀는 가까이 다가가 자신이 본 것을 소상히 고했다.

"건물마다 경계가 삼엄하여 상사의 방에 가까이 다가가진 못했으나, 기생 소향이 웃으며 상사의 뒤를 따라 침소로 드는 건 보았습니다."

"웃었다고? 확실한가."

"예. 당부하신 대로 그 기생을 유심히 보았는데, 꽤 즐거워 보였습니다. 저는 이만 돌아가야 해서……."

"고생했네."

인후는 목숨을 걸고 정보를 빼다 준 궁녀에게 은자 한 덩어리를 더 쥐어주었다. 묵직한 덩어리에 궁녀는 기뻐하며 급히 태평관으로 돌아갔다. 그녀가 총총걸음으로 사라지고 나서 인후는 다시 어둠 속에 몸을 감추고 깊은 생각에 빠져들었다.

'소향이 상사의 시중을 들기로 하였다니……. 내가 아는 그 소향이가 말인가.'

청의 상사가 난다 긴다 하지만, 인후가 아는 소향이는 쉬이 몸을 내어줄 여자가 아니었다. 오히려 사내가 저를 품고 싶어서 안달복달하는 걸 즐기는 편인데, 이리 쉽게 상사의 뒤를 따라 침소에 든다는 게 조금 거슬렀다.

'그래도 강압적으로 드는 건 아닌 듯하니…….'

하는 짓이 밉든 곱든 그녀도 조선의 백성이었고, 청사에게 짓밟히지 않길 바랐다. 그래서 궁녀에게 은자를 쥐어주면서까지 청국의 상사가 그녀를 억지로 범하는 건 아닌지 확인을 부탁한 것이었다.

인후는 거의 파장 분위기인 태평관에 한 번 더 시선을 주었다. 소향이가 선택하여 청사의 방에 드는 것까지 막을 이유는 그에겐 없었다. 그녀가 좀 더 본인을 아껴줄 만한 사내를 만나길 바랐지만, 그 또한 그녀의 선택이라면 존중할 일이었다. 그는 집에서 자신을 기다리고 있을지도 모를 아내를 떠올리며 몸을 돌렸다.

하마연이 끝나고 청사, 평무의 방으로 든 소향은 품에 넣어두었던 밀명지를 꺼내 탁자 위에 올렸다. 피 묻은 책 표지에 시선을 준 평무는 큼직한 손으로 서책을 들어 올렸다.

"이것인가."

그의 입에서 나온 말은 제법 정확한 조선말이었다. 본디 조선에서 잉태되었으나 어머니 배 속에 있을 때 청국으로 끌려갔던 그는 이제 어엿한 청나라 사람이 되어 있었다.

"우리 청의 관료를 여럿 잡아먹은 그 문제의 서책이로군."

사월령이 청으로 넘어간 밀명지를 되찾기 위해 관료 몇을 피살했는데, 그가 흔적을 남겨놓지 않아 누구의 소행인지는 드러나지 않았으나, 밀명지가 그 원인임을 평무도 능히 짐작하고 있었다.

"이리 중한 것을 기생에게 맡겨 내게 보낼 줄은 몰랐는데 말이지."

혼잣말하듯 중얼거리면서 쳐다보는 시선에 소향은 습관처럼 불쾌감을 숨기고 만면에 미소를 띠웠다.

"기생이 해야 의심치 않을 테니까요. 호판대감께선 주상과 그를 따르는 무리가 이곳을 주시하고 있으니 주의에 또 주의를 기울이라 하셨습니다."

"주상과 그를 따르는 무리라……. 그래서 도성 밖에서 넘겨주기로 했던 약조도 급히 취소한 건가."

모화관에 들어가기 전에 넘겨받기로 되어 있었으나 호판, 주덕명이 갑작스럽게 연통을 보내왔었다. 태평관에서 하마연이 열리는 날, 홍화루의 기생들을 참석케 하면 소향이란 기생이 전해줄 것이니 계획을 바꾸자는 내용이었다.

주덕명은 경녕군주가 농산정에 있는 임금을 찾아왔을 때, 일이 잘못될 수도 있다는 생각이 들자마자 바로 계획을 바꿨다. 그 사실을 정확히 모르는 소향이 명확한 답을 하지 못하자 평무는 다른 질문을 던졌다.

"주상과 그를 따르는 무리가 누군지는 아느냐."

그간 주덕명과 경녕군주가 워낙 일을 은밀하게 진행해서 이 일에 엮인 자들이 누구인지 평무도 정확히 알지 못했다. 일이 틀어졌을 때 조선에 피바람이 불지 않도록 경녕군주와 주덕명이 함구하고 알리지 않았는데, 소향은 직감적으로 몇 명을 알았다.

'홍 단주와 사월령, 그리고…… 유랑 나리.'

밀명지와 엮인 이들 중 그녀가 아는 이는 그렇게 셋이었고, 지금껏 그들의 행보를 보면 임금의 편에 섰을 것이었다. 이름만 대면 청사가 어떻게든 제거하려 들게 뻔한 상황에서 소향은 잠시 고민하다가 답을 올렸다.

"모릅니다. 기생 따위가 그런 걸 알아 무엇하겠습니까. 소인은 그저 이 일이 무사히 끝나고 용상의 주인이 바뀌었을 때 약조된 부귀영화를 누리면 그만입니다."

인후가 죽으면 자신의 노비로 만들 수 없으니 밝힐 수 없다고 합리화한 그녀는 평무의 매서운 시선을 묵묵히 감내했다. 속까지 후벼 파는 듯한 무인의 시선을 나이 어린 세자는 어찌 버텼는지, 문득 세자가 존경스러워질 지경이었다.

다른 생각을 하며 참아내는 소향을 빤히 쳐다보던 평무는 방 안을 휘둘러보다가, 서랍이 여러 개인 장에 밀명지를 잘 넣어두었다. 그에게 물건을 확실히 넘긴 소향은 제 일이 끝났다 생각하고 자리에서 일어났다.

"그럼 이만 물러가겠습니다."

"어딜 간다는 게냐."

어딜 가느냐 묻는 말에 소향은 싸한 느낌이 등줄기를 타고 올라오는 걸 느꼈다. 무언가 일이 잘못 돌아가고 있는 기분이었으나 그녀는 최대한 침착함을 유지하며 그를 설득하고자 했다.

"그야 소인이 할 일은 다 끝났으니."

"아니지, 너는 내가 질려 내칠 때까진 예 있어야지."

"그게 무슨 말씀이십니까. 소인은 상사 어른과 호판대감의 연계자로 온 것입니다."

"아니, 네가 예 있어야 임금의 의심을 피하지 않겠느냐."

늦은 밤, 침소에 들어온 기생이 방에 들어온 지 일각도 안 되어 나가 버린다면 임금이 의아하게 생각할 건 뻔했다. 평무의 주장에 반박할 말이 없어진 소향은 낭패감에 입술을 악물었다. 어떻게든 이대로 무사히 밤을 지새워야만 했다.

*

기다리다 지쳐 잠든 아내 곁에 몸을 누인 인후는 가혜가 깨지 않게 최대한 조심하면서 그녀를 껴안았다. 이제는 제법 익숙해진 몸을 안자 청사를 맞이하는 일로 쌓였던 불쾌감이 싹 가시는 듯했다.

'오늘은 좀 취하고 싶은데…….'

아내를 품는다면 오늘 하루 겪은 고단함도 사라질 것 같았지만, 아내의 단잠을 방해하고 싶지 않아서 참아냈다. 그러나 인기척에 민감한 가혜는 그가 방문을 열었을 때부터 이미 깨어 있었다.

"어서 주무셔야 잠시라도 눈을 붙이시지 않겠습니까."

하도 늦게 들어온 탓에 인후는 잠잘 시간도 마땅치 않았다. 그러니 조금이라도 빨리 잠들어야 하는데, 그는 자는 걸 포기했는지 한껏 몸을 부비며 애교 아닌 애교를 부렸다. 그 모습이 마치 개다래나무를 만난 고양이 같았다.

"부인은 서방이 안 보고 싶었소? 내 오늘 종일 부인 생각에 길을 걷다가도 몇 번을 멈추었는지 모르오."

"그런 분이 이리 늦게 들어오십니까?"

"아, 그건."

인후는 말문이 막혀 헛기침을 하다가 가혜의 귓가에 대고 미안하다 속삭였다. 오랜만에 술을 먹어 그런지 더 아양을 부리는 모습에 가혜는 새어 나오는 웃음을 참으며 입술로 호선을 그렸다. 그래도 요며칠 피곤했을 서방을 조금이라도 재우고 싶은 그녀는 그를 말렸다.

"어이하여 이러십니까. 곧 날이 밝을 터인데 주무셔야지요."

"내 이상하게 부인만 보면 욕정이 끓소."

대놓고 성욕을 운운하는 기막힌 말에 가혜는 고개를 돌려 그를 보았다. 그러나 그녀도 인정해야만 했다. 저도 그와 같은 감정을 느끼고 있었다.

마주치는 눈빛에 열의가 어리고, 그녀가 저와 같은 생각을 하고 있음을 알아차린 인후는 고개를 숙여 아내의 도톰한 입술을 취했다. 이게 얼마 만인지, 너무 좋아서 솜털마저 서는 듯했다. 그건 가혜도 마찬가지였다. 그의 혀가 입술 사이로 밀고 들어오자마자 잠이 다 달아난 그녀는 손을 뻗어 그를 이불 위로 눕히면서 이번엔 제가 위쪽을 차지했다. 생소한 위치에 당황한 서방을 내려다보며 미소 지은 그녀는 지금 제 모습이 그에게 얼마나 관능적으로 보이는지 알지 못했다. 그것만으로도 이미 그의 몸이 달았는데, 가혜는 평소에 서방이 제게 하는 것처럼 목선에 입술을 대고 천천히 입을 맞췄다.

그녀의 손이 속적삼 안으로 들어와 가슴을 매만지고 작은 입술이 제 몸을 애무하며 새기는 감각에 인후는 정신이 아찔해져서 아랫입술을 물고 신음을 삼켰다. 이제 겨우 속적삼의 고름을 풀었을 뿐인데 아내를 덮치고 싶어서 미칠 것만 같았다.

그런 서방의 표정을 발견한 가혜는 작게 웃으며 그의 귀에다 대고 속삭였다.

"오늘은 소첩이 덮칠 겁니다."

"부인……."

인후는 살려달라는 의미로 그녀를 불렀지만, 그 뒤에 그의 입에서 나오는 소리는 신음뿐이었다. 내당에 들어서서 아내의 옆자리에 누웠을 때부터 자연히 달궈지던 몸이 그녀의 손에 의해 아우성치는 지경이 되었다. 고의 속에 들어간 얇고 고운 손 때문에 힘겨워하는 저를 보며 웃는 그녀는 참으로 짓궂었다. 대체 어디서 이런 걸 배운 건지, 간신히 묻자 환하게 웃으며 답하는 소리에 인후는 침음을 삼켰다.

"서방님께 배웠지요. 매번 소첩에게 이러시잖아요."

"내, 잘못했소."

인후는 잘못했다고 말했으나 가혜는 멈추지 않았다. 오늘 이리 놀린 건 아마 다음번에 두 배로 돌려받을 테지만 그것도 나쁘지 않았다. 뭐든지 배움이 빠른 아내의 얄궂은 장난에 인후는 몇 번이나 저승에 갈 뻔하다가 날이 어렴풋이 밝아올 즈음에야 고신에서 벗어났다.

잘 견뎌낸 그에게 가혜는 몸을 허락했다. 누워 있는 그의 골반 양옆에 무릎을 두고 다리를 벌린 채로 천천히 내려앉자 얼마 지나지 않아 단단하게 선 물건이 젖은 몸에 닿았다. 목을 쭉 뻗고 재촉하는 모양새가 마치 아기 새가 먹이를 달라며 조르는 것 같아서 가혜는 조심스럽게 달래 잡고 물가로 데려갔다.

비좁은 곳이 벌어지는 느낌과 함께 그녀는 입술을 꼭 닫았다. 그와 몇 번이나 맞춰보았지만, 할 때마다 탄성이 흘러나오니, 그녀는 시름을 잊고 처음 말타기를 배울 때처럼 허벅지와 허리에 힘을 주고 천천히 앉았다 서길 반복했다. 유연한 몸은 금세 능숙해지고 서방의 가슴을 짚은 그녀가 슬슬 속도를 올리자, 옷자락을 쥐고 있던 그의 손이 견디지 못하고 치마 안으로 들어와 허리를 잡았다. 그때부터 가혜는 달리는 말 위의 사람처럼 그의 몸 위로 쓰러지듯 엎어져서 엉덩이를 든 채 풀어 헤쳐진 그의 저고리를 고삐처럼 쥐고 버티고 있어야 했다.

가만히 있어도 어마어마한 쾌락의 바람이 몸을 휘감으니 자칫하면 낙마할지도 몰랐다.

자제력을 잃은 인후는 아내의 허리를 잡은 채 좀 전의 그 고통을 보상받으려는 것처럼 마음껏 그녀를 취했다. 제 몸에 반쯤 걸쳐진 저고리를 움켜쥐는 그녀의 손이 바르르 떠는 게 느껴지고 달뜬 그녀의 신음은 선물 같았다. 그는 제 몸 위에서 간신히 버티고 있는 아내의 머리에 입을 맞추며 사랑을 속삭였다. 언제까지고 이렇게 서로 사랑하자는 말이 끝나자마자 적절히 터지는 그녀의 신음을 답처럼 여기면서 그는 해가 완전히 뜰 때까지 달리며 절정의 행복을 맛보았다.

해가 뜨면 즉시 입궐하라는 어명이 있었음에도 그녀답지 않게 조금 늦게 기상한 가혜의 입궐 준비를 도우면서 설이는 기대에 한껏 부풀었다. 자신의 아씨가 끌려가던 날만 생각하면 아직도 손이 떨리는데, 하사품까지 받은 걸 보니 이제 또 하옥될 일은 없어 보였다.

"임금님께서도 아씨를 옥에 가둔 일이 미안하셨나 봐요. 이리 귀한 선물도 주시고."

설이는 임금의 뜻을 긍정적으로 받아들였으나, 가혜는 귀한 걸 내어주는 어심을 좀처럼 이해하기 어려웠다. 대체 무슨 일로 저까지 입궐하라는 건지 서방과 상의하려 했었으나 그럴 시간이 없었다. 새벽녘에 그의 유혹을 이기지 못하고 덮친 제 탓인지라 결국 그녀는 해결되지 않는 의문을 품고 치장부터 끝내야만 했다.

연노란 당의에 홍색 치마는 화사함을 물씬 풍기고, 결 좋은 가체는 고고한 자태를 더했다. 그 위에 몇 개의 장신구를 더하고, 가볍게 분을 바르자 설이의 감탄이 터지기 일쑤였다. 그 탄성에 민망해진 가혜는 연지만 가볍게 바르고 치장을 끝냈다.

"이제 되었으니, 부축 좀 해다오."

시집와 처음 쓰는 가체가 익숙하지 않은 묵직함을 전해주는지라 그녀는 설이의 도움으로 조심스럽게 자리에서 일어나 방을 나섰다. 마루 끝에 서서 창방(지붕 아래를 가로지르는 나무판)에 매단 끈을 잡고 풍성한 치마를 조금 걷어 올리자 적당히 솟은 버선코가 드러났다.

그 하얀 버선발에 꽃신을 신겨주던 설이는 아차 싶어 얼른 방 안으로 뛰어 들어갔다. 설이가 부산을 떨며 쓰개치마를 고르는 중에 가혜는 준비를 끝내고 내당 마루로 건너오는 서방을 보았다.

그는 조금 놀란 표정을 짓다가 곧 싱글싱글 웃었는데, 그 웃음이 매우 능글맞아서 가혜는 새치름하게 그를 흘겨보았다.

"어찌 그리 웃으십니까."

"내 평생 그대의 어여머리는 못 볼 줄 알았는데, 이리 보니 이 또한 고와서 말이오."

가체는 곧 사치라, 혼인한 직후부터 원치 않음을 밝힌 그녀였으니 어여머리를 한 아내를 보는 건 반쯤 포기하고 있었다. 그런데 이렇게 생각지도 못한 방법으로 접하게 되고, 그 모습이 실로 아름다워 절로 웃음이 나왔다. 그러다 문득 임금도 본다 생각하니 즐거움은 날아가고 표정은 뚱해졌다. 제 부인이 궁녀로 분한 것도 보고 이젠 당의 입은 모습까지 확인하게 생겼으니 서방인 자신보다 더 다채롭게 보았다는 사실에 뿔이 난 인후는 괜히 투덜거렸다.

"오늘도 천안이 즐거우시겠구려."

임금의 눈이 호강하겠다는 식의 발언에 가혜는 기함했다. 질투에 눈이 멀어 목숨도 초개같이 내던지는 모양새를 보니 식은땀마저 날 지경이었다. 그녀는 시아버지가 종종 뒷머리를 잡는 이유를 조금은 이해할 수 있을 것 같았다.

"서방님, 누가 들으면 어찌하시려고 그런 말씀을 하십니까."

간신히 얻은 평화를 잃을까 걱정하는 가혜의 반응에 인후는 고개를 끄덕여 그녀를 안심시켰다.

"알겠소. 그대의 어여머리를 본 것도 모두 전하의 은덕이니 앞으론 샘 부리지 않으리다."

솔직한 사내의 마음으로 임금에게도 질투가 났지만, 그러한 마음은 날을 잡고 아내를 충분히 취하면 좀 풀릴 터였다. 불과 반 시진 전에 해놓고도 아직 부족한 그가 다음을 기약하며 마음을 고쳐먹자 모두가 별 탈 없이 입궐할 수 있었다.

내관에게 안내받은 곳은 농산정이었다. 그들은 그곳에서 어딘가 매우 결연한 표정으로 분노를 삭이고 있는 임금을 볼 수 있었다.

그는 가체를 쓴 가혜를 보고 잠깐 감탄의 빛을 띠었다가 얼른 지워버렸다. 지금 중요한 건 임자 있는 여인의 미색이 아니었다.

"예는 되었으니, 앉으시오."

예를 거두라는 명에 세 사람은 가볍게 고개만 숙인 뒤에 자리에 앉았다. 그들이 착석하자마자 이연은 단도직입적으로 입궐을 명한 이유를 꺼냈다.

"과인은 이제부터 거사를 치르고자 하오."

언뜻 비장하기까지 한 그의 어투에 권식은 임금과 눈을 마주쳤다. 천안을 똑바로 바라보는 것이 얼마나 무례한 일인지는 알지만, 그의 의도를 파악해야만 했다.

"전하, 거사라니 대관절 무슨 말씀이시온지, 소신은 헤아리기가 어렵사옵니다."

대충 알 것도 같았지만, 믿고 싶지도 않았다. 위험 부담이 너무 컸기 때문이었다. 그런 세 사람의 짐작을 확인시켜 주듯 이연은 대놓고 결심한 것을 언급했다.

"말 그대로요. 청사의 뒤를 쳐야겠소."

이미 청사의 손에 넘어갔을 밀명지를 어떻게든 빼앗겠다는 소리였다. 자칫하면 전쟁의 불씨가 될 수도 있는 일을 결심한 임금 앞에서 권식은 조심스럽게 우려를 표했다. 그러다가 청사에게 들키면 무마하기 어려웠다. 그러나 더는 물러설 곳이 없는 이연도 뜻을 꺾지 않았다.

"이대로 밀명지가 청국으로 넘어가게 되면 전쟁의 빌미가 되는 건 마찬가지요. 이러나저러나 죽을 수밖에 없다면 과인은 조금이라도 가능성 있는 곳에 걸어보고 싶소."

그는 가능성을 언급하며 가혜에게 시선을 주었다. 그가 생각한 마지막 희망이 바로 그녀였다. 어둠에 익숙하고 은밀히 침투하여 물건을 빼내오는 데 능숙한 자, 양반들의 상비금을 털만큼 대담하면서도 흔적을 남기지 않는 조심성을 갖춘 자. 그런 인물이 바로 눈앞에 있었다.

"이가 가혜. 아니, 양묘. 그대가 과인과 이 조선의 마지막 희망이네."

조선의 마지막 희망이란 거창한 말에 가혜마저 놀라 고개를 들고, 인후는 사색이 되었다. 비로소 임금이 일찍부터 부른 이유를 알았다. 무관인 청사의 방에 몰래 침입하여 밀명지를 빼내오길 바라는 것이었다. 그 일이 얼마나 위험한지 잘 아는 인후는 극렬하게 반대했다.

"아니 되옵니다, 전하! 어찌 소신의 내자를 사지로 보내고자 하십니까. 있을 수 없는 일이옵니다."

인후는 예법에 어긋남을 알면서도 강건한 눈으로 임금을 쳐다보며 항변했다. 만일 태평관에 들어갔다가 청나라 병사들에게 발각되면 그 자리에서 즉결 처형이 이뤄질 수도 있었다. 그건 저뿐만 아니라 임금마저도 그녀가 위기에 처했을 때 도와주기 어렵다는 소리였다.

"청사, 평무는 무(武)를 숭상하여, 이번 사신단에 뛰어난 실력자들을 많이 데리고 왔사옵니다. 심지어 지금 태평관은 경계가 매우 삼엄한데, 그런 곳에 소신의 부인을 보냈다간……."

인후는 차마 뒷말을 잇지 못했다. 죽을지도 몰랐다. 두 번 다시 아내를 못 볼 수도 있었다. 저를 향해 웃어주는 아내의 미소를 영영 잃게 된다는 소리였다. 생각만으로도 너무 끔찍한 탓에 가슴이 점점 뻐근해지면서 숨조차 제대로 쉬어지지 않았다.

충격을 받은 인후의 말이 잠시 끊긴 틈을 타 이연은 권식을 보았다. 그의 표정도 가히 좋지 않았으나, 반대의 말을 쏟진 않았다. 일말의 희망을 품고 이연은 그의 뜻을 물었다.

"경은 어찌 생각하시오. 경도 과인이 잘못 판단했다 생각하오?"

이연과 인후는 서로 일말의 희망을 품고 권식을 보았다. 어떠한 답을 종용하는 듯한 두 사람의 시선을 받아내면서 권식은 긴 침묵을 지켰다. 이 세상에 자신의 며느리로서 가혜보다 완벽한 이는 존재하지 않는다는 걸 누구보다 잘 알았다. 아들 내외가 서로를 얼마나 사랑하는지도 모르지 않았다. 그러니 며느리를 내어줄 수 없다는 말이 목구멍까지 치솟아 오르는데, 조선을 구할 마지막 희망이라는 간곡하기 그지없는 임금의 말에 반박하면서 그 의지를 꺾을 수도 없는 노릇이었다.

'이를 어찌한단 말인가.'

깊은 고뇌 끝에 마침내 그가 입을 열려고 하였을 때, 믿을 수 없을 만큼 차분한 가혜의 목소리가 들렸다.

"하겠사옵니다, 전하. 이 땅의 백성을 위한 일이라면, 얼마든지 할 것이옵니다."

"부인!"

경악한 인후는 가혜의 팔을 잡고 그녀의 몸을 돌려 저를 쳐다보게 했다. 보낼 수 없었다. 고개를 저어 그 뜻을 피력했으나 가혜의 뜻도 확고했다. 그가 무얼 걱정하고 우려하는지, 그 마음을 모르지 않았으나 가지 않으면 임금의 진노를 살 터였다. 지금이야 아내를 사지로 보내게 된 서방의 마음을 이해하여 그의 무례한 태도를 용인하고 있지만, 뜻대로 되지 않으면 어떻게 돌변할지 몰랐다.

'전하도 더는 물러설 곳이 없는 거야.'

궁지에 몰린 사람의 마지막 희망을 앗는 일은 언제나 신중해야만 했다. 이럴 때에 충신이라 믿었던 권식까지 개인적인 감정을 앞세워 반대의 뜻을 비친다면, 양묘의 일로 세 사람 다 미움을 산 상태에서 어떤 벌이 내려질지 모를 일이었다. 그러니 제가 해야만 했다.

"어차피 누군가는 해야 할 일입니다. 또한, 이번 일엔 소첩이 가장 적합합니다."

흔들림 없는 아내의 눈빛과 말투에 인후는 거의 사정하듯이 고개를 저었다. 그녀를 사지로 보낼 바엔 차라리 제가 하는 것이 나았다. 인후는 심지 굳은 아내를 설득하는 걸 포기하고 임금에게 청을 올렸다.

"소신이 목숨을 바쳐서라도 밀명지를 찾아오겠사옵니다. 그러니 부디, 부디 통촉하여 주시옵소서, 전하!"

인후는 머리를 조아리며 차라리 저를 보내달라 청했으나 이연은 그의 간곡한 부탁을 거절했다. 검술은 물론이고 기척을 숨기는 일도 그가 가혜보다 뛰어난 건 사실이지만, 지금 제게 필요한 건 무예에 능통한 자가 아니었다. 실력자를 찾고자 했다면 궐에도 얼마든지 있었다. 가까이엔 현욱도 있었으니 굳이 가혜까지 부를 이유가 없었다.

"과인의 계획에는 여인이 필요하네. 그래서 그녀를 부른 것이고."

또한, 조정에 몸담고 있지 않아야 했다. 그래야 들켰을 때 전쟁의 불씨가 되지 않을 터였다. 누구도 의심하지 않고, 신분이 드러날 일이 적고, 뛰어난 잠입 실력을 지닌 자. 그 모든 조건에 부합하는 인물이 바로 가혜였다. 이연은 제 앞에 차분히 앉아 있는 그녀를 보았다. 눈이 마주치자 고개를 숙이고 명을 기다리는 모습을 보니 한번 걸어보고 싶었다.

조선의 명운을 그녀에게.

"양묘는 태평관으로 가 밀명지를 가져오라."

결국, 어명이 떨어지고 권식은 눈을 감았다. 부복하고 있던 인후의 손이 밑에 있던 청포 자락을 꽉 움켜쥐고, 가혜는 고개를 숙였다.

"소인, 양묘가 어명을 받듭니다."

그녀는 명을 받아들였다.

임금의 최측근인 제조상궁이 작은 보따리를 들고 농산정 안으로 들어서자, 이연이 자리에서 일어났고, 모두가 그의 뒤를 따라 기립했다. 태평관 내로 가장 안전하게 들어갈 방법에 대해 상의를 끝냈으니 이제 헤어져야 할 때였다.

인후는 아내와 눈을 마주하다가 그녀를 꽉 껴안았다. 임금과 부친이 아직 방 안에 있었지만 다른 이들의 시선 따위는 눈에 들어오지 않았다. 지금 제게 가장 중요한 것은 그녀였다.

"무사히 돌아오시오. 무리하지 말고, 계획이 어긋났다 싶으면 도망치는 것도 방법이오. 오늘만 날은 아니니까."

어떻게든 살아서 오길 바라는 그의 마음을 알기에 가혜는 손을 움직여 그의 허리를 감쌌다. 이것이 마지막 포옹은 아니리라, 그리 결심하며 그녀는 단정한 음색으로 굳은 의지를 드러냈다.

"예, 무사히 서방님 곁으로 돌아오겠습니다."

"꼭이오."

다짐을 받는 그에게 가혜는 순순히 고개를 끄덕여 주었다. 마주치는 두 눈에 깊은 정이 오가고, 그를 위해 그리고 자신을 위해 가혜는 밝게 미소 지어 보였다. 마음 한구석이 불안한 건 사실이지만, 그를 다시 보기 위해서라도 무사히 일을 끝낼 것이었다.

가혜만 방 안에 남고 사내들은 모두 밖으로 나갔다. 그들이 나가자 문을 닫은 제조상궁은 들고 온 보따리를 바닥에 내려놓고 매듭을 풀었다. 그 안에는 일전에 한 번 입어본 적 있는 궁녀 복이 들어 있었다.

*

태평관은 이른 아침부터 정신없이 바빴다. 전날 하마연의 후유증이 채 가시기도 전에 다시 연회를 열 준비를 해야 하기 때문이었다. 통상

하마연 다음 날에는 임금이 직접 태평관에 거둥하여 연회를 열었는데, 그걸 익일연(翌日宴)이라 불렀다.

이연은 이 연회를 이용할 생각이었다.

오후에 해가 지기 전, 임금이 난여를 타고 태평관으로 행행하자 그 뒤를 백관과 호위, 궁녀들이 뒤따랐다. 행렬이 중문에 닿고, 평무와 부사가 사신단의 일부를 이끌고 마중 나와 임금에게 정중히 인사를 올렸다.

"전하, 어제 옥체가 미령하시다 들었사온데, 이리 향연하여 주시니 황송할 따름이옵니다."

"과인이 정사를 돌보느라 바쁘다 하나, 상사를 환영하는 일이니 즐거이 왔소이다."

이연은 어제보다 더 살갑게 그들을 대하며 안장을 얹은 말을 한 마리씩 하사했다. 임금에게 선물을 받은 평무와 부사는 더 깍듯하게 행동하며 연회장으로 향하는 길을 내주었다.

"중도로 먼저 드시지요, 전하."

평무가 옆으로 비켜서자 연회장으로 향하는 돌길이 드러났다. 임금만 걷는 중도로 이연이 걸음을 옮기고, 신하들은 그 옆으로 난 길을 따라 그의 뒤를 좇았다.

장악원의 악공들이 한쪽에 자리를 잡고 앉아 선율을 뽑아내면서 연회가 시작되었다. 즐거운 분위기 속에서 두어 잔쯤 술이 돌고 연회의 분위기도 물씬 달아올랐다.

그즈음, 상궁 한 명이 임금을 따라온 궁녀 무리 중 맨 뒤에 있던 네 명을 따로 떼어 어디론가 데려갔다. 각자 일하는 곳이 달라 서로 왕래가 없었던 네 명의 궁녀들 중 한 명이 바로 가혜였다. 가혜는 제

조상궁에게 배운 대로 궁녀의 몸가짐을 따라 하며 연회장을 빙 돌아 상사가 머무는 태평관 건물로 향했다.

서방이 말한 대로 태평관은 경계가 삼엄했다. 청의 병사들이 건물 밖에서 빈틈없이 지키고 있었고, 조선 사람 중에 건물 출입이 가능한 건 잡다한 시중을 들어야 하는 궁녀들뿐이었다. 이연의 계획에 가혜가 꼭 필요한 이유이기도 했다.

그녀는 오전에 임금이 했던 말을 다시 떠올렸다.

"희정당까지 침입자가 생기는 마당에 과인이 이토록 중한 일을 믿고 맡길 만한 궁녀가 없네. 믿을 만한 건 제조상궁과 상선뿐이야. 하지만 두 사람은 언제나 과인과 함께해야 하니 그대가 궁녀로 변하여 태평관 내로 들어가 주게."

임금의 뜻에 따라 궁녀로 분한 가혜는 태평관을 이루는 세 개의 건물 중 가장 큰 건물 앞에 도달했다.

궁녀들을 이끌고 온 상궁은 입구를 지키고 선 병사에게 나무패를 보여주며 침소를 정리하러 왔다고 말했다. 잠자리에 들기 전, 한 번 더 확인 절차를 거치는 것이라 하니 병사는 상관에게 허락을 받은 뒤에 자리를 비켜주었다.

들어가서 보니 건물 내부는 제법 크고 복잡했는데, 사신 중에 직급이 높은 자들만 머무는 곳이었다. 어쨌거나 무탈하게 내부로 들어간 뒤, 상궁이 궁녀들을 돌아보며 지시를 내렸다.

"둘씩 다니며 내부 청소가 잘 되었는지 확인해 보아라. 잘못된 곳이 있으면 바로잡고."

"예, 마마님."

상궁의 지시에 궁녀들은 일사불란하게 움직였고, 가혜도 다른 궁녀와 짝을 지었다. 연회가 끝나기 전에 평무의 방으로 들어가 밀명지를 습득해야 하는 그녀는 경계가 삼엄한 방들을 눈여겨보며 다른 궁녀들보다 먼저 확인하고자 했다. 같이 오긴 했으나 그들의 도움을 받을 수는 없었기 때문이었다. 비밀을 아는 자가 많을수록 누설되기 쉬워서 그녀들에게는 이번 일을 함구했고, 오로지 함께 온 상궁만이 대충이나마 알고 있었다. 그렇다고 티 나게 가혜를 상사의 방에 배치할 수는 없는지라, 차근차근 방을 순차대로 확인하는 수밖에 없었다.

대신 가혜는 방의 상태를 살피는 척하며 태평관의 내부 구조를 익혔다. 길눈이 밝은 덕에 한 번 지나간 길은 모두 알 수 있었고 방의 구조도 모조리 머릿속에 집어넣었다. 그러다 마침내 그녀는 청나라의 분위기를 한껏 풍기는, 지금껏 거쳐 온 곳들보다 세 배쯤 큰 방에 들어섰다.

문을 열고 들어가면 창문을 배경으로 방의 중앙을 차지한 탁자부터가 매우 고급스러웠는데, 탁자를 중심으로 좌측 벽을 차지한 가구들도 전부 청나라에서 들여온 귀한 것들이었다.

'이곳이 청 상사의 방이구나.'

평무의 방이라 확신한 가혜는 탁자의 우측에 세워진, 얇은 나무판을 격자로 짜 맞춰서 공간을 분리한 곳으로 다가갔다. 동그랗게 뚫어 놓은 문이 청나라식으로 된 높은 침상을 고스란히 드러내 놓고 있었다. 그곳으로 간 가혜는 침구를 정리하는 척하며 베개 밑에 손을 넣어 보았다. 그러나 잡히는 것이 없었고, 함께 온 궁녀를 내보내고 수색해 봐야 할 성싶었다. 물론 그러려면 문 앞을 지키는 병사의 의심을 사지 않는 선에서 방에 머무를 방도가 필요했다.

가혜는 청소할 곳을 찾는 척하며 주위를 둘러보다가 탁자 위에 놓인 물 주전자를 발견하고 한 가지 방법을 떠올렸다. 계획이 세워지자마자 그녀는 지체 없이 다가가 주전자가 비진 않았는지 확인하다가 틈을 보아 떨어뜨렸다. 백자로 된 주전자는 바닥에 닿자마자 날카로운 소리를 내며 산산이 조각났고, 반쯤 차 있던 물은 주위에 흩뿌려졌다.

모두의 시선이 쏠리고, 가혜는 당황한 표정을 지으며 상궁의 눈치를 보았다. 그것이 신호임을 알아차린 상궁은 그녀를 꾸짖었다.

"궁녀가 되어 이리 조심성이 없어서야! 그리 무딘 손으로 어찌 일한단 말이더냐."

"송구합니다, 마마님."

가혜는 고개를 푹 숙이고 어쩔 줄 모르는 척했다. 그녀가 쩔쩔매고 꾸짖는 음성이 엄해질수록 방 안의 분위기는 얼음판이 되었고, 마침내 상궁은 내부에 있는 모든 이들에게 퇴출 명령을 내렸다.

"상사께서 다치시는 일이 없도록 깨진 조각을 다 찾아야 하니 방으로 들어오지 말고 밖에서 대기하시오."

상궁의 말에 청의 병사들은 우물쭈물하다가 밖으로 나갔고, 조각을 주우려던 궁녀에게는 다른 명령이 떨어졌다.

"너는 나가서 물을 닦아낼 마른 천과 새로 놓을 백자를 가져오너라."

"예, 마마님."

짝을 이루고 있던 궁녀마저 문을 닫고 나가자 가혜와 상궁은 서로 시선을 교환했다. 이제부터가 시작이었다. 어떻게든 청사가 돌아오기 전에 밀명지를 찾아 무사히 밖으로 빼내어야만 했다.

'전하, 부디 시간을…….'

가혜는 청사와 함께 있을 임금을 떠올리며 밀명지를 숨겨두었을 만한 곳을 수색했다. 하지만 문제는 그즈음에 일어났다. 전날 과음을 한 평무가 자리를 일찍 파하고 싶은 뜻을 드러낸 것이다.

그가 방으로 돌아가게 두면 안 되는 이연은 평무의 관심을 끌기 위해 무던히도 애를 써야만 했다.

"과인이 상사를 위하여 준비한 것이 있는데, 그건 보아야 하지 않겠소."

따로 준비한 것이 있다는 말에 평무는 갈등했다. 어차피 삼 일 뒤에 또 연회가 열리니 그때 보아도 좋지 않나 싶었다. 그의 마음을 짐작한 이연은 그가 그렇게 말하기 전에 선수를 쳤다.

"상사가 무예에 조예가 깊어 겨루기를 감상하길 즐겨한다고 들었소. 하여 과인이 가장 아끼는 무관의 실력을 보여줄까 하는데, 싫소?"

싫으냐고 묻는 이연의 말투에는 승자의 느낌이 묻어 있었다. 겨루기란 단어를 듣자마자 흥분한 평무는 가슴이 들짐승처럼 뛰는 걸 주체하지 못하는 상태였다. 그는 재물이나 미인보다 무인을 수집하는 걸 더 좋아했고, 실력자들의 겨루기를 보는 건 그가 제일 좋아하는 놀이였다. 그런 그에게 임금이 거부할 수 없을 만큼 매혹적인 구경거리를 보여주겠다는 제안을 한 것이다.

"전하께옵서 가장 아끼는 무관이라니. 이럴 때가 아니라면 그 실력을 또 언제 보겠습니까."

이미 전날의 취기 같은 건 잊은 지 오래였다. 이연은 기분 좋게 웃어주며 근처에 있던 현욱을 불렀다.

"종사관의 실력은 과인이 익히 들어 알고 있으니, 한번 나서보겠소?"

"그리하겠사옵니다, 전하."

미리 언질을 받았던 현욱은 앞마당으로 내려섰다. 구군복을 입고 검 한 자루를 쥐 그의 몸을 훑어보는 평무의 눈이 빛났다.

'어제 보았던 지평에 뒤지지 않는 무골이로구나.'

탐나는 무골이 조선에 제법 있다는 생각을 하고 있을 때, 이연이 적당한 상대를 요구했다.

"내금위 종사관의 실력은 조선에서도 손꼽히오. 그러니 상사도 겨룰 만한 실력자를 내어보시오."

"좋습니다, 전하. 청의 무관 중에 적당한 이가 있습니다. 근추, 자네가 나서주게."

평무의 말에 그와 근거리에 있던 사내 하나가 앞으로 나서서 이연에게 예를 취해 보였다. 서른이 조금 안 되어 보이는 사내는 청의 사신단 중에서도 부사 다음으로 실력이 좋은 자였다.

노을 지는 하늘 아래서 겨루기가 시작되기 직전, 마주 본 두 사내는 몸을 조금 긴장시키며 매서운 눈으로 서로를 살폈다. 어느 쪽이 이기든 나라의 명예를 건 한판 승부였다.

청의 무관과 겨루는 건 처음인 현욱도 검 자루에 손을 올리며 마음을 가다듬었다.

'시간을 벌고, 무사히 끝낸다.'

그 두 가지는 꼭 이뤄내야만 하는 일이었다. 아니, 적어도 가혜가 밀명지를 찾아 무사히 빠져나갈 때까지는 그가 시간을 벌어주어야만 했다.

바깥 사정을 모르는 가혜는 분주하게 방을 뒤졌다. 큼직한 장에 달린 여러 개의 서랍을 일일이 열어야 하는 데다가 소리마저 최소한으로 줄여야 하니 생각보다 시간이 오래 걸렸다. 그래도 이제 살필 만한 곳이 얼마 남지 않았고, 가혜는 곧 밀명지를 볼 수 있으리라 확신했다.

'이 서랍장 외엔 더 숨길 곳이 없어.'

실제로 평무는 전날 밤에 소향에게 받은 밀명지를 그곳에 넣어뒀었다. 그리고 그녀의 손가락이 마침내 마지막 서랍을 열었을 때, 방문을 두드리는 소리가 들렸다.

"마마님, 마른 천과 새 주전자를 가져왔습니다."

그 목소리에 가혜는 주전자 파편을 줍던 상궁을 보며 고개를 끄덕여 신호를 주었다. 일이 끝났으니 빠져나가자는 뜻이었다.

가혜는 마지막에 연 서랍을 닫고 상궁이 주운 백자 파편을 건네받은 뒤에 남은 것들을 청소하는 척했다. 상궁도 태연하게 서서 천을 가져온 궁녀를 방으로 들이고 물을 닦게 시켰다.

방 청소가 끝난 후 복도로 나가자 다른 방을 청소하던 궁녀 둘도 일을 끝내고 대기하고 있었다. 그들이 합류하고, 상궁은 아무 일도 없었다는 듯 태연한 낯빛으로 궁녀들을 이끌며 걸음을 옮겼다. 가혜도 깨진 백자 파편을 들고 줄을 맞춰 그 뒤를 따랐다. 그러나 곧 그녀의 감각에 누군가 다가오는 기척이 감지되었다.

'누구지? 다들 연회에 참석해서 움직일 만한 인물은 별로 없는데.'

병사들은 지정된 장소에만 머물고 있으니 홀로 움직일 만한 사람은 지금 이 건물 내에는 별로 없었다. 그런 작은 불안감이 섞인 가혜의 의문은 얼마 지나지 않아 풀렸다. 고개를 숙여서 바닥에 고정된 시야로 붉은 치맛자락이 보인 것이다. 그렇게 화려한 색감의 치마를 입고 태평관 내를 활보할 만한 존재는 기생뿐이었다.

간밤에 평무의 방에 갇혀 있다가 풀려난 소향은 밤이 되자 다시 그의 방을 찾아야만 했다. 적어도 며칠간은 그가 자신에게 빠져 있다는 인상을 주어야 만남을 유지하기에 수월하기 때문이었다.

치솟는 짜증을 간신히 삼키며 상사의 방으로 향하는 중에 그녀는 상궁과 그 뒤를 따르는 궁녀 무리를 보았다. 시중을 드는 궁녀들이 종종 돌아다니니 대수롭지 않게 생각하고 지나치려 할 때, 그녀는 걸음을 옮기는 걸 멈췄다. 뒤로 돌아 다시 궁녀들을 보니 깨진 백자를 들고 가는 이의 모습이 어쩐지 낯설지 않았다. 고개를 조금 숙인 채로 곁을 지나쳤어도 느낄 수 있었다.

매일 밤 죽으라고 저주를 퍼붓고 있는 대상, 제게서 모든 것을 앗아간 여인. 자신의 직감이 그렇게 말하는 중이었다.

"잠깐."

소향은 정확히 가혜에게 시선을 고정한 채 그들을 불러 세웠다. 익숙한 음성에 백자를 든 가혜의 손가락이 살짝 움찔하고, 앞서가던 상궁이 걸음을 멈추자 궁녀들도 덩달아 정지해야만 했다. 그들을 멈춰 세운 소향이 가까이 다가가니, 상궁도 몸을 돌려 궁녀들이 내어준 길로 나아가 그녀와 마주 보고 섰다.

"뭔가."

딱딱한 음성에는 불쾌감이 가득했다. 그도 그럴 것이 좀 전에 마주쳤을 때 아랫사람인 소향이 멈춰 서서 예를 갖춰야 하건만, 그러기는커녕 그냥 곁을 지나쳤다. 그것만으로도 이미 충분히 기분이 나쁜데 감히 불러 세우기까지 하니 제아무리 상사의 총애를 받는 기생이라 하여도 짜증이 날 수밖에 없었다.

치솟는 상궁의 눈꼬리엔 일말의 관심도 없는 소향은 턱짓으로 가혜를 가리켰다.

“거기 항아님, 고개 좀 들어보시지요.”

상궁이 있는 쪽을 향해 고개를 숙이고 있는 터라 가혜의 얼굴이 정확하게 보이지 않았다. 그래서 고개를 들라는 말을 하자, 보다 못한 상궁이 버럭 호통을 쳤다.

“이년이 참으로 방자하구나. 어디서 기생 따위가 감히 궁녀에게 고개를 들라 말라 하는 게냐!”

천한 기생과 궐에서 일하는 궁녀의 신분이 같을 수가 없었다. 상사의 총애를 받는다고 오만 방자하게 군다 생각한 상궁은 소향을 강하게 꾸짖었다.

“홍 단주가 네년을 그리 가르치더냐! 당장 끌어내 물고를 내기 전에 썩 물러가거라!”

생각보다 더 완강한 태도에 소향은 눈을 치뜨며 상궁을 노려보았다. 그 시선에 상궁의 눈빛도 험악해졌다.

살얼음판 같은 잠깐의 대치 끝에 결국 소향이 물러났고, 가혜는 그녀에게 얼굴이 들키지 않도록 조심하며 다시 상궁의 뒤를 따라 움직였다.

어둠이 내려앉자 연회장 곳곳에 등불이 켜지고, 현욱과 근추는 적당히 거리를 둔 채 서로를 탐색하며 큰 원을 그리듯이 천천히 발을 옮겼다. 긴장감을 늦추지 않고 조그마한 틈도 허용치 않는 자세로 움직이는 현욱을 보며 근추는 눈썹을 미미하게 찌푸렸다. 검을 쥔 손이 꽤 매웠다.

'이 작은 땅에 저런 실력자가 있다니. 괜히 임금의 총애를 받는 것이 아니로구나.'

검을 부딪칠 때마다 전해지는 힘이 만만찮았다. 빠른 쾌검을 자랑하는 근추와 달리 현욱은 두루 균형 잡힌 검술을 구사했는데, 기본적으로 가지고 있는 근력의 힘 자체에 차이가 좀 있었다. 순수한 힘으로 따지자면 현욱도 인후 못지않았다.

연회장의 마지막 등불에 불이 붙고, 그것을 기점으로 그들 또한 다시 붙었다. 쇳소리가 연달아 터지고, 이를 악문 두 사내는 검을 맞댄 채 검날 사이의 틈으로 서로를 노려보았다. 평범한 겨루기라고 생각되지 않을 만큼 둘 다 진지했고, 제법 살벌했다.

맞닿은 검이 끼긱끼긱 소리를 내며 버거워할 때, 힘으로는 밀린다고 판단한 근추는 손목에 힘을 빼고 검을 흘려보냈다. 그러면서 다리를 박차 몸을 공중으로 띄운 그는 허리를 뒤틀어 발등으로 현욱의 머리를 노렸다.

빡—

뼈가 부러져도 이상하지 않을 만큼 큰 소리가 났다. 의자에 앉아 구경 중이던 이연과 평무의 몸도 덩달아 들썩였다. 부릅뜬 두 사람의 눈에 비친 현욱은 왼팔을 들어 근추의 발을 막고 그 반동으로 몸을 회전하며 착지 중인 근추에게 검을 휘두르는 중이었다. 기함한 근추는 억지로 검을 올려 공격을 막고 급히 몸을 뒤로 빼냈다.

순식간에 일어난 공방에 모두가 의자 손잡이를 꽉 움켜쥐고 숨을 죽였다. 그 순간만큼은 밀명지도 잊고 몰입하던 이연은 현욱과 근추가 멀쩡한 걸 확인하고 나서야 놀란 가슴을 쓸어내렸다. 그러나 그가 생각하는 것만큼 두 사람은 멀쩡하지 않았다.

현욱은 왼팔이 욱신거렸고, 자세가 잡히지 않은 상태에서 억지로 검을 들어 공격을 막은 근추는 엄지와 검지 사이의 살이 찢어져 검 자루에 피가 배어드는 걸 느꼈다. 이 사실을 알아차린 건 평무와 부사, 그리고 문관들 사이에 있는 인후뿐이었다.

더 싸우면 오른손을 다친 근추가 질 것을 확신한 평무는 결국 겨루기를 종료하자는 의견을 올렸다.

"전하, 참으로 흥미진진한 겨루기입니다만, 인재들이 부상하는 건 바라지 않사오니 이쯤에서 정리하는 것이 어떻겠습니까."

"흐음. 아직 승부가 나지 않았는데 말이오?"

이연은 그렇게 말하면서 시간을 끌었다. 이대로 겨루기가 끝나면 평무는 곧 처소로 돌아가게 될 터였다. 아직 가혜가 무사히 빠져나왔다는 소식을 전해 듣지 못한 터라 시간을 끄는 중에 제조상궁이 다가와 귓속말을 올렸다.

"전하, 이만 환궁하시어야 하옵니다."

"알겠네. 오늘 과인을 기쁘게 한 두 무관에게 안구마를 한 필씩 내리겠소."

안장을 얹은 말을 선물 받은 현욱과 평무가 감사의 예를 취하고, 이연은 자리에서 일어났다. 익일연이 종료되었다.

늦은 밤에 불 켜진 농산정에서는 묵직한 고요함만 떠다녔다. 가혜와 인후, 권식은 물론이고 현욱과 이연까지 안에 있었으나 말소리는 나오지 않았다. 오늘따라 머리에 쓴 익선관이 무겁게 짓눌러서 손을 올려 이마 쪽을 받쳐 잡은 이연은 오랜 시간이 지난 뒤에야 꺼끌꺼끌한 목을 간신히 짜내었다.

"밀명지가 없었다고?"

"예, 전하. 상사의 방을 샅샅이 살펴보았으나 밀명지는 보이지 않았사옵니다."

대답하는 가혜도 괴로운 탓에 말을 끝낸 뒤에 아랫입술을 깨물었다. 혹시나 싶어 이불까지 전부 들춰보았으나 그 어디에서도 밀명지는 발견되지 않았다. 허탕을 친 것이다.

이번 일에 모든 걸 다 걸었던 이연은 무너지는 마음을 간신히 추스르며 행방이 묘연한 밀명지의 위치를 가늠해 보았다. 사신이 조선에 온 목적이 밀명지이니 그 중한 것을 멀리 떨어뜨려 두었을 리는 없었다. 설마 싶은 생각이 들면서 이연이 그 위치를 짐작했을 때, 모두가 같은 생각을 했다. 그러나 그 누구도 그에 대한 말을 함부로 입에 올리지 않았다. 그야말로 최악의 장소이기 때문이었다.

그 짐작이 맞는다면 아마도 또 위험을 무릅써야 하는 가혜만이 나설 수 있는 일이었고, 그녀는 마음을 다잡고 목소리를 냈다.

"전하. 밀명지가 방에 없다면, 아마도 상사가 몸에 지니고 다니지 않을까 하옵니다."

몸에 지니고 다닌다면 그걸 훔치는 건 방에 침투해 빼내오는 것보다 수십 배는 더 어려운 일이었다. 심지어 상사는 황제의 호위를 담당하는 자로 그 무위만 놓고 보면 인후도 승패를 장담할 수 없는 인물이었다. 그런 자의 옷 안에 있는 물건을 빼내겠다는 건 그냥 죽겠다는 소리와 진배없었다.

끔찍한 상황에 이연은 힘 빠진 음성으로 조언을 구했다.

“다들 어찌 생각하는지 말들 좀 해보구려. 병판, 그대라면 무슨 생각이 있겠지.”

가만히 앉아 있다가 지목당한 권식은 표정의 변화조차 없이 차분하게 답을 올렸다.

“상사가 몸에 밀명지를 지니고 다니는 것이 확실한지부터 확인해야 합니다.”

“그걸 대체 어찌 확인한단 말이오.”

“어제부터 상사의 몸에 손을 대고 있는 이가 하나 있었사옵니다.”

권식의 말에 모두가 한 가지 사실을 깨달았다. 기생, 소향. 그녀라면 알고 있을지도 몰랐다. 하지만 이번 일에 끌어들이기엔 믿을 만하지 못하다는 문제가 있었다. 권식도 그 때문에 소향이 아닌 홍 단주를 거론했다.

“우선 홍 단주를 불러들여 함께 상의하심이 옳을 듯하옵니다. 단주는 청과의 교류가 많았으니 평무에 대해서도 들은 바가 있을 터이고, 홍화루의 주인이기도 하니 소향 대신 다른 적당한 기생을 평무에게 붙여줄 수도 있지 않겠사옵니까.”

맞는 말이었다. 평무의 성격을 안다면 그가 밀명지를 몸에 지니고 다닐 가능성 또한 추측해 볼 수 있었다. 이연은 속히 홍 단주를 들이라 명했다.

한밤중에 어명을 받고 입궐한 홍 단주는 그들의 짐작을 거의 확신시켰다.

“청사, 평무는 무를 숭상하여 종종 과격한 면모를 드러내지만, 한편으론 치밀하고 의심이 많은 자이옵니다. 뇌물이나 계집을 밝히지 않으니 쉽사리 흔들리지도 않아서 청국에서도 이번 사신단을 이끌,

가장 적합한 인물이라 판단했을 것이옵니다."

어떤 유혹에도 넘어가지 않고 이성적으로 사태를 파악해 줄 만한 인물, 그게 평무였다. 그때 인후가 한 가지 의문점을 제기했다.

"계집을 밝히지 않는다고 하기에는 무리가 있지 않은가. 하마연 때 기생을 청하고, 어제에 이어 오늘도 소향이를 방에 들였네."

"그것까진 소인도 확답을 드릴 수 없습니다. 밝히지는 않는다 하여도 그 또한 사내이니 미인에게 마음이 동할 수도 있겠지요."

지금은 그 이름에 금이 갔다지만 한때 조선 최고의 기생이라는 소리를 듣던 소향이었다. 평무가 마음에 들어 한다 해도 이상할 건 없었다.

다시금 고요함이 방 안을 휩쓸고, 이번엔 현욱이 침묵을 깼다.

"그럼 청사가 몸에 서책을 지니고 있는지 소향이에게 확인할 수 있겠소?"

"소향이를 믿으십니까?"

홍 단주의 질문에 다들 말문이 막혔다. 특히 가혜는 믿지 못한다는 말이 불쑥 나올 뻔했다. 대신 다른 기생 중에 소향이를 대신할 만한 이가 있는지 물었으나 홍 단주는 고개를 저었다.

"있다 해도 평무가 가까이 두지 않습니다. 주희가 하마연에서 평무의 눈에 들려 애썼는데 손도 대지 못하게 하였다더군요."

오로지 소향이만 접촉을 허하고 있는 것이었다. 상황이 이러하니 그들의 앞에 주어진 선택지도 딱 하나뿐이었다.

*

궐에서의 회동이 있은 지 이틀 뒤, 조금 우중충한 날에 권식의 친우인 예조판서의 자택에서 잔치가 열렸다. 물론 손님은 태평관의 사신이었다. 본디 사신들은 자국으로 돌아가는 날까지 임금과 세자는 물론이고 대신들에게도 돌아가며 접대를 받았는데, 그래서인지 평무도 별다른 의심 없이 예판이 연 잔치에 흔쾌히 응했다.

기름진 음식들이 대청마루 위에 놓인 상을 채우고, 홍화루의 기녀들은 가무를 선보이며 마당을 색색으로 수놓았다. 평무의 곁에 붙어 앉은 소향은 술잔이 비워질 때마다 술을 따랐고, 분위기도 점점 달궈졌다. 그때, 평무는 사랑채 마당의 저편에 서 있는 검은 옷의 사내에게 시선이 닿았다.

"대감, 저기 저 사내는 누구요. 이리 가까이 좀 불러보시오."

평무의 손가락이 닿는 곳으로 고개를 돌린 예판은 홍 단주와 유화, 그리고 월령을 발견했다. 이번 잔치에 그들이 어떠한 음모를 꾸몄는지 모르는 예판은 순수한 마음으로 홍 단주를 불러들였다.

그녀가 유화와 월령을 이끌고 섬돌 아래로 다가오자 예판은 평무에게 그녀를 소개했다.

"상사, 이쪽이 조선 최고의 상단을 이끄는 홍 단주와 그녀의 후계자인 유화입니다. 홍려 상단이라 하면 청에서도 들어보셨겠지요. 상사의 곁에서 시중을 들고 있는 이 아이, 소향이는 물론이고, 여기 있는 모든 기녀의 주인이 바로 홍 단주입니다."

예판의 소개에 홍 단주는 적절히 인사를 올렸고, 평무는 잔칫상 너머, 계단 밑으로 다가온 홍 단주와 유화에게 잠시 시선을 주었다. 그러나 그의 관심을 끈 건 홍 단주보다는 그녀의 뒤에 서 있는 월령이었다.

"저자는 누구요."

"아, 홍 단주의 호위입니다. 상단의 호위를 맡고 있지요. 뭐하는가, 상사께 인사 올리지 않고."

예판이 눈치를 주자 월령은 억지로 고개를 숙이고 인사를 올렸다.

"사월령이라 합니다."

"호오, 이거 참. 내 조선에 와서 탐나는 무골을 하루에 한 번씩은 보오."

평무가 눈에 탐욕을 담고 월령을 훑어보자 예판은 어색하게 맞장구를 쳐 주었다. 이번 상사가 무인을 수집하는 걸 좋아한다는 소문은 그도 익히 들은 터라 사월령을 탐내는 것이 썩 달갑지 않았다. 그러다 홍 단주와 마찰이라도 빚으면 안 되기 때문이었다. 결국, 그는 빠르게 자리를 정리했다.

"그만 다들 물러가게. 자자, 상사. 술 한잔 받으시지요."

예판이 평무의 관심을 술로 돌렸을 때, 홍 단주는 소향에게 슬쩍 눈짓으로 신호를 보냈다. 상사의 몸에 서책이 있는지 확인하라는 뜻이었다.

전날 홍 단주의 제안을 받은 소향은 흔쾌히 알아봐 주겠다고 답했다. 평무에게 밀명지를 전해주긴 하였지만 탐내는 자가 많은 서책이 정확히 어디에 있는지 아는 것 또한 밑지는 장사는 아니라는 계산이었다. 물론 대가로 후에 소원 하나를 들어줘야 한다는 전제를 달았으나, 임금 쪽에서는 무슨 조건이든 수락하는 수밖에 없었다.

호판, 주덕명 쪽에 다리 하나를 걸쳐 놓고 임금 쪽에도 빚을 만들어놓기로 결심한 소향은 홍 단주의 시선을 받자마자 평무의 허리를 껴안고 몸을 밀착했다.

"상사 나리."

교태 어린 몸짓으로 다가오며 몸을 만지는 그녀에게 힐끗 시선을 준 평무는 소향의 손을 잡아 멈추게 했다. 그녀의 손이 정확히 밀명지가 있는 허리춤에 닿아 있었다.

손을 잡은 채 경계심 어린 눈빛을 주는 그의 모습에 가슴이 철렁한 소향은 억지로 미소를 짓곤 그의 귀에 대고 작게 무슨 말을 속삭였다.

그녀의 귓속말을 들은 평무는 손을 놓아주고 아무 일도 없었다는 듯 다시 술을 들이켰다.

배신한 걸 들킬 뻔한 위기를 무사히 넘긴 소향은 머리에 꽂은 장신구를 매만지며 멀리 있는 홍 단주에게 신호를 보냈다. 상사가 몸에 서책을 지니고 있다는 뜻이었다.

신호를 받은 홍 단주는 입술을 질끈 깨물었다. 빨리 이 소식을 전해야 하는데 평무가 간혹 사월령에게 시선을 주니 그만 돌아가겠다는 인사도 없이 마음대로 자리를 이탈하기가 어려웠다. 별수 없이 홍 단주는 이 잔치가 빨리 파하길 바랐다. 그러나 평무와 부사는 끊임없이 술을 마셨고, 적당히 취기가 올랐을 즈음에 평무는 홍 단주와 사월령을 불러 술을 한 잔씩 내리면서 예상치 못한 제안을 했다.

"어제 주상 전하께옵서 익일연을 베풀어주시며 내금위 종사관의 무위를 보여주시었는데, 어찌나 즐겁던지. 이 자리에서도 그걸 느껴보고 싶군."

그러면서 그는 다시금 눈을 돌려 사월령을 찾았다. 그 눈빛이 좀 전과 달리 탐욕보다 광기로 물든 걸 느낀 홍 단주는 목덜미가 오싹해졌다. 살기였다. 갑자기 평무가 왜 이런식으로 나오는지 그녀는 알 수 없었다.

소향이 평무에게 귓속말을 할 때 거리가 먼 탓에 그저 그녀가 교태를 부리는 걸로 보았기 때문이었다. 하지만 아무것도 모르는 척 앉아 있는 소향은 평무가 월령을 죽이려는 걸 알고 있었다.

오래전에 밀명지를 찾아 홍 단주의 방에 잠입했다가 월령에게 들켰을 때, 그에게 당한 모독을 갚아주고자 한 가지 정보를 평무에게 흘렸던 것이다.

"사월령이 청국의 관료를 죽인 자객이랍니다."

청국의 관료들이 밀명지로 인해 죽었다는 소리를 평무에게 들었던 소향은 밀명지를 가지고 있었던 홍 단주가 지시한 일일 가능성이 크다고 보았다. 거기다 더해 오래도록 청에 가 있었던 월령을 떠올려 보면 대충 그림이 그려졌다. 물론 그게 사실이 아니라고 해도 상관없었다. 월령을 죽이기만 하면 되기 때문이었다.

그런 소향의 모략 탓에 복수심을 품은 평무는 월령을 사지로 몰아넣을 계획을 착착 진행했다.

"부사. 저 사월령이란 자와 한번 겨루어보겠소? 이 자리에 저자와 겨룰 만한 이는 부사뿐이니 내 이리 청하오. 받아주시겠소이까."

노비와 한번 겨뤄보라는 소리에 부사는 사월령을 쓱 훑어보곤 한쪽 입술 끝을 삐뚜름하게 올렸다. 그는 평무가 피를 보고 싶어 한다는 걸 알아차렸다.

"소관이 조금 취하긴 하였습니다만, 상사께서 바라신다면야 오랜만에 광대 노릇 한번 해드리지요."

자리에서 일어난 부사는 대청마루 끝으로 나아간 뒤, 부하가 신발을 신겨주는 틈에 월령 쪽으로 고개를 돌렸다.

"뭐하는가. 마당으로 내려가서 준비하지 않고."

그 말을 서관이 통역해 주기도 전에 월령과 홍 단주는 알아들었다. 심지어 그 말 속에서 자기들의 의사는 고려 대상이 아니라는 것도 능히 짐작할 수 있었다. 분위기를 보아하니 안 된다고 말해봤자 긁어 부스럼만 생길 게 빤하지만, 홍 단주는 조금 무리하여 강수를 두었다.

"사월령은 소인이 공들여 키운 무인으로, 전하께 진상될 자입니다. 상처가 나면 곤란하니 뜻을 거두어주십시오."

그녀는 능숙한 청나라 말로 진상품이라 말했다. 그에 부사는 평무에게 어찌할지 묻는 시선을 주었다.

임금에게 바치기로 한 상품이라면 함부로 죽이기가 어려웠다. 평무도 그걸 모르지 않았으나 월령을 이대로 곱게 내버려 둘 생각 또한 없었다. 그는 좀 더 너그러운 웃음을 지으며 홍 단주의 말을 일축했다.

"그냥 겨루기일세. 내 그자의 실력이 보고 싶어 그런 것이니 더는 흥 깨지 말고……."

뒷말을 흐리며 얼른 보내라는 압박 어린 시선에 예판마저 나서서 도와주지 못했다. 상황이 이러하니 월령이 자진하여 마당으로 내려서야만 했다. 홍 단주가 걱정 어린 시선으로 그를 보았으나 월령은 미미한 미소로 그녀를 안심시켰다.

그도 어려운 싸움이 되리란 걸 알지만, 그냥 겨루기라는 말에 더는 거부할 명분이 없었다.

부사가 명검을 뽑아 들고, 월령도 검을 뽑았다. 서로 마주 보고 서서 부사는 편안하게 손을 털며 공격을 준비했고, 월령은 한쪽 발을 뒤로 빼며 수비 태세를 갖췄다.

서로 견제하는 것도 잠시일 뿐 공방은 곧바로 시작되었다. 순식간에 서너 번 검이 부딪치고, 사방에 쇳소리뿐이었다. 한쪽은 무자비하게 공격을 퍼붓고, 다른 한쪽은 견고한 방어로 시간을 끌었다.

평무는 그 모습을 흥미롭게 바라보았고 홍 단주는 자신의 뒤에 서 있던, 그나마 운신이 자유로운 유화에게 슬쩍 눈짓을 주었다. 비구름이 몰려들고 있었으나 이 위기를 타파할 방법 또한 유화뿐이었다.

홍 단주의 뜻을 파악한 유화는 상사와 예판의 관심이 마당으로 쏠려 있을 때 살며시 몸을 물렸다. 다행히 그녀가 빠져나가는 일에 관심을 두는 이는 없었고, 그만큼 비무는 더 치열하게 진행되었다.

그냥 겨루기라는 말과는 다르게 검은 매번 날카롭게 급소를 노리고 찔러 들어왔다. 머리, 심장, 목, 하다못해 검을 쥔 손목까지 베고 찌를 듯 거칠었다.

부사는 대륙의 호방한 기세를 풍기며 시원시원한 검술을 구사했다. 그는 자잘한 부상은 개의치 않는 것처럼 틈을 노출하면서까지 오직 공격에만 집중했다.

회전하며 몸을 낮춘 그의 발이 월령의 다리를 노리며 마른 땅에 호선을 긋고, 월령은 가볍게 몸을 띄워 피한 뒤에 무방비 상태인 부사의 팔을 노렸다. 그 순간, 부사의 팔이 방향을 바꿔 월령의 검을 향해 달려들었다.

'이런!'

월령은 급히 공격을 거두고 바닥에 착지하자마자 땅을 박차며 몸을 뒤로 물렸다. 자객답게 깔끔하고 정확한 움직임이었다. 그에 옷자락조차 베지 못한 부사는 아쉬움에 옅은 미소만 머금었다.

'천것 주제에 제법 눈치는 있군.'

일국을 대표해 온 사신의 몸에 상흔을 내면 그에 합당한 벌로 사형을 받을 수도 있는 일이었다. 그 때문에 작은 상처를 내고자 월령의 검에 스스럼없이 팔을 가져다 대었다. 그러나 자객으로서 자란 월령의 빠른 반사 신경 탓에 그마저도 쉽지 않을 듯했다.

'그럼 방법은 하나뿐이지…….'

제겐 위험 부담이 있지만, 상사는 환영할 만한 방법이 하나 남아 있었다. 그때부터 그는 좀 더 거칠게 월령을 몰아붙였다.

그 시각, 외별당의 권식의 방에서는 밀명지를 되찾을 방도에 대한 의논의 장이 열렸다. 상사가 밀명지를 몸에 지니고 있을지도 모를 상황에서 인후와 현욱, 가혜는 그걸 어떻게 빼내어 올지, 여러 가지 경우의 수를 찾아야만 했다.

이러한 상황이 인후는 매우 마음에 들지 않았는데, 이틀 전에 임금이 가혜에게 가장 위험한 역할을 맡아주길 바란다는 뜻을 비쳤기 때문이었다. 그런 어심을 알면서도 그는 아내에게 그나마 안전한 일을 제안했다.

"탁영이 병사들의 시선을 돌려주면 부인이 지붕 위에서 건물 주위의 망을 봐주고, 그사이에 내가 상사의 방에 들어가 빼내오는 걸로 합시다."

"그러다 상사가 잠에서 깨어 서방님의 정체를 알아차리면 곤란합니다. 전하께옵서도 그 부분을 우려하셨고요. 소첩이 들어가는 것이 옳습니다."

가혜는 본인이 들어가겠다고 주장했다. 성별을 속이기에도 좋고, 설령 들킨다 해도 사대부가의 아녀자는 조신함을 미덕으로 삼으니 야밤에 상사의 방에 침입하는 건 말도 안 된다고 잡아뗄 여지가 있었다. 하지만 인후도 쉽사리 뜻을 굽히지 않았다. 상사가 잠든 틈을 타 방에 진입해야 하는 데 들키면 죽은 목숨이었다. 차라리 제가 들어가야 살아 나올 일말의 여지라도 얻을 수 있었다.

"복면으로 얼굴을 가릴 것이니 잡히지만 않으면 될 일이오. 부인을 그자의 방에 보낼 수는 없소. 상사를 본 건 잠깐뿐이지만, 그자는 맹수 같은 자요."

그 주장을 가만히 듣고 있던 권식도 처음으로 아들의 의견에 동의를 표했다.

"평무도 본인이 맹수인 걸 알지. 그는 흥미를 자극하는 어린 짐승을 가지고 놀다가 그것이 주는 즐거움이 떨어지면 무자비하게 죽일 만한 자다. 이성적이지만 그리 치밀하진 못하고, 감정적이지만 그 실력을 보면 또한 그 자만심이 이해가 되는 자이니 더욱 경계해야 한다."

그런 자의 주둥이 앞에 자신의 며느리를 밀어 넣는 짓은 하고 싶지 않았다. 하지만 딱히 묘수가 없다는 점이 문제였다.

모두의 얼굴에 먹구름이 드리워지고, 밖에서는 천둥 치는 소리가 들렸다. 대낮인데도 창문은 어둠을 머금었고, 꿉꿉한 습기는 빗방울이 되어 쏴아- 쏟아지기 시작했다.

아침부터 날이 어둡더니만 결국 쏟아지는 빗줄기에 현욱은 유화를 상기했다. 이젠 빗소리만 들어도 그녀가 생각났다.

'괜찮으려나…….'

약속대로라면 지금쯤 홍 단주와 함께 오고 있을 유화가 비 때문에 힘겨워할지도 몰랐다. 아마도 월령이 그녀를 진정시켜 줄 테지만, 그것이 못내 마음을 불편하게 하는 탓에 자꾸 창가로 향하는 시선과 마음을 다잡지 못하고 결국 그는 자리에서 일어났다.

비구름으로 장식된 하늘 밑에서 유화는 굵은 빗방울을 온몸으로 맞으면서도 꾸역꾸역 걸음을 옮겼다. 얼굴은 하얗게 질린 지 오래였고 꽉 깨문 입술은 피도 통하지 않았지만, 집결 장소인 권식의 집으로 가야만 했다.

그녀가 홍 단주를 대신해서 해야 할 일은 총 두 가지였다. 우선 상사가 밀명지를 몸에 지니고 있음을 알리고 예기치 못한 비무에 대해 도움을 요청해야만 했다. 그렇지 않으면 월령이 죽을지도 몰랐다.

철퍽철퍽 몸을 때려대는 비에도 유화는 월령을 살려야 한다는 의지로 걷고자 애썼다. 그러나 몸은 더 차가워지고 정신은 아득해졌다. 심장을 짓누르는 공포심에 다리가 더 버티지 못하고 주저앉아 버리자 유화는 기어서라도 앞으로 나아가려 했다. 비단 치마가 흙탕물에 더러워지고, 몰골이 엉망이 되어도 움직이려 했으나 무리임을 그녀도 알고 하늘도 알았다.

길을 지나다니는 몇몇 이들이 힐끗거리며 그녀에게 시선을 주었다. 그러나 신분이 높아 보이는 고급스러운 차림새에 차마 다가와 말을 걸지 못했고, 유화는 금세 고인 물웅덩이에 빗방울이 둥그런 무늬를 남기는 걸 보았다.

파문이 점점 번져 갈수록 물은 붉게 변하고, 어디선가 흘러오는 핏물이 보이는 탓에 그녀는 차마 고개를 들지 못했다. 고개를 들면 살해당한 가족들이 여기저기 너부러져 있을 것만 같았다.

'나리, 나리……'

가장 그리운 한 사람을 되뇌던 그녀는 환청처럼 저를 부르는 그의 목소리를 들었다. 그 음성에 그녀의 귀가 가장 먼저 반응하고, 이어서 마음이 그를 간절히 원했다.

"낭자!"

물웅덩이에 고정되어 있던 시야에 푸른 옷자락이 담기고, 팔을 붙잡는 힘에 상체가 바로 세워지자 유화는 그를 볼 수 있었다. 그의 두 눈에 저를 향한 걱정이 한가득 담겨 있는 걸 본 유화는 속상한 마음에 울먹이며 그의 품에 안겨들었다.

저는 왜 비만 오면 매번 이런 꼴인지, 누군가에게 의지하지 않으면 아무것도 할 수 없는지, 스스로가 너무나 미웠다. 그런 유화를 현욱은 차분하게 다독여 주었다.

"괜찮소. 이제 괜찮소."

그의 목소리와 체온 덕에 힘을 얻은 유화는 그 와중에도 자신에게 주어진 임무를 상기하고 위급한 상황을 전하고자 했다. 그러나 혀가 굳어 말이 잘 나오지 않았고, 입을 달싹이던 그녀는 간신히 쥐어짜듯 상황을 알렸다. 상사가 몸에 물건을 지니고 다니고, 월령에게 비무를 요구했다는 것도 밝혔다. 임금에게 진상할 자라 했음에도 막무가내로 밀어붙였다는 소리에 현욱의 미간이 찌푸려졌다. 월령에게 전적으로 불합리한 겨루기였다.

"예판대감 댁으로 가봐야겠소. 하지만 그러려면 그대가 병판 대감께 밀명지에 대한 소식을 전해주어야 하오."

잠시 비를 피할 곳을 찾아주고 떠나도 좋을 테지만 현욱은 그녀가 공포를 극복하길 바랐다. 그래서 그녀에게 할 일을 주며 이겨낼 의지를 다지도록 도와주었다.

"비 오는 날에 좋았던 기억이 있다면 떠올려 보시오. 그간 노력해 왔으니 이겨낼 수 있을 거요."

그런 건 딱 하나뿐이었다.

"그때, 산속에서 나리가 곁에 있어주신다며 안아준……."

정신이 혼미하여 저도 모르게 속마음을 겉으로 드러낸 유화는 아차 싶어 볼을 붉혔다. 부끄러움에 비가 내리는 것도 잊어버리고 고개를 떨어뜨리는 그녀를 현욱은 넋 놓고 바라보았다. 그녀의 기억 속에 제가 기분 좋은 추억으로 남아 있다는 사실이 기뻐서 그는 주위 시선도 잊어버리고 유화의 붉어진 볼을 매만졌다.

갑작스러운 접촉에 놀란 유화가 고개를 들자마자 그는 더 참지 못하고 조심스럽게 그녀의 입술을 훔쳤다. 익숙지 않은 만큼 수줍은 마음도 감추지 못하는 입맞춤이었다. 그래서 더 부드럽고 소중했다. 맞닿은 입술이 살짝 떨어졌다가 다시금 서로를 원하며 찾아들고, 그 틈에 흘러들어 온 빗물마저 달콤하기 그지없었다.

우중충한 하늘이 쏟아내는 겨울비에 열기로 차오른 월령과 부사의 몸은 하얀 아지랑이를 피워냈다. 두 사내의 젖은 옷자락이 한 번 펄럭이고 나면 어김없이 쇳소리가 났고, 끝없는 공방에 호흡이 거칠어질수록 후끈한 열기가 검 끝에 맺혔다.

빗속에서 다시 한 번 서로를 탐색하며 틈을 보고 있는 눈빛이 이질적일 만큼 서로 달랐다. 누군가의 눈은 살기로 번들거렸고, 다른 이의 눈은 서늘하게 굳어 있었다. 한쪽은 상대를 죽여야 끝내겠다는 의지를 품었고, 다른 한쪽은 자신이 죽어야 끝난다는 걸 알았다.

장대비를 고스란히 맞으면서도 여전히 서로를 노려보는 두 사람을 보면서 홍 단주는 급히 상사의 앞에 무릎을 꿇었다.

"상사 어른, 빗줄기가 너무 굵습니다. 이러다 부사께서 고뿔에 걸리시면 앞으로의 일정에 차질이 빚어지지 않겠습니까. 이쯤에서 겨루기를 그만 멈추십이……."

"이보게, 단주. 그대는 무인을 너무 우습게 여기는군. 고뿔이라니. 오히려 비가 내리면 긴장감이 생기지. 시야가 나빠지니까. 더욱 좋지 않겠나."

죽이기에, 그 말을 더 덧붙이진 않았으나 충분히 알 수 있는 소리였다. 홍 단주는 아랫입술을 깨물고 마당 쪽으로 고개를 돌렸다.

다시금 부사를 상대로 검을 부딪치는 월령은 점점 사지로 내몰리고 있었다. 은밀하게 움직이며 상대의 숨통을 단번에 끊는 데 더 익숙한 그는 온몸을 다 드러낸 상태에선 부사의 실력을 뛰어넘기가 어려웠다. 거기다 더해 상대는 죽일 마음으로 달려드는데, 저는 부상 하나 입히면 안 되는 판이니 너무 불합리했다.

'목을 노리는 수밖에 없는데.'

검이 목에 닿으면 패배를 인정하고 물러날 테니 방법은 그것뿐이었다. 그나마 다행스러운 건 부사가 자잘한 틈을 부러 노출하고 있다는 점이었다. 월령은 좀 더 확실한 기회가 올 때까지 기다리며 검을 부딪쳐 갔다.

빗물에 차갑게 얼어붙은 두 검이 마주치며 아우성을 지르고, 부사의 힘에 월령의 발이 뒤로 주욱 밀렸다. 마당에 길게 두 줄기의 선이 생겼을 때, 월령이 손에 힘을 풀고 팔꿈치를 올렸다. 부사의 검이 빗겨 떨어지고, 월령은 한결 가벼워진 검을 휘둘러 상대의 목을 노렸다.

그리하면 부사가 목을 방어하거나 물러설 줄 알았다. 하지만 그는 되레 허리를 노리며 공격을 가해왔다.

'이런!'

월령은 이를 악물었다.

선택을 내려야 했다. 그냥 두면 부사의 목이 날아간다. 그렇다고 살려주면 자신의 허리가 토막 날 것이었다. 토막 나 죽거나 부사를 살해한 죄로 사형을 당하거나. 어느 쪽이든 죽는 건 마찬가지였다. 결국, 월령은 검을 진로를 바꿨다.

목숨을 부지한 부사의 얼굴에 비릿한 웃음이 떠오르고, 겨울 공기를 자르는 소리와 함께 싸한 감각이 월령의 허리를 파고들었다. 죽음을 감지한 월령이 맨손으로 검을 잡으려는 순간, 검 하나가 날아와 부사의 검을 쳐냈다.

"큭!"

강한 힘의 충돌에 두 사람 다 외마디 신음을 터뜨렸고, 검이 빠져나간 자리를 붙잡은 월령의 몸은 휘청거렸다. 무릎이 꺾이려는 그를 잡아 지탱해 주는 손은 현욱의 것이었다.

아쉬운 표정을 감추지 못하는 부사를 향한 현욱의 눈빛에는 노한 기색이 단단히 어려 있었다.

"이게 뭐하는 짓입니까!"

"어찌 그리 언성을 높이시오? 종사관이 보다시피 비무 중에 약간의 실수가 있었을 뿐이오."

부사는 어깨를 으쓱이며 별것 아니라는 투로 설명했다. 그것이 더 현욱을 자극하는 중에 마찬가지로 이 상황이 달갑지 않은 평무는 예판에게 시선을 주었다. 종사관의 등장에 대한 설명을 요구하는 눈빛에 난감해진 예판은 적당히 눈치껏 둘러댔다.

"익일연 때 김현욱 종사관의 무예에 관심이 있으신 듯하여, 자리를 한번 마련해 보고자 불렀습니다."

스스로 생각해도 제법 괜찮은 변명에 예판은 남몰래 놀란 가슴을 쓸어내렸고, 평무는 다 된 일을 망친 현욱을 탐탁지 않게 보았다. 그 시선을 거부치 않고 응수하면서 현욱은 홍 단주를 질책했다.

"단주는 이자가 전하께 진상될 자임을 고하지 않았는가! 진상품에 흠을 내고도 목숨을 부지할 요량은 아니겠지!"

그는 홍 단주를 혼내면서도 시선은 여전히 평무에게 고정했다. 무슨 죄를 지었는지 알라는 뜻이었다. 그 속뜻을 아는 홍 단주는 얼른 장단을 맞춰 무릎을 꿇고 몸을 낮췄다.

"송구하옵니다, 종사관 나리. 소인은……."

그녀가 머뭇거리며 뒷말에 뜸을 들이자 평무의 눈살이 찌푸려졌다. 그는 큰 소리가 나게 술잔을 내려놓고 현욱을 노려보며 입에 머금고 있던 술을 삼켰다.

"종사관, 부사가 술에 취해 실수를 한 일이니 이쯤에서 그만합시다. 내가 전하께 잘못을 청하면 될 일이잖소."

그깟 일로 부산 떨지 말라는 식으로 말한 평무는 자리를 털고 일어났다.

"술맛이 떨어졌으니 그만 가리다."

평무가 일어나자 사신단 일원들이 모두 그의 뒤를 따랐다. 부사도 현욱과 월령을 한번 쳐다보고 멀어져 갔다.

상황이 일단락되고 나서야 월령은 치료를 받을 수 있었다. 예판이 내어준 별당의 어느 방에서 그는 허리에 붉은 붕대를 감고 누웠다. 피를 제법 흘려서인지 눈은 자꾸 감기고 머리는 어지러웠다. 점점 멀어지는 의식 속에서 곁에 있던 홍 단주와 현욱의 대화 소리가 아득하게 들려왔다.

"아씨가 움직이시는 겁니까."

"아마도……. 그리될 거요. 유랑이 극구 반대하고는 있지만, 전하의 말씀이 옳다는 건 그도 아니까."

"계획은 세워졌습니까."

"우선 평무가 술을 거하게 먹고 잠든 틈을 노리기로 하였소. 깨어 있을 때는 그에게 대적하기 어려우니."

"그렇다면 역시 내일 밤, 온짐연이 끝난 뒤가 적당하겠군요."

시행일을 더 미루면 그사이에 평무가 밀명지를 어디에다 숨길지 모를 일이었다. 위치를 알았을 때 최대한 빨리 일을 끝내는 것이 좋았다.

그 뒤로도 길어지는 대화를 들으며 월령은 정신을 잃었다. 오로지 내일 밤, 온짐연이 끝난 뒤. 그 말만 그의 머릿속을 맴돌았다.

*

다음 날, 해가 질 즈음에 가혜는 방 안에 앉아 서안 위에 올려둔 검과 무복을 매만졌다. 다시는 입을 일이 없을 줄 알았던 야행복인데 이젠 임금의 요청으로 양묘가 되니 세상 참 오래 살고 볼 일이었다.

반쯤 뽑은 검의 날에 얼굴이 비치는 걸 한참 바라보다가 시간이 꽤 지났음을 깨닫고 나서야 그녀는 옷을 갈아입었다. 이번 일도 역시 비밀스럽게 진행되어야 하기에 노비들을 일찌감치 내당 밖으로 내보냈다. 그 때문에 설이의 도움 없이 옷을 갈아입게 된 가혜는 등에 검을 대각선으로 장착하고, 비녀를 빼내 푼 머리를 높이 올려 묶었다. 마지막으로 목이 긴 신발을 꽉 묶어 신자 익숙한 느낌이 되살아났다.

오랜만에 양묘가 되어 어깨의 굳은 관절을 풀고 한동안 잘 쓰지 않던 감각을 활짝 여니 내당의 뒷마당으로 모여드는 사람들의 존재감이 느껴졌다. 처음엔 하나였던 기척이 금세 여섯으로 불어나는 걸 확인한 가혜는 숨을 한번 크게 쉬고 복면과 가죽 장갑을 손에 쥔 채 방을 나섰다.

저녁 어스름이 깔리는 뒷마당에는 그녀의 소중한 사람들이 모여 있었다. 며칠 전부터 별당에서 머물고 있는 아버지와 한때는 적이었다가 이제는 누구보다 든든한 지원군이 된 시아버지. 양묘의 처음과 끝을 함께해 주는 홍 단주와 유화. 혼인 생활로 힘들 때면 힘을 불어넣어 주던 현욱. 그리고 이젠 평생을 함께하고 싶은 반려자인 서방까지. 이 모든 이들을 또 볼 수 있기를 기원하며 한 명 한 명, 뇌리에 각인하던 가혜는 마지막으로 남편에게 시선을 주었다.

검은 도포를 입고 복면을 한 그의 모습은 옛 기억을 떠올리게 했다. 포도청에서의 첫 만남부터 예기치 못한 혼인, 미운 정 고운 정 다 붙었던 시기를 지나 위기를 겪고, 이제는 이렇게 눈빛만으로도 괜찮다고, 걱정하지 말라고 마음을 전할 수 있는 사이가 되었다.

"서방님."

가혜의 부름에 인후는 그녀에게 다가가 두 손을 잡아주었다. 아내의 단단한 눈빛을 보며 그는 심장이 아프도록 거칠게 달려드는 걱정의 말들을 삼켰다. 그간 수많은 고비를 겪고 이겨낸 그녀였으나 오늘 밤은 정말 위험한 시간이 될 터였다. 그걸 알기에 인후는 더 굳게 마음을 먹고 나서야 천천히 입을 뗄 수 있었다.

"오늘은 의적으로 활동해 온 양묘의 마지막 밤이 될 것이고, 밀명지를 찾아 헤매던 나의 밤에 종지부를 찍는 날이 될 거요. 그러니 무사히 끝내고 나면 그땐……."

인후는 잡고 있던 아내의 두 손을 올려 그녀의 손등에 입을 맞췄다. 다시 제게 무사히 돌아오길 바라는 마음을 담아서. 그런 그의 간절한 마음을 충분히 느낀 가혜는 고개를 끄덕였다.

"그때는…… 지금처럼 또 색다른 인생을 설계해 보죠."

가혜는 조금 당황하는 서방의 표정을 즐기며 한쪽 눈을 찡긋했다. 예전에 그가 종종 제게 하던 눈짓을 똑같이 해 보인 그녀는 싱긋 웃으며 뒷말을 이었다.

"당신과 함께요."

그제야 서방의 얼굴에 미소가 슬그머니 자리 잡는 걸 본 가혜는 다른 사람들과도 가볍게 인사를 나눴다.

한때는 적으로 그녀의 뒤를 쫓았던 권식은 이젠 며느리의 무사 귀환을 바랐고, 영달은 아무 말 없이 눈빛으로 딸과 사위를 응원했다. 홍 단주도 말없이 서서 가혜의 모친과 외할머니를 떠올리며 빌었고, 유화는 참고 참다가 안 되겠는지 가혜를 꽉 껴안았다.

"조심해야 해."

열 살, 어린 나이에 가족을 잃고 자객을 피해 도망치던 그날에 제게 손 내밀어줬던 유일한 친구를 잃을까 봐 유화는 울먹였다. 가혜는 그런 유화의 등을 가만히 쓸어주며 그녀를 안심시켰다.

"네가 잘 이겨냈던 것처럼 나도 잘 이겨낼게."

어제의 그 폭우를 뚫고 공포심을 꾹꾹 눌러가며 찾아왔던 유화를 떠올리면서 가혜도 남몰래 찾아오는 두려움을 이겨내고자 했다.

'난 혼자가 아니야. 서방님과 종사관 나리가 함께해 주니까.'

인후와 현욱이 밖에서 퇴로를 뚫어주기로 했으니 들키지만 않는다면 무사히 돌아올 수 있을 터였다. 가혜는 각오를 단단히 하고 더불어 부상으로 의식을 잃은 탓에 함께하지 못하게 된 월령을 부탁하고 나서 장갑을 착용했다.

이제 시작이었다.

가혜와 인후, 현욱은 얼굴을 가린 복면을 확인하고 서로 시선을 교환한 뒤 같은 방향으로 달려 나갔다.

세 사람이 어둠에 파묻힌 담벼락을 훌쩍 뛰어넘어 사라져 버리자 남은 이들은 그들의 자취를 좇으며 해가 뜨기 전에 무사히 귀환하기를 기원했다.

한밤중의 방 안은 숨죽인 듯 고요하고, 하얀 달빛에 젖은 창문은 소리 없이 열렸다. 어둠에 동화된 인영이 겨울바람과 함께 들어서고, 다시금 닫힌 창문은 말이 없었다.

귀에 걸리는 것이라곤 술에 취해 잠든 상사의 잔잔한 숨소리뿐이니, 가혜는 남몰래 가슴을 쓸어내리고 방 안을 휘둘러보았다. 달빛이 밝은 데다 이전에 한 번 들어온 적이 있어 방의 구조는 눈에 선했다.

그녀는 우선 상사가 잠든 침상 쪽보다는 벗은 옷가지가 널브러져 있는 원형 탁자로 다가가 뒤적였다. 그러나 아쉽게도 책은 보이지 않았고, 서랍장을 일일이 열어가며 그 내부를 확인해야만 했다.

최대한 소리가 나지 않도록 조심하며 마지막 서랍을 여는 순간, 가혜는 모골이 송연해졌다.

"이걸 찾나?"

너무나 태연해서 더 믿기지 않는 음성에는 잠기운이라곤 전혀 없었다.

가혜는 입안이 바짝바짝 타들어가는 걸 느끼며 천천히 몸을 돌렸다. 흰 속저고리에 검은 바지를 입은 상사가 한 손에는 밀명지를 들고 침상에 걸터앉은 채 저를 빤히 쳐다보고 있었다.

땀에 흠뻑 젖은 채 축축 늘어지는 몸을 느끼며 눈을 뜬 월령은 노란 등불이 일렁이는 건지, 제 머리가 울렁이는 건지 모를 상태로 힘겹게 상체를 일으켰다. 정신이 들자마자 그의 머릿속을 가장 먼저 차지하는 건 늘 그렇듯이 가혜였다.

'아씨가 태평관에.'

시간이 얼마나 지났는지 모르는 월령은 몸을 추스를 새도 없이 일어나 벽에 걸려 있는 옷부터 걸쳤다. 베인 허리가 욱신거렸으나 무시하고 검을 챙겨 들던 그는 검 밑에 깔린 서찰 하나를 발견했다.

"단주의 서찰인데……."

눈을 뜨면 검을 들고 뛰쳐나갈 걸 알고 있는 그녀가 남긴 것일 터였다. 아마도 헛짓 말고 요양이나 하고 있으라는 내용이리라, 그리 짐작한 월령은 그냥 나가려다가 작은 한숨을 내쉬고 서찰을 뜯어보았다. 그 속에는 아주 짧고 간단한 명령이 적혀 있었다.

–살아서 돌아와라.

*

창을 통해 들어온 달빛이 가혜의 발끝에 닿아 그녀의 여리여리한 몸을 반만 비췄다. 그런 침입자를 쭉 훑어본 평무는 헛웃음을 흘렸다.

"그 많던 무골들은 다 어디 가고 툭 치면 쓰러질 어린 사내놈을 보낸 겐지……. 알다가도 모를 임금이로군."

평무는 그리 중얼거리며 자리에서 일어났다. 곁에 두었던 검까지 챙겨 들고 침상이 있는 공간을 벗어난 그는 가혜와의 거리가 얼추 좁혀지자 눈매를 좁혔다.

침입했다가 들킨 와중에도 저를 빤히 응시하며 기회를 엿보고 있는 그녀의 눈빛이 그를 자극했다.

'이것 봐라?'

무골도 아닌데 흥미가 돋았다. 이런 경우를 처음 겪은 그는 가혜의 등 뒤에 매여 있는 검을 보곤 입꼬리를 끌어 올렸다.

"실력이나 한번 보지. 검을 뽑아라."

그의 조선말은 여전히 능숙했으나 가혜는 아무런 반응도 보이지 않았다. 그런 상대의 태도에 평무는 눈썹을 찡그렸다. 두려움에 질려 몸이 굳었다고 하기에는 어둠 속에서도 또렷하게 빛나는 눈동자가 너무나 이성적이었다.

"도망칠 기회를 보는 게냐. 아니면 이걸 원하나?"

평무는 손에 쥐고 있던 밀명지를 들어 올리며 가혜의 반응을 살폈다. 그녀의 눈동자가 움직이자 그는 미끼를 투척하듯 앞에 있는 탁자 위로 대충 던져 놓았다.

벗어둔 관복 위로 밀명지가 안착하고, 그걸 본 가혜는 오른손을 들어 등에 메고 있던 검 손잡이를 잡았다. 드디어 싸울 의지를 드러내는 그녀의 모습에 평무는 크게 웃음을 터뜨렸다. 적에게 흥미가 솟으니 기분마저 좋았다.

“네놈, 물건이로구나! 어디 그 배짱만큼 실력도 좋은지 한번 보자.”

그가 검을 뽑아 들고, 가혜의 검도 스르릉– 좋은 소리를 내며 검집에서 뽑혀 나왔다.

먼저 선수를 친 건 가혜였다. 그녀는 앞으로 나서며 검을 횡으로 휘둘렀다. 그러나 거리가 먼 탓에 검 끝이 평무의 옷자락에 닿을락 말락 했고, 피할 필요도 못 느낀 그는 검을 세워서 가슴 앞을 스치듯 지나가는 가혜의 검을 매우 간단하게 막아버렸다.

“이딴…….”

평무는 말을 끝내지 못했다. 멈춘 줄 알았던 가혜의 검이 순간 방향을 바꿔 위로 솟구친 것이다. 턱을 베어버리기에 딱 적당한 거리. 세로로 세워져 있던 평무의 검이 대응하기엔 이미 늦었다.

눈을 부릅뜬 그는 턱을 치켜들면서 상체를 뒤로 뺐다. 검날이 그의 턱수염을 건드리며 지나가고, 가혜는 재빨리 검을 회수하면서 밀명지 쪽으로 손을 뻗었다. 그녀의 손이 밀명지에 닿자마자 손가락 사이로 검이 팍– 소리를 내며 꽂혔다.

움찔한 가혜가 손을 빼냄과 동시에 평무의 검 끝이 밀명지에서 빠져나오며 그녀의 손가락을 벨 듯이 휘둘러졌다.

빠른 눈치와 극도의 유연성 덕분에 부상을 피한 가혜는 입술을 악물었다. 평무의 자만심을 이용하여 일격을 가하고 그 틈에 밀명지를 회수하려 했으나 실패했다. 게다가 쇠붙이가 부딪치는 소리에도 방문 앞에 있는 병사들이 사태를 파악하려 들지 않고 있었다. 무언가 이상했다. 창문 앞을 지키는 병사들도 없었고, 눈앞의 상사는 술에 취한 느낌도 들지 않았다.

'설마, 덫을 파둔 건가.'

그렇다면 빨리 도망쳐야 하는데 모닥불을 집어삼킨 듯 이글거리는 청사의 눈을 보니 그조차도 쉽지 않아 보였다. 아니나 다를까, 평무는 좀 전의 느긋한 태도를 버리고 다리의 보폭부터 벌렸다.

"제대로 해보지."

그때부터 가혜는 힘든 싸움을 해야만 했다.

검을 부딪칠 때마다 힘과 속도, 경험, 그 모든 것에서 그가 앞선다는 사실을 뼈저리게 느꼈다. 그는 가혜가 창가 쪽으로 이동하는 걸 허용치 않았고, 밀명지 쪽으로는 손도 뻗지 못하게 했다.

패배에 대한 두려움과 함께 암담함이 몰려왔으나, 그런 와중에도 그녀는 그와의 능력을 비교해 승부를 내볼 만한 본인의 장점을 파악해 냈다.

'유연성.'

유일하게 그를 뛰어넘는 능력이었다. 그걸 이용해서 어떻게든 해봐야 하는데 딱히 떠오르는 방법이 없었다.

격렬한 공수에 서로의 위치가 바뀌고, 이후로도 서너 번의 공격을 더 막았으나 검에 실린 힘을 버티지 못한 그녀는 결국 균형을 잃었다. 때맞춰 날아온 그의 발이 허리를 가격하고, 가혜는 그대로 탁자에 부딪친 뒤 바닥으로 추락했다.

온몸이 욱신욱신 쑤시는데, 상체를 세우자마자 목에 닿는 검 끝이 절망적이었다.

승리한 평무는 바닥에 떨어진 가혜의 검 끝을 지르밟고서 무릎을 굽히며 그녀와 눈높이를 맞췄다.

"네놈 목숨도 여기까진가. 잠깐 재미있긴 했는데, 이젠 흥미가 떨어졌다."

관심이 떨어졌으니 죽여도 그만이었다. 그럼에도 이리 말을 붙이는 이유는 여전히 절망한 기색 따윈 찾을 수 없는 눈빛 때문이었다.

가혜는 그를 노려보는 중에도 상황을 살피며 살아서 빠져나갈 방도를 찾고 있었다. 우측에는 창문이 있었고 좌측의 탁자 위에는 가지고 나가야 할 밀명지가 존재했다. 거기다 제 검은 그의 발에 밟힌 상태였으니 그야말로 최악이라 할 만했다. 그러나 그녀는 포기하지 않았다. 암담한 외부의 상황보다 좌절한 내면의 포기가 진짜 끝임을 그녀는 알고 있기 때문이었다.

탁자에 반쯤 걸쳐져 있는 평무의 관복이 시야에 들어오자 가혜는 그 위의 밀명지를 어떻게 얻을까 고민하다가 눈웃음을 지었다. 그 미소에 평무는 눈살을 찌푸렸고, 가혜는 처음으로 그에게 말을 걸었다.

"다시 흥미가 돋게 해드리죠."

고운 여인의 목소리에 평무의 눈이 찢어질 듯 부릅떠졌다. 정말 생각지도 못한 음성이라 팔뚝에 소름마저 돋아났다.

'이게 무슨…….'

일류 고수인 제 방에 잠입한 자가 여인이라니.

당혹스러운 마음이 그의 표정에 역력히 드러났다. 너무 놀라서 머리가 굳어 말도 내뱉을 수가 없었다. 그때를 노려 가혜는 탁자에 반쯤 걸쳐진 상태로 있던 관복을 훽 잡아당기며 상체를 뒤로 눕혔다. 그 뒤의 일들은 모두 순식간에 벌어졌다.

관복이 흘러내리며 위에 있던 밀명지가 떨어졌고, 가혜는 그걸 가로채는 동시에 발을 올려서 평무의 머리를 강하게 차버렸다. 귀와 머리를 한꺼번에 가격당한 그의 몸이 기우뚱— 균형을 잃자, 가혜는 밟혀 있던 검을 잡으면서 몸을 굴려 창가 쪽으로 이동했다.

창가 아래로 굴러간 그녀는 평무의 표정이 굳는 걸 확인할 새도 없이, 튕기듯이 몸을 일으켜 창문 밖으로 몸을 던졌다. 큰 소리와 함께 창살이 부서지고, 그제야 평무는 굽혔던 무릎을 펴며 일어섰다. 황제의 호위로 뽑힌 뒤 처음 겪어보는 치욕이었다.

그는 노기와 희열이 묘하게 뒤섞인 얼굴로 가혜가 부수고 나간 창가로 가서 배에 힘을 주고 크게 외쳤다.

"진을 쳐라!"

그의 목소리가 쩌렁쩌렁하게 밤하늘을 울리고, 도망치던 가혜는 뒷걸음질을 쳤다. 청의 병사, 이백여 명이 무기를 들고 차분하게 포위망을 좁혀오고 있었다. 몸을 돌려 다른 길로 가려 해도 어느 방향이나 마찬가지였다. 군데군데 심어둔 나무의 좁은 틈도 병사들이 막아버렸다. 완전히 포위당했다.

'밀명지를 가지러 올 걸 알고 미리 대비하고 있었어. 설마…….'

정보가 샜다면 아마도 소향이일 테지만, 그녀에게 준 정보는 청사가 몸에 서책을 지니고 다니는지 알아봐 달라는 것뿐이었다. 물론 그것만으로도 대비책을 세우기엔 부족함이 없었다.

이 상황이 어쩌다 펼쳐진 건진 나중에 파악하기로 하고 가혜는 밀명지를 세로로 접어 뒤쪽 허리춤에 단단히 끼워 넣으며 병사들과의 거리를 계산했다.

그나마 다행스러운 건 평무가 함정을 숨기고자 병사들을 띄엄띄엄 세워두었다는 것이었다. 그 때문에 포위를 해오는 거리가 제법 멀었다. 다만 퇴로를 만들어주기로 했던 인후와 현욱이 이 상황을 알고 달려오려면 시간이 좀 더 필요했다.

신호가 올 때까지 버티는 수밖에 없다고 판단을 내렸을 때, 거리를 좁혀오던 병사들이 멈춰 섰다. 뜻밖의 반응에 가혜는 고개를 돌려 평무를 보았다. 어느새 밖으로 나온 그가 손을 들어 병사들을 정지시켰다. 그것도 의아한 일인데, 건물 안에서 달려 나온 소향이가 평무를 재촉하는 소리도 기가 막혔다.

"얼른 죽이지 않고 어찌 멈추십니까!"

카랑카랑한 그녀의 목소리를 듣고 나서야 가혜는 확신했다. 설마 했는데 정말 소향이의 배반으로 일이 틀어졌다.

당장 죽여서 정체를 확인해 보자는 소향에게 평무는 짜증 어린 시선을 준 뒤, 가혜에게 말을 걸었다.

"기회를 주지. 투항하고 내 사람이 되어라. 나와 함께 청으로 간다면 네게 부귀영화를 주마."

그의 제안에 가혜가 거절의 뜻을 보이기도 전에, 먼저 발끈한 건 소향이었다.

그녀는 침입자가 양묘인 걸 보자마자 건물 밖으로 뛰쳐나왔다. 소문만 무성한 양묘를 죽여서 그 정체를 확인해 보기 위함이었다. 정말 소문처럼 가혜라면 손 안 대고 죽이는 꼴이니 더욱 좋았다. 그러나 평무는 뜻대로 해주지 않았고, 오히려 같은 편이 되자며 손을 내밀고 있었다.

"저자는 적입니다!"

"시끄러우니 그 입 좀 다물어라. 입만 나불대는 네년보단 쓸모 있는 무인이다."

밀명지에 대한 정보를 임금 쪽에 흘려서 일을 이렇게까지 만든 걸 탓하며 노려보자 소향은 입을 다물고 씩씩거렸다. 양쪽에 발을 걸쳤으나 눈치 빠른 평무에게 들킨 느낌에 그에게 정보를 더 준 것이 어제였다. 그리고 오늘 이렇게 성과를 얻었는데, 그런 공로는 쳐 주지도 않았다.

소향과 평무의 말다툼을 보고 있던 가혜는 등에 메고 있던 검집을 풀어 손에 쥐었다. 제안을 받아들일 생각이 없으니 뚫고 나가야만 했고, 사신단의 일원이 조선 땅에서 죽으면 곤란하므로 검보다는 검집을 사용하는 게 좋았다. 병사들을 제압하고 무사히 빠져나가기가 쉽진 않겠지만, 조선의 명운을 위해서라면 어떻게든 해내야만 했다.

그렇게 두 손에 무기를 쥠으로써 거부의 뜻을 내보인 가혜는 휘파람 소리가 들리자마자 동쪽을 향해 뛰었다. 미리 퇴로로 정해두었던 길목에서 병사들의 비명이 터지고, 그들의 뒤를 친 건 복면을 한 인후와 현욱이었다.

두 사람은 날아오는 무기를 검으로 막고 검집으로 병사들을 가격해 기절시키거나 무력하게 만들었다. 거기에 가혜까지 뛰어들자 상황은 난전으로 치달았다. 평무의 명으로 병사들이 몰려들고, 태평관의 마당은 순식간에 아수라장이 되었다.

그 상황을 지켜보던 소향은 양묘가 도망치는 걸 우려하며 발을 동동 굴렀다. 자신의 얘기를 다 들은 양묘가 살아서 나가면 저는 죽은 목숨이었다. 그녀는 방도를 찾아 주위를 두리번거리다가 근처에 있던 병사의 활과 화살을 앗아 들고 평무에게 내밀었다.

"당장 죽이세요!"

"내 부하들과 섞여 있는 것 안 보이나."

어찌 키운 부하들인데 다치게 할 수는 없었다. 그래서 될 수 있으면 화살은 쓰지 않고 잡으려 했으나 소향이에게 지금 중요한 건 그게 아니었다.

"일류 고수라 들었는데 저것 하나 못 맞추십니까! 그러다 밀명지를 놓치면요!"

바락바락 악을 쓰는 소향을 노기와 불쾌감 어린 눈빛으로 쳐다보던 평무는 활과 화살을 앗아 난전이 일어나고 있는 곳을 향해 시위를 메겼다. 활시위가 적당히 팽팽하게 당겨지고, 가늘어진 그의 눈은 먹잇감을 찾았다.

'호랑이를 사냥할 기회인데, 사슴을 쏠 수야 없지.'

그는 세 명의 침입자 중 가장 실력이 뛰어난 인후를 주시하며 기회를 엿보았다.

몰려드는 병사들을 쓰러뜨리고 있는 세 사람의 호흡은 점점 거칠어졌다. 상대는 죽일 기세로 달려드는데 이쪽은 적당히 상대해야 하니 더욱 그랬다. 그래도 워낙 월등한 실력 덕에 다른 이들보다는 여유로운 인후는 과거에도 비슷한 일을 겪었던 걸 떠올렸다.

아내를 처음 만났을 때도 최소한의 공격으로만 백여 명의 나졸을 뚫고 지나가야만 했다. 이제는 추억이 되어버린 그때를 떠올리며 아내를 힐끔 살핀 인후는 몸을 돌린 가혜의 뒤를 노리는 병사를 발견하고 눈을 부릅떴다.

"부인!"

인후의 목소리에 가혜의 시선이 그에게로 향하고, 그녀는 인후의 뒤쪽으로 활을 겨누고 있는 평무를 보았다. 일촉즉발의 상황에 더 생각할 겨를도 없었다.

가혜는 남편을 향해 달렸고, 인후는 아내에게 달려갔다. 두 사람이 엇갈리는 순간, 활이 시위를 떠났다. 그와 동시에 인후의 검이 병사의 창을 잘라냈고, 가혜는 그의 품에 안기며 몸을 뒤틀었다.

퍼억!

둔탁한 소리와 함께 가혜는 허리를 가격하는 힘에 입이 벌어지는 걸 느꼈다. 숨조차 쉬어지지 않았다. 저를 향해 고개를 돌리는 남편의 표정이 경악으로 물드는 것만 보일 뿐이었다.

"부인!"

인후는 쓰러지려는 가혜를 한 손으로 받쳐 안으며 그녀를 불렀다. 그와 동시에 현욱은 더 많은 적을 상대해야 했고, 태평관의 담을 넘던 월령은 멈칫했다. 점점 나빠지는 제 몸보다 아씨에게 무슨 일이 생겼을까 봐, 그것이 더 두려웠다.

흔들리는 그의 눈이 혼잡한 곳을 빠르게 훑고, 다른 의미로 떨리는 소향의 눈동자가 인후에게 고정되었다.

'유랑 나리……?'

그의 목소리가 틀림없었다. 그가 정말 이곳에 온 것도 당혹스러운데, 활에 맞은 아내를 붙잡고 저를 노려보는 그의 눈빛은 그녀의 숨통을 옥죄었다. 배신한 대가라지만, 차라리 활에 맞는 것이 더 나을지도 모른다는 생각이 들 정도였다.

그때, 평무가 그녀의 손에 들린 화살 한 대를 가로챘다.

"호랑이를 잡으려는데 사슴이 뛰어들다니."

뜻대로 되지 않아 짜증을 부리던 평무는 다시 화살을 걸고 시위를 당겼다. 그제야 그가 죽이려는 게 가혜가 아니라 인후라는 걸 안 소향은 급히 평무의 앞을 가로막았다.

"안 됩니다!"

갑자기 방해하는 그녀의 태도에 평무의 참을성이 바닥났다. 호판, 주덕명과의 관계를 위해 몇 번의 실수는 참고 넘어가 주었지만, 이젠 그것도 그의 분노를 막는 방패가 되어주지 못했다. 천것 주제에 황제의 호위인 제게 일류 고수를 운운하며 활을 쏘라 명령을 내리고, 앞을 가로막으며 된다 안 된다를 판단하는 꼴을 더는 보아 넘겨줄 수가 없었다.

"저자가 누군지 알아서 안 된다 하는 게냐?"

마지막 이성을 짜내어 물었으나 답하면 인후가 죽는다는 걸 아는 소향은 그가 원하는 답을 주지 않았다.

"말하면 찾아내어 죽일 것이 아닙니까."

그가 죽는다면 이 일에 뛰어든 이유가 없었다. 살아 있는 그를 노비로 삼길 바랐지 죽은 육신을 원한 게 아니었다. 그래서 밝히지 않자, 표정이 일그러진 평무의 콧방울이 꿈틀거렸다.

"그래, 말 못 하겠다면야."

평무는 당겨둔 활을 내리는 척하다가 손을 놔버렸다. 순간 화살이 쏘아지고 소향은 제 몸이 뚫리는 걸 느꼈다. 경악한 그녀가 쳐다보자 평무는 어깨를 으쓱였다.

"배신자와 대의를 도모하는 건 미련한 짓이지."

배를 내려다본 그녀는 떨리는 손으로 피가 울컥울컥 빠져나오는 곳을 움켜쥐었다. 이대로, 이대로 죽는 것인가. 처음 겪어보는 고통이 목구멍을 조이고, 숱한 감정들이 뇌리를 채웠다. 그러나 가장 마지막으로 남은 건, 제가 벌을 받았을지도 모른다는 생각이었다. 가혜를 죽이라고 가져온 활과 화살에 당했으니. 정말 그런 건지도 몰랐다.

무릎이 꺾이고, 허리를 돌리다 차가운 바닥에 고운 얼굴을 떨어뜨린 소향은 꺼져 가는 눈동자로 가혜를 찾았다.

분명 저처럼 화살에 맞았던 그녀는 이상할 만큼 멀쩡했다. 어떻게 된 일인지는 모르나 왜인지 억울한 감정이 솟구쳤다. 자신은 이렇게 죽어가는데 목 놓아 불러주는 이 하나 없었다. 소향의 눈동자가 멈추고, 그녀의 목에 손가락을 가져다 댄 부사는 평무를 올려다보며 우려를 표했다.

"어찌하시려고 이러십니까."

"되었으니 화살이나 뽑아주게."

소향의 몸을 뚫고 지나가 땅에 박혔던 화살을 건네받은 평무는 다시 활시위를 당겼다. 그러나 워낙 난전이었고, 월령이 포위망의 뒤를 치면서 퇴로가 뚫려 버렸다. 설상가상, 도망치는 그들의 뒤를 쫓는 병사들이 평무의 시야에서 인후를 지워 버렸다.

활을 쏘아 맞추는 게 불가능해지자 평무는 시간을 끌어 일을 망쳐 버린 소향을 향해 욕을 내뱉으며 곁에 있던 병사의 검을 빼앗았다. 활을 쏠 수 없다면 직접 가서 처리하면 될 일이었다.

평무가 부하들을 이끌고 쫓아오는 걸 확인할 겨를도 없이 도망치던 네 사람은 태평관의 높은 담벼락이 보이자 주저 없이 훌쩍 뛰어넘었다.

착지하는 과정에서 월령은 주먹으로 상처를 맞은 듯한 충격에 눈앞이 아득해졌다. 당장 의식을 잃어도 이상하지 않을 상황이었지만 그는 신음을 삼키고 버텨냈다. 여기서 잡히면 제 얼굴을 아는 평무가 홍 단주를 사지로 몰아넣을 것이었다. 자객이 태평관에 숨어든 것부터가 죽을죄였으니, 임금도 홍 단주를 살려줄 수 없었다. 그건 저를 믿고 보내준 단주를 위해서라도 절대 일어나서는 안 될 일이었다.

아랫입술을 깨물어 정신을 다잡은 월령은 일행들의 뒤를 따라 미리 준비해 둔 흑마가 있는 곳으로 향했다. 월령이 타고 온 말도 그곳에 있었다.

나뭇가지에 묶어둔 고삐를 풀고 각자 한 마리씩 잡고 안장에 오르자마자 태평관의 서쪽 문으로 병사들이 쏟아져 나왔다. 뒤따라 나오는 평무와 부사를 본 일행은 곧바로 말에 박차를 가했다.

어둠 속에서 네 마리의 말이 질주하고, 청의 병사들은 부랴부랴 말을 준비했다. 그사이에 거리가 확실히 벌어지자 현욱은 숨기고 있던 목소리를 내며 가혜에게 말을 걸었다.

"다치진 않으셨습니까?"

분명 인후의 다급한 음성을 들었는데 그녀는 의외로 멀쩡해 보였다. 하도 상황이 급박하여 미처 파악하지 못하다가 묻는 말에, 가혜는 민망한 듯 작게 미소를 지었고, 인후는 당시를 떠올리며 고개를 가로저었다.

"정말 하늘이 도우셨네."

안도하며 가슴을 쓸어내리는 인후의 말을 증명하듯이 가혜는 말을 몰면서 허리춤에 끼워두었던 밀명지를 빼 들었다. 피로 얼룩덜룩한 밀명지의 한쪽에 길쭉한 구멍이 나 있었다.

"어쩌다 보니 덕분에요."

얇은 서책이지만 표지가 가죽과 비단으로 만들어졌고, 세로로 반 접어 넣었던 덕에 치명상은 막을 수 있었다. 그럼에도 화살촉이 허리에 닿아서 자상을 입었지만 그리 심각한 상처는 아니었다. 오히려 그녀보다는 월령이 문제였다.

그는 가혜가 무사하다는 사실에 안도하자마자 말에서 떨어졌다. 낙마하여 흙바닥을 대여섯 바퀴 구른 그는 피를 토했고, 세 사람은 깜짝 놀라 말의 고삐를 잡아당겼다. 한참 달리던 말들이 급제동에 앞발을 들고 투레질을 하고, 가혜는 흥분한 말을 진정시킬 새도 없이 뛰어내렸다.

"월령!"

서둘러 달려간 그녀는 쓰러진 그를 일으켜 주려 몸에 손을 대었다가 피가 묻어 나오는 걸 보고 그대로 얼어버렸다. 홍 단주에게 전해 들은 것보다 상처가 훨씬 심각했다. 대체 어떻게 이런 몸을 하고 달려와 준 건지, 그것도 모르고 임무 완수에만 신경을 쓴 자신이 원망스러울 지경이었다.

"월령."

가혜의 목소리가 떨리고, 인후와 현욱도 곁으로 달려와 그의 상태를 확인했다. 저고리를 들춰본 인후는 미간을 찌푸렸고, 상체를 잡아세워주던 현욱은 이럴 줄 알았다는 듯이 한숨을 내쉬었다.

"아무렇지도 않게 구는 게 이상하긴 했네. 덕분에 빠져나오긴 했으나 자네 몸은 생각지도 않는가."

괜히 속상한 마음에 현욱은 그를 타박했고, 인후는 미간에 더 깊은 골을 만들었다. 분명 이리될 걸 알면서도 가혜가 마음에 걸려서 온 것이 분명했다. 그걸 알기에 그녀도 눈물을 그렁그렁 매달며 그에게서 시선을 떼지 못하고 있었다. 가혜가 느끼는 아픔과 월령이 참고 있을 고통이 전해져서 인후는 혀를 차며 투덜거렸다.

"미련하기는."

다 죽어가는 사람 앞에서 너무 냉혹한 소리에 모두가 그에게 질책의 시선을 보내는 와중에 월령만 웃었다. 임금까지 속이며 이 년이나 거짓으로 한량 짓을 하던 사람이 누구에게 미련하다 하는 건지…….

"그쪽에겐 별로, 그런 소리 듣고 싶지 않은데."

말하는 와중에도 기침과 함께 피를 토하던 월령은 고개를 저었다. 지금은 말씨름을 할 때가 아니었다. 상사가 뒤를 쫓아오고 있었고 서둘러 출발해야만 했다.

"가십시오. 소인은 알아서, 피하겠습니다."

그는 청나라 병사들의 시선을 피해 한적한 곳으로 가서 조용히 죽을 생각이었다. 그런 월령을 두고 가혜는 차마 떠날 수가 없었다. 지혈하고 의원에게 보이면 괜찮아질 것이라며 그가 삶에 대한 의지를 다잡도록 해보았지만, 월령은 힘겹게 고개를 저었다. 그럴 시간도 없고, 그럴 상황도 아니었다.

"어서 가십시오. 전하께옵서, 기다리고 계실 겁니다."

밀명지를 전해주고 나야 임무도 끝난다. 그러니 잡히기 전에 출발해야 하는데, 가혜는 요지부동이었다. 결국, 절충안을 내민 건 인후였다. 그는 현욱에게 가혜와 함께 궐로 가달라고 부탁하며 이곳은 자신이 맡겠다고 했다. 그에 현욱이 차라리 제가 남겠다 했지만 인후는 고개를 저었다.

"궐에서는 나보단 자네가 움직이기 편하지 않은가. 그리해 주게. 부인도 날 믿고 가시오. 내 어떻게든 이자를 살려서 의원에게 보일 터이니."

인후는 그리 말하며 가혜를 바라보았다. 확고한 그의 의지에 그녀도 자신이 해야 할 일을 직시하며 끝낼 마음을 먹었다.

현욱이 일어서고, 가혜는 월령의 다짐을 받았다.

"살아서 다시 보는 거야."

월령이 억지로 고개를 끄덕이는 걸 확인한 가혜는 떨어지지 않는 발걸음을 떼어 말에 올랐다. 수십 번 뒤를 돌아보던 그녀가 떠나고, 인후는 남은 두 마리의 말을 다른 길로 보내 버렸다. 말을 이용하면 빠르게 이동하는 게 가능하지만, 그 반동으로 월령의 상처가 더 벌어질 수 있었다. 그럴 바에는 차라리 청의 병사들을 따돌리는 데 쓰는 것이 좋았다.

말들이 빈 등자만 실은 채 떠나고, 월령과 단둘이 남은 인후는 도포 자락을 찢어 그의 상처에 단단히 감았다. 다른 것보다 피를 너무 많이 흘린 게 문제였다. 월령이 직접 상처를 잡아 지혈하게 한 후에 한숨을 푹 내쉰 인후는 그에게 등을 내밀었다.

"업혀라."

그의 말에 월령은 너무 어이가 없어서 아무 말 없이 인후의 등만 쳐다보았다. 지금 이 양반이 신분도 낮은 저를 업어주겠다고 하는 건지, 그게 가능하기나 한 건지, 선뜻 이해가 되지 않았다. 무슨 생각으로 이러나 싶어 쳐다보고만 있자 가뜩이나 지금 이 상황이 마음에 안 드는 인후는 뒤를 돌아보며 두 손을 살짝 벌렸다.

"싫으면 여인네 안듯이 안아드릴까?"

무언가 매우 불쾌한 상상에 월령의 표정이 썩었다. 그건 인후도 마찬가지였다. 차라리 버려두고 가라며 월령이 떼를 썼으나 결국 인후의 등에 업혀야만 했다. 지금 몸 상태로는 한 발짝도 걷기가 어려운 데다 멀리서 청나라 병사들의 고함이 들려오는 탓이었다.

저만큼 듬직한 사내를 등에 업은 인후는 이를 악물고 걸었다. 부인을 등에 업을 때나 좋았지 지금은 정말 최악이었다. 월령이 피만 덜 흘렸다면 이런 방법은 택하지 않았을 것이었다.

"내 살다 살다 새까만 사내놈을 업고 다닐 줄이야."

누가 볼까 두려운 인후는 이를 바득바득 갈며 걸음을 재촉했다.

그런 인후의 등 위에서 월령은 입술을 악물고 웃음을 참아보려 했으나, 새어 나오는 것까진 막지 못했다. 그냥 죽는 걸 택하고 싶을 만큼 싫었는데 막상 업혀보니 꽤 즐거웠다. 인후의 투정도 듣기 좋았고, 양반 등에 업혀보는 것도 나쁘지 않았다. 그게 한때 연적이었던 사내라는 건 더할 나위 없이 완벽해서 뿌듯한 감정마저 생길 지경이었다.

"내 살면서 그쪽 등에 업혀 다닐 줄도 몰랐소. 다치니 호강도 하고 좋군."

"던져 버리기 전에 그 입 좀 다물지?"

"그럼 아씨께 이를 거요."

"너! 네가 그러고도 사내놈이냐! 이런 난장 맞을 놈을 보았나!"

유일한 약점인 가혜를 끌어들이자 인후는 욕만 퍼부으며 걸었다. 빨리 의원에게 던져 주고 이 치욕스러움을 씻고 싶었다.

인후에게 정신적 타격이 있던 그 밤에 평무는 눈에 불을 켜고 습격자들을 찾아 헤맸다. 혹여나 숨겨준 자들이 있을까 싶어 피가 떨어진 곳을 위주로 민가까지 다 뒤져 보았으나 소득이 없었다.

결국, 창덕궁 기와 위로 해가 떠오르고, 상사는 자신들이 실패했음을 깨달았다. 소향 덕에 머지않아 그들이 찾아올 걸 미리 알고 철저히 대비를 했음에도 밀명지를 빼앗기다 못해 단 한 명의 침입자도 잡지 못했다. 완벽한 패배였고, 쓰라린 실패였다.

덕분에 보기 드물게 흥분한 평무는 해가 뜨자마자 궐로 향했다. 이미 일어나 인정전에서 상소를 보고 있던 이연이 그를 태연하게 맞이했다.

"어서 오시오, 상사."

거대한 정전에 이연의 목소리가 울리고, 평무는 임금의 주위를 살폈다. 태평관에 침입한 인물로 추정되는 현욱이 관복을 빼입고 서 있는 것이 보였다. 아무것도 모르는 척 담담하게 서 있는 그를 보며 이를 간 평무는 높은 단 위의 용상에 앉아 있는 임금을 올려다보았다.

"전하! 밤중에 태평관에서 무슨 일이 벌어졌는지 아시옵니까."

앞뒤 가리지 않고 단도직입적으로 묻는 말에 이연은 그를 빤히 쳐다보다가 손을 저어 인정전 내에 있는 이들을 모두 물렸다.

단둘이 남은 조용한 공간에서 두 사람의 시선이 만들어내는 뜨겁고 찬 기운이 맞부딪쳤다. 무엄할 만큼 임금을 쳐다보던 평무는 태평관에 침입자들이 있었고 그들을 찾아내어 벌하라 요구했다.

"사신의 목숨을 노린 자객들을 그냥 두시진 않으시리라 믿사옵니다."

당연히 그냥 둘 수는 없었다. 이연은 상소문을 내려놓고 짐짓 심각한 표정을 지어 보였다.

"상사, 과인은 이 조선에서 일어난 모든 일을 알고 있소. 청사가 함부로 과인의 백성을 죽였다는 것도 알고 있지."

소향이를 죽인 일을 언급하는 말에 평무는 잠시 입을 다물었다. 그깟 기생이란 말이 목 끝까지 올라왔지만, 임금이 직접 과인의 백성이라 하는데 그 목숨값을 가볍게 여길 수는 없었다. 결국, 평무는 핑계를 대었다.

"전날 연회에서 과음하여 잘 기억이 나지 않사옵니다."

술 때문에 아무것도 모르겠다고 발뺌하는 태도에 이연은 코웃음을 흘렸다.

"기생을 해한 건 기억이 나지 않는데, 자객이 침입한 건 기억이 난다? 그야말로 어불성설이요, 상사. 과인이 보기엔 상사가 과음하여 자객들이 태평관으로 들어가는 꿈을 꾼 것 같소."

"전하!"

모든 걸 꿈으로 치부하려는 소리에 평무는 발끈했다.

"소관이 그 기생을 죽였다는 증거도 없지 않사옵니까?"

"하면, 태평관에 과인의 백성이 침입하였다는 증거는 있소?"

다시 질문으로 되받아치는 말에는 절대 인정할 수 없다는 의지가 어려 있었다. 그렇게 평무의 입을 봉한 이연은 짐짓 엄한 눈빛으로 그를 내려다보았다.

"그대의 부하들이 본 건 효력이 없는데, 증거도 없이 선량한 과인의 백성을 죄인으로 몰아세우지 마시오, 상사. 그대는 조선과 친목을 다지고자 왔지 않소? 과인은 그리 알고 그대를 반가이 맞이하였거늘, 싸울 생각이라면 차라리 대놓고 말하시오."

전쟁이라도 하겠냐고 대놓고 묻는 어성에는 굽힘이 없었다. 항상 따라다니던 병색도 붉은 용포에 가려져 보이지 않았다. 그를 올려다보며 입술을 깨물던 평무는 결국 고개를 숙였다. 밀명지를 빼앗긴 이상 조선을 칠 명분이 없음을 인정해야만 했다. 더 버텨봤자 자신에게 득 될 것도 없었다.

"무례를 용서하시옵소서, 전하."

"이해하오. 그런 흉측한 꿈을 꾸었으니."

꿈이라 못 박은 이연은 평무를 내보내고 자리에서 일어났다. 후원으로 향하는 내내 그는 수많은 사람의 피로 얼룩져 있던 서책을 떠올렸다.

밀명지는 희정당의 화로 안에서 이미 잿더미가 된 지 오래였다. 새벽녘에 찾아온 현욱과 가혜에게 밀명지를 건네받자마자 그는 경녕군 주와 호판, 주덕명을 불러 모두가 보는 앞에서 책을 태웠다.

주덕명은 쓰린 속을 삼키며 흉한 물건이 없어져서 다행이라 기뻐했고, 역모에 대한 명분이 완전히 말소되는 걸 확인한 경녕은 사사를 청했다. 그러나 이연은 그녀를 죽이지 않았다.

역모죄는 응당 죽음으로 갚아야 하지만, 소현세자와 강빈, 그들의 혈육은 이미 너무 큰 피해를 입은 상태였다. 복수는 새로운 복수를 낳을 것이고 또다시 선대의 비극을 제 손으로 되풀이하고 싶지 않았던 이연은 죽음 대신 감시받는 삶을 명했다. 경녕은 물론이고 주덕명도 그 사실을 인정하고 밀명지와 관련된 모든 걸 영원히 함구할 것을 약조했다.

'도의를 저버린 잘못된 선택은 얼마나 많은 이들에게 아픔을 주는가. 사람이 살아가는 한 선택은 끝이 없고, 옳지 못한 일은 계속 벌어지는데.'

믿었던 이들에게 배반도 당해보고, 해결할 수 없는 일에 좌절도 해보고. 하루에도 수십 번, 슬프고 지독한 일들은 세상 곳곳에서 벌어졌다.

'그럼에도 포기하기에 이른 건, 잘못을 바로잡을 용기를 지닌 자가 어딘가에 있기 때문이겠지.'

이연은 연통을 받고 농산정에서 나오는, 궁녀로 분한 가혜를 보았다. 다가와 고개를 숙이는 그녀에게 시선을 주면서 그는 가혜와 처음 후원에서 만나 대화를 나누던 날에 하지 못했던 말을 건넸다.

“그대가 후원에서 과인을 처음 만났을 때 했던 말이 옳다. 천재지변이 일어난다고 하늘만 원망하며 앉아 있는 건 과인을 필요로 하는 백성들을 포기하는 짓이지.”

참으로 다정한 어성에 가혜는 슬쩍 그를 올려다보았다. 그런 그녀를 향해 싱긋 웃어준 이연은 뒷말을 이었다.

“그래도 힘들다 투정하면 그대라도 귀 기울여 다오. 조언도 좋지만, 가끔은 위로가 필요한 법이니까.”

투정 아닌 투정에 가혜는 입가에 미소를 머금고 고개를 숙였다.

“예, 전하.”

토를 다는 대신 순순히 수긍하는 그녀를 보면서 이연은 고개를 주억거렸다. 이제 그녀를 보내줄 때가 되었다.

“그래, 그대 덕에 조선이 무사히 아침을 맞이하게 되었으니, 소원이 있다면 고하라.”

“아니옵니다, 전하. 천안이 백성에게 향해 있는 것만으로도 이미 충분하옵니다.”

더 바라는 건 없다 말한 가혜는 멀리서, 푸른 관복을 입고 다가오고 있는 서방을 발견했다. 그의 얼굴에 잔잔한 미소가 감도는 걸 확인한 그녀의 표정이 밝아지고, 이연은 인후를 불러 공로를 치하했다.

“밀명지와 관련된 이야기는 세상 밖으로 꺼낼 수 없겠지만, 그대들이 보여준 용기와 신념은 과인도 잊지 않겠소.”

“성은이 망극하옵니다, 전하.”

인후와 가혜가 고개를 숙여 예를 갖추고, 이연은 두 사람에게 그만 물러나 쉴 것을 명했다. 뒷걸음질 쳐 물러나던 가혜가 허리를 펴고 몸을 돌릴 때까지 가만 지켜보고 있던 이연은 문득 드는 생각에 입을 열었다.

"백성들은 그대를 은도라 부른다지?"

은혜 은자를 넣어 은도.

한때 그 별칭이 마음에 들지 않아 대들보 위의 고양이란 뜻으로 양묘라 부르라 했던 이연은 가혜와 눈을 마주하며 뒷말을 이었다.

"이제부터 그대는 과인에게도 은도요."

*

현종 즉위 십삼 년, 정월 열이렛날. 청나라 사신이 돌아갔다.

새해를 맞이한 조선의 하늘은 한낮이 되자 따뜻한 기운을 머금었고, 하얀 창호지에 스며든 빛은 장난기 많은 별당 아씨처럼 살금살금 방에 침입했다.

노란 비단 치마를 추어올리고 보료 위로 다가간 빛은 깊이 잠든 월령의 얼굴을 매만졌다. 그 빛이 귀찮은 월령은 뒤척이다가 미간을 찌푸리고 몸을 일으켰다. 인후의 등에 업히는 호사까지 누린 덕분인지 상처는 잘 아물고 있었다. 하지만 아직 완쾌된 건 아니었기에 잘못 움직였다간 지금처럼 잠이 달아나기에 십상이었다. 멀찍이 도망가 버린 잠을 다시 청할까도 했으나, 그마저도 쉽지 않았다. 갑자기 밖이 소란스러워진 탓이었다.

'무슨 일이지?'

상단의 물건이 들어올 때도 아닌데 시끄러운 소리에 월령은 웃옷을 걸치며 방을 나섰다. 밖으로 나간 그는 희한한 광경을 목격했다.

상단 사람들은 물론이고 홍 단주와 유화까지 마당에 엎드려 저를 향해 머리를 조아리고 있었다. 물론 그건 월령의 앞쪽에 어명을 들고 찾아온 상선과 현욱이 있기 때문이었다.

임금을 모시는 내관, 상선은 어명이 적힌 두루마리를 펼쳐 들고 그 속에 든 내용을 읊었다.

"예빈시 직장, 선민영의 여식 선유화는 일가족이 화를 당하여 어린 나이에 홍려 상단에 의탁된 바. 지금까지 신분을 숨기고 양인으로 살아왔으나 딱한 사정을 들으니 가엾게 여기지 아니할 수가 없다. 하여 선유화의 신분을 다시 회복하고 환수되었던 선친의 가택과 재산을 반환한다."

밀명지 탓에 신분을 숨기고 살아야만 했던 유화는 그것이 불태워진 지금에서야 신분을 회복할 수 있었다. 드디어 성씨를 되찾은 것이다.

자신의 부모가 누구인지, 제 동생은 또 누구였고 어찌 죽었는지, 세상에 외떨어진 사람처럼 밝히지 못하고 살아온 유화는 지난날을 회상하며 숨죽여 울었다.

북쪽을 향해 임금께 절을 올리다가 엎드려 흐느끼는 유화에게서 현욱은 눈을 떼지 않았다. 홍려 상단의 차기 단주가 되어야 하기에 슬픔마저 숨기고 살아야 했음을 그는 잘 알고 있었다. 그것이 얼마나 그녀를 억압하는지도. 그렇기에 임금이 소원을 들어준다 할 때 그는 유화의 신분을 회복해 줄 것을 청했다.

신분이 회복되어 다시금 양반이 된다면 홍 단주가 함부로 그녀를 상인으로 만들 수 없었다. 결국, 모든 건 그녀의 선택이 되는 것이다.

현욱은 저를 빤히 쳐다보고 있는 홍 단주의 시선을 느끼며 유화에게 다가갔다. 잘게 떨리는 어깨를 잡자 상체를 세우는 그녀의 눈이 눈물로 가득한 게 보였다. 이전부터 하고 싶었던 말이 있는데 그는 입을 꾹 다물고 말을 아꼈다. 지금은 때가 아니었다. 자신의 내자가 되어달라 말하는 건, 지금의 그녀에겐 부담이 될지도 몰랐다. 그래서 현욱은 다른 얘기를 꺼냈다.

"이제 그대를 억압할 건 없고, 모든 건 낭자의 선택에 달려 있소. 상단에 남아 차기 단주가 되거나, 아니면 그간 잃어버렸던 규수의 삶을 살아보거나. 뭐든 괜찮을 거요."

"그 두 가지뿐입니까."

되묻는 말에 옅은 실망감이 비쳤다. 그녀의 눈은 여전히 물기에 젖어 있었으나 뜻하는 바는 뚜렷했다. 당신의 반려가 되는 건 선택할 수 없느냐는 물음.

그 눈빛에 허파와 심장의 위치가 바뀌었는지, 현욱은 숨 쉴 때만 오르락내리락하던 가슴이 이제는 귀에 들릴 만큼 세차게 뛰며 희망으로 부푸는 걸 느꼈다. 그는 그녀에게 부담이 될까 드러내지 못했던 마음을 조심스럽게 표현했다.

"아니면, 나와 평생을 행복하게 사는 건 어떻겠소?"

듣고 싶었던 말이 나오자 유화는 피어나는 미소를 어찌하지 못하고 곁에 서 있는 홍 단주를 올려다보았다. 십 년을 공들여 키운 후계자를 빼앗기게 생긴 홍 단주는 작은 한숨을 내쉬었다. 이렇게 될 걸 예상치 못한 건 아니었는데, 미연에 막을 수가 없었다. 수년간 떨쳐 내지 못하던 비에 대한 공포증을 현욱과 함께하면서부터 점차 치유해 가는 유화를 지켜보고 있자니 차마 그와의 관계를 자르라고 할 수가 없었다. 그리고 지금도 행복으로 충만한 그녀의 감정을 어찌 외면할 수가 있을까.

홍 단주는 상선 영감의 뒤쪽, 마루 위에 서 있는 월령에게 시선을 주며 퉁명스레 말했다.

"부단주가 될 재목이 아예 없는 건 아니니. 차기 단주가 될 아이를 뽑아 가르치는 데 도움을 준다고 약조해 준다면야."

훗날 제가 늙어 더는 단주 자리를 유지할 수 없으면 월령을 단주로 삼고, 그 후계가 될 아이를 가르치는 일에 도움을 준다는 조건으로 그녀는 두 사람의 혼인을 승낙했다.

홍 단주의 허락으로 부단주의 굴레에서 벗어날 수 있게 된 유화는 현욱을 바라보았다. 기대감과 긴장감으로 상기된 눈을 마주한 유화는 싱긋 웃으며 좀 더 그의 애를 태웠다.

"남부럽지 않게, 사랑해 주실 건가요?"

얼마나 많이 사랑해 줄 거냐는 물음에 현욱은 대답 대신 그녀의 이마에 입을 맞췄다. 그간 많이 절제하고 참아왔으나 이젠 그럴 필요가 없었다. 제 마음을 충분히 느낄 수 있도록 표현하고 보여줄 것이었다.

"이미 온 마음을 다해, 그대를 사랑하고 있소."

*

선선한 바람이 부는 봄날, 홍려 상단의 앞마당에서는 유화와 현욱의 혼례가 진행되었다. 두 사람의 결합을 축하하는 이들이 거대한 마당을 메웠고, 항상 매서운 얼굴을 하고 다니던 서림의 얼굴에도 웃음이 떠나질 않았다.

혼인을 거부해 오던 아들이 드디어 장가를 가는 데다 홍 단주에게 여타의 여인보다 많은 교육을 받아온 유화도 부족함이 없는 규수였기 때문이었다. 물론 일반 규수들처럼 평범한 삶을 살아오진 않았으나, 권식의 예쁨을 듬뿍 받으며 지내는 가혜만 보아도 그런 작은 것들은 큰 흠이 되지 않았다.

신랑과 신부가 서로를 향해 절을 하는 걸 기쁘게 지켜보던 가혜는 허리 쪽으로 들어오는 손에 옆에 서 있는 남편을 보았다. 그는 싱글싱글 웃으면서 부드러운 눈빛으로 오붓한 분위기를 자아냈다.

"생각나오? 우리도 작년 이맘때에 혼인하였는데."

혼인하던 순간을 떠올리며 조금 더 밀착해 오는 서방을 가혜는 새치름하게 흘겨보았다.

"그때 도망갔다가 붙잡혀 와 억지로 혼인하시었다고 압니다만……."

도주한 신랑 탓에 시아버지가 노발대발하던 소리가 아직까지 귀에 생생했다.

썩 즐겁지만은 않은 기억에 흘겨보는 눈빛의 강도가 올라가자 인후는 헛기침을 했다. 분위기 좀 잡아보려 했더니 다 말아먹었다. 과거로 돌아갈 수만 있다면 그때의 저를 뜯어말렸으리라.

인후는 가혜에게 사과하고 자기 반성의 시간을 가졌다.

"내 집에 가면 아버지께 감사의 절을 올리겠소. 그날 날 잡아와 준 탁영에게도 재차 고맙다 하리다."

그 말에 가혜는 세상 그 누구보다 행복하게 웃었다. 이런 남자를 어찌 사랑하지 않을 수가 있을까. 그녀는 허리를 감싼 남편의 손을 매만지며 유화와 현욱이 표주박에 든 술을 나눠 마시면서 부부로서의 화합을 약조하는 걸 지켜보았다.

합근례가 끝나고 신랑과 신부가 신방에 든 뒤, 관료들은 홍화루에서 이야기꽃을 피웠다. 그 자리가 파하려면 먼 듯하자 인후는 아내의 손을 잡고 집으로 이끌었다.

산뜻한 밤바람에 노래가 절로 나오고, 그는 가혜에게 연가를 불러주었다.

常日行街奄別示 (상일행가엄별시)
冥冥夜景忽然嬉 (명명야경홀연희)
昔異唯汝在我傍 (석이유여재아방)
歸去來兮吾愛姬 (귀거래혜오애희)
到鄕美酒一杯酹 (도향미주일배뢰)
請招月姥拜上兮 (청초월모배상혜)
其束纏紅世尤佳 (기속전홍세우가)
請招月姥拜上兮 (청초월모배상혜)

매일 걷던 이 거리가 오늘은 문득 달리 보이고
어둡기만 하던 밤도 오늘은 홀연히 아름다우니.
어제와 다른 건, 오직 그대가 내 곁에 있다는 것뿐이오.

함께 돌아갑시다. 내 사랑하는 그대여.

귀택하거든 귀한 술 한 잔 떠다 놓고
월하노인을 청하여 감사의 절을 올리리다.
그대와 인연을 맺어주어 세상이 아름다워졌으니

월하노인을 청하여 감사의 절을 올리리다.

다정하고 활기차게, 온 마음과 정성을 담은 그의 노래에 가혜의 얼굴에는 웃음이 끊이질 않았다. 한 곡조 더 들려달라며 서방의 팔을 잡고 조르던 가혜는 급히 입을 막고 구역질을 했다. 두어 번 헛구역질하는 그녀의 모습에 인후의 표정이 굳어졌다.

"부인, 왜 그러시오. 어디 아프오? 어디가 얼마나 편찮은 거요."

아픈 건 아닌지 걱정하는 그의 목소리에 가혜는 입을 막았던 손을 떼고 고개를 저었다.

"체기가 좀 있어서 그러합니다. 괜찮으니 심려치 마세요."

"먹은 것도 별로 없지 않았소."

아내가 잔칫상에 있던 음식엔 손도 거의 대지 않았던 걸 떠올린 인후는 설이와 함께 멀찍이 떨어져서 오고 있는 달수를 불러 당장 의원을 집으로 데려오라 말했다.

그로부터 한 시진쯤 뒤에, 달수는 두 팔을 번쩍 들고 입을 쩍 벌린 상태로 홍화루로 뛰어갔다. 그 시각까지 관료들이 모여 앉아 술과 웃음을 주고받고 있는 방 안으로 공기를 찢는 듯한 거한 음성이 터졌다.

"대감마나임! 대감마님! 대감마나임!"

모두가 저들의 귀를 의심하며 문 쪽으로 고개를 돌리자마자 달수가 문을 벌컥 열어젖혔다. 매우 무엄한 행태에 기가 막혀서 아무도 뭐라 타박하지 못하고 있을 때, 저 멀리, 병풍 근처의 상석에 앉아 있는 권식을 발견한 달수는 몸을 한 번 부르르 떨더니 두 눈에 눈물을 그렁그렁 달았다.

"아씨께서, 아씨께서……."

며늘아기 얘기에 권식은 몸을 굳혔다. 제 며늘아기에게 무슨 일이 생긴 건 아닐까, 심장이 덜컹 내려앉았다. 모두가 숨을 죽이고, 달수는 입을 달싹이다 소리를 터뜨렸다.

"회임하셨답니다! 아씨께서 회임하셨대요!"

다들 입을 쩍 벌리고, 권식은 손이 덜덜 떨려서 들고 있던 술잔이 떨어지는 것도 의식하지 못했다.

"참말, 참말이더냐. 우리 며늘아기가?"

"예, 좀 전에 의원이 다녀갔습니다요."

달수가 의원까지 거론하며 확실하다 말하자 그제야 실감이 난 권식은 귀까지 찢어지는 입을 다물지 못했다. 너무 기쁜데 그 기쁨이 과해서 소리가 터져 나오는 데 한참 걸리고 있었다.

그걸 본 서림이 먼저 축하의 말을 건네고, 주위 관료들도 앞다퉈 입을 열었다.

"감축드립니다, 대감."

"고맙소, 고맙소이다! 하하하하!"

입이 귀에 걸린 채로 축하의 인사를 받는 권식의 호쾌한 웃음소리가 밤하늘을 가득 메웠다.

*

대청마루를 크게 지은 초가에 어린 사내아이 열댓 명이 옹기종기 모여 앉아 있고, 그 앞에는 훈장이 된 영달이 서안 위에 서책을 펴고 앉아 글을 가르치고 있었다. 정치에 환멸을 느끼고 학문만 파고들던 그였으나, 딸과 사위가 목숨과 신념을 걸고 세상을 바꾸고자 노력하는 걸 지켜본 뒤로 그의 마음에도 약간의 변화가 일었다. 자신이 할 수 있는 선에서 노력해 보기로 한 것이다. 그 첫걸음이 바른 교육으로 인재를 키워내는 일이었다.

나이대는 서로 다르지만, 세상에 대한 순수한 호기심으로 똘똘 뭉친 어린아이들 속에는 이제 댓 살 먹은 그의 외손주도 있었다. 아직 젖살도 다 빠지지 않았으나 고사리손으로 글자를 하나씩 짚어가며 따라 외는 모습이 그를 매우 흐뭇하게 했다. 그래도 티 내지 않고 엄정하게 교육하고 있을 때, 문이 열리고 권식이 모습을 드러냈다.

그의 풍채에 가려져 있던, 여덟 살쯤 된 어린 여아가 권식의 다리 옆으로 말간 얼굴을 빼꼼 내밀었고, 뒤따라 가혜와 인후가 대문간을 넘어섰다.

그들이 왔다는 건 새로운 수업이 진행된다는 뜻이었다. 영달은 책을 덮고 자리에서 일어났고, 그의 자리에는 가혜가 앉았다. 그녀가 도의에 관해 얘기하고 있을 때, 권식과 영달은 손녀를 가운데 두고 앉아 아이가 하는 재잘거림에 열심히 귀를 기울였다. 그러다 호기심 많은 손녀가 고개를 갸웃거리면 두 할아버지의 눈이 반짝반짝 빛났고, 이것저것 묻기가 무섭게 아이의 눈높이에 맞춰 설명해 주는 데 함께 열을 올렸다. 그러다 결국 권식은 감탄사를 터뜨리며 영달에게 자랑을 퍼부었다.

"보시오, 사돈. 우리 단희가 며늘아기를 닮아 이리 총명하고 사랑스럽소이다."

"그게 무슨 말씀이십니까. 제가 보기엔 사위를 더 많이 닮았습니다."

듣던 중 반가운 소리에 기둥에 기대 서 있던 인후가 슬쩍 쳐다보자 권식은 손사래까지 쳐 가며 부정했다.

"어허, 아니오. 그럴 리가 없소. 내 아들놈을 닮으면 아니 되오. 저 놈 키울 때 내가 얼마나 고생했는데."

자신 역시 못잖게 고생했다는 말이 목까지 올라왔으나 영달은 그냥 웃어버렸다. 누굴 닮으면 어떠한가. 아이는 아이대로 사랑스러웠다.

그렇게 두 사람이 손녀에게 푹 빠져 있을 때, 가혜의 얘기를 듣던 사내아이 하나가 손을 번쩍 들었다. 인후의 아들과 동갑내기라 올해 다섯 살이 된 아이는 부친을 닮아 반듯한 자세를 오랜 시간 유지하고 있었다. 현욱을 빼다 박았다 생각한 가혜는 고개를 끄덕여 발언을 허락했다. 그러자 아이는 언젠가 아버지에게 들었던 얘기를 꺼냈다.

"훈장님께선 도둑질은 옳지 못하다 하시었는데, 그럼 임금님도 인정한 은도는 바르지 못합니까?"

"글쎄……."

가혜는 웃으며 말끝을 흐렸다. 그러자 아이들은 이때다 싶었는지 은도 얘기를 해달라고 졸랐다. 가끔씩 부모들이 그리워하며 입에 올리는 의적, 은도는 여전히 죽었는지 살았는지 소문이 무성했다. 그러다 보니 매번 얘기가 나올 때마다 내용이 달라졌고, 아이들은 이 사람 저 사람 다르게 알려주는 은도 얘기를 좋아했다. 좀처럼 수그러들지 않는 요청에 가혜는 결국 운을 떼었다.

"그럼 어디서부터가 좋을까……."

잠시 고민하던 그녀는 과거의 어느 날을 떠올렸다.

"늦은 밤, 좌포도청에 숨어든 은도가 그곳에서 한 사내를 만났던 이야기부터 하자."

그와의 첫 만남. 거기서부터 얘기를 해주겠다는 소리에 아이들은 호기심을 담아 왜 거기서부터 시작하는 건지를 물었다. 그 질문에 가혜는 섬돌 옆, 기둥에 기대어 저를 바라보고 있는 서방에게 시선을 주었다. 언제나 변함없이 애정으로 가득한 그의 눈을 마주하며 그녀는 마치 그에게 속삭이듯 대답했다.

"그날이…… 은도에겐 매우 중요했거든. 모든 면에서."

남편의 얼굴에 피어나는 부드러운 미소에 시선을 고정한 채로 가혜는 얘기를 시작했다. 누구에게도 들어보지 못했던 은도의 숨겨진 이야기였다.

성별 고하를 막론하고 난세에 영웅이 태어나니, 조선 땅에도 그런 인물이 있었다.

백성은 그를 은혜 은에 도적 도 자를 써서 은도라 불렀다. 어둠 속에 몸을 감춰야만 했던 그의 밤은 어느 날을 기점으로 끝이 났지만, 영웅을 기억하는 이들의 마음속에서 그들의 밤은 아직도 현재 진행 중이다.

〈完〉

작가 후기

종종 생각을 비틀어보면 재미난 것들이 보입니다.

《야행, 그들의 밤》의 첫 시작은 1999년 미국에서 개봉한 영화, 〈경찰서를 털어라〉의 제목에서 힌트를 얻었습니다.

전작, 《신녀의 서》를 출간하고 무언가 특이하게 생각을 비트는 소재가 없을까 고민하다가 문득 이 영화 제목이 떠올랐습니다. 경찰들이 바글바글한 공간을 털겠다는 포부가 참 귀엽고도 멋진 발상의 전환이라고 느껴졌습니다. 그래서 저도 이와 같은 아이러니한 소재를 고민하다가 생각해 낸 게 바로 의적과 금부도사의 혼인입니다. 여기다 주제를 표현해 줄 만한 사건들을 만들고 약 1년 반을 공들여서 탈고했습니다.

이렇게 주절주절 생각을 비트는 이야기를 늘어놓는 건, 두 번 세 번 읽는 독자님들이 종종 계시기 때문입니다. 《야행, 그들의 밤》이 로맨스 소설로서 가진 재미뿐만 아니라 이 이야기의 또 다른 시각에 대해서도 느껴보셨으면 좋겠습니다.

《야행, 그들의 밤》은 역사적 사실에 작가의 상상을 가미하여 엮은 이야기입니다. 또한, 소설 속의 시는 전부 자작시이며 이에 대한 저작권 또한 작가에게 있음을 밝힙니다.

(자작시를 한자로 바꿔주신 초객 작가님께 무한한 감사의 말을 남깁니다.)

차기작은 매우 로맨틱한, 설렘으로 가득한 이야기입니다. 2017년 봄에는 새로운 작품으로 다시 뵙길 바라며, 이만 글을 줄이겠습니다.

지금까지 《야행, 그들의 밤》과 함께해 주셔서 감사합니다.